MIRA VALENTIN

Das Bündnis der

Talente

4-6

bitter sweet

Das Bündnis der Talente, Teil 4 – 6
Die Talente-Reihe besteht aus neun Teilen, die einzeln als E-Books erhältlich sind,
sowie aus drei Büchern, die jeweils drei der Teile zusammenfassen.

BitterSweets,
Romantik von bittersweet.
Sehnsucht schreibt Geschichte.

bittersweet
Ein Imprint der CARLSEN Verlag GmbH
Juli 2016
© der Originalausgabe by CARLSEN Verlag GmbH, Hamburg 2016
Text © Mira Valentin, 2016
Lektorat: Christin Ullmann
Streuvignetten: Maria Hecher
Umschlagbild: shutterstock.com / © LeksusTuss
Umschlaggestaltung: formlabor
Schrift: Alegreya, gestaltet von Juan Pablo del Peral
Satz und Umsetzung: readbox publishing, Dortmund
Druck und Bindung: BoD, Hamburg
ISBN 978-3-551-30054-6
Printed in Germany
www.bittersweet.de

Alle Bücher im Internet: www.carlsen.de

Prolog

Das Schicksal ist ein grausamer Gegner. Verweigerst du ihm den Gehorsam, so greift es mit glühenden Fingern nach dir, verbrennt deine Seele und reißt dir das Herz aus dem Leib. Gleichzeitig ist es unerbittlich und so eiskalt wie die tiefste Winternacht. Es kennt kein Erbarmen. Nicht mit Verrätern wie mir. Mir bleibt nur noch, meine Waffen zu strecken. Denn genau das wird von mir erwartet. Die Armee will es so. Und mein Anführer will es auch. Aber ich verspreche eines. Ich verspreche es mir selbst, weil niemand anderer es hören will: Niemals werde ich mich wirklich fügen. Der Tag wird kommen, an dem das Schicksal mich freigibt. Wenn mein Auftritt in diesem Spiel vorbei ist und ich dann immer noch am Leben bin – dann soll es mich kennenlernen.

Stiehl dir ein Stückchen Glück.
Doch es wird dir nicht reichen.

»Melek! Komm runter, sie sind da!«

Die Stimme meiner Mutter klingt belegt. Sie muss sich zusammennehmen, um Jakob und seinem Begleiter nicht gleich wieder die Tür vor der Nase zuzuschlagen. Meinem Vater ergeht es sicher ähnlich. Alles, was die beiden bisher von meinem »Freund« gesehen haben, hatte mit zerbrochenen Fensterscheiben und Polizeieinsätzen im Wald zu tun. Der einzige Grund, warum sie ihn heute ganz offiziell empfangen und anhören, ist Bernd, Jakobs langjähriger Mentor, der immer dann als sein Bewährungshelfer in Aktion tritt, wenn es innerhalb der normalen Welt Probleme mit realen Menschen zu lösen gilt. So auch jetzt. Als ich die Treppe hinunterpoltere, höre ich unten im Flur schon eine auffallend sonore Stimme, die zu ihm gehören muss.

»Guten Abend, Frau Weber«, sagt er. »Vielen Dank für Ihre Bereitschaft, mit uns zu sprechen. Ich kann mir vorstellen, wie Sie sich fühlen. Umso mehr schätze ich Ihre Offenheit.«

Ich bleibe auf dem Treppenabsatz stehen und warte. Meine Mutter erwidert nichts darauf. Aber ich kenne sie gut genug, um zu wissen, dass Bernds Auftreten sie beeindruckt. Er ist ein optisch eher unauffälliger Mann mittlerer Größe mit breitem Rücken und sauber geschnittener Frisur. Keiner dieser coolen Streetworker oder hippen Pädagogen. Zu jemandem wie Bernd haben meine konservativen Eltern vielleicht Vertrauen. Eine Tatsache, die auch der Armee bewusst ist. Wären meine Eltern anders gestrickt, hätte man Jakobs Mentor wahrscheinlich über Nacht Rastazöpfe und Tätowierungen verpasst.

Das ist so eine Sache mit uns. Kein Talent, ob aktiv oder Veteran, kann sich der Kontrolle entziehen, die die Armee über uns ausübt. Wir stehen voll und ganz im Dienst zum Wohl der Menschheit, wie Jakob es nennt. Was jeder Einzelne von uns will, ist nicht von Bedeutung. Es kommt nur darauf an, dass das System funktioniert. Je mehr ich das verstehe, desto weniger gefällt es mir.

»Kommen Sie rein«, bricht schließlich mein Vater das Schweigen. Dabei sieht er nur Bernd an und ignoriert Jakob, so gut er kann.

Ich warte, bis meine Eltern auf dem Weg ins Wohnzimmer vorausgehen, damit ich unauffällig Jakobs Hand fassen und seinen vertrauten Duft einsaugen kann. Bernd zwinkert mir beim Vorbeigehen zu. Wir setzen uns steif auf die Sofas. Ich quetsche mich auf die Lehne von Jakobs Sessel, um nicht wie ein kleines Kind an der Seite meiner Eltern zu kleben, während über unsere Zukunft entschieden wird.

»Ich habe um diesen Termin gebeten, weil ich Ihnen und Ihrer Tochter helfen möchte, mit der Situation klarzukommen«, ergreift Bernd das Wort. »Und ich will Ihnen auch die Angst nehmen. Jakob ist kein so übler Typ, wie Sie vielleicht glauben.«

Mein Vater gibt einen abschätzigen Laut von sich.

»Aber nein«, sagt er ironisch. »Er hat nur ein sehr sehenswertes Vorstrafenregister, verführt Minderjährige zu illegalen Kriegsspielen im Wald und steigt nachts bei uns zum Fenster ein. Neulich haben wir ihn schon wieder dabei erwischt!«

Bernd schickt einen strafenden Blick hinüber zu Jakob.

»Wir hatten ausgemacht, dass du dich benimmst, bis ich mit Meleks Eltern gesprochen habe«, sagt er leise.

»Ich weiß«, antwortet Jakob mit gesenktem Blick. »Tut mir leid, Bernd. Aber ich musste sie sehen.«

In erster Linie musste er mich bewachen, aber das kann er meinen Eltern schlecht erzählen. Der Hauptgrund für Jakobs nächtliche Besuche ist nicht seine unendliche Sehnsucht nach mir, so lieb mir das wäre, sondern sein Job als mein Bodyguard, den er sich selbst auferlegt hat. Ist Jakob da, so ist es unwahrscheinlich, dass Levian versucht, Kontakt zu mir aufzunehmen. Levian, mein wundersamer, gefährlicher Dschinn, der sich in den Kopf gesetzt hat, mich zu seinesgleichen zu machen. Obwohl unsere Widersacher sich jetzt in der Winterruhe befinden, ist nicht ausgeschlossen, dass der eine oder andere von ihnen sich auf den Weg zu den Menschen macht. Nur ich bin mir völlig sicher, dass Levian nicht dabei sein wird. Ich kenne ihn. Er wird bis zum Frühjahr warten, wie er gesagt hat. Und dann wird er eines Tages auftauchen, seine Lippen auf meine pressen und mich gewaltsam in eine Dschinniya verwandeln. Der Gedanke daran erfüllt mich mit Grauen.

Also steht Jakob Nacht für Nacht an meinem Fenster und starrt hinaus in den Wald. Meine Eltern machen ständig Kontrollbesuche in meinem Zimmer. Manchmal schafft er es, sich rechtzeitig in meinem Schrank zu verstecken, wenn er die Treppenstufen knarren hört. Aber neulich haben sie ihn leider schon wieder erwischt. Deshalb ist Bernd heute hier. Die Sache mit uns soll offiziell werden. Wenn er sich da mal nicht zu viel vorgenommen hat!

»Es stimmt«, sagt er eben zu meinem Vater. »Jakob hat ein paar Dinge auf dem Kerbholz. Aber ich kenne ihn seit seiner Kindheit. Und ich kann Ihnen garantieren, dass er keine Gefahr für Ihre Tochter darstellt.«

Das ist die größte Lüge, die er bisher ausgesprochen hat. Bevor Jakob in mein Leben kam, um mir zu erklären, weshalb ich jederzeit mit jedem Wurfgeschoss ins Schwarze treffe, war ich ein fast normales Mädchen. Erst durch ihn wurde ich von der Schülerin zum Talent und von der Basketballspielerin zum Volltreffer. Seither ist kein Tag vergangen, an dem ich nicht in Gefahr war.

»Wieso sind Sie sich da so sicher?«, wirft meine Mutter ein.

Bernd lächelt sie an, als wollte er sie einer Gehirnwäsche unterziehen. Irgendwer muss ihm gesagt haben, dass meine Mutter auf so etwas abfährt.

»Weil Jakob Melek liebt«, sagt er schlicht. »Und er verschenkt sein Herz nicht leichtfertig. Wenn ich in all den Jahren eines über ihn gelernt habe, dann das.«

Ich muss nicht schauspielern. Die Röte steigt von ganz allein in mein Gesicht. Aus dem Augenwinkel sehe ich Jakob schmunzeln. Dann fasst er nach meiner Hand und drückt sie. Ich hoffe so sehr, dass Bernd in diesem

Fall die Wahrheit erzählt. Denn Jakob würde so etwas nie über die Lippen kommen, auch nicht nach drei Monaten an meiner Seite.

»Melek ist minderjährig«, redet nun mein Vater drauflos. »Was er da tut …«

Wieder einmal ist er zu verklemmt, um die richtigen Worte zu finden. Einen Moment lang starren sich alle verständnislos an. Dann begreift Bernd, worauf er hinauswollte.

»… ist nicht strafrechtlich relevant«, beendet er den Satz. »Melek ist 16. Alt genug, um Sex zu haben.«

Ich werde wieder rot, aber diesmal grinst Jakob nicht. Das Thema ist schlecht, denn es gibt nichts, was so sehr zwischen uns steht wie unsere quälende Enthaltsamkeit. Nächtelang haben wir darüber diskutiert, aber wir finden keinen gemeinsamen Nenner. Wegen der Vision, die unser Orakel Sylvia ausgesprochen hat, verzichtet Jakob fast völlig auf Körperkontakt mit mir. Würde er mich anfassen, so bräche das Schicksal über uns herein, hatte sie prophezeit. Ich bin tief und fest davon überzeugt, dass die Vision nicht echt war. Aber Jakob möchte das Risiko nicht eingehen und nimmt Sylvia beim Wort. Deshalb gibt es nichts zwischen uns, was über einen Kuss oder eine harmlose Berührung hinausgeht. Und ich leide mehr darunter als er.

Mein Vater reißt mich aus meinen Gedanken.

»Es gibt durchaus Möglichkeiten, den Kontakt zu unterbinden«, sagt er.

Die Gesichter meiner Eltern sind jetzt wieder so verstockt wie eh und je. Es wäre einem Wunder gleichgekommen, wenn sie tatsächlich nachgegeben hätten.

Bernd und Jakob tauschen einen flüchtigen Blick, bevor Bernd sich in seinem Sessel zurücksinken lässt und einmal tief durchatmet. Dann wendet er sich an Jakob und mich: »Würdet ihr uns bitte kurz alleinlassen?«

Ich bin heilfroh über die Gelegenheit zur Flucht. Schnell springe ich auf und ziehe Jakob mit mir hoch. Wir sind schneller aus dem Wohnzimmer verschwunden, als meine Eltern widersprechen können, huschen hinauf in mein Zimmer und schließen die Tür hinter uns.

»Ganz interessant, mal auf diesem Weg hereinzukommen«, sagt Jakob grinsend. Dann nimmt er mich in den Arm und gibt mir einen seiner seltenen Küsse. Ich wundere mich über seine gute Laune. Immerhin lief das Gespräch bisher nicht besonders gut. Trotzdem sauge ich die Berührung seiner Lippen in mich auf wie eine Verdurstende das Wasser.

»Hab ich irgendwas verpasst oder geht die Sache mit Bernd gerade in die Hose?«, frage ich, als er sich von mir löst.

»Aber nein! Alles läuft nach Plan. Jetzt wird er ihnen erzählen, was mit Mädchen passiert, deren Eltern ihnen den Kontakt mit ihren asozialen Freunden verbieten. Bernd ist ziemlich gut darin, solche Schicksale in den schillerndsten Farben auszumalen. Er wird das ganze Programm auffahren, mit Schulabbruch, Durchbrennen, Drogen, ungewollten Schwangerschaften und dergleichen. Wenn er fertig ist, werden deine Eltern einverstanden sein.«

»Dass du jede Nacht hier bist?«

»Dass ich unter gewissen Bedingungen, die sie noch aushandeln werden, hier schlafen darf, ja.«

Ein Grinsen breitet sich unaufhaltsam in meinem Gesicht aus. Seit die Dschinn in die Winterruhe gegangen sind, sind meine Eltern mein größtes Problem. Ihr ständiges Misstrauen, die Kontrollbesuche in meinem Zimmer und der dauerhafte Hausarrest machen mir zu schaffen. Es ist deprimierend, mit den Menschen, die man eigentlich liebt, in einem solchen Zustand zusammenzuleben. In dem Wissen, dass man sich ihnen niemals anvertrauen kann, dass man für immer in Lügen gefangen ist. An manchen Tagen war es so schlimm, dass ich Angst hatte, mein Talent könnte mich verlassen, so wie es vor nicht allzu langer Zeit bei unserem zweiten Volltreffer Henry passiert ist. Wenn Jakob Recht behält, wird sich diese Situation nun bald ändern. Das bedeutet, mir bleiben noch zwei oder drei unbeschwerte Monate mit ihm, bevor der Krieg wieder losgeht und Levian kommt, um mich zu holen. Weiter denke ich noch nicht.

»Du hast keine Ahnung, was für ein Stein mir vom Herzen fällt!«, sage ich.

»Doch, das habe ich.« Jakob streichelt mir übers Gesicht. »Ich will diesen Druck von dir nehmen, Engelchen. Und danach noch einen anderen, der viel schlimmer ist. Wenn Levian tot ist, kannst du endlich wieder ruhig schlafen.«

»Ich schlafe gut«, behaupte ich, aber ich kann ihm dabei nicht in die Augen sehen.

»Nein. Du hast Albträume. Jede Nacht.«

Er hat Recht. Seit dem Teichfest, das Lennart das Leben gekostet hat und mich fast meine Gefühle, verfolgen mich die Dschinn in meinen Träumen. Doch es sind nicht nur die Dämonen, die mich um den Schlaf bringen. Ich sehe auch mich selbst, wie ich mit meiner Pistole auf sie anlege und abdrücke.

Niemand weiß, ob diese Wesen in der Lage sind, zu trauern. Wir nehmen an, dass sie nicht emotional genug dafür sind. Das ist auch der Grund, weshalb sie sich regelmäßig an den Gefühlen der Menschen bedienen. Es macht sie high. Aber durch Levian habe ich eine Art Menschlichkeit in unseren Feinden erkannt. Niemand außer mir will das wahrhaben. In den dunkelsten Stunden der Nacht fliegt mein Geist bis in die unbekannten Behausungen der Dschinn, die um die Opfer weinen.

Jakob tritt ans Fenster und blickt hinaus in die Nacht. Die Tatsache, dass unser Forsthaus ein Stück abseits von Buchenau liegt, macht unsere Situation nicht gerade einfacher. Rundherum ist nichts als dichter Wald. Es könnten Horden von Dschinn da draußen sein und wir würden sie nicht entdecken. Jakob trägt eine geladene Pistole unter der Jacke, aber auch sie wäre im schlimmsten Fall nur ein bescheidener Schutz. Ich mache das Gleiche wie jede Nacht: schalte die Stereoanlage an und lege mich aufs Bett. Manchmal verbringen wir Stunden auf diese Art, ohne miteinander zu reden. Das unterscheidet Jakob am meisten von Levian. Mein Dschinn hatte immer irgendetwas zu sagen, auch wenn vieles davon nur Teil seines zermürbenden Spiels war. In seiner Gegenwart habe ich die prickelndsten Höhenflüge und die furchterregendsten Abstürze meines Lebens erlebt. Ich sehne mich nicht danach zurück. Aber ich kann es auch nicht vergessen.

Es dauert keine fünf Minuten und wir hören die Treppenstufen im Flur knarzen. Kurz darauf klopft es und Bernd öffnet die Tür.

»Na, ihr beiden«, sagt er. »Alles klar bei euch?«

»Wie ist es gelaufen?«, will Jakob wissen.

Bernd schließt die Tür hinter sich und setzt sich zu mir an die Bettkante. Jetzt erst fällt mir sein eingeschränkt beweglicher linker Arm auf. Wahrscheinlich ein Werk der Dschinn. Er greift ihn mit der Rechten und platziert ihn auf seinem Oberschenkel.

»Deine Eltern sind einverstanden«, sagt er zu mir. »Jakob hat die Erlaubnis, dieses Haus zu betreten. Du musst dein Versprechen abgeben, dass du jeden Tag in die Schule gehen wirst. Brichst du es oder werden deine Noten zu schwach, ist die Erlaubnis hinfällig. Nachmittags könnt ihr euch treffen, aber zum Abendessen musst du mit ihnen am Tisch sitzen. Zieht ihr danach noch einmal los, wird dein Vater dich hinfahren und abholen. Deine Mutter will sich außerdem darauf verlassen können, dass du regelmäßig deine Pille einnimmst und dich von Alkohol fernhältst.«

Na gut – wenn meine Mutter will, dass ich sinnlos Hormone in mich hineinstopfe, werde ich es wohl weiterhin tun. Ich tue es schon seit Monaten. Das mit dem Alkohol ist der Witz des Jahrhunderts, denn wir Talente trinken grundsätzlich nicht. Das Einzige, was tatsächlich etwas Anstrengung erfordert, ist die Sache mit den Noten. Ich habe weder die Zeit noch den Elan, für die Schule zu lernen. Aber es wird schon irgendwie gehen.

»Super!«, sage ich. »Danke, Bernd.«

Er nickt mir zu.

»Wie lange willst du das durchziehen, Junge?«, wendet er sich nun an Jakob. »Irgendwann muss ich dich wieder in den Arbeitsmarkt integrieren.«

»Das hat Zeit bis zum Ende des Sommers«, entgegnet Jakob unwirsch.

»Und wenn du ihn dann immer noch nicht getötet hast?«

»Dann wird es eben mit Hartz IV weitergehen müssen!«

Bernd lässt ein leichtes Seufzen hören und verdreht die Augen in meine Richtung.

Ich versuche, ein Lächeln zu Stande zu bringen.

»Im Moment schläfst du vormittags, wenn Melek in der Schule ist und Kadim sie bewacht«, stellt Bernd fest. »Nachmittags seid ihr im Training. Wann willst du schlafen, wenn das Arbeitsamt dich in die Mangel nimmt? Es ist nicht gesagt, dass du den Dschinn wirklich erwischst.«

»Es wird schon gehen, Bernd«, entgegnet Jakob nun wirklich ärgerlich. »Hast du eine bessere Idee?«

»Nein. Wenn es eine gäbe, wüsstest du davon. Aber es gibt Stimmen, die sagen, du solltest dich besser um Erik kümmern.«

Ich halte die Luft an. Bernd muss wirklich ein enger Vertrauter von Jakob sein, wenn er solche Tabuthemen offen anspricht. Jeder, der mit der Armee in Verbindung steht, weiß um das Geheimnis, das meinen Schulfreund Erik umgibt. Doch keiner würde es wagen, unseren Anführer deswegen zu kritisieren.

»Erik ist bestens bewacht von Tina, Henry und Kadim. Die Dschinn halten Winterruhe. Und bevor sie vorbei ist, wird Erik einem Schutzprogramm unterstehen. Wo also ist das Problem?«

»Das Problem ist, dass Erik der erste Heiler seit fast 1500 Jahren ist.« Bernd bleibt völlig gefasst, aber seine Stimme ist etwas härter als zuvor. »Verlieren wir ihn, ist jede Chance dahin, die Dschinn in einem Endkampf zu besiegen. Er müsste längst in sicherem Gewahrsam sein. Stattdessen geht er weiterhin zur Schule und streift mit euch durch den Wald. Und du bewachst ihn nicht einmal selbst, sondern schickst deine Offiziere. Das ist fahrlässig, Jakob!«

Die Spannung, die mit einem Mal im Raum steht, ist beinahe körperlich spürbar. Jakob wendet sich vom Fenster ab und baut sich vor Bernd auf. Solche körperliche Nähe stellt er absichtlich her und sie verfehlt nie ihre Wirkung. Ich selbst wäre in diesem Moment mucksmäuschenstill. Bernd hat wenigstens genug Selbstbewusstsein, um ihm weiter in die stechend blauen Augen zu blicken.

»Das Problem ist ein ganz anderes, Herr Veteran«, sagt Jakob schneidend. »Erik trifft seine eigenen Entscheidungen. Wenn es nach mir ginge, wären wir seit Wochen auf dem Weg nach Istanbul. Aber unser großartiger Heiler hat kein Problem damit, sich meinen Anweisungen zu widersetzen, obwohl ich ihn bereits gezeichnet habe. Er ist der Meinung, dass es ausreicht, in den Weihnachtsferien aufzubrechen. Also haben wir einen Flug für den 26. Dezember gebucht.«

»Okay«, sagt Bernd und winkt ab. Ihm ist anzusehen, dass er keinen Drang verspürt, sich weiter mit Jakob anzulegen. »Hauptsache, du schaffst ihn bald hier weg. Wir haben schon eine geeignete Erklärung für seine Eltern zurecht-gelegt.«

Ich fühle einen schmerzhaften Stich in meiner Brust. In der Zeit, als Erik und ich uns vor unseren Eltern als Paar ausgegeben haben, habe ich seine Familie etwas kennengelernt. Sein Verschwinden wird seine Mutter in die Verzweiflung treiben. Sein Vater wird sich wahrscheinlich in der Arbeit ver-kriechen. Aber wie werden seine beiden Geschwister darauf reagieren, dass ihr großer Bruder von einem Tag auf den anderen untertaucht? Egal, welche Erklärung die Orakel Eriks Familie einpflanzen wollen, sie wird in jedem Fall mit Leid verbunden sein. Und Erik weiß das auch. Weshalb sonst schiebt er den Tag seiner Abreise seit Wochen hinaus? Offiziell soll es nur eine Vorstel-lung bei den Generälen der Armee werden. Aber uns allen ist klar, dass dort eine Entscheidung fallen wird, was künftig mit unserem Heiler passieren soll. Wenn Erik Pech hat, behalten sie ihn gleich da. Er ist einfach zu wichtig für sie.

Jakob runzelt die Stirn, tritt aber einen Schritt von Bernd zurück und ent-lässt ihn gnädig. Ich bin immer wieder fasziniert von der Wirkung, die er auf andere Menschen hat. Ohne die Armee und seinen kriminellen Deckmantel könnte er es locker zum erfolgreichen Geschäftsmann bringen. Seine Ange-stellten würden aus reiner Ergebenheit Höchstleistungen für ihn vollbringen. So wie wir es tun. Alle – bis auf Erik.

»Ich geh dann mal«, sagt Bernd und erhebt sich von der Bettkante. »Mach's gut, Melek, wir sehen uns bestimmt bald wieder.«

Er drückt mir zum Abschied mit seiner kräftigen Hand die Schulter und streckt sie dann ziemlich steif Jakob hin. Der schaut erst etwas verwundert, dann schlägt er ein.

»So förmlich, Herr Veteran?« fragt er grinsend.

»Dem Anlass angemessen, Herr Hauptmann«, sagt Bernd mit einer Spur von Griesgrämigkeit in der Stimme. Aber dann entschließt er sich doch noch, seinen schwachen Arm zu heben und Jakob freundschaftlich am Arm zu berühren. Der erwidert die Geste mit seiner unverkennbaren Mischung aus Sympathie und Zurückweisung. Ich weiß genau, wie Bernd sich jetzt fühlt: voll im Recht und trotzdem auf ganzer Linie besiegt. Das kenne ich nur zu gut.

Als er verschwunden ist, bleibt ein schales Gefühl von Schuld in meinem Bauch zurück. Die Veteranen haben Recht mit dem, was sie sagen: Es ist nicht richtig, dass unser Anführer Nacht für Nacht seine Freundin beschützt, anstatt Erik zu bewachen, dessen Leben um so vieles wertvoller für die Armee ist. Er kann noch so viele Offiziere zu ihm schicken – falls etwas passiert, wird man Jakob dafür verantwortlich machen. Ich möchte ihm das gern sagen, aber mir fehlt es wie immer an diplomatischem Geschick. Während ich noch um Worte ringe, hat Jakob meine Gedanken bereits an meinem Gesichtsausdruck erkannt.

»Ich kann mich nicht um Erik kümmern«, sagt er gefasst. »Du weißt, warum. Es würde nur Ärger geben, wenn wir Tag und Nacht aufeinandersitzen. So wie es ist, ist es gut. Tina spielt seine Freundin und ist praktisch bei ihm eingezogen. Das macht wenigstens Sinn. Fällt sie aus, übernimmt Henry, und vor der Schule steht Kadim. Was soll ich da noch? Ihn so weit bringen, dass er uns abhaut?«

Ich schüttele den Kopf.

»Nein, du hast schon Recht. Wie immer«, seufze ich.

Ich stehe auf und trete zu ihm ans Fenster. Er dreht sich von mir weg und starrt wieder nach draußen. Aber so leicht lasse ich mich nicht abwimmeln. Also schlinge ich meine Arme von hinten um seinen Oberkörper und lege meinen Kopf auf seinen Rücken. Ich spüre seine Wärme und sein gleichmäßiges Atmen.

»Ich beschütze seine Muse«, murmelt er schließlich. »Das ist auch was wert.«

Darauf fällt mir keine Antwort ein. Es stimmt, dass Erik immer noch in mich verliebt ist. Nein, das ist nicht ganz richtig. Wahrscheinlich liebt er mich. Und wahrscheinlich wird sich das nie ändern. Aber er hat auch verstanden, dass mein Herz einem anderen gehört. Seit der Nacht im Wald, als er mich küsste und sein Talent mich vor einem Leben als gefühlskaltes Wesen bewahrte, gab es keinen einzigen intimeren Augenblick mehr zwischen uns.

In der Schule hängen wir nach wie vor zusammen, aber auch hier sind unsere Gespräche nur oberflächlich. Trotzdem bin ich in jeder Pause froh über seine Anwesenheit.

Ich beschließe, das Thema fallen zu lassen. Es ist keine besonders gute Grundlage für das, was ich vorhabe. Vorsichtig gehe ich auf die Zehenspitzen und beuge mich vor, schnappe mit der Unterlippe nach Jakobs Ohrläppchen und blase ihm einen warmen Luftstrom ins Ohr. Die kleinen Härchen in seinem Nacken richten sich auf und ich spüre einen leichten Schauder über seinen Rücken laufen. Das weckt meinen Ehrgeiz.

Meine Hände sind auf seiner Brust ineinander verhakt. Ich löse sie vorsichtig und lasse sie wie zufällig nach unten gleiten. Dann hebe ich sein Shirt an und fasse darunter. Noch nie habe ich Jakob mit nacktem Oberkörper gesehen. Aber so weit wie jetzt war ich schon ein paarmal. Ich schließe die Augen und konzentriere mich auf meinen Tastsinn. Meine Fingerspitzen streifen über den Waschbrettbauch, den Albert ihm in seinem kräftezehrenden Fitnesskurs antrainiert hat, und über seine muskulöse Brust. Meine Lippen gleiten ganz von allein über seinen Nacken und hauchen einen winzigen Kuss nach dem anderen darauf. Das ist zu viel. Jakob dreht sich zu mir um und fasst meine Hände.

»Warum quälst du mich, Engelchen?«, fragt er. Seine eisblauen Augen mustern mich. Er sieht bedrückt aus, aber das ist nichts wirklich Neues.

»Weil ich niemals aufgeben werde, dich von der Sinnlosigkeit deiner Prinzipien zu überzeugen«, antworte ich.

»Sie wurden uns nun einmal auferlegt«, sagt er. Wir haben dieses Gespräch schon unzählige Male geführt. »Wenn wir beide uns mit dem Schicksal anlegen, dann sollten wir zumindest dafür sorgen, dass wir niemand anderen mit hineinziehen.«

»Wir ziehen niemanden mit rein. Keiner muss davon erfahren!«, sprudele ich hervor.

»Sie sagte: ›Dann bricht das Schicksal über *uns* herein!‹. Damit ist unsere komplette Truppe gemeint. Vielleicht die ganze Armee. Wer kann das schon wissen. Willst du das riskieren, nur um mit mir zu schlafen?«

»Ja!«, stoße ich hervor und wundere mich über mich selbst. Früher hätte ich in einer solchen Situation längst einen Rückzieher gemacht.

»Melek, wir beide haben schon jetzt mehr, als ich je zu träumen gewagt hätte«, sagt Jakob. »Lass es einfach gut sein.«

Doch das kann ich nicht. Mit jedem Stückchen Glück, das ich mir in den letzten Monaten vom Leben gestohlen habe, wurde der Wunsch nach mehr größer. Das Ultimatum, das Levian mir gestellt hat, macht die Situation nur schlimmer. Denn jetzt will ich alles, was ich kriegen kann, bevor mir jemand das Genick bricht oder mich in ein Wesen verwandelt, das nichts mehr mit mir selbst zu tun hat.

In dieser Nacht verzichten meine Eltern auf einen Kontrollbesuch. Ich spiele noch eine Runde Karten mit Jakob und gehe dann früh schlafen. Gegen Morgen schrecke ich wie so oft aus einem Albtraum hoch. Jakob steht am Fenster mit zusammengezogenen Brauen, als hätte er etwas gehört, das nicht für seine Ohren bestimmt war. Ich versuche es zu vergessen und stehle mich wieder davon in den Schlaf.

Kein Einsatz für Mädchen, die mit dem Schicksal kämpfen

Unsere Übungstreffen finden im Winter nur noch alle zwei bis drei Tage statt. Dazwischen haben wir frei oder treffen uns im Fitnessstudio, um uns von Albert schikanieren zu lassen. Ich bin ziemlich beeindruckt davon, was in drei Monaten aus meinem Körper geworden ist. Ich habe kein Gramm an Gewicht verloren, aber alle meine Hosen schlackern um die Hüfte. Wenn ich sie anspanne, sind meine Taille und meine Oberschenkel knochenhart, nur mein Bauch hat noch eine winzige Wölbung. Bei unserem letzten Kampf gegen die Dschinn habe ich am eigenen Leib erfahren, wie schnell man seine Pistole verlieren kann. Seither arbeite ich umso verbissener daran, meinen Körper auf ein Niveau zu bringen, das mich auch ohne Schusswaffen am Leben hält. Ich habe Glück, dass mein Körper so gut auf das Training und die vielen Eiweißshakes reagiert. Das erspart mir meistens die üblen Beschimpfungen, die sich Nadja, Nils und Kadim von Albert anhören müssen. Selbst Henry, der verhältnismäßig gut bemuskelt ist, leidet immer wieder unter dem Ehrgeiz seines Vaters. Ich hingegen gehöre eher zu seinen Lieblingen, was ich eigentlich gar nicht sein will.

Nach dem heutigen Training bin ich völlig am Ende. Ich verschwinde so lange unter der Dusche, bis meine Haut von der Hitze knallrot ist. Dann ziehe ich mich mühsam an und packe meine Sachen. Die anderen sind schon aus der Umkleide verschwunden. Jakob wartet im Eingangsbereich auf mich. Er steckt gerade sein Handy weg und sieht aus, als hätte er noch etwas vor.

Als ich zu ihm gehe, sehe ich draußen vor der Tür Erik mit Tina und Henry stehen. Sie lachen über irgendetwas und Tina legt Erik freundschaftlich einen Arm um die Schultern. Auch Henry grinst. Sein Gesicht zeigt nicht die Spur von Eifersucht. Aber ich glaube, meines tut es. Es passt mir nicht, wie gut Erik sich mit meiner ewigen Konkurrentin versteht. Nachdem Jakob sie als Eriks Bodyguard eingeteilt hat, war keiner der beiden sonderlich erfreut über diese Zweckgemeinschaft gewesen. Tina hätte lieber weiter ihren geliebten Anführer bewacht und Erik wollte mich an seiner Seite haben. Ich hatte irgendwie erwartet, dass die beiden deshalb kühl miteinander umgehen würden. Stattdessen stehen sie nun da und schäkern miteinander.

Jakobs Blick ist meinem gefolgt. Ich schneide schnell ein anderes Thema an. »Gibt's noch was zu tun?«

»Ja, wir müssen zu Sylvia«, sagt er. »Sie hatte wieder eine Vision von Lennarts Nachfolgerin. Scheint wichtig zu sein.«

Ich nicke. Lennarts ominöse Nachfolgerin geistert seit seinem Tod am Teichfest durch meinen Kopf. Ich kann mir beim besten Willen nicht vorstellen, wie ein weiblicher Muskelprotz aussehen soll. Würde Erik nicht zu seinem eigenen Schutz auf ihrem Platz sitzen und den Muskelprotz der Truppe spielen, hätten wir sie längst kennengelernt. Die Tatsache, dass sie immer noch nichts von ihrem Glück weiß, ihr Leben künftig in den Dienst der Armee stellen zu dürfen, scheint vom Schicksal nicht einkalkuliert gewesen zu sein. Schon ein paarmal hat Sylvia verkündet, die Zeit dränge, das Mädchen endlich einzuweihen. Aber Jakob hat immer abgelehnt, um Erik nicht zu gefährden.

Wir fahren in dieselbe Richtung wie die anderen. Überall an den Straßen befreien die Menschen die Bürgersteige vom Schnee oder sitzen hinter den hell erleuchteten Fenstern ihrer Fachwerkhäuser. Die Weihnachtsbeleuchtungen sind schon aufgestellt und Biedenkopf zeigt sich von seiner heimeligsten Seite. Nichts von all dem hat mehr etwas mit mir zu tun. Schon wieder fühle ich mich wie ein Fremdkörper in dieser Welt.

Jakob parkt vor seiner Wohnung. Wir steigen aus und klingeln am Haus nebenan. Seit das Verhältnis zwischen Sylvia und mir so abgekühlt ist, finde ich es besonders unangenehm, dass die beiden Nachbarn sind. Ich bin nicht besonders oft bei Jakob, aber wenn ich ihn doch einmal besuche, ist mir immer bewusst, dass Sylvia meine Anwesenheit spüren kann.

Sarah öffnet uns die Tür so herzlich wie eh und je.

»Kommt rein, ihr Turteltäubchen!«, flötet sie. Im Gegensatz zu ihrer Tochter hat sie die Beziehung zwischen Jakob und mir akzeptiert.

Wir schieben uns durch den engen Flur, der mit allerlei Trödelkram vollgestellt ist, und stehen direkt in der lichtdurchfluteten Küche. Sylvia sitzt auf einem Stuhl an der Wand und hat die Knie an die Tischplatte gelehnt. Sie trägt ein türkisfarbenes Glitzeroberteil über ihren ausgebeulten Jeans. Niemand leidet so sehr an Geschmacksverirrung wie dieses Mädchen. Aber es blickt auch niemand so tief in andere Menschen hinein wie sie. Mir fällt auf, dass seit einiger Zeit ein paar kleine Pickel auf ihrer Stirn sprießen. Als sie mich sieht, verkneift sie sich das Lächeln, das sie für Jakob aufgesetzt hatte.

»Hi«, sagt sie.

»Hi Sylvia.«

»Was gibt's, Große?«, fragt Jakob und setzt sich an seinen gewohnten Platz am Tischende. Ich platziere mich daneben, mit dem Rücken zur Küchenzeile, in der Hoffnung, dass Sarah den Wink versteht und mich reinigt.

»Wenn du die Muskelprotzin nicht bald aus dem Verkehr ziehst, gerät sie ins Licht der Öffentlichkeit«, sagt Sylvia. »Seit ihr Talent sich vor drei Monaten voll entwickelt hat, hat sie innerhalb kürzester Zeit sämtliche regionalen Rekorde im Gewichtheben gebrochen. Vor ein paar Tagen fiel es jemandem auf. Jetzt hat sie so etwas wie einen Trainer und der will sie nächste Woche auf ein Turnier nach Gießen schicken. Wenn sie dort ihr Können zeigt, steht das bald in sämtlichen Zeitungen und es wird schwer werden, sie danach noch zu isolieren. Du musst das verhindern!«

»Hm«, macht Jakob. »Und Erik?«

»Die Dschinn schlafen«, sagt Sylvia. »Du musst das Risiko eingehen.«

»Was die Dschinn machen, ist kein dauerhafter Schlaf«, kontert Jakob. »Es kommen immer wieder ein paar von denen aus ihren Behausungen und mischen sich unter die Menschen. Was, wenn sie uns dabei beobachten?«

»Dann werde ich sie rechtzeitig erkennen und euch warnen. Außerdem haben sie im Winter anderes im Sinn, als die Talente auszuspionieren. Und es geht nur noch um ein paar Tage, hab ich Recht?«

Jakob seufzt. Es sieht ganz so aus, als käme er nicht um diese Entscheidung herum.

»Okay«, sagt er schließlich. »Ich werde sie mir ansehen. Wo finde ich sie?«

»Im Fitnessstudio in Dautphe. Ihr Name ist Anastasia Nowikow. Sie ist fast jeden Abend da – du kannst sie nicht verfehlen.«

»Woran erkenne ich sie?«

Da stößt Sylvia ihr mädchenhaftes Lachen aus.

»Du wirst sie erkennen, glaub mir! Und sei offen für sie, denn sie ist es wert.«

Jakob runzelt die Stirn, aber er fragt nicht weiter nach. Im Laufe der letzten Jahre hat er oft genug neue Talente angeheuert, um zu wissen, dass Sylvia ihn immer ausreichend auf das Zusammentreffen vorbereitet. Das Thema scheint damit geklärt zu sein.

Das merkt auch Sarah, denn nun tritt sie von hinten an mich heran und legt mir die Hände auf den Kopf. Auch wenn sie seit Jahren kein Orakel mehr ist, ist sie immer noch sensibel genug, um die Schwingungen zu empfangen, die von den Menschen in ihrer Umgebung ausgehen.

»Danke!«, murmele ich.

Sarah sagt kein Wort. Während sie an mir arbeitet, steht Sylvia auf und macht Jakob einen Kaffee. Ich bin froh, dass sie uns nicht weiter beobachtet. Wie immer fühlt sich die Reinigung zuerst unangenehm an. Es ist ein bisschen so, als hätte ich einen Parasiten im Kopf, den Sarah aufspürt und herauszieht. Ist er verschwunden, breitet sich ein wohliges Schaudern in meiner Seele aus. Es dauert vielleicht eine Minute, dann hat sie es geschafft. Ich fühle Erleichterung. Sarah rennt sofort zum Spülbecken und schrubbt sich die Hände mit einer Bürste ab.

»So schlimm?«, frage ich zaghaft.

»Hu!«, macht Sarah. »Du und Karl, ihr seid noch mal mein Untergang!«

»Ich verstehe nicht, wieso«, gebe ich kleinlaut zu.

Sie wäscht sich erst penibel weiter, um ja keinen Flecken Haut zu vergessen. Dann setzt sie sich neben mich an den Tisch und bittet Sylvia, uns auch einen Kaffee zu machen.

»Erik hat euch Gefühle verabreicht, die eigentlich kein Teil von euch waren. Im Grunde ist das nicht schlecht, denn Erik ist weicher und freundlicher als ihr beide. Menschlich profitiert ihr davon. Aber eure Seelen haben sich noch nicht an die fremden Anteile gewöhnt. Sie versuchen, sie abzustoßen. Das ist ein innerer Kampf, der noch eine ganze Weile anhalten wird. Solange ihr ihn führt, seid ihr ziemlich durcheinander. Nicht ganz ihr selbst. Und wenn ich euch die Hand auflege, geht es mir genauso. Das muss ich unbedingt loswerden.«

»Indem du dir die Hände wäschst?«, frage ich skeptisch.

»Ja«, sagt Sarah und sieht mich verständnislos an. »Wie denn sonst?«

Ich akzeptiere ihre Aussage einfach. Ich werde ohnehin nie verstehen, welche ihrer Reaktionen weise sind und welche einfach chaotisch. Sie vereint beide Eigenschaften in sich, genau wie ihre Tochter. Aber dass Erik mir nicht meine eigenen Gefühle zurückgegeben, sondern stattdessen seine Emotionen in mein Gehirn gepflanzt hat, ist mir neu.

»Wieso bin ich dann immer noch so düster und unspontan?«, frage ich.

Sarah bricht in schallendes Lachen aus. Selbst Jakob kann sich ein Schmunzeln nicht verkneifen.

»Oh, Melek, du bist so wunderbar direkt«, amüsiert sich Sarah. Sie reibt sich ein paarmal über die Augen, bevor sie sich wieder beruhigt. »Dein Wesen besteht nicht nur aus deinen Gefühlen. Auch deine Erfahrungen, deine Erinnerungen und dein körperlicher Zustand machen dich zu dem, was du bist. Niemand hat an deinem Geist und deinem Körper manipuliert.«

»Außer Albert«, wirft Sylvia trocken ein. Zum ersten Mal, seit wir hier sind, blicke ich sie direkt an, aber es kommt kein Lächeln von ihr. Schnell wendet sie sich wieder der Kaffeemaschine zu.

»Du wirst nie mehr genau dieselbe sein wie früher«, sagt Sarah nun ganz ernst. »Aber die Veränderung hält sich in Grenzen. Alles, womit du leben lernen musst, sind die ungewohnt sensiblen Anteile deines Heilers.«

Ich glaube, ich muss vor allem lernen zu akzeptieren, dass mein Heiler mich mit seiner Empfindsamkeit alleinlässt. So sehr ich immer noch hinter meiner Entscheidung für Jakob stehe, so belastend ist es für mich, dass Erik täglich andere Menschen küsst, um sie in die Welt der Fühlenden zurückzuholen. Und dass die Einzigen, die ihm dabei zusehen, Tina und Henry sind.

Sylvia knallt mir eine Tasse Kaffee vor die Nase. Der Inhalt ist rabenschwarz und es ist garantiert kein Zucker drin. Das macht sie absichtlich. Sarah verdreht die Augen, steht wortlos auf und geht zum Kühlschrank. Dann stellt sie Milch und Zucker vor mich auf den Tisch. Wir wechseln das Thema und reden noch eine Weile über die Begegnung zwischen Bernd und meinen Eltern neulich Abend, wobei Sylvia wieder hartnäckig schweigt.

***

Ich weiß nicht, wie Erik das macht. Seitdem er offiziell zur Armee gehört, haben seine Noten in keinem Fach nachgelassen. Wahrscheinlich liegt es einfach daran, dass er weiterhin jeden Abend vor dem Computer sitzt und lernt, während Tina sich mit Klimmzügen an seinem Türrahmen beschäftigt. So zumindest stelle ich es mir vor. Vielleicht liest er ihr aber auch nebenbei etwas von Goethe vor oder weiht sie in die Geheimnisse der Kurvendiskussion ein. Zuzutrauen ist ihm das auf jeden Fall. Ich hoffe, dass es so zwischen ihnen läuft. Alles ist besser, als sich auszumalen, wie er ihr sein Herz ausschüttet.

Mir jedenfalls tut das tägliche Zusammensein mit Jakob weniger gut, was meine schulischen Leistungen angeht. An den besonders schweigsamen Abenden lerne ich auch mal für eine Arbeit. Aber meistens bin ich viel zu sehr mit meinen Gedanken beschäftigt, die um die nähere und fernere Zukunft kreisen. Daher ist es schon wieder Erik, der mich vor dem Sitzenbleiben bewahrt. In der wenigen Zeit, die wir noch miteinander verbringen, gibt er mir fast immer Nachhilfe. Heute Mittag haben wir beide eine Freistunde, die wir im Hausaufgabenraum verbringen, wo wir über Milchsäuregärung reden. Ich versuche gerade zum dritten Mal einen Satz aus meinem Biologiebuch zu verstehen.

»Der Regelfall der Milchsäuregärung ist die Energiegewinnung aus Glucose in zur oxidativen Weiterverstoffwechselung nicht oder eingeschränkt befähigten Muskelzellen ...«, murmele ich vor mich hin. »Zur oxidativen Weiterverstoffwechselung ... was ist das, Erik?«

Er mustert mich von oben bis unten und seufzt. Uns ist beiden bewusst, dass ich solche Fragen nicht stellen müsste, wenn ich wenigstens im Unterricht zugehört hätte.

»Oxidation ist die Verbindung eines chemischen Elements mit Sauerstoff«, erklärt er schließlich. »Oxidativer Stoffwechsel ist also der Stoffwechsel, der unter Einsatz von Sauerstoff geschieht. Manche Muskelfasern können das besser als andere. Die roten Muskeln haben jede Menge Mitochondrien und Enzyme, die weißen Muskeln nicht. Deshalb machen die roten oxidativen Stoffwechsel und die weißen greifen auf die Energie aus der Milchsäuregärung zurück.«

»Aha«, murmele ich. Ich ahne schon, dass die Sache nicht leichter erklärbar ist, denn Erik redet jetzt schon mit mir, als wäre ich eine Erstklässlerin.

»Was machen die Mitochondrien noch mal?«

Nun lehnt er sich zurück und sieht mich ernst an.

»Melek, das wird nicht funktionieren«, sagt er. »Ich kann deine Lücken nicht ausgleichen, indem wir alle paar Tage einen Schnellkurs machen. Was du brauchst, ist ein Nachhilfelehrer. Und der kann ich nicht sein, denn schon bald werde ich aus deinem Leben verschwinden.«

Mein Herz krampft sich bei der Vorstellung zusammen. Warum muss er mich daran erinnern? Und wieso sitzen wir überhaupt da und unterhalten uns über Milchsäuregärung, wenn wir doch wissen, dass wir nicht mehr genug Zeit haben, um uns die Dinge zu sagen, die wirklich von Bedeutung sind? Ich versuche den Kloß in meinem Hals hinunterzuschlucken, denn ich kenne die Antwort darauf bereits: Weil ich es so wollte! Ich habe mich für Jakob und gegen Erik entschieden und nun muss ich damit leben, dass es keine vertrauten Gespräche mehr zwischen uns gibt. Ich lege das Buch beiseite.

»Wird Tina mit dir gehen?«, frage ich.

»Nein. Tina bleibt hier. Es gibt jede Menge Bodyguards auf der Welt. Besser ausgebildete sogar ... Ich werde mich nicht retten können vor denen. Es wird sein wie bei Justin Bieber.«

Es ist ein Versuch, lustig zu sein, aber er misslingt. Er beißt die Zähne aufeinander und schluckt ein paarmal hintereinander. Der Anblick allein genügt, um mir das Wasser in die Augen zu treiben. Ich hasse diese verfluchte Labilität, die er mir verabreicht hat! Fast gleichzeitig strecken wir unsere Arme über den Tisch und halten uns so fest an den Händen, als wären wir nicht längst entzweit. Ich weiß genau, was Erik sich wünscht: Dass ich mit ihm gehe. Aber er würde nie darum bitten, denn er weiß genau, dass ich Nein sagen würde.

Genau in dem Moment, als wir an unserer Sprachlosigkeit fast ersticken, kommen meine Klassenkameraden Jana und Bodo vorbei. Sie bleiben stehen und schauen auf unsere ineinander verschränkten Hände, deren Knöchel bereits weiß angelaufen sind. Es ist nur ein Schauen. Kein Starren, kein Glotzen. In ihren Augen liegt weder Verwunderung, noch Häme, noch Spott. Keinerlei Gefühl. Dafür hat Levian gesorgt.

»Braucht ihr Hilfe?«, fragt Jana.

»Nein, danke, Jana. Wir kommen schon klar«, presst Erik hervor.

Daraufhin nickt sie und geht mit Bodo in Richtung der Turnhalle davon. Es kostet mich all meine Willenskraft, Eriks Hände loszulassen.

»Zum Glück erlöst du sie gleich«, murmele ich. »Es ist schrecklich, sie so zu sehen.«

Er lässt seine Hände auf dem Tisch liegen, als sei er zu schwach, sie wegzuziehen.

»Ich bringe Tina und Sylvia direkt mit, wenn wir im Rathaus fertig sind. Sorg in der Zwischenzeit schon mal dafür, dass wir einen Raum haben, wo wir ungestört sind.«

Ich frage mich wirklich, wie Erik das aushält. Was er wohl dabei empfindet, all diese Menschen zu küssen. Wenn ich richtig mitgezählt habe, dann ist sein Talent mittlerweile genau 32 Mal zum Einsatz gekommen. Heute soll er drei weitere Opfer »reanimieren« – also ihre Seelen wiederbeleben – und anschließend noch unsere beiden Schulkameraden. So viel küssen andere Menschen in ihrem ganzen Leben nicht. Es gibt nur einen Umstand, der mir die Sache erträglich macht: dass ich die Erste war.

»Das heißt, ab morgen werden Jana und Bodo wieder auf mich losgehen«, mutmaße ich schlapp.

»Ich denke, ich kann dich beruhigen. Es sieht so aus, als würde ich den Leuten nicht ihre eigenen Gefühle zurückgeben, sondern ihnen stattdessen meine verabreichen. Wenn es so ist, hast du nichts zu befürchten.«

Das hatte ich schon wieder vergessen. Das wäre dann also Eriks Abschiedsgeschenk an mich: zwei nette Mitschüler, die mir vielleicht mal aus der Patsche helfen, anstatt mich zu mobben wie früher.

»Das hat Sylvia gemeint, als sie sagte, du könntest die Welt besser machen«, fällt mir ein.

Ein beschämtes Lächeln stiehlt sich auf Eriks Gesicht.

»Wollen wir's hoffen«, murmelt er.

Ich bin mir sicher, dass es so ist. Seine linke Hand liegt immer noch halb geschlossen auf dem Tisch. Ich nehme sie in meine und öffne sanft seine Finger. Sein Bannzeichen hat eine besondere Ausstrahlung auf mich. Jedes Mal, wenn ich es sehe, bin ich gleichzeitig erregt und verstört. Wir alle tragen das Auge mit dem Pentagramm als Tätowierung. Erik ist der Einzige, dessen Zeichen aus einer dunkelroten Narbe besteht. Ich träume täglich von der Nacht, als Jakob ihm diese Linien mit einem Messer in die Hand geschnitten hat. Mir fällt auf, dass ich ihn nie gefragt habe, wie er die Verletzung seinen Eltern erklärt hat. Als ich es nachhole, winkt er ab.

»Ich habe gesagt, dass ich es selbst war.«

Von zwei Dingen bin ich immer noch überrascht, obwohl ich Erik seit Ewigkeiten kenne: von seiner Fähigkeit, sich Lügen auszudenken, die so simpel sind, dass jeder sie glaubt. Und seiner Bereitschaft, für andere Menschen den Kopf hinzuhalten.

»Sie wussten, dass du dieses Tattoo trägst. Und es lag nahe, dass ich Liebeskummer hatte. Also war es das Sinnvollste, was ich erzählen konnte. Und zumindest weniger erschreckend als die Wahrheit«, sagt er.

Zum ersten Mal seit Wochen reden wir wieder richtig miteinander.

»Sie halten dich jetzt also für einen Ritzer«, stelle ich fest.

»Genau. Unglücklich und depressiv. Das ist mein Alibi.«

Wenn Eriks Eltern wüssten, wie abgrundtief falsch sie mit ihrer Vermutung liegen. Wenn man ihnen nur sagen könnte, was ihr Sohn wirklich macht! Wären sie stolz darauf, wenn sie wüssten, dass er gerade dabei ist, in die Fußstapfen von Jesus zu treten? Oder würden sie alles darum geben, es zu verhindern? Deshalb dürfen sie es nie erfahren.

»Für Tina ist es schwierig, denn sie dürfen nicht sehen, dass sie das gleiche Zeichen trägt«, redet Erik weiter. »Also lässt sie sich kaum an unserem Tisch blicken, bleibt stattdessen in meinem Zimmer und stirbt tausend Tode, weil ich bei jedem Abendessen ungeschützt bin.«

Es ist, als hätte jemand einen Damm gebrochen und die Worte freigelassen, die wochenlang nicht gesprochen wurden.

»Sie wird's überleben«, murre ich.

Erik sieht mich ernst an.

»Tina ist nicht so, wie du denkst«, sagt er. »Du kennst sie nicht.«

»Aber du!«

»Ja, Melek, mittlerweile glaube ich, Tina zu kennen. Wir verbringen jede Nacht miteinander. Da kommt das eine oder andere Thema auf. Mit Henry ist es ähnlich. Die Zweckgemeinschaft hat sich zusammengerauft. Und ich bin froh, dass ich jemanden habe, der mich versteht.«

Also hat er mit ihr über mich gesprochen. Und Tina hat ihm wahrscheinlich ihr Herz in Bezug auf Jakob ausgeschüttet. Ich denke mal, es gab die eine oder andere Diskussion zwischen den beiden. Immerhin kann keiner von ihnen nachvollziehen, was der andere an seiner unerreichbaren Liebe findet. Das ist mir ein kleiner Trost bei der Sache. Ich blicke auf meine Armbanduhr.

»Du musst los«, sage ich.

Erik seufzt, dann packt er seine Sachen und macht sich auf den Weg zu seinem Termin. Ich beobachte durch das Fenster des Hausaufgabenraums, wie er Kadim am Eingang des Schulgeländes zuwinkt. Das ist das Zeichen, dass er nach Hause gehen darf. Außer Sylvia ist Kadim der Einzige, der die Gegenwart der Dschinn spüren kann. Und da Sylvia ebenfalls noch zur Schule geht, hat man die volle Verantwortung bis zum Nachmittag auf ihn abgewälzt. Womit Kadim eigentlich seinen Lebensunterhalt bestreitet, weiß ich nicht. Aber so oft, wie er momentan Wache schiebt, scheint es auf Arbeitslosengeld hinauszulaufen. Obwohl wir beide aus einer türkischen Familie stammen, bin ich nie richtig warm geworden mit Kadim. Trotzdem bin ich froh über seinen permanenten Einsatz, der mich genauso schützt wie Erik. Ich schaue auf die Uhr und beginne zu rechnen. Wenn alles glatt läuft, müsste die Reanimierung mit aller Vor- und Nachbereitung gegen drei Uhr vorbei sein. Also habe ich noch etwas über eine Stunde Zeit, um einen geeigneten Raum zu finden und Jana und Bodo dorthin zu bestellen.

Ich werde schnell fündig. Der Chemie-Saal im hinteren Bereich des Schulgebäudes ist nicht abgeschlossen. Um diese Uhrzeit kann man davon ausgehen, dass niemand mehr unterwegs ist, um dort nach dem Rechten zu sehen. Die meisten Schüler sind ohnehin froh, wenn sie den Raum nicht betreten müssen. Als Nächstes suche ich meine beiden gefühlskalten Mitschüler und teile ihnen mit, dass sie um genau 15 Uhr in den Chemie-Saal kommen sollen. Das Gute an ausgesaugten Menschen ist: Sie stellen keine Nachfragen. Deshalb ist es selbst für mich einfach, sie anzulügen.

Erik, Tina und Sylvia sind zehn Minuten früher zurück als gedacht. Ich schenke keinem der beiden Mädchen einen Funken von Aufmerksamkeit, sondern hake mich direkt bei Erik ein, als er durch die Schultür tritt. Tina gibt daraufhin ein leises Grummeln von sich.

»Wie geht's dir?«, frage ich ihn.

»Schon okay«, sagt er. Ich finde, er sieht müde aus, aber nicht unglücklich. Es ist mir vollkommen schleierhaft, wie Erik es schafft, irgendwelchen fremden, erwachsenen Menschen die Zunge in den Hals zu stecken, ohne sich im gleichen Moment zu erbrechen.

»Wer waren die Typen eigentlich?«, frage ich ihn.

»Politiker«, sagt er. »Wieder einmal. Ich weiß nicht, warum alle Gefühlskalten in die Politik gehen. Das scheint ein echter Traumberuf für Tunicas zu sein.«

Die Bezeichnung Tunica ist neu. Erst vor kurzem haben die Veteranen sie eingeführt, wo auch immer sie das herhaben. Es bedeutet so viel wie »Hülle«. Ich habe mich noch nicht ganz daran gewöhnt.

»Ich frage mich, warum ich so selten Models und Schauspieler küssen darf.«

Wahrscheinlich wird auch das künftig auf ihn zukommen. Im Moment sind nur die aktiven und ehemaligen Talente aus Biedenkopf eingeweiht. Sie werden schwerlich Termine mit Menschen arrangieren können, deren Bekanntheitsgrad über die Region hinausgeht. Ist Erik erst einmal in den Fängen der Generäle, so steht ihm wahrscheinlich ein Netzwerk aus Agenten zur Verfügung, das ihn um den ganzen Globus karrt, um einen Tyrann nach dem anderen zu beseitigen. Wie um alles in der Welt will er dieses Leben durchhalten?

Wir sind kaum im Chemie-Saal angelangt, da stehen Jana und Bodo auch schon in der Tür. Sie blicken uns fragend an, interessieren sich aber nicht dafür, wer Sylvia und Tina eigentlich sind.

»Was wolltet ihr uns denn jetzt zeigen?«, will Bodo wissen. Seit dem Tag, als Leviata ihn geküsst hat, hat er nicht ein einziges Mal mehr im Unterricht gefehlt. Sogar seine Noten sind seither ziemlich gut geworden. Den Lehrern wird es gar nicht gefallen, dass wir ihn zurückholen.

»Ganz einfach«, sagt Erik. »Komm hinter das Lehrerpult und du wirst es sehen. Jana geht solange vor die Tür und lässt niemanden herein!«

Sie tun beide folgsam, was er sagt. Nun steht gleich mein erster Einsatz als Eriks Gehilfin an. Im Gegensatz zu Tina habe ich das noch nie gemacht, aber Henry hat mir genau erklärt, was ich tun muss: Wenn Erik die Tunicas küsst, müssen wir aufpassen, dass sie ihm nicht davonlaufen oder Alarm schlagen. Notfalls halten wir sie einfach fest. Wenn es vorbei ist, löscht Sylvia ihre Erinnerung und die Menschen dürfen in ihr neues Leben abziehen. Klingt alles ganz einfach. Trotzdem habe ich ein nagendes Gefühl im Bauch. Auf der einen Seite bewegt mich meine eigene Reanimierung immer noch so stark, dass ich alles dafür gäbe, einen solchen Kuss erneut erleben zu dürfen – und sei es nur bei jemand anderem. Auf der anderen Seite will ich um nichts in der Welt sehen, wie Erik Jana und Bodo küsst. Vor allem Jana nicht! Trotzdem husche ich gemeinsam mit Tina hinter Bodos Rücken, als er auf Erik zugeht und direkt vor ihm stehen bleibt.

»Ganz still stehen bleiben!«, befiehlt der und Bodo gehorcht.

Erik fackelt nicht lange. Er greift nach Bodos Händen und erntet dafür nur einen verwunderten Blick. Seine Daumen fahren vorsichtig über Bodos Handrücken. Dabei blickt er ihm so tief in die Augen, dass selbst mein Herzschlag in Sekundenschnelle in die Höhe schießt. Ich stehe hinter Bodos Schulter und schaue direkt in Eriks Augen. Was ich darin sehe, ist ein Funkeln, das mir gar nicht gefällt. Viel zu innig greift er in den Nacken des Jungen, zieht ihn heran und küsst ihn auf den Mund. Ein paar Sekunden lang reagiert Bodo gar nicht. Dann registriert er wohl, dass diese Sache hier nicht in seinen normalen Tagesablauf passt und will sich losmachen. Es ist genau der Moment, bevor Eriks Gefühle ihn überwältigen. Ich weiß das besser als jeder andere im Raum. Deshalb halte ich ihn schnell fest, damit er nicht nach hinten ausweichen kann. Da gibt Bodo auf und erwidert den Kuss. Er schlingt die Arme um Erik und stößt einen Laut aus, der überhaupt nicht zu seiner Gleichgültigkeit der letzten Wochen passt. Ich bin viel zu nahe an den beiden dran, um das aushalten zu können. Eine prickelnde Erregung und ein unermesslicher Zorn steigen gleichzeitig in mir hoch. Dann brennt mir die Sicherung durch.

Tina packt mich in dem Moment, als ich die Faust hebe und auf Erik und Bodo einschlagen will. Sie zerrt mich weg und hält mir dabei den Mund zu. Ich wehre mich nicht. Sie ist schließlich im Recht. Aber erst, als sie mich zum Periodensystem der Elemente umdreht, das an der gegenüberliegenden Wand hängt, verliert das Gefühl an Intensität.

»Atme ganz ruhig durch«, flüstert sie mir ins Ohr. »Und dann mach deine Dschinn-Technik! Es ist gleich vorbei!«

Ich starre auf die Aneinanderreihung der diversen Elemente, die ich noch nie verstanden habe, und suche verzweifelt nach Gedanken, die ich für das Small-Think benutzen kann. Der Aufruhr in meinem Kopf ist kaum zu bändigen.

Wasserstoff. Helium. Phosphor.

Es funktioniert. Ganz langsam lässt meine Aufregung nach und ich komme wieder zu mir. Als es so weit ist, ist mir die Sache schrecklich peinlich. Ich entspanne alle meine Muskeln und klopfe auf Tinas Oberschenkel, weil sie mir immer noch den Mund zuhält. Vorsichtig lässt sie mich los. Sie beobachtet mich argwöhnisch, als ich mich umdrehe und wieder zu Erik und Bodo schaue, die immer noch in ihren Kuss versunken sind. Schnell wende ich meinen Blick ab.

»Tut mir leid«, flüsterte ich.

Tina will etwas antworten, aber in dem Moment ertönt plötzlich Bodos Stimme.

»Was ... was hast du mit mir gemacht?«, stottert er. Er ist völlig verwirrt und doch scheint er zu merken, dass Erik ihn von irgendetwas befreit hat.

»Fühlt sich gut an, oder?«, sagt Erik. »Ich erkläre es dir gleich. Setz dich solange neben meine kleine Freundin dahinten.«

Es ist beeindruckend, die Fassungslosigkeit in Bodos Gesicht zu sehen. Ich hatte vergessen, wie er mit einer normalen menschlichen Mimik aussieht. Leicht schwankend schlurft er zu Sylvia hinüber und lässt sich neben sie auf einen Sitz plumpsen. Er hat kaum den Blick in ihre Richtung gewendet, da packt sie auch schon seine Hand und hält sie fest. Ihre Augenlider flackern.

»Was soll das denn schon wieder?«, entfährt es Bodo. Dann wird sein Blick glasig. Einige Sekunden verstreichen, während die Szene so eingefroren wirkt wie ein abgestürztes Internetvideo. Nach etwa einer Minute lässt Sylvia die Hand los und drückt ein Stück Papier hinein, auf dem ich einige chemische oder mathematische Formeln erkennen kann.

»Sag's den anderen in der Klasse nicht!«, raunt sie verschwörerisch.

»Nie im Leben ... super!«, sagt Bodo mit Blick auf den Zettel. »Total geil, wenn ich jetzt schon weiß, was abgefragt wird!«

Sein Gesicht wirkt beschwingt. Er hat keine Ahnung mehr, dass er gerade Erik geküsst hat, als gäbe es keinen begehrenswerteren Menschen auf der Welt. Tina geleitet ihn nach draußen, doch sie bedeutet Jana, noch einen Augenblick vor der Tür zu warten, bis sie an der Reihe ist.

Als sie zurückkommt, macht sie sich erst mal Luft. Das hat sie von Jakob übernommen, deshalb habe ich schon damit gerechnet.

»Das war hochgradig unprofessionell von dir, Melek!«, schimpft sie. »Welcher Teufel hat dich geritten?«

Erik blickt etwas verdutzt zwischen uns hin und her. Anscheinend hat er nichts von meinem Ausbruch mitbekommen. Wie auch – er hing ja genauso gefesselt an Bodo wie dieser an ihm!

»Melek wollte auf euch einprügeln!«, klärt Tina ihn auf. »Sie war völlig durchgeknallt!«

»Echt?« Zum ersten Mal seit langem ist Eriks Lächeln wieder so breit, dass man seine Zähne sehen kann. »Warum denn?«

»Weil du ... weil du ihn nicht einfach nur so geküsst hast!«, ereifere ich mich. »Du machst es nicht bloß irgendwie, sondern mit ... mit ...«

Mir versagt die Stimme, als ich Tinas Gesicht sehe. Ihr Unterkiefer ist drohend vorgeschoben. Erst in dem Moment wird mir bewusst, dass mich nicht ansatzweise angeht, wie Erik seine Arbeit erledigt. Ich senke den Blick zu Boden und beiße mir auf die Lippe. Schon einmal war ich verbotenerweise Zeuge gewesen, als Erik jemanden küsste. Aber damals, bei Karl, hatte ich sein Gesicht nicht gesehen. Ich stand weiter weg und mein Blick durchs Fenster war von einer Zimmerpflanze versperrt. Es war nicht halb so schlimm gewesen wie die Vorstellung eben. Warum in aller Welt zeige ich diese übertriebene Reaktion? Das ist keine Eifersucht mehr, das ist Irrsinn!

»Tut mir leid«, sage ich. »Ich wusste nicht, was auf mich zukommt. Beim nächsten Mal kann ich mich beherrschen!«

»Wollen wir's hoffen«, sagt Tina.

Erik spart sich einen weiteren Kommentar, doch er grinst unaufhörlich vor sich hin. Das wird ihn nicht davon abhalten, auch Jana mit seiner ganzen Leidenschaft zu beglücken. Ich könnte kotzen!

Als Tina sie hereinholt, unterdrücke ich den Reflex, meine Hände zu Fäusten zu ballen. Allein die Vorstellung, dass sie gleich ihre fülligen Lippen auf Eriks Mund pressen wird, macht mich schon aggressiv. Hoffentlich behält Erik Recht und sie wird danach ein freundlicher Mensch sein. Dann macht es wenigstens Sinn für mich, diese ekelerregende Vorstellung durchzustehen.

Es passiert dasselbe wie eben. Erik küsst Jana und im gleichen Moment reißt sie überrascht die Augen auf. Ihre Leitung ist aber so lang, dass überhaupt keine Reaktion von ihr kommt. Sie ist wie erstarrt. Tina und ich stehen nur ein paar Zentimeter hinter ihr, doch wir werden nicht gebraucht. Ich beobachte, wie Janas Hände ein paarmal vor- und zurückrudern, bevor sie Erik damit umschlingt und ihren Körper seufzend an seinen drückt. Da sehe ich wieder rot! Ich registriere nicht, was meine Hände tun, höre keinen Ton aus meiner Kehle kommen, aber Sekunden später befinde ich mich wieder in Tinas Gewalt, ringe um Luft und starre auf das Periodensystem. Zum Glück ist es wieder erst in dem Augenblick geschehen, den ich die Feuerfunken-Explosion nenne. Dann ist der Geküsste aber ohnehin so weit, dass er sich nicht mehr gegen Erik wehren kann und meine Anwesenheit egal ist.

»Beruhigen!«, höre ich Tinas Stimme an meinem Ohr. »Small-Think für Anfänger, du dumme Kuh!«

Ich bin so außer mir, dass ihre Beleidigung völlig an mir vorbeigeht. Zum Glück ist sie wesentlich besser trainiert als ich, sonst könnte sie mich wahrscheinlich nicht davon abhalten, mich umzudrehen und diese verfluchte Jana aus Eriks Armen zu reißen. Es scheint schwer genug für sie zu sein, denn ich höre ihr unterdrücktes Keuchen. Tina ist fast einen Kopf kleiner als ich. Es ist eigentlich kaum vorstellbar, dass sie mich überhaupt festhalten kann.

»Reiß dich endlich zusammen, Melek!«

Ich richte meinen Blick auf die Elemente-Tafel, suche krampfhaft nach etwas Sinnlosem, auf das ich mich konzentrieren kann, und werde fündig. Was genau eigentlich ein Halbmetall ist, habe ich noch nie verstanden. Ich denke darüber nach, wie sich Bor, Silizium und Arsen zusammensetzen, bis ich wieder Herr über meine Körperfunktionen werde. Tinas Griff wird schwächer. Kurz darauf nimmt sie die Hand von meinem Mund.

»Das ist echt nicht auszuhalten!«, zischt sie mir zu.

Im gleichen Moment dringt Janas Stimme an mein Ohr.

»Hey Erik, ich wusste gar nicht, dass du so gut küssen kannst!« Sie hat wieder den zickigen Klang von früher und was sie sagt, passt genau dazu.

Mein Puls steigt und ich verzichte darauf, mich umzudrehen. Auf keinen Fall will ich auch nur eine einzige Berührung zwischen den beiden sehen! Ich warte in der Hoffnung, dass Erik und Jana sich voneinander lösen und entfernen. Erst dann wage ich es, meinen Blick in ihre Richtung zu wenden. Zum Glück haben sie tatsächlich einen Meter Abstand zwischen sich gebracht. Janas Blick flattert zwischen uns vier Talenten hin und her. Der von Erik bleibt an mir haften.

»Schon wieder?«, fragt er leise.

Ich nicke betroffen.

»Was stimmt hier nicht?«, will Jana wissen.

»Nichts«, beruhigt Erik sie. »Jetzt ist alles wieder gut. Sylvia kann es dir erklären.«

Doch anstatt zu ihr hinüberzugehen, runzelt Jana die Augenbrauen und schaut mich eindringlich an.

»Irgendwas war mit mir passiert«, überlegt sie. »Und *du* hast dafür gesorgt, dass es wegging?«

Ich nicke. Dabei versuche ich, die Wut hinunterzuschlucken, die immer noch durch meinen Kopf spukt. Jana kann ja nichts für meinen Widerwillen gegen Eriks Talent.

»Ich und Erik und Tina und Sylvia. Und noch ein paar andere. Aber eigentlich nur Erik.«

»Warum habt ihr das getan? Ich war nie besonders nett zu euch.«

Sie ist tatsächlich randvoll mit Gefühlen gefüllt. Ich will gar nicht wissen, wie viel Einfühlungsvermögen Erik gebraucht hat, um dieses Biest in einen sozial verträglichen Zustand zu versetzen.

»Weil ich schuld daran war, dass es passiert ist«, sage ich. »Aber jetzt ist es notwendig, dass du Sylvia deine Hand reichst.«

»Was wird dann geschehen?«

»Dann wirst du dieses Gespräch vergessen.«

Jana schaut Sylvia misstrauisch an, die mittlerweile von ihrem Platz aufgestanden ist und sich unauffällig bis an ihre Seite herangeschlichen hat. Sie streckt ihre Hand bereits nach Janas Arm aus. Doch ehe das Orakel sie greifen kann, zieht Jana sich zurück.

»Ich würde mich gern daran erinnern, dass Melek nicht meine Feindin ist!«, sagt sie.

Ich traue meinen Ohren nicht.

»Kannst du kriegen.« Sylvia grinst und packt zu.

***

Als wir wieder allein sind, sagt zuerst niemand etwas. Aber dann ergreift Tina das Wort und reißt mich damit aus meinen Gedanken.

»Damit ist wohl klar, dass Melek sich nicht für diesen Einsatz eignet«, sagt sie an Erik gewandt. »Ich will gar nicht wissen, was passiert, wenn sie es schafft, dich abzulenken!«

Wahrscheinlich würde gar nichts passieren, außer dass Erik von vorn anfangen müsste. Aber ich sehe durchaus ein, dass man das Risiko nicht eingehen sollte. Noch dazu, weil ich keinerlei Hilfe bin, sondern eher ein Ballast. Ich vermeide den Blickkontakt mit Erik. Aus dem Augenwinkel sehe ich sein nun ernstes Gesicht. Meine Reaktion ist einfach zu extrem. Das kann nicht mehr natürlich sein. Irgendetwas stimmt mit mir nicht.

»Würdet ihr uns mal kurz alleinlassen?«, sagt Sylvia plötzlich an Tina und Erik gewandt. Ich möchte »Nein!« schreien. Nichts kann ich im Moment weniger brauchen als die altklugen Ermahnungen eines verlogenen Teenagers. Dann noch lieber Tinas Zorn. Aber Erik sieht wohl keinen Sinn darin, mich zu retten.

»Ja, klar«, murmelt er. Dann hakt er sich bei Tina unter und zieht sie aus dem Raum. Ihr ist anzusehen, dass sie lieber dageblieben wäre und zugehört hätte, was Sylvia mir zu sagen hat.

Als die Tür hinter ihnen ins Schloss gefallen ist, ändert sich schlagartig der Ausdruck in Sylvias Gesicht. Bis gerade eben hat sie ganz ernst ausgesehen. Nun, da die anderen weg sind, zieht sie eine Augenbraue hoch und schürzt überheblich die Lippen. Ich nehme mir vor, kein einziges Wort zu reden, egal, was sie mir mitzuteilen hat.

»Na«, sagt sie schnippisch, »hast du es nicht ausgehalten, ihm dabei zuzusehen?«

Ich schweige wie ein Grab.

»Es denkt sich unglaublich fiese Attacken aus, das Schicksal«, redet sie einfach weiter. »Die meisten davon haben noch ein paar Rattenschwänze, du wirst schon sehen!«

Vielleicht werde ich in dem Moment etwas bleich, als mir auf einmal einfällt, wie wenig Jakob von dieser Episode begeistert sein wird. Tina wird in ihrer Berichterstattung keine Gnade mit mir walten lassen. Trotzdem reiße ich mich zusammen und starre weiter auf den Boden. Weil keine Antwort von mir kommt, lehnt Sylvia sich lässig an das Pult der ersten Sitzreihe und überkreuzt die Beine, bevor sie weiter auf mir herumhackt.

»Das Herausragende an all dem ist, dass es sich nur um Vorboten handelt. Es wird noch viel mehr passieren. Du hast es in der Hand, Melek ... Alles, was du durch deinen Starrsinn erreichst, ist, Zeit zu schinden. Es tut niemandem gut. Dir selbst am allerwenigsten!«

Ich platze beinahe. Wie gerne würde ich ihr an den Kopf werfen, dass mich ihre Besserwisserei und ihr Hochmut anwidern! Jetzt, wo ich Erik und seine Küsse nicht mehr sehen muss, weiß ich nicht mehr, was noch vor wenigen Minuten mit mir los war. Es mag sein, dass es sich dabei um einen Rachefeldzug des Schicksals gehandelt hat, aber ich bin gern bereit, mich diesem Kampf zu stellen. Es wird schon sehen, was für einen harten Gegner es sich da ausgesucht hat.

»Die Frage, die du dir in erster Linie stellen solltest, ist doch: Wessen Talent hat den meisten Einfluss auf dich?«, sagt Sylvia. »Das von Jakob? Das von Erik? Oder vielleicht doch das von Levian? Jeder von ihnen hat einen guten Grund, dich für sich zu beanspruchen. Du musst nur herausfinden, was genau sie von dir wollen. Und erkennen, was das wahre Gesicht der Liebe ist. Dann lässt das Schicksal seine Krallen von dir!«

Die Wucht dieser Behauptung trifft mich wie ein Keulenschlag. Was, wenn Sylvia damit Recht hat? Ich denke an den Moment vor einigen Wochen, als ich zu Besuch bei Jakob war und in seinem Schreibtisch nach einem Stift suchte. Da lag das Bild von seiner verstorbenen Freundin Marie obenauf in der Schublade, so unübersehbar wie ein Denkzettel in Großbuchstaben. Ich starrte kurz darauf und prägte mir dann die Telefonrechnung ein, die darunterlag. Bei meinem nächsten Besuch ging ich bei der erstbesten Gelegenheit wieder an den Schreibtisch. Das Bild lag immer noch ganz oben, obwohl die Rechnung bereits von drei neuen Dokumenten verdeckt war. Ich glaube kaum, dass Jakob es als Briefbeschwerer benutzt. Es lag oben, weil er immer noch die Schublade öffnet und es ansieht. Und meine Ähnlichkeit mit Marie hat sich nicht geändert. Auch wenn sie in seiner Erinnerung wahrscheinlich noch hübscher geworden ist. Am Ende bin ich nichts weiter als ein erbärmlicher Ersatz. Vielleicht ist die Vision nicht der einzige Grund für Jakob, seine Finger von mir zu lassen. Ich sehe Sylvia in die Augen. Ihr Blick ist ernst, aber nicht mehr herablassend. Sie weiß genau, wie sehr sie mich getroffen hat.

Manche Goldstücke glänzen eben nicht

Am Abend sagt Jakob lange nichts. Wir sitzen in meinem Zimmer herum, hören Musik und tun so, als sei nichts passiert. Ich wünschte, wir würden wenigstens mal spazieren gehen. Aber solange es keinen Grund gibt, den Wald zu betreten, setzt Jakob keinen Fuß hinein. Wie er das machen will, wenn das Frühjahr über uns hereinbricht, weiß ich nicht. Spätestens dann muss er mich von der Leine lassen, an der er mich hält.

Kurz bevor er aufbrechen will, um sich die Muskelprotzin Anastasia anzusehen, fasst er sich dann doch ein Herz und spricht das Thema an.

»Tina hat mir erzählt, was heute in der Schule passiert ist«, sagt er. »War es wirklich so schlimm, wie sie sagt?«

»Ich denke schon«, murmele ich.

»Hast du dieselbe Erklärung dafür wie ich?«

»Das kommt auf deine Erklärung an.«

Er seufzt und setzt sich zu mir ans Bett. Dann streicht er mir mit dem Handrücken über die Wange. Die Berührung tut gut, aber ich bin zu aufgewühlt, um sie genießen zu können.

»Du liebst einen anderen«, mutmaßt er.

Wenn es nur so einfach wäre. Eigentlich ist Jakob besser darin, meine Reaktionen zu verstehen. Aber vielleicht ist er auch nur verletzt und kann es nicht anders zeigen.

»Dann haben wir nicht dieselbe Erklärung«, stelle ich klar. »Denn das heute Nachmittag war keine normale Eifersucht. Und als Erik aus dem Raum raus war, ging es einfach weg. Ich erkläre es mit der Tatsache, dass seine Gefühle in meiner Seele herumflattern. Und mit der Aussage von Sylvia, dass es eine Warnung des Schicksals gewesen sei. Irgendwas davon oder beides zusammen. Ich weiß es nicht.«

Ein klein wenig hellt sich Jakobs Miene auf.

»Ich hoffe, dass es nicht Eriks Talent war«, sagt er dann. »Denn das würde bedeuten, dass du es nicht unterscheiden kannst.«

»Was?«

»Die Wirkung eines Talents und ... Liebe.«

Ich schweige. Dann rutsche ich an ihn heran und lege die Arme um seinen Hals. Ich sauge den Duft seiner Haut ein, schließe die Augen und stelle mir vor, wie es sein könnte, wenn wir einfach normale Menschen wären. Wie wunderbar leicht unser Leben wäre ohne den ständigen inneren und äußeren Kampf. Seit dem Moment unserer ersten Begegnung bin ich in Jakob verliebt. Was auch immer sein Talent dazu beiträgt – es gehört genauso zu ihm wie sein Geruch und sein Herzschlag. Darum ist es überhaupt nicht von Bedeutung, ob ich alle Einzelheiten auseinanderhalten kann. Aber es ist sinnlos, ihm das zu erklären.

»Das kann ich sehr wohl«, antworte ich stattdessen. »Und ich weiß, dass ich dich liebe.«

Er lächelt, doch es kommt keine Erwiderung von ihm. Daran bin ich mittlerweile zum Glück gewöhnt. Trotzdem frage ich mich heute mehr als in den letzten Wochen, warum er nicht dazu in der Lage ist, mir zu sagen, dass er genauso für mich empfindet. Nach drei Monaten müsste das doch eigentlich möglich sein.

»Na schön, Engelchen, ich muss los«, sagt Jakob und schaut auf die Uhr. »Hast du genug Pistolen und Messer in deinem Nachttisch liegen?«

Ich grinse. »Ja.«

»Dann bleib wachsam, bis ich wieder zurück bin.«

Er küsst mich zum Abschied und verlässt mich durch die Zimmertür. Es ist immer noch ungewohnt, ihn auf diesem Weg gehen zu sehen. Früher stand ich jedes Mal am Fenster und sah ihm nach, wenn er sich abseilte und im Wald verschwand.

Obwohl ich nicht die geringste Lust habe zu lernen, zwinge ich mich dazu, meine Schulsachen hervorzuholen und es noch einmal mit der Milchsäuregärung aufzunehmen. Nachdem ich eine Seite wieder und wieder gelesen habe, ohne den Inhalt zu verstehen, lege ich das Buch weg und starre an meine Zimmerdecke. Irgendwann fallen mir einfach die Augen zu.

***

Ich wandere barfuß über eine endlose Decke aus weißem Nebel. Meine Füße treten durch die Wolken ins Nichts, aber ich stürze nicht hindurch. Am Horizont geht gerade orangerot die Sonne unter. Eine schmale Gestalt kommt von dort auf mich zu. Erst ist sie winzig, aber sie wird schnell größer. Ich blinzele gegen das Licht, kann aber nicht erkennen, um wen es sich handelt. Es ist ein Mädchen mit langen dunklen Haaren und wunderbar weiblicher Figur. Aber erst, als ich ihr Gesicht sehe, das dem meinen so ähnelt, weiß ich, dass es Marie ist. Erschrocken bleibe ich stehen.

»Hallo Melek«, sagt sie. »Schön, dass du mich besuchst! Außer Jakob kommt selten jemand hierher.«

Ich will sie nicht fragen, wo ich bin. Aber ich vermute, es ist der Himmel. Marie hakt sich bei mir ein und schreitet weiter über die Wolkendecke. Die Sonne steht jetzt rechts von uns und zaubert goldene Reflexe in ihr Haar.

»Kommt er dich oft besuchen?«, frage ich.

»In letzter Zeit ja«, sagt sie. »Seit das mit dir passiert ist, bin ich wohl sein Zufluchtsort. Aber es tut ihm nicht gut. Er verliert sich in dieser Welt. Es wäre besser, wenn du zurückkommen könntest. Aber ich weiß ja, dass es nicht geht.«

»Zurückkommen?«, frage ich verständnislos. »Ich bin doch Tag und Nacht bei ihm!«

Da bleibt sie stehen und mustert mich von oben bis unten.

»Melek«, sagt sie erstaunt. »Das hier ist die Zukunft!«

Ich starre sie entgeistert an. Dann blicke ich hinab auf meine Hände und sehe, dass sie unnatürlich glatt und strahlend sind. Als ich sie umdrehe, erschrecke ich. Das Bannzeichen ist aus meiner Handfläche verschwunden.

»Bin ich tot?«, frage ich sie. Im gleichen Moment verblasst ihr Gesicht vor meinen Augen.

***

»Du bist eingeschlafen!«

Jemand rüttelt mich.

»Ich habe dir gesagt, dass du wachsam bleiben sollst. Das hatte ich ernst gemeint!«

Mechanisch rappele ich mich hoch, aber mein Geist ist noch nicht wieder bereit, sich auf die Realität einzulassen. Jakob steht neben meinem Bett mit der üblichen Ärgernisfalte zwischen seinen Augenbrauen.

»Ich hatte einen seltsamen Traum.«

»Ja, Melek, das hatte ich auch gerade! Und er wäre endgültig zum Albtraum geworden, wenn ich dich nach meiner Rückkehr tot vorgefunden hätte«

»Was ist los?«, frage ich benommen.

Er funkelt mich noch einmal zornig an, dann gewinnt sein anderes Problem die Oberhand.

»Anastasia Nowikow ist die furchtbarste Neuentdeckung meiner ganzen Laufbahn. Ich habe sie nicht rekrutiert. Sylvia muss sich getäuscht haben!«, platzt es aus ihm heraus.

Anstatt sich hinzusetzen, beginnt er in meinem Zimmer auf und ab zu laufen. Das Zusammentreffen mit der Muskelprotzin scheint ihn wirklich ziemlich aufgewühlt zu haben. Ich möchte unbedingt wissen, weshalb. Vor diesem Hintergrund verblasst sogar mein verstörender Traum.

»Warum denn?«, frage ich und setze mich auf.

Jakob bleibt stehen.

»Weil sie überhaupt nichts kann, außer Gewichte zu stemmen! Nicht denken, nicht schreiben und kaum deutsch sprechen. Und das Schlimmste ist, als Liebestöter ist sie in hundert Jahren nicht zu gebrauchen. Sie ist furchtbar unattraktiv, Melek, und ihr Geist ist auf dem Stand einer Zwölfjährigen. Sie ist praktisch behindert! Was soll ich mit ihr anfangen?«

Er merkt gar nicht, wie sehr er die Stimme erhoben hat. Ich habe etwas Angst, dass meine Eltern ihn hören und nachsehen kommen, ob er mir gerade etwas antut.

»Schscht!«, mache ich.

Er tigert weiter in meinem Zimmer herum, zückt sein Handy und ruft Sylvia an. Als sie rangeht, wirft er ihr vor, das falsche Talent lokalisiert zu haben. Ich höre nicht, was Sylvia antwortet, aber mir ist klar, dass sie sich verteidigt und bei ihrer Meinung bleibt. Nachdem Jakob ihren Wortschwall eine Weile angehört hat, unterbricht er sie: »Ist mir egal. Ich nehme morgen Kadim mit. Vielleicht sieht er das anders. Gute Nacht, Sylvia!« Dann drückt er sie einfach weg.

Ich stehe auf und gehe zu ihm, fasse nach seiner Hand und ziehe ihn zum Bett. Als ich die Decke aufschlage und fragend die Augenbrauen hochziehe, zögert er. Doch dann lässt er sich darauf ein, sich eine Weile zu mir zu legen. Ich rutsche an seinen Rücken heran und lege meine Nase an sein Ohr. Da kommt mir eine Idee.

»Ich kann dich nicht reinigen wie Sarah. Aber vielleicht schaffe ich es, dass du etwas entspannter wirst«, flüstere ich. »Wenn ich einen heiligen Eid schwöre, dass ich keinen sexuellen Übergriff auf dich vorhabe, ziehst du dann dein T-Shirt aus und lässt dich von mir massieren?«

Eine Weile reagiert er gar nicht. Dann dreht er sich um und schaut mir in die Augen. Die Furche auf seiner Stirn ist verschwunden.

»Okay«, sagt er, »schwöre!«

Ich hebe die Hand zum Eid.

»Bei meiner Treffsicherheit!«

Das scheint ihm zu genügen. Er setzt sich auf und zieht sein Oberteil aus. So sitzen wir da und schauen uns an. Jakobs Körper ist mir immer noch ziemlich fremd. Ganz vorsichtig lege ich eine Hand auf seine nackte Brust und versuche seinen Herzschlag zu spüren. Da lächelt er und lässt sich aufs Bett fallen, mit dem Gesicht nach unten.

Ich massiere ihn ungefähr eine Stunde lang. Genau kann ich es nicht sagen, denn mir geht jedes Zeitgefühl verloren. Endlich habe ich eine Möglichkeit gefunden, ihm nahezukommen, ohne seine Tabus zu brechen. Warum mir das nicht schon früher eingefallen ist, weiß ich nicht. Meine Fantasielosigkeit steht mir wirklich ständig im Weg.

Jakob scheint die Prozedur genauso zu genießen wie ich. Wir reden dabei fast gar nichts. Ich bin voll darauf konzentriert, seine Haut zu erforschen, seine Muskeln zu ertasten und mit der ganzen Hingabe meiner Hände zu kneten, als könnte ich in ihn hineingreifen. Vielleicht dringe ich dabei ja bis zu seinem Herzen vor. Als er sich nach einer Ewigkeit wieder umdreht und nach meinen Handgelenken fasst, sieht er zum ersten Mal, seit ich ihn kenne, entspannt aus.

»Danke!«, flüstert er. »Du weißt gar nicht, wie gut das war!«

Er richtet sich auf und küsst mich. Ich fühle mich leicht benommen, als hätte ich ein Glas Sekt getrunken. Meine Hände finden ihren Weg durch sein kastanienbraunes Haar, vorbei an seinem Nacken und entlang seiner Wirbelsäule nach unten. Unsere Lippen necken einander, stupsen sich an, als forderten sie sich gegenseitig zu einem Spiel heraus. Ich versuche, meine Hüften ruhig zu halten, aber es gelingt mir nicht. Da spüre ich die Berührung seiner Hände unter meinem T-Shirt. Sofort züngelt ein Feuer in mir empor, das ich nicht ersticken kann. Das Stöhnen ist heraus, bevor ich es unterdrücken kann. Jakob öffnet die Augen und zieht seine Hand unter meinem Shirt hervor, um mir eine Haarsträhne aus dem Gesicht zu streichen.

»Ich würde jetzt gerne neben dir einschlafen«, sagt er.

Ich würde jetzt gern etwas ganz anderes tun. Aber ich habe geschworen, ihn damit in Ruhe zu lassen, und dieses Versprechen kann ich nicht brechen. Also gebe ich mich damit zufrieden, noch eine Weile meinen Kopf auf seine Schulter zu legen, bis er schließlich aufsteht und sich wieder anzieht. Das gute Gefühl zwischen uns ist nicht verflogen. Vielleicht muss ich einfach lernen, zurückhaltender zu sein. Früher konnte ich das schließlich auch.

***

Der nächste Morgen ist grässlich. Es ist einer der wenigen Tage, an denen meine Eltern beide zur selben Zeit aufstehen wie ich. Folglich sitzen wir zu viert am Frühstückstisch und kauen schweigend auf unseren Broten herum. Bis meine Mutter beschließt, ihre Krallen auszufahren und ein Thema anzuschneiden, das Jakob ihrer Meinung nach unangenehm sein muss.

»Wer außer dir hat noch mal den Sparkassen-Wettbewerb gewonnen, Melek?«, fragt sie beiläufig.

Ich brumme etwas vor mich hin, das sie nicht verstehen kann.

»Wie bitte?«, hakt sie nach und setzt dabei ein Lächeln auf, das mindestens so falsch ist wie meine letzten Matheaufgaben.

»Erik!«, sage ich genervt. »Und noch fünf oder sechs andere.«

Meine Mutter lässt ein entzücktes Seufzen hören.

»Das wird bestimmt schön für euch in Istanbul.«

»Da bin ich sicher«, murmele ich.

Ich werfe einen Blick hinüber zu Jakob. Er lässt sich nicht anmerken, wie sehr das Gespräch ihn amüsiert, aber ich weiß genau, dass es so ist.

»Ich wusste schon immer, dass du ein Talent dafür hast, Kurzgeschichten zu schreiben. Aber dass Erik das gleiche Hobby hat, hätte ich nicht gedacht«, redet sie weiter. »Wann zeigst du uns endlich eure Werke? Immerhin habt ihr damit eine Reise gewonnen. Das interessiert uns wirklich.«

Das kann sie ihrer Großmutter erzählen! Alles, was sie vorhat, ist, einen Keil zwischen Jakob und mich zu treiben. Am liebsten würde ich ihr ins Gesicht sagen, dass er es war, der sich die ganze Geschichte ausgedacht hat, bevor die Veteranen sie mit falschen Gewinnerbriefen ausgeschmückt haben. Bis zu unserer Abreise nach Istanbul sind es jetzt noch fünf Tage. Und zu allem Übel müssen wir davor noch Weihnachten überstehen, was ich in diesem Jahr am liebsten absagen würde.

Selbst mein Vater scheint zu spüren, dass dieses Gespräch zu nichts führt. Er legt meiner Mutter besänftigend eine Hand auf den Arm.

»Lass es gut sein, Hatice«, sagt er.

Niemand redet mehr ein Wort, bis das Frühstück zu Ende ist. Dann packe ich meine Schulsachen und lasse mich von Jakob nach Biedenkopf fahren. Der allmorgendliche Chauffeurdienst gehört zu den guten Neuerungen in meinem Leben. Manchmal, wenn ich vor der Schule aus dem Land Rover steige, stehen meine ehemaligen Basketball-Teamkolleginnen Amelie und Emma noch auf dem Parkplatz und sehen mich. Jakob hat mir geraten, mich aus dem Training zurückzuziehen, um nicht allzu viele Fragen beantworten zu müssen. Er weiß schon, wie schlecht ich in so etwas bin. Aber es war von vornherein klar, dass meine Beziehung zu dem »Talentscout«, der mich damals gecastet hat, bis zu meiner Mannschaft durchdringen würde. Amelie und Emma gehen zudem in meine Klasse und das macht die Sache etwas kompliziert. Auch wenn wir uns in den letzten Monaten eher aus dem Weg gegangen sind, stellen sie mittlerweile wieder die eine oder andere neugierige Frage. Manchmal glaube ich, dass ich zu den beiden eine zarte Freundschaft aufbauen könnte, wenn ich nicht so unsagbar im Lügennetz der Armee verstrickt wäre. So aber ist es für mich ausgeschlossen, meine Schulzeit mit jemand anderem zu verbringen als mit Erik. Er ist der Einzige, bei dem ich nicht ständig aufpassen muss, was ich sage.

In der Pause treffen wir uns wie üblich neben der Cafeteria. Meine Laune ist ausnahmsweise gut, denn ich habe gerade eine Zwei in der Englisch-Abfrage kassiert. Alle Fächer, deren Grundwissen ich mir in den letzten Jahren aufbauen konnte, laufen noch ganz gut. Die Lernfächer und Naturwissenschaften allerdings sind eine Katastrophe.

»Und?«, begrüßt mich Erik. »Hat unser Chef schon mit dir abgerechnet?«

Die Zeiten, als er mich täglich mit Oberflächlichkeiten eingelullt hat, sind anscheinend vorbei. Ich weiß nicht, ob ich das gut finde. Sein Tonfall gefällt mir jedenfalls nicht.

»Nein«, sage ich und setze ein abweisendes Gesicht auf. »Das könnte daran liegen, dass er die Hintergründe meines Verhaltens besser versteht als du.«

»Dann klär mich auf«, sagt Erik.

Ich setze mich, greife nach seinem Schokoshake und ziehe so lange an dem Strohhalm, bis ich glaube, mindestens zwei Drittel davon weggetrunken zu haben. Irgendwie habe ich das Bedürfnis, ihn zu provozieren. Aber auf die Art klappt es schon mal nicht.

»Du und dein Talent«, sage ich. »Ihr macht mich aggressiv.«

»Ja, das war mir klar, Melek«, lässt er verlauten.

»Was?«

»Dass du es auf mein Talent schieben würdest. Wälze die Verantwortung auf andere ab und du musst nicht weiter über dein Verhalten nachdenken. Eine gute Strategie.«

Ich sage nichts und trinke stattdessen den Schokoshake ganz aus. Dann drücke ich ihm den leeren Becher in die Hand und stehe auf. Ich weiß zwar nicht, wo ich hingehen soll, aber jeder Ort ist jetzt besser als der Platz an Eriks Seite. Da er nun mal seine Sprache wiedergefunden hat, will er offenbar jede Gelegenheit nutzen, um mir seine Weisheiten aufzudrücken. Wahrscheinlich spricht er alles vorher haarklein mit Sylvia durch. Darauf habe ich keine Lust.

»Wo gehst du hin?«, fragt er. Dabei sieht er aus, als täte es ihm leid.

»Weg«, sage ich.

»Melek ...!«

Ich drehe mich um und marschiere in die Masse von Schülern hinein, die vor der Cafeteria herumlungert. Dann gehe ich so lange geradeaus, bis ich vor dem Haupteingang der Schule stehe. In meinem Kopf schwirren schon wieder Empfindungen herum, die nicht zu mir gehören. Ich kämpfe dagegen an und suche mir eine neue Richtung, in die ich laufen kann. Die Wünsche, die plötzlich in mir emporquellen, sind so widersprüchlich, dass ich nicht mit ihnen umzugehen weiß: zu Erik rennen und ihm sagen, wie sehr ich ihn vermissen werde. Zu Erik rennen und ihn anschreien, dass er sich aus meinem Leben heraushalten soll. Zur Milchsäuregärung zurückkehren. Ich mache nichts davon, sondern laufe einfach ziellos herum, bis der Gong ertönt und ich wieder in meiner Klasse verschwinden kann.

***

Das Verhältnis zwischen Erik und mir wird am Nachmittag nicht gerade besser. Es ist einer der wenigen Tage, an denen wir uns mit den anderen Talenten im Wald treffen und Dinge üben, zu denen wir sonst nie kommen. Bei der ersten Übung blamiere ich mich. Wir versuchen unter der Anleitung von Tina, uns so geräuschlos wie möglich im Unterholz zu bewegen. Aber aus irgendeinem Grund finde ich jeden versteckten Zweig mit meinen Füßen und bleibe ständig mit meinem Armeemantel im Gestrüpp hängen. Ich bin als Trampeltier auf die Welt gekommen und werde sie eines Tages auch als solches verlassen. Aber mein Dasein als Ober-Grobmotorikerin macht mir dann doch zu schaffen. Ich bin wirklich nicht einen Deut besser geworden als am ersten Tag meiner Ausbildung. Das erkennt auch Tina und lässt keine Gelegenheit aus, um es mir unter die Nase zu reiben.

Danach dreht sich der Spieß um, denn wir versammeln uns in der Friedensdorfer Schutzhütte, um Small-Think zu üben. Diesmal bin ich die Lehrerin. Zu meinem Ärgernis stellt Tina sich mal wieder enorm gut an. Ich muss zugeben, ihr Verstand ist messerscharf und sie hat ihre Gefühle voll unter Kontrolle. Im Grunde habe ich nicht länger als ein oder zwei Sitzungen gebraucht, um sie an einen Punkt zu bringen, wo sie es locker mit mir aufnehmen kann. Falls sich tatsächlich ein Dschinn über Telepathie oder Liebeszauber an sie heranmachen sollte, so wird sie ihn jederzeit abwehren können. Ähnlich verhält es sich mit Jakob. Kadim, Mike und unser Muskelprotz Rafail sind auch nicht schlecht. Der Rest der Truppe ist eher unbegabt. Am wenigsten von allen aber kann Erik mit der Technik umgehen. Für mich ist das keine große Überraschung, denn Levian hat schon damals, als er mir Small-Think beigebracht hat, erwähnt, dass Erik viel zu emotional sei, um es zu lernen. »Er wird es nie schaffen«, hat er prophezeit – und ich denke, damit wird er Recht behalten.

Wie oft wir es auch versuchen – Finn, der neben mir steht und meine Schüler telepathisch angreift, fängt schon wenige Sekunden später an, die Augen zu verdrehen.

»Erik«, sagt er. »Du sollst an die Struktur der Tischplatte denken!«

»Wenn es dir leichter fällt, wähle ein anderes Objekt. Nimm den Baum da draußen oder den Spruch in der Wand!«, schlage ich vor.

»Ich versuch's ja, verdammt!«, blafft Erik mich an. »Das ist nicht so einfach!«

Ich kann nicht verstehen, warum es nicht klappt. Für mich stellt es kein Problem dar, an etwas Unwichtiges zu denken, während Finn die Schaltstelle in meinem Nacken anzapft und mir auf telepathischem Weg Fragen stellt. Wenn ich ehrlich bin, kostet es mich einen Tick mehr Kraft als früher, als ich noch frei von den überschäumenden Gefühlen war, die mein Heiler mir einverleibt hat. Aber trotzdem bin ich geübt genug, um das Small-Think jederzeit anzuwenden. Warum unsere Fähigkeiten so unterschiedlich verteilt sind, weiß ich nicht. Vielleicht sind Jakob, Tina und ich einfach eine Spur härter als die anderen. Erik jedenfalls ist der hoffnungsloseste Fall von uns allen. Er ist nach drei Monaten Training als Einziger noch bei Stufe eins: sich auf einen sinnlosen Gegenstand konzentrieren, ohne mit den Gedanken zu etwas anderem abzuschweifen.

Finn versucht es noch einmal.

»Nein«, murrt er wieder nach wenigen Sekunden. »Es klappt nicht.«

Eigentlich sollte Erik ihm nun Details von den Dingen senden, die er vor Augen hat. Zum Glück ist Finn der Einzige von uns, der die Gedankengänge der anderen wortwörtlich versteht. Und er ist verschwiegen wie ein Grab. Trotzdem ahne ich, dass Eriks Botschaften mit unserem Streit von heute Morgen zu tun haben. Es wird jede Menge Emotion dabei sein. Ich verspüre keinen Drang danach, über die Inhalte informiert zu werden.

»Nein«, sagt Finn. »Nein, nein, nein! Konzentriere dich, Erik!«

Erik betrachtet nun meine Hände, die vor ihm auf der Tischplatte liegen. Vielleicht keine schlechte Idee, denn meine Hände sind nicht gerade mein Aushängeschild. Sie sind viel zu groß und voller kleiner Verletzungen, über deren Ursprung ich nur Vermutungen anstellen kann. Erik starrt eine Weile darauf, bevor Finn unsere Hoffnungen zunichtemacht.

»Das ist eine Katastrophe«, sagt er. »Völlig falscher Anreiz!«

Mein Blick schweift kurz zu den anderen. Alle von ihnen, inklusive Jakob, verdrehen die Augen. Ich hasse diese Momente, in denen Eriks Zuneigung zu mir so offensichtlich ist.

»Okay«, sage ich. »Lasst uns für heute Schluss machen.«

»Es könnte sein, dass das Eriks letzte Unterrichtsstunde war«, gibt Jakob zu bedenken. »Gebt ihm noch ein paarmal Privatunterricht, bevor wir fliegen. Vielleicht lernt er's ja doch noch.«

Das wage ich zu bezweifeln. Aber natürlich muss Jakob alles versuchen, um Erik zumindest ansatzweise mit der Schutztechnik vertraut zu machen. Wer weiß, wie oft er sie noch brauchen wird in den nächsten Monaten. Oder Jahren. Dann wird er keine Nachhilfelehrerin mehr an seiner Seite haben. Schon wieder krampft sich mein Magen schmerzhaft zusammen.

Heute haben wir während der gesamten Übungseinheit keine Waffen benutzt. So bleibt mir wenigstens das lästige Pistolenputzen erspart. Ich bin von allen Talenten diejenige, die die meiste Zeit mit dem Auseinandernehmen und Säubern ihrer zahlreichen Schusswaffen verbringt. In solchen Momenten beneide ich Henry, der fast ausschließlich seinen Bogen benutzt. Und der ist im Gegensatz zu meinem Waffenarsenal relativ wartungsfrei. Ich lege meine Pistolenhalfter und Gürtel ab, verstaue den Armeemantel im Bunker hinter der Hütte und treffe mich dann mit den anderen am Parkplatz. Erik fährt jetzt im Winter mit Tina, weil sein Moped stillgelegt ist. Er sitzt bereits auf dem Beifahrersitz und starrt in die mir entgegengesetzte Richtung. Sylvia und Kadim haben im Land Rover Platz genommen. Nils hievt sich umständlich zu ihnen auf den Rücksitz. Seit seinem Unfall beim Teichfest ist unser zweiter Wettläufer außer Gefecht gesetzt. Damals ist er so unglücklich gestürzt, dass eine Sehne an seinem Knie gerissen ist. Im Gegensatz zu Jakob, dessen gebrochener Arm mittlerweile wieder voll einsatzfähig ist, hat Nils sich von seiner Verletzung noch nicht erholt. Das Problem ist unter anderem, dass er ständig versucht, wieder ins Training einzusteigen, obwohl sein Bein noch Schonung nötig hätte. Nach jedem Lauf, den er wagt, geht es ihm wieder schlechter. Darum hat Jakob nun angeordnet, dass Nils vorübergehend jede körperliche Beanspruchung einstellen soll. Die Zwangspause tut ihm allerdings auf der seelischen Ebene nicht gut. Jedes Mal, wenn er Tina beobachtet, die wie ein Blitz zwischen den Bäumen hin- und herschießt, wird sein Gesicht ganz grau.

Jakob und ich fahren Sylvia und Nils nach Hause und machen uns dann gemeinsam mit Kadim auf den Weg ins Fitnessstudio nach Dautphe. Ich bin überrascht, dass ich mitkommen darf, denn normalerweise rekrutiert Jakob neue Talente immer allein. Bei Anastasia Nowikow scheint er eine Ausnahme zu machen.

Als wir das Studio betreten, wird mir klar, weshalb es hinter verdeckter Hand das »Türkenfitness« genannt wird. Mindestens die Hälfte der vorwiegend männlichen Gäste stammt ursprünglich aus dem Heimatland meiner Mutter. Entsprechend fällt Jakob mit Kadim und mir an seiner Seite nicht besonders auf. Vielleicht war das ja seine Absicht.

Wir lassen uns unauffällig am Tresen nieder, wo ich mich möglichst ausführlich nach einem Vertrag erkundigen soll, während die beiden anderen ungestört das Treiben im Studio beobachten können. Ich lasse mir erst einmal jede Menge Papierkram geben, damit ich so tun kann, als würde ich das Kleingedruckte lesen. Stattdessen schiele ich natürlich ebenfalls in die Richtung, die Jakob Kadim weist.

Ich erkenne Anastasia sofort. Sie steht in der hinteren Ecke vor einem tonnenschweren Gewicht und lässt gerade den Wortschwall eines Typen über sich ergehen, der sich breitbeinig vor ihr aufgebaut hat und wild umhergestikuliert. Sie selbst lässt ein wenig die Schultern hängen und starrt auf die Matte unter sich. Ihr Blick ist abwesend. Er wirkt tatsächlich so, als würde sie nichts verstehen. Auch was ihre körperlichen Reize angeht, hat Jakob nicht untertrieben: Sie ist mittelgroß, muskulös, aber auch sehr füllig. Ich schätze sie auf mindestens neunzig Kilo. Ihre Figur ist nicht weiblich, sondern erinnert an eine Tonne. Der Hals ist kurz, fast unsichtbar. Darauf sitzt ein rundlicher Kopf mit einer wenig liebevoll geschnittenen Topffrisur. Ihre Haare sind strähnig, aber strohblond. Allein dadurch fällt sie in dieser Umgebung schon auf. Wahrscheinlich ist sie Russin, zumindest sehen ihre Gesichtszüge ansatzweise nach Osteuropa aus.

»Hab ich zu viel versprochen?«, fragt Jakob leise.

Wir schütteln den Kopf. Dann muss ich mich wieder auf meinen Vertrag konzentrieren, weil eine Trainerin kommt und mich in ein Gespräch verwickelt. Kadim und Jakob flüstern eine Weile miteinander. Anscheinend sind sie sich nicht ganz einig. Im Normalfall hat immer Sylvia die neuen Talente aufgespürt. Kadim braucht wohl seinen zukunftsweisenden Kaffeesatz, um eine endgültige Prognose zu stellen. Ich bin gespannt, wie sie das machen wollen.

Als ihr Trainer mit seinem Wutausbruch fertig ist, greift Anastasia nach dem Gewicht, ruckt einmal daran und hebt es hoch. Schneller, als ich es ihrem untersetzten Körper zugetraut hätte, schiebt sie sich darunter und platziert die Stange kurz auf ihrer Brust. Dann stößt sie einen Urlaut aus und wuchtet das Gewicht nach oben. Ich habe keine Ahnung, warum der schreckliche Typ vor ihrer Nase schon wieder herumbrüllt.

»Das ist ja nicht auszuhalten«, murmele ich.

»Seh ich genauso«, sagt Jakob, aber ich bin nicht sicher, ob wir das Gleiche meinen.

Er starrt noch eine Weile zu den beiden hinüber, dann entscheidet er, sie anzusprechen.

»Kommt mit!«, sagt er. »Ich brauch Bodyguards.«

Ich wimmle schnell die Servicekraft ab, indem ich ihr erzähle, dass wir kurz das Studio besichtigen wollen, dann husche ich hinter Kadim und Jakob her. Wir flankieren unseren Hauptmann rechts und links, so wie wir das von unseren Kampfeinsätzen her gewöhnt sind. Mit dem Unterschied, dass wir heute nur einem lächerlichen Menschen gegenüberstehen. Keine Situation, die mir noch Angst machen würde.

Jakob marschiert direkt auf Anastasia zu, die mittlerweile ihr Gewicht wieder abgesetzt hat. Ich schiele unauffällig auf die Scheiben. Sie hat beeindruckende 120 Kilo aufgelegt. Ihre Art des Sports ist zwar kein Vergleich zu unserem ausdauernden Training bei Albert, aber ich bin mir trotzdem nicht sicher, ob Rafail das so locker schaffen würde.

»Hi«, sagt Jakob, als er direkt im Rücken des Trainers zum Stehen kommt. »Bist du Anastasia Nowikow?«

Wutentbrannt schnellt der Typ herum und starrt erst Jakob, dann Kadim und mich an. Als er registriert, dass wir ihm zahlenmäßig überlegen sind, fasst er nach seiner Baseballkappe und dreht sie mit dem Schild nach hinten. Dann verschränkt er die Arme vor der Brust und wartet. Bei dieser Aktion scheint es sich um ein geheimes Zeichen zu handeln, denn plötzlich tauchen wie aus dem Nichts zwei andere Bodybuilder auf und stellen sich neben ihn. Ich freunde mich vorsichtshalber mit dem Gedanken an, heute noch ein Veilchen verpasst zu bekommen. So wie ich meine Landsmänner kenne, schlagen sie eigentlich keine Frauen. Zumindest nicht auf diese Art. Wahrscheinlich machen sie aber mit mir eine Ausnahme, wenn ich dem Ersten die Nase gebrochen habe.

»Was geht dich das an, Alter?«, dröhnt der Trainer. »Zieh Leine, das ist meine Goldkuh!«

Jakob ignoriert ihn und wendet sich noch einmal an die Gewichtheberin.

»Anastasia?«

Sie nickt unsicher.

»Macht dir das Training bei diesem Brüllaffen Spaß?«

In dem Moment schleicht sich ein winziges Lächeln in ihr einfältiges Gesicht. Kaum wahrnehmbar schüttelt sie den Kopf.

»Was glaubst du eigentlich, wer du bist?«, fährt der Trainer Jakob an. Er macht einen Schritt auf ihn zu und will ihn wegschubsen. Doch Kadim und ich holen im gleichen Moment aus und schlagen seine Arme weg. Ich benutze dafür beide Ellbogen und ziehe von oben nach unten durch. Das hat Tina mir beigebracht und ich bin ihr dankbar dafür. Sofort greifen die beiden Bodyguards ein. Ein Blick von Jakob genügt, um Kadim und mir klarzumachen, dass er kein Handgemenge wünscht. Also lassen wir uns von den Typen packen und die Arme auf den Rücken drehen. Ich bereite mich darauf vor, meinem Gegner ein Bein zu stellen und ihn notfalls zu Fall zu bringen. Wahrscheinlich gelingt mir das noch vor Kadim, denn der schwitzende Schwergewichtler in meinem Rücken sieht in mir vermutlich keine potentielle Gefahr. Der Trainer baut sich nun breitbeinig ganz nah vor Jakob auf. Aber er merkt selbst, wie wirkungslos diese Geste ist, denn Jakob ist ein ganzes Stück größer als er.

»Ein letztes Mal, Alter: Zieh Leine!«, sagt er.

Falls Jakob irgendwelche Zweifel an unserer Überlegenheit hat, ist ihm das nicht anzumerken.

»Pass auf, Erbsenhirn«, erwidert er. »Dieses Mädchen hier hat keinen Vertrag mit dir unterschrieben. Sie ist ein freier Mensch. Und du bist kein Trainer, sondern ein Schmarotzer, der sich auf ihre Kosten bereichern will. Ich weiß zufällig, dass das Auto, das du fährst, in Bayern von der Polizei gesucht wird. Reicht das aus, um meine Freunde loszulassen?«

Welches Orakel auch immer ihm diese Information zugesteckt hat – ich bin ihm enorm dankbar dafür! Dem Trainer entgleiten sämtliche Gesichtszüge. Er gibt den beiden Bodybuildern einen Wink mit der Hand und sofort geben sie unsere Arme frei.

»Was willst du?«, fragt er, nun schon etwas vorsichtiger.

»Zehn Minuten mit Anastasia. Danach wirst du ihre Entscheidung akzeptieren, wie immer sie lautet.«

Der Typ überlegt kurz.

»Wer garantiert mir, dass du anschließend dein Maul hältst?«, will er wissen.

»Du hast mein Wort«, sagt Jakob. »Denn ich habe kein Interesse an dir. Nur an ihr.«

Er zeigt auf Anastasia.

»Gut«, sagt der Trainer, auch wenn er nicht sonderlich begeistert aussieht. »Mach mit ihr, was du willst. In zehn Minuten wieder hier.«

Jakob nickt Anastasia zu.

»Zieh dir eine Jacke über! Wir gehen vor die Tür.«

Verwirrt schaut sie zwischen ihm und ihrem Trainer hin und her.

»Jacke. Anziehen. Rausgehen«, sagt Jakob, nun schon etwas genervt.

Da greift sie hastig nach einer rosa Fleecejacke, die zerknüllt am Boden liegt, und schlüpft hinein. Ich habe den Eindruck, dass sie gar nicht schnell genug mit uns aus dem Studio verschwinden kann. Warum sie trotzdem täglich freiwillig hier trainiert, ist mir ein Rätsel. Aus der Nähe betrachtet kommt Anastasia mir fast schon zu alt vor für ein Talent. Ich schätze sie auf Anfang zwanzig. Nur ihr Blick ist der eines Kindes.

Wir marschieren zusammen am Tresen vorbei nach draußen, ohne uns um die verwirrt dreinblickende Servicekraft zu kümmern, die mir etwas wegen meinem Vertrag hinterherruft. Draußen verziehen wir uns um die Ecke, schieben Anastasia dicht an die Hauswand, stellen uns vor sie und schirmen sie mit unseren Körpern vor Blicken ab. Eigentlich müsste sie es nun mit der Angst zu tun bekommen. Aber Gedankengänge wie dieser sind ihr anscheinend fremd. Eigentlich keine schlechte Voraussetzung für jemanden, der es künftig mit übernatürlichen Wesen im Nahkampf aufnehmen soll.

»Du trinkst jetzt einen Kaffee«, sagt Jakob, während Kadim schon seine Utensilien hervorkramt. »Hast du verstanden?«

Anastasia nickt.

»Kaffee trinken«, antwortet sie. »Aber ich kein Geld.«

Ich muss mir ein Lachen verbeißen.

»Der Kaffee ist heute umsonst«, brummt Jakob.

Kadim gießt das lauwarme Gebräu aus der Thermoskanne in seine unkaputtbare türkische Tasse. Ich bin immer wieder fasziniert von der Eigenartigkeit dieser Szene. Wir schweigen, während er darauf wartet, dass das Kaffeepulver sich absetzt. Anastasia nutzt die Gelegenheit, um uns der Reihe nach anzuschauen.

»Du stark«, sagt sie zu mir und zeigt ein breites Grinsen. »Draufhauen mit Ellbogen gut!« Dann reckt sie ihren fleischigen Daumen in die Höhe und entblößt ihre riesigen Zähne.

Ich komme nicht umhin, sie zu mögen. Was auch immer geschieht, dieses Mädchen wird niemals gegen einen von uns intrigieren, nie einen Konkurrenzkampf anfangen und sich keine Bösartigkeiten ausdenken. Zu all dem ist sie einfach nicht fähig.

Kadim streckt ihr die Tasse entgegen.

»Kaffee austrinken, Sand drinlassen!«, ermahnt er sie.

»Weiß«, sagt Anastasia. »Du Kaffeesatz lesen. Machen Russen auch.«

Ich bin überrascht. Sie grinst noch einmal, dann trinkt sie das lauwarme Gebräu, ohne mit der Miene zu zucken, dreht die Tasse fachmännisch um und gibt sie Kadim zurück.

»Fehlt Wodka«, sagt sie. »Sonst gut.«

Kadim wendet sich ohne weitere Worte ab und studiert den Satz. Er braucht nur wenige Sekunden, um zu einer Prognose zu kommen.

»Sylvia hatte Recht«, sagt er und hält Jakob die Tasse hin. »Schau selbst. Du siehst es auf den ersten Blick.«

Auch Jakob widmet der Tasse nur kurz seine Aufmerksamkeit, bevor er sie mir weiterreicht. Ich blicke hinein und sehe direkt auf dem Boden ein großes weißes Auge inklusiver einiger Schlieren, die eindeutig ein Pentagramm bilden. Sonst nichts. Damit ist sonnenklar, dass wir Anastasia mitnehmen werden. Ob Jakob ihr wirklich begreiflich machen kann, was auf sie zukommt, und ob sie sich dieser verwirrenden Herausforderung stellen wird, kann ich nicht sagen. Aber ihrem Blick nach zu urteilen, ist es möglich.

»Okay«, spricht Jakob sie an. »Ich möchte, dass du deinen Trainer verlässt und mit uns in das Studio in Biedenkopf wechselst. Und es gibt noch eine andere Aufgabe für dich, die ich dir gleich erklären werde. Aber zuerst musst du reingehen, deine Sachen holen und ihm sagen, dass du nicht mehr zurückkommen wirst. Schaffst du das?«

Das Lächeln schwindet aus Anastasias Gesicht. Ihre Schultern sacken zusammen und sie schüttelt leicht den Kopf. Ohne Zweifel will sie mit uns gehen, allein schon wegen der Wirkung, die Jakob auf sie hat. Ihr Problem ist nur, sich dem Brüllaffen zu widersetzen.

»Und wenn Melek dir hilft?«, bietet Jakob an. Ich bin ihm dankbar, dass er auf das entnervte Seufzen verzichtet, das er sonst zu solchen Gelegenheiten von sich gibt.

Sofort hellt Anastasias Blick sich wieder auf.

»Melek! Ellbogen. Gut!« Sie grinst.

Also gehe ich mit ihr in das Studio zurück. So unauffällig wie möglich schleichen wir uns zur Umkleidekabine und ich schicke sie hinein. Dann gehe ich zu der Matte, auf der immer noch die Stange mit den riesigen Gewichten liegt.

»Das war's«, sage ich zu dem Typen mit der Baseballkappe. »Wir nehmen Sie mit!«

»Aha«, brummt er. »Wo ist dein Stecher, Miststück?«

»Der hat dir nichts mehr zu sagen.«

In Anbetracht der Tatsache, dass ich allein bin und er immer noch seine Kumpane im Rücken hat, wird er auf einmal wieder mutig.

»Ich will eine Ablöse für sie«, schnauzt er mich an. »Mir geht jede Menge Geld durch die Lappen wegen euch Kanalratten!«

»Du kannst dein Auto behalten«, sage ich so ruhig wie möglich.

»Orospu!«

Zum ersten Mal in meinem Leben nennt mich jemand auf Türkisch Schlampe. Ich weiß genau, dass er mich nur provozieren will, aber ich kann nicht anders, als mich auf sein Niveau herabzulassen.

»Orospu çocuğu«, zische ich und mache mich darauf gefasst, dass er mir dafür seine Faust ins Gesicht rammt. In dem Moment steht plötzlich Anastasia neben mir, definitiv ungeduscht und mit einem Berg Klamotten auf dem Arm. Sie fasst mich am Arm.

»Gehen!«, drängt sie.

Ich werfe ihrem Trainer einen letzten bissigen Blick zu und drehe mich um. Dann habe auch ich es plötzlich eilig, aus dem Studio herauszukommen. Ich atme auf, als die Tür hinter uns zufällt.

»Oro... tschu!«, grölt Anastasia. »Was das heißt?«

In dem Moment fühle ich so etwas wie Verbundenheit mit ihr. Mein Mund verzieht sich zu einem Lächeln, genauso breit wie ihres.

»So nennt man jemanden, dessen Mutter das gleiche Alibi hat wie ich«, kläre ich sie auf. Da entblößt sie die komplette Reihe ihrer Pferdezähne und lacht sich die ganze Befreiung aus dem Hals, die sie in diesem Moment offenbar verspürt. Es ist so ansteckend dass ich sofort mit einfalle.

Jeder Mensch hat seinen Preis.
Finde die Währung, die er akzeptiert!

Einen Tag vor Weihnachten kann man uns wieder eine vollzählige Truppe nennen. Erik hatte nie einen Platz in der Rangfolge, da er kein normaler Soldat ist und jeder von Anfang an wusste, dass die Führungsriege der Armee ihn niemals in unserer Mitte versauern lassen würde. Also wandert Anastasia dorthin, wo sie für immer bleiben wird: auf Platz zwölf. Und Mike, unser verrückter Tiersprecher, erlebt zum ersten Mal, wie es sich anfühlt, nicht am Ende der Rangordnung zu stehen. Ich glaube aber kaum, dass es ihm viel ausmacht. Als er davon erfährt, zuckt er lediglich mit den Schultern und zieht eines seiner Bibelzitate hervor: »Die Letzten werden die Ersten sein, das weiß man doch!«

Jakob hat Anastasia in einem ewigen Fußmarsch durch den Wald aufgeklärt. Aber sie stellt immer noch Fragen, die den Anschein erwecken, als hätte sie nichts von all dem verstanden. Eine davon war, weshalb man die Dschinn überhaupt erschießen müsse. Vielleicht könnte man sie ja davon überzeugen, Tiere statt Menschen auszusaugen. Ich bin mir sicher, dass Anastasia zu viele schlechte Horrorfilme gesehen hat. Trotzdem habe ich sie ins Herz geschlossen, wie die meisten anderen auch. Einzig Jakob und Tina zeigen sich gelegentlich von ihren naiven Fragen und ihrer langsamen Art gestresst. Auch Rafail hat so seine Probleme mit der Muskelprotzin. Jeder von uns, dessen Talent in der Truppe doppelt besetzt ist, steht in gewisser Weise in Konkurrenz zu seinem Kollegen. Dennoch ist es für Rafail einfacher gewesen, sich mit Lennart zu messen als mit Anastasia. Vielleicht muss er so etwas wie eine männliche Ehre bewahren. Und so kommt es schon bei der obligatorischen Party am Tag ihrer Zeichnung zu einem ersten Kräftemessen der beiden. Herausgefordert wird das Ganze natürlich von Rafail. Wir sitzen gerade über unseren Würstchen und kippen Softdrinks in uns hinein, als er klar und deutlich verkündet:

»Schade nur, dass kein Mädchen dieser Welt es je mit einem Dschinn aufnehmen kann. Nicht, wenn es um körperliche Kraft geht.«

Ich freue mich, als ausgerechnet seiner Freundin Nadja darauf eine Erwiderung einfällt: »Ach ja?«, sagt sie kauend. »Und kannst du's?«

Rafail wirft sich in die Brust und sieht sie herausfordernd an.

»Ja, Süße! Ein paar von denen kann ich schlagen. Schade, dass es so selten dazu kommt.«

Ich verzichte auf einen Kommentar. Aber Sylvia kann es nicht lassen, Rafail zu provozieren.

»Eines ist jedenfalls klar«, mischt sie sich ein. »Mit *dir* nimmt Anastasia es locker auf.«

Das ist zu viel für unseren Muskelprotz. Er steht zielstrebig auf, setzt sich an einen leeren Tisch und winkt Anastasia zu sich.

»Komm her, Mädchen!«, sagt er und platziert seinen rechten Ellbogen auf der Tischplatte. »Schaffen wir dieses Gerücht ein für alle Mal aus der Welt.«

Im ersten Moment sieht Anastasia etwas verschreckt aus. Aber ich nehme an, dass sie schon des Öfteren von männlichen Wesen zum Armdrücken aufgefordert wurde. Die Prozedur scheint ihr bekannt vorzukommen. Also setzt sie sich Rafail gegenüber und greift sich seine Hand. In dem Moment hält uns andere natürlich nichts mehr auf unseren Sitzen. Die ganze Truppe schart sich um die beiden Gegner, sogar Jakob und Tina – alle Mädchen stehen an Anastasias Seite, alle Jungs an Rafails.

Gleichzeitig spannen sie ihre Muskeln an, aber nichts passiert. Die Arme bleiben so lange auf gleicher Höhe, dass selbst mir bei dem Anblick der Schweiß ausbricht. Anastasia macht ein paar Zentimeter gut. Wir Mädchen jubeln, die Jungs fangen an zu schreien. Einen Augenblick später stehen beide Arme wieder genau in der Mitte. Was dann passiert, kann ich nicht sicher deuten: Millimeter für Millimeter kämpft Rafail seine Gegnerin nieder. Es dauert mindestens drei oder vier Minuten, bis er ihre Handknöchel endlich auf die Tischplatte drückt. Die ganze Zeit über schaue ich in Anastasias Gesicht und bin überzeugt, dass sie nicht ihre volle Kraft einsetzt. Aber als ich sie anschließend unter vier Augen danach frage, antwortet sie: »Nein, Rafail stark. Aber nach Training im Sommer, ich ihn drücke.«

Wie auch immer es tatsächlich war: Rafail verliert kein Wort mehr darüber, was Mädchen können und was nicht. Das reicht mir vorerst.

***

Nun ist Weihnachten und ich muss mit dem Gedanken klarkommen, zwei Tage lang in die Welt einzutauchen, die noch im letzten Sommer die einzige Realität für mich gewesen ist: mein sogenanntes Privatleben. Jakob hat allen Talenten freigegeben, die keinen Personenschutz betreiben. Also allen außer Tina, Henry und sich selbst. Der Rest von uns hat zwar Rufbereitschaft, aber ein Einsatz ist nicht zu erwarten. Weihnachten ist einfach kein Fest für die Dschinn. Kaum ein Mensch ist an diesem Tag gewillt, sich von einem Fremden küssen zu lassen.

Zum Leidwesen meiner Mutter haben Jakob und ich uns ganz offiziell miteinander verabredet. Und obwohl das Fest in meiner halbmuslimischen Familie nicht allzu ausgiebig gefeiert wird, bedeutet das, dass wir gemeinsam unter dem Christbaum sitzen und eine Ente essen werden. Davor graut mir mehr als vor dem Flug nach Istanbul und das will was heißen.

Den Vormittag verbringen wir damit, in meinem Zimmer herumzulungern, während meine Mutter den Baum schmückt. Die Tatsache, dass sie das überhaupt macht, spricht für ihr Harmoniebedürfnis, denn immerhin ist sie die einzige echte Muslimin unter uns. Mein Vater hat für die Hochzeit nach außen hin zwar ihren Glauben angenommen, aber seither keine Moschee mehr von innen gesehen. Bei mir haben sie darauf verzichtet, mich taufen zu lassen oder mir den Islam nahezubringen. Eines Tages, so hoffen sie, werde ich meinen Weg schon allein finden. Dafür bin ich ihnen dankbar, denn ich sehe in meiner weiteren Verwandtschaft ständig, dass es auch anders laufen kann. Das schlimmste Beispiel ist mein Cousin Isa, der von seinen Eltern quasi in Stücke gerissen wird, was Religion angeht. Immer, wenn meine Tante Songül bei uns zu Besuch ist, redet sie von nichts anderem. Sie wirft ihrem deutschen Mann vor, Isa gegen ihren Willen zum Christentum bekehren zu wollen, und erzählt schaurige Geschichten von heimlichen Kirchenbesuchen und versteckten Holzkreuzen. Jedes Mal, wenn ich das höre, überkommt mich Mitleid mit meinem armen Cousin. Ich bin froh, dass meine Eltern das besser hinkriegen.

Trotzdem mache ich nichts, um ihnen das Weihnachtsfest zu erleichtern. Ich wüsste ohnehin nicht, was ich tun könnte. Mein Vater hat einen Grund gefunden, den Vormittag über im Wald zu verschwinden, und meine Mutter gibt sich wahrscheinlich sogar lieber mit ihrer Nordmanntanne ab als mit Jakob und mir. Weil im Radio nur schmalzige Weihnachtslieder laufen, lege ich eine CD mit Kuschelmusik ein und überrede Jakob dazu, sich massieren zu lassen. Irgendetwas sagt mir, dass die zwei Tage Ruhe meine Chance sind.

Ich knete ihn schweigend eine halbe Stunde lang durch. Dann verringere ich den Druck meiner Hände und streichele nur noch über seinen Rücken.

»Ich will dir etwas vorschlagen: einen Handel!«

Ruckartig dreht Jakob sich um und setzt sich auf. Dabei zieht er die Beine an, so dass ich unfreiwillig auf die Matratze plumpse. Er starrt mich ärgerlich an.

»Ich bin nicht Levian!«, sagt er kalt.

»Das weiß ich.«

Aber ich weiß auch, dass ich ihn mit genau denselben Mitteln schlagen kann. Das darf ich ihm bloß nicht sagen.

»Um den geht es übrigens«, erkläre ich. Der grimmige Zug um seine Mundwinkel verschwindet. Ich habe also sein Interesse geweckt.

»Du wirst ihn nie erwischen ... ohne Köder.«

»Pah!«, macht Jakob. »Und dieser Köder, das willst wohl du sein. Lächerlicher Vorschlag, Melek! Glaubst du, ich hätte darüber nicht längst nachgedacht?«

Ich werde unsicher. Eigentlich war ich davon ausgegangen, dass meine Idee zumindest eine Überlegung für ihn wert wäre.

»Und was spricht dagegen?«

Jakob greift nach seinem Oberteil und zieht es sich über. Damit ist der angenehme Teil des Tages schon mal vorbei.

»Zum Beispiel die Tatsache, dass ich dich keiner sinnlosen Gefahr aussetzen will.«

»Aber es wäre nicht sinnlos. Es wäre zum Wohl der Armee«, versuche ich mich, doch er unterbricht mich sofort.

»Nein, Melek, das wäre es nicht. Denn ich bin inzwischen fest davon überzeugt, dass du nicht zum Köder taugst.«

»Wie meinst du das?«

»Du redest im Schlaf«, erklärt er. Seine Stimme ist jetzt weniger hart als zuvor. »Du fürchtest dich davor, dass ich ihn töte, denn er ist dir nicht gleichgültig. Und ich habe den Eindruck, dass es nicht nur ihn betrifft. Dieser ganze Abschaum da draußen im Wald bedeutet dir etwas. Du vermenschlichst sie und glaubst, ihre Gefühle wären mit unseren vergleichbar. Es ist Mitleid mit den Dschinn, das dich Nacht für Nacht um den Schlaf bringt, Melek. Gewissensbisse, weil du einige von ihnen getötet hast.«

Das also hat er gehört, bevor ich neulich aus meinem Albtraum aufgewacht bin. Wahrscheinlich war es nicht das erste Mal, dass ich im Schlaf gesprochen habe. Mir wird heiß und kalt bei dem Gedanken, dass ich dabei meine geheimsten Gefühle herausplaudere. Hoffentlich habe ich nicht auch noch etwas Verfängliches über Erik gesagt!

»Das ... das stimmt«, gebe ich zu. »Aber es ändert nichts. Nicht für uns und nicht für die Armee. Ich werde immer wieder auf sie schießen.«

»Und dabei auch zielen?«, hakt Jakob nach. Er befürchtet also, ich könnte mit Absicht danebenschießen.

»Ja.«

»Auch, wenn es sich um Levian handelt?«

Darauf kann ich ihm keine Antwort geben. Es gab Augenblicke in der Beziehung zwischen Levian und mir, da hätte ich ihm bedenkenlos eine Kugel ins Herz gejagt. Aber jetzt, da ich frei bin vom Einfluss seines Talents, von Angst und Verwirrung, bin ich sicher, dass ich nicht abdrücken könnte. Wie damals, als er in Eichhörnchengestalt auf dem Weg stand und mir eine

Nuss entgegenstreckte. Es muss Ewigkeiten her sein. Doch ich weiß, dass ich damit leben könnte, wenn Jakob ihn töten würde.

»Das ist dein Job«, sage ich. »Aber ich kann der Köder sein.«

»So wie du der Köder warst, als er dich nach dem Teichfest zum letzten Mal kontaktiert hat?«, spottet Jakob. Damals bin ich absichtlich allein in den Wald gegangen, um Levian zu treffen.

»Das habe ich getan, um die Gerüchte über meine Heilung zu zerstreuen!« Aber das ist nur die halbe Wahrheit. Ich habe es auch getan, damit niemand mich daran erinnern konnte, nebenbei meine Pistole zu ziehen.

Jakob schaut mich lange an und grübelt. Im Grunde bin ich ganz froh, dass auch meine letzten Geheimnisse heraus sind. So muss ich mir wenigstens keine Gedanken darüber machen, wie ich mein Plauderproblem im Schlaf löse.

»Wie stellst du dir das vor?«, fragt er schließlich. »Levian wittert von weit her, ob ein anderer Mensch in deiner Nähe ist. Er würde abhauen, ehe ich bei euch bin – und dich gleich mitnehmen.«

»Nicht, wenn ich mich an einem Ort mit ihm treffe, wo er von vornherein mit anderen Menschen rechnet.«

»Dann müsste ich ihn inmitten einer Menschenmenge töten.«

Ich zucke mit den Schultern.

»Dir wird schon was einfallen.«

Nun verschränkt Jakob die Arme vor der Brust und taxiert mich abschätzend.

»Und was, Engelchen, willst du für deine großzügige Opferbereitschaft von mir haben?«, fragt er.

»Das weißt du genau.«

Ich erkenne am Glitzern seiner Augen, dass er angebissen hat. Der Gedanke daran, Levian zu töten, ist stärker als jeder andere Anreiz, den ich ihm bieten könnte. Er ist nur noch nicht so weit, unseren Pakt auf der Stelle zu besiegeln. Aber ich habe Geduld.

»Nicht, bevor wir Erik nach Istanbul gebracht haben«, murmelt er schließlich.

Ich strecke ihm die Hand hin. Er schüttelt den Kopf, als er einschlägt, doch das ist mir egal. Ich habe eine weitere Schlacht im Kampf gegen das Schicksal gewonnen. Auch wenn ich dafür schon wieder Levian und Erik verkauft habe. Ich will nicht darüber nachdenken, wie schmal der Grat ist, auf dem ich mich bewege, und welchen Hinterhalt das Schicksal sich für diese Niederlage ausdenken wird. Die letzten Monate haben mir gezeigt, dass man sich besser nehmen sollte, was man kriegen kann. Denn schon morgen könnte alles vorbei sein.

***

Das Essen mit meinen Eltern verläuft so schweigsam und düster, wie ich es mir vorgestellt habe. Zum Glück ist für uns alle Weihnachten nicht von übermäßiger Bedeutung.

Danach verzichten auf jede Art von Geschichtenlesen und Singen und setzen uns einfach nur vor den Baum, unter dem ein paar Geschenke liegen. Jakob und ich haben unsere Geschenke vorsorglich schon vorher in meinem Zimmer ausgetauscht. Er hat für mich einen neuen Waffengürtel aus Leder eigenhändig genäht. Ich habe ihm bei unserem Waffenschieber Walter Dönges ein neues Silbermesser besorgt und unsere Initialen eingravieren lassen. Dafür habe ich jetzt Schulden bei Dönges, aber er hat mir einen zinslosen Kredit auf Lebenszeit gewährt. Bei der geringen Lebenserwartung, die ein Volltreffer für gewöhnlich hat, war das ein äußerst großzügiges Angebot.

Ich freue mich auch über die Mütze, die meine Mutter mir gehäkelt hat, obwohl ich damit aussehe wie eine Modetussi. Meinem Liebestöter-Styling kann sie jedenfalls nicht schaden. Das Geschenk meines Vaters lässt wie gewöhnlich zu wünschen übrig. Von ihm bekomme ich ein Jahresabo einer Geschichtszeitschrift, für deren Lektüre ich weder Zeit noch Lust aufbringen werde. Ich bedanke mich trotzdem, um nicht noch mehr Unfrieden zu stiften. Außerdem bin ich selbst mit meinen Geschenken auch nicht gerade einfallsreich gewesen. Für meine Mutter habe ich ein Paar Ohrringe gekauft und für meinen Vater ein Buch über die ältesten Bäume Deutschlands.

Als wir fertig sind mit Auspacken, liegt noch ein letztes Geschenk unter dem Christbaum, das ich nicht zuordnen kann. Es ist so klein wie eine Streichholzschachtel und in hübsches Glanzpapier verpackt. Meine Mutter holt es hervor und drückt es mir in die Hand.

»Was ist das?«, frage ich erstaunt.

»Das hat Erik heute Nachmittag vorbeigebracht«, sagt sie und strahlt.

Mir wird heiß und kalt.

»Er war hier?«

»Ja, aber nur um das abzugeben.«

Meine Hände beginnen leicht zu schwitzen. Am liebsten würde ich das Päckchen allein auf dem Klo auspacken. Aber nun, da meine Eltern und mein Freund schon davon wissen, komme ich nicht umhin, es vor ihren Augen zu öffnen. Ich hoffe nur, dass Erik sich meiner Situation bewusst war und keinen Liebesbrief hineingelegt hat.

Als ich das Papier entfernt habe, halte ich eine kleine Schmuckdose in der Hand. Ich schiele vorsichtig hinein, bevor ich sie ganz aufmache. Darin liegt eine zierliche Kette mit einem silbernen Anhänger, der aus zwei verschlungenen Engelsflügeln besteht.

»Ach, ist das schön!«, sagt meine Mutter und reißt sie mir aus der Hand. »Flügel für den Engel! So hab ich mir das vorgestellt, als ich dir deinen Namen gegeben habe.«

Sie starrt verzückt auf den Anhänger. Ich würde sie am liebsten anschreien, dass sie sich mit ihren Kommentaren zurückhalten soll, solange Jakob neben mir sitzt. Wir wissen auch so, dass sie einen anderen Schwiegersohn in spe vorgezogen hätte. Stattdessen greife ich nach der Kette und lasse sie wortlos in meiner Hosentasche verschwinden.

Danach halte ich es nicht mehr lange im Wohnzimmer aus und verschwinde mit Jakob auf mein Zimmer.

»Wirst du sie tragen?«, fragt er, als ich die Tür hinter uns schließe.

Ich hole die Kette aus meiner Hosentasche und lege sie in meine Schreibtischschublade. Nun bewahren wir beide am gleichen Ort eine Erinnerung an jemand anderen auf. Ich habe aber im Gegensatz zu Jakob nicht vor, täglich die Schublade zu öffnen und hineinzusehen.

»Nein«, sage ich. »Was für einen Grund hätte ich dafür?«

Mir ist durchaus bewusst, dass es tausend Gründe dafür gäbe. Ich will nur keinen davon an mich heranlassen.

Hinab in den Höllenschlund

Am zweiten Feiertag geht unser Flug nach Istanbul. Jakob hat die Truppe in zwei Hälften geteilt. So bleiben noch genug von uns übrig, um zu Hause Wache zu halten, falls wider Erwarten einige Dschinn auftauchen sollten. Da Tina als Eriks Bodyguard mitfliegt, hat Rafail das Kommando über die Truppe erhalten. Er ist der höchste verbleibende Offizier und Henry sein Stellvertreter. Wenn es nach mir gegangen wäre, hätte ich gern Kadim als Orakel dabeigehabt, schon allein aus dem Grund, weil er fließend türkisch spricht, was man von mir nicht gerade behaupten kann. Aber Jakob hat entschieden, Sylvia mitzunehmen. Zum einen, weil er ihren Eltern oft genug versprochen hat, auf sie aufzupassen, und sie selbst in Istanbul sicherer ist als zu Hause bei unserer geschwächten Truppe. Zum anderen hat es wahrscheinlich damit zu tun, dass Sylvia bereits Kontakt mit Mahdi hatte, der vom Bosporus aus die unklaren Visionen und auftretenden Fragen aller europäischen und asiatischen Orakel beantwortet. Er ist einer der höchsten Generäle der Armee. Aber sehr viel mehr Informationen hat keiner von uns.

Die größte Überraschung für mich ist, dass Mike mit uns fliegt. Damit will Jakob endgültig klären, woher unser Tiersprecher sein Hintergrundwissen über die Geschichte der Armee hat. Wir haben oft genug vergeblich versucht, hinter das Geheimnis zu kommen, aber immer nur dieselben alten Ausreden von ihm gehört. Mike behauptet weiterhin stur, der Erzengel Michael zu sein und sowohl die Talentarmee von Jesus von Nazareth als auch die von Mohammeds Tochter Fatima unterstützt zu haben. Nachdem wir durch unsere Nachforschungen nun aber ganz eindeutig wissen, dass er aus einem Vorort von Gießen stammt und schon als Grundschüler wegen seiner psychischen Verwirrung ein Jahr lang in Behandlung war, haben wir jeden Gedanken, dass an seiner abwegigen Behauptung doch etwas dran sein könnte, beiseitegeschoben. Jakob erhofft sich nun von Mahdi eine Aufklärung über ihn oder zumindest einen Ratschlag, wie wir mit Mike umgehen sollen.

Neben uns aktiven Talenten fliegt noch ein Veteran mit: Der Schuhmacher Walter Dönges, der sich von der Reise wahrscheinlich lukrative Geschäfte mit der Hauptzentrale der Armee verspricht. Nicht einmal heute hat er seinen stoppeligen Bart wegrasiert und seine Haare gewaschen. Sein Pass wird mehrfach kontrolliert und auf Spuren einer Fälschung überprüft. Als er ihn schließlich zurückbekommt und ein paar Schritte von der Kontrolle weggehumpelt ist, steckt er ihn in seine Jackentasche und murmelt »blutiger Anfänger« vor sich hin. Ich will gar nicht wissen, was sein echter Pass über ihn verraten hätte. Wahrscheinlich ist er so schlecht gelaunt, weil er ein paar unbewaffnete Stunden verbringen muss und sich ohne das Arsenal italienischer Waffen überall in seiner Kleidung einfach unvollständig fühlt.

Der Abschied von meinen Eltern fiel mir einigermaßen leicht, denn im Gegensatz zu Erik werde ich mit an Sicherheit grenzender Wahrscheinlichkeit wieder heimkommen. Als er in den Flieger steigt, weiß er weder, ob er seine Familie jemals wiedersehen noch, ob er nächstes Jahr noch am Leben sein wird. Dass er es unter diesen Umständen überhaupt schafft, sich der Reise zu stellen, auch wenn seine Augen rot umrandet sind, hat meinen vollen Respekt. Ich selbst wäre wahrscheinlich spätestens gestern abgehauen und hätte mich in einem Loch im Wald versteckt. Oder vielleicht doch besser in einem Keller irgendwo in Biedenkopf.

Noch zweimal habe ich auf Jakobs Befehl hin mit Erik und Finn SmallThink geübt, aber er bleibt ein hoffnungsloser Fall. Die Armee muss künftig gut auf ihn aufpassen, denn allein wird er sich weder gegen die körperlichen noch gegen die psychischen Angriffe der Dschinn wehren können. Und auf eines ist Verlass: Sie werden ihn angreifen! Bestimmt haben unsere Feinde ähnlich verzweigte Kommunikationsnetze wie wir. Die Existenz eines Heilers wird sich schnell herumsprechen.

Zum Glück sitze ich im Flugzeug neben Jakob und Mike. Ich hätte keinen von den anderen an meiner Seite haben wollen, am wenigsten Sylvia. Die ganze Zeit über reden sie und Tina auf Erik ein, versuchen ihn aufzuheitern und halten seine Hand. Hin und wieder dreht er sich zu mir um und fragt mich, was dieses und jenes auf Türkisch heißt. Dann notiert er sich meine Antwort in Lautschrift auf einem Zettel und lernt sie auswendig. Das ist seine Art, mit der Sache umzugehen. Aber er ist kein Meister darin, seine Gedanken und Gefühle zum Schweigen zu bringen. Seine Strategie wird ihm nicht helfen, sich zu beruhigen. In diesem Punkt unterscheiden wir uns am meisten. Denn ich habe es seit meinem erfolgreichen Handelsabkommen mit Jakob vermieden, über unausgesprochene Dinge zwischen Erik und mir nachzudenken. Genauso wenig, wie ich meine Schreibtischschublade geöffnet und seine Kette betrachtet habe. Ehrlich gesagt, habe ich mich nicht einmal dafür bedankt, aus Angst, dass er es zum Anlass nehmen könnte, über seine Gefühle für mich zu sprechen. Und das will ich nicht. Ich könnte es nicht ertragen.

Nach fast drei Stunden Flug taucht unter uns das Marmarameer auf. Mittlerweile ist es draußen dunkel und so sehe ich von Istanbul nur eine glühende Silhouette, genau in der Mitte getrennt vom Bosporus und dem Goldenen Horn. Dieser Anblick beeindruckt mich und ich klebe mit der Nase am Fenster. Alles, was ich bisher von der Türkei kenne, sind diverse Clubhotels am Schwarzen Meer. Das hier ist etwas ganz anderes. Mein Herz fängt vor Aufregung zu pochen an. Nur nebenbei bekomme ich mit, dass Sylvia sich während der holperigen Landung vor Angst an Erik klammert. Sie scheint noch nicht besonders oft geflogen zu sein.

Auf dem Istanbuler Flughafen passiert das Gleiche wie zuvor in Deutschland: Wir stehen immer noch an der Personenkontrolle herum, als alle anderen Fluggäste schon draußen in ihre Taxis steigen.

»Ich könnte ihn schlagen«, brummt Jakob neben mir. »War es denn zu viel verlangt, sich ein einziges Mal mit dem Thema Körperpflege zu beschäftigen?«

Wir beobachten den Waffenschieber unseres Vertrauens, während er sich sämtlicher Jacken und Gürtel entledigt. Trotzdem piepst es immer noch, wenn er durch die Sicherheitsschleuse tritt. Sein Versuch, mit den Beamten zu reden, misslingt. Schließlich winkt er mich zu sich.

»Melek, sag ihnen, dass ich ein künstliches Kniegelenk und hunderte von Nägeln in den Beinen habe!«, fordert er.

Ich übersetze seine Erklärung notdürftig mit meinem gebrochenen Türkisch und deute auf die entsprechenden Stellen. Dabei hoffe ich, dass Dönges die Wahrheit sagt und nicht doch irgendwie eine Pistole an den deutschen Sicherheitsbehörden vorbeigeschmuggelt hat. Wie er dort seinen Metallkörper erklärt hat, habe ich nicht mitbekommen. Die Beamten reagieren relativ cool.

»Ausziehen!«, fordern sie.

So kann ich aus nächster Nähe sehen, wie das Schicksal einen Menschen zurichtet, der sich seinen Plänen widersetzt. Seit dem Tag, als Dönges aus der Armee ausgeschieden ist und sich entschieden hat, sein Bannzeichen zu behalten, hat er nach eigener Aussage noch mindestens 15 Dschinn getötet. Die restlichen Gegner, die ihm seit damals untergekommen sind, haben ihm jede Menge Knochen gebrochen und Muskeln zerfetzt. Dabei hat Dönges noch Glück gehabt, denn kein Dschinn hat es geschafft, ihm den Kopf abzureißen. Trotzdem erstarre ich fast vor Schreck, als er seine Hose herunterlässt und die zahlreichen Narben auf seinen Beinen zeigt. Ein Sicherheitsbeamter fährt mit dem Metallsuchgerät darüber, das sofort aufgeregt zu piepsen beginnt.

»Noch mehr davon?«, fragt der Schuster grimmig.

Ich brauche nicht zu übersetzen. Die Beamten winken von selbst ab und lassen uns passieren.

Draußen vor dem Terminal stehen jede Menge Taxis. Jakobs Blick schweift über die Reihe gelber Autos bis zum hinteren Drittel.

»Das da sind sie!«, sagt er.

»Woher weißt du das?«, frage ich erstaunt.

»Schau dir den Aufdruck auf der Beifahrerseite an!«

Was ich dort sehe, ist dasselbe Zeichen, das uns bereits seit unserer Landung auf zahlreichen Plakaten und Straßenlaternen begleitet. Auf den ersten Blick ist es ein Symbol für Istanbul, das in der Mitte eine Moschee mit vier Minaretten und außen herum einen Ring aus Häusern zeigt. Aber mit etwas Phantasie sieht es aus wie die Hand der Fatima.

Als wir auf die Taxis zugehen, steigen die beiden Fahrer aus und kommen uns entgegen. Jakob zieht seinen Handschuh ab und zeigt ihnen wortlos sein Bannzeichen.

»Wer von euch ist der Heiler?«, fragt einer der Männer in akzentfreiem Deutsch.

»Ich«, sagt Erik halblaut und tritt einen Schritt vor.

»Du fährst bei mir mit! Der Anführer und das Orakel auch.«

Er winkt uns alle hektisch in die Taxis und verstaut unser spärliches Gepäck in den Kofferräumen. Ich lande auf dem Rücksitz des zweiten Wagens, festgeklemmt zwischen Mike und dem Schuster. Tina hat es sich auf dem Vordersitz bequem gemacht. Sie weiß ihren Offiziersstatus wirklich auszuspielen.

Beim Losfahren wird mir bereits klar, was es mit der Sitzaufteilung auf sich hat, denn in dem anderen Taxi erkenne ich auf dem Beifahrersitz einen weiteren Mann, der mit seinen breiten Schultern und der unbewegten Miene wie ein Bodyguard wirkt. Erik, Jakob und Sylvia fahren also mit einem höheren Sicherheitsstandard als wir anderen. Im Grunde ist das nur verständlich. Immerhin sind wir bei der Armee und nicht bei einer Menschenrechtsorganisation.

»Greif in das Handschuhfach und verteile die Waffen«, weist unser Fahrer Tina an. Sie öffnet den leicht maroden Schließmechanismus des Fachs und legt dabei ein Sammelsurium aus Messern und Pistolen frei.

»Mir wird ganz warm ums Herz!«, lässt Dönges verlauten. Ich muss grinsen, aber in gewisser Weise geht es mir genauso. Unbewaffnet fühle ich mich einfach schutzlos und ausgeliefert. Tina gibt jedem von uns eine Pistole und ein Messer, die wir unter unserer Kleidung verschwinden lassen. In unseren Winterjacken fallen sie kaum auf. Zum Glück ist es in Istanbul fast genauso kalt wie in Deutschland. Wir fahren etwa eine Dreiviertelstunde lang quer durch die pulsierende Metropole, vorbei an Denkmälern und Moscheen, Hochhäusern und Clubs, durch enge Gassen und auf zweispurigen Straßen. Schließlich überqueren wir eine Brücke am Goldenen Horn und verlassen die europäische Seite der Stadt. Am asiatischen Ufer hüllt uns sofort ein ganz anderes Lebensgefühl ein. Hier sind die Häuser heruntergekommener und die Menschen bedeckter. Tagsüber riecht es wahrscheinlich an jeder Straßenecke nach Gewürzen und Esskastanien. Aber jetzt, in der Nacht, hätte ich etwas Angst, mich hier herumzutreiben. Ich bin überrascht, als wir kurze Zeit später durch einen Bezirk fahren, der wiederum anders wirkt: großstädtisch und touristisch. Die gegensätzlichen Eindrücke, die ich durch das Taxifenster von der Stadt bekomme, erschlagen mich fast. Dann biegen wir rechts ab und ich sehe nichts mehr. Rechts und links der Straße ragen meterhohe Wellbleche auf. In den Schatten darüber erahne ich schlanke, hohe Häuser, die ich jedoch nicht erkennen kann, weil es keine Straßenlaternen gibt. Als ich das Fenster einen Spalt öffne, rieche ich verbranntes Plastik und Müll.

»Wo sind wir?«, frage ich den Fahrer.

»In Tarlabaşı«, antwortet er. »Wir sind gleich da.«

Irgendwann habe ich schon einmal etwas über Tarlabaşı gehört, aber ich kann mich nicht mehr erinnern, was. Wahrscheinlich hat meine Mutter davon erzählt und ich habe wieder einmal nicht richtig zugehört. Im Nachhinein ärgere ich mich darüber. Doch die Geschichten, die ich im Vorbeifahren auffange, reichen mir eigentlich. Hinter den niedergerissenen Abschnitten der Wellblechfassade sehe ich schmutzige Kinder mit Coladosen spielen, eine schwanzlose Katze im Müll wühlen und eine Gruppe junger Männer mit eisigem Blick vor einem Berg von brennendem alten Plunder stehen, an dem sie sich die Hände wärmen. Wir sind in einem Armenviertel. Ich kann kaum glauben, dass die Armee von hier aus agiert.

Die Autos schlängeln sich bis in den innersten Kern von Tarlabaşı hinein und bleiben dann vor einem Haus stehen, das sich in keiner Weise von den übrigen unterscheidet. In einem anderen Jahrhundert muss es einmal wunderschön gewesen sein. Doch jetzt sind die Fenster herausgeschlagen, Putz bröckelt von der Fassade und das unterste Stockwerk ist fast komplett mit Brettern vernagelt.

Wir steigen aus und lassen uns von dem Bodyguard aus Jakobs Taxi den Weg zeigen. Die anderen beiden Männer fahren die Autos weg. Durch eine Lücke im Wellblech quetschen wir uns einer nach dem anderen in den Innenhof, dessen Boden aus niedergetrampeltem Abfall besteht. Dann folgen wir dem Bodyguard ins Haus durch mehrere dunkle Flure und eingeschlagene Türen, bis wir schließlich vor einer Treppe stehen, die nach oben ins Licht führt. Der Läufer, der die Stufen bedeckt, ist verhältnismäßig sauber. Er sieht sogar recht hochwertig aus. An der Wand hängen bunte orientalische Lampen, die zwar nicht besonders hell leuchten, aber dafür den Anschein von Geborgenheit vermitteln.

Erst, als der Bodyguard mir von weiter oben ein Handzeichen gibt, merke ich, dass ich die ganze Gruppe aufhalte. »Hinauf!«, sagt er.

Ich folge seiner Anweisung und gehe voran. Im oberen Stockwerk sieht es genauso aus wie im Flur. Alles ist penibel sauber und mit wunderschönen Teppichen ausgelegt. Wir bleiben vor einer breiten Tür mit Messinggriffen stehen und der Bodyguard macht sich mit einem undurchschaubaren Klopfzeichen bemerkbar.

»Girebilirsiniz!«, höre ich von drinnen. Wir sollen also reinkommen.

Ich lasse Jakob, Erik und dem Bodyguard den Vortritt. Wir betreten einen Raum, der viel weniger prunkvoll ist, als ich es nun erwartet habe. Es ist ein riesiges Zimmer mit meterhohen Wänden und spärlicher Möblierung. Doch es gibt intakte Fenster und anscheinend sogar eine Heizung. Zumindest ist es einigermaßen warm.

In der Mitte des Raumes, weit genug weg von den Fenstern, steht ein massiver antiker Schreibtisch aus Ebenholz. Dahinter sitzt ein Mann, dessen Gesicht fast genauso dunkel ist wie das Möbelstück. Seine feingliedrigen Hände hat er auf der Tischplatte gefaltet und sieht uns erwartungsvoll entgegen. Rechts und links von ihm stehen noch etwa zehn weitere Menschen. Ein paar davon sehen wichtig aus, andere erwecken den Anschein, als würden sie gerade Wache halten. Alle sind in Zivil.

»Willkommen!«, sagt der Mann am Schreibtisch. »So ist der Tag also endlich da, an dem wir uns kennenlernen!«

Er steht auf und geht gezielt auf Erik zu. Dann nimmt er dessen Hand in seine, schließt kurz die Augen und atmet tief durch. Diese Geste irritiert mich etwas, denn es sieht aus wie die Arbeit eines Orakels. Da der Mann aber bestimmt jenseits der Vierzig ist, kann das auf keinen Fall sein.

»Muhammad ibn Hasan al-Mahdi«, stellt er sich vor.

Erik räuspert sich.

»Erik Sommer«, bringt er schließlich über die Lippen. Es ist kaum mehr als ein Flüstern.

»Der erste Heiler meines Lebens«, sagt Mahdi. »Hättest du eine Ahnung davon, wie sehnlich ich auf dich gewartet habe, so wärst du früher gekommen.«

»Tut mir leid«, murmelt Erik.

Mahdi legt einen Arm um seine Schultern und führt ihn zum Schreibtisch. Dort rückt ein anderer Mann sofort einen Stuhl zurecht, auf den Erik sich setzen kann. Ich glaube, er würde lieber stehen, ist aber zu höflich und verwirrt, um das zu sagen. Der General setzt sich wieder auf seinen Platz ihm gegenüber und stellt die anderen Offiziere vor. Sein Blick liegt auf Erik, doch seine Worte scheinen auch uns anderen zu gelten. Sonst hätte man uns längst aus dem Raum entfernt. Ich versuche, mir die Namen zu merken, aber es gelingt mir nur teilweise. Auf jeden Fall höre ich Dienstgrade wie Generalleutnant, Oberst und Oberstleutnant heraus. Neben Mahdi selbst sind noch zwei weitere Generäle da: Tekin Aldemir und Abdullah Erkan. Beide nicken uns nur zu, wahrscheinlich sprechen sie kein Deutsch.

Dann sieht Mahdi zu uns anderen herüber.

»Und das ist Eriks Truppe«, sagt er. »Lasst mich raten!«

Der Reihe nach fixiert er uns mit seinen fast schwarzen Augen.

»Jakob, der unerschrockene Anführer. Sylvia, das herausragende kleine Orakel. Tina, die ehrgeizige Wettläuferin. Melek, die streitbare Volltrefferin.« Ich habe das Gefühl, dass sein Blick etwas zu lange auf mir haften bleibt. »Und Mikal ... der ewige Vorbeter. Mit dir möchte ich morgen unter vier Augen reden.« Bevor ich über die seltsame Vorstellung nachdenken kann, bleibt sein Blick an dem Schuster hängen.

»Ich freue mich, dass auch ein Veteran mit euch gekommen ist. Noch dazu einer, dessen Pflichtbewusstsein über das übliche Maß hinausgeht. Willkommen, Walter! Auch wir sprechen uns morgen.«

Dann wendet er sich an einen der Wachsoldaten und flüstert ihm etwas auf Türkisch zu. Der Angesprochene verlässt daraufhin das Zimmer durch eine Nebentür.

»Ihr müsst verstehen, dass nicht jeder in diesem Raum so überzeugt ist wie ich. Manche von uns brauchen noch Beweise. Und ich muss zugeben, dass auch ich es kaum erwarten kann, Erik bei der Arbeit zu sehen«, sagt Mahdi.

Mir weicht sämtliches Blut aus dem Gesicht. Obwohl es naheliegend ist, dass die Generäle einen Beweis für Eriks Heilkraft sehen wollen, habe ich nicht darüber nachgedacht, dass es gleich bei unserer Ankunft und in meinem Beisein geschehen würde. Aus dem Augenwinkel sehe ich Jakob und Tina leicht erschrocken in meine Richtung blicken.

Der Wachsoldat kommt zurück, mit einem zierlichen Mädchen in seinem Windschatten. Er befiehlt ihr, vor dem Schreibtisch stehen zu bleiben, was sie anstandslos tut. Ihr Haar ist schwarz wie Kohle und ihr Gesicht von orientalischer Schönheit. Sie würde aussehen wie eine Prinzessin aus Tausendundeiner Nacht, wenn da nicht die abschreckende Unbewegtheit ihrer Mimik wäre und die Glanzlosigkeit ihrer Augen.

»Darf ich euch Aylin vorstellen?«, sagt Mahdi. »Aylin konnte bis vor einem Monat einer fliegenden Möwe ein Auge ausschießen. Sie war Istanbuls beste Volltrefferin, bis die Dschinn sie in einem Club erwischten. Es wäre ein großer Gewinn für uns, wenn sie wieder bei uns wäre.«

Dabei sieht er Erik an, was einer Aufforderung gleichkommt, ihm nun den gewünschten Beweis zu liefern.

Erik, der die ganze Zeit über weder geredet noch sich bewegt hat, steht auf und geht zu dem Mädchen hinüber. Dann fängt er ihren Blick und sagt in der Landessprache: »Hallo Aylin, ich bin Erik!«

In dem Moment ärgert es mich, dass ich ihm während des Fluges die türkischen Sätze beigebracht habe. Die Tatsache, dass er gleich eine andere Volltrefferin küssen wird, macht das Gefühl noch schlimmer, das schon wieder in mir aufsteigt. Fieberhaft überlege ich, ob es möglich ist, aus diesem Raum zu verschwinden, bevor mir wieder die Sicherung durchknallt.

Da wendet sich Erik noch einmal zu Mahdi um und sagt:

»Ich hole Aylin gern für euch zurück. Aber bitte gestatte es, dass Melek sich währenddessen umdreht!«

Der Blick, den Mahdi mir zuwirft, ist so feindlich, dass ich erstarre.

»Natürlich«, sagt er leicht gepresst, aber ohne seine Stimme zu erheben. »Dreh dich um!«

Ich habe mir also nicht eingebildet, dass er mir nicht besonders gewogen ist. Schlimmer noch – es sieht so aus, als hätte unser oberster Vorgesetzter mich auf dem Kieker. Das kann ja noch heiter werden!

Ich tue, was er sagt, und starre an die Wand. Dabei suche ich mir einige hervorstechende Punkte an der Tür und schalte mein Small-Think ein. Der innere Aufruhr in meinem Kopf ist so groß, dass ich tiefer abtauche als gewöhnlich. Ich komme erst wieder zu mir, als ich Tinas Hand an meinem Bein spüre. Unauffällig, aber heftig, kneift sie mich. Ich fahre etwas zu schnell wieder herum. Zum Glück hat niemand meine Reaktion gesehen, denn alle starren wie gebannt auf Erik und Aylin.

Beide stehen da und blicken einander tief in die Augen. Erik lächelt. Seine Hände liegen immer noch auf den Schultern des Mädchens. Da fließt eine einzige Träne über Aylins Gesicht, aber sie glitzert wie ein Juwel. Die Abscheu, die bei diesem Anblick in mir hochsteigt, ist unermesslich. Nur mit Mühe beherrsche ich mich, keinen Laut von mir zu geben.

Keiner der Anwesenden sagt etwas. Mahdi geht zu Aylin und legt ihr die Hand auf den Scheitel. Dann schließt er die Augen und reinigt sie. Ich bin nicht überrascht, dass er anschließend nach Wasser fragt. Einer der Wächter rennt eilig davon und kehrt kurz darauf mit einem Waschtrog und einem Stück Seife zurück. Mahdi schrubbt sich ausgiebig die Hände, während ich Aylin anstarre, die immer noch Erik anstarrt. Dann gibt er dem ersten Wachsoldaten ein Zeichen, dass er das Mädchen wieder wegbringen soll. Niemand verliert mehr ein Wort an sie. Dabei muss sie sich gerade vorkommen, als sei sie einmal in die Unterwelt und wieder zurück katapultiert worden. Mir ist es egal. Ich habe kein Mitleid mit ihr.

Als alle sich wieder beruhigt haben, kommt Mahdi zum Punkt:

»Jetzt, Erik, ist auch dem Letzten von uns klar, mit wem wir es zu tun haben. Du bist dir doch der Bedeutung deines Talents bewusst, oder?«

Erik nickt. Er weiß auch, dass nun über seine Zukunft entschieden wird.

»Wie hast du gedacht, könnte es weitergehen mit dir?«

»Ich dachte ...«, stammelt er, dann schluckt er und strafft die Schultern. »Ich dachte, ich könnte das Schuljahr irgendwie fertig machen. Und vielleicht von zu Hause aus agieren.«

»Zu Hause«, sinniert der General. Dann beginnt er, Erik mit langsamen Schritten zu umkreisen, als sei er sein Gefangener und nicht das Objekt seiner Begierde. »Ich ahnte schon, dass du so etwas sagen würdest. Eine gewisse Naivität bringt dein Talent wohl von Natur aus mit.«

Erik schweigt und schaut auf den verschnörkelten Teppich unter seinen Füßen.

»Aber ich fürchte, ich muss deine Hoffnungen enttäuschen. Vom heutigen Tag an bist du unser Repräsentant, der wichtigste Bestandteil der Armee. Du wirst viel unterwegs sein. Nicht nur, um Tunicas zu heilen, sondern auch, um die Talente der ganzen Welt zu beflügeln.«

Nun ist Mahdi an dem Punkt angelangt, an dem er es nicht mehr schafft, seine Euphorie zu verbergen. Seine Stimme erhebt sich triumphierend.

»Ein Heiler tritt immer nur dann auf, wenn die Möglichkeit zu einem Endkampf bevorsteht. Und der kann nur gewonnen werden, wenn wir alle vereinen: die Völker, die Rassen und die Religionen. Alle Talentarmeen der Erde werden sich erheben und unseren Feinden die Stirn bieten. Zum dritten und hoffentlich letzten Mal! Du, Erik, bist dazu bestimmt, diese Endzeit einzuläuten ... Du wirst nicht zurück in deine Schule gehen.«

Vor meinen Augen tanzen Sterne. Erik scheint es genauso zu gehen, denn er greift nach der Lehne des Stuhls hinter ihm, um sich festzuhalten.

»Warum ... habt ihr mich dann überhaupt so lange zu Hause gelassen?«, fragt er schwach.

Da bekommen Mahdis Züge wieder etwas weichere Konturen.

»Weil auch du die Zeit gebraucht hast, um dich mit deinem Talent anzufreunden«, sagt er. »Und weil du immer gut bewacht warst, nicht nur von deiner ehrgeizigen Wettläuferin.«

Tina und ich tauschen einen flüchtigen Blick. Auch Erik scheint die Andeutung nicht zu verstehen, doch bevor er nachfragen kann, winkt der General ab.

»Tatsache ist, dass du dich morgen von deiner Truppe verabschieden wirst. Wir klären noch ein paar Einzelheiten und dann fliegen die anderen ohne dich nach Hause.«

Wir alle haben geahnt, dass es so kommen würde. Trotzdem fühlt sich die Gewissheit darüber an wie ein Schlag ins Gesicht. Obwohl Erik mir den Rücken zugedreht hat, erkenne ich an seiner Haltung, dass er kurz davor ist, die Fassung zu verlieren. Mahdi legt ihm beruhigend eine Hand auf die Schulter. Dann wendet er sich plötzlich an den Schuster.

»Habt ihr eine Erklärung für seine Familie?«

Dönges nickt.

»Und welche?«

Der Veteran tritt unruhig von einem kaputten Bein aufs andere.

»Eine Entführung durch islamistische Terroristen«, murmelt er.

Madhi schüttelt verärgert den Kopf.

»Fällt euch nichts Besseres ein?«

Aber dann wendet er sich wieder Erik zu und klopft ihm auf die Schulter.

»Schlaf eine Nacht drüber, Junge. Morgen sieht deine neue Welt sicher ganz anders aus.«

***

Die beiden Männer, die uns vom Flughafen abgeholt haben, fahren uns mit ihren Taxis zum Hotel. Es liegt nur ein paar hundert Meter von Tarlabaşı entfernt, aber die Umgebung ist einigermaßen beruhigend. Nebenan gibt es sogar eine Shoppingmeile mit basarähnlichen Buden und amerikanischen Fast-Food-Restaurants.

»Zwei Sterne«, lässt Dönges verlauten, als wir das Hotel betreten. »Wie viel wäre das in Deutschland? Minus drei?« Aber als er dann erfährt, dass er als Einziger ein Einzelzimmer bekommt, ist er wieder besänftigt. Ich kann mir ohnehin nicht vorstellen, dass es zu Hause bei dem Schuster besser aussieht als hier. Die Zimmeraufteilung hat Jakob vorgenommen. Ich habe eines mit ihm zusammen, Tina mit Erik und Sylvia mit Mike. Obwohl unser Tiersprecher in der Rangfolge so weit unten steht, ist er doch ein geübter Nahkämpfer.

Für die Dauer unseres Aufenthalts in Istanbul hat Jakob ihn kurzerhand zu Sylvias Beschützer erklärt. Ich bin ganz froh darüber, dass die Bodyguards der Armee sich unten vor dem Hotel positionieren und nicht direkt vor unseren Zimmertüren. Die gemischtgeschlechtliche Aufteilung wird ihnen ohnehin nicht gefallen. Aber vielleicht schätze ich sie da auch falsch ein.

Erik bekommt als zusätzlichen Schutz noch einen Pieper mit einem Alarmknopf. Wenn er ihn drückt, stürmen die Bodyguards das Hotel und die Generäle erhalten einen Notruf. Er steckt das Gerät achtlos in seine Jackentasche und verschwindet dann mit Tina im Aufzug. Ich kämpfe gegen das Gefühl an, ihn irgendwie trösten zu wollen. Es gäbe ohnehin nichts Hilfreiches, das ich ihm sagen könnte.

Erst, als alle anderen ihre Zimmer bezogen haben, lässt Jakob sich auch unseren Schlüssel geben.

»So, Engelchen«, sagt er. »Wir haben unseren Auftrag erledigt. Lass uns schlafen gehen.«

Ihm ist die Erleichterung darüber anzusehen, dass die verwirrende Begegnung mit den Generälen hinter uns liegt. Wahrscheinlich ist er auch froh, die Verantwortung für Erik abgeben zu können. Aus seiner Sicht kann ich es verstehen, auch wenn sich meine Brust bei dem Gedanken eng anfühlt. Wir nehmen nicht den Aufzug, sondern gehen durchs Treppenhaus in den zweiten Stock. Oben angekommen finden wir unser Zimmer am Ende des Flurs. Genau gegenüber gibt es einen Waschraum mit Toilette.

»Oh prima, ein Gemeinschaftsbad!«, stöhne ich. »Das ist ja wie in der Jugendherberge!«

Jakob lächelt und nimmt mich in den Arm.

»Egal«, sagt er und küsst mich.

Ich lasse mich von seiner Erleichterung anstecken. Morgen Abend werden wir zurück nach Frankfurt fliegen und dann habe ich noch mindestens zwei Monate an seiner Seite, bevor die Dschinn zurückkommen. Und wer weiß, vielleicht schafft Jakob es ja tatsächlich, die Bedrohung durch Levian zu beseitigen. Womöglich geht sogar Mahdis Plan auf und wir besiegen die Dschinn für immer. Erik könnte uns durch sein Opfer alle retten. Aber ich will nicht daran denken, wie sehr er unter seinem Schicksal leiden wird, ich will nicht!

Jakob drückt mich an die Wand zwischen dem Waschraum und unserem Zimmer. Der dämmerige Schein der wenigen Flurlampen zaubert aufregende Schatten in sein Gesicht. Seine Hände umfassen meine Taille. Noch nie haben wir uns so geküsst.

»Wir haben Erik nach Istanbul gebracht«, keuche ich. »Damit ist deine Zeit abgelaufen.«

»Ich weiß«, murmelt er und küsst mich weiter. Dann nestelt er in seiner Jackentasche auf der Suche nach dem Schlüssel.

In dem Moment geht neben uns die Badezimmertür auf. Ich fahre zusammen.

Im Türrahmen steht Erik und starrt uns an. Sein Gesicht ist so bleich, dass es selbst in dieser halbdunklen Umgebung leuchtet. Wir haben immer vermieden, uns in seiner Gegenwart nahezukommen. Dass er uns gerade jetzt zusammen sieht, gleicht wahrscheinlich einem Messerstich in sein Herz.

»Tut mir leid«, sagt er gepresst. »Ich wollte nicht stören.«

Ehe wir etwas antworten können, ist er im Zimmer neben unserem verschwunden.

Jakob runzelt die Stirn.

»Das hätte ich ihm gern erspart«, sagt er. Dann zieht er den Schlüssel hervor und sperrt die Tür auf. Als er den Lichtschalter betätigt, kann ich mir ein gequältes Lächeln nicht verkneifen. Der Raum sieht aus, als hätte man ihn zum letzten Mal vor fünfzig Jahren renoviert. In der Mitte steht ein klappriges Doppelbett und an der Wand hängt eine Vorrichtung, die wie ein Wäscheständer aussieht und wahrscheinlich den Schrank ersetzen soll. Das ist die ganze Einrichtung. Aber zumindest sind die Bettlaken sauber. Mehr brauche ich eigentlich nicht. Ich schiebe den Gedanken an Eriks bleiches Gesicht beiseite.

Kaum ist die Tür hinter uns zu, fallen wir wieder übereinander her. Im Küssen schlüpfe ich aus meiner Jacke und streife meine Schuhe ab. Als ich meinen Pullover ausziehe, sehe ich, dass Jakobs Blick unruhig hin und her schweift.

»Sollen wir das wirklich tun?«, sagt er. »Ich meine ... Ist das der richtige Zeitpunkt und der richtige Ort?«

Der Ärger, der bei seinen Worten in mir hochsteigt, ist unbeschreiblich.

»Jakob!«, fahre ich ihn an. »Wie lange soll das so weitergehen? Wenn du nicht mit mir schlafen willst, dann sag es einfach!«

»Schscht!«, macht er und legt mir einen Finger auf den Mund. »Das ist nicht der Grund, Engelchen, und das weißt du genau!«

Ich schlage seine Hand weg.

»Nein, das weiß ich überhaupt nicht!«, sprudele ich hervor. »Vielleicht ist es Marie, an die du denkst. Vielleicht hast du deshalb Gewissensbisse. Darum kannst du mir auch nicht sagen, dass du mich liebst!«

Bevor ich weiterreden kann, nimmt Jakob mich in den Arm und drückt mich an sich. Ich bin zu schwach, um mich loszureißen, und lasse es geschehen, aber in meinem Herzen tobt weiterhin der Aufruhr.

»Du hast absolut Unrecht«, murmelt er.

»Dann beweise es!«, schluchze ich. »Und sag es endlich!«

Die Stille im Raum ist fast nicht auszuhalten. Ich spüre, wie er mit sich ringt, aber es kommt kein Wort aus seinem Mund. Dabei hält er mich weiter fest an sich gedrückt, damit ich ihm nicht weglaufen kann. Meine Augen füllen sich mit Tränen. Jakob ist tatsächlich nicht in der Lage, seine Gefühle zu zeigen. Falls er überhaupt je welche für mich hatte. Am liebsten würde ich sterben! Doch dann, aus irgendeinem Grund, bricht endlich die Mauer ein, die er um seine Seele gebaut hat.

»Ich liebe dich, Melek!«

Seine Worte schweben im Raum wie schwerelos. Ich kann nichts darauf erwidern. Selbst gegen die Tränen, die nun in Sturzbächen aus meinen Augen laufen, bin ich machtlos.

»Oh Jakob!«

Ich reiße ihm die Jacke vom Leib. Unsere Lippen finden sich wieder und wir versinken in einen Kuss, der mich in eine ferne Welt katapultiert. Endlich, endlich ist er bei mir! Und er liebt mich! Er hebt mich hoch und trägt mich hinüber zum Bett. Dann lässt er mich darauf nieder und zieht sich das T-Shirt über den Kopf. Ein Lächeln umspielt seine Lippen.

»Komm endlich zu mir!«, dränge ich.

Was dann passiert, ist wie ein Albtraum. Es ist so, als hätte das Schicksal beschlossen, uns ganz kurz in unsere strahlende Zukunft blicken zu lassen, nur um uns einen Augenblick später vom höchsten Gipfel der Glückseligkeit hinab in einen Höllenschlund zu stürzen. Jakob wirft sich mit Schwung zu mir aufs Bett und das klapperige Gestell rutscht mit einem langgezogenen Quietschen weg und knallt in voller Fahrt gegen die Wand. Das Geräusch ist so laut, dass man es wahrscheinlich durch das ganze Hotel hört. Einen Augenblick lang sind wir beide wie versteinert. Als einige Sekunden lang nichts passiert, glaube ich schon, unsere Nachbarn hätten nichts bemerkt. Aber dann fliegt plötzlich die Zimmertür nebenan auf.

»Erik! Erik, komm zurück, das bringt doch nichts!«, brüllt Tina.

»Verdammt!«, entfährt es Jakob. Er springt aus dem Bett und rennt zur Tür. Dabei greift er nach seinem Oberteil, das zusammengeknüllt auf dem Fußboden liegt. Noch während er hineinschlüpft, poltert es im Flur. Dann schreit Erik Tina an: »Versuch mich aufzuhalten und ich schlage dich!«

»Erik!« Ihre Stimme klingt schrill.

Eine Sekunde später höre ich ein erschütterndes Klatschen und den Aufprall eines Körpers auf den Boden. Als Jakob die Tür öffnet, ist es draußen wieder still. Ich springe ebenfalls aus dem Bett und ziehe meine Klamotten an, so schnell ich kann.

»Jakob, seid ihr wahnsinnig?«, dringt Tinas Stimme an mein Ohr. »Diese Wände sind so dünn wie Papier!«

»Was habt ihr gehört?«, will Jakob wissen.

»Alles«, sagt sie leise. »Die ganze Litanei eurer großen Liebe.«

Als ich unauffällig durch den Türrahmen auf den Flur blicke, sehe ich sie weinend am Boden liegen. Ihre linke Gesichtshälfte beginnt bereits anzuschwellen. Erik hat sie tatsächlich niedergeschlagen. Ich kann kaum glauben, dass er dazu fähig ist. Tinas Kinn zittert, während sie auf den Fußboden starrt und weiterredet.

»Was soll er heute eigentlich noch aushalten?«

Keiner von uns weiß darauf etwas zu sagen. Tina hat Recht. In diesem Moment bin ich so nüchtern wie seit langem nicht mehr. Jede Romantik und die prickelnde Lust auf Jakobs Körper sind vollkommen verflogen. Eine unermessliche Angst um Erik steigt in mir auf.

Mahdi's Law: Alles, was es zu verlieren gibt, wirst du verlieren!

Wir rennen in die Hotellobby und Tina späht aus dem Fenster. Die Bodyguards stehen immer noch unbewegt an derselben Stelle. Sie haben Erik also schon mal nicht gesehen. Ich frage den Portier, ob ihm ein blonder Junge aufgefallen ist, der das Hotel verlassen wollte.

»Ja«, sagt er. »Der ist in den Keller gerannt. Ich habe ihm nachgeschrien, dass er das nicht darf, aber er hat nicht reagiert.«

»Gibt es dort einen Ausgang?«, frage ich.

»Aber natürlich. Da unten wird immer unsere Wäsche abgeholt.«

Das ist eine Katastrophe! Wenn Erik wegen Jakob und mir etwas passiert, steht die Zukunft der Armee auf dem Spiel. Spätestens jetzt ist mir klar, dass wir in der Klemme stecken.

Wir trommeln die anderen zusammen und treffen uns in Tinas Zimmer. Sie presst ein feuchtes Handtuch gegen ihre Wange. Bisher vermeidet sie jeden Blickkontakt mit mir. Als Jakob erzählt, was passiert ist, geht ein tiefes Stöhnen durch die Runde. Dönges schüttelt nur verständnislos mit dem Kopf.

»Wie konntet ihr das tun?«, klagt er.

Weder Jakob noch ich haben dafür eine Antwort.

Dann ringe ich mich dazu durch, Sylvia ins Gesicht zu sehen. Ich rechne mit dem üblichen Hochmut in ihrem Ausdruck. Schließlich hat sich nun bewahrheitet, was sie die ganze Zeit über gesagt hat. Doch die einzige Regung, die ich erkennen kann, ist Angst.

»Sylvia?«, spreche ich sie an. »Was ist los mit dir?«

Als sie mir in die Augen schaut, ist sie plötzlich wieder das kleine Mädchen von damals, das meine Freundin war. Ihr Blick ist zutiefst verstört.

»Ich glaube ...«, wimmert sie. »Ich glaube, ich bin an all dem schuld.«

Jakob legt ihr eine Hand auf die Schulter.

»Nein, Große. Die Schuld liegt bei mir und Melek. Wir hätten uns einfach an deine Prophezeiung halten sollen.«

Sylvia schnieft und wischt sich mit dem Ärmel ihres Schlafanzugs über die Nase. Dann atmet sie tief aus, als hätte sie noch eine Hiobsbotschaft für uns.

»Meine Vision«, sagt sie, »die war nicht echt!«

»Was?«, stoßen Jakob und ich gleichzeitig hervor. Jetzt verstehe ich überhaupt nichts mehr. Wenn das, was soeben passiert ist, nicht das hereinbrechende Schicksal aus Sylvias Prophezeiung war, was war es denn dann?

»Ich musste irgendetwas tun, um Mahdis Befehl auszuführen«, schluchzt Sylvia. »Ich stand die ganze Zeit mit ihm in Kontakt und er wusste genau, was zwischen euch dreien passiert ist. Um Erik nicht zu gefährden, sagte er mir, ich solle dafür sorgen, dass Melek an seiner Seite bleibt.«

Wir alle hören zu, wie die Geschichte aus ihr herausprudelt, aber keiner ist in der Lage, etwas dazu zu sagen. Ich könnte nicht einmal einem von uns die Schuld zuweisen, denn jeder der Beteiligten hat so gehandelt, wie es seine Aufgabe, sein Verstand und sein Herz ihm vorgeschrieben haben.

»Doch was auch immer ich Melek gesagt habe, sie hat es einfach ignoriert«, redet Sylvia weiter. »Also habe ich mir die Vision ausgedacht, um euch Angst zu machen und vielleicht zu erreichen, dass ihr euch dadurch entzweit. Das war die einzige Chance, dass Melek sich doch noch Erik zuwendet ... Mahdi war unzufrieden mit dieser Lösung, aber mir fiel einfach nichts anderes ein! Und jetzt denke ich, dass die Situation sich nicht so hochgeschaukelt hätte, wenn ich es besser gemacht hätte!«

Ich bin geschockt darüber, wie viel Verantwortung der General in Sylvias Hände gelegt hat. Jakob geht vor ihr in die Hocke und nimmt ihre kleinen Hände in seine.

»Wieso hat er nicht selbst mit mir gesprochen?«, fragt er sie sanft. »Ich hätte auf mein persönliches Glück verzichtet, wenn ich gewusst hätte, was auf dem Spiel stand.«

Sylvia heult.

»Das hätte nichts gebracht!«, jammert sie. »Du hättest dich von Melek abgewandt, aber sie sich nicht von dir. Das Einzige, was Aussicht auf Erfolg hatte, war, Unfrieden zwischen euch zu stiften. Deshalb auch diese ... diese Attacken. Sie kamen nicht vom Schicksal, sondern von Mahdi. Er ist unglaublich mächtig, Jakob, und er hat mich benutzt, um euch damit anzugreifen. Deine Sehnsucht nach Marie und Meleks Eifersucht, als Erik die Tunicas küsste ... all das hat Mahdi mir geschickt, damit ich es euch übertragen konnte!«

Ich kann kaum glauben, was sie da sagt. Wenn das stimmt, ist Mahdis Talent tatsächlich noch aktiv. Ich weiß zwar nicht, was das bedeutet, aber es jagt mir eine Höllenangst ein. Sylvias Wortschwall nimmt kein Ende. Ihr ist anzumerken, dass sie das monatelange Schweigen kaum aushalten konnte.

»Für Mahdi ist es nicht von Bedeutung, was mit uns geschieht, nur Erik interessiert ihn wirklich. Alles, was er tut, ist auf den Endkampf ausgerichtet. Deshalb gab er mir klare Befehle und erwartete eine klare Lösung. Aber die hat Melek zunichtegemacht!«

Sie schaut schuldbewusst in meine Richtung. Nun ist mir klar, weshalb Mahdi mir diesen hasserfüllten Blick zugeworfen hat. Was wird er wohl mit mir anstellen, wenn er feststellt, dass Erik ihm abhandengekommen ist?

»Eins verstehe ich immer noch nicht«, sage ich. »Wenn deine Vision nur gespielt war ... wieso ist sie dann eingetroffen?«

Sylvia senkt den Blick zu Boden.

»Ich weiß es nicht«, flüstert sie.

»Aber ich!«, meldet sich plötzlich Mike zu Wort. Wir starren ihn überrascht an. Seit er uns nach dem Teichfest die Geschichte der Heiler erklärt hat, hat Mike sich mit Informationen über die Armee zurückgehalten. Wahrscheinlich wurden ihm die penetranten Nachfragen von Jakob und mir einfach zu anstrengend. Trotzdem hat sein Wort seit diesem Tag etwas mehr Gewicht als früher. Denn wo immer er seine Informationen auch herhatte – sie waren allesamt wahr.

Mike räuspert sich.

»Das, was ihr das Schicksal nennt, findet immer seinen Weg«, sagt er. »Manchmal benutzt es dabei ein kleines, manchmal ein großes Orakel als Spielball.«

Sylvia schaut ihn zweifelnd an.

»Du meinst, das alles war nur ein schlechter Scherz? Von wem, von Gott?«

»Gott, liebe Sylvia, lässt die Menschen ihre Entscheidungen selbst treffen«, schmunzelt Mike. »Aber es gibt Ausnahmen.«

»Die da wären?«

»Ach, Jona im Walfisch zum Beispiel ...«

»Schluss!«, geht Jakob dazwischen. »Wir müssen uns jetzt um Erik kümmern! Kannst du ihn aufspüren, Sylvia?«

Sie schüttelt den Kopf.

»Nein, das habe ich schon versucht. Er ist unerreichbar und ich weiß nicht, wieso.«

»Dann müssen wir ihn eben suchen«, beschließt Jakob. »Zieht euch an. Wir treffen uns in fünf Minuten im Treppenhaus!«

Ich habe keine Ahnung, wie er Erik in dieser Stadt aufspüren will. Istanbul hat fast 14 Millionen Einwohner. Wir würden ihn nicht einmal dann finden, wenn wir ganz in seiner Nähe wären. Falls Erik sich also nicht bis morgen früh von selbst zu erkennen gibt, sehe ich schwarz für uns. Und ich will gar nicht darüber nachdenken, was geschieht, falls ihm etwas zustößt. Dann müssen die Veteranen ihre Lüge von den Islamisten noch einmal umstricken, um das Verschwinden von uns allen zu erklären. Denn in diesem Fall wird Mahdi uns nicht mit dem Leben davonkommen lassen.

»Was hatte Erik an?«, fragt Jakob Tina, als wir uns wenig später im Treppenhaus zusammenrotten.

»Blaue Jeans, schwarzes Oberteil.«

»Keine Jacke?«

Sie schüttelt den Kopf.

»Und der Pieper?«

»Steckt in seiner Jackentasche.«

Also könnte Erik nicht einmal dann um Hilfe rufen, wenn er es wollte. Ohne den Pieper und den Kontakt zu Sylvia ist er völlig auf sich allein gestellt.

»Hat er irgendwelche Waffen?«, bohrt Jakob weiter.

»Die Pistole liegt im Zimmer. Aber ich glaube, er hat das Messer in der Hosentasche.«

Im ersten Moment gibt mir das etwas Hoffnung. Aber dann wird mir bewusst, wie wenig hilfreich ein Klappmesser im Nachtleben dieser Stadt ist, selbst wenn es eine Silberlegierung hat.

»Er wird frieren«, sagt Jakob. »Sicher geht er irgendwohin, wo es warm ist. Also fangen wir mit den öffentlichen Gebäuden und Bars an. Jeder geht allein, nur Sylvia bleibt bei mir. Wir halten Kontakt über die Handys.«

Er drückt jedem von uns einen Stadtplan von der Hotelrezeption in die Hand und umkreist für jeden das Gebiet, das er absuchen soll. Dönges gibt er den kleinsten und am nächsten gelegenen Abschnitt, weil er sich mit seinen kaputten Gliedmaßen nur schwer fortbewegen kann.

Mittlerweile ist es 22 Uhr. Wir nehmen den Ausgang durch den Keller, wie auch Erik es getan hat. Draußen ziehen Tina und ich uns die Mützen tief ins Gesicht, um wenigstens nicht auf den ersten Blick als Frauen erkannt zu werden. Außer Sylvia bin ich die Einzige, die keine echte Nahkampfausbildung hat. Alles, was ich kann, hat Tina mir bei unseren Übungstreffen zwischendurch beigebracht. Aber für den Fall, dass jemand mich angreift, wird er sich wundern, wie schnell ich meine Pistole und mein Messer ziehen kann.

Wir gehen sternförmig auseinander und orientieren uns an den Stadtplänen, die Jakob uns gegeben hat. Zum Glück fällt es mir nicht besonders schwer, Karten zu lesen. Trotzdem bin ich schnell verwirrt. Die Stadt ist so groß, dass es ewig dauern wird, überhaupt ein oder zwei Zentimeter auf dem Plan abzulaufen. Ich hoffe immer noch, dass Erik von allein zurückkommt oder sich zu erkennen gibt. Falls er das Hotel vor uns wieder betreten sollte, hat Tina ihm einen Zettel auf den Tisch gelegt, mit der Bitte, uns sofort anzurufen.

Als ich meinen Abschnitt erreiche, nehme ich mir ein Restaurant nach dem anderen und eine Bar nach der nächsten vor. Ich stiefele die Treppen der Dönerläden hinauf, spähe in die Friseurläden hinein, die noch offen haben, und quäle mich durch den Dunst der wenigen Kneipen, die sowohl Rauchen erlauben als auch eine Alkohollizenz haben. In einer der Bars sitzen die Leute dicht an dicht, rauchen Wasserpfeifen und spielen Backgammon. Hier arbeite ich mich sogar bis auf die Herrentoilette vor, weil ich mir einbilde, Erik könnte sich in dieser Umgebung wohlfühlen. Als ich zwischendrin auf die Uhr blicke, stelle ich fest, dass es bereits halb eins ist. Mein Handy zeigt keine Anrufe.

Vielleicht sind wir auf der völlig falschen Fährte. Womöglich hat Erik etwas ganz anderes im Sinn, als sich aufzuwärmen. Er könnte mit den Bettlern von Tarlabaşı vor einem brennenden Schutthaufen stehen oder ein Taxi zum Flughafen genommen haben. Sowohl das eine als auch das andere traue ich ihm zu.

Aber da Jakob nun mal entschieden hat, die Suche auf diese Art zu beginnen, müssen wir es nun auch durchziehen. Eine weitere Stunde kämpfe ich mich durch die immer enger werdenden Gassen der Stadt, weiche den dunkel gekleideten Gruppen von jungen Männern aus, die mir entgegenkommen, und blicke durch viele erleuchtete Fenster.

Dann erreicht mich eine SMS von Jakob:

»Nehmt euch Taxis und kommt zurück zum Hintereingang. Sylvia hat eine Idee. Wir ändern den Plan.«

Als ich das lese, befinde ich mich gerade in einer derart dunklen Ecke, dass es geschlagene 15 Minuten dauert, um eines der tausend gelben Autos zu finden, die sonst überall in Istanbul unterwegs sind. Als ich endlich vor dem Hintereingang des Hotels aus dem Taxi steige und Jakob meine Rechnung bezahlen lasse, sind die anderen schon alle da.

»Das hat so keinen Sinn«, sagt Jakob. »Aber Sylvia weiß vielleicht, wie wir ihn finden können. Dafür braucht sie dich, Melek!«

»Mich?«, frage ich etwas ungläubig.

»Ja«, erklärt Sylvia. »Du kennst Erik am besten. Wenn wir beide uns vernetzen und du an all das denkst, was du über ihn weißt, könnte es sein, dass ich darin einen Hinweis finde. So wie ich es damals mit Kadim gemacht habe, vor dem Kampf auf dem Hohenfels.«

»Aber damals warst du anschließend stundenlang außer Gefecht«, gebe ich zu bedenken.

»Das stimmt. Mit dem Unterschied, dass du kein Orakel bist wie Kadim. Und selbst wenn es so sein sollte, müssen wir es riskieren.«

Sie streckt mir beide Hände entgegen. Ich fasse sie und schließe die Augen.

»Denk an Erik, als würdest du einen Film über sein Leben drehen«, sagt Sylvia. »Stell dir vor, wie er ist, was er tut, was er gern mag. Denk an die Momente, wenn er traurig war und wie er damit umgegangen ist. An sein Gesicht, wenn er enttäuscht war. Erinnere dich an die Nächte, als er allein im Wald saß.«

Ich mache, was sie sagt, doch es fällt mir nicht leicht. In den letzten Wochen habe ich all die Dinge, die mich an Erik berührt haben, verdrängt. Ich will mich nicht daran erinnern, was er alles aus reiner Ergebenheit für mich getan hat, nicht daran denken, wie es sich angefühlt hat, von ihm geheilt zu werden. Ich hatte mich bereits tief und fest damit abgefunden, ihn für immer zu verlieren. Es tut weh, all diese Momente wieder aufzufrischen. Aber ich mache es trotzdem. In Gedanken gehe ich sogar noch weiter zurück und sehe ihn als den strebsamen Jungen aus meiner Parallelklasse, der sich im Bus neben mich setzt und mich fragt, wie ich die Schulaufführung von *Romeo und Julia* fand, der mich während einer Klassenfahrt im Kölner Dom an der Schulter rüttelt und auf die bunten Fensterscheiben im Altarraum zeigt. All das rufe ich aus meiner Erinnerung ab und es fühlt sich an wie ein kitschiger Kinofilm, der nichts mehr mit der Realität zu tun hat.

Schließlich lässt Sylvia meine Hände wieder los.

»Gut, Melek«, sagt sie und strahlt mich an. »Ich denke, ich weiß, wo wir suchen müssen.«

»Ehrlich, wo?«

»Nach dem, was ich eben gesehen habe, wird er an einen Ort gegangen sein, der ihm Sicherheit bietet. Es muss etwas mit Zuhause zu tun haben, mit Kultur und Europa. Er wird unter Menschen gehen, aber dabei Abgeschiedenheit suchen.«

»Das Touristenviertel auf der anderen Seite der Stadt«, mutmaßt Jakob.

Sylvia nickt.

»Aber das ist groß. Kannst du ihn nicht genauer lokalisieren?«

»Nein, denn ich kann ihn überhaupt nicht lokalisieren«, sagt sie. »Ich habe nur auf den Punkt gebracht, was Melek von ihm weiß. Er kann immer noch ganz woanders sein.«

Das ist weniger hilfreich, als ich gedacht hatte, aber der einzige Anhaltspunkt, den wir haben. Jakob sieht auf die Uhr.

»Noch haben wir Zeit«, sagt er. »Unser Treffen mit Mahdi ist erst um zehn Uhr. Fahren wir erst mal gemeinsam ins Touristenviertel!«

***

Wir suchen bis in die frühen Morgenstunden. Zwischendrin rufen wir immer wieder auf Eriks Handy an, aber es geht nur die Mailbox dran. Als es neun Uhr ist, gibt Jakob auf. Wir treffen uns am Hafen vor der Galatabrücke, um die Taktik angesichts unserer Niederlage zu besprechen.

»Das Einfachste wäre, wenn wir direkt untertauchen und uns nach Hause durchmogeln«, schlägt Dönges vor. »Sonst knüpft Mahdi uns alle auf.«

»Nein«, sagt Jakob. »Erstens würde er uns einen nach dem anderen finden, egal, wo wir uns verstecken. Und zweitens kommt es nicht in Frage, Erik einfach so zurückzulassen.«

Diese Entscheidung rechne ich ihm hoch an. Immerhin sind wir schuld, dass es so weit gekommen ist.

»Wir müssen uns den Generälen stellen und darauf hoffen, dass sie ihn unversehrt finden.«

Niemand sagt mehr etwas dagegen. Da die Suche nun beendet ist, gehe ich zu einem Stand, der geröstete Maronen verkauft, und hole drei Päckchen für uns. Ich will wenigstens nicht mit leerem Magen sterben, falls Mahdi uns nicht verzeihen kann. Während ich nach den Tüten greife, fällt mein Blick auf das Messer, mit dem der kurdische Verkäufer die Schalen aufschneidet. Es ist eindeutig eines der Silbermesser, das die Istanbuler Talente benutzen.

»Wo hast du das her?«, frage ich ihn.

Es ist nur ein winziger erschreckter Blick, der ihn verrät.

»Mein Messer«, behauptet er dann. »Das hab ich schon seit Jahren!«

Ich lege die Kastanientüten wieder ab, trete seitlich an ihn heran und drücke ihm durch meine Jacke hindurch den Lauf meiner Pistole in den Bauch. Der Mann wird kreidebleich, aber er gibt keinen Laut von sich.

»Du kannst es behalten. Aber ich muss wissen, wer es dir gegeben hat«, raune ich ihm zu.

»Ein kleiner Junge aus Tarlabaşı«, antwortet er. »Vor zwei Stunden.«

»Wo ist der Junge jetzt?«

»Ich denke, er bettelt irgendwo hier am Hafen«, flüstert er.

»Bring mich zu ihm!«

Jakob hat gleich gesehen, was passiert ist. Sofort scharen sich die anderen um uns. Der Maronenverkäufer fängt an zu schlottern.

»Ich habe es ihm für 150 Lira abgekauft!«, schwört er verängstigt. »Damit kann er seine Familie eine Woche lang durchbringen!«

»Darum geht es nicht«, sage ich beschwichtigend und ziehe meine Pistole zurück. »Wir wollen auch dem Jungen nichts tun. Uns interessiert nur, wo derjenige ist, der ihm das Messer gegeben hat!«

Ein leichtes Aufatmen geht durch den Körper des Mannes. Er ruft einen anderen Straßenjungen zu sich, drückt ihm ein Geldstück und ein paar Kastanien in die Hand und befiehlt ihm, auf seinen Stand aufzupassen. Dann führt er uns über den Hafenplatz in einen Straßentunnel, der über und über mit Souvenirs und Verkaufsartikeln vollgestellt ist. Vom Badeschuh bis zur fliegenden Plastikmöwe ist alles dabei. Am Ausgang des Tunnels sitzt ein Junge auf dem Betonboden und streckt den Passanten die Hand entgegen. Neben sich hat er vier Päckchen Taschentücher liegen. Das ist seine Ware.

»Junge«, sagt der Maronenverkäufer, »diese Leute hier suchen den Mann, der dir das Messer gegeben hat!«

Natürlich wittert auch der Bettlerjunge sofort Gefahr und fängt an, die ganze Geschichte abzustreiten. Ich bin die Einzige von uns, die seine Sprache versteht, und deshalb auch die Einzige, die zu ihm vordringen könnte.

Leider bin ich in solchen Fällen nie sonderlich diplomatisch. Ich muss darauf bauen, dass genug von Eriks Einfühlsamkeit in meiner Seele herumfliegt, um eine Antwort zu bekommen. Langsam gehe ich vor dem Kleinen in die Hocke.

»Wie sah er aus, der Junge mit dem Messer?«, frage ich ihn. »Hatte er helle Haare und war ungefähr so groß wie ich?«

Als Antwort kommt ein kaum wahrnehmbares Nicken.

»Das war mein Freund Erik«, sage ich. »Er ist sehr traurig, weil ich etwas getan habe, das ihn verletzt hat.«

Zu meinem Erstaunen nickt der Junge daraufhin.

»Ich konnte seine Worte nicht verstehen«, sagt er leise. »Aber er hat die ganze Nacht geredet.«

»Weißt du, wo er jetzt ist?«

Wieder nickt er, doch seine Augen verraten seinen Argwohn. Anscheinend will er nicht, dass Erik etwas geschieht.

»Ich muss ihn finden. Und mich bei ihm entschuldigen!«, stelle ich klar.

Nun mischt sich leider der Maronenverkäufer ein.

»Sag der Frau endlich, wo er ist, du ungezogener Rotzlöffel!«, blökt er den Jungen an. Der verkriecht sich sofort in sich selbst und zieht den Kopf ein.

»Geh zurück zu deinem Stand und lass mich das allein machen!«, fahre ich ihn an. Der Mann schüttelt den Kopf und zieht dann schnell von dannen. Ich hoffe nur, dass sein Aufpasser ihm sämtliche Kastanien weggegessen hat. Dann kommt mir eine Idee. Ich ziehe das eingeklappte Messer aus der Tasche und halte es dem Jungen hin.

»Siehst du«, sage ich. »Ich habe das gleiche Messer wie Erik. Wir sind Freunde. Sag mir, wo ich ihn finde, dann schenke ich es dir.«

Die Augen des Jungen beginnen zu leuchten. Er greift nach dem Messer, doch ich halte es fest. Eine Sekunde lang überlegt er.

»Ayasofya«, sagt er dann. In dem Moment, als ich das Messer loslasse, hat er es bereits gepackt und rennt so schnell davon, als bedeute es sein Leben. Die vier Packungen Taschentücher lässt er liegen. Ich bin mir sicher, dass irgendwer in diesem Tunnel sie gut gebrauchen kann.

Die ehemalige christliche Kirche Hagia Sophia, oder Ayasofya, wie sie in der Landessprache heißt, liegt nur zwei Straßenbahnhaltestellen entfernt von uns. Trotzdem wird die Zeit nun knapp.

»Melek«, sagt Jakob. »Du und Sylvia, ihr geht zu Erik. Wir anderen fahren zurück ins Hotel. Immerhin will Mahdi noch mit Walter und Mike sprechen. Das schieben wir einfach vor, vielleicht gewinnen wir Zeit. Er wird keinen Verdacht schöpfen, wenn wir ihm sagen, dass Erik erst am Morgen eingeschlafen ist und deshalb jetzt eine Stunde länger braucht. Denk daran, den Hintereingang zu benutzen, wenn ihr ins Hotel geht. Vorne stehen immer noch Bodyguards!«

»Okay«, sage ich.

Er nickt mir zu und schenkt mir ein aufmunterndes Lächeln.

»Wird schon werden, Engelchen!«

Dann sind sie verschwunden.

Sylvia und ich fahren mit der Straßenbahn bis zu der Station, an der die Touristen aussteigen, die sowohl die Blaue Moschee als auch die Hagia Sophia sehen wollen. Während unserer Suche sind wir mindestens dreimal hier entlanggekommen. Aber zuerst hatten die Attraktionen noch geschlossen und später hatte keiner von uns daran gedacht, dass Erik unter den ersten Besuchern sein könnte. Wahrscheinlich sind wir vor nicht allzu langer Zeit ganz nah an ihm vorbeigelaufen.

Als wir das Gebäude betreten, weiß ich sofort, was Erik hierhergezogen hat. Im Grunde hätten wir nach Sylvias Beschreibung gleich darauf kommen können, wo er auftauchen würde, denn die Hagia Sophia vereint wie kein anderer Ort Abendland und Morgenland, Christentum und Islam, Asien und Europa. Alles, was vor 1500 Jahren hier entstand – Mosaiken und christliche Fresken – wurde ein paar Jahrhunderte später von den muslimischen Eroberern der Stadt übermalt und zugeputzt. Jetzt, da die Moschee ein Museum ist, werden die Kunstwerke von damals wieder freigelegt und die Malereien restauriert. Es ist typisch für Erik, sich hier zu verkriechen. Kultur beruhigt ihn. Das war schon immer so.

Wir finden ihn oben auf der Galerie. Er sitzt auf der Balustrade und starrt hinunter ins Hauptschiff. Sein blonder Haarschopf ist zerzaust und seine

Augen glasig. Die Arme hat er um den Leib geschlungen, weil er bis auf die Knochen durchgefroren ist. Als er Sylvia und mich kommen sieht, schaut er stur wieder in die Gegenrichtung.

»Erik«, sage ich. »Wir haben dich die ganze Nacht gesucht!«

Er antwortet nicht, presst nur die Lippen aufeinander. Ich ziehe meine Jacke aus und will sie ihm über die Schultern legen. Da schubst er meine Hand mitsamt der Jacke weg.

»Lass mich!«, zischt er. »Ich will deine Jacke nicht haben! Ich will deinen Geruch nicht riechen und deine Wärme nicht spüren! Geh wieder zurück, wo du hergekommen bist!«

Ich habe damit gerechnet, dass er mich nicht gerade freudig empfängt. Aber der Hass in seinen Augen ist schlimmer, als ich es befürchtet hatte. Eine drückende Taubheit steigt in meinen Kopf. Ich habe keine Ahnung, was ich jetzt tun soll.

»Du musst unbedingt mit uns zurückkommen. Sonst bringt Mahdi uns alle um!«, flehe ich.

Wieder trifft mich sein Blick so tief und kalt wie ein vergifteter Pfeil.

»Klar, Melek«, sagt er. »Was für einen Grund sonst könntest du wohl haben, eine ganze Nacht lang nach mir zu suchen! Du bist nur hier, um deine Haut zu retten. Wäre es anders, würdest du noch selig in Jakobs Armen liegen. Was mit mir geschieht, ist dir doch völlig egal!«

»Nein! Das ist es nicht!«, rufe ich aus vollem Herzen. Aber warum sollte er mir das glauben, wo ich es doch selbst ständig verdränge. Ich mache einen Schritt auf ihn zu, doch er streckt mir sofort seine Handfläche mit dem Bannzeichen entgegen. Klarer könnte er mir nicht sagen, dass ich von ihm wegbleiben soll.

»Es ist ohnehin egal, was wir nun tun, Melek«, sagt Erik. »Denn Mahdi wird auf jeden Fall ausrasten.«

Ich runzele die Stirn.

»Warum?«

Da schlägt plötzlich Sylvia neben mir die Hand vor ihren Mund. Trotzdem entweicht ihr ein erstickter Laut, der die Aufmerksamkeit der Touristen in unserer Nähe auf sich zieht. Allein von diesem Geräusch und ihrem erstarrten Anblick bekomme ich eine Gänsehaut. Ich stelle mich vor sie, damit ihr Gesicht vor den Umherstehenden verdeckt ist.

»Was ist los?«, flüstere ich.

Sylvia schaut Erik an, dann laufen wieder die Tränen aus ihren Augen.

»Es ist weg«, sagt sie. »Sein Talent ist weg!«

Mir stockt vor Grauen der Atem. Wenn das stimmt, dann haben wir mehr als nur eine Schlacht verloren. Dann ist der Krieg, den ich geführt habe, endgültig vorbei. Denn niemand, weder die Generäle noch mein Hauptmann, werden akzeptieren, dass ich ihre Zukunftsträume zunichtegemacht habe.

Ich blicke Erik an, in der Hoffnung, dass er Sylvias Aussage verneint. Doch er wendet sich nur wieder ab in Richtung Kirchenschiff. Während wir hilflos dastehen und nicht wissen, wie es nun weitergehen soll, murmelt er: »So ist es also über uns hereingebrochen, das Schicksal. Sehen wir zu, wie wir damit fertigwerden.«

***

Seit über einer halben Stunde ist Erik nun bei Mahdi. Wir anderen stehen schweigend vor der Tür und versuchen zu verstehen, was in dem Raum passiert. Aber es wird fast nichts gesprochen, und wenn doch, ist durch die schallreduzierte Tür kaum etwas davon zu hören. Wahrscheinlich versucht der General, Erik zu reinigen. Ich habe nicht viel Hoffnung, dass es etwas bringt. Während der Taxifahrt ins Hotel haben sogar Sylvia die Worte gefehlt. Die ganze Zeit über legte sie ihren Kopf an Eriks Schulter und presste seine Finger auf ihren Sensor, doch sie erhielt keine Antwort. Er selbst starrte wieder nur zum Fenster hinaus. Ich habe es vermieden, ihn noch einmal anzusprechen, und mich stattdessen einfach in mein Schicksal gefügt.

Jetzt im Moment geht es mir ganz ähnlich. Wie auch immer die Reaktion der Generäle auf die Zerstörung ihres Heilers aussehen wird – ich fühle mich viel zu schwach und übernächtigt, um mich davor zu fürchten. Der Rest unserer Truppe blickt genauso resigniert drein. Bis auf Dönges vielleicht, dessen gesundes Auge permanent hin und her schweift. Er macht den Eindruck, als sei er auf der Suche nach möglichen Fluchtwegen.

Als die Tür sich endlich öffnet, kommt ein Wachsoldat mit Erik heraus.

»Du!«, sagt er und zeigt auf Jakob. »Geh hinein!«

Dann stellt er sich mit seinem Schützling neben die Tür und beobachtet uns misstrauisch. Ich erhasche einen Blick auf Eriks Gesicht, doch es ist genauso unbewegt und bleich wie zuvor. Auch Jakob zeigt keine Gefühlsregung, als er zu Mahdi ins Zimmer geht und die Tür hinter sich schließt. Warum ich nicht hineingebeten werde, verstehe ich nicht. Aber auch dieser Umstand ändert nichts an meiner abwesenden Gefühlslage.

»Sag, dass du aufs Klo musst«, flüstert plötzlich Dönges neben mir.

Ich stelle keine Nachfragen. Jetzt können wir ohnehin nichts mehr kaputtmachen. Also trage ich mein Anliegen dem Wachposten vor.

»Ich kann sie hinführen!«, bietet Dönges an. »Ich kenne mich aus!«

Der Soldat hat nichts dagegen einzuwenden, da das Haus ohnehin umstellt und jede Flucht zwecklos ist. Er nickt und winkt uns davon. Ich gehe hinter dem Schuster her den Flur entlang. Anscheinend hat er während seiner Unterredung am Vormittag die Talent-Zentrale genau erforscht. Wahrscheinlich ist er im Haus unterwegs gewesen, um irgendwelche illegalen Geschäfte zu tätigen. Ich traue ihm das trotz der durchgemachten Nacht und der Katastrophe mit Erik durchaus zu. Er humpelt um eine weitere Ecke und klopft dann an eine unscheinbare Holztür.

Als er sie öffnet, erkenne ich zwei Männer in Zivil vor einer Reihe schwarz-weißer Monitore. Ein Blick auf die Bildschirme zeigt mir, dass es sich um die Aufzeichnungen der Überwachungskameras in Mahdis Zimmer handeln muss.

»Hallo«, sagt er auf Deutsch. »Können wir kurz bleiben?«

Er fasst in seine Jackentasche und zieht ein Bündel türkischer Lira heraus.

Einer der beiden Männer steckt sie wortlos ein und wendet sich dann wieder den Bildschirmen zu. Dönges schließt die Tür.

Ich bin wie hypnotisiert von dem Anblick, der sich mir nun bietet. Jakob sitzt auf einem Stuhl in der Mitte des Raums, die Hände hinter dem Rücken gefesselt. Vor ihm schreitet Mahdi auf und ab, die Finger seiner rechten Hand krampfhaft auf die Stirn gepresst. Er murmelt etwas vor sich hin, das ich nicht verstehen kann.

»Oh nein«, flüstere ich. »Was wird er tun?«

Dönges legt nur einen Zeigefinger auf seine Lippen. Ich verstehe die Geste, aber in diesem Moment schalten sich meine Emotionen wieder ein. Ich werde fast wahnsinnig vor Sorge um Jakob, und doch weiß ich, dass es nichts gibt, was ich tun könnte.

Nach einigen Runden durch das Zimmer bleibt Mahdi vor Jakob stehen. Dann holt er aus und schlägt ihm zweimal mit dem Handrücken ins Gesicht. Mir entfährt ein Schreckenslaut. Daraufhin presst der Schuster mir die Hand auf den Mund.

»Ich sollte dich exekutieren lassen!«, faucht Mahdi. »Leider brauche ich deine Hure, um Erik zu heilen. Und sie wird es nicht tun, wenn ich dich umbringe!«

Jakob gibt keinen Ton von sich. Eine der Kameras zeigt sein Gesicht. Nur ein einziges Mal habe ich diesen Ausdruck darin gesehen: bei der Begegnung mit Levian auf der Lichtung im Wald. Es sieht aus, als hätte er mit allem abgeschlossen, was ihm je etwas bedeutet hat.

»Ich habe versucht, ihn selbst zu heilen«, redet Mahdi weiter. »Ich wollte sogar seine Erinnerung verändern. Aber es funktioniert nicht. Sein Geist ist vollkommen verschlossen!«

Dönges Hand auf meinem Mund ist wie ein Knebel. Ich versuche, sie loszuwerden, aber er hält meine Arme fest.

»Deshalb gebe ich euch Zeit, bis die Dschinn aus der Winterruhe kommen. Bis dahin hat Melek Eriks Talent wiederhergestellt. Schafft sie es nicht, lasse ich dich aus dem Weg räumen. Wie du ihr das beibringst, ist mir egal!«

Er macht eine kurze Pause, dann fängt er wieder an, vor Jakobs Stuhl auf und ab zu gehen.

»Von heute an denkst du nur noch daran, wer du bist: ein Hauptmann unserer Armee, der sein Leben in den Dienst der Menschheit gestellt hat. Was ich von dir fordere, ist unbedingter Gehorsam gegenüber deinen Vorgesetzten. Du übergibst Melek an Erik und sorgst dafür, dass sie entweder Gefühle für ihn entwickelt oder zumindest gut genug schauspielert, damit Erik es glaubt. Das ist der einzige Weg, wie du deinen Kopf aus der Schlinge ziehen kannst. Wenn wir unseren Heiler zurückbekommen, bekommst du deine Begnadigung. Hast du mich verstanden?«

Jakob nickt. »Ja.«

Aber Mahdi ist noch nicht ganz fertig.

»Noch eines möchte ich dir mit auf den Weg geben«, sagt er. »Ich habe es die ganze Zeit in euren Seelen gelesen: Bilde dir nicht ein, sie würde dich lieben. Und glaube nicht, dass du sie liebst. Alles, was dich anzieht, ist ihr Körper, der dich an jemand anderen erinnert. Und alles, was sie anzieht, ist dein Talent.«

»Nein!«, widerspricht Jakob. »So ist es nicht!« Dafür fängt er sich noch einmal eine schallende Ohrfeige ein.

»Schweig!«, donnert Mahdi.

Dann winkt er seinen Soldaten zu und sagt, dass sie Jakob losbinden sollen.

»Schnell zurück!«, murmelt Dönges hinter mir.

Er zieht mich aus dem Raum wie ein Schwerverbrecher seine Geisel und schleift mich ein Stück weit den Flur entlang. Erst bevor wir um die letzte Ecke biegen, gibt er mich frei und versucht, mich aufrecht hinzustellen. Mein Körper reagiert wie eine Marionette, der jemand die Fäden abgeschnitten hat. Ich sacke einfach in mich zusammen. Dönges rüttelt mich, dann schlägt er mir ins Gesicht, genau wie Mahdi es mit Jakob gemacht hat. Das bringt mich wieder in die Gegenwart zurück.

»Ganz normal gehen«, wispert er mir ins Ohr, als er mich den Flur entlangschiebt. »Wenn jemand fragt, sag, du hättest dich übergeben!«

Als wir die anderen wieder erreichen, ist Jakob noch immer in dem Raum. Ich frage mich, was Mahdi ihm jetzt noch mitgibt. Doch was immer es ist, es könnte nicht schlimmer kommen. Jakob hat keine andere Wahl, als mich an die Armee zu verkaufen. Nicht, weil er sein Leben retten will, sondern weil er weiß, dass er diesen Schritt der Menschheit schuldig ist. Bei mir verhält es sich genau andersherum: Mir ist die Menschheit egal. Aber ich will sein Leben retten. Deshalb werde ich alles tun, was Mahdi fordert. Und ich werde es dem Jungen, den ich liebe, so einfach wie möglich machen.

Als die Tür aufgeht und Jakob herauskommt, sieht er genauso aus wie bei unserer ersten Begegnung: Sein Gang ist aufrecht, sein Blick verschlossen und seine Seele so tot wie damals. Sylvia schlägt die Hände vors Gesicht und fängt an zu weinen.

»Sei still!«, herrscht Jakob sie an. »Wir fahren zurück zum Hotel.«

***

Jakob versucht, es kurz zu machen, genau wie immer. In unserem Zimmer erklärt er mir sachlich, dass es meine Pflicht sei, mich um Erik zu kümmern. Die Morddrohung gegen ihn verschweigt er völlig. Stattdessen erinnert er mich daran, dass diese Wendung von Anfang an vorherbestimmt und es naiv von uns gewesen sei, dem Schicksal zu trotzen.

Ich höre ihm wortlos zu und nicke. Dabei zeige ich nicht den Funken einer Emotion. Unser Gespräch dauert zwei Minuten. Dann packe ich meine Sachen und tausche das Zimmer mit Tina.

Bis zu unserem Abflug am Nachmittag sind es noch vier Stunden. Ich verbringe die Zeit damit, auf dem Bett zu liegen und mir geräuschlos die Seele aus dem Leib zu weinen. Erik steht am Fenster und starrt hinaus. Er sagt keinen Ton, bis die Tür aufgeht und Mahdi mit Jakob, Tina und zwei Soldaten hereinkommt.

Ich wische mir schnell die Tränen aus dem Gesicht und richte mich auf.

Erik zeigt mit dem Finger auf mich.

»Was soll das?«, fragt er Mahdi. »Ich will keine Freundin, die aus Zwang zu mir kommt und dabei nach einem anderen weint!«

Der General wirft mir einen bitterbösen Blick zu.

»Ich glaube nicht, dass Melek nach jemand anderem weint«, sagt er dann. »Es werden Freudentränen sein, weil du wieder unter uns bist, so ist es doch, oder?«

Ich nicke.

»Dann stellt euch jetzt auf, damit wir den Bund schließen können«, befiehlt Mahdi.

Ich weiß nicht, was das bedeuten soll.

»Was für einen Bund?«, fragt Erik misstrauisch.

»Euren Bund«, sagt Mahdi. »Ich bin der spirituelle Führer der Armee. Es ist mir ein Anliegen, dass ihr von mir verbunden werdet, bevor ihr geht. Und dass ihr später diesen Bund besiegelt.«

»Das kannst du vergessen!«, stößt Erik hervor. Es ist kaum zu glauben, dass das derselbe Junge ist, der gestern noch mit gesenktem Haupt vor seinem Vorgesetzten stand und bereit war, alle Last zu tragen, die dieser ihm auferlegen wollte. Ich reiße mich zusammen, gehe zu ihm und versuche, seine Hand zu greifen.

»Fass mich nicht an!«, zischt er mir entgegen.

Nun ist es Mahdi genug. Er gibt einem seiner Soldaten ein Zeichen, Erik festzuhalten. Es gibt ein kurzes Gerangel, aber dann hat der Soldat ihn gepackt und ihm die Arme auf den Rücken gedreht.

»Also, Melek, willst du Erik mit deinem Leben beschützen, solange du ein aktives Talent bist?«, fragt er mich.

»Ja«, antworte ich leise.

»Willst du zu ihm halten, egal, was die Zukunft euch bringt?«

»Ja.«

»Willst du dich ihm hingeben mit deinem Körper, deinem Geist und deiner Seele?«

Ich widerstehe dem Verlangen, einen Blick zu Jakob hinüberzuwerfen. Ist ein erzwungenes Gelöbnis ein echtes Gelöbnis?

»Ja.«

Nun wendet Mahdi sich an Erik und stellt ihm dieselben Fragen. Er antwortet jedes Mal zuerst mit Nein. Dann nickt der General dem Soldaten in seinem Rücken zu, der ihm mit einem fürchterlichen Knacksen einen Finger aus dem Gelenk dreht. Erik schreit wie von Sinnen. Irgendwann dringt das Wort »Ja« aus seinem Mund. Sofort renkt der Soldat den Finger wieder ein. Bei der nächsten Frage geht die Prozedur von vorn los.

Ich spüre, wie mein ganzer Körper bebt. In diesem Moment ist mir völlig egal, wie es mit uns allen weitergeht. Ich will nur noch, dass Erik aufhört, sich Mahdi zu widersetzen, damit er ihm keine Schmerzen mehr zufügt.

»Bitte, Erik!«, flehe ich. »Bitte sag einfach Ja!«

Doch er blockiert bis zum Schluss. So lange, wie er es nur aushalten kann, bietet er uns allen die Stirn.

Es sind die schlimmsten Minuten meines Lebens.

Als es vorbei ist, lässt der Soldat ihn los und Erik sinkt in sich zusammen.

Ich lege schützend die Arme um ihn und drücke ihn an mich. Die Wut in meinem Bauch ist stärker als meine Angst. Während Eriks Keuchen langsam nachlässt, wende ich meinen Blick nach oben und schaue Mahdi genauso hasserfüllt an, wie er es bei mir getan hat.

Als Antwort schenkt er mir ein wissendes Lächeln.

»Nun dann«, sagt er, »fliegt nach Hause! Wir werden uns bald wiedersehen.«

Kaum, dass er aus dem Raum verschwunden ist, kehren Eriks Sinne zurück. Als er bemerkt, dass ich ihn im Arm halte, stößt er mich kraftlos von sich weg. Er sagt kein Wort, aber ich weiß genau, was er denkt: Tu nicht so, als hättest du etwas für mich übrig!

»Diesmal ist es was Ernstes!«

Auf dem Heimflug sitzt Sylvia zwischen Erik und mir. Keiner von uns hat die Kraft, irgendetwas zu sagen. Das Essen, das die Stewardessen uns bringen, lassen wir unangetastet zurückgehen. Trotzdem fühlt es sich tröstlich an, Sylvias schmächtigen Körper neben mir zu spüren. Von Zeit zu Zeit nickt sie ein und ihr Kopf fällt mal auf Eriks, mal auf meine Schulter. Wir lassen es beide geschehen. Denn auch Sylvia ist am Ende ihrer Kräfte.

Von diesem Flug hatte ich zahlreiche Vorstellungen in meinem Kopf. Meistens dachte ich, es würde sich schrecklich anfühlen, ohne Erik nach Hause zurückzukehren. Manchmal habe ich mir auch vorgestellt, dass ich eine gewisse Art von Befreiung verspüren würde. Aber immer war ich mir sicher gewesen, dass ich ohne ihn und an der Seite von Jakob heimfliegen würde. Nicht in meinen kühnsten Träumen hatte ich mir vorgestellt, dass ich zu diesem Zeitpunkt eine verheiratete Frau wäre. Denn nichts anderes bin ich, zumindest in den Augen der Talente.

Eine Zeitlang schläft Sylvia an mich gelehnt, während Erik sich damit beschäftigt, die Wolken zu betrachten. Zwischendrin wacht sie kurz auf und nimmt meine Hand in ihre. Ich bin froh, dass wenigstens die quälende Kälte zwischen ihr und mir verflogen ist. Dann denke ich darüber nach, was passiert wäre, wenn sie darauf verzichtet hätte, Jakob und mir mit ihrer falschen Vision das Leben schwer zu machen. Ich komme zu dem Schluss, dass es nichts geändert hätte. Denn wenn ich alle Einzelheiten zusammenfüge, war es nicht nur die Szene zwischen Jakob und mir, die Eriks Talent zum Erlöschen gebracht hat. Es lag genauso an der schier unmenschlichen Aufgabe, die Mahdi ihm zuvor gestellt hat. Obwohl alle etwas anderes sagen – Erik ist weder Jesus von Nazareth noch Ali ibn Abi Talib. Er ist 17 Jahre alt und interessiert sich für chemische Formeln und antike Kirchenfenster. Mahdi selbst hat ihn maßlos überfordert. Jakob und ich waren der Tropfen, der das Fass zum Überlaufen brachte. Die Schuld, die dabei auf Sylvia entfällt, hält sich wahrscheinlich in Grenzen. Ich nehme mir vor, ihr das zu sagen, wenn sie wieder wach ist.

Kurz vor der Landung ringe ich mich dazu durch, Erik anzusprechen.

»Wir müssen unseren Eltern sagen, dass wir wieder zusammen sind.«

Erik nickt.

»Von mir aus. Das kennen wir ja schon.«

Er hat also zumindest verstanden, dass wir die Spiele der Armee mitspielen sollten. Das bedeutet, dass er mir wenigstens nach außen hin die Chance geben wird, in seine Nähe zu kommen – und Jakobs Leben zu retten.

Ich weiß nicht, was ich noch dazu sagen soll. Tina, die genau vor mir sitzt, dreht sich plötzlich zu uns um. Ihre linke Gesichtshälfte leuchtet in allen Regenbogenfarben.

»Es wird einfach werden«, sagt sie. »Eriks Eltern konnten mich nie besonders gut leiden.«

So wenig wie meine Jakob. Zum Glück verzichtet er darauf, sich ebenfalls einzuschalten. Das könnte ich nicht ertragen. Ich schaue Tina an und sehe zum ersten Mal so etwas wie Komplizenschaft in ihren Augen. Das, was Mahdi vorhin im Hotelzimmer mit Erik gemacht hat, muss auch für sie schwer zu ertragen gewesen sein. Immerhin haben die beiden sich Nacht für Nacht ihre Geheimnisse anvertraut und ganz sicher ist Erik mehr für sie als nur ein lahmgelegter Heiler, auch wenn er sie niedergeschlagen hat und dafür bis heute keine Entschuldigung über die Lippen gebracht hat. Ich versuche zu vergessen, dass sie meine ewige Konkurrentin ist.

»Ich glaube kaum, dass sie mich besser finden werden«, murmele ich.

»Doch«, sagt Erik. »Sie stehen auf dich. Warum auch immer.«

Ich bin noch nicht daran gewöhnt, die Schläge in meine Magengrube auszuhalten, die er mir neuerdings versetzt.

»Für Melek ist das alles hier genauso schwer wie für dich!«, sagt Tina streng. »Vielleicht solltet ihr erst mal versuchen, eure Freundschaft von früher aufzufrischen. Das wäre ein Anfang.«

Erik entgegnet nichts, sondern widmet sich stattdessen dem Anblick der Frankfurter Autobahnen unter uns. Es ist schon fast unheimlich, wie sehr sich das Verhältnis zwischen uns gedreht hat. Plötzlich bin ich diejenige, die um ihn wirbt, und er derjenige, der mich abblitzen lässt. Ich weiß nicht, wie ich es anstellen soll, zu ihm vorzudringen, wenn er weiterhin so verstockt bleibt. Aber irgendetwas muss ich mir einfallen lassen. Denn ich habe nur ein paar Wochen Zeit.

Nach der Landung steigen wir in die Autos und fahren nach Hause. Zum ersten Mal sitze ich dabei auf dem Rücksitz von Tinas dröhnendem Polo. Jakob hat während des Aufenthalts am Flughafen kein einziges Mal mit mir gesprochen. Ich weiß, dass er genauso leidet wie ich. Aber er hat auch genau dieselbe Art, seine Gefühle nicht zu zeigen. Schlimmer noch: Es sieht aus, als hätte er sie irgendwo da unten in dem Höllenschlund verloren.

Bevor ich vor meinem Haus aussteige, drücke ich Eriks Hand.

»Bis morgen«, sage ich.

»Morgen? Ich wüsste nicht ...«

»Bis morgen«, wiederhole ich. Dann steige ich aus.

Ich war zwar nur zwei Tage weg, aber es fühlt sich seltsam an, wieder daheim zu sein. Meine Eltern warten schon gespannt an der Tür auf mich. Ihr Anblick ist fast so fremd für mich wie die Istanbuler Silhouette an unserem ersten Tag.

»Und?«, fragt meine Mutter, kaum, dass ich eingetreten bin. »Wie war's?«

Ich zwinge mich, all die Lügen hervorzukramen, die ich ihnen nun auftischen muss. Mit der größten fange ich an: »Es war schön!«

Dann setzen wir uns noch eine Weile zusammen ins Wohnzimmer und ich erzähle ihnen von Ausflügen zum Galataturm und zur Blauen Moschee, vom Herumhängen am Hafen und dem guten Frühstücksbuffet im Hotel. Auch die Hagia Sophia krame ich hervor, an deren Erscheinungsbild ich mich kaum erinnern kann. Das alles spule ich herunter wie eine ausgeleierte Tonbandaufnahme. Dann atme ich einmal durch und berichte von meiner neuen alten Liebe.

»Zwischen Erik und mir läuft wieder was«, sage ich.

Die Augen meiner Mutter hellen sich sofort auf. Aber mein Vater schüttelt nur missbilligend den Kopf.

»Was soll das denn nun, Melek?«, wirft er mir vor. »Willst du von einem Jungen zum anderen rennen wie eine ... ich meine ... noch vor ein paar Tagen hast du uns erzählt, dieser Jakob sei deine große Liebe. Er saß sogar mit uns unterm Weihnachtsbaum!«

Ich merke selbst, wie unverständlich meine Geschichte klingt. Und obwohl in Wirklichkeit alles ganz anders ist, macht sich ein beklemmendes Gefühl in mir breit.

»Ich weiß«, sage ich. »Aber in Istanbul habe ich gemerkt, was für ein besonderer Mensch Erik ist. Und ich habe erkannt, wie schlimm es wäre, ihn zu verlieren. Es gab ein paar Augenblicke, da dachte ich, ich müsste sterben ohne ihn!«

Für die Ohren meiner Eltern klingt das wahrscheinlich nur furchtbar naiv. Sie haben ja keine Ahnung, dass jedes Wort davon wahr ist.

»Na ja«, sagt meine Mutter, »sieh es mal so, Horst: Erik hat wenigstens keine Vorstrafen und schießt auch nicht blindwütig im Wald herum.«

Diesen Trugschluss muss ich sofort aus dem Weg räumen.

»Doch«, sage ich. »Er macht auch bei den Rollenspielen mit.«

»Erik?«, tönt meine Mutter fassungslos.

Ich nicke.

»Das hast garantiert du ihm eingeredet!«

»Wie auch immer, jetzt sind wir jedenfalls wieder zusammen«, stelle ich klar.

Mein Vater stöhnt.

»Na dann«, sagt er. »Finde ich mich eben damit ab, dass der nächste Lebensabschnittsgefährte hier einzieht. Schlimmer kann's ja ohnehin nicht mehr werden.«

Es tut weh, zu hören, was er für eine Meinung von mir hat. In Augenblicken wie diesem wünsche ich mir, ich könnte ihnen einfach erzählen, was wirklich hinter meiner angeblichen Lasterhaftigkeit steckt. Aber ich bin mit meinen Problemen allein, damit muss ich leben. Das gilt jetzt mehr als je zuvor, denn nun habe ich niemanden mehr. Jakob ist mir unter Androhung seiner Todesstrafe verboten worden und Erik will mich nicht haben. Die Einzige, die mich jetzt vielleicht auffängt, wenn meine Not allzu groß wird, ist ein kleines, 13-jähriges Mädchen. Ich kann gar nicht sagen, wie froh ich bin, wenigstens Sylvia wiederzuhaben.

Ich beende das Gespräch mit meinen Eltern und gehe nach oben in mein Zimmer. Schon als ich eintrete, kommt es mir seltsam verlassen vor. Plötzlich merke ich, dass ich es nicht mehr gewohnt bin, allein zu schlafen. Trotzdem lege ich mich sofort ins Bett, ohne meinen Koffer ausgepackt oder meine Zähne geputzt zu haben. Die schlaflose letzte Nacht holt mich ein wie ein dunkler Schatten.

***

Ich laufe über die bauschige Wolkendecke, immer der Sonne entgegen. Diesmal dauert es lange, bis Maries Umrisse in dem Lichtkegel vor mir erscheinen. Als sie mich erreicht hat, legt sie mir wieder einen Arm um die Schultern und führt mich nach Westen. Ich betrachte sie etwas genauer. Sie hat wunderschöne mandelförmige Augen und lange Wimpern, mit denen sie bei jedem Augenaufschlag klimpert. Es liegt nicht nur an dem goldenen Gegenlicht, dass sie so strahlt. Sie ist einfach von Natur aus schön. Niemals werde ich ihr in diesem Punkt das Wasser reichen können.

»War Jakob wieder bei dir?«, frage ich sie.

Sie lächelt und setzt weiter einen Fuß vor den anderen. Dabei raschelt der Stoff ihres einfachen weißen Kleids.

»Ja«, sagt sie. »Ich habe dir gesagt, dass er wieder häufig zu mir kommt.«

»Seit das mit mir passiert ist«, füge ich hinzu.

»Genau.«

Ich weiß nicht recht, wie ich sie dazu bringen kann, mir mehr über unsere Zukunft zu verraten. Nun, da ich weiß, wovon sie beim letzten Mal gesprochen hat, bin ich nicht mehr überrascht darüber, dass Jakob sich in ihre Welt flüchtet. Wohin sonst sollte er seinen Geist fliegen lassen, als an diesen Ort, denn er ist ja genauso einsam wie ich. Ich blicke wieder auf meine strahlenden, blütenreinen Hände und stelle dieselbe Frage wie beim letzten Mal:

»Was ist mit mir los? Bin ich tot?«

»In gewisser Weise«, antwortet Marie, ohne ihren Schritt zu verlangsamen.

»Du meinst, ein Stück von mir ist gestorben«, hake ich nach. »Ein Stück von meinem Herzen. Ich bin also im übertragenen Sinne tot, oder?«

Nun bleibt sie stehen und sieht mich seltsam fasziniert an. Dann greift sie nach meiner linken Hand und dreht die Handfläche nach oben, streift mit ihren eigenen Samthänden darüber und lässt sie wieder los.

»Das hier ist immer noch die Zukunft, Melek!«, flüstert sie.

In dem Moment zischt die Sonne, als sie auf den Wolken am Horizont aufsetzt. Marie blickt sich um, dann lächelt sie noch einmal und küsst mich flüchtig auf die Wange.

»Ich muss gehen. Es ist Zeit«, sagt sie.

Sie hebt den Saum ihres Kleids an und hastet zurück in die Richtung des untergehenden Feuerballs.

**

Ich fühle mich verwirrt und vollkommen gerädert, als ich am nächsten Morgen aufwache. Ein Blick auf meinen Wecker verrät mir, dass es bereits elf Uhr ist. Im Pyjama schlurfe ich hinunter ins Bad und spüle mir den widerlichen Geschmack aus dem Mund. Der Blick in den Spiegel zeigt mir ein Gesicht, das so verquollen ist, als hätte ich drei Nächte lang durchgefeiert. Auch eine ausgiebige Dusche macht es nicht viel besser.

Ich ziehe mich an und schreibe eine SMS an Erik:

»Komme gleich bei dir vorbei. Ich hoffe, du hast deine Eltern informiert!«

Ich erwarte gar keine Antwort. Aber so ist wenigstens sichergestellt, dass er auch zu Hause ist. Er wird nicht wollen, dass ich allein auf seine Mutter treffe. Schließlich öffne ich meine Schreibtischschublade und hole die Kette mit den Engelsflügeln hervor, die er mir geschenkt hat. Ich lege sie um und habe das Gefühl, das Gewicht des Anhängers würde mich nach unten ziehen. Als ich die Schublade wieder schließe, überlege ich, ob Jakob seit unserer Rückkehr ebenfalls schon an seinem Schreibtisch war. Und ob er Maries Bild hervorgeholt und an seinen ursprünglichen Platz zurückgestellt hat. Der Gedanke tut so weh, dass die Kette an meinem Hals noch schwerer wird.

In der Küche schmiere ich mir ein paar Brote und fahre dann mit dem 12-Uhr-Zug nach Biedenkopf. Als ich an Eriks Tür klingele, öffnet mir seine Mutter. Ihr sonst so unbeschwertes, faltenloses Gesicht sieht verknittert aus.

»Melek«, murmelt sie. »Komm rein, ich muss mit dir reden.«

Dabei blickt sie sich hektisch zum Treppenaufgang um. Das heißt schon mal, dass Erik wenigstens da ist. Ich gehe hinter ihr her bis in die Küche, wo sie sofort die Tür schließt und sich etwas fahrig an die Anrichte lehnt.

»Glaub nicht, ich hätte was dagegen«, sprudelt sie heraus. »Ganz im Gegenteil: Ich bin froh, wenn diese schrecklich unnahbare Tina nicht mehr ständig bei uns herumhängt. Aber ich habe Angst um Erik! Schon nach eurer letzten Trennung hat er sich etwas angetan. Und wenn das wieder passiert, fürchte ich, dass er sich noch einmal selbst verletzt. Er ist so schrecklich depressiv, Melek, das kenne ich einfach nicht von ihm!«

Ich würde sie so gern beruhigen. Aber was soll ich ihr sagen? Dass sie froh sein kann, ihren Sohn überhaupt lebendig zurückbekommen zu haben? Dass wir verheiratet sind? Dass ich hier bin, um mich in Eriks Herz zu schleichen, weil ich Jakobs Leben retten will?

»Es tut mir leid, dass Sie sich solche Sorgen machen, Frau Sommer«, murmele ich. »Aber diesmal ... diesmal ist es etwas Ernstes.«

Da geht die Küchentür auf und Erik steht davor. Sein Gesicht sieht ebenfalls verschlafen aus, aber wesentlich besser als meines.

»Das kann man wohl sagen«, brummt er. »Lass Melek in Ruhe, Mama!«

Er kommt zu mir und küsst mich auf den Mund. Es ist ein kalter Kuss, völlig ohne Gefühl. Dann fasst er auf dieselbe hölzerne Art nach meiner Hand, wie er es früher in Gegenwart meiner Eltern gemacht hat. Nur mit dem Unterschied, dass er damals mir damit helfen wollte und jetzt sich selbst. Bis wir auf der Treppe sind, hält er durch, dann lässt er meine Hand so angewidert los, als sei sie mit einer schrecklichen Krankheit infiziert.

Wir gehen in sein Zimmer, wo er sich aufs Bett legt und ein Buch über Istanbul hervorzieht. Ohne mich weiter zu beachten, beginnt er zu lesen.

Eine Weile schaue ich ihm dabei zu und denke an die wenigen Momente, die wir bisher in diesem Raum verbracht haben. Die eindringlichste Erinnerung ist der Tag nach seiner durchzechten Nacht mit Dönges, als er mich das erste Mal küsste. Im Vergleich zu der Vorstellung gerade eben war dieser Kuss einen Oskar wert gewesen. Und doch war er nichts gegen den Moment meiner Heilung. Ich spüre ganz deutlich, dass sich etwas in meinem Herzen regt, wenn ich daran denke. Und gleichzeitig kämpfe ich dagegen an.

»Hör auf zu lesen!«, sage ich mürrischer als beabsichtigt.

Erik sieht kurz von seinem Buch auf, aber er legt es nicht weg.

»Wieso? Gibt es irgendwas, das noch unklar wäre?«

»Es gibt tausend Unklarheiten!«, motze ich ihn an.

Er richtet sich auf und pfeffert das Buch auf den Nachttisch.

»Nein, Melek«, sagt er. »Für mich ist alles klar. Ich war zu schwach, um deine unüberhörbare Liebesnacht mit Jakob zu verkraften. Deshalb ist mein Talent verschwunden. Nun hat Mahdi keinen Heiler mehr, der seinen Endkampf gegen die Dschinn einläutet. Also hat er dich erpresst: Entweder du holst meine Heilkraft zurück oder er tut deinem Liebsten was zu Leide. So etwas in der Art wird es sein. Und nun sitzt du hier und fragst dich, wie du es anstellen kannst, dass ich dein Spielchen mitspiele.«

Das Gute ist, ich brauche Erik nichts vorzumachen. Er hat schon begriffen, was genau zwischen uns passiert. Aber dabei vergisst er, dass auch er selbst eine Verantwortung gegenüber uns anderen trägt.

»Was soll ich deiner Meinung nach tun?«, frage ich ihn. »Denk mal darüber nach, was mit dir passieren wird, wenn du weiterhin blockierst. Und mit allen anderen aus unserer Truppe. Mit jemandem wie Anastasia, die gerade frisch rekrutiert ist und unser Schicksal teilen wird? Oder mit Sylvia, die so jung ist, dass sie noch nicht mal richtig gelebt hat! Wir werden alle sterben, weil du dich weigerst, zu kooperieren!«

»Kooperieren!«, ahmt er mich nach. »Schön, Melek, wie soll ich denn deiner Meinung nach kooperieren? Sollen wir den verdammten Bund besiegeln? Wenn du so denkst, dann zieh dich aus und leg dich zu mir. Es wird uns anwidern, sonst nichts. Aber es holt auf keinen Fall meine Heilkraft zurück!«

Er hat ja so Recht. Erst jetzt wird mir die Ausweglosigkeit unserer Situation so richtig bewusst. Es ist nicht so wie bei meinen Eltern, denen das bisschen Händchenhalten genügte. Eriks Talent kann man nichts vormachen. Solange er sich nicht wieder aus vollem Herzen in mich verliebt, wird es nicht zurückkehren. So war es auch bei Henry, der erst wieder zielen konnte, nachdem er sein Selbstbewusstsein wiedergefunden hatte. Würde Erik mich nicht so gut kennen, würde er mir vielleicht eine geheuchelte Liebe abkaufen. Aber so wie es aussieht, glaubt er mir ja noch nicht einmal, dass er mir überhaupt etwas bedeutet. Vielleicht ist das ein Anfang.

»Dann lass uns versuchen, das zu tun, was Tina vorgeschlagen hat«, sage ich. »Fangen wir an, unsere Freundschaft wiederzubeleben.«

»Unsere sogenannte Freundschaft ist tot. Ich bin nicht sicher, ob es sie jemals gab.«

Jetzt geht er eindeutig zu weit.

»Warum denkst du so furchtbar schlecht von mir?«, flüstere ich und muss aufpassen, dass meine Stimme nicht bricht.

»Weil du dich furchtbar schlecht gegenüber mir verhalten hast«, antwortet Erik. »Ich habe dich geliebt! Du hast mich nur geduldet.«

Darauf weiß ich nichts zu sagen. Meine Kehle ist wie zugeschnürt. Nach einer Weile greift er wieder nach dem Buch auf seinem Schreibtisch und fängt an, darin zu blättern. Er schlägt eine Seite auf, aber seine Augen bewegen sich nicht. Was würde ich darum geben, Finns Talent zu haben und in seine Gedanken zu blicken. Aber wahrscheinlich würde ich auch nichts anderes darin sehen als das, was ich ohnehin schon weiß. Was ich vorhabe, ist völlig aussichtslos. Ich kann nur hoffen, dass das Schicksal einen Plan in der Schublade liegen hat.

Neujahrsküsse sind selten das,
was man von ihnen erwartet

Unabhängig von dem Problem zwischen Erik und mir geht der Alltag in unserer Truppe weiter. Am Silvesterabend treffen wir uns vor einem Techno-Club in der Nähe des Marburger Südbahnhofs. Ich habe keine Ahnung, was heute auf uns zukommen wird. Seit dem Tag, an dem die Dschinn in ihren Winter-Behausungen verschwunden sind, haben wir nur zwei Mal mitbekommen, dass einige von ihnen in der Welt der Menschen unterwegs waren. In beiden Fällen blieb ich von dem Einsatz als Liebestöter verschont. Nicht, weil Jakob mich dafür nicht hergeben wollte, sondern weil er weiß, wie unbegabt ich für diese Aufgabe bin. Was weibliche Liebestöter angeht, hat unsere Truppe ein Problem. Sylvia ist zu jung dafür, Anastasia zu hässlich und ich zu dämlich. Damit sind Nadja und Tina die einzigen Mädchen, mit denen Jakob in den Clubs etwas anfangen kann. Aber für die heutige Nacht haben sowohl Sylvia als auch Kadim prophezeit, dass eine größere Anzahl Dschinn die Technoparty nutzen will, um sich die Winterruhe mit einer Ladung Gefühle zu versüßen. Entsprechend hat Jakob uns alle zusammengetrommelt, sogar Erik. Ich weiß nicht, warum Erik der Anordnung überhaupt Folge leistet, denn er hatte früher kaum Probleme, sich Jakob zu widersetzen, und als Heiler schon gar nicht. Das unterscheidet ihn am meisten von uns anderen.

Zumindest hat Eriks Anwesenheit entscheidend dazu beigetragen, dass meine Eltern mich ungehindert haben ziehen lassen. Seit Frau Sommer meiner Mutter am Telefon erzählt hat, dass Erik sich aus Liebeskummer mein tätowiertes Zeichen in die Hand geschnitten hätte, packt meine Mutter Erik nur noch mit Samthandschuhen an. Sie konnte ihm schon früher keinen Wunsch abschlagen, nun, da er angeblich depressiv ist, schon gar nicht mehr.

Ich bin jetzt ganz offiziell zweierlei: für die reale Welt Eriks Freundin und für die Welt der Talente sein Bodyguard. Jede Nacht verbringe ich an seiner Seite, entweder bei ihm zu Hause oder bei mir. Unsere Eltern haben sich damit abgefunden, aber sie blicken immer noch mit Unbehagen auf unsere Beziehung. Jeder rechnet damit, dass wieder irgendetwas passieren wird, das uns auseinanderbringt.

Seit unserer Rückkehr sind Erik und ich in keiner Hinsicht weitergekommen. Ich denke immer noch darüber nach, wie ich ihm klarmachen könnte, dass er mir der zweitliebste Mensch in meinem Leben ist, ohne genau diese Worte zu benutzen. Und Erik verkriecht sich weiterhin in der Festung, die er um sein Herz gebaut hat. Niemand, nicht einmal Sylvia, hat einen Ratschlag, wie ich die Situation ändern könnte.

Die Silvesterparty ist grausam. Schon als ich die Musik aus der Eingangstür dringen höre, bin ich verkrampft. Es ist einfach etwas anderes, ob man diese Art von Arbeit zu den Rhythmen einer Schlagerparty oder zu den hämmernden Bässen des Techno-Sounds ausführen muss. Wie immer zu solchen Gelegenheiten verzieht sich Nadja vorher mit mir auf die Mädchentoilette, um mich nachzuschminken. Obwohl ich mittlerweile selbst einen Lidstrich ziehen kann, halten wir dieses Ritual einfach aufrecht. Ich bin froh darüber, denn das verschafft mir jedes Mal die Gelegenheit, durchzuatmen, bevor ich mich an irgendwelche fremden Jungs heranschmeißen muss. Ich betrachte Nadjas Gesicht, während sie mir die Augenbrauen zupft. Obwohl sie ihre langen blonden Haare eingebüßt hat, sieht sie immer noch attraktiv aus. Bei Nadja hat es eigentlich weniger mit bloßer Optik zu tun. Sie hat einfach das gewisse Etwas. Daran ändern auch die eher unscheinbaren schwarzen Stoppeln nichts, die sie neuerdings auf dem Kopf trägt. Wenn Nadja durch eine Menschenmenge geht, dann bewegt sich ihr Hinterteil immer genau im richtigen Maß. Sie wirkt weder vulgär noch überheblich, sondern einfach attraktiv. Eigentlich sind die meisten Talente, die ich bisher kennengelernt habe, ziemlich attraktiv. Mit der Ausnahme von Anastasia. Sowohl

Mike als auch ich selbst sind wohl eher ein Fall für besondere Geschmäcker, aber alle anderen fallen in die Kategorie gut aussehend. Wahrscheinlich hat die Natur das so eingerichtet.

»Heute wirst du nicht drum herumkommen«, bricht Nadja das Schweigen zwischen uns. »Beide Orakel haben prophezeit, dass wir es mit mehreren zu tun kriegen.«

»Ich weiß«, sage ich. »Wenn ich nur deinen Einfallsreichtum hätte!«

Nadja legt die Pinzette weg und holt eine Nagelschere hervor, mit der sie die überstehenden Haare an meinen Brauen zurechtschneidet.

»Denk daran, dass die Dschinn nicht in Form sind«, sagt sie. »Es ist so, als ob ein Alkoholiker aus dem Bett aufsteht und feststellt, dass er auf Entzug ist.«

»Entsprechend gierig werden sie sein.«

»Ja, und genauso unkoordiniert.«

Nadja muss es wissen, denn für sie ist es bereits die dritte Winterpause. Sie legt die Schere weg und betrachtet mich mit fachmännischem Blick. Ich würde sie gerne fragen, ob ich Marie ähnlicher sehe, wenn ich aufgedonnert bin, aber es macht keinen Sinn, denn sie hat Jakobs Freundin nicht mehr erlebt.

»Ist gut, Melek, du siehst toll aus«, sagt sie und dreht mich zum Spiegel. Ich bin immer wieder fasziniert davon, was ihre Behandlung aus mir macht. Auch wenn ich finde, dass die Person dort im Spiegel nichts mit mir zu tun hat. Ich bedanke mich für ihre Hilfe und atme noch einmal tief durch, bevor wir uns ins Gewühl stürzen.

»Weißt du schon, was du heute tun wirst?«, frage ich sie beim Rausgehen.

»Nein, das entscheide ich spontan.«

Wir arbeiten uns durch den Pulk von tanzenden Menschen bis zur gegenüberliegenden Wand vor, wo die Talente sich versammelt haben. Wie immer, wenn ich vom Umstyling komme, entgleitet Jakob ganz kurz der Blick. Das ist der Grund, warum ich denke, dass ich ihn in diesen Momenten noch mehr als sonst an Marie erinnere. Er drückt jeder von uns ein alkoholfreies Bier in die Hand. Ich nehme das Bier und spähe nach Sylvia, um mich auf andere Gedanken zu bringen. Sie steht wie gewohnt ganz hinten, wo sie weniger auffällt. Heute hat ihr Eintritt unglaubliche 300 Euro gekostet. Zum Glück bezahlt die Armee die Bestechungsgelder der Türsteher. Andernfalls würde Jakob längst am Hungertuch nagen.

»Hi Große«, schreie ich durch den Techno-Beat in ihr Ohr. »Bist du gewachsen?«

Als Antwort winkelt sie ein Knie an und zeigt auf ihre Füße.

»Zehn Zentimeter plus Plateau!«, schreit sie zurück. »Und ich kann damit laufen!«

Noch vier Monate bis April, dann wird Sylvia 14. Das ist der Moment, an dem ein Talent sozusagen volljährig ist. Ab diesem Zeitpunkt wird sie sowohl an unseren Übungstreffen und dem Fitnesstraining aktiv teilnehmen als auch die ersten Jobs als Liebestöter bekommen. Beim besten Willen kann ich mir nicht vorstellen, dass dieses Mädchen in Konkurrenz mit einer Dschinniya treten soll. Aber mittlerweile halte ich nichts mehr für unmöglich. Sylvia hat mich schon oft genug überrascht. Von Jakob weiß ich, dass sie zur Armee kam, als sie zehn war. Damit ist Sylvia eines der jüngsten Orakel, die es je in Biedenkopf gegeben hat. Man will sich gar nicht ausmalen, wie viele Jahre sie gedient haben wird, wenn sie den Tag ihres Ausscheidens erlebt.

Eigentlich hatte ich gedacht, die Dschinn würden es eilig haben, auf ihre Kosten zu kommen. Aber erst, als es kurz vor zwölf Uhr ist, gibt Sylvia Alarm.

»Fünf auf einmal«, sagt sie. »Zwei Männer und drei Frauen. Sie kommen gerade durch den Vordereingang!«

Ich erkenne sie sofort. Einer der Männer ist der Dschinn, den Lennart damals zum Armdrücken aufgefordert hat. Die anderen kenne ich nicht. Es ist hilfreich für uns, dass unsere Widersacher sich gern auf eine bestimmte menschliche Gestalt fixieren. So weiß man wenigstens, wen man vor sich hat.

Jakob checkt kurz die Dschinn, dann schickt er Rafail zu dem muskulösen ersten Mann, Nils zu dem anderen und Nadja, Tina und mich zu den Frauen. Ich hoffe sehr, dass nicht noch mehr Dämonen zur Party kommen. So werden wir gerade mal eben mit ihnen fertig. Die Dschinniya, für die er mich ausgewählt hat, hat lange dunkle Haare und trägt ein schwarzes Longshirt mit silbernem Gürtel und Stiefel bis über die Knie. Ich fühle mich schon bei ihrem Anblick minderwertig. Wenigstens zwängt sie sich nicht auf die Tanzfläche, sondern geht direkt zur Bar. Ich folge ihr mit wenigen Metern Abstand. Der Junge, den sie sich aussucht, sitzt am Rand einer kleinen Clique und starrt mit melancholischem Blick vor sich hin. Wahrscheinlich ist er unglücklich verliebt und duftet besonders verführerisch nach Kummer und Leidenschaft. Es war ein kluger Schachzug der Dschinn, so kurz vor dem neuen Jahr hier hereinzuschneien. Viele ihrer Opfer werden gewillt sein, sich von einer attraktiven Erscheinung um Mitternacht ablenken zu lassen. Ich beobachte, wie die Dschinniya sich neben ihr Opfer an die Bar lehnt und einen Cocktail bestellt. Dabei frage ich mich ganz kurz, woher sie eigentlich das menschliche Geld für ihre Ausflüge haben.

»Hey Süßer, du siehst aus, als hättest du Aufheiterung nötig«, sagt sie zu dem Jungen.

Im gleichen Moment trete ich neben sie.

»Aber garantiert nicht von dir!«, klinke ich mich in das Gespräch ein.

Sie mustert mich überheblich aus ihren riesigen Augen und winkt dann mit einer Geste ab, die uns allen klarmacht, dass ich es ohnehin nicht mit ihr aufnehmen kann.

»Gleich fängt das neue Jahr an und du sitzt hier herum, als gäbe es nichts zu feiern«, redet sie einfach weiter.

Das Gesicht des Jungen verändert sich von einer Sekunde zur anderen.

»Na ja«, sagt er. »Vielleicht fällt dir ja was ein, um mich aufzuheitern!«

Irgendwie hat er überhaupt nicht bemerkt, dass ich auch noch da bin. Ich überlege fieberhaft, wie ich seine Aufmerksamkeit gewinnen kann. Dabei blicke ich ganz kurz zurück zu unserer Gruppe und sehe, dass Jakob in diesem Moment noch weitere Talente losschickt. Es sind Mike, Erik und – ich kann es kaum fassen – Anastasia! Wahrscheinlich sind mittlerweile so viele Dschinn unterwegs, dass es nichts mehr zu verlieren gibt. Nach einer Anweisung für Sylvia stürzt er sich selbst ins Getümmel. Die Uhr an der Wand zeigt zwei Minuten vor zwölf. Ich drehe mich wieder zu meinem Opfer um und stelle fest, dass ich zu lange gezögert habe. Die Dschinniya hat bereits ihren Arm um die Schultern des Jungen gelegt und blickt ihm anzüglich in die Augen. Wenn ich jetzt nicht handle, ist seine Seele verloren!

»Mensch, Claudia, lass den armen Kerl doch in Ruhe!«, sage ich. Claudia ist für mich der Inbegriff aller unbekannten Dschinniyas dieser Welt. Ich nenne sie jedes Mal so, denn der Name nimmt sofort einen Teil der Bedrohung weg, die von ihnen ausgeht. Sie versucht, mich zu ignorieren, aber der Junge ist nun doch aufmerksam geworden.

»Was willst du denn eigentlich?«, fragt er.

»Dich vor der Schlampe des Jahrhunderts warnen«, sage ich. »Du bist nicht der Erste, den sie unglücklich macht.«

Da lacht die Dschinniya. Es ist ein glasklares, wunderbar hübsches Lachen, das sogar mich beeindruckt. Dann nähert sie sich dem Jungen noch weiter und flüstert etwas in sein Ohr, das wahrscheinlich mit mir zu tun hat. Hilflosigkeit macht sich in mir breit. In dem Moment nehme ich aus dem Augenwinkel eine Bewegung wahr, die mich noch mehr beunruhigt. Ich blicke zur Seite und schaue direkt in die grünen Augen von Levian. Er steht keine zwei Meter von mir entfernt neben einem hübschen blonden Mädchen, mit dem er wahrscheinlich gerade getanzt hat. Als unsere Blicke sich treffen, wirkt er zunächst überrumpelt. Dann verzieht sich sein Gesicht zu dem gewinnenden Lächeln, das ich bestimmt schon hundertmal gesehen habe. Ich hatte vergessen, wie unglaublich gut er aussieht. Der Inhalt meines Magens fährt in einem Fahrstuhl bis hinab in den Erdkern. Ich mache den Mund auf, aber es kommt nichts heraus.

Stattdessen sehe ich, wie Levian schnell in die andere Richtung schaut. Als ich seinem Blick folge, erkenne ich Jakob, der sich durch die Tanzfläche zu ihm vorarbeitet.

In dem Moment fängt der DJ an, den Countdown zum neuen Jahr herabzuzählen.

»Zehn, neun, acht ...«, schreien die tanzenden Gäste mit.

Ich versuche, mich wieder auf meine Dschinniya zu konzentrieren, doch das Bild, das sich mir zu meiner Linken bietet, ist niederschmetternd. Der Junge hat beide Hände um die Taille seiner Angebeteten gelegt und wird sie wahrscheinlich in genau sieben Sekunden küssen.

»Halt!«, schreie ich.

»Fünf, vier, drei ...«

Da packt mich plötzlich jemand an der rechten Schulter und reißt mich herum. Ich kenne die Kraft, die hinter solchen Gewaltaktionen steckt.

»Zwei, eins, null!«

»Frohes neues Jahr, Melek!«, sagt Levian und küsst mich. Er fackelt nicht lange wie Jakob und Erik. Seine Zunge schiebt sich direkt in meinen Mund und findet in Sekundenschnelle jeden Punkt, der mir Stromschläge versetzt. Dann grinst er mich noch einmal an und rennt, so schnell ein Mensch es könnte, zur Männertoilette. Nur wenige Augenblicke später hetzt Jakob hinterher.

Völlig benommen blicke ich wieder zu der Dschinniya neben mir, die gerade das neue Jahr mit einem melancholischen Gefühlscocktail beginnt. Sie hängt wie festgeklebt an dem unglücklichen Jungen und saugt den Rest von Liebeskummer aus ihm heraus. Ich reiße an ihren Armen, bevor ich mich daran erinnere, dass es so nicht funktioniert. Dann ziehe ich dem Jungen den Barhocker unter dem Allerwertesten weg.

Die Dschinniya grinst, als ihr Opfer von ihr wegtaumelt.

»Wunderschön. Danke für die Unaufmerksamkeit!«, sagt sie und rennt ebenfalls weg. Ich verfolge sie bis auf die Damentoilette, doch in der Kabine, in der sie verschwunden ist, ist keine Spur mehr von ihr zu sehen.

Fünf Minuten später treffen wir uns an unserem Ausgangpunkt neben der Tanzfläche. Die Bilanz unseres heutigen Einsatzes ist niederschmetternd: Henry hat draußen nur eine einzige Dschinniya erwischt, die sich in Gestalt eines Vogels davonmachen wollte. Es war ausgerechnet die von Anastasia. Alle anderen Dschinn sind irgendwie über die Toiletten und Hinterausgänge entkommen. Zwei davon haben gesaugt: meine und der von Nils. Die anderen werden sich jetzt wahrscheinlich einzeln über die Stadt verteilen und ebenfalls fündig werden.

Als ich Anastasia frage, wie sie es geschafft habe, sich gegen ihre modelmäßige Gegnerin durchzusetzen, zuckt sie nur die Schultern.

»Mann gesagt, sie hat Aids«, grunzt sie.

Wenn mir das mal eingefallen wäre! Ehrlich gesagt, bin ich ziemlich schockiert davon, dass sogar Anastasia eine Art Liebestöter abgegeben hat, während ich völlig versagt habe. Natürlich ist Jakob besonders verärgert darüber, dass Levian ihm durch die Lappen gegangen ist.

»Du hättest ihn aufhalten können!«, wirft er mir vor.

Ich fühle mich zu Unrecht angegriffen.

»Wie denn?«

»Indem du ihn in ein Gespräch verwickelt hättest, zum Beispiel. Seine Reflexe waren verzögert. Ein paar Sekunden länger und ich hätte ihn auf der Toilette erwischt!«

Ich weiß nicht, ob ich dazu in der Lage gewesen wäre. In erster Linie war ich von Levian einfach überrumpelt. Die Fähigkeit zu denken, stellt sich bei mir immer erst nach solchen Aktionen wieder ein.

»Du taugst eben nicht zum Köder«, sagt Jakob so leise, dass es niemand außer mir hört. »Ich habe es ja gewusst!«

In dem Moment fehlt nur noch, dass er mir sagt, er hätte damals seiner Eingebung glauben und sich nicht auf unseren Handel einlassen sollen. Dann wäre das alles nicht passiert. Aber er sagt es nicht.

Ich wende mich ab und gehe zu Erik. Ich habe nicht gesehen, wie er seinen ersten Einsatz als Liebestöter gemeistert hat, aber ich bin mir sicher, dass es gut funktioniert hat. Er ist kein so verklemmter Knochen wie ich. Das weiß ich, seit ich beobachtet habe, wie viele Gefühle er für Tunicas aufbringt. Immerhin war selbst Jana von seiner Art zu küssen begeistert. Es könnten sich durchaus auch ein paar andere Mädchen für ihn interessieren. Ich komme zu dem Schluss, dass ich ganz froh bin, seinen Flirt von eben nicht miterlebt zu haben.

»Frohes neues Jahr«, wünsche ich ihm.

»In Anbetracht dessen, dass es unser letztes Silvester ist ...«

Im Gegensatz zu ihm bin ich noch nicht bereit, meinen baldigen Tod zu akzeptieren. Ich mache es einfach wie Levian und küsse ihn, bevor er damit rechnet. Erik presst die Lippen aufeinander und lässt es geschehen, so wie er es immer macht, wenn seine oder meine Eltern in der Nähe sind. Dabei hält er die Luft an, als würde ihm mein Geruch den Atem nehmen. Der Widerwille, mit dem er mich erträgt, treibt mir die Tränen in die Augen. Es wäre mir lieber, weggestoßen, angeschrien oder geschlagen zu werden.

»Oh Erik«, sage ich und presse meine Stirn an seine. »Könnten wir nur die Zeit zurückdrehen!«

Darauf antwortet er nichts.

***

An Neujahr beruft Jakob eine Jahresbesprechung ein. Wir treffen uns in der Friedensdorfer Schutzhütte, deren verschlossene Eingangstür besonders einfach zu knacken ist. Unser Anführer höchstpersönlich öffnet sie zu jedem Treffen mit einem Stück Draht und schließt sie danach auf demselben Weg wieder akribisch zu. Es ist nicht von der Hand zu weisen, dass unsere Alibis uns irgendwann einfach einholen. Bei Erik und mir ist es schließlich nicht anders. Drinnen ist es zwar genauso kalt wie draußen, aber zumindest fällt uns kein Graupelschauer auf den Kopf, während wir sprechen.

»Ich will ehrlich zu euch sein«, beginnt Jakob. »Dieses Jahr wird uns alles abverlangen, was wir leisten können. Die Probleme, die wir aus Istanbul mitgebracht haben, sind noch nicht alles. Im Juni ist in Buchenau Grenzgang. Und wer von euch letztes Jahr in Biedenkopf dabei war, wird wissen, wovon die Rede ist.«

Ich weiß es leider nicht. Als Jakob mich im vergangenen Sommer rekrutiert hat, war der Biedenkopfer Grenzgang gerade vorbei. Da ich generell kein Freund von Heimatfesten bin, habe ich mich weder damals noch heute mit der Angelegenheit befasst. Ich weiß gerade mal ein paar grundsätzliche Dinge über die Grenzgänge, zum Beispiel, dass sie nur einmal alle sieben Jahre stattfinden. Entsprechend war ich beim letzten Buchenauer Fest erst neun. Alles, was ich davon berichten könnte, hat mit einem großen Jahrmarkt auf dem Sportplatz zu tun. Ich weiß nicht genau, wie viele Ortschaften dieses Spektakel veranstalten, aber in unserem Wirkungskreis sind es definitiv nur zwei: Buchenau und Biedenkopf.

»Kannst du's für uns andere bitte noch mal erklären?«, sage ich. Zumindest blickt auch Anastasia etwas verständnislos drein, während Erik mal wieder Bescheid zu wissen scheint.

»Die Grenzgänge sind für uns die schlimmsten fünf Tage, die du dir nur vorstellen kannst«, sagt Jakob. »Von frühmorgens bis abends laufen tausende von betrunkenen Menschen durch den Wald und lassen sich von jedem küssen, der sich aufrecht auf den Beinen halten kann. Danach machen sie im Festzelt weiter bis in die Morgenstunden. Das heißt, es kommt im Wald zu ähnlichen Kämpfen wie auf dem Teichfest und am Abend müssen wir wieder als Liebestöter ran. Du hast keine Pause von Donnerstagnachmittag bis Montagabend. Und wir haben noch nie einen Grenzgang ohne Verluste erlitten. Letztes Jahr in Biedenkopf starb dein Vorgänger Lukas.«

Auch Anastasia scheint nun die richtige Erinnerung in ihrem Kopf hervorgekramt zu haben.

»Ist schlimme Fest«, erinnert sie sich schaudernd. »Böser Mann mich jagen und machen schwarz im Gesicht!«

Tina stößt ein amüsiertes Lachen aus.

»Das war der Mohr, du Schaf! Der ist nicht böse, das soll lustig sein! Außerdem ist es nur Schuhcreme. Und es bringt Glück!«

Unser Leutnant scheint besser über die skurrilen Traditionen der Region Bescheid zu wissen, als ich angenommen hatte. Auch in meinem Hinterkopf steigt nun eine vage Erinnerung an einen dunkel geschminkten Mann in Uniform hoch, der während des Festzugs die Dorffrauen jagt und mit einer schwarzen Wange oder Nase beglückt.

»Da sind noch zwei Typen in Verkleidung!«, trumpfe ich auf. »Irgendwelche Peitschenschwinger. Wie heißen sie noch mal ...?«

»Wettläufer!«, stöhnt Tina.

»Wettläufer?«

»Ja, sie heißen Wettläufer, so wie Nils und ich.«

Das kommt mir etwas seltsam vor.

»Hat das irgendeinen Zusammenhang?«, frage ich nach.

Tina schweigt. Ein etwas sentimentaler Ausdruck tritt auf ihr Gesicht. Dann dreht sie sich zum Fenster um und schaut hinaus ins Tal.

»Ja«, sagt sie schließlich, ohne uns anzusehen. »Ich habe uns so genannt. Mein Vater ist kein Talent, aber er war Wettläufer beim Grenzgang in Biedenkopf. Und in meiner Kindheit habe ich mir nichts sehnlicher gewünscht, als eines Tages in seine Fußstapfen zu treten. Ich wollte den Zug der Grenzgänger durch den Wald anführen, die Peitsche schwingen wie er und all die tausend Menschen über den Grenzstein heben.«

Sie macht eine kurze Pause und seufzt. »Aber es kam anders. Ich wurde ein Talent, legte mir das Alibi einer Drogensüchtigen zu und mein Vater brach den Kontakt mit mir ab ... ich hätte es ohnehin nie geschafft, denn sie nehmen keine Frauen als Wettläufer. Also beschloss ich, mich wenigstens so zu nennen.«

Sie dreht sich wieder um und lächelt ein bisschen schwermütig. »Jetzt bin ich Biedenkopfs erste weibliche Wettläuferin auf Lebenszeit. Auch wenn sie keine Ahnung haben, dass es so etwas gibt.«

Tinas Geschichte berührt mich, vor allem deshalb, weil sie noch nie etwas Persönliches von sich erzählt hat. Irgendetwas hat sich bei ihr seit unserer Heimkehr aus Istanbul verändert. Es ist fast so, als nutze sie die Gelegenheit, all das von sich preiszugeben, was ihr wichtig erscheint. Vielleicht für den Fall, dass sie dieses Jahr nicht überlebt. So hätte der Rest von uns wenigstens mehr über sie zu erzählen, als dass sie ein gewissenhafter Leutnant gewesen ist.

»Ich dachte, die Bezeichnungen für unsere Talente seien allgemeingültig«, sage ich.

»Nein«, stellt Jakob klar. »Das ist eine der wenigen Freiheiten, die die Armee uns lässt: Namen zu verteilen für alles und jeden. Damit stellt sie gleichzeitig auch klar, dass jede Truppe ihr eigenes Süppchen kocht. Die meisten anderen Trupps nennen Tinas Talent eine ›Sprinterin‹.«

»Warum hat Mahdi dann unsere Bezeichnungen benutzt?«, frage ich.

»Weil wir es tun.«

Das ist wieder einer jener Momente, in denen ich anfange, über die Struktur der Armee nachzugrübeln. Vor nicht allzu langer Zeit habe ich sie ein totalitäres System genannt, weil sie uns die echten Namen der Dschinn vorenthält, die eigentlich Faune sind. Wir würden uns viel weniger einsam und verlassen fühlen, wenn wir Kontakte zu anderen Truppen knüpfen dürften, ein allgemein verständliches Netz mit gleichen Bezeichnungen hätten und detaillierte Informationen über unsere Feinde bekämen. Stattdessen kämpfen und sterben wir unwissend vor uns hin, weil die Armee es so will. Sie benutzt die psychische Macht unserer Anführer, um uns wie Schafe zur Schlachtbank zu führen. Ich bin vollkommen davon überzeugt, dass ein System dieser Art nichts Positives hervorbringen kann. Aber diesen Gedanken laut auszusprechen, kommt selbst nach unserer gemeinsamen Istanbul-Pleite nicht in Frage.

»Wer hat sich die Volltreffer ausgedacht?«, frage ich stattdessen.

»Dönges«, antwortet Jakob. »Er war immer schon ein bisschen selbstverliebt.«

Ich muss grinsen. Wie gerne hätte ich den krüppeligen Schuster in seiner aktiven Zeit erlebt. Wahrscheinlich hätte er mich in so mancher Hinsicht das Fürchten gelehrt.

»Auf jeden Fall müssen wir uns dieses Jahr noch mal mit diesem schrecklichen Fest auseinandersetzen«, nimmt Jakob den Faden wieder auf. »In Buchenau laufen schon die Vorbereitungen und wir können davon ausgehen, dass die Dschinn sich noch vor den eigentlichen Festtagen einmischen werden. Je näher der Grenzgang rückt, desto enthemmter sind die Leute. Es gibt jede Menge Vorfeiern, Gesellschaftstreffen und Trinkgelage. Wir werden keine ruhige Minute haben.«

Unter diesen Umständen wäre es wirklich mehr als angebracht, die umliegenden Truppen vorübergehend zu Hilfe zu rufen. Aber ein solcher Schritt ist uns nicht gestattet. Lieber sollen wir alle sterben. Für die Generäle ist das ohnehin nicht von Bedeutung. Denn danach wird der Kampf einfach mit neuen Talenten weitergehen. Jeder Einzelne von uns ist so ersetzbar wie eine kaputte Zündkerze im Motor der Armee.

»Für uns gilt in erster Linie, dass wir uns mit den Einzelheiten des Grenzgangs befassen müssen«, redet Jakob weiter. »Zum Beispiel sollten wir jeden Abschnitt der Buchenauer Grenze in- und auswendig kennen. Nur so wissen wir während der Wanderungen im Wald, wo die Dschinn den Menschen auflauern könnten und welche Abschnitte wir besser meiden. Ich erkläre hiermit Nils und Mike zu unseren Grenzbeauftragten. Jeder von euch bekommt einen Abschnitt zugeteilt, den er regelmäßig abläuft und auf Veränderungen in der Umgebung überprüft. Merkt euch ganz genau, wo schwierige Aufstiege oder Geländeunebenheiten zu bewältigen sind. Denkt darüber nach, wo die Dschinn Hinterhalte finden und wie wir die Frühstücksplätze sichern.«

»Frühstücksplätze?«, frage ich unsicher nach.

Jakob wirft mir einen verständnislosen Blick zu.

»Melek, ich dachte, du wärst in Buchenau geboren! Die Menschen ziehen morgens um halb sieben los und laufen so lange an der Grenze entlang, bis sie gegen Mittag an einen Platz kommen, wo es Bier und Würstchen gibt. Das sind die Frühstücksplätze.«

Ich runzele die Stirn.

»Was soll der ganze Mist?«, frage ich angewidert.

»Das ist kein Mist, das ist Tradition«, behauptet Tina. Ich kann kaum glauben, dass sie so etwas sagt. Vor dem Hintergrund, dass ich fünf Tage lang jede Minute mein Leben aufs Spiel setzen soll, erschließt sich mir der Sinn einer solchen Veranstaltung nicht im Geringsten.

»Wie auch immer«, macht Jakob weiter. Er sieht jetzt genervt aus. »Ihr beide befasst euch mit der Grenze, als gäbe es nichts Wichtigeres auf der Welt. Ich will, dass ihr jeden Baum und Stein am Weg kennt. Und dabei ist es vollkommen unnötig, schnell zu rennen, Nils. Du sollst die Grenze oft und langsam abgehen!«

Das soll eine sinnvolle Beschäftigung für unseren verletzten Wettläufer darstellen. Ich hoffe, dass Nils sich mit dieser Arbeitsbeschaffungsmaßnahme abfinden kann. Besonders glücklich sieht er momentan nicht aus. Im Fall von Mike vermute ich einfach, dass Jakob ihn möglichst oft und möglichst lange aus dem Weg räumen will. Ich habe keine Ahnung, ob es in Istanbul zu einem Gespräch zwischen ihm und Mahdi gekommen ist, und wenn ja, was dessen Ausgang war.

Als das Grenzgang-Thema beendet ist, schickt Jakob alle Gefreiten nach Hause. Was nun gesprochen wird, geht anscheinend nur noch die Offiziere an. Das sind Tina, Rafail, Henry und ich. Erik darf ebenfalls bleiben. Seine Rolle in unserer Truppe ist so sonderbar, dass es keine Regeln für ihn gibt. Und anscheinend glaubt Jakob, es würde Sinn machen, ihm Details zu verraten, für den Fall, dass seine Heilkraft eines Tages zurückkehrt.

Er fängt direkt mit dem Thema Mike an.

»Mahdi hat mir kurz nach unserer Rückkehr eine E-Mail geschrieben«, berichtet Jakob. »Er hält Mike ebenso für verrückt, wie wir es tun. Er schrieb, er hätte versucht dahinterzukommen, woher Mike seine Informationen hat. Aber alles, was ein Orakel tun kann, ist, die drei Teilbereiche eines Menschen durchzuchecken. Und wenn dieser Mensch tief und fest davon überzeugt ist, der Erzengel Michael zu sein, dann verrät sein Geist eben genau das und nichts weiter. Es ist wie mit einem Lügendetektor. Mahdi hält es für möglich, dass jemand es schafft, diesen Lügendetektor an der Nase herumzuführen. Vielleicht hätten wir Mike das Small-Think nicht beibringen sollen. Also gibt es genau zwei Möglichkeiten: Entweder ist Mike ein harmloser Irrer oder er ist brandgefährlich. Das ist der Grund, warum ich ihn künftig so oft wie möglich isolieren werde. Und ich baue darauf, dass keiner von euch ihn mit Informationen versorgt.«

Ich weiß nicht, warum er dabei mich ansieht. Alles, was ich in der Vergangenheit getan habe, war, Mike nach den Heilern und der Apokalypse zu fragen. Niemals würde ich ihm Dinge erzählen, die im Vertrauen zwischen den Offizieren besprochen werden.

»Und dann will ich noch etwas zu den Gerüchten sagen, die seit unserem Ausflug nach Istanbul innerhalb der Truppe kursieren.«

Jetzt würde ich am liebsten aus dem Raum verschwinden, denn ich will auf keinen Fall dabei sein, wenn Jakob die ganze Geschichte von vorn aufrollt. Am allerwenigsten will ich dabei sein unbewegtes Gesicht sehen.

»Es ist richtig, dass die Generäle manchen von uns gedroht haben. Aber zu keinem Zeitpunkt stand das Leben oder die Gesundheit aller Truppenmitglieder auf dem Spiel! Ich möchte, dass ihr das verinnerlicht und den Gefreiten erzählt. Angst vor der Obrigkeit ist keine gute Voraussetzung, um beim Grenzgang und den anderen Herausforderungen dieses Jahres erfolgreich zu sein.«

Er erwähnt mit keinem Wort, dass Mahdi ihm ein Ultimatum gestellt hat. Auch nicht, dass die Drohung ihm galt und dass es dabei um seine Hinrichtung ging. Neben Dönges und vielleicht Erik bin ich die Einzige, die davon weiß, aber davon hat Jakob keine Ahnung. Das bedeutet, dass er mutwillig in Kauf nimmt, spätestens im Frühjahr von Mahdi exekutiert zu werden. Und das nur, um uns andere nicht unter Druck zu setzen. Ich frage mich, was der Anlass für diese Entscheidung ist: Pflichtbewusstsein oder Todessehnsucht? Der wiederkehrende Traum von Marie fällt mir ein.

»Es tut ihm nicht gut. Er verliert sich in dieser Welt«, hatte sie beim ersten Mal gesagt. Was, wenn das ein Hinweis darauf gewesen ist, dass Jakob nun vollends mit dem Leben abgeschlossen hat? Bei dem Gedanken steigt mein Puls in die Höhe und ich bekomme Luftnot. In mir taucht der Wunsch auf, mich in seine Arme zu werfen und ihm zu versichern, dass alles gut werden wird, dass wir gemeinsam jeden Abgrund der Welt überbrücken können, wenn er sich bloß nicht aufgibt! Aber jede emotionelle Regung, die mir entfährt, würde nur noch mehr Schmerz für ihn bedeuten. Was immer ich auch sage, es ändert nichts an der Tatsache, dass Mahdi bereits ein Todesurteil gesprochen hat. Und dieses galt unserer Liebe.

»Rafail«, sagt Jakob. »Denk darüber nach, was Eriks verlorenes Talent für dich und Nadja bedeutet.«

Rafail wird bleich. Er scheint diesen Gedanken bislang verdrängt zu haben, was typisch für ihn ist. Bei Nadja wird es anders sein. Sie rechnet ganz sicher damit, früher oder später das Messer auf die Brust gesetzt zu bekommen. Aber offenbar hat sie darauf verzichtet, ihren Freund zu beunruhigen.

»Wie ... meinst du das? Du willst mir jetzt nicht sagen, dass wir deswegen Schluss machen sollen, oder?«, fragt er mit einem leicht aggressiven Unterton in der Stimme.

»Was ich dir sagen will ist: Wenn wieder einer von euch geküsst werden sollte, dann kann Erik euch nicht mehr helfen.«

»Das weiß ich!«, sagt Rafail. »Aber meinst du, es würde etwas ändern, wenn wir jetzt noch zurückrudern?«

Ich kenne Jakobs Meinung zu diesem Thema. Er glaubt, es sei besser, seine Gefühle nicht auszuleben. Aber dabei vergisst er, dass nicht jeder in der Kunst, seine Seele zu verschließen, so begabt ist wie er. Jakob nickt.

»Du hast es selbst getan ... zwei Mal sogar!«, begehrt Rafail auf.

»Und beide Male hat es mir nur Unglück gebracht.«

Rafail steht auf und funkelt Jakob wütend an. Aber ein einziger Blick von seinem Anführer reicht, um den Ärger in seinen Augen in Hilflosigkeit zu verwandeln. Er kämpft mit den Tränen, was ein seltsamer Kontrast zu seinen derb männlichen Gesichtszügen ist.

»Ist das ein Befehl?«, krächzt er.

Jakob sieht ihn lange an. Ich wünschte, er würde mit den beiden Gnade walten lassen. Denn im Gegensatz zu ihm bin ich nicht überzeugt davon, dass es überhaupt noch etwas zu retten gibt. Rafail und Nadja stecken schon so tief drin in ihrer Beziehung, dass es nicht von Bedeutung ist, was sie nun tun. Sie werden in jedem Fall leiden, wenn die Dschinn wieder einen von beiden erwischen.

»Nein«, murmelt Jakob schließlich. »Trefft die Entscheidung selbst.«

Rafail lässt sich wieder auf seinen Stuhl sinken und atmet hörbar aus. Eine Weile sitzt er so da, bevor sein Blick auf Erik fällt.

»Könntest du dir vorstellen, dich eines Tages wieder einzukriegen?«, fragt er schroff. »Ich meine ... früher wolltest du doch auch mit Melek ...«

»Oh Rafail, halt bitte den Mund!«, mischt Henry sich ein.

»Warum? Einer muss ihm mal sagen, dass er sich nicht so gehenlassen soll!«

Prinzipiell sehe ich das ähnlich, aber die sensibleren Gemüter unter uns funktionieren nun mal völlig anders. Und da gehört Erik leider dazu. Er verengt die Augen zu schmalen Schlitzen und funkelt Rafail an. Doch der hat noch nicht begriffen, dass er besser aufhören sollte.

»So schlimm wird's schon nicht sein!«, sagt er und zeigt dabei auf mich.

In dem Moment holt Erik aus und will nach ihm schlagen, doch Henry und Tina packen rechtzeitig seinen Arm und halten ihn davon ab.

Auf mich achtet keiner und so verpasse ich Rafail die Ohrfeige seines Lebens.

»Hör damit auf, über mich zu sprechen, als sei ich eine Krankheit!«, brülle ich.

Rafail hält sich die Wange.

»Du bist ja irre!«, brummt er.

»Nein, Rafail, du bist irre!«, schreie ich, nun völlig von Sinnen. »Jeder, aber absolut jeder braucht Erik nur für seine Zwecke! Es geschieht uns allen ganz recht, wenn sein Talent niemals wiederkehrt!«

Damit drehe ich mich um und verlasse die Schutzhütte. Jakob ruft mich nicht zurück. Doch erst, als ich mich umdrehe, merke ich, warum er darauf verzichtet: Erik kommt mit hochrotem Kopf hinter mir her. Ich bleibe stehen und warte auf ihn, doch er läuft an mir vorbei und nimmt direkt den Weg hinunter zum Bahnhof. Ich folge ihm schweigend und hoffe, dass uns niemand dabei sieht. Es fehlen nur noch die Einkaufstüten in meiner Hand und ich entspreche gänzlich dem Klischee von der türkischen Ehefrau.

Erst als wir am Bahnhof ankommen, bleibt Erik stehen und dreht sich zu mir um. Sein Atem geht schnell, das Blut ist aus seinem Gesicht gewichen.

»Eines muss ich dir lassen, Melek«, sagt er. »Langsam, ganz langsam, fängst du an, es zu verstehen. Herzlichen Glückwunsch!«

Ich überhöre den ironischen Unterton in seiner Stimme. Zumindest ist das seit langem der erste Satz, der keine offensichtliche Missbilligung enthält. Es ist seltsam, dass wir immer nur dann zusammenhalten, wenn uns von anderen Menschen Unrecht widerfährt. Wahrscheinlich hatte Mahdi genau das im Sinn, als er uns zusammen nach Hause geschickt hat. Und zur Demonstration des Ganzen hat er uns selbst Unrecht zugefügt. Daher das trügerische Lächeln zum Abschied. Er hätte auch gleich sagen können: »Mach's gut, Melek! Wir machen euch jetzt so lange fertig, bis ihr euch zusammentut, um es auszuhalten.«

Ich bin fast gewillt, mich auf das Spiel einzulassen.

»Was machen wir heute Abend?«, frage ich Erik. Doch falls ich damit gerechnet habe, dass die Episode mit Rafail nun alle Missverständnisse zwischen uns bereinigt hat, habe ich mich getäuscht.

»Ich kann dir sagen, was ich tun werde: Physik lernen. Und wenn du klug bist, befasst du dich währenddessen mit deinem Biologiebuch.«

Ich widerspreche nicht. Da mein Job als Bodyguard im Moment nicht sonderlich ernst zu nehmen ist – Erik ist kein Heiler mehr und die schlafenden Dschinn wissen ohnehin nichts von ihm –, beschließe ich, mich vorerst auf seine Art des Zeitvertreibs einzulassen. Mehr kann ich ohnehin nicht tun und es wird mir meine Vormittage in der Schule erleichtern. Also machen Erik und ich weiterhin nichts anderes zusammen, als unsere Nasen in Bücher zu stecken.

Primeln zu zertreten ist auch keine Lösung

Die folgenden zwei Monate verlaufen ereignislos. Ein einziges Mal glauben die Orakel, einen Ausfall der Dschinn zu erkennen, und wir schlagen uns eine ganze Nacht lang erfolglos in voller Waffenmontur durch den Wald. Erst als der Morgen graut, finden wir uns damit ab, dass es sich um einen Fehlalarm gehandelt haben muss. Ansonsten besteht unser Alltag weiterhin aus Fitnesstraining, gelegentlichen Übungstreffen und in meinem Fall aus unendlichen Nachhilfestunden mit Erik. Meine Eltern freuen sich darüber, dass ich endlich wieder gute Noten mit nach Hause bringe, und Frau Sommer schöpft langsam Hoffnung, dass die Sache mit uns doch von Dauer sein könnte.

Ich fange an, mich an Eriks hölzerne Küsse zu gewöhnen. Zumindest werden wir dadurch wieder ein wenig miteinander vertraut. Aber die innere Verbundenheit, die früher zwischen uns herrschte, stellt sich einfach nicht mehr ein. Nachts träume ich von Jakob. Aber jeden Morgen, wenn ich auf Eriks Sofa oder in meinem Bett aufwache, wische ich alle Gedanken an ihn beiseite und widme mich wieder meinem Alltagstrott. Ich funktioniere wie ein Roboter. Es fühlt sich fast so an, als hätte mich Leviata zum zweiten Mal ausgesaugt. Alle meine Gefühle liegen unter einer meterdicken Eisschicht begraben. Aber anders könnte ich diesen Zustand nicht ertragen. Und Jakob selbst sorgt dafür, dass ich keinerlei Bedürfnis verspüre, das Eis zu schmelzen. Er behandelt mich wie die frisch rekrutierte Volltrefferin von damals. Wenn man nicht weiß, was einmal zwischen uns gewesen ist, könnte man glauben, wir hätten einander nie berührt. Nur manchmal, wenn er sich absolut unbeobachtet fühlt, spüre ich seine Blicke in meinem Rücken. Dann kämpfe ich gegen den Wunsch an, mich umzudrehen und ganz tief in seine eisblauen Augen zu blicken. Ich schaffe es jedes Mal. Doch es kostet mich unendlich viel Kraft.

Jeder von uns ist sich darüber bewusst, dass die Beschaulichkeit, die scheinbar über uns hereingebrochen ist, nur die Ruhe vor dem Sturm ist. Aber niemand weiß, was wir tun könnten, um etwas an der Situation zu ändern. Als Mitte Februar die ersten Frühlingsblumen in den Gärten sprießen, mache ich es mir zur Gewohnheit, sie zu zertreten. Ich habe die unsinnige Vorstellung, ich könnte so verhindern, dass der Winter eines Tages vorbei ist. Doch mit jeder Primel und jeder Osterglocke, die ich niedertrampele, wird mir mehr bewusst, dass ich versagt habe. Dann steigt die Panik in mir hoch, die ich nur mit Hilfe von Sylvia und Sarah in den Griff kriege.

Eines Tages sitze ich wieder in der Küche der beiden und lasse mich von Sarah reinigen. Ich habe den Eindruck, dass sie sich nun weniger lang die Hände wäscht, nachdem sie fertig ist. Also sieht es so aus, als käme ich langsam mit den Emotionen klar, die Erik mir eingepflanzt hat. Oder ich habe sie erfolgreich eingefroren, wer weiß das schon. Es ist verwirrend, da ihm selbst diese Gefühle mittlerweile verloren gegangen sind.

Letzte Nacht habe ich wieder von Marie geträumt. Aber jedes Mal, bevor ich mehr über unsere Zukunft erfahre, löst sich die Begegnung mit ihr in Nichts auf und ich wache schweißgebadet auf. Langsam fangen diese Träume an, mich zu belasten. Aber weder Erik noch Jakob kann ich davon erzählen. Also habe ich entschieden, Sylvia und Sarah mein Herz auszuschütten.

»Das ist seltsam«, sagt Sylvia, nachdem ich ihr die Begegnungen mit Marie in allen Einzelheiten geschildert habe. »Ich glaube nicht, dass es sich dabei um einen normalen Traum handelt. Du hast auch letztes Jahr schon Dinge geträumt, die teilweise wahr geworden sind. Ich könnte mir vorstellen, dass du dabei tatsächlich in die Zukunft blickst.«

»Aber ich bin kein Orakel«, gebe ich zu bedenken.

»Ja, leider«, sagt Sylvia. »Denn wenn du eines wärst, könntest du Marie dazu bringen, dir mehr zu sagen. Solche Träume sind normal, Melek. Jeder Mensch hat sie. Nur wissen die wenigsten, damit umzugehen.«

Das unterscheidet sie nur unwesentlich von mir, denn ich weiß es ja ebenso wenig.

»Hast du eine Ahnung, was es bedeuten könnte?«, frage ich.

»Nein«, sagt Sylvia. »Außer, dass wir gut auf Jakob aufpassen müssen.«

Meine Brust wird bei ihren Worten ganz eng. Jakob verkriecht sich tatsächlich in eine Welt, die ihn von uns anderen entfernt, dessen bin ich mir mittlerweile sicher. Mir bleibt nur der winzige Hoffnungsfunke, dass er so lange bei uns bleibt, bis das Thema mit Mahdi geklärt ist. Danach sind wir ohnehin alle tot – oder wir können von vorn anfangen, unsere Gefühle für einander zu ordnen. Zumindest hat Jakob sich gut genug unter Kontrolle, um nicht auch noch sein Talent zu verlieren. Schon einmal habe ich einen Vorgeschmack davon bekommen, wie es sich anfühlt, wenn er an der äußersten Grenze des Erträglichen angekommen ist. Mir graut bei der Vorstellung, dass das noch einmal passieren könnte. In dem Moment kommt mir ein Gedanke.

»Vielleicht ist es das!«, sprudelt es aus mir heraus. »Vielleicht bin ich die nächste, die ihr Talent verliert!«

»Wie kommst du denn darauf?«, fragt Sarah.

»Weil ich kein Bannzeichen mehr trage in dem Traum!«, sage ich.

Sylvia und ihre Mutter tauschen einen unsicheren Blick.

»Hm«, macht Sylvia dann. »Möglich ist das. Oder es bedeutet, dass du kein Talent mehr bist. Vielleicht stößt Mahdi dich aus der Armee aus. Das wäre nicht das Schlechteste, was dir passieren könnte. Du würdest mit Erik und einer veränderten Erinnerung weiterleben und nichts von all dem hier mehr mitbekommen.«

Im Grunde hat Sylvia Recht. Bis auf das Zusammenleben mit Erik, denn sie unterschlägt, dass er in der Lage dazu ist, seine Erinnerung auch gegen die Bemühungen eines Orakels zu behalten. Es würde also nur mich treffen. Und Erik würde sich um nichts in der Welt dazu herablassen, mich in einem solchen Zustand an seiner Seite zu dulden. Mir selbst geht es genauso. Das Einzige, was mir in den letzten Monaten Kraft gegeben hat, war der Gedanke, zumindest ansatzweise Kontrolle über meine Zukunft zu haben. Ich will lieber in vollem Bewusstsein der Situation sterben, als unwissend und mechanisch weiterzuleben wie ein Roboter, dem jemand die Festplatte gelöscht hat.

»Ach Sylvia«, sage ich. »Was wirst du tun, wenn das passiert? Kommst du mich dann besuchen und erzählst mir irgendwelche Lügen, woher wir uns kennen?«

Sie nickt.

»Ich finde schon was, das du glauben wirst. Dafür kenne ich dich jetzt gut genug!«

Ich nehme sie kurz in den Arm und drücke sie, weil ich so froh bin, sie wiederzuhaben. Da fällt mir ein, dass ich ihr schon im Flugzeug etwas sagen wollte. Ich hatte es vor Erschöpfung ganz vergessen.

»Weißt du, Große, ich denke nicht, dass du viel Schuld an der Sache trägst. Mahdi hat Erik überfordert. Und Jakob und ich haben noch eins draufgesetzt. Hättest du die Vision nicht ausgesprochen, so wäre es trotzdem passiert. Nur vielleicht ein paar Tage später.«

»Das hätte zumindest verhindert, dass Mahdi uns so unter Druck setzt«, murmelt sie.

Das Argument ist nicht von der Hand zu weisen. Nun tritt Sarah zwischen uns und legt uns ihre Hände auf die Schultern. Ich wundere mich immer wieder darüber, wie tröstend und warm sich ihre Berührungen anfühlen.

»Hört auf, darüber nachzugrübeln«, sagt sie. »Ich glaube mittlerweile, dass sogar Mahdi selbst nur ein Werkzeug des Schicksals ist.«

»Wirklich?«

Etwas Ähnliches hat Mike damals im Hotelzimmer auch gesagt. Aber wenn das wahr ist, dann wäre es auch vorherbestimmt, dass Erik sein Talent verliert. Und das würde bedeuten, dass es doch noch Hoffnung für uns gibt. Denn das Schicksal wird sich schwerlich solche Parodien ausdenken, wenn am Ende nichts Sinnvolles dabei herauskommt.

»Denkst du, es ist auf unserer Seite?«, frage ich.

»Was, das Schicksal?«

»Das Schicksal, Gott, das fliegende Spaghetti-Monster, wer auch immer …!«

»Ja«, sagt Sarah. »Ich glaube, diese Macht meint es gut mit uns. Auch wenn es manchmal nicht so aussieht … oder wenn es eine Weile dauert, bis sie in die Gänge kommt.«

Sie hat gut reden, denn für sie und Karl ist schließlich alles gut gegangen. Wenn sie jetzt noch das Glück hat, dass ihre Tochter unbeschadet das Veteranenalter erlebt, hat sie keine Probleme mehr.

Ich denke an Jakob, den ich unwiederbringlich verloren habe.

»Haben wir uns nun geliebt oder nicht?«, murmele ich.

Sylvia legt mir ihre kleine Hand auf den Arm und drückt ihn sanft. Doch bevor sie mir etwas antworten kann, hören wir, wie jemand von außen die Haustür aufschließt. Ich bekomme immer noch eine Gänsehaut von dem Geräusch, obwohl es dafür nun keinen Grund mehr gibt. Sylvias Vater ist von der Arbeit zurück. Doch mittlerweile löst seine Ankunft ganz andere Reaktionen bei den Anwesenden aus als früher. Er kommt erst in die Küche, bevor er in den Keller geht, um sich umzuziehen. Auf der Stelle breitet sich ein unangenehmer Geruch aus. Seit Karl seine gut bezahlte Tätigkeit als Organisator von Kaffeefahrten an den Nagel gehängt hat, arbeitet er als Müllmann. Es soll nur vorübergehend sein, aber so schnell wird er keinen anderen Job finden, denn er hat nicht eine Referenz ohne halbillegalen Nebengeschmack.

»Papa!«, ruft Sylvia, springt von ihrem Stuhl auf und stürzt sich, ungeachtet des säuerlich-herben Miefs, den er verbreitet, in seine Arme.

»Pass auf, Kleine«, sagt Karl. »Du ruinierst dir dein schönes Oberteil!«

Ob er das wohl ernst meint? Heute hat Sylvia ein Wickelshirt mit Batikmuster aus dem Schrank gefischt, das wahrscheinlich schon ihre Großmutter in den Altkleidercontainer geworfen hätte. Er streichelt ihr mit dem Handrücken vorsichtig über die Wange.

»Lass mich erst mal in den Keller gehen, damit ich mich salonfähig machen kann!«

Sie gibt ihn widerstrebend frei. Karl nickt mir kurz zu und verschwindet schnell nach unten. Erst als er wirklich weg ist, reißt Sarah die Küchenfenster auf.

»Oje«, sage ich. »Können die Veteranen ihm keine andere Arbeit besorgen?«

Aber Sarah lächelt und schüttelt den Kopf.

»Wieso denn, Melek?«, sagt sie. »Vorher hatte ich einen Mann, der davon lebte, alte Menschen zu betrügen, unsere Tochter niemals in den Arm nahm und kein einziges Mal mit mir gelacht hat. Jetzt habe ich einen interessanten, warmherzigen und einfühlsamen Partner an meiner Seite. Dass er dabei stinkt wie eine Müllkippe, ist vergleichsweise unbedeutend.«

Ich bin immer wieder beeindruckt von dieser Frau. Sarah gehört zu den wenigen Menschen, die tatsächlich verstanden haben, worauf es im Leben ankommt. 19 Jahre an der Seite von Karl haben sie dazu gemacht. Eine Strafe, die sie sich selbst für ihre Liebe auferlegt hatte und die um ein Haar lebenslänglich gewesen wäre. Ich will gar nicht wissen, wie viele solcher Frauen und Männer es noch auf der Welt gibt. Ehemalige Talente, die sich geschworen haben, ihrem Partner auch dann treu zu bleiben, wenn er von einem Dschinn geküsst wurde. Ihr Dasein muss unerträglich sein. Umso wichtiger ist es, dass Erik sein Talent zurückbekommt. Denn nur er kann ihnen helfen.

Ich beobachte Sylvia, die auf ihrem Stuhl herumrutscht und darauf wartet, dass ihr Vater zurückkommt. In solchen Momenten ist sie einfach nur ein 13-jähriges Mädchen. Dann fällt ihr plötzlich wieder das Gespräch ein, das wir gerade geführt haben, bevor Karl uns unterbrochen hat.

»Du wusstest immer, dass Jakob von den Erinnerungen an Marie geplagt wird«, sagt sie ernst. »Und du wusstest auch, dass du sein Talent nicht von seinem Wesen trennen konntest. Warum also fragst du mich, ob ihr euch geliebt habt?«

»Keine Ahnung.« Ich schüttele den Kopf.

Sylvia erwidert lange nichts.

»Es ist überheblich, sich anzumaßen, die Definition von Liebe zu kennen«, sagt Sarah stattdessen.

Das befriedigt mich ganz und gar nicht. Erst, als ich mich schon damit abgefunden habe, dass keine der beiden eine hilfreiche Antwort für mich hat, ist Sylvia so weit, dass sie die Worte für ihre Gedanken ausreichend sortiert hat.

»Ich habe es dir schon einmal gesagt«, erinnert sie mich. »Das wahre Gesicht der Liebe offenbart sich, wenn du weißt, wen du vor dir hast. Und was er von dir will.«

Ehrlich gesagt ist der Sturm in meinem Herzen immer noch zu heftig, um wirklich darüber nachdenken zu können. Ich lasse es erst mal gut sein und verabschiede mich von den beiden, damit sie mit Karl allein sein können. Ich sehe in ihren Gesichtern, dass sie genau das wollen. Die neu errungene Familienidylle in diesem Hause ist so intensiv, dass ich mir darin wie ein Fremd-körper vorkomme. Vielleicht schöpft Sylvia daraus auch ihre Kraft als Orakel, die mir viel gereifter und stärker vorkommt als im letzten Jahr. Wenn ich damit Recht behalte, wird sie uns künftig noch mit ganz anderen Leistungen überraschen.

Als ich schon draußen auf der Eingangstreppe stehe, kommt sie hinter mir her.

»Jetzt weiß ich, was du tun könntest!«, sagt sie aufgeregt. »Ich meine, was den Traum mit Marie angeht. Bitte sie beim nächsten Mal, dir einen Spiegel zu geben. Vielleicht siehst du etwas, das dir weiterhilft!«

Ich bin mir nicht ganz sicher, ob ich es schaffen werde, meine eigenen Träume zu lenken. Aber ich verspreche, dass ich es zumindest versuchen will.

Dann gehe ich zurück zu Erik. Irgendwie ist es trotz allem beruhigend, in seiner Gegenwart darauf zu warten, dass die Endzeit über uns hereinbricht. Auch wenn sie anders aussehen wird, als wir das einmal gedacht haben. Viel-leicht schaffe ich es ja vorher noch einmal, eine Eins in Bio zu schreiben. Das ist wenigstens ein Ziel mit Aussicht auf Erfolg.

***

Einige Tage später knie ich morgens um halb sieben vor meinem Sofa und schaue Erik beim Schlafen zu. Eigentlich wollte ich ihn wecken, aber ein Teil von mir hat beschlossen, stattdessen seine Gesichtszüge zu studieren. Ich habe nicht oft Gelegenheit dazu, denn wenn er wach ist, gibt es keinen tiefe-ren Augenkontakt zwischen uns. Alles in allem sieht Erik immer noch so aus wie der lebenslustige Junge, der sich vor fast drei Jahren an meine Fersen geheftet hat, ohne dass ich es wollte. Aber bei genauerem Hinsehen gibt es jetzt eine leichte Sorgenfalte auf seiner Stirn und die Ringe unter seinen Augen haben nichts mit Schlaflosigkeit zu tun. Trotzdem beruhigt es mich, zu sehen, dass wenigstens er es schafft, in eine Traumwelt einzutauchen, die ihm Geborgenheit vermittelt. Es muss einfach so ein, denn sein Gesicht ist entspannt und seine Pupillen bewegen sich langsam unter seinen Lidern. Ich gehe näher ran und schnuppere an ihm. Auch sein Geruch ist immer noch derselbe. Er ist anders als der von Jakob, aber ich verbinde eine wohlige Nähe damit. Erst in dem Moment wird mir bewusst, wie realitätsfern meine Gedanken sind, denn Erik und ich sind uns überhaupt nicht mehr nah. Wie konnte es nur passieren, dass wir uns so entfremdet haben?

Ich entferne eine Haarsträhne aus seiner Stirn, die ihm ins Auge hängt. Ohne es bewusst zu wollen, streichle ich ihm dabei über den Kopf. Davon wird er wach und schlägt die Augen auf. Eine Sekunde lang wähnt er meinen Anblick wahrscheinlich als Teil seines Traums und lächelt. Dann bemerkt er, dass er wach ist, und der bekannte Vorhang schiebt sich vor seinen Blick. Sofort schaut er auf die Uhr.

»Zeit zum Aufstehen«, sagt er. »Dreh dich um, damit ich mich anziehen kann!«

Ich stehe auf und tue, was er gesagt hat. Während er in Jeans und Pullover schlüpft, blicke ich hinaus in den Wald, ohne wahrzunehmen, was ich sehe. Wie so oft bin ich von Zukunftsängsten erfüllt. Aber ich habe die Idee verworfen, Erik herumkriegen zu wollen.

Wir frühstücken gemeinsam mit meinen Eltern, lachen und scherzen ein bisschen und reden oberflächlich über die Schule. Zwischendrin schlägt mein Vater die Zeitung auf und blättert darin herum. Als er den Lokalteil erreicht, verschluckt er sich fast an seinem Brot. Er tippt ein paarmal auf eine Schlagzeile und schüttelt dann entrüstet den Kopf.

»Das ist ja ein Skandal!«, entfährt es ihm.

Ich blinzele hinüber zu der Zeitung und lese, was dort steht: »Buchenau: Mohr wird Wettläufer!«

Es ist einer jener Momente, in denen sich meine beiden Welten vermischen und ich nur noch Bahnhof verstehe.

»Was, hä?«, gebe ich von mir.

»Ein Skandal ist das!«, sagt mein Vater noch einmal. »Was bildet sich diese Zeitung eigentlich ein? So eine Schlagzeile ist ja wohl Rassismus in seiner übelsten Form!«

»Na ja«, sagt Erik. »Geschmackvoll ist es nicht. Aber es hat eine gewisse Art von Witz.«

»Findest du?«

Er schiebt die Zeitung zu meiner Mutter hinüber.

»Was sagst du, Hatice? So was geht doch nicht, oder?«

Meine Mutter besieht sich kurz die Zeitung.

»Ach, ich finde es nicht so schlimm«, sagt sie. »Ist ja auch was dran.« Sie schlägt sich einfach auf die Seite von Erik, wie immer. Dafür könnte ich sie ohrfeigen.

»Kann mir mal einer erklären, worüber ihr redet?« Ich verstehe immer noch nicht, was genau die Schlagzeile bedeutet.

»Mensch, Melek, da ist ein schwarzer Junge zum Wettläufer gewählt worden«, sagt mein Vater. »Und jetzt spielen sie mit dem Wort Mohr, weil es ja immerhin auch die Figur des Mohren beim Grenzgang gibt. Verstanden?«

Ich nicke. Als es endlich Klick gemacht hat, greife ich nach der Zeitung und betrachte das Bild, das den Artikel ergänzt. Da steht ein recht großer dunkelhäutiger Junge in der landesüblichen Wettläufer-Verkleidung neben seinem eher unscheinbaren blonden Kollegen. Darunter steht: »Joshua Larson von der Burschenschaft Muth schwingt dieses Jahr die Peitsche gemeinsam mit seinem Freund und Kollegen Peter Niebel von der Burschenschaft Damm.«

Joshua sieht eher nach einer afrikanisch-deutschen Mischung aus, während der Mohr, der Kinderschreck der Grenzgänge, kohlrabenschwarz geschminkt ist. Aber das hat der Schreiber des Artikels außer Acht gelassen. Wahrscheinlich war der Vergleich einfach zu schön gewesen.

»Ich werde einen Leserbrief verfassen!«, sagt mein Vater. »Unverschämtheit so was!«

Wir anderen können seine Aufregung nicht ganz teilen und widmen uns schließlich wieder dem Frühstück. Aber dann fragt meine Mutter, die noch nie besonders viel mit dem Grenzgang anfangen konnte, Erik, wie das Fest in Biedenkopf abläuft. Als Antwort erhält sie eine großzügige Zusammenfassung aller Einzelheiten inklusive der Unterschiede zwischen unseren beiden Ortschaften.

»Woher weißt du das alles?«, frage ich Erik.

Er zuckt mit den Schultern.

»Na ja, ich wohne am Marktplatz und da kann man sich dem Ganzen nicht entziehen. Von da aus geht bei uns das Spektakel immer los.«

»Findest du das gut?«, frage ich.

Er kaut eine Weile auf seinem Brot herum, bevor er antwortet.

»Bisher fand ich es gut. Mittlerweile bin ich mir nicht mehr so sicher.«

Ich denke an die unruhigen Wochen, die wegen dieses sinnlosen Heimatfestes auf uns zukommen werden, an meinen Vorgänger Lukas, der während des Grenzgangs gestorben ist, und an Tina, die heute noch davon träumt, eine Wettläuferin zu sein. Nichts davon kann ich verstehen.

»Ich würde sagen, dieses Jahr muss Melek auch mitfeiern!«, sagt meine Mutter zu allem Überfluss. »Sie hat das ja noch nie so richtig wahrgenommen!«

Dann plappert sie munter weiter, während mein Vater schon anfängt, seinen Leserbrief auf einem Schmierzettel zu notieren, und Erik und ich darüber nachdenken, wie es sich anfühlen würde, im Juni noch am Leben zu sein. Ich will gerade den Startschuss geben, um zum Schulbus aufzubrechen, da wird Erik plötzlich bleich. Er starrt meine Mutter an, als hätte sie soeben eine Schreckensmeldung verkündet.

»Was?« frage ich alarmiert. »Was hast du gesagt?«

»Dass es jetzt zum Glück wieder wärmer wird«, antwortet meine Mutter lachend. »Alle können es spüren: Die Natur erwacht wieder und die ganze Welt hat Frühlingsgefühle!«

Mir bleibt jede Antwort in der Kehle stecken. Mein Blick trifft den von Erik und wir verstehen uns ohne Worte. Das kann nur eines bedeuten: Die Dschinn sind wieder da!

Sterben müssen wir alle. Die Frage ist nur, wann. Und wie. Und warum.

Es ist seltsam. Um eine Bedrohung zu vergessen, braucht man nur eine noch größere. Seitdem ich das Ultimatum mit mir herumschleppe, das der General in Istanbul ausgesprochen hat, habe ich kaum mehr über das nachgedacht, was mir eigentlich Angst gemacht hatte. Selbst die kurze Begegnung mit Levian an Silvester habe ich erfolgreich verdrängt, weil noch genug Zeit im Raum stand bis zu seiner wahren Wiederkehr. Aber nun, da die Zeichen für das Ende der Winterruhe unübersehbar sind, flammt wieder die alte Angst in mir hoch. Ich frage mich, was wohl schlimmer ist: von Mahdi erschossen oder von Levian in einen Dschinn verwandelt zu werden.

Seit dem Tag Ende Februar, als meine Mutter mit einem Strahlen verkündet hat, wie sehr sie sich über den erwachenden Frühling freue, erwarte ich Levian jede Nacht. Aber als er dann kommt, bin ich trotzdem nicht vorbereitet. Man ist nie vorbereitet auf einen Dschinn. Dafür sind sie viel zu unberechenbar. Es ist nur ein winziges Rütteln an meiner Schulter. Aber ich bin achtsam und öffne sofort lautlos die Augen. Alles, was ich mir für diesen Fall vorgenommen habe, ist, Erik nicht aufzuwecken.

»Hallo Melek«, flüstert Levian, der in Menschengestalt vor meinem Bett kniet. »Es ist neuerdings wirklich schwer, dich allein anzutreffen.«

Ich versuche, in der Dunkelheit etwas von ihm zu erkennen. Doch das Einzige, was ich sehen kann, sind seine leuchtend grünen Augen und die Umrisse seines unwiderstehlichen Gesichts. Seine Haare scheinen länger zu sein. Naserümpfend deutet er hinüber zu Erik.

»Er riecht nicht mehr halb so gut wie früher. Was hast du mit ihm gemacht?«

Ich lege meinen Zeigefinger auf seine herausfordernden Lippen. Das Gefühl, das sein Talent bei mir hervorruft, hatte ich schon fast vergessen. Auf der Stelle fühle ich mich beschwingt und wagemutig, obwohl es gar keinen Grund dafür gibt.

»Wie bist du hereingekommen?«, frage ich.

»Als Maus«, sagt er. »Aber hinaus bringe ich dich durchs Fenster!«

Ich erschrecke.

»Bitte tu mir das nicht an, Levian!«, flüstere ich.

»Was? Dich zu einem Ausritt durch die Nacht einladen? Ich wüsste nicht, was daran so schlimm sein soll.«

Er ist also nicht gekommen, um mich auf der Stelle gewaltsam zu verwandeln. Und da er mich noch nie belogen hat, kann ich wahrscheinlich darauf bauen, dass er es zumindest in dieser Nacht auch nicht vorhat. Ich werfe einen Blick hinüber zu Erik, der immer noch tief und fest schläft. Also fasse ich mir ein Herz. Auf der einen Seite, um meinen Anvertrauten nicht aufzuwecken, und auf der anderen Seite, weil ich etwas Prickelndes, Unbeschwertes bitter nötig habe. Ich verfluche und liebe die unendliche Gier so sehr, die mein Dschinn durch seine bloße Anwesenheit in mir auslöst. Es ist eine Gier nach allem, was ich nicht haben darf: Lust, Abenteuer und Freiheit. Deshalb bin ich gleichermaßen beschwingt und verspannt, als ich meine Hand in seine lege.

»Du bringst mich vor dem Morgengrauen unversehrt zurück!«, raune ich ihm zu. »Versprich es!«

Ein verstohlenes Lächeln schleicht sich auf sein Gesicht.

»Das, liebe Melek, kann ich dir getrost versprechen.«

Ich bin ausnahmsweise froh darüber, dass ich wieder einmal in meinen Klamotten eingeschlafen bin, denn so bleibt es mir wenigstens erspart, mich vor Levians Augen umzuziehen. Wer weiß, ob er sich so bereitwillig umgedreht hätte wie Erik.

Er öffnet vorsichtig das Fenster, dann deutet er auf seinen Rücken und ich klammere mich geräuschlos an ihm fest. Levian klettert auf das äußere Fensterbrett und schließt das Fenster hinter uns.

»Schlaf schön weiter, Erik!«, grinst er und springt hinunter.

Es ist das zweite Mal, dass er so etwas mit mir macht. Wieder spanne ich alle meine Muskeln an und kneife die Augen zusammen aus Angst vor dem Aufprall. Aber er landet genauso federleicht, wie bei unserem Abschied im Herbst.

»Halt dich gut fest! Jetzt machen wir eine Wettläuferin aus dir!«

Ehe ich weiß, was mit mir geschieht, rennt er los, den Berg hinauf in Richtung Schutzhütte. Der Anstieg ist so steil, dass ich jedes Mal ins Japsen komme, selbst wenn ich ganz normal gehe. Aber Levians Atem beschleunigt sich in keiner Weise, ganz im Gegensatz zu meinem eigenen. Wie durch einen Tunnel sehe ich die dunklen Silhouetten der Bäume und Sträucher an mir vorbeifliegen. Ich hasse diese unnötige Raserei, aber gleichzeitig treibt mein Adrenalinpegel mir auch eine Ladung Glückshormone ins Blut.

Oben an der Schutzhütte bleibt Levian stehen und lässt mich herunter. Ich taumele, als ich wieder Boden unter meinen Füßen habe.

»War's das schon?«, frage ich etwas belämmert. Im Mondlicht erkenne ich nun etwas mehr von Levians Gestalt. Er hat sich wieder einmal selbst in der Kunst übertroffen, seinen ohnehin schon makellosen Körper durch ein gekonnt lässiges Outfit zu perfektionieren. Das ausgewaschene Hemd, das er trägt, war früher vielleicht mal bordeauxrot, ist an den Ärmeln hochgekrempelt und schon wieder bis zum Brustbein aufgeknöpft. Dazu hat er eine dunkelblaue Jeans gewählt, deren breiter Ledergürtel mit einer herabbaumelnden Kette und allerlei Zierkram geschmückt ist. Er scheint einfach nie zu frieren. Ich bin ziemlich froh, dass ich nicht im Pyjama mit ihm gehen musste, sonst würde ich mich noch unscheinbarer neben ihm fühlen, als ich es ohnehin bin.

Er zeigt sein Grübchengrinsen, weil er merkt, wie ich ihn mustere.

»Ich habe dir einen Ausritt versprochen«, sagt er und schnippt dabei eine seiner langen Haarsträhnen aus dem Gesicht. »Danach kannst du mir erzählen, warum Erik so stinkt und wo Jakob ist.«

»Okay«, sage ich. Ich versuche, seinem Versprechen zu trauen, und atme tief durch. Dann schaue ich zu, wie er sich verwandelt. In der Dunkelheit ist dieser Moment noch mystischer als sonst. Es ist, als würde ich für eine Sekunde das Bewusstsein verlieren. Dann steht auch schon der schwarze Hengst vor mir und scharrt mit den Vorderhufen. Wie gewohnt legt er sich hin, damit ich aufsteigen kann.

»Lass den Raketenantrieb heute bitte ausgeschaltet«, seufze ich, als er sich wieder erhebt. Levian nickt heftig mit dem Kopf und lässt seine Mähne fliegen. Mir ist jetzt schon eiskalt, aber der warme Körper des Pferdes unter mir gibt mir die Hoffnung, bis zum Morgengrauen wenigstens nicht zu erfrieren.

»Vorwärts!«, sage ich und drücke ihm die Fersen in die Flanke.

Damit hat er nicht gerechnet. Der Hengst macht einen fröhlichen kleinen Bocksprung und galoppiert aus dem Stand davon. Ich kralle mich in der Mähne fest und spüre die Muskelberge unter mir arbeiten. Wie eine nächtliche Fata Morgana fliegen wir ins Tal hinunter, quer durch den Wald und über kleine Lichtungen, die im Mondlicht leuchten. Levian verzichtet tatsächlich auf die Spitzengeschwindigkeit, darum kann ich das Gefühl sogar genießen. Ein ausgelassener, glucksender Laut entfährt mir. Als Antwort stößt der Hengst ein leises Blubbern aus.

Wir reiten in einem großzügigen Kreis um Buchenau herum. Die Bundesstraße überqueren wir erst, als kein Auto weit und breit zu sehen ist. Dann geht Levian wieder eine Weile bergauf im Schritt. Ich setze mich aufrecht hin, lasse die Beine baumeln und wärme meine Hände an seinem Hals.

»Du hast mir gefehlt«, sage ich. »Du und das Gefühl, das dein Talent in mir auslöst. Mit dir fühlt sich das Leben viel intensiver und aufregender an ... Aber ich habe immer noch schreckliche Angst vor dir!«

Dinge wie diese könnte ich ihm in seiner Menschengestalt nie sagen. Wahrscheinlich weiß er das und hat sich deshalb für den Pferdekörper entschieden.

»Den ganzen Winter durch hatte ich Angst vor dem Moment, an dem ich dich wiedersehe«, rede ich weiter. »Und dann tauchst du einfach an meinem Bett auf und nimmst mich mit und alles fühlt sich so leicht an, als hätte es keinen Verrat und keine Drohungen zwischen uns gegeben. Das ist nicht normal! Aber du und ich ... wir sind ja auch nicht normal.«

Levian schnaubt zur Bestätigung und es hört sich irgendwie amüsiert an. Ich bin froh, dass er mir gerade nicht antworten kann, denn ich weiß, was er sagen würde: dass es an unserer Seelenverwandtschaft liegt. Dass ich kein richtiger Mensch bin und in einer anderen Welt besser aufgehoben wäre. All das kann er zum Glück nicht aussprechen, weil seine Gestalt nicht mehr als zwei oder drei Laute bilden kann. Ich hoffe, dass er sich trotzdem nicht zurückverwandelt, denn ich bin noch nicht so weit, mich ihm als Mensch zu stellen. Stattdessen schnalze ich und schließe meine Schenkel fester um ihn.

»Los, Pferdchen, zeig, was du kannst!«, fordere ich lachend.

Da buckelt er wieder und ich falle um ein Haar herunter.

Wir galoppieren auf verschlungenen Waldwegen bergan, bis wir auf einen gut ausgebauten Trimm-dich-Pfad gelangen. Levian trabt eine Weile darauf entlang, bis er schließlich vor einer kleinen Hütte mit einem vermoosten Tretbecken stehen bleibt. Die Quelle, die das Becken speist, wird von den Buchenauern »Jungfernbrunnen« genannt. Im Sommer kommen aus unerfindlichen Gründen jede Menge Einheimische hierher, um Wasser zu treten und zu schöpfen. Aber jetzt im Winter wirkt das Gesamterscheinungsbild der Anlage eher unvorteilhaft. Ich weiß nicht recht, was Levian hier will. Aber es scheint sich um das Ziel unseres Ausflugs zu handeln, denn er knickt mit den Vorderbeinen ein und legt sich hin. Ich gleite von seinem Rücken herunter, worauf er aufsteht und sich in den Menschen zurückverwandelt.

»Sehr schön, Melek«, sagt er schmunzelnd. »Deine Reitkünste werden von Mal zu Mal besser!«

Ich antworte nichts. Denn auch wenn er sich noch so schön für mich herausgeputzt hat, strahlt er in dieser Gestalt doch wieder jede Menge Gefahr aus. Er geht hinüber zu der Quelle und dem Tretbecken und setzt sich auf eine morsche Bank. Die Beine legt er einfach auf den dazugehörigen Tisch und verschränkt die Arme im Nacken.

»Komm schon her zu mir!«, fordert er mich auf. »Ich habe versprochen, dich unversehrt zurückzubringen. Und was ein Faun verspricht, das hält er auch. Er kann nämlich gar nicht anders.«

Das verstehe ich nicht. Ich zwinge mich dazu, mich neben ihn zu setzen, und hake nach:

»Wieso?«

»Wir sind nicht wie ihr Menschen«, antwortet Levian. »Einen Schwur zu brechen, ist nicht nur unfein, sondern sogar unmöglich. Es geht einfach nicht. Und es gibt noch jede Menge anderer Dinge, die wir uns nicht erlauben.«

»Zum Beispiel?«

»Untreue. Wer sich einmal für einen Gefährten entschieden hat, bleibt ihm sein Leben lang treu. Wir haben es nicht nötig, eine neue Erfahrung nach der anderen zu machen.«

»Klar«, sage ich kühl. »Ihr küsst ja auch ständig uns Menschen. Damit ist euer Hunger nach Sensationen wahrscheinlich vorübergehend gestillt.«

»Das ist etwas anderes«, behauptet Levian. »Das tun wir, um unsere Seelen zu beleben. Es liegt nicht am Wunsch nach einem Seitensprung.«

»Wie auch immer!«

Er versucht eindeutig, mir das Leben unter seinesgleichen schmackhaft zu machen. Das Gute daran ist: Es sieht ganz danach aus, als würde er sich immer noch darum bemühen, mich freiwillig herumzukriegen. Also ist meine gewaltsame Verwandlung zumindest in nächster Zeit noch nicht geplant. Das gibt mir etwas Luft zum Atmen. Umständlich verlagere ich mein Gewicht von einer Pobacke auf die andere, weil die Bank leider feucht ist. Dabei könnte ich wetten, dass ich nachher, wenn wir aufstehen, einen dunklen Fleck am Hintern haben werde und Levian nicht.

»Weißt du, was es mit diesem Ort auf sich hat?«, wechselt er das Thema.

»So in etwa«, sage ich. »Man muss am Ostersonntag vor Sonnenaufgang allein und schweigend hierherkommen. Dann zapft man zweimal Wasser und schüttet es weg. Die dritte Ladung soll Heilkräfte haben. Angeblich hilft es besonders gut bei Magenproblemen. Vor Ewigkeiten soll irgendeine Nonne auf die Art geheilt worden sein.«

Ich leiere die Geschichte bewusst gelangweilt herunter, damit Levian merkt, wie groß mein Interesse an Heimatbräuchen in letzter Zeit ist. Aber er tut einfach so, als würde er es nicht merken.

»Soll ich dir verraten, wie es wirklich war?«

Bevor ich es ihm ausreden kann, bekomme ich seine Version der Geschichte erzählt:

»Vor langer Zeit lebten und arbeiteten tatsächlich einige Klosterschwestern in dieser Gegend. Eine davon, ihr Name war Ketlin, litt an unsagbar schlimmen Schmerzen im Bauch. Es war ein Krebsgeschwür, das sie plagte, und der Tag ihres Todes war nicht mehr fern. Aber sie war wunderschön. An einem Ostersonntag brach sie frühmorgens allein zur Quelle auf, um das frische Wasser für sich und ihre Schwestern zu schöpfen. Doch sie war nicht allein im Wald. Denn die Jungfernquelle ist seit jeher auch für uns ein wichtiger Ort – sie führt das beste Wasser, das im ganzen Wald zu finden ist. Deshalb nennen wir sie die ›Quelle der Ewigkeit‹. An diesem Morgen beobachtete ein Faun namens Jasiri die Nonne, während sie sich zum Wasser hinabbeugte und schöpfte. Er war fasziniert von der Anmut, mit der sie sich trotz ihrer Schmerzen bewegte, und erkannte auf den ersten Blick, dass sie seine Seelenverwandte war. Auf dem Heimweg zum Kloster folgte er ihr und sah, wie sie plötzlich zu Boden stürzte und ohnmächtig liegen blieb. Jasiri ging zu ihr und untersuchte ihren Körper. Er war ein Schamane und deshalb in der Lage, körperliche Gebrechen zu heilen. Schnell fand er heraus, dass der Tumor in Ketlins Leib sie schon bald töten würde. Weil er sie aber nicht verlieren wollte, legte er ihr seine Hände auf und befreite sie von ihrer Krankheit. Daraufhin kam Ketlin wieder zu sich. Jasiri zeigte sich ihr in seiner wahren Gestalt und offenbarte ihr seine Liebe. Sie sprachen miteinander bis zur Mittagsstunde und schon bald war ihnen klar, dass sie füreinander bestimmt waren. Doch Jasiri schickte Ketlin zunächst wieder nach Hause ins Kloster, wo sie in der Abgeschiedenheit ihrer Kammer eine Entscheidung treffen sollte. Dort erzählte sie den anderen Nonnen eine Geschichte über ihre Heilung, die sie sich gemeinsam mit Jasiri ausgedacht hatte. Es ist jene, die bis heute unter den Menschen kursiert.«

Levian macht eine Pause und sieht mich erwartungsvoll an. Er weiß genau, dass er es geschafft hat, mich mit seiner Erzählung zu fesseln.

»Und dann? Wie ist es ausgegangen mit den beiden?«, frage ich.

Er lächelt und berührt meine Haare, wie er es schon so oft getan hat. Gedankenverloren spielt er mit einer Strähne herum und kitzelt mich dabei im Gesicht.

»Wenige Tage später ging Ketlin in den Wald und wurde seither nie mehr von einem Menschen gesehen. Ich habe sie noch gekannt, als uralte Frau. Jasiri und sie waren ihr Leben lang unzertrennlich. Als sie starb, legte er sich auf dieselbe Stelle im Moos, von wo aus sie gegangen war, schloss die Augen und löste sich ebenfalls auf. Aus dem Boden wuchsen zwei zarte Immergrün-Pflänzchen, die ihre Wurzeln miteinander vereinigten. Ich kann dir die Stelle zeigen. Im Frühling steht ein ganzer Teppich von Blumen dort.«

Ich will mir nicht anmerken lassen, wie sehr seine Erzählung mich bewegt. Alles, was rein und tiefgründig ist, bewegt mich neuerdings. Es ist so ein starker Gegensatz zu all den Lügen, Zwängen und Halbherzigkeiten, mit denen mein eigenes Leben gespickt ist.

»Was ich dir damit sagen will ...«

»Ich weiß!« unterbreche ich ihn. »Ich weiß, Levian. Aber ich bin nicht Ketlin. Und du nicht Jasiri. Für mich ist es nicht so einfach, in den Wald zu gehen und zu verschwinden. Und du hast mit dem Jungen, den ich liebe, noch eine Rechnung offen, die irgendwann beglichen werden muss.«

Levian zieht die Augenbrauen hoch und tut so, als würde er nachdenken.

»Wer genau war noch mal der Junge, den du aktuell liebst?«, fragt er. Dann grinst er über die Wut in meinen Augen und bohrt weiter: »Tut mir leid, Melek, aber die letzte Information, die ich von dir hatte, war, dass es dich unsagbar nach Jakob verlangt. Heute komme ich zu dir und sehe Erik auf deinem Sofa schlafen. Also musst du zwischenzeitlich deine Meinung geändert haben. Und darüber hinaus hast du wahrscheinlich den süßen Erik irgendwie kaputtgemacht. Klär mich bitte auf.«

Statt weiter herumzuzappeln wie ein verhaltensgestörtes Tier, beende ich meinen Kampf mit der feuchten Bank und finde mich damit ab, dass ich mir gerade eine Blasenentzündung hole. Dann erzähle ich Levian die ganze Sache so, wie er sie hören darf: ohne Mahdi, seine Todesdrohung und Eriks wahres Talent. Ich erkläre ihm, dass Erik kein Muskelprotz mehr ist, weil die

Beziehung zwischen Jakob und mir zu viel für ihn war. Das erklärt auch die Anwesenheit von Anastasia. Und dann behaupte ich einfach frei heraus, dass Jakob mit mir Schluss gemacht hätte, weil er den Gedanken nicht ertragen konnte, ein anderes Talent zerstört zu haben.

»Und warum um Himmels willen schläft Erik nun bei dir?«, will Levian wissen.

Ich schalte mein Small-Think ein.

»Wir haben Angst, dass er sich umbringt«, lüge ich. »Jakob will, dass ich versuche, ihn wieder aufzuheitern.«

»Aufzuheitern?«, platzt Levian heraus. Ich spüre eine seiner Stimmungsschwankungen herannahen und ziehe sofort meinen Kopf ein. An das Gefühl seiner stahlharten Hand an meinem Hals kann ich mich noch viel zu gut erinnern.

»Er will, dass du dich einem anderen hingibst!«, regt er sich auf. »Er verkauft dich für ein Vergehen, das er selbst verschuldet hat! Siehst du Melek, das ist der Unterschied zwischen uns und euch: Ein Faun käme niemals auf eine solche Idee!«

Ich würde Jakob jetzt gern verteidigen und ihm sagen, dass es nicht seine Idee war, sondern die von Mahdi. Aber dann müsste ich auch das Geheimnis um Erik verraten und das ist ausgeschlossen.

»Du willst mir nur eure Welt als die Bessere verkaufen«, sage ich stattdessen. »Aber das wird nicht funktionieren, denn ich glaube dir nicht.«

Wie so oft beruhigt Levian sich von einem Moment auf den anderen. Seine Augen hören auf zu blitzen und die Spannung weicht aus seinem Körper.

»Deshalb bin ich hier«, sagt er. »Ich werde dir genug von unserer Welt erzählen, damit sie aufhört, dir Angst zu machen. Danach sehen wir weiter.«

Jetzt bin ich diejenige, die wütend wird.

»Das ist genau der Punkt, warum ich niemals freiwillig ein Faun werde: Kommst du nicht von selbst zu mir, hole ich dich mit Gewalt! Aber auch das wird keine Lösung sein, denn wenn du es tust, werde ich nicht bei dir bleiben.«

Nun setzt Levian ein spöttisches Grinsen auf, das ich nicht ganz verstehe. Erst seine nächsten Worte machen mir klar, wie tief ich in der Patsche stecke.

»Das wird nicht geschehen, Melek«, sagt er. »Denn wenn ich dich verwandle, sauge ich nicht nur deine Seele aus, sondern auch deinen Geist. Du wirst keine Erinnerung mehr daran haben, wie und warum es geschehen ist!«

Mir weicht sämtliches Blut aus dem Kopf. In diesem Augenblick bin ich nicht mehr fähig zu denken. Weder die Kälte noch mein nasser Hosenboden dringen mehr bis zu mir vor. Was Levian da plant, ist nicht weniger heimtückisch als das, was Mahdi mit mir vorhat. Beide wollen meine Person, meine ganze Existenz, komplett auslöschen. Von allen Todesarten, die das Schicksal für ein Talent bereithält, ist diese die schlimmste: seiner Erinnerungen beraubt weiter vor sich hin zu vegetieren, ob nun als Mensch oder als Faun. Ich muss das verhindern! Marie konnte es. Wenn sie es geschafft hat, sich selbst als Gefühlskalte noch das Leben zu nehmen, dann muss es auch einen Weg geben, wie ich im schlimmsten Fall dasselbe tun könnte. So weit ist es also mit mir gekommen. Ich denke über Selbstmord nach.

»Melek«, sagt Levian plötzlich sehr sanft. »Das hätte ich dir nicht sagen sollen. Es tut mir leid.«

Ich muss wirklich sehr geschockt aussehen, wenn er solche Worte hervorkramt. Bisher hat er sich genau einmal bei mir entschuldigt und das war kurz nachdem er mir ungewollt einen Teil meiner Gefühle geraubt hatte. Aber die Entschuldigung ist wertlos, denn er hat es nun mal gesagt. Jetzt weiß ich, woran ich bin. Da kommt mir plötzlich ein Einfall.

»Versprich mir, dass du es nicht tun wirst«, sage ich. »Nicht gegen meinen Willen.«

Eine Weile sieht er mich ernst an. Dann senkt er die Lider und seufzt.

»Das kann ich nicht. Denn ich bin zutiefst davon überzeugt, dass es der einzige und richtige Weg für dich ist. Du wärst glücklich an meiner Seite, so wie Ketlin mit Jasiri.«

»Aber sie ist freiwillig in den Wald gegangen«, beschwöre ich ihn. »Ich habe hier noch ein paar Dinge zu regeln!«

»Dann regle sie«, sagt Levian. »Und nebenbei gibst du mir die Gelegenheit, dir unsere Welt näherzubringen. Vielleicht änderst du deine Meinung noch.«

»Und wenn nicht?«

Er schweigt. Dann ringt er sich den Satz ab, der ihn unendlich viel Kraft kosten muss.

»Ich verspreche dir, dass ich dich nur verwandle, wenn du zu mir kommst und mich darum bittest.«

Ich bin so erleichtert, dass ich anfange zu zittern. Es ist, als hätte mir jemand eine tausend Kilo schwere Langhantel aus dem Genick gehoben.

»Dafür versprichst du mir, dass du offen bist für die Dinge, die ich dir erzähle«, fügt er hinzu. »Gib mir etwas Zeit dafür und ich gebe dir Zeit, es zu verarbeiten. Ist das ein Deal?«

Ich nicke. Das ist vielleicht sogar der beste Deal, den wir seit langem gemacht haben. Er ist bei weitem nicht so zerstörerisch wie all die anderen. Er bedeutet aber auch, dass ich gut auf meine Gedanken achten muss, sobald ich mich im Kreis der Talente befinde. Denn ich kann Finn und Jakob schwerlich verraten, dass ich mich schon wieder mit Levian treffe. Der Grund dafür ist einzig und allein, dass ich meinen Teil dieser Abmachung einhalten muss – oder nicht? Ich spüre Levians Hand an meiner Wange. Als ich ihm in die Augen schaue, sehe ich darin Überraschung. Ich habe mein Small-Think vergessen.

»Was auch immer zwischen Jakob und dir passiert ist, es war nicht ganz umsonst«, stellt Levian fest. »Du bist kein gammeliges Roggenbrot mehr. Irgendwer hat Honig und Marmelade draufgeschmiert. Auch wenn du zwischenzeitlich meine eigenen Waffen anwendest, um es vor mir zu verbergen.«

Also hat er meine überschüssigen Gefühle bemerkt. Im Grunde kann ich froh sein, dass er alles auf Jakob schiebt.

»Ja«, antworte ich schlicht. »So ist es.«

»Das macht es ein bisschen schwerer für mich, mich zu beherrschen«, gibt er zu. »Aber bei der Übung, die ich mittlerweile habe ... und der aktuellen Stimmung der Menschen rundherum ... wird es schon klappen.«

Ich wundere mich selbst darüber, wie wenig mir der Gedanke mittlerweile ausmacht, dass hinter jeder unserer Begegnungen ein paar geraubte menschliche Gefühle stecken. Im Grunde haben die Tunicas es nicht am Schlechtesten getroffen. Viele von ihnen bringen es im Leben sogar richtig weit. Und sie leiden weniger als wir. Solange die Dschinn sie nicht bis auf die Knochen leer saugen, kommen sie eigentlich ganz gut klar. Im gleichen Moment, als mir dieser Gedanke durch den Kopf schießt, erschrecke ich davor: Ich denke wie ein Dschinn! Könnte es sein, dass ich tatsächlich nicht in die Rolle gehöre, die ich momentan im Leben spiele?

Levian reißt mich aus meinen Gedanken.

»Mein Versprechen Nummer eins hatte mit dem Morgengrauen zu tun. Das heißt, wir müssen jetzt aufbrechen«, sagt er.

Ich zwinge meinen eiskalten Körper dazu, sich zu erheben. Meine Jeans klebt nass an meiner Haut.

»Es wird trocknen, bis du zu Hause bist«, verspricht Levian. »Immerhin reitest du auf dem feurigsten Hengst der Welt!«

Dann verwandelt er sich, bevor ich erkennen kann, ob er denselben Fleck auf der Hose hat wie ich.

***

Am nächsten Morgen höre ich den Wecker nicht. Ich wache erst auf, als Erik mich so sehr rüttelt, dass ich beinahe aus dem Bett falle.

»Melek, was soll denn das?« murrt er mich an. »Wir haben um zehn geschlafen, so schlimm kann es also nicht sein!«

Ich schlage die Augen auf und widerstehe der Versuchung, mich wortlos in seine Arme zu werfen, wie früher. Nach dieser Nacht fühle ich mich so gerädert wie schon lange nicht mehr. Mit jeder Einzelheit, die darüber in mein Gehirn zurückkehrt, werde ich noch müder und klammer. Gleichzeitig steigt schon wieder der Drang in mir hoch, Erik provozieren zu müssen. Also schlage ich die Decke hoch und steige in Unterwäsche aus dem Bett. Meine Klamotten habe ich nach meiner Rückkehr auf den Schreibtischstuhl geknüllt, weil ich den Verdacht hatte, sie könnten nach Pferd riechen. Nass waren sie tatsächlich nicht mehr.

Ein paar Sekunden lang schafft Erik es nicht, den Blick von mir abzuwenden. Er steht einfach da und starrt mich an. Ich bleibe aufrecht stehen, in dem vollen Bewusstsein, dass Alberts Training meinen Körper ziemlich ansehnlich gemacht hat. Was mich zu diesem Schritt veranlasst, kann ich nicht genau sagen. Vielleicht sind es die Nachwirkungen von Levians Talent. Es macht mich immer ein bisschen schlampig.

Schließlich fasst Erik sich wieder und dreht sich um.

»Was soll das, Melek?«, brummt er.

»Ich kann dir sagen, was das soll«, gifte ich. »Ich bin sozusagen deine Ehefrau, falls du es vergessen hast. Und ich habe nicht vor, mich weiterhin in deiner Gegenwart zu benehmen wie ein verkorkstes Mauerblümchen.«

»Schon gut«, antwortet Erik mit dem Gesicht zur Wand. »Wenn du glaubst, dein Alibi voll ausleben zu müssen, dann tu doch, was du nicht lassen kannst.«

Bei seinen Worten schnürt sich mir die Kehle zu. Langsam kann ich die ständigen Verletzungen nicht mehr aushalten, die er mir zufügt. Er weiß genau, wie sehr mein Flittchen-Image mir zu schaffen macht. Es ist, als wollte er mir mit tausend kleinen Stichen heimzahlen, dass ich ihm das Herz aus dem Leib gerissen habe. Wahrscheinlich habe ich es verdient. Aber ich bin nicht besonders gut darin, seine Revanche wegzustecken. In seinem Rücken ziehe ich mich an, so dass er die zwei oder drei Tränen nicht bemerkt, die aus meinen Augen auf den Boden kullern. Als ich fertig bin, wische ich mir übers Gesicht und gehe voraus zur Tür. Erik kommt schweigend hinter mir her. An diesem Morgen schaffen wir es nicht einmal vor meinen Eltern, so zu tun, als wäre alles gut zwischen uns.

In der Schule bin ich ganz und gar nicht bei der Sache. Aber das macht nichts. In den letzten Monaten haben sich meine Leistungen wieder so gesteigert, dass die Lehrer Gnade mit mir walten lassen. Entsprechend bekomme ich auch das Referat nur halbherzig mit, das Bodo in Deutsch hält. Es geht um die Arbeit von Hilfsorganisationen in der Dritten Welt. Am Ende rechnet er der Klasse vor, dass es möglich ist, einem Patenkind und seiner Familie das Leben zu erleichtern, wenn jeder von uns einen Euro im Monat dafür hergeben würde. Natürlich traut keiner sich, dagegen etwas einzuwenden. Und da Bodo sofort anbietet, die ganze Sache zu organisieren, beschließen wir vor den Augen des überraschten Deutschlehrers, ein Klassen-Patenkind zu beantragen. Bodo bekommt dafür eine Eins in Mitarbeit.

Als er sich wieder hinsetzt, kann ich nicht anders, als ihm hinterherzuschielen. Manchmal, wenn ich meine beiden wiedererweckten Mitschüler sehe, glaube ich, dass Erik bei ihnen ein wenig übertrieben hat. Dazu hat Sylvia ihnen anschließend suggeriert, sie seien vor einiger Zeit in einem christlichen Erweckungsgottesdienst missioniert worden. Die Idee war nicht schlecht, denn das erklärt die auffällige Wesensveränderung, die Jana und Bodo durchlaufen haben. Jetzt gehen sie beide in die freie Gemeinde und haben es sich zum Ziel gesetzt, den Armen und Notleidenden der Welt zu helfen. Wie gesagt: Etwas übertrieben. Aber immer noch besser als das, was sie vorher waren. Überdies sind sie mittlerweile vermutlich ein Paar, denn neulich habe ich sie Händchen halten sehen. Das Einzige, was meiner dauerhaften Missgunst bei solchen Anblicken etwas entgegenkommt, ist, dass sie garantiert genauso wenig Sex haben wie ich. Dabei hätte ich sogar den Vorteil, dass ich wenigstens verheiratet bin.

In der Pause sitze ich mit dem Mathebuch in der Hand neben Erik und schlürfe meinen eigenen Schokoshake. Nicht einmal dieses Ritual haben wir behalten. Erik kann sich nicht mehr dazu durchringen, mit mir aus demselben Becher zu trinken. Während ich in das Buch starre, fallen mir ständig die Augen zu. Ich will gar nicht darüber nachdenken, dass ab sofort die dauerhafte Müdigkeit vom letzten Jahr zurückkehren wird. Denn wie ich Levian kenne, wird er keine Nacht auslassen, um meinen Teil unseres Deals einzufordern.

Plötzlich stehen Jana und Bodo vor uns und betrachten uns mit diesem ekelhaft mitleidigen Blick, den man von Menschen kennt, die glauben, sämtliche Lebensweisheiten der Welt inhaliert zu haben.

»Können wir mal mit euch reden?«, fragt Jana.

»Ich weiß nicht recht«, blockt Erik ab. Er ist offensichtlich genauso angewidert von der Szene wie ich. Aber Jana lässt sich nicht beeindrucken.

»Wir haben den Eindruck, dass ihr beiden euch nicht mehr so gut versteht wie früher«, sagt sie. »Und das finden wir ziemlich schade. Vielleicht können wir euch helfen, wollt ihr drüber reden?«

»Nein!«, antworten wir beide wie aus der Pistole geschossen. Dann räuspert Erik sich und fügt hinzu: »Wir kriegen das schon hin. Danke, Jana.«

Als ich bereits hoffe, sie würden seine Antwort akzeptieren, schaltet sich leider Bodo ein.

»Weißt du, Erik, ich gehe jeden Donnerstagabend in einen Männer-Bibelkreis. Vielleicht hast du ja mal Lust, mitzukommen.«

Ich sehe aus dem Augenwinkel, dass Erik die Hände zu Fäusten ballt. Vorsichtshalber verzichte ich darauf, ihm beschwichtigend die Hand auf den Arm zu legen. Das Thema scheint ihn ziemlich aufzuregen.

»Nein, Bodo«, stößt er zwischen zusammengebissenen Zähnen hervor. »Ich habe keine Lust, mir schon wieder von irgendeinem Verein sagen zu lassen, was der Sinn und Zweck meines Lebens ist. Ich will auch keine allein selig machenden Wahrheiten mehr hören! Denn du kannst davon ausgehen, dass hinter all dem nichts anderes steckt als Gleichschaltung, Manipulation und die Interessen von irgendwelchen Menschen, denen du nichts bedeutest!«

»Nein, nein«, versucht Bodo, ihn zu beschwichtigen. »Es ist ganz anders. Wir ...«

»Ich gehe auf keinen Fall in den Männer-Bibelkreis!«, donnert Erik so laut, dass alle Umstehenden die Köpfe in unsere Richtung wenden. Ein paar davon fangen an, zu kichern und miteinander zu tuscheln. Nur Bodo und Jana sind ganz bleich geworden. Dann murmeln sie noch irgendetwas in der Art, dass auch Erik eines Tages vergeben werden wird, und machen sich von dannen.

»Ich bin weit davon entfernt, zu vergeben oder Vergebung zu erhoffen!«, schreit Erik ihnen hinterher. Ich schaue ihn mit großen Augen an. Nie hätte ich gedacht, dass noch ein anderes Thema außer der Sache mit mir ihn derart beschäftigt. Aber anscheinend haben Jana und Bodo gerade einen Punkt erwischt, der mindestens genauso empfindlich ist. Wenn ich nicht völlig danebenliege, hat das mit der Armee zu tun. In mir steigt der Verdacht auf, dass es doch noch etwas gibt, was uns vereint. Und wenn es ein Thema ist, das uns klar und deutlich als Meuterer ausweist. Ich räuspere mich. Dann lege ich meine Hand auf seinen Arm.

»Ich verstehe dich«, sage ich.

Er schiebt mich nicht weg, schaut mir aber auch nicht in die Augen.

»Und ich will dir sagen, wie unheimlich mutig ich dich finde. Keiner von uns könnte ihnen so sehr die Stirn bieten wie du. Es ist richtig, was du machst. Denn du bist vollkommen im Recht: Niemand darf einfach so über dein Leben bestimmen!«

Zum ersten Mal seit Monaten blickt Erik mich wieder an, ohne dass dabei Widerwille in sein Gesicht tritt.

»Das Problem ist nur, dass sie mich dafür umbringen werden«, sagt er. »Und ich bin nicht der erste unbequeme Heiler, mit dem das geschieht.«

Erst, als er das sagt, fällt mir auf, wie Recht er damit hat. Dabei hätte ich längst selbst auf diesen Gedanken kommen müssen. Aber ich war wieder einmal viel zu beschäftigt mit meinen eigenen Problemen gewesen. Und damit, Erik im Auftrag der Armee zu verführen. Erst in diesem Moment geht mir auf, wie kurzsichtig und dumm das von mir war. Denn niemand garantiert mir, dass ich dafür tatsächlich Jakobs Begnadigung bekomme. Das Einzige, wofür es in der ganzen Sache überhaupt eine Garantie gibt, ist: Erik und ich stehen völlig allein gegen eine Übermacht da. Wir haben keine Chance, uns gegen die Generäle zur Wehr zu setzen. Nicht, solange wir nebenbei auch noch einander bekämpfen.

»Nehmen wir einmal an, du hättest dein Talent zurück«, sage ich. »Dann hättest du die Macht, Forderungen zu stellen und die Struktur der Armee zu verändern. Er kann dich nicht zwingen, nach seiner Pfeife zu tanzen!«

»Ja, aber ebenso wenig kann ich mein Talent zwingen zurückzukehren.«

»Nicht einmal, wenn du es wolltest?«

»Nicht einmal dann.«

Dann sehe ich wirklich keine Möglichkeit mehr, Mahdis Rache zu entkommen. Denn wenn er endgültig davon überzeugt ist, dass es keinen Endkampf geben wird, wird er nicht nur Jakob, sondern auch Erik umbringen. Auf keinen Fall wird er einen Ex-Heiler ohne Talent weiterleben lassen, der ihm seine große Chance verpatzt hat, mit den Faunen abzurechnen. Dasselbe Schicksal droht wahrscheinlich der restlichen Truppe.

»Was können wir tun?«, frage ich. »Was willst *du* tun?«

»Aufrecht stehen bleiben und mich ihm verweigern bis zuletzt. Ihm zeigen, dass ich nicht gewillt bin, mich seiner Tyrannei zu unterwerfen. Und hoffen, dass andere sich daran ein Beispiel nehmen. Aber ganz ehrlich Melek: Ich weiß nicht, ob ich das schaffe.«

Genau das hätte Jesus auch gesagt. Ich greife nach seiner Hand und drücke sie fester als beabsichtigt.

»Aber zusammen werden wir es schaffen«, verspreche ich. »Ich gehe mit dir bis zum Ende!«

Das meine ich aus vollem Herzen. Und Erik merkt es, denn er erwidert meinen Händedruck.

Einbruch der Welten

Seit dem Gespräch mit Erik denke ich ständig darüber nach, was die Armee eigentlich für einen Grund hat, ihre Soldaten unwissend in den Tod zu schicken und ihre Informationen für sich zu behalten. Klar ist: Das Leben eines Talents ist keinen Pfifferling wert. Denn sobald einer von uns stirbt, wächst sofort ein Ersatz nach. Das gibt Mahdi natürlich die Möglichkeit, ziemlich unbesorgt mit seinen Ressourcen umzugehen. Dennoch wäre unser Kampf effektiver, wenn wir uns untereinander vernetzen dürften. Würden wir zum Beispiel für die Dauer des Grenzgangs im Sommer zwei oder drei weitere Truppen aus der näheren Umgebung ins Boot holen, so könnten wir wesentlich mehr Dschinn erledigen und uns selbst dabei entsprechend Deckung geben. Die Tatsache, dass auch das nicht erwünscht ist, spricht dafür, dass die Generäle gegen einen Informationsfluss unter dem Fußvolk sind. Aber was genau soll eigentlich nicht ans Licht kommen? Der Name unserer Feinde? Ihre wahre Gestalt mit dem furchtbaren Zeichen auf der Stirn? Die Fähigkeit, ihre psychischen Tricks zu erlernen? Ich bin mir relativ sicher, dass es irgendetwas mit den Dschinn zu tun hat. Als ich Erik darauf anspreche, weiß er die Antwort sofort:

»Ich denke, sie sind nicht so abgrundtief böse, wie wir glauben«, sagt er. »Aber der Verein, mit dem wir es hier zu tun haben, macht uns seit Tausenden von Jahren vor, dass die Welt aus Schwarz und Weiß besteht. Wir sind die Guten und die Dschinn die Bösen. Es steht nicht zur Diskussion, dass es auf beiden Seiten Dinge gibt, die über dieses Schubladendenken hinausgehen.«

»Denkst du, sie wissen, dass sie auf dem Holzweg sind?«

»Zumindest ist ihnen klar, dass es schon zweimal nicht funktioniert hat. Aber das ist so eine Sache bei Vereinen. Man hält einfach an der alten Satzung fest. Darüber hinaus geht es wahrscheinlich um jede Menge persönlicher Machtgelüste.«

Wir sitzen am Bahnhof und warten auf den Zug nach Friedensdorf. Heute werden wir sicher mit unseren Waffen üben. Es ist höchste Zeit, das Schießtraining wiederaufzunehmen. Und Erik soll lernen, mit einem Schwert umzugehen. Welchen Sinn Jakob darin sieht, weiß ich nicht recht. Ich glaube kaum, dass er noch die Gelegenheit bekommen wird, Nahkampffähigkeiten anzuwenden.

»Aber die Dschinn ...«, sage ich vorsichtig. »Sie *sind* böse! Sie saugen uns die Gefühle aus. Außerdem sind sie gefährlich, unberechenbar und aggressiv.«

Erik hat auch dafür eine Antwort parat: »Etwas Ähnliches würden fast alle Tiere über uns Menschen sagen. Und wahrscheinlich auch über ein paar andere Tierarten. Trotzdem können wir alle nebeneinander existieren. Das gilt auch für die Dschinn. Sie gehören ebenso auf diese Welt wie wir. Natürlich werden wir sie immer bekämpfen. Das liegt in der Natur der Dinge. Aber ich weiß nicht, ob die Evolution einen Endkampf für uns vorgesehen hat. Oder glaubst du, es würde je einen Endkampf zwischen Wölfen und Bären geben?«

Er weiß gar nicht, wie schwer es für mich ist, seine Erklärung anzunehmen. Eines muss man der Armee lassen: Solange wir unwissend nach dem schwarz-weißen Muster vor uns hin kämpfen, fühlt sich wenigstens alles richtig an. Das, was Erik sagt, macht es viel schwieriger. Wenn ich daran denke, dass Levian jetzt auch noch vorhat, mir sentimentale Details von seinem Volk zu erzählen, werde ich folglich eines Tages an einem Punkt sein, an dem ich sie wirklich nicht mehr erschießen kann. Und das hat die Natur ganz sicher nicht gewollt!

Als wir nach einem längeren Fußmarsch vom Bahnhof hinauf zur Schutzhütte endlich unseren Treffpunkt erreichen, ist Jakob gerade dabei, Mike und Nils in den Wald zu schicken. Die beiden haben jeweils einen Abschnitt der Grenze zugeteilt bekommen und sind nun seit knapp zwei Monaten ständig dort unterwegs. Dabei müssen sie hin und wieder auch den Buchenauer Wettläufern ausweichen, die auf demselben Weg joggen und ihre Peitschen knallen lassen als Übung für ihren traditionellen Grenzgang. Um ihnen nicht permanent auf der Grenze entgegenzukommen, schlagen Nils und Mike sich immer sofort ins Gebüsch, wenn sie den Peitschenknall hören. Zum Glück schallt das Geräusch kilometerweit durch den Wald. Wir alle kriegen während unserer Trainingsstunden live mit, wo sich die Wettläufer gerade befinden.

Ob die Bemühungen der Grenzbeauftragten irgendwann von Erfolg gekrönt sein werden, wage ich zu bezweifeln. Aber zumindest ist es eine gute Möglichkeit, Mike zu isolieren und Nils zu beschäftigen. In letzter Zeit steigt doch öfter als gedacht der Wunsch in mir hoch, noch einmal ein ausführliches Gespräch mit Mike zu führen. Aber da Jakob es mir ausdrücklich verboten hat und Mike seit unserem Besuch bei Mahdi ebenfalls ziemlich schweigsam ist, lasse ich es lieber bleiben. Heute allerdings ist so ein Tag, an dem ich ihm richtig gern ein paar gezielte Fragen über den »Verein« stellen würde.

Er verschwindet nach unten Richtung Friedensdorf und grinst mich dabei an, als hätte er meine Gedanken erraten. Mike weiß genau, dass ich die Veranlagung zum Meutern habe.

Bevor Nils in die entgegengesetzte Richtung aufbrechen kann, legt Sylvia plötzlich die Stirn in Falten und gesellt sich an seine Seite. Ohne eine große Szene daraus zu machen, drückt sie im Gehen seine rechte Hand auf ihren Sensor. Dann bleiben beide stehen und reden miteinander. Ihre Gesichter wirken sehr ernst. Sylvia winkt erst Jakob zu sich, doch schon nach kurzem ruft er nach uns Offizieren.

»Das nächste Problem«, seufzt er, als wir dazukommen. »Es sieht danach aus, als wollte unser Wettläufer ein Veteran werden.«

Nils ist gerade mal siebzehn. Ich habe noch nie von einem Veteranen in diesem Alter gehört.

»Dein Bein heilt nicht«, schlussfolgert Tina. Ihre Stimme ist voller Mitgefühl. Wahrscheinlich kann überhaupt niemand außer ihr verstehen, was das für Nils bedeutet.

»Sieht ganz so aus«, murmelt er.

»Ist aber noch nicht sicher!«, beeilt Sylvia sich zu sagen. »Es flackert nur irgendwie.«

Es flackert irgendwie? Das ist wieder eine dieser Aussagen, für die ich sie gerne mal richtig durchschütteln würde. Was soll man mit einer solchen Prophezeiung denn bitte schön anfangen, außer sich Sorgen zu machen?

»Ich an deiner Stelle würde mich darüber freuen«, sagt Rafail. »Wenn du Glück hast, scheidest du aus, bevor die ersten Kämpfe auf uns zukommen – oder der erste Besuch aus Istanbul.«

Na wunderbar! Unsere Truppe ist nun also so weit, dass wir uns überlegen, ob man das sinkende Schiff noch irgendwie verlassen könnte.

»Noch wissen wir nichts Genaues. Also geh auf deinen Teil der Grenze und überanstrenge dich nicht«, entscheidet Jakob. »Ihr anderen holt die Paintball-Ausrüstung!«

Den ganzen Nachmittag geht Nils mir nicht mehr aus dem Kopf. Ich lege auf Tina an, die wie ein Geschoss zwischen den Bäumen hindurchwetzt, und treffe zweimal nur den Stamm einer Buche, weil ich nicht bei der Sache bin. Dabei bin ich fast schon überzeugt, dass sie über den Winter noch einen Tick schneller geworden ist. Wenn ihr Talent weiter so wächst, wird sie eines Tages tatsächlich mit Levian mithalten können. Wie gut, dass Nils das nicht sehen muss!

Eine Weile schauen Sylvia und ich Erik und Anastasia zu, die unter Rafails Anleitung den Schwertkampf proben. Jede ihrer Bewegungen sieht unglaublich langsam aus. Nichts im Vergleich zu Tinas Lauf von gerade eben. Wenn man sie so sieht, kann man kaum glauben, dass das Training mit den Schwertern überhaupt Sinn macht. Immerhin haben wir alle Schusswaffen, die wesentlich leichter zu handhaben sind und es auf die Entfernung mit den Dschinn aufnehmen. Aber Jakob behauptet, bei jedem größeren Kampf würde es so weit kommen, dass die Gegner es hinter unsere Deckung schaffen. Und wenn sie erst einmal nah genug dran seien, um Hand an uns legen zu können, bräuchten wir die Nahkämpfer als unseren letzten Schutz.

Zum Glück habe ich das bisher noch nicht erlebt. Aber wer weiß, was die Zukunft bringt? Auf Erik und Anastasia jedenfalls möchte ich mich nicht verlassen müssen.

»Stehst du noch in Kontakt mit Mahdi?«, frage ich Sylvia.

Sie schüttelt den Kopf und sieht dabei erleichtert aus.

»Seither habe ich nichts mehr von ihm gehört.«

»Wann wird er kommen?«

Sylvia stößt einen grunzenden Laut aus.

»Meinst du, er lässt zu, dass ich das erkenne? Eines Tages wird er einfach hier aufkreuzen und sein Gericht abhalten.«

An ihrer Ausdrucksweise merke ich, dass auch Sylvia nicht mehr daran glaubt, es könnte sich irgendetwas ändern. Warum auch? Nicht einmal Erik denkt, dass sein Talent zurückkehren könnte. Und nun kann sich unsere Galgenfrist nur noch um Tage oder Stunden handeln.

»Was ist mit ihm?«, frage ich und deute hinüber zu Jakob. »Hast du ihn auch mal durchgecheckt in letzter Zeit?«

»Ja«, murmelt Sylvia. »Aber es gibt keine guten Nachrichten über Jakob. Er hat einfach wieder völlig dichtgemacht.«

Eine Weile beobachte ich ihn. Er unterbricht den Schwertkampf und macht Anastasia eine Drehung vor. Doch immer, wenn sie es selbst versucht, verheddert sie sich mit ihren Beinen. Ich bin sicher, dass sie auch keinen Discofox tanzen kann.

Es wundert mich, wie fremd Jakob mir in der kurzen Zeit seit unserer letzten Berührung geworden ist. Sein Anblick löst nach wie vor ein verzweifeltes Ziehen in meiner Brust aus. Aber ich habe mich so tief damit abgefunden, ihn verloren zu haben, dass der unerträgliche Schmerz von damals einer dumpfen Melancholie gewichen ist. Vielleicht hat er doch Recht damit, dass es uns hilft, einander zu meiden.

Um mich abzulenken, übe ich noch ein paar Schüsse und beschäftige mich dann ausführlich damit, meine Pistolen penibel zu säubern. Als ich schon fast fertig bin, kehrt Nils humpelnd von seiner Wanderung zurück. Er sieht aus, als hätte er sich wieder etwas gefasst, und berichtet, dass er den Auf- und Abstieg am Hohenfels für besonders bedenklich hält und sich deshalb beim nächsten Mal gezielt in diesem Bereich nach Versteckmöglichkeiten der Dschinn umschauen will. Alle scheinen aufzuatmen, weil er weder herumjammert noch seinen möglichen Ausstieg erneut anspricht. Keiner von uns ist mehr so richtig in der Lage, Trost zu spenden.

***

An diesem Abend sitzen Erik und ich lang vor meinem Computer und suchen nach Informationen über den zweiten Heiler Ali ibn Abi Talib. Vor allem die näheren Umstände seines Todes interessieren uns. Aber alles, was wir finden, sind Berichte über Kämpfe, die genau so oder auch ganz anders abgelaufen sein könnten. Fest steht aber, dass auch seine Anhängerschaft sich am Ende gespalten und ihn verraten hat. Er wurde während des Gebets in einer Moschee von hinten mit einem giftigen Dolch erstochen.

Erik hängt noch eine Weile über einer Seite mit Zitaten von ihm, als ich mich schon ins Bett verkrieche.

»Die Menschen in der Welt gleichen einer Karawane, die dahingeführt wird, während sie schlafen«, liest er mir vor. »Ein Poet war er auch noch. Sogar einer, der was zu sagen hatte.«

Er klickt sich immer noch durch die Zitate, während ich schon in den Schlaf hinüberdämmere. Kurz bevor ich ganz weg bin, höre ich ihn noch einmal bitter auflachen.

»›Das Weib ist ganz und gar übel, aber das Übelste an ihr ist, dass man sie unbedingt braucht!‹ Hast du das gehört, Melek? ... Melek, du schläfst doch nicht schon wieder in deinen Sachen?«

***

Es ist drei Uhr morgens, als Levian mich weckt. Ich schlage die Augen auf und blicke direkt in sein hinreißendes Gesicht. Wahrscheinlich sitzt er schon eine ganze Weile so da und betrachtet mich, zumindest weiß ich nicht, wovon ich aufgewacht bin. Seine Nasenflügel sind leicht gebläht. Das verrät mir, dass er sich gerade an meinem neuen Duft weidet.

»Wunderbar«, flüstert er. »Wenn du nur riechen könntest, was ich rieche!«

»Was denn?«

Ich wage nicht, mich aufzurichten, denn meine Lippen würden direkt auf seinen landen.

»Eine herrliche Melange aus Herzklopfen, Melancholie, Furcht und Kühnheit. Es ist das, was ich die goldene Mischung nenne. Die besten Momente des Lebens sind daraus gemacht. Nichts zieht mich mehr an als diese totale Leidenschaft, die du gerade verströmst!«

Einen Augenblick lang sieht er aus, als hätte er es sich doch anders überlegt und beschlossen, die Droge aus mir herauszusaugen, die ihn so fasziniert. Aber dann ruckt er mit dem Kinn nach oben und schaut in die andere Richtung. Ich stehe schnell auf, bevor er mir noch einmal so nah kommt.

»Und er da drüben«, sagt Levian leise und deutet auf Erik, »hat auch ein wenig Deo aufgelegt. Es ist dasselbe, was du benutzt, nur weniger intensiv. Ich hoffe, ich habe damit nichts zu tun!«

Da bin ich mir nicht so sicher, aber ich stelle mich einfach taub. Es ist nicht von der Hand zu weisen, dass Levians Nähe mich inspiriert. Ich fühle mich irgendwie wacher seit gestern Nacht. Wer weiß, was das zu der kleinen Annäherung beigetragen hat, die Erik und ich hatten.

Unser heutiger Ausflug hat kein Ziel. Wir laufen einfach nebeneinander durch den Wald, während der Regen in langen dünnen Fäden auf uns niederfällt. Ich bin froh, dass ich eine wasserdichte Jacke angezogen habe. Trotzdem friere ich schon wieder. Levian schreitet aufrecht neben mir her, ohne den Kopf einzuziehen. Von Zeit zu Zeit rinnt ein Regentropfen von seinem Kinn hinunter auf seine Brust und verschwindet triumphierend unter seinem Hemd. Ich möchte meine Hand hinterherschieben und nachfühlen, wie weit er gekommen ist. Aber auch meine Beherrschung hat in den letzten Monaten zugenommen.

»Was ist das für eine Kette, die du ständig trägst?«, frage ich ihn.

»Meine eigene Kreation«, antwortet Levian. »Es sind all die Kugeln, die ihr bereits erfolglos auf mich abgefeuert habt. So viel zum Thema Volltreffer.«

Das hatte ich bereits geahnt. Es aus seinem Mund bestätigt zu bekommen, ist trotzdem überraschend. Ich wüsste gern, wie viele Talente Levian auf dem Gewissen hat, aber ich verzichte darauf, ihn zu fragen. Stattdessen fange ich mit etwas Einfachem an.

»Erzähl mir, wie ihr lebt.«

Er lächelt.

»Wir leben im Untergrund.«

Auch das hatte ich mir so zusammengereimt.

»Unser Palast ist größer und komfortabler, als du denkst. Wir haben alles, was ihr auch habt, bis auf den technischen Kram. Stühle und Tische aus gedrechseltem Holz, weiche Betten, Versammlungsräume, vergoldete Kerzenständer, Musik und Kunst. Es ist feucht bei uns und immer ein wenig kühl. Die trockene Luft in euren Räumen tut unserer Haut nicht gut und gleißendes Sonnenlicht blendet unsere Augen. Deshalb verlassen wir den Palast tagsüber nur in Menschen- oder Tiergestalt. Aber nachts zeigen wir manchmal auch unser wahres Gesicht.«

Wieder lächelt er und ich muss an den Schock denken, den ich beim Anblick seines Zeichens bekommen habe. Ich spüre absolut kein Verlangen danach, Levian so schnell wieder als Faun zu begegnen.

»Und ihr lebt da alle zusammen?«, frage ich nach.

»Ja, wie eine große Familie. Zwar haben wir Mütter und Väter und manchmal auch Geschwister, mit denen wir uns eng verbunden fühlen, doch unsere wahre Familie ist die Gemeinschaft. Es gibt eine klare Rollenverteilung unter uns. Jeder hat seine Aufgabe und die erledigt er gewissenhaft. Die meisten von uns sind entweder Sammler, Handwerker, Schamanen oder Diebe. Darüber hinaus gibt es noch einige Leute mit speziellen Aufgaben.«

»Was bist du?«

»Ich bin ein Dieb«, grinst er. »Meine Aufgabe ist es, Dinge aus der Menschenwelt zu beschaffen, die wir brauchen können.«

Nun muss ich ebenfalls lächeln, als ich mir Levian vorstelle, wie er nachts in ein Haus einbricht und Kaffeepulver mitgehen lässt.

»Was genau ist das?«

»Nun ja, in erster Linie natürlich euer Geld. Ohne das kommen wir nicht an euch heran. Manchmal finde ich auch ein paar gute Messer und Werkzeuge, doch meistens haben wir selbst die besseren. Wir sind auch ziemlich interessiert an euren Büchern. Und ich im Speziellen lasse jede Menge Süßigkeiten mitgehen. Aber das ist eine Angewohnheit von mir, die sonst nur wenige verstehen können. Außer Nayo vielleicht.«

»Wer ist Nayo?«, frage ich, obwohl ich gern noch mehr aus Levians Arbeitsalltag erfahren hätte.

»Meine beste Freundin. Und eines Tages hoffentlich auch deine.«

»Aha«, sage ich etwas pikiert.

Er hat also eine beste Freundin. Irgendwie finde ich das nicht gut. Warum legt er sich nicht stattdessen einen muskelbepackten Dschinn-Freund zu? Muss er eigentlich in jedem Lebensbereich Frauen um sich scharen? »Du würdest sie mögen«, glaubt Levian. »Sie ist unglaublich klug und witzig. Und sie hat denselben Job wie ich. Wenn sie in die Häuser der Menschen geht, nimmt sie immer Dinge mit, die ihr seltsam vorkommen. Dann zeigt sie sie herum und wir raten, wozu der Gegenstand taugt. Danach legt sie ihn in eine Vitrine in ihrem Zimmer. Sie hat schon ein ganzes Menschen-Museum dort eingerichtet, sehr sehenswert!«

Ich frage mich, was für Dinge aus unserer Welt wohl so seltsam sein könnten, dass sie für ein Museum taugen. Aber meine Lust, weiter über Levians beste Freundin zu reden, hält sich in Grenzen. Deshalb komme ich auf etwas anderes zu sprechen.

»Wie oft müsst ihr rausgehen und saugen?«, frage ich.

Falls Levian von dem Themenwechsel überrascht ist, lässt er es sich nicht anmerken.

»So oft wir wollen«, antwortet er.

»Könntet ihr ganz damit aufhören?«

Er überlegt.

»Ich denke ja. Es gibt sogar Erzählungen von Faunen, die es geschafft haben, abstinent zu leben. Aber ich will nicht wissen, wie es ihnen erging.«

»Was passiert mit euch, wenn ihr es nicht tut?«

»Wir zerfallen innerlich zu Staub. Unsere Seelen werden zu einem leeren Gefäß, das noch funktioniert, aber weder Wasser noch Wein führt.«

»So wie unsere Tunicas?«

»Eure was?«

»Tunicas. So nennen wir die Gefühlskalten neuerdings.«

Ich glaube mittlerweile, dass die Veteranen das über Sylvias Kontakt mit der Obrigkeit erfahren haben, denn auch Mahdi hat sie so genannt. Aber das kann ich Levian schlecht sagen.

»Ja, ich denke, es ist ähnlich. Trotzdem gibt es solche und solche unter uns. Die einen brauchen mehr Input von den Menschen, die anderen weniger.«

»Und du?«, frage ich vorsichtig.

»Ich brauche viel«, gibt er zu. »Der Gedanke, ohne eure Gefühle leben zu müssen, ist für mich unerträglich. Vielleicht wirst du eines Tages wissen, wie es sich anfühlt. Dann wirst du mich verstehen.«

Mir schaudert bei dem Gedanken, dass ich aufwachen und feststellen könnte, dass ich auf Gefühlsentzug bin und in die Menschenwelt gehen muss, um jemanden zu finden, den ich unglücklich machen kann. Obwohl: Noch vor ein paar Stunden habe ich mir eingeredet, es sei gar nicht so schlimm für die Tunicas. Wahrscheinlich ist ihr Umfeld mehr von der Sache betroffen als sie selbst.

»Wie oft tust du es?«, frage ich.

»Willst du das wirklich wissen?«

Ich nicke.

Er bleibt stehen und schaut mich mit seinen durchdringenden grünen Augen an. Ich denke, es wird nicht viele Menschenfrauen geben, die diesem Blick widerstehen können. Zumindest nicht, wenn er überdies Gelegenheit bekommt, seinen Zauber einzusetzen.

»Ich mache es täglich, Melek. Wenn ich weiß, dass ich anschließend dich treffe, sogar zweimal. Aber ich sauge mich nicht fest bis zum Letzten. Das, was ich mit deiner Schulfeindin gemacht habe, ist das Äußerste, was ich mir erlaube. Außer einmal. Da bin ich weitergegangen.«

»Bei Marie.«

»Ja.«

Für einen Augenblick krampft sich mein Herz schmerzhaft zusammen. Wer weiß, was passiert wäre, wenn Levian Jakobs Freundin nie geküsst hätte. Vielleicht wäre sie dann noch unter uns. Jakob hätte sich nie in mich verliebt und ich hätte wahrscheinlich doch noch einen Weg zu Erik gefunden. Dann hätten wir immer noch einen Heiler und ich würde an seiner Seite quer durch die Welt reisen und jeden erschießen, der versucht, seine Hand an ihn zu legen. Ob unser Leben wohl besser wäre? Ich weiß keine Antwort darauf. Aber aller Wahrscheinlichkeit nach wäre es zumindest länger.

»Wie viele seid ihr?«, frage ich. »Etwa hundert.«

Ich bin überrascht, dass er mir so bereitwillig Antwort gibt.

»Das heißt, es werden täglich allein in unserer Gegend um die hundert Menschen geküsst?«, frage ich fassungslos.

»Nein, aber vielleicht zwanzig oder dreißig. Ich sagte dir ja, dass ich kein Maßstab bin.«

»Aber ... das kann nicht sein. Dann erwischt es ja fast jeden irgendwann mal!«

»Ja. Manche auch öfter. Und trotzdem hat eure Spezies es bis dahin geschafft, wo ihr heute seid. Du siehst also, es ist alles gar nicht so schlimm.«

Ich denke nach. Unter diesen Umständen muss ich kein schlechtes Gewissen haben, weil ich so ein miserabler Liebestöter bin. Dann sind all unsere Einsätze in den Clubs nur ein Tropfen auf den heißen Stein – außer wenn wir es schaffen, dabei einen unserer Feinde zu töten. Denn das, was die Orakel erkennen, sind immer nur die größeren Attacken der Dschinn. Niemand sieht, wenn sie im Stillen allein losziehen und sich irgendwo in einem Straßencafé oder im Kino ein Opfer suchen. Das ist vielleicht auch gut so, denn sonst kämen wir zu nichts anderem mehr, als einen Menschen nach dem anderen abzufangen.

»Aber wenn es euch nicht gäbe, wäre die Menschheit gefühlvoller und unsere Welt damit besser«, stelle ich klar. Da fängt Levian laut zu lachen an. Er wirft den Kopf in den Nacken und streicht sich mit beiden Händen die nassen Haare aus dem Gesicht.

»Du vergisst da eine Kleinigkeit, Melek. Wir rauben nicht nur eure guten Gefühle, sondern auch die schlechten. Es gibt Leute wie mein Schwesterherz, die aus unerfindlichen Gründen darauf stehen, Arschlöcher auszusaugen. Ich garantiere dir eines: Ohne uns wäre eure Welt viel schlechter. Denn es gäbe auch wesentlich mehr Bosheit, Aggression und Machtgier. Da würde euch alle Liebe und Hingabe nichts mehr bringen.«

So habe ich es noch nie gesehen. Wenn Levian mir hier keine Märchen erzählt, dann sind wir und die Faune weit mehr als nur natürliche Gegner. Wir sind gleichzeitig auch eine Symbiose. Zwei Arten, die gegenseitigen Nutzen voneinander haben. Aber das Ganze scheint nur dann in seinem biologischen Gleichgewicht zu bleiben, wenn die Talente hin und wieder ein paar Dschinn abschießen. Ich habe noch nie von einer vergleichbaren Konstellation in der Natur gehört.

»Vielleicht solltet ihr mal ein paar Diktatoren im Nahen Osten aussaugen«, scherze ich.

»Das versuchen wir ständig«, sagt Levian zu meiner Überraschung. »Aber diese Menschen sind von Natur aus in der Lage Small-Think zu machen. Unser Zauber wirkt nicht auf sie. Und mit Schönheit kann man sie selten beeindrucken.«

»Ihr greift gezielt unsere Politiker an?«, krächze ich.

»Normalerweise nicht. Die meisten gehen tatsächlich zufällig in die Politik, wenn wir sie zu oft erwischt haben. Aber manche sind von Natur aus extrem bösartig. Wenn sie zu mächtig werden, stinkt ihr ganzes Land nach Angst und Tyrannei. Also versuchen wir, sie auszuschalten.«

»Warum bringt ihr sie dann nicht einfach um?«

»Weil all diese Leute eines gemeinsam haben: Sie werden viel zu gut bewacht. Übrigens von Soldaten mit Silberwaffen.«

»Talente?«

Ich kann nicht fassen, was er mir da erzählt.

»Nein. Das nicht. Aber in all diesen Fällen ist es geschehen, dass jemand herausgefunden hat, wer wir sind und wie man uns fernhalten kann. Immer wenn das passiert, steuert die Welt auf eine Katastrophe zu. Darum ist es umso wichtiger, dass die Menschheit nichts von unserem Kampf erfährt. Wir haben eure Politiker durchaus im Blick und greifen ein, wenn wir können. Das zum Beispiel ist eine der Sonderaufgaben, von denen ich vorhin gesprochen habe: Spion.«

Ich glaube, für heute bin ich absolut bedient mit Geschichten aus Levians Welt. Mir schwirrt jetzt schon so sehr der Kopf, dass ich wahrscheinlich für den Rest der Nacht nicht schlafen kann. Ich bin nicht sicher, ob ich richtig gehandelt habe, als ich mich auf den Deal mit ihm einließ. Je weiter sich mein Horizont öffnet, umso mehr bricht mein Weltbild Stück für Stück zusammen. Die Dinge, die Erik sagt, und die Informationen, die ich von Levian erhalte, gehen alle in die gleiche Richtung: Was die Armee uns über unseren Kampf weismacht, ist nicht ganz richtig. Und ich frage mich, was in totalitären Systemen mit Leuten passiert, die derart rebellische Gedanken hegen wie ich. Ich muss nur an mein Geschichtsbuch denken, um die Antwort zu erhalten: Entweder zetteln sie einen Aufstand an oder sie werden eliminiert. Aber das ist ja mittlerweile nichts Neues mehr für mich. Zum ersten Mal empfinde ich es als Fluch, als Talent geboren worden zu sein.

***

In dieser Nacht verfolgt mich wieder mein erschreckender Traum. Seit Ewigkeiten wandere ich über die Wolkendecke und bin immer noch allein. Ich frage mich, was Marie so lang mit Jakob zu besprechen hat. Aber vielleicht reden sie auch gar nichts, sondern halten sich im Arm oder vereinigen ihre Körper miteinander, falls das in dieser Welt überhaupt möglich ist. Irgendeinen Grund muss es geben, dass Marie mich so lang warten lässt. Als sie dann kommt, sind ihre Augen feucht und ein Träger ihres Kleids hängt lose über ihrer Schulter. Sie nimmt mich direkt an der Hand und führt mich den gewohnten Weg nach Westen.

»Seit das mit dir passiert ist, ist es schlimmer geworden«, sagt sie wieder. »Er verliert sich in dieser Welt. Es wäre besser, wenn du zurückkommen könntest. Aber ich weiß ja, dass es nicht geht.«

Ich bleibe stehen und greife nach ihrer Schulter, zwinge sie dazu, ebenfalls anzuhalten und mir in die Augen zu blicken. Als sie es tut, sehe ich Mitleid darin stehen. Das verwirrt mich.

»Marie!«, beschwöre ich sie. »Sag mir, was mit mir passiert ist! Bin ich tot? Hat jemand meine Erinnerung ausgelöscht?«

Sie schüttelt den Kopf und wendet den Blick wieder in Richtung der Sonne. Fast glaube ich schon, sie könnte sich losreißen und einfach verschwinden.

Oder dafür sorgen, dass ich aufwache, so wie es immer geschieht. Da kommt mir plötzlich ein Einfall. Ich bin mir nicht sicher, woher ich diese Idee nehme, denn sie passt irgendwie nicht in diese Welt.

»Gib mir bitte einen Spiegel, Marie!«

Sie sieht mich traurig an. Dann greift sie in eine unsichtbare Tasche an ihrem Kleid und holt einen winzigen silbernen Spiegel hervor. Den drückt sie mir in die Hand.

»Schau nicht hinein!«, sagt sie leise.

Der Ausdruck in ihrem Gesicht ist so bedauernd, dass ich wirklich überlege, auf sie zu hören. Ich weiß nicht, ob ich bereit bin, das anzunehmen, was ich erkennen werde, was auch immer es ist. Ganz langsam führe ich meine Hand nach oben und blicke in den Spiegel. Als Erstes sehe ich nur meine Augen, die genauso aussehen wie immer, nur eine Spur strahlender. Dann drehe ich den Spiegel ein Stück nach oben und erstarre: Auf meiner Stirn prangt das schreckliche Zeichen, das auch Levian trägt. Meine Gesichtszüge sind ebenmäßiger, mein Haar länger und meine Ohren spitz. Fahrig betrachte ich auch den Rest meines Körpers, um den letzten Zweifel an dem, was ich bereits weiß, zu beseitigen. Mein Hals ist schlank und hoch, meine Taille dünner und meine Brüste wohlgeformt. Ich lasse den Spiegel fallen. Er gleitet durch die Wolken zu meinen Füßen und verschwindet.

»Ich bin ein Faun!«, flüstere ich.

Marie nickt.

»Nun weißt du, warum es so unmöglich ist, dass du zurückkehrst. Aber ich verspreche dir, dass ich alles tun werde, was ich kann, damit Jakob in eurer Welt bleibt.«

»Es ist nicht mehr meine Welt«, hauche ich.

»Nein. Genau das ist auch der Grund, warum er sie ebenfalls verlassen will. Entweder das oder er wird dich töten müssen.«

Ich schließe die Augen vor Verzweiflung. Als ich sie wieder öffne, ist Marie verschwunden. Die Sonne zischt, als sie auf die Wolken aufsetzt, und ich spüre, wie der Traum mir entgleitet und einer gähnenden Dunkelheit weicht.

Das Schicksal holt sich immer, was es will

Es ist sechs Uhr morgens, als ich vor dem Spiegel in unserem Badezimmer stehe und mein Gesicht betrachte. Es sieht ganz anders aus als in meinem Traum. Unter meinen Augen zeichnen sich nun wieder die klassischen Ränder der Talente ab. Dieses Jahr bin ich definitiv die Erste, die sie trägt. Ich streiche mir übers Gesicht, fühle all die kleinen Unebenheiten meiner Haut, meine knochige Nase und meine verwilderten Augenbrauen, die Nadja schon lange nicht mehr gezupft hat. All diese winzigen Makel, die mich früher nie interessiert haben, weisen mich als Mensch aus. Ich will sie nicht verlieren!

Dann höre ich durch die Decke, dass Erik oben in meinem Zimmer ein paar Schritte herumläuft. Wahrscheinlich fragt er sich schon, wo ich bin. Danach werde ich meinen Eltern begegnen müssen, die schon wieder mit uns frühstücken wollen. Ich werde die Schule überstehen müssen und all die Trainingseinheiten mit Jakob, die noch kommen werden, bevor Mahdi hier auftaucht. Es geht einfach nicht, dass ich jetzt in Selbstmitleid verfalle. Immerhin kann es sein, dass mein Traum gar keine Zukunftsvision ist, sondern nur eine Antwort auf meine nächtlichen Treffen mit Levian. Irgendwo in meinem Unterbewusstsein muss sich schließlich der Gedanke ablagern, dass seine Welt mir immer näherkommt. Also beschließe ich, mich zusammenzureißen und die Sache erst einmal zu verdrängen. Ich brauche meine Kraft in den nächsten Tagen garantiert für andere Dinge als für Grübeleien, die doch zu nichts führen. Ein letztes Mal betrachte ich mein Spiegelbild, versuche, mir selbst zuzulächeln, und gehe wieder nach oben zu Erik, wo ich mich brav umdrehen werde, während er sich anzieht.

Das Frühstück mit meinen Eltern wird wieder einmal von der Zeitung dominiert. Als Erstes schaut mein Vater nach, ob sein Leserbrief schon abgedruckt ist, aber natürlich ist es nicht der Fall, denn so schnell arbeiten unsere Lokalreporter nicht. Ich glaube ohnehin, dass die E-Mail meines Vaters ganz zufällig im Spam-Ordner der Redaktion gelandet ist. Dann blättert er weiter, bis er auf der Lokalseite unserer Gemeinde landet, und überfliegt die Meldungen.

»Da schau her!«, sagt er schließlich. »Der Junge wird noch mehr von sich reden machen.«

Ich ziehe die Zeitung zu mir und Erik herüber. Gemeinsam lesen wir die Überschrift.

»Buchenau: Wettläufer stellt Sprintrekord auf!« Darunter ist wieder der dunkelhäutige Joshua abgebildet, diesmal in Joggingklamotten und mit der obligatorischen Peitsche im Gürtel. Wir haben sofort denselben Gedanken, ich erkenne es an Eriks Blick: Wenn Nils tatsächlich aus der Armee ausscheiden sollte, dann könnte dieser Junge sein Nachfolger werden! Für den armen Joshua Larson wäre das eine Tragödie, auch wenn er auf diesem Bild noch nichtsahnend grinst. Denn er würde zu einem Zeitpunkt gezeichnet werden, der denkbar schlecht ist. Wenn er Pech hat, wird er gleich am nächsten Tag von Mahdi einen Kopf kürzer gemacht. Dazu kommt, dass er durch diese Grenzgang-Veranstaltung schon jetzt im Licht der Öffentlichkeit steht. Es wird sehr schwer werden für Jakob, ihn da rauszuziehen, ohne eine Menge Ärger zu erregen.

»Das ist ziemlich blöd!«, flüstere ich Erik zu.

Meine Mutter hat spitzere Ohren, als ich ihr zugetraut hätte.

»Blöd? Wieso denn blöd, Melek?«, fragt sie.

Ich mache den Mund auf, aber mir fällt nichts ein, was ich sagen könnte.

»Blöd für den anderen, diesen Peter, meint Melek. Der steht jetzt schon im Schatten seines Kollegen«, hilft Erik mir.

Ein süßliches Grinsen steigt ins Gesicht meiner Mutter, bevor sie mir in die Wange kneift. Das hat sie zum letzten Mal vor zehn Jahren gemacht!

»Sag bloß, du wirst noch eine richtige kleine Grenzgängerin, Melek?«, zwitschert sie. »Hat Erik dich auf den Geschmack gebracht?«

Wenn sie wüsste, über wie viele Grenzen ich im letzten halben Jahr gegangen bin! Sie hätte keine ruhige Minute mehr.

***

Noch auf dem Weg zur Schule rufe ich Jakob an und sage ihm, dass er sich dringend die Zeitung kaufen soll. Das Gespräch ist kurz und bündig, wie gewohnt. Auch wenn Jakob wahrscheinlich bei jedem meiner seltenen Anrufe erst einmal tief durchatmet, bevor er rangeht. Mit Sicherheit hat er immer noch Angst vor einem emotionalen Ausbruch meinerseits. Ich beherrsche mich, nicht daran zu denken, wie es für ihn wäre, wenn mein Traum Wirklichkeit werden würde. Die Vorstellung ist so schrecklich, dass mein Gehirn schnell auf Durchzug schaltet und von selbst Small-Think macht.

Es dauert bis in den Nachmittag hinein, bis wir endlich erfahren, was es mit Joshua Larson auf sich hat. Wieder haben wir uns auf der Friedensdorfer Schutzhütte zusammengerottet, die nun schon seit Monaten unser aktueller Trainingsort ist. Bis zu dem Tag, an dem wieder die Polizei oder ein Förster vorbeikommt und uns wegjagt. Dann beziehen wir die nächste Hütte.

»Also«, meldet sich Sylvia zu Wort. Im Gegensatz zu Jakob ist sie kein rhetorisches Genie, aber wir werden ihren Vortrag schon irgendwie überleben. »Nils' Talent ist unverändert aktiv, auch wenn es weiterhin flackert. Joshua haben wir heute Mittag vor der Uni in Marburg abgepasst. Er studiert Sport. Ich habe ihm erzählt, dass ich ein Fan von ihm sei, und er hat gemeint, es sei das erste Mal, dass jemand so etwas zu ihm sagt.«

»Komm bitte zum Punkt!«, erinnert Tina sie.

Sylvia lässt sich nicht irre machen. Das ist gut so, denn wenn sie aufgeregt wird, fängt ihre Stimme unerträglich zu piepsen an.

»Dabei habe ich seine Hand gehalten und ihn unbemerkt durchgecheckt. Und jetzt ratet mal, was ich erkannt habe?«

Wir stöhnen alle über ihre kindische Art. Nur Erik bleibt ganz ernst.

»Nichts«, vermutet er. »Er war ein weißes Tuch.«

Sylvia nickt.

»Genau wie du damals.«

»Was bedeutet, dass er nur dann ein Talent wird, wenn Nils sich tatsächlich nicht mehr erholt«, fasst Jakob zusammen. »Wir können im Moment also gar nichts machen, sondern müssen abwarten, was mit unserem Wettläufer passiert. So lange wird Joshua keine Geschwindigkeiten erreichen, die über das übliche Maß hinausgehen. Ungünstig ist nur, dass jede Kleinigkeit über ihn gleich in der Zeitung steht. Auf der anderen Seite können wir ihn dadurch ausführlich beobachten, lange bevor die Orakel ihn erkennen. Das ist auch mal was Neues.«

Ich schaue hinüber zu Nils, der mit hängenden Schultern in der Ecke sitzt und schweigend mitanhört, wie bereits über seinen potentiellen Nachfolger geredet wird. Obwohl es natürlich richtig ist, was Rafail zu ihm gesagt hat – er solle froh über sein Ausscheiden sein –, ist er augenscheinlich nicht glücklich darüber. Ich finde, dass ihn das enorm auszeichnet, bedeutet es doch, dass er lieber mit uns allen in den Tod gehen würde, als zufällig allein gerettet zu werden. Außer mir scheint das niemand wahrzunehmen, deshalb gehe ich zu Nils hinüber und lege ihm den Arm um die Schultern.

»Es wird alles Schicksal sein«, sage ich. »Nimm es einfach an, egal, wie es kommt. Wird schon gut gehen für dich.«

Da grinst er und boxt mich freundschaftlich in den Oberarm.

»Du solltest dich mal reden hören, Melek!«

Erst, als ich darüber nachdenke, fällt mir auf, dass ich wirklich die Allerletzte bin, die etwas zum Thema Schicksalsfügung sagen darf. Immerhin habe ich selbst so lang und so hart dagegen angekämpft wie kein anderer.

»Entschuldige«, brummle ich. »Ich wollte dir einfach sagen, dass ich es gut finde, wie du damit umgehst.«

»Danke, Melek!«

Er hievt sich umständlich von seinem Stuhl hoch und verschwindet zu seiner nächsten Grenzbegehung. Wir anderen schlüpfen in unsere Rollenspieler-Kluft. Dann machen wir das Gleiche wie bei unserem letzten Training, schießen auf Tontauben und kreuzen die Klingen mit unseren unbegabten Gegnern. Alles in allem verläuft das Treffen eigentlich ziemlich ruhig. Ich bin froh darüber, denn wenn ich mich mit meinen Pistolen beschäftige, verfalle ich in einen Zustand, der die verwirrenden Gedanken in meinem Kopf vorübergehend lahmlegt. Dann arbeite ich einfach vor mich hin, konzentriere mich auf mein Ziel und habe keine Angst mehr vor dem Tod.

Ich befinde mich in genau dieser wohltuenden Verfassung, als plötzlich ein Schrei an mein Ohr dringt, der so markerschütternd ist, dass ich die Tonscheibe um drei Meter verfehle. Panisch drehe ich mich um und sehe Sylvia auf dem Boden vor der Schutzhütte sitzen, die Arme um den Leib geschlungen und den Kopf in den Nacken geworfen. Ihre Pupillen tanzen auf und ab wie Pingpong-Bälle. Jeder von uns lässt seine Waffe fallen und rennt zu ihr. Jakob fasst sie an der Schulter an.

»Was ist los?«, fragt er nervös. »Was siehst du?«

Sylvia fängt an, mit dem Oberkörper vor- und zurückzurudern, dann schlägt sie die Hände vors Gesicht und stößt noch einmal einen gellenden Schrei aus. Mir gefriert das Blut in den Adern.

»Nils!«, heult sie, »Oh, Jakob, es ist Nils!«

Ihre Pupillen hören auf zu zucken, doch ihr Körper verweilt in seiner verkrampften Haltung. Ein heftiger Schauder jagt von oben bis unten durch sie hindurch und die Tränen schießen wie Sturzbäche aus ihren Augen.

»Wo ist er?«, fragt Jakob. Seine Stimme klingt eisig.

»Auf dem Hohenfels.«

Jakob nickt Tina zu und sie rennt davon in Richtung des Berges.

»Wir anderen bewegen uns in Gefechtsaufstellung!«, befiehlt er.

Etwas grob zieht Rafail Sylvia hoch und befördert sie auf ihren Platz hinter uns, wo sie am besten geschützt ist. Wir wollen gerade aufbrechen, da fasst Kadim Jakob am Arm.

»Du brauchst den Piepser«, sagt er leise.

Ich kann sehen, dass Jakobs Gesicht bei diesen Worten noch etwas grauer wird. Schweigend geht er zum Bunker, öffnet ihn und weist uns andere an, die Übungswaffen darin zu verstauen. Dann holt er einen kleinen schwarzen Nylonbeutel heraus und steckt ihn in seine Manteltasche.

Ich wundere mich, wie langsam wir uns fortbewegen. Bis zum Hohenfels sind es nur etwa zwei oder drei Kilometer. Dafür, dass Sylvia einen solchen Aufstand gemacht hat, könnte Jakob uns ein etwas schnelleres Tempo zumuten. Dieser Umstand beunruhigt mich. Noch schlimmer ist, dass Sylvia selbst hinter uns her stolpert wie ferngesteuert. Sie sieht nicht so aus, als könnte man sie zwischendrin ansprechen und nach weiteren Informationen fragen. Auf den Waldwegen kommen wir als Formation nicht vorwärts. Daher joggen wir zu zweit nebeneinander und ich lande neben Finn, der auch in der Gefechtsaufstellung rechts neben mir steht. Wir sind gerade dabei, den letzten Anstieg zu erklimmen, da merke ich, dass Finn langsamer wird.

»Was ist los?«, raune ich ihm zu.

»Nichts, ich … ich kriege nur Tinas Gedanken rein«, murmelt er.

Ich verzichte darauf, ihm weitere Fragen zu stellen. Sein Gesichtsausdruck sagt mir genug. Als wir um die letzte Ecke biegen, sehe ich Tina am Boden knien. Sie sitzt mitten auf dem Weg und beugt sich über Nils Körper. Gerade schließt sie einen Knoten in dem Halstuch, das sie ihm umgelegt hat. Ich habe so ein Halstuch schon einmal gesehen: bei Lennart, dem die Dschinn das Genick gebrochen haben!

Sylvia heult sofort wieder lautstark los. Aber als wir uns alle um Nils herum aufstellen und seinen toten Körper betrachten, verebbt ihr Weinen langsam zu einem leisen Wimmern. Mein Blick fällt auf Anastasia, die zum ersten Mal miterlebt, wie schnell das Leben eines Talents vorbei sein kann. Sie ist kreidebleich, wie wir alle. Ich bewundere sie für die Fassung, die sie trotz Nils' Anblick behält.

Wir alle schauen bestürzt zu, wie Tina noch einmal sanft seinen Kopf zurechtruckt und aufsteht. Sie wischt sich mit dem Handrücken über die Nase und blickt starr hinaus in Richtung des Tals. Jakob holt den Nylonbeutel aus seiner Tasche und zieht ein kleines Gerät mit einem roten Knopf hervor. Das legt er Nils auf die Brust und aktiviert es.

»Was ist das?« flüstere ich in Finns Ohr.

»Ein Alarm an die Veteranen. Es überträgt die GPS-Koordinaten der Leiche«, sagt er laut genug, damit auch die anderen Anfänger unter uns es hören können.

Nun dreht Tina sich um und wendet ihren Blick in die Richtung des Unterholzes. Ihre Hände sind zu Fäusten geballt.

»Ihr widerwärtigen Kreaturen!«, stößt sie hervor. Bei ihrem Anblick schießen mir Tränen in die Augen. Noch einmal holt sie tief Luft und brüllt in den Wald hinein: »In ein paar Tagen hätte er es hinter sich gehabt!«

Henry geht zu ihr und nimmt sie in den Arm. Dann legt auch Erik seinen Arm um sie und murmelt irgendwas. Tina wehrt sich nicht. Sie schluchzt ein wenig, bevor sie ihr Gesicht an Henrys Hals legt und nach Eriks Hand greift. So stehen wir alle da und nehmen Abschied, jeder auf seine Weise. Bis Sylvia plötzlich schwach mit dem Finger hin zur Kuppe des Waldweges deutet.

»Der Wettläufer...«, murmelt sie. Dann kippt sie einfach um. Zum Glück fängt Finn sie rechtzeitig auf.

Wir haben nicht einen einzigen Peitschenknall gehört. Doch es dauert keine Minute, bis Joshua über die Kuppe sprintet. Er ist noch größer und kräftiger, als ich gedacht hatte, was für unsere Wettläufer eher ungewöhnlich ist. Seine Haut hat genau den Vollmilch-Farbton, den ich mir vorgestellt habe, und in seinem Gesicht steht der leicht selbstverliebte Zug der Grenzgang-Repräsentanten. Als er uns sieht, rennt er zunächst scheinbar ungerührt weiter. Doch dann fällt sein Blick auf die Leiche zu unseren Füßen und das ohnmächtige Mädchen in Finns Armen. Er bleibt aus vollem Lauf stehen.

»Was ...?«, entfährt es ihm. Sein Brustkorb hebt und senkt sich im schnellen Rhythmus. Er muss verdammt schnell unterwegs gewesen sein. »Braucht ihr Hilfe, oder ...?«

»Wie weit ist der andere hinter ihm?«, fragt Jakob Kadim.

»Etwa zehn Minuten«, antwortet der.

»Das muss reichen«, entscheidet unser Anführer.

Die Augen von Joshua werden riesengroß. Als Jakob auf ihn zugeht, hebt er die Hand und zeigt mit dem Finger auf ihn.

»Bleib bloß weg von mir!«

Dabei geht er rückwärts.

»Joshua«, sagt Jakob, so beschwichtigend wie möglich. »Das kommt jetzt ziemlich plötzlich für dich. Aber ich muss unbedingt mit dir reden! Das, was du hier siehst, ist ganz anders, als du denkst!«

»Mann, bleib von mir weg!«, stammelt der Wettläufer. Er tut mir wirklich leid, denn die Situation muss für ihn fast so schlimm sein wie für uns. Mit dem Unterschied, dass er gerade sein eigenes Leben in Gefahr sieht. Wahrscheinlich denkt er, wir wären eine Horde Psycho-Killer, die ihm nun an den

Kragen will, weil er uns auf frischer Tat ertappt hat. Unser Erscheinungsbild mit den abgerissenen Armeemänteln und Rüstungen verstärkt diesen Eindruck wahrscheinlich noch.

»Gib mir bitte die Gelegenheit, dir zu erklären, was es damit auf sich hat«, sagt Jakob.

Joshua weicht immer weiter zurück und Jakob bleibt stehen. Doch es ist zwecklos. Die Anspannung in den Augen des Wettläufers verwandelt sich in pure Panik. Er dreht um und rennt, so schnell er kann, in die Gegenrichtung.

»Bring ihn zurück, Tina!«, befiehlt Jakob.

Tina wetzt los und ist in Sekundenschnelle hinter der Kuppe verschwunden. Dann warten wir, den Blick wieder auf Nils gewandt, den wir in diesen schrecklichen Minuten wahrscheinlich zum letzten Mal sehen. Es dauert etwa fünf Minuten, bis Tina mit Joshua zurückkommt. Sie hat einen Arm auf seinen Rücken gedreht und die Pistole an seinen Hinterkopf gepresst. Dabei redet sie möglichst beruhigend auf ihn ein, aber in den Augen des Jungen steht Hysterie. Es ist völlig egal, was sie ihm gerade sagt. Sein Verstand ist nicht mehr in der Lage, es aufzunehmen.

»Das geht so nicht!«, entscheidet Jakob. »Wir nehmen ihn jetzt einfach mit und bringen es ihm in Ruhe bei. Henry, du fängst seinen Kollegen ab und erzählst ihm irgendetwas, damit er in die Gegenrichtung rennt. Tina, du holst mein Auto. Melek und Erik, ihr haltet Wache bei Nils, bis die Veteranen kommen. Seid aufmerksam und zieht ihn vorsichtshalber ein Stückchen ins Unterholz.«

Wir tun alle, was er sagt. Dann schaue ich zu, wie Rafail Sylvias schlaffen Körper auf seine Arme hebt und der Rest der Truppe zusammen mit dem bedauernswerten Joshua den Berg hinunter verschwindet.

Erik hilft mir, Nils ein Stück weit in den Wald hineinzuziehen. Wir achten penibel darauf, dass sein Kopf in der richtigen Stellung bleibt. Sein Körper ist immer noch warm. Es ist gerade mal zwei Stunden her, dass ich ihm gesagt habe, alles würde gut werden. Am liebsten würde ich die Dschinn und das Schicksal verfluchen, so wie Tina. Wir legen einen großen Fichtenzweig über seinen Körper und setzen uns wieder an den Wegesrand.

»Es nimmt kein Ende«, sage ich.

»Ich frage mich, wie sie es diesem armen Jungen beibringen wollen«, murmelt Erik. »Stell dir mal vor, du denkst an nichts anderes als an dein Heimatfest. Dann joggst du durch den Wald und triffst auf Leute wie uns. Ich glaube, wir können froh sein, wenn er uns nicht durchdreht!«

Ich nicke. »Was glaubst du, was passiert ist?«

Erik rupft einen verdorrten Grashalm aus und dreht ihn zwischen seinen Fingern.

»Ich denke, es war Zufall, wie so vieles im Leben. Sylvia würde es wahrscheinlich Schicksal nennen. Aber irgendwie muss Nils einem Dschinn begegnet sein, der beschlossen hat, uns ein bisschen Trauer zuzumuten. Vielleicht wollen sie heute Abend noch ungestört ein paar Gefühle inhalieren und sind froh, wenn wir nicht dabei sind. Wer weiß, vielleicht planen sie gerade einen richtig großen Coup? Ist das noch von Bedeutung?«

»Nein«, sage ich.

Im Grunde ist gar nichts mehr von Bedeutung. Es ist auch sinnlos, zusammen mit Levian durch den Wald zu streifen und mir Gedanken über die Menschlichkeit der Dschinn zu machen, denn schon bald wird für uns Talente hier ohnehin alles vorbei sein. Dann geht es nur noch darum, aufrecht stehenzubleiben und Mahdi die Stirn zu bieten, wie Erik gesagt hat. Und der arme Joshua Larson wird unter uns sein und sich fragen, welchen Sinn es hatte, dass er seinen geliebten Grenzgang nicht mehr erleben durfte.

Gerade, als ich so dasitze und meinen trüben Gedanken nachhänge, klappt Erik neben mir plötzlich zusammen. Er fällt vornüber auf den Weg und ich sehe Blut aus einer Platzwunde an seinem Hinterkopf quellen. Ein faustgroßer Felsbrocken kullert neben ihm zu Boden. Panisch fahre ich herum, aber ich bin nicht schnell genug. Genau in dem Moment trifft mich ebenfalls ein Schlag ins Gesicht. Doch er kommt von einer Hand, die mich im nächsten Augenblick hochzieht und ein Stück in den Wald hineinschleift. Ich versuche zu schreien, doch die Höllenangst in meinem Bauch verhindert, dass ich auch nur einen Laut von mir gebe. Ein Körper landet direkt auf meinem. Die Hand, die mich gepackt hält, drückt mich in das feuchte Laub, reißt mir meine beiden Pistolen unter dem Armeemantel heraus und wirft sie weg. Schemenhaft erkenne ich die Gestalt über mir. Es ist Leviata.

»Hallo Miststück!«, sagt sie. »Endlich sehen wir uns wieder!«

Ich gurgele und versuche mit aller Kraft, ihre Hände von meiner Kehle zu lösen, doch es gelingt mir nicht. Ich werde niemals genug Hanteln stemmen können, um es mit dieser Dschinniya aufzunehmen.

»Letztes Jahr habe ich dich ausgesaugt bis zum letzten Funken Mitgefühl«, zischt sie in mein Ohr. »Und du erzählst meinem Bruder, ich hätte mir das nur ausgedacht?«

Sie lässt meinen Hals los, um mir ein paarmal hintereinander ins Gesicht zu schlagen. Ich fühle keinen Schmerz, aber es kommt mir vor, als würde mein Kopf von meinen Schultern fliegen. Ein durchdringendes Pfeifen ertönt in meinen Ohren.

»Wenn du eines immer noch im Überfluss hast, dann Gefühle, du Schlampe! Und das Gleiche gilt für deine beiden Mitschüler. Als ich sie das letzte Mal gesehen habe, waren sie vollkommen kalt. Und jetzt verteilen sie Suppe an Obdachlose. Sag mir auf der Stelle, warum das so ist!«

Wieder treffen mich ihre Schläge ins Gesicht. Ich weiß nicht, wie ich ihr antworten soll, wenn sie doch ohnehin nicht von mir ablässt. Wenn ich nur Sylvias Fähigkeit hätte, einfach bewusstlos zu werden, und nicht miterleben müsste, wie sie mich Stück für Stück auseinandernimmt! Für ein paar Sekunden halten ihre Hände still und ich komme zum Atmen.

»Nein!«, keuche ich. »Das sage ich dir niemals!«

»Wie du willst«, säuselt sie. Dann quetscht sie meine Beine mit ihren Schenkeln zusammen und greift nach meinen Armen.

»Welcher davon ist noch mal der, mit dem du auf uns schießt? Der rechte, nehme ich an!«

Ich beiße die Zähne zusammen, um das aushalten zu können, was nun kommt. Dabei hoffe ich, wenigstens einen Teil von der Kraft zu haben, die ich immer vorgebe. Leviata packt meinen rechten Arm mit beiden Händen und legt ihn über ihr Knie.

»Wie wurdest du geheilt?«, fragt sie noch einmal.

Ich nehme all meinen Mut zusammen und fauche sie an:

»Gar nicht. Du hast es einfach nicht geschafft, mich plattzumachen!«

Sie lächelt noch einmal heimtückisch. Dann schlägt sie meinen Arm mit voller Wucht auf ihr Knie und bricht meine Unterarmknochen wie Streichhölzer. Ich schreie auf vor Schmerz und Fassungslosigkeit, doch mein Gehirn ist bereits so betäubt, dass ich nicht mehr richtig wahrnehme, was geschieht.

»Wer hat dich geheilt?«, schreit Leviata mich an. »Sag es oder ich breche dir den nächsten Knochen!«

Ich spüre meine Sinne schwinden. Der einzige Wunsch, den ich noch habe, ist der, schnell genug ohnmächtig zu werden, um diese Folter nicht mehr weiter miterleben zu müssen. Doch gerade als Leviata meinen anderen Arm greift, reißt irgendjemand sie von mir herunter. Das ist der Moment, in dem ich aufgebe. Was auch immer nun geschehen wird – ich bin nicht mehr in der Lage, daran teilzuhaben. Mein Geist taucht in einen Nebel der Erlösung ein und gleichzeitig verschwinden meine Schmerzen.

✳✳✳

Als ich wieder zu mir komme, schaue ich in ein Gesicht, das ich noch nie gesehen habe. Ein junger, gut aussehender Mann nimmt die Hände von meinem Kopf und nickt mir zu. Es steht kein Lächeln in seinem Ausdruck, aber trotzdem wirkt er beruhigend auf mich. Der Schmerz in meinem rechten Arm ist verschwunden. Ich versuche, ihn zu bewegen, und es funktioniert. Habe ich all das nur geträumt? Oder drehe ich nun völlig durch? Ich bin mir ziemlich sicher, dass Leviata mir gerade Elle und Speiche gebrochen hat. Warum also fühle ich mich auf einmal, als wäre nichts passiert?

»Mein Name ist Orowar«, sagt der fremde Mann. »Ich habe deine Knochen wieder ganz gemacht. Aber du musst sie trotzdem etwas schonen. Beweg den Arm heute nicht mehr. Morgen wird alles so sein wie zuvor.«

Ich bin nicht fähig, ihm eine Antwort zu geben. Wahrscheinlich träume ich nur. Also kann ich auch einfach liegen bleiben und darauf warten, dass ich aufwache. Als er sich aufrichtet, verschwindet sein Gesicht aus meinem Blickfeld. Dafür höre ich nun eine Stimme, die alles erklärt:

»Ich bin dir dankbar für deine Verschwiegenheit, Orowar«, sagt Levian. »Und dafür, dass du sie geheilt hast. Leviata und ich stehen tief in deiner Schuld!«

»Ich weiß nicht, was hier geschieht, Levian«, antwortet Orowar. »Ich sehe nur drei Talente am Boden liegen. Eines davon ist tot, eines bewusstlos und das dritte habe ich gerade geheilt. Sieh zu, wie du das regelst. Aber ich werde dich nicht verraten. Du weißt, warum.«

Ich bin noch nicht so weit, meinen Kopf zu heben und in die Richtung der Stimmen zu sehen. Trotzdem spüre ich, dass Orowar in den Wald zurückgeht, obwohl seine Füße kein einziges Geräusch im feuchten Laub verursachen. Ich taste mit den Händen nach den Pistolen unter meinem Mantel, aber sie sind nicht mehr da. Da fällt mir ein, dass Leviata sie weggeworfen hat.

Nun erscheint Levians Gesicht über mir. Er sieht besorgt aus. Sein Arm schiebt sich unter meinen Nacken und richtet meinen Oberkörper auf. Mein Blick trifft direkt auf seine Schwester, die genau vor mir steht und mich unverändert hasserfüllt anstarrt. Ich zucke zusammen.

»Ganz ruhig, Melek«, sagt Levian. »Sie wird dir nichts mehr tun! Und Orowar ist ein mächtiger Schamane. Wenn er sagt, dass dein Arm bis morgen wieder funktioniert, dann stimmt das auch.«

Noch einmal bewege ich den Arm und hebe ihn ein Stück an, damit ich ihn betrachten kann. Er sieht wirklich so aus, als wäre nichts gewesen. Ich schiebe den Ärmel hoch und entdecke weder eine Narbe noch ein Hämatom auf der Haut. Es ist fast schon gruselig! Nun weiß ich auch, woher die Wunderheilungen kommen, die zuweilen durch die Menschenwelt geistern. Ich selbst habe gerade eine erlebt.

»Melek«, spricht Levian mich direkt an. »Stimmt das, was Leviata gesagt hat? Hat dir wirklich jemand deine Gefühle zurückgegeben?«

Ich schüttele schnell den Kopf.

»Nein. Sie waren niemals weg.«

»Du siehst doch, dass es so nicht geht!«, schreit Leviata. »Sie ist ein furchtbar stures Biest!«

Levian dreht sich zu seiner Schwester um und schickt ihr einen Blick, den ich zum Glück nicht sehen kann. Denn sogar Leviata hält daraufhin die Klappe.

»Ich habe noch nie von einer solchen Heilung gehört«, wendet er sich wieder an mich. »Darum habe ich ihr im Herbst auch nicht geglaubt. Aber wenn es wahr ist, dass auch deine Mitschüler wieder Gefühle haben, dann ist es einfach für mich, das nachzuprüfen. Du kannst es also ebenso gleich zugeben!«

Ich befinde mich in einer Zwickmühle. Wenn wir geahnt hätten, dass Erik noch einmal aus Istanbul heimkehrt, hätten wir Jana und Bodo nie zurückverwandelt. Aber es ist nun mal passiert. Wenn es nicht ganz so offensichtlich wäre, könnte ich mich vielleicht noch irgendwie rausreden. Leider besteht nicht der geringste Zweifel, dass sie bis zur Halskrause voll sind mit Barmherzigkeit und Liebe.

»Wer ist der Heiler?«, fragt Levian noch einmal. »Jakob?«

Eine Sekunde lang denke ich nach. Was würde Jakob selbst in meiner Situation tun? Wahrscheinlich würde er mir raten, jetzt zum Wohl der Armee mit dem Kopf zu nicken. Damit könnte ich zumindest vorübergehend den Verdacht von Erik ablenken, der nur ein paar Meter neben mir liegt und innerhalb von zwei Sekunden tot sein könnte. Aber ich bringe es einfach nicht fertig. Ich bin wie gelähmt. Mechanisch zwinge ich mich dazu, durchzuatmen. Dadurch kehrt ein Funke meines Verstands zurück.

»Es ist ganz anders, als ihr denkt«, sage ich. Meine Stimme schwankt gewaltig. »Ich bin bereit, es euch zu erzählen. Aber vorher müsst ihr beide schwören, dass ihr es niemandem weitersagt – und denjenigen am Leben lasst, um den es geht.«

»Nein!«, zischt Leviata. »Wenn es wirklich einen Heiler gibt, könnte das von globaler Bedeutung sein. Das dürfen wir nicht tun, Levian!«

»Dann müsst ihr mich weiter foltern«, sage ich schwach. »Aber ich werde euch kein Sterbenswort verraten!«

Ich schaue Levian an und erkenne Unentschiedenheit in seinem Gesicht. Er scheint wirklich zu glauben, es ginge um Jakob, daher wird er nicht einlenken. Denn so wäre für ihn unwiderruflich die Chance dahin, seinen Todfeind auszuschalten. Zumindest denkt er das. Trotzdem ist es die einzige Chance, die ich habe.

Langsam hebe ich die Hand und berühre seine Wange. Er sitzt immer noch da und hält mich im Arm. Ich blicke tief in seine smaragdgrünen Augen und wundere mich selbst darüber, wie leicht es mir fällt. Nun weiß ich endlich, worauf der Traum von Marie mich die ganze Zeit vorbereitet hat.

»Versprich mir das und ich komme zu dir«, flüstere ich.

Levian greift mit seiner Hand über meine und drückt sie an sein Gesicht. Ich spüre, wie sein Herzschlag sich beschleunigt. Er hebt mich ein Stück hoch und legt seine Stirn an meine. Unsere Lippen berühren sich flüchtig.

»Ich verspreche es. Bei meinem Leben«, sagt er.

»Nein. Versprich es bei *ihrem* Leben!«, fordere ich und zeige auf Leviata.

»Beim Leben meiner Schwester«, sagt Levian und schaut zu ihr hinüber. Dann streckt er eine Hand in ihre Richtung.

»Komm her und schwöre, Schwester!«

Leviata steht da und schaut uns fassungslos an. Sie spart sich jeden Ausbruch von Wut und Zorn, denn der erste Eid ist schon geleistet. Nun gibt es auch für sie kein Zurück mehr, wenn sie Levian nicht voll in den Rücken fallen will.

»Was tust du?«, murmelt sie, als sie sich neben uns auf die Knie niedersinken lässt. »Du verrätst deine eigene Art!«

»Genau das Gleiche macht Melek auch gerade. Es kann nicht ohne Opfer gehen, wenn wir unsere Seelen zueinander bringen wollen. Versuch, das zu verstehen. Und jetzt schwöre!«

Leviatas Blick wirkt zum ersten Mal wirklich tiefgehend. Noch mehr als Levian ist sie sich darüber im Klaren, dass sie dieses Versprechen niemals abgeben dürfte. Sie macht es nur für ihren Bruder. Also ist selbst sie in der Lage zu lieben.

»Beim Leben meines Bruders schwöre ich, dass ich nichts verraten werde und denjenigen nicht töte, um den es geht.«

Damit habe ich es geschafft, Erik zu retten und den Verdacht von Jakob abzulenken. Die Dschinn werden ihnen nun nichts mehr tun, zumindest Erik nicht. Eine von vielen Bedrohungen, die ich noch von ihm abwenden konnte, bevor ich mich verabschieden muss. Denn der Einsatz dafür ist meine Erinnerung an alles, was mich ausmacht, und alles, was mir je etwas bedeutet hat. Wenn ich erst einmal verwandelt bin, werden Jakob und Erik meine neuen Todfeinde sein. Und ich werde keine Ahnung mehr davon haben, dass ich sie einmal geliebt habe.

»Und nun spuck aus, wie es wirklich gewesen ist!«, fordert Leviata mich auf. Ich winde mich aus den Armen ihres Bruders und setze mich aufrecht hin. Dann erzähle ich ihnen die ganze Geschichte von Eriks heilendem Kuss unter der Eiche, unserer Reise nach Istanbul und der Episode im Hotel, die dazu geführt hat, dass seine Heilkraft wieder verschwand. Ich berichte auch von der Auseinandersetzung mit den Generälen und dem Auftrag, den sie mir erteilt haben. Nur das bereits abgelaufene Ultimatum erwähne ich nicht.

»Nun wisst ihr, in welcher Zwickmühle wir stecken«, sage ich. »Und ihr wisst auch, dass ihr nichts zu befürchten habt. Denn Erik ist kein Heiler mehr und wird auch keiner mehr werden. Es ist vorbei.« Ich sehe Levian an und meine Stimme fängt an zu beben. »Wenn du ganz großes Glück hast, musst du deine Rechnung nicht mehr selbst begleichen. Dann übernimmt das die Armee für dich.«

Er antwortet mir nicht, doch das Funkeln in seinen Augen verrät mir, wie sehr dieser Gedanke ihn erregt. Ich hingegen kann ihn kaum ertragen. Sein Blick schweift hinüber zu Erik, der unverändert regungslos auf dem Waldweg liegt.

»Sieh zu, was du für ihn tun kannst. Dafür brauchen wir Orowar nicht!«, sagt er zu Leviata. Sie erhebt sich anmutig und geht zu Erik. Dann untersucht sie die Wunde an seinem Kopf und verschwindet geräuschlos im Wald, um irgendein Heilmittel zu suchen.

Levian steht auf und zieht mich ebenfalls hoch. Meine Glieder sind klamm und steif. Nun erst merke ich, dass mein rechter Unterarm sich doch etwas taub anfühlt. Den Tag Schonung werde ich wohl einhalten müssen.

Ich wehre mich nicht, als Levian meine Hände in seine nimmt. Er beugt sich zu mir herunter und haucht mir einen Kuss auf die Lippen, den ich anstandslos erwidere.

»Wann?«, fragt er.

»Nicht heute!« Wenigstens Abschied muss ich nehmen können von meiner Welt.

»Nein, das geht auch gar nicht«, sagt er. »Ich muss eine Woche hungern, bevor ich dazu in der Lage bin.«

»Also heute in einer Woche.«

Es ist möglich, dass ich dann noch am Leben bin. Ich weiß nicht, ob ich mich darüber freuen soll oder nicht. Levian drückt meine Hände und schenkt mir ein aufmunterndes Lächeln.

»Du wirst es nicht bereuen, Melek!«, sagt er. »Heute Nacht und vielleicht morgen komme ich noch mal zu dir und bereite dich darauf vor. Aber dann werde ich mich zurückziehen müssen. Sonst ist die Gefahr zu groß, dass ich mich nicht beherrschen kann. Ich war noch nie so lange enthaltsam. Und ich weiß nicht, was in dieser Woche mit mir geschieht.«

Leviata kommt aus dem Wald zurück mit einer undefinierbaren Pflanzenmischung in der einen Hand und einigen langen Schilfblättern in der anderen. Damit macht sie Erik einen Verband, den sie mit dem geflochtenen Schilf an seinem Kopf festbindet. Ich weiß nicht recht, ob die paar Blumen und Kräuter wirklich zu seiner Genesung beitragen, halte mich aber vorsichtshalber mit Kommentaren zurück. Dann setzt sich die Dschinniya hinter ihn, nimmt seinen Kopf in den Schoß und legt ihre Hände auf den Verband. Ihre langen blonden Haare gleiten herab und verdecken den Blick auf Eriks Gesicht.

»Denk dir was aus, wie du den Angreifer besiegt hast«, sagt Levian und hält mir meine Pistolen entgegen. Ich habe nicht bemerkt, dass er sie an sich genommen hatte.

»Wenn sie fertig ist, wird er schnell aufwachen. Dann verschwinden wir.«

Ich nicke und stecke die Pistolen wieder unter meine Jacke. Noch eine Weile beobachte ich das seltsame Bild, das Leviata und Erik abgeben, schiele hinüber zu Nils' totem Körper und zu Levian, der unverändert neben mir steht und meine Hand hält. Ich habe jetzt viel weniger Angst vor ihm, als ich im Winter hatte, obwohl das gar keinen Sinn macht. Wenn es tatsächlich mein Schicksal ist, meine Freunde zu vergessen und an der Seite eines Dschinn zu leben, dann muss ich mich ihm einfach stellen.

Es holt sich ja ohnehin, was es will.

Abschied muss wehtun

Kurz bevor Erik aufwacht, denke ich noch daran, mit dem Fuß den Rest der Blutlache zu verwischen, in der er gelegen hat. Zum Glück ist das meiste davon bereits im feuchten Boden des unbefestigten Weges versickert. Ich nehme den Dschinn-Verband ab und werfe ihn in das Unterholz. Dann setze ich mich hinter ihn, wie Levian es bei mir getan hat, und richte seinen Oberkörper auf. Ein Blick auf die Wunde sagt mir, dass sie sich geschlossen hat, auch wenn noch jede Menge Blut in seinen blonden Haaren klebt.

»Erik, es ist vorbei. Mach die Augen auf!«, flüstere ich ihm ins Ohr. Das scheint zu helfen, denn schon kurz darauf flattern seine Lider. Kaum, dass sein Bewusstsein wieder funktioniert, fasst er sich an den Kopf und stöhnt.

»Oh Melek, was war das? Es fühlt sich an, als wäre eine Horde Elefanten über mich drüber getrampelt!« Er verzerrt das Gesicht unter Schmerzen.

Anscheinend gibt es doch einen gewaltigen Unterschied zwischen der Heilkunst der Schamanen und der der normalen Dschinn. Ich habe zwar keine Ahnung, was genau Leviata mit ihrem Pflanzenverband getan hat, aber es scheint nicht alle Nachwirkungen beseitigt zu haben. Erik hat definitiv heftige Kopfschmerzen.

»Ein Angriff aus dem Hinterhalt«, sage ich. »Er hat dich mit einem Stein getroffen, aber ich konnte rechtzeitig meine Pistole ziehen und ihn erledigen.«

»Dir ist nichts passiert?«, fragt er besorgt.

»Nein. Nur mein Arm tut weh. Den hab ich mir bei der Sache irgendwie verdreht. Ist aber nicht der Rede wert.«

Nun fasst Erik an seinen Hinterkopf und tastet nach der Wunde. Als er die Hand wieder wegzieht, ist sie voller Blut.

»Das ist nur von deinen Haaren«, beruhige ich ihn. »Die Blutung hat schon längst aufgehört.«

Er sieht etwas verwirrt aus.

»So schnell?«

Ich zucke möglichst glaubhaft mit den Schultern.

»Anscheinend hast du einen ziemlichen Dickkopf.«

Nun grinst er ganz kurz, bevor er sich daran erinnert, dass wir neben der Leiche von Nils im Wald sitzen und gerade nur knapp mit dem Leben davongekommen sind. Weil er noch zu schwach ist, um sich zu erheben, bleibt er einfach mit dem Rücken an meine Brust gelehnt sitzen und drückt dabei die Hände gegen Nacken und Stirn.

Jetzt, da ich weiß, dass ich nur noch eine Woche an seiner Seite sein werde, nehme ich diesen Moment viel bewusster wahr. Es ist schlimm, dass man die Dinge erst zu schätzen weiß, wenn einem klar wird, dass man sie verlieren wird. Ich versuche, mir all die kleinen Besonderheiten zu merken, die ihn auszeichnen: das angewachsene rechte Ohrläppchen, den Wirbel an seinem Haaransatz, die breiten Schultern. Erik merkt nicht, was in mir vorgeht. Er ist zum Glück genug damit beschäftigt, mit seinen Kopfschmerzen fertigzuwerden.

»Halt noch ein paar Minuten durch. Die Veteranen kommen sicher gleich«, sage ich.

Ich behalte Recht. Keine Viertelstunde später poltert ein Geländewagen mit dem Schriftzug des Friedensdorfer Tierarztes über den Weg. Als Winnie aussteigt, erkenne ich, warum es so lange gedauert hat, bis er die kurze Strecke auf den Hohenfels zurückgelegt hat. In seinem Schlepptau befinden sich Bernd und eine weitere Veteranin, die ich noch nie gesehen habe. Dafür, dass sie alle einen Grund finden mussten, von ihrer Arbeit zu verschwinden, ging es dann sogar vergleichsweise schnell.

»Was war hier los?« fragt Bernd, der die Situation als Erster überblickt.

»Wir wurden während der Wache von einem Dschinn überfallen«, erkläre ich. »Erik bekam einen Stein an den Kopf und war eine Weile bewusstlos. Ich konnte den Angreifer aber gleich erschießen.«

»Was für ein Glück!«, seufzt Bernd erleichtert.

Die Veteranin setzt sich zu uns und stellt sich als Marlis vor. Ihre langen braunen Haare, die sie offen trägt, lassen sie jugendlich wirken, obwohl sie garantiert schon über 50 ist. Ich weiß nicht, welches Talent sie hatte, aber etwas hoch Trainiertes kann es nicht gewesen sein, dafür ist ihre Figur zu zierlich. Vielleicht Telepathie. Im gleichen Moment, als ich das vermute, lächelt sie. Ich bin nicht sehr überrascht. Marlis kann keine richtige Verbindung mehr zwischen uns herstellen, aber sie hat bestimmt immer noch die Gabe, am Gesicht eines Menschen zu erkennen, was in ihm vorgeht. Bei dem Gedanken erschrecke ich. Und das bleibt nicht unerkannt.

»Kann ich mal deine Waffen sehen?«, fragt sie, plötzlich distanziert.

Einen Augenblick lang starre ich sie entgeistert an. Dann fällt mir ein, dass ich keinen Grund habe, mich zu sorgen. Seit dem Training habe ich meine Pistolen nicht geputzt. Sie werden mich also nicht als Lügnerin überführen können, auch wenn es ein bloßer Zufall ist, der mir zu Hilfe kommt. Ich greife unter meinen Mantel und ziehe beide Waffen hervor. Sie nimmt sie, klappt eine nach der anderen auf und inspiziert den Lauf auf Schmauchspuren. In einer wird sie fündig, in der anderen nicht. Wortlos gibt sie sie mir zurück.

»Alles klar?«, fragt Bernd leicht irritiert.

Marlis nickt.

»War nur so eine seltsame Ahnung.«

Ich vermeide den Blickkontakt mit ihr. Aber dabei nehme ich mir vor, künftig lieber sofort mein Small-Think einzuschalten, wenn sie in der Nähe ist.

Zu allem Überfluss besieht sich Winnie nun auch noch Eriks Wunde.

»Du scheinst ziemlich geblutet zu haben«, stellt er fest. »Aber irgendwie hast du Glück gehabt. Es ist nur ein kleiner Wundrand und er hat schon Schorf gebildet. Wir müssen es nicht mal nähen.«

Ich bin ziemlich erleichtert, dass wenigstens Winnie keinen Verdacht schöpft. Immerhin weiß keiner der Veteranen, wie groß die Wunde ursprünglich war. Ich frage mich, ob Leviata extra für diesen Fall einen kleinen Rest davon übrig gelassen hat. Wahrscheinlich ja.

Sie verfrachten uns in den Wagen und Winnie gibt Erik eine Schmerztablette, auf deren Packung ein Hund abgebildet ist. Er schluckt sie anstandslos und das, obwohl er der Sohn eines Apothekers ist. Das allein sagt mir, wie schlimm seine Kopfschmerzen sein müssen.

Dann beobachten wir schweigend, wie der Tierarzt und Bernd Nils in einen Plastiksack stecken, während Marlis oben auf der Kuppe Wache hält. Sie tragen ihn zum Kofferraum, legen ihn hinein und schließen das Verdeck.

»Wir fahren jetzt zuerst zu Winnie«, erklärt Bernd. »Dort steigt ihr in Marlis' Auto um. Sie fährt euch zu den anderen nach Biedenkopf. Wird das gehen, Erik?«

Als Antwort erhält er ein schwaches »Ja«. Mit dem Kopf zu nicken, ist noch zu viel für Erik.

»Was macht ihr?«, frage ich vorsichtig.

»Wir kümmern uns um die Einäscherung.«

Ich frage nicht weiter nach. Im Grunde will ich die Details nicht wissen, die mit unserem Tod zu tun haben. Das Thema ist mir viel zu nah.

Wir machen alles so, wie Bernd gesagt hat. Marlis lässt uns in der Oberstadt vor dem Laden des Schusters heraus. Dann steigt sie selbst aus dem Auto, geht die Stufen zum Eingang hinunter und hebt eine Klappe unter dem Türschild hoch. Dahinter befindet sich ein Knopf, den sie drückt, bevor wir uns verabschieden.

»Nichts für ungut, Melek«, sagt sie. »Aber du gehörst zu den Menschen, die auch dann schuldig dreinblicken, wenn sie unschuldig sind.«

»Kein Problem«, murmele ich. »Mach's gut, Marlis.«

Es dauert eine Weile, bis Dönges uns die Tür öffnet. Wahrscheinlich hat die Geheimklingel ihn direkt aus seinem Bunker geholt und ich weiß aus Erfahrung, wie viel Mühe es ihn kostet, hinauf- oder hinabzusteigen.

»Kommt rein!«, brummt er unleidig. »Ihr macht wenigstens kein Geschrei!«

An den armen Joshua hatte ich gar nicht mehr gedacht. Die Vorstellung, dass er gerade zwischen lauter Freaks in der Waffenkammer eines einäugigen Schusters sitzt, ist für ihn hundertprozentig ein Grund, zu schreien. Ich weiß nicht, warum die Talente so wenig Mitleid mit normalen Menschen haben. Wahrscheinlich ist ihnen einfach nicht bewusst, wie schräg unsere Welt für Außenstehende ist.

Wir schieben uns hinter Dönges her durch seinen speckigen Samtvorhang ins Lager und von dort durch die offenstehende Falltür hinunter in die Waffenkammer. Dort sitzt der Buchenauer Wettläufer tatsächlich gefesselt auf einem Stuhl. Neben ihm liegt der Rest eines provisorischen Knebels, der garantiert noch vor wenigen Minuten in seinem Mund gesteckt hat. Hinter ihm stapeln sich jede Menge Kisten voller illegaler Pistolen, Gewehre und Bögen. Sylvia kniet vor ihm auf dem Boden, hat ihre Hände auf seine Beine gelegt und murmelt irgendetwas.

»Okay, das sind noch zwei von uns«, sagt Jakob, als er uns kommen sieht. »Melek und Erik.« Dann bleibt sein Blick auf Letzterem haften und er runzelt die Stirn.

»Schon gut«, sagt Erik. »Nur Kopfschmerzen.«

So knapp wie möglich erzähle ich von dem erneuten Angriff auf dem Hohenfels, was beim Rest der Truppe Überraschung und Furcht auslöst. Sofort gehen die ersten Diskussionen los, weshalb es innerhalb so kurzer Zeit am selben Ort zu zwei Übergriffen auf Talente gekommen ist.

Ich höre nur mit einem halben Ohr hin, denn keine ihrer Spekulationen macht schließlich Sinn. Dann bricht Jakob das Gespräch ab, weil er merkt, dass Joshua schon wieder Schnappatmung bekommt.

»Du weißt jetzt alles über unseren Kampf gegen die Dschinn«, wendet er sich an ihn. »Und du weißt auch, dass die Natur dich dazu bestimmt hat, ein Mitglied unserer Truppe zu werden. Falls du dich weigerst, kann Sylvia deine Erinnerung an die letzte Stunde löschen. Dann wird dein Talent ebenfalls verschwinden und damit auch deine Schnelligkeit. Also sag mir, wie du dich entscheidest!«

Ich sehe an Joshuas Blick, dass er trotz seiner Angst bereits voll im Bann von Jakobs Talent steht. Es besteht kein Zweifel, er wird unser neuer Wettläufer werden.

»Aber wenn ... wenn ich bei euch mitmache«, sagt er, »kann ich dann weiterhin Wettläufer beim Grenzgang bleiben?«

Ich kann nicht glauben, was ich da höre! Anstatt sich Sorgen zu machen, wie lange sein Kopf noch auf seinen Schultern sitzen wird, stellt er eine derart belanglose Frage. Joshua muss wirklich ziemlich verwirrt sein. Oder die anderen haben es nicht geschafft, ihm klarzumachen, was wir eigentlich tun und worin unsere Probleme bestehen.

»Das wird nicht gehen«, antwortet Jakob. »Wir arbeiten im Geheimen. Dieser Repräsentanten-Job zieht zu viel Aufmerksamkeit auf sich.«

Joshuas Gesicht wird so unglücklich, als hätten wir ihm sein Todesurteil verkündet. Da mischt sich plötzlich Tina ein.

»Du bist nicht aus dieser Gegend, Jakob«, sagt sie. »Wenn du es wärst, würdest du anders entscheiden.«

»Warum?«, fragt Jakob.

»Weil du ihn sonst während des Festes nicht einsetzen kannst. Ein Wettläufer, der sein Amt hinwirft, ohne querschnittsgelähmt oder tot zu sein, kann sich auf keinem Grenzgang der Welt mehr blicken lassen. Das ist quasi die schlimmste Sünde, die jemand wie er begehen kann. Außerdem ist Joshua unsere Eintrittskarte zu jeder Vorveranstaltung. Lass ihn dabeibleiben. Das hat mehr Nutzen als Schaden.«

Jakob überlegt.

»Aber dann hat er jede Menge zeitraubender Jobs. Und weder unsere Übungstreffen noch das Fitnesstraining dürfen zu kurz kommen.«

»Ich glaube, er schafft das!«, vermutet Tina und wirft Joshua einen verschwörerischen Blick zu.

»Ja«, sagt der sofort. »Ich schaffe das! Notfalls lasse ich einfach das Semester an der Uni sausen.«

»Das heißt, du bist dabei?«, fragt Jakob.

Joshua nickt.

»Okay. Dann bleib in deinem seltsamen Amt. Und du, Walter, denk darüber nach, wie wir ihn während des Festes bewaffnen können.«

Joshua gibt ein tiefes Seufzen von sich. Jakob geht zu ihm und schneidet die Fesseln an seinen Händen durch.

Sylvia lächelt ihm zu und reibt seine Finger so lange, bis sie wieder gut durchblutet sind. Dann checkt sie ihn und verkündet: »Unser neuer Wettläufer!«

Ich habe den Eindruck, dass sie nicht ganz so intensiv bei der Sache ist wie sonst zu solchen Gelegenheiten. Irgendetwas macht ihr zu schaffen. Ich nehme mir vor, so bald wie möglich mit ihr allein zu reden. Auch wenn ich mich nicht traue, ihr die Wahrheit über den heutigen Nachmittag zu erzählen. Die Gefahr, dass Mahdi wieder Kontakt mit ihr aufnimmt und ihr sämtliche Informationen über Erik und mich entlockt, ist einfach zu groß. Aber ich wüsste gern, was sie gerade so sehr beschäftigt. Vielleicht geht es über den Verlust von Nils und die Anstrengungen des Tages hinaus. Zumindest wirkt es auf mich so.

Jakob bestellt Joshua für morgen auf die Schutzhütte nach Friedensdorf, wo er sein Zeichen erhalten soll. Dann machen wir uns alle auf nach Hause. Ich schreibe eine SMS an meine Mutter, dass ich heute bei Erik übernachten werde. Mit Sicherheit wird sie so bald wie möglich bei Frau Sommer nachfragen, ob ich auch wirklich da bin. Aber solche Kleinigkeiten interessieren mich mittlerweile nicht mehr. Ich beobachte Joshua, der in seinen Joggingklamotten die Leiter des Bunkers hinaufsteigt.

»Türken, Neger, hirnlose Russen ... was wird eigentlich aus unserer Truppe?«, murmelt Rafail hinter mir.

Ich fahre herum und will ihm eine deftige Erwiderung ins Gesicht schleudern. Doch Mike kommt mir zuvor.

»Alle Völker und Rassen, singt dem Herrn!«, jubiliert er. Dann setzt er ein schelmisches Grinsen auf und fügt hinzu: »Wo kommt eigentlich dein Name her? Hundertprozentig deutsch klingt er auch nicht, oder?«

Rafail brummt etwas, dann wendet er sich zum Gehen.

»Ich hab's nicht verstanden!«, rufe ich ihm hinterher.

Erst reagiert er gar nicht. Aber kurz vor der Leiter dreht er sich noch einmal um und schaut uns an. Einer seiner Mundwinkel zuckt ein wenig nach oben.

»Serbisch«, sagt er dann. »Mir war kurzfristig entfallen, dass ich mal einen Vater hatte.«

***

Ich glaube, Erik hat eine Gehirnerschütterung. Trotzdem wage ich nicht, ihm zu sagen, wie groß der Stein war, der ihn getroffen hat, und wie schrecklich er geblutet hat. Bevor wir zu seinen Eltern gehen, wäscht er sich bei Dönges die Haare. Mit einem Stück Seife, weil es so etwas wie ein Shampoo bei dem Schuster natürlich nicht gibt. Danach ist nichts mehr von seiner Verletzung zu sehen. Als ich seinen Kopf mit einem löcherigen Handtuch abrubbele, spüre ich dennoch eine dicke Beule an der Stelle. Dagegen fühlt sich mein Arm mittlerweile wieder genauso stark an wie eh und je. Ich versuche trotzdem, ihn zu schonen.

»Kannst du es aushalten?«, frage ich Erik.

»Es geht«, antwortet er. »Die Hunde-Tabletten erfüllen ihren Zweck ganz gut.«

Wir laufen die kurze Strecke zum Marktplatz hinunter, sagen seinen Eltern beiläufig Hallo und verziehen uns, so schnell wir können, auf Eriks Zimmer. Vorher holt Erik sich noch ein richtiges Schmerzmittel aus dem prall gefüllten Medikamentenschrank im Badezimmer und schluckt gleich zwei Pillen. Damit legt er sich ins Bett und ich gebe seiner Mutter Bescheid, dass sie nicht zum Abendessen mit uns rechnen soll.

Als ich wieder nach oben komme, schnarcht er bereits. Das Geräusch ist mir in den letzten Wochen ziemlich vertraut geworden. Weil ich Angst habe, dass er sich erbrechen und ersticken könnte, ziehe ich einen Stuhl ans Bett und nehme mir vor, so lange Wache zu halten, wie ich es schaffe.

Heute Abend wird es in den Clubs wahrscheinlich ein mehrgängiges störungsfreies Menü für die Dschinn geben. Das ist so ziemlich der einzige Vorteil, den sie davon haben, einen von uns umzubringen: Nicht einmal wir sind dazu fähig, an einem solchen Abend herumzuflirten. Nachdem ich aber nun weiß, wie oft sie während der Sommermonate Menschen aussaugen, ohne dass wir es merken, glaube ich kaum, dass das der Grund gewesen ist, Nils zu töten. Er muss einen von ihnen bei irgendetwas erwischt haben. Nur wobei? Die Tatsache, dass es genau auf der Buchenauer Grenze passiert ist, spricht dafür, dass es etwas mit dem Fest zu tun hat. Aber so sehr ich mir auch den Kopf zerbreche, ich komme nicht dahinter, was es gewesen sein könnte. Vielleicht wird Levian es mir verraten.

Um zwei Uhr sitze ich immer noch auf dem Stuhl, aber ich bin schon ein paarmal weggedöst und halte immer wieder mit den Fingern meine schweren

Lider fest, damit sie nicht niedersinken und mich in den Schlaf reißen. Da kratzt es plötzlich an der Fensterscheibe und ich entdecke Levian in Eichhörnchengestalt draußen auf dem Sims. So tief wie Erik schläft, kann ich es wahrscheinlich wagen, ihn hereinzulassen. Also öffne ich vorsichtig das Fenster und das Tierchen huscht herein. Ein Blick hinaus auf den leergefegten Marktplatz beruhigt mich. Niemand scheint die Szene beobachtet zu haben.

»Wie geht es dir?«, fragt er, nachdem er sich verwandelt hat.

»Ich bin nur unheimlich müde«, antworte ich. »Aber Erik macht mir Sorgen.«

Levian tritt an sein Bett und legt ihm die Hand auf die Stirn.

»Nicht so schlimm«, sagt er dann zu meiner Erleichterung. »Er ist ziemlich zugedröhnt mit euren Drogen, darum schläft er so tief. Orowar könnte ihm seine Schmerzen von einem Augenblick auf den anderen nehmen. Ihr Menschen seid wirklich gestraft mit eurer Unfähigkeit.«

»Können wir ihn so allein lassen?«, frage ich.

»Ja, keine Angst. Seinem Gehirn ist nichts passiert.«

Erik hat wirklich in jeder Hinsicht einen ziemlichen Dickschädel. Ich bin froh darüber, denn diese eine Nacht will ich tatsächlich mit Levian verbringen. Falls er es morgen durch den Entzug nicht mehr schafft, sich mit mir zu treffen, und falls Mahdi nicht schneller ist als er, werde ich ihn erst zu meiner Verwandlung wiedersehen. Und es gibt noch so viele Fragen, die ich ihm vorher stellen will.

Wir springen hinunter auf den menschenleeren Marktplatz und gehen dann schweigend durch die Oberstadt hinauf in Richtung des Schlosses. Dabei kommen wir direkt am Haus des Schusters vorbei. Mir wird etwas flau im Magen bei der Vorstellung, dass er schlaflos hinter einem Fenster sitzen und uns sehen könnte. Wen würde er wohl erschießen – nur Levian oder auch mich? Aber nichts geschieht.

Nach einer Weile werden die Gassen enger, dann landen wir auf einem schmalen Teerweg mit einem Geländer, das uns den letzten Anstieg nach oben auf den Berg führt. Das Biedenkopfer Schloss sieht eigentlich eher wie eine Burg aus. Es ist aufwändig saniert worden und beherbergt eine Trachtenausstellung und ein Restaurant, die beide so früh im Jahr noch nicht geöffnet haben. Im Moment ist es zwar von außen angestrahlt, aber drinnen brennt kein Licht. Wir gehen auf einem Trampelpfad außen um das Gebäude herum, bis wir im hinteren Bereich des Schlosses landen. Hier setzt Levian sich auf eine uralte vermooste Mauer und lässt die Beine herabbaumeln. Seufzend beschließe ich, mir auch wieder den Hosenboden nass zu machen. Doch bevor ich mich hochhieven kann, zieht Levian mich auf seinen Schoß.

»Wir wollen nicht, dass du diese Woche krank wirst«, flüstert er in mein Ohr. Ich lasse es zu, dass er die Arme um mich legt und an meiner Halsbeuge meinen Geruch einatmet. Sofort beschleunigt sich mein Herzschlag. Der Grund dafür hat gleichermaßen mit Furcht und Lust zu tun. Früher haben die Auswirkungen seines Talents mich erschreckt. Aber nun, da ich weiß, was mit mir geschieht, kann ich es fast schon dankbar annehmen. Irgendwie tut es gut, all die Dinge rauslassen zu dürfen, die man sonst vor jedem verbergen muss, einschließlich sich selbst.

»Huh«, macht Levian und zieht seine Nase von meinem Hals zurück. »Es wird jetzt schon schwieriger. Ich glaube nicht, dass ich es morgen noch einmal schaffe, in deine Nähe zu kommen.«

Das hatte ich mir fast gedacht. Dann werde ich die letzte Woche meines menschlichen Lebens dazu nutzen, so viel zu schlafen, wie ich nur kann. Das wird auch verhindern, dass ich allzu oft ins Grübeln komme.

Levian zeigt auf die verfallenen Fundamente der älteren Burg, die früher einmal hinter dem Schloss gestanden hat.

»Es ist ein bisschen schade, dass du noch nicht deine Gestalt wechseln kannst. Wenn es so weit ist, müssen wir noch einmal hierherkommen«, sagt er.

»Warum?«

»Als Mäuse können wir nach unten in die Fundamente gehen und Ausgrabungen machen«, schmunzelt er. »Es gibt jede Menge kleiner Tunnel dort und ganz viele Dinge, die die Menschen noch nicht gefunden haben. Auch ein paar antike Sachen sind dabei, aber keine besonders wertvollen.«

»Klingt nach einem Abenteuerspielplatz für Dschinn.«

»Hör auf, uns so zu nennen!«, brummt Levian. »Du wirst bald ebenfalls ein Faun sein und dich darüber ärgern!«

Das könnte stimmen. »Tut mir leid, Levian.«

Er schluckt seinen Ärger hinunter und legt wieder seine Nase an meinen Hals. Ein süßes Ziehen läuft durch meinen Körper. Dann beißt er sanft in meine Haut und stupst mit der Nase an mein Ohr. Wenn das so weitergeht, bin ich in einer Minute komplett willenlos. Aber noch genieße ich das Gefühl zu sehr, um mein Small-Think einzuschalten. Erst als seine Hände den Reißverschluss meiner Jacke öffnen, halte ich sie fest und zwinge mich, meinen Geist auf etwas anderes zu konzentrieren als seine überirdischen Berührungen.

»Warum habt ihr Nils getötet?«, frage ich. Das bringt mich wieder auf den Boden der Tatsachen zurück. »Er wäre ohnehin ausgeschieden. Es hatte überhaupt keinen Sinn!«

»Das kann ich dir noch nicht sagen«, flüstert Levian, während er mir unbeirrt weiter kleine Küsse auf den Hals haucht. »Für dich ist es ohnehin nicht mehr von Bedeutung.«

Das klingt irgendwie alarmierend.

»Für wen dann?«, frage ich.

Als er keine Antwort gibt, springe ich von seinem Schoß herunter und drehe mich zu ihm um. In seinen Augen steht ein leicht amüsiertes Bedauern. Anscheinend benehme ich mich gerade typisch menschlich. Aber das muss er vorerst noch aushalten.

»Für Sylvia«, gibt er zu. Damit ist ihm hoffentlich klar, dass ich für heute kein Interesse mehr daran habe, mehr über meine erogenen Zonen zu erfahren. Er scheint es zu akzeptieren, denn er springt ebenfalls von der Mauer herunter und nimmt meine Hand, während er weitergeht. Ich schiele auf seinen Hosenboden und stelle fest, dass er trocken ist.

»Gestern ist es schon wieder passiert, dass sie etwas wahrgenommen hat, das sie nicht sehen sollte. Zum Glück lässt sie sich ziemlich leicht außer Gefecht setzen, wenn ihre Drähte so sehr unter Strom stehen. Ein kleiner Zauber genügt und sie kippt um.«

Ich verstehe das nicht! Ständig glauben die Dschinn, Sylvia würde hinter irgendein größeres Geheimnis ihrer Art kommen. Dabei hat unser kleines Orakel selbst nicht die Spur einer Ahnung, worum es eigentlich geht.

»Und nun steht der nächste Mordanschlag an?«, frage ich verspannt.

»Ja.«

Oh nein! Gibt es eigentlich noch irgendjemanden auf der Welt, der uns im Moment nicht nach dem Leben trachtet? Wir haben die ganze Zeit gewusst, dass unsere Feinde es auf Sylvia abgesehen haben. Aber trotzdem wuchs mit dem langen Winter doch die Hoffnung, dass das Problem an Bedeutung verloren hätte. Und nun geht alles wieder von vorne los. Das muss Jakob unbedingt wissen, bevor ich nächste Woche selbst der Meinung bin, Sylvias Tod würde einen Sinn ergeben.

»Ich habe alle Informationen, die sie braucht, um sich vielleicht vorerst retten zu können. Sie sind bereits auf dich übertragen. Du musst ihr nur noch deine Hand reichen und es ihr mitteilen«, sagt Levian.

Ich runzele die Stirn.

»Du hast mir etwas übertragen?«

»Ja, genau wie letzten Sommer. So kommunizieren wir häufig, denn es geht lautlos und schnell. Du kannst fast jedes lebendige Wesen als Wirt benutzen. Nur der Empfänger muss die richtigen Antennen haben, um die Nachricht lesen zu können. Das funktioniert nur bei Faunen und Orakeln.«

Ich erinnere mich daran. Auch die letzte Nachricht dieser Art hatte mit einem Mordanschlag auf sie zu tun. Sylvia hatte sie einen Trojaner genannt.

»Und wenn sie es liest …, dann können wir sie retten?«, bohre ich nach. Doch ich kenne die Antwort bereits. Levian bleibt stehen und fasst mich an den Schultern an.

»Nein, Melek. Die Nachricht sagt ihr nur, was wir vorhaben. Ob sie gerettet wird, liegt allein in der Macht der Natur.«

Die Natur also. Das Schicksal. Zufall. Gott. Wie auch immer er es nennt. Gibt es denn nichts, was wir selbst entscheiden dürfen?

»Nils ist tot«, schluchze ich los. »Sylvias Leben steht schon wieder auf dem Spiel! Und wir anderen werden von unseren eigenen Generälen bedroht. Könnt ihr uns denn nicht mal in dieser Situation in Ruhe lassen?«

Levians Augen verengen sich ein wenig. Er kämpft erfolgreich dagegen an, die Wut herauszulassen, die gerade in ihm hochsteigt.

»Nein, Melek, das können wir nicht. Und es liegt daran, dass auch ihr uns nicht einmal in dieser Situation in Ruhe lasst! Was sollen wir tun – im Wald herumsitzen und warten, bis ihr eure Silberwaffen auf uns abfeuert?«

»Aber Nils hat euch überhaupt nichts getan!«, greife ich ihn an.

Da gibt Levian einen seltsam abschätzigen Laut von sich.

»Glaub mir eins, Geliebte: Wäre er jetzt nicht tot, dann hätte er uns etwas getan. Es gab keine andere Lösung, als ihn zum Schweigen zu bringen.«

Ich bin genauso überrascht von dieser Aussage wie davon, dass er mich »Geliebte« nennt. Ist es nun wirklich so weit, dass ich mit einem Dschinn zusammen bin?

»Dieser Tag muss für dich die Hölle gewesen sein.« Levian scheint mir meine Bestürzung angesehen zu haben und ändert seine Taktik. »Lass dir noch etwas kühlen Wind um die Ohren wehen, bevor du schlafen gehst!«

Ehe ich etwas dazu sagen kann, verwandelt er sich in den schwarzen Hengst mit den dämonischen grünen Augen. Er legt sich hin und ich steige auf. Dann galoppieren wir durch das uralte Burgtor hinaus in den Wald und es fühlt sich an, als ließen wir dabei nicht nur die Gegenwart, sondern auch alle Ketten zurück, die uns je an unser Leben gefesselt haben. Ich weiß nicht, ob es noch menschlich ist, so zu empfinden. Aber an einem Tag wie heute komme ich irgendwann einfach an einen Punkt, an dem meine Ängste und Hemmungen früher schlafen gehen als ich. Das führt dazu, dass ich all das verdrängen kann, worüber wir eben geredet haben, und nur noch die süße Frühlingsluft wahrnehme, die aus allen Poren des Waldes dringt, um sich mit Levians donnernden Hufen und dem aufgehenden Mond zu einer wahren Glückssymphonie zu vereinen.

Ich weiß nicht, wie lange wir so unterwegs sind. Aber als er mich nach einiger Zeit am Rande der Stadt wieder absteigen lässt, fühle ich mich fast so beschwingt wie nach unserem letzten Ausritt. Das ändert sich allerdings mit jedem Schritt, den wir zurück zu Eriks Haus gehen. Dabei läuft Levian neben mir her und hält meine Hand.

»Wie wird es sein, wenn du mich verwandelst?«, frage ich leise.

»Es wird wohl für keinen von uns beiden besonders angenehm sein«, antwortet er etwas ausweichend.

»Warum? Tut es weh?«

Er nickt.

»Für dich ist die Verwandlung deines Körpers mit Schmerzen verbunden. Und für mich wird es eine Überdosis sein, die mich nach der Woche Entzug wahrscheinlich umhaut.«

»Woher weißt du das?«, frage ich.

»Von Orowar. Er ist der Einzige unter uns, der es schon mal gemacht hat, mit seiner Gefährtin Orowyn.«

»Orowyn?«, wundere ich mich. »Das war aber sicher nicht ihr menschlicher Name, oder?«

»Nein. Sie hat den Namen ihres Seelenverwandten angenommen. Ihr menschlicher Name hatte keine Bedeutung mehr für sie.«

Ich bleibe stehen und schaue Levian an.

»Muss ich das auch tun?«, frage ich. »Eine zweite Leviata werden?«

Er schüttelt den Kopf.

»Nein, Melek. Wenn es dir etwas bedeutet, dann erzähle ich dir danach, dass du deinen Namen behalten wolltest. Ich werde dir alles erzählen, was du vergessen hast. Und dann fangen wir einfach wieder bei null an. Dein Geist und deine Seele werden leer sein, aber sie sind immer noch die deinigen und du kannst sie von neuem füllen. Du musst keine Angst haben, dass du dich durch die Verwandlung komplett auflösen wirst.«

Das war tatsächlich meine schlimmste Angst gewesen. Und ist es noch! Denn die vollkommene Amnesie, die ich erleben soll, macht mich verletzlich. Ich werde ganz davon abhängig sein, wie viele und welche Infos Levian mir über meine menschliche Vergangenheit gibt. Auch wenn es sich zuweilen anders anfühlt, traue ich ihm immer noch nicht hundertprozentig.

Wir verabreden uns für nächsten Donnerstag um 19 Uhr am Jungfernbrunnen. Kurz bevor er mich auf den Rücken nimmt, um Eriks Fenster zu erklimmen, ringe ich mich dazu durch, einen Abschiedskuss auf seine Wange zu drücken. Das Grinsen, das ich als Antwort erhalte, macht mir deutlich, dass er alles andere als zufrieden damit ist.

»Noch ein Mal auf die menschliche Art«, sagt er und küsst mich so intensiv, dass mir von seiner Umarmung schwindelig wird. Danach lässt er mich los und lächelt mich an.

Ich lächele zurück, aber die Trennung fällt mir schwer. Ich habe Levian nicht gesagt, wie bald wir mit Mahdis Kommen rechnen. Es könnte sein, dass ich ihn nie mehr wiedersehe.

Nachdem er mich mit ein paar einfachen Klimmzügen nach oben geschafft hat, setzt er mich auf der Fensterbank ab und ich hangle mich schnell ins Zimmer. Dann stelle ich ihm eine letzte Frage, bevor er sich wieder in das Eichhörnchen verwandelt und nicht mehr antworten kann: »Was war das Beste, was du den Menschen je gestohlen hast?«

Levian drückt meine beiden Hände zum Abschied und haucht einen Kuss darauf. Dann springt er hinunter auf den Marktplatz und blickt noch einmal zu mir herauf.

»Dein Herz!«, ruft er.

Ich hoffe, dass niemand mehr wach ist, der das Eichhörnchen hören könnte, welches eine Sekunde später lachend in der Krone des nächsten Baumes verschwindet.

Bis dass der Tod uns scheidet

Der nächste Tag ist der seltsamste meines Lebens, denn er ist wie kein anderer von Situationen geprägt, wie sie gegensätzlicher nicht sein könnten. Es fängt schon nach dem Frühstück an, als Erik beschließt, dass wir nicht in die Schule gehen sollten. Stattdessen nimmt er ausgerechnet den Weg zum Schloss hoch, den ich erst vor wenigen Stunden mit Levian gegangen bin. Unterwegs schlage ich ständig vor, in eine andere Richtung abzubiegen, aber er ist der Meinung, die Abgeschiedenheit der hinteren Schlossruinen wäre der einzige Ort, wo man ungestört reden könne. Also lande ich auch mit ihm auf einer feuchten Mauer. Mit dem Unterschied, dass Erik daran gedacht hat, Plastiktüten in seine Schultasche zu stopfen, auf die wir uns setzen können. Als ich ihm dabei zusehe, wie er die Tüten auf der Mauer drapiert, kann ich an nichts anderes denken als an die verschiedenen Welten, in denen wir uns schon bald befinden könnten. Ich glaube, es gibt kaum zwei Wesen, die unterschiedlicher sind als Erik und Levian. Es ist seltsam, dass ich mich beiden so verbunden fühle. Genauso verbunden, wie ich es einst mit Jakob war.

Noch einmal greift Erik in seine Schultasche und zieht eine Flasche Wasser hervor, die er zwischen uns stellt. Dann wirft er eine weitere Tablette ein und trinkt einen Schluck.

»Immer noch nicht besser?«, frage ich.

»Doch. Es geht schon.«

Ich merke, dass er an etwas ganz anderes denkt.

»Hör zu, Melek«, sagt er schließlich. »Ich weiß eine Möglichkeit, wie wir unser Verschwinden für unsere Eltern leichter machen können.«

Er redet von der Zeit nach unserem Tod. Von den Tagen nach Mahdis Rachefeldzug, wenn die Veteranen durch die Elternhäuser der Talente gehen und mit Erklärungen wie terroristischen Anschlägen um sich werfen. Und genau wie Levian habe ich auch Erik etwas versprochen, für den Fall, dass es so weit kommt: dass ich bis zum Ende an seiner Seite bleiben werde. Der gestrige Tag hat nichts an meiner Entscheidung geändert. Als ich das Versprechen ausgesprochen habe, konnte ich ja nicht wissen, dass ich schon kurz darauf Eriks Leben retten müsste, indem ich mich an Levian verkaufe.

»Die Erklärungen, mit denen die Veteranen kommen, sind einfach furchtbar grausam«, redet er weiter. »Wie wäre es, wenn sie stattdessen denken würden, wir wären abgehauen. Miteinander durchgebrannt, verstehst du? Das würde bedeuten, dass sie furchtbar sauer auf uns wären. Aber sie würden auch glauben, dass wir noch am Leben sind.«

»Ja«, sage ich. »Lass uns das machen.«

Ich bin froh, dass Erik an solche Dinge denkt. Auch mir fällt es schwer, meine Eltern ohnmächtig zurückzulassen. Aber anstatt nach Lösungen zu suchen, verdränge ich schmerzhafte Gedanken einfach. Erik hingegen macht in gewisser Weise gerade sein Testament. Und ich hätte denselben Grund wie er, meine Dinge auf dieser Welt zu regeln. Vor allem diejenigen, die mit meinen Gefühlen für ihn zu tun haben. Denn wenn auch weiterhin unklar ist, was in den nächsten Tagen geschehen wird, so steht doch eines fest: Ich werde entweder an Eriks Seite sterben oder von Levian in einen Dschinn verwandelt werden. Mir fällt nichts ein, was passieren müsste, damit wir uns hinterher noch einmal freundschaftlich und lebendig in die Augen blicken. Aber ich habe keine Ahnung, wie ich ihm klarmachen kann, wie viel er mir bedeutet.

Stattdessen besprechen wir ausführlich, was wir unseren Eltern sagen wollen, und beschließen, dass wir den Plan besser zu früh als zu spät in die Tat umsetzen sollten. Danach gehen wir zurück zu Eriks Elternhaus. Er bittet seine Mutter, seinen Vater aus der Apotheke zu holen, weil wir mit ihnen reden müssten.

Als es so weit ist, dass wir den beiden am Küchentisch gegenübersitzen, bekomme ich doch ziemlich Herzklopfen. Sie sind völlig verkrampft und rechnen offensichtlich mit einer schlechten Nachricht. Keiner fragt, warum wir nicht in der Schule sind. Selbst Erik fällt es sichtbar schwer, die Fassung zu bewahren. Ich greife unter dem Tisch nach seiner Hand, um ihm Mut zu machen.

»Melek und ich haben beschlossen, dass wir etwas tun wollen, wofür wir gern euer Einverständnis hätten«, sagt er schließlich. »Wir sind sicher, dass wir es möchten und finden, dass wir alt genug dafür sind.«

Dann versagt ihm die Stimme.

»Ihr wollt heiraten«, stellt seine Mutter fest.

»Ja.«

»Aber Junge, ihr seid noch nicht mal volljährig«, wirft sein Vater ein. »Das dürft ihr doch gar nicht!«

»Doch«, sagt Erik. »Im Herbst werde ich achtzehn. Wenn Melek dann die Erlaubnis ihrer Eltern hat, dürfen wir es tun. Und wir machen es auf jeden Fall ... es gibt Länder auf der Welt, wo es auch in jüngerem Alter und ohne Einverständniserklärung der Eltern möglich ist!«

Jetzt liegen die Karten auf dem Tisch. Eriks Eltern werden kreidebleich. Ich rechne damit, dass Herr Sommer die Faust auf den Tisch donnert oder seine Frau hysterisch heulend durch den Raum rennt. Aber nichts davon geschieht. Stattdessen greift Eriks Mutter nach der Hand ihres Sohnes und drückt sie. Obwohl ihr sichtbar das Wasser in den Augen steht, wirkt sie ziemlich gefasst.

»Tut das nicht!«, sagt sie. »Bleibt auf jeden Fall bei uns! Und wenn ihr glaubt, es sei wichtig, dass ihr heiratet, dann macht es eben. Wir werden schon eine Lösung finden, wenn es Probleme gibt.«

Selbst Erik hat nicht damit gerechnet, wie groß die Sorge seiner Eltern um ihn ist, als er sich seinen Plan ausgedacht hat. Zum ersten Mal kommt sein Alibi uns wirklich in die Quere. Denn augenscheinlich hält seine Mutter ihn für derart depressiv, dass sie lieber eine jugendliche Scheidung in Kauf nimmt, als die Möglichkeit, dass wir nach Amerika durchbrennen könnten. Sein Vater macht nun das Gleiche. Er legt seine Hand auf die seiner Frau und seines Sohnes.

»Wir sind immer für euch da!«, verspricht er.

In dem Moment schießen die Tränen nur so aus Eriks Augen heraus. Er reißt seine Hand los und steht so schnell auf, dass der Stuhl hinter ihm zu Boden fällt. Dann dreht er sich um und rennt hinauf in sein Zimmer. Seine Eltern schauen mich verständnislos an.

»Warum weint er jetzt?«, fragt seine Mutter. »Ich dachte, das sei es, was ihr hören wolltet.«

»Ja ...«, stammle ich. »Ich denke, er ist ergriffen ... und wir haben Angst vor dem Gespräch mit meinen Eltern.«

Dann laufe ich schnell hinter Erik her, um keine weiteren Fragen mehr beantworten zu müssen.

***

Ich sitze lange neben ihm und streichle ihm über den Kopf, während Erik das Gesicht in seinem Kissen vergraben hat und vor sich hin schluchzt. Als er sich wieder beruhigt hat, richtet er sich auf und wir nehmen uns schweigend in den Arm. Es fühlt sich fast an wie früher, als wir noch Freunde waren. So sitzen wir eine Weile da, bis er beschließt, dass es nun gut sein muss.

»Wir haben immer noch die Chance, dass deine Eltern schlimm genug ausrasten, um Streit zu provozieren«, sagt er. Daran will ich gar nicht denken. Aber er hat Recht. Vielleicht müssen wir es ihnen noch rücksichtsloser verkaufen.

»Du musst reden«, stelle ich klar. »Und sei härter als gerade eben.«

Er nickt. Dann machen wir uns auf dem Weg zum Zug nach Buchenau. Eriks Eltern stehen am Fenster und blicken uns hinterher. Erik merkt es auch, denn er fasst nach meiner Hand. Den ganzen Weg bis zum Haus meiner Eltern bringen wir kein Wort mehr über die Lippen.

Dann sitzen wir wieder da, wie so oft, am Tisch mit meinen Eltern. Wir haben Glück, dass mein Vater zu Hause ist und einen Bürotag einlegen wollte. Den kann er nun vergessen. Die Gesichter der beiden sehen genauso aus wie die von Eriks Eltern: verkrampft und in der vagen Annahme, dass sie gleich einen Schock versetzt bekommen. Erik wählt die gleiche Einleitung wie beim letzten Mal. Und es ist auch in diesem Fall meine Mutter, die zuerst begreift, wovon er spricht.

»Ihr wollt heiraten?«, brüllt sie. Das hört sich schon mal anders an als bei Frau Sommer. Eigentlich müsste ich nun froh sein, aber stattdessen schnürt sich mir die Kehle zu. Erik hat sich besser unter Kontrolle. Immerhin handelt es sich auch nicht um seine Mutter.

»Ja«, sagt er ein wenig frech. »Und Sie können auch davon ausgehen, dass wir es tun werden – mit oder ohne Ihre Zustimmung.«

»Du unverschämter Rotzlöffel!«, schreit mein Vater. »Was bildest du dir eigentlich ein, in unser Haus zu kommen und solche Drohungen auszustoßen? Wir haben dich hier immer wieder freundlich aufgenommen und das ist jetzt der Dank!«

Ich weiß nicht, wie viel Überwindung es Erik kostet, in diesem Moment seine überhebliche Miene beizubehalten. Aber er schafft es und greift provozierend nach meiner Hand.

»Unser Entschluss steht fest!«

Da rastet meine Mutter aus. Sie steht auf und schreit mich auf Türkisch an, ob ich noch ganz dicht sei, mit noch nicht einmal siebzehn Jahren einen Typen heiraten zu wollen, der ganz offensichtlich durchgeknallt sei. Ich ziehe den Kopf ein und werde auf meinem Stuhl immer kleiner.

»Bitte, Hatice, ich verstehe kein Wort!«, fleht mein Vater.

»Das ist genau das, wogegen ich seit Jahren ankämpfe!«, echauffiert sich meine Mutter. »Türkische Mädchen, die nichts aus sich und ihrem Leben machen und stattdessen mit dem nächstbesten Idioten vor den Traualtar ziehen! Was soll aus ihr werden, wenn sie das tut? Meinst du, ich habe Lust, zu erleben, wie sie mit Mitte zwanzig fett und hässlich, ohne Ausbildung und Beruf, aber mit fünf Kindern dasteht?«

»Komm, Melek, das müssen wir uns nicht bieten lassen!«, sagt Erik. Ich lasse mich von ihm hochziehen und zur Tür schleifen.

»Schau dich bloß mal an!«, schreit meine Mutter mir hinterher. »Du lässt dich jetzt schon rumkommandieren!«

»Das hätte ich nie von ihm gedacht«, höre ich meinen Vater noch sagen, als wir nach oben rennen und meine Zimmertür hinter uns zuschließen.

Ich liege mindestens genauso lange heulend auf dem Bett wie Erik zuvor. Er erweist mir denselben Freundschaftsdienst, wie ich ihm: Erst streichelt er meinen Kopf, dann hält er mich im Arm, bis ich keine Tränen mehr habe.

»Jetzt haben wir es geschafft, Melek!«, sagt er. »Nur noch ein paar Tage, dann ist es vorbei!«

»Aber dann sind wir tot!«

»Wahrscheinlich.«

Das Streicheln seiner Hände fühlt sich beruhigend an. Es ist ein krasser Gegensatz zu dem, was er sagt, und trotzdem bin ich in diesem Moment davon überzeugt, dass wir uns gemeinsam jeder Macht der Welt widersetzen können. Wir verzichten darauf, uns zu sagen, dass wir uns schon irgendwie irgendwo wiedersehen werden, denn keiner von uns ist sich mehr sicher, ob es so sein wird.

Da kommt mir in den Sinn, was Sylvia an dem Tag zu mir gesagt hat, als Erik Jana und Bodo küsste. Ohne darüber nachzudenken, was ich damit auslöse, plappere ich es heraus:

»Wessen Talent hat den meisten Einfluss auf dich?«

»Wie meinst du das?«, fragt Erik.

»Das hat Sylvia mich gefragt, bevor wir nach Istanbul geflogen sind«, erkläre ich. »Sie meinte dich, Jakob und Levian. Vielleicht ist es wirklich nur das: Eure Talente machen mich konfus.«

Erik lässt mich los und rutscht ein Stück von mir weg. Das fühlt sich schrecklich an. Am liebsten würde ich hinterherrutschen und mich wieder an seiner Brust verkriechen. Hätte ich nur nichts gesagt! Ich weiß selbst nicht, worauf genau ich eigentlich hinauswollte.

»Du denkst immer noch an ihn«, stellt Erik kühl fest. »Sag nichts darauf, denn ich weiß, dass es so ist! Mich brauchst du in diese Schublade aber nicht mehr zu stecken, denn ich stehe völlig talentfrei vor dir, Melek! Und ich bin mir nicht sicher, was die Andeutung mit Levian soll.«

»Nichts«, murmele ich.

»Hat er wieder Kontakt zu dir aufgenommen?«

Ich ringe mit mir. Jetzt gerade würde ich alles dafür geben, dass Erik mich wieder in den Arm nimmt. Aber es macht keinen Sinn, ihm zu erzählen, was sich gestern zugetragen hat, während er in seinem Blut auf dem Waldweg lag. Alles, was ich damit auslösen würde, wäre, dass er sich noch mehr Sorgen macht. Und dann wäre selbst die letzte Chance dahin, dass er vielleicht doch überleben könnte. Für den Fall, dass Mahdi aus irgendeinem Grund Gnade mit ihm walten lässt, sind den Dschinn durch ihren Schwur ebenfalls die Hände gebunden. Wenn ich ihm jetzt alles erzähle, wird er irgendetwas tun, um mich von der Sinnlosigkeit meines Handelns zu überzeugen und Levian aufzuspüren. Das würde nur noch mehr Unruhe in die ohnehin schon verfahrene Situation bringen. Und es hätte keine Aussicht auf Erfolg.

»Nein«, sage ich. »Noch nicht. Aber ich warte darauf.«

»Und was sollte das nun mit dem Einfluss unserer Talente auf dich?«, hakt Erik nach.

Da fällt mir wieder ein, warum ich das Thema überhaupt angeschnitten habe.

»Sylvia hat noch etwas gesagt: Du musst erkennen, was das wahre Gesicht der Liebe ist. Dann lässt das Schicksal seine Krallen von dir!«

»Tja, Melek«, sagt Erik. »Ich glaube, *das* ist wirklich keine Stärke von dir.«

Er fragt nicht, wie dieser Gedanke in meinen Kopf gekommen ist. Aber ich weiß es: Gerade eben, als er noch bereit gewesen war, sein Leid mit mir zu teilen, habe ich darüber nachgedacht, was wohl wirklich mit diesem Wort gemeint ist, das alle Welt so sorglos benutzt. Ich habe mich gefragt, ob es die unbändige Lust ist, die ich in der Gegenwart von Levian verspüre oder die völlige Ergebenheit, die Jakob in mir auslöst. Oder vielleicht doch die endlose Geborgenheit, die Erik mir vermittelt. Das war der Grund, warum ich ausgesprochen habe, was ich besser für mich behalten hätte. Aber Erik hat schon ganz Recht. Durch mein Herz schwirren nach wie vor auch zwei andere Personen. Das kann ich nicht leugnen. Eine Sache allerdings war mir bisher gar nicht aufgefallen: Eriks Talent ist weg und das Gefühl der Geborgenheit immer noch da. Diese Erkenntnis würde ich jetzt gern mit ihm teilen, aber sein Gesicht sieht schon wieder danach aus, als hätte es nicht viel Sinn, ihm meine zusammenhangslosen Gedanken vorzujammern. Einmal mehr wünschte ich, ich wäre mit ein bisschen mehr rhetorischem Geschick ausgestattet.

Das Geräusch eines Autos, das in unsere Hofeinfahrt biegt, reißt mich aus meinen Überlegungen. Ich schaue aus dem Dachfenster und werde sofort panisch.

»Deine Eltern. Oh nein!«, stoße ich hervor.

Erik tritt neben mich und wir beobachten, wie die beiden aus dem Auto steigen und zu unserer Haustür gehen. Es klingelt.

»Was wollen die hier?«, frage ich.

»Schon gut«, sagt Erik und lässt sich kraftlos auf mein Bett fallen. Er merkt es nicht, aber es ist das erste Mal, dass er das tut. »Sie sind gekommen, um zu streiten. Kannst du Musik anmachen, damit wir es nicht mitkriegen?«

Ich drehe meine Stereoanlage auf, aber trotzdem ist unüberhörbar, was unten im Wohnzimmer geschieht. Ich höre das schrille Keifen meiner Mutter und die sonore Stimme von Eriks Vater. Am Ende wird sogar Frau Sommer ziemlich laut und danach fliegen ein paar Türen. Während sie ohne ihren Mann zum Auto geht, knarren die Treppenstufen und jemand drückt die Klinke meiner Tür, ohne anzuklopfen. Dabei kann es sich nur um meine Mutter handeln.

»Macht gefälligst auf!«, schreit sie.

Wir reagieren nicht. Dann dringt die Stimme von Herrn Sommer an unser Ohr.

»Kommt raus, Erik, das hat keinen Zweck. Du hast Hausverbot bekommen.«

Wir schauen uns an und wissen beide, was zu tun ist.

»Zusammen?«, fragt Erik.

»Zusammen.«

So schnell ich kann, stopfe ich Unterwäsche, eine frische Jeans und ein paar Oberteile in einen kleinen Rucksack und ziehe meine Jacke an. Dann greife ich nach Eriks Hand und öffne die Tür.

»Oh nein«, sagt meine Mutter, als sie mich so sieht. »Du bleibst schön hier!«

»Nein«, antworte ich. »Ich bleibe an keinem Ort, wo Erik unerwünscht ist.«

Dann wende ich mich an Herrn Sommer:

»Kann ich bei Ihnen wohnen?«

Er nickt.

»Moment, so haben wir nicht gerechnet!«, sagt mein Vater und baut sich in seiner ganzen Größe vor dem schmächtigen Apotheker auf. Sein Gesicht ist puterrot und er ballt die Fäuste.

»Passen Sie auf, Herr Weber«, sagt Eriks Vater und ich bin etwas beeindruckt davon, wie er mit der Situation umgeht. »Wir regeln das jetzt wie erwachsene Menschen, da es ohnehin keine Möglichkeit gibt, die beiden auseinanderzureißen. Ich nehme Melek mit und Sie gehen heute noch zum Jugendamt. Dann klären wir die ganze Sache auf offiziellem Wege und keiner von uns lässt sich zu etwas herab, das er morgen bereuen wird.«

Ich habe genug gehört und gesehen. Schnell ziehe ich Erik die Treppe hinunter und aus dem Haus. Zum Glück kommt sein Vater nur wenige Sekunden später unversehrt hinter uns her. Wir verkriechen uns so schnell wie möglich auf den Rücksitz. Dann steigen auch Eriks Eltern ein und sein Vater setzt den Wagen eilig rückwärts aus unserer Einfahrt. Ich sehe durch die Frontscheibe, wie unser Haus immer kleiner wird. Doch meine Eltern kommen nicht heraus, um uns hinterherzusehen. Falls alles schiefgeht, werde ich sie nie wiedersehen. Dann war das Letzte, was wir uns auf dieser Welt zu sagen hatten, im Streit gesprochen. Ich habe doch noch Tränen. Und Erik hat zum Glück einen Grund gefunden, um endlich wieder seinen Arm um mich zu legen. Ich winde mich aus meinem Gurt, um näher bei ihm zu sein, und versuche die Bedrohungen zu vergessen, die über uns hängen. Doch zum ersten Mal in meinem Leben bin ich nicht mehr dazu in der Lage, mich mit Small-Think wegzubeamen.

***

Am Nachmittag müssen wir in diesem Zustand auf Joshuas Zeichnungsparty. Eriks Eltern erzählen wir, dass uns die Decke auf den Kopf fällt und wir Freunde besuchen wollen. Tina und Henry nehmen uns mit nach Friedensdorf, daher haben wir nicht einmal richtig gelogen. Auch wenn es wahrscheinlich zu weit gehen würde, Tina als meine Freundin zu bezeichnen.

Die Sitzplatzaufteilung im Auto hat sich mittlerweile geändert. Nun fährt Henry wieder vorne auf dem Beifahrersitz, Erik hinten, zusammen mit mir. Die Zeiten, als Tina ständig in seiner Nähe war, sind definitiv vorbei.

Tina redet die komplette Fahrt hindurch nur über Joshua. Wie schlimm es für ihn gewesen wäre, den Grenzgang nicht erleben zu dürfen. Wie gut es für uns sei, ihn als Spion im Buchenauer Veranstaltungskomitee zu haben. Wie anders seine Peitsche doch sei im Vergleich zu den Biedenkopfer Wettläufern. Hin und wieder erkenne ich, dass Henry ihr dabei leicht missgelaunte Blicke zuwirft. Aber insgesamt bin ich von meiner eigenen Lebenssituation erschlagen genug, um mich nicht weiter damit zu befassen.

Als wir schon fast oben auf der Schutzhütte sind, lässt Henry sich dazu herab, ebenfalls einen Kommentar abzugeben:

»Also meiner Meinung nach ist der Typ im Herzen noch nicht ganz bei uns«, sagt er.

»Das könnte daran liegen, dass man ihn geknebelt und gefesselt von seiner Joggingrunde entführt hat«, wirft Erik ein.

»Nein, ich denke, er ist nach wie vor mehr auf seinen Grenzgang fixiert«, behauptet Henry.

Tina wirft ihm einen wütenden Blick zu.

»Und wenn es so wäre: Ich kann es verstehen!«, giftet sie.

»Oha, ist ja gut!«, sagt Henry beschwichtigend. Wenn es um Tina geht, besteht er nie lange auf seiner Meinung.

»Und außerdem wird sich das mit dem heutigen Tage ändern, denn du weißt genau, was geschieht, wenn Jakob einen von uns zeichnet.«

Ich denke an den Tag meiner eigenen Zeichnung zurück. An Jakobs ruhige Hände, die die Linien meines Tattoos für immer in meine Handfläche stachen. Und an das Gefühl, dass ich dabei hatte, die grenzenlose Leidenschaft, mit der ich mich und mein Leben in seine Hände legte. Schon damals hatte Jakob zu mir gesagt, ich sollte aufpassen, dass ich sein Talent nicht mit etwas anderem verwechsle. Und doch entschied er nur wenige Wochen später für sich selbst, dass ich wohl wissen würde, was ich fühle. Ich bin nicht mehr sicher, ob er damit Recht hatte. Klar ist jedoch: Unser neuer Wettläufer wird diese Erfahrung ebenfalls nicht unbeeindruckt überstehen. Mit dem heutigen Tag wird es etwas geben, das für ihn mehr Gewicht hat als sein kurioses Heimatfest.

Vor dem Hintergrund, dass wir später noch auf Nils' Beerdigung müssen, verläuft Joshuas Party ziemlich wortkarg. Er selbst wird nachher nicht mitkommen. Darum hat er auch keine Ahnung davon, warum wir alle so deprimiert herumsitzen. Nadja gibt wie immer ihr Bestes, um uns zu unterhalten, indem sie ein Würstchen nach dem anderen aus dem Topf und direkt vor die Zähne eines Opfers wandern lässt. Will derjenige dann zubeißen, zieht sie es schnell zurück. Die Sache könnte lustig sein, wenn irgendjemandem von uns nach Lachen zu Mute wäre. Das ist das Schlimme an den Zeichnungspartys: In 50 Prozent der Fälle ist gerade einer von uns gestorben und niemand bekommt die Softdrinks und Würstchen mehr so richtig hinunter.

Joshua jedenfalls ist über das alles noch nicht so richtig im Bilde. Deshalb dauert es auch nicht lang, bis er beschließt, uns zu trauen und ein wenig mehr von sich preiszugeben. Er hat eine ziemlich offene Art. Wahrscheinlich ist das der Grund, warum die Buchenauer ihn zum Wettläufer gewählt haben. Er ist selbstbewusst, charmant und kann mit Worten umgehen. Beiläufig erzählt er uns Geschichten aus dem Buchenauer Grenzgangkomitee, die einige von uns doch zum Schmunzeln bringen. Das Beste ist sein Bericht von einer Sitzung, in deren Verlauf ein Mitglied sabbernd und betrunken am Tisch eingeschlafen ist, während alle anderen ein Lied über ihn sangen. Dabei imitiert er die Gesichtszüge des Betroffenen so täuschend echt, dass man fast glaubt, dabei gewesen zu sein.

Tinas Augen strahlen.

»Das ist in Biedenkopf das Gleiche!«, sagt sie. »Mein Vater hat früher genau dieselben Geschichten erzählt!«

»Ehrlich?«, fragt Joshua. »Wer ist denn dein Vater?«

»Volker Schneider.«

»Volker Schneider? Der ist ein totales Vorbild von mir!«, platzt Joshua heraus. »Ich wusste gar nicht, dass er eine Tochter hat!«

Tina senkt den Blick zu Boden.

»Ja ... er weiß es auch nicht mehr.«

»Oh, Tina, das tut mir schrecklich leid!«, sagt Joshua aufrichtig. Ein grüblerischer Ausdruck tritt in sein Gesicht. »Kannst du mit einer Peitsche umgehen?«

Sofort ist Tina wieder voll bei der Sache.

»Nein«, sagt sie. »Mein Vater hat es mir nie gezeigt. Er war der Meinung, ich sollte besser kein Blut lecken, denn es sei ja ohnehin ausgeschlossen, dass jemals eine Frau ...«

»Papperlapapp!«, sagt Joshua. »Komm her, ich zeig's dir!«

Damit steht er auf und zieht seine obligatorische Peitsche aus dem Gürtel. Dönges hatte die fragwürdige Idee, das Ende seiner Schnur zu versilbern. Damit kann Joshua zwar keine Dschinn töten, aber er hat zumindest die Gelegenheit, ihnen im Notfall eine Zorro-Narbe durchs Gesicht zu ziehen. Ich kann mir vorstellen, dass es durchaus Dschinn gibt, die sich davon beeindrucken lassen, vor allem die weiblichen. Darüber hinaus soll unser neuer Wettläufer beim Grenzgang eine winzige Pistole erhalten, die er unauffällig in seinem Kostüm verstecken kann. Aber die musste der Schuster erst mal bei seinen Mafia-Kumpels bestellen.

Henry starrt in seine Cola, als wäre sie ein Glas voll Whisky. Er würdigt Tina keines Blickes, als sie zu Joshua auf die Wiese hinübertänzelt und sich die Peitsche in die Hand drücken lässt.

»Nein, nein, nein«, sagt Joshua sofort. »So kannst du die nicht halten. Der Griff ist anders als eurer!«

Dann zeigt er ihr die richtige Technik und stellt sich hinter sie, um ihren Arm zu führen. Er ist indiskret genug, um dabei eine Hand auf ihren Bauch und die andere auf ihren Arm zu legen. Anscheinend hat ihm niemand gesagt, dass das ursprüngliche Berührungsverbot unter uns zumindest theoretisch wieder gilt.

Aber Tina scheint es nicht zu bemerken. Sie ist wie verrückt auf die Sache. Wir schauen alle dabei zu, wie sie Schwungübungen machen, bis auf Henry, der sich weiter stur auf sein Getränk konzentriert. Joshua führt Tinas Arm von rechts nach links in einer Form, die einer liegenden Acht gleicht. Immer in der Mitte soll es knallen. Am Anfang passiert gar nichts. Aber dann gibt Joshua im richtigen Moment etwas Schwung auf die Peitsche und es ertönt ein ohrenbetäubender Knall. Bis zu diesem Moment habe ich das Geräusch nur von weiter weg gehört. Zum ersten Mal sitze ich nun in direkter Nähe und fahre sofort zusammen.

»Das ist zu laut!«, meldet Jakob sich zu Wort. »Hört auf damit!«

»Nein«, ruft Tina. »Das sind die Leute gewöhnt. Lass uns bitte weitermachen, Jakob!«

»Die wissen ohnehin alle, dass ich jeden Tag übe«, fügt Joshua lachend hinzu.

Jakob setzt sich wieder hin, aber er schüttelt den Kopf über diesen Unfug. Mir geht es genauso. Ich kann nicht verstehen, wie Tina in einer Zeit wie dieser und an einem Tag wie diesem einen derart kindischen Höhenflug bekommen kann. Keiner von uns sagt etwas, aber wir alle denken uns unseren Teil.

Ein paar Minuten später zieht Joshua sich geduckt zurück und lässt Tina mit der Peitsche allein stehen. Es knallt jetzt wesentlich leiser, aber immer noch deutlich. Er geht in einem Halbkreis um sie herum und betrachtet ihre Haltung von vorn.

»Super«, lobt er sie. »Du bist ein Naturtalent!«

Jakob lässt sie noch eine Weile gewähren, dann greift er ein.

»So Leute, jetzt ist Schluss! Wenn ihr das weiter üben wollt, geht in den Wald und bewegt euch vorwärts, wie es eigentlich sein sollte. Wenn die Leute erst mal merken, dass die Geräusche nur von der Schutzhütte kommen, dann werden sie hier aufschlagen und nachsehen. Das kann ich nicht gebrauchen.«

»Okay«, sagt Tina atemlos. »Kein Problem, Jakob, ich … wir … ich wollte nur …«

»Wir machen das künftig außerhalb der Treffen«, verspricht Joshua. Dann schaut er Tina an. »Hast du Lust?«

»Und wie!«, sagt sie mit einem Grinsen im Gesicht, das ich noch nie zuvor gesehen habe.

Dann setzen sie sich wieder und reden ewig über Dinge, die mich überhaupt nicht interessieren. Es geht um Burschenschaften, Schmuckbäumchen und angesagte Festzelt-Bands. Und natürlich um all die Menschen, die jemals in unserer Gegend eine Peitsche geschwungen haben. Ich habe größtes Mitleid mit Henry, der während der ganzen Zeit so aussieht, als würde er sich nur mit Mühe auf seinem Stuhl halten. Erik scheint es genauso zu gehen. Er erlebt gerade wahrscheinlich ein Déjà-vu.

Trotzdem ringt er sich anschließend dazu durch, Jakob von unserem Plan bezüglich unserer Eltern zu unterrichten, damit dieser die Veteranen informieren kann. Während er mit ihm spricht, rutsche ich möglichst unauffällig zu Sylvia hinüber und stupse sie mit der Schulter an. Sie hat während der ganzen Zeit keinen Laut von sich gegeben.

»Eine Runde um die Hütte?«, frage ich.

Das lässt sie sich nicht zweimal sagen. Wir stehen auf und laufen einen Weg am Waldrand entlang. Als wir außer Hörweite der anderen sind, frage ich sie, was mit ihr los ist.

»Ach Melek«, klagt sie. Es wirkt so, als hätte sie nur darauf gewartet, dass ich sie endlich anspreche. »Das mit Nils ist so furchtbar!«

»Ich weiß«, sage ich. »Das geht uns doch allen so.«

»Aber bei mir ist es etwas anderes«, plappert sie los. »Ich habe die ganze Zeit gemerkt, dass etwas nicht stimmt. Aber alles, was ich erkennen konnte, war, dass sein Talent flackerte. Warum habe ich nicht verstanden, dass ich seinen Tod gesehen habe, Melek?«

»Seinen Tod?«, frage ich verständnislos. »Du hast gesehen, dass sein Talent dabei war, sich zu verabschieden. Das war das Flackern, oder?«

»Nein!«, heult sie los. »Ich habe schon dreimal mitbekommen, dass jemand ausgeschieden ist. Aber dieses Flackern war nie zuvor dagewesen. Ich habe es zum ersten Mal gesehen und einfach nicht richtig interpretiert. Das darf einem Orakel nicht passieren!«

Ich denke fieberhaft nach. Die Zeit, seit ich ein Mitglied der Armee bin, ist einfach zu kurz, um das beurteilen zu können.

»Ist es normal, dass ihr den Tod sehen könnt?«, frage ich.

»Nein, das ist es ja«, jammert Sylvia. »Deshalb hatte ich auch überhaupt nicht daran gedacht. Ich habe einfach angenommen, das sei Nils' Art, sich zu verabschieden.«

»Also kannst du den Tod sehen, was andere Orakel nicht können«, sage ich erregt. »Damit könnte es zu tun haben!«

»Was?«

Ich bleibe stehen und nehme ihre beiden kleinen Hände in meine.

»Ich habe eine Botschaft von Levian für dich«, sage ich. »Lies sie!«

Ein erschrockener Ausdruck tritt in ihr Gesicht. Aber dann erwidert sie doch meinen Händedruck und loggt sich in meine Seele und meinen Geist ein. Ihre Augenlider blinzeln wie gewohnt und ein leichter Schauder geht durch ihren Körper. Als sie mich wieder loslässt, ist ihr Blick von Angst erfüllt.

»Sie wollen mich schon wieder töten«, sagt sie.

»Ich weiß. Wie soll es geschehen?«

»Noch vor dem Grenzgang auf der Jubiläumsfeier einer Männerschaft, auf der Schutzhütte in Buchenau.«

Also keine 50 Meter Luftlinie von meinen Eltern entfernt!

»Was haben sie vor?«, frage ich drängend.

»Es gibt dort immer viele Kinder, die im Wald spielen. Eines davon wird im richtigen Moment anfangen zu weinen, damit ich nachsehe, was passiert ist. Damit wollen sie mich weglocken und umbringen.«

»Und wenn du es einfach ignorierst?«, schlage ich vor.

»Dann werden sie mich anderweitig aus dem Weg räumen, so wie es letztes Mal fast passiert wäre.«

Ich stöhne auf.

»Keine weiteren Informationen?«, frage ich.

»Nein. Ich nehme an, dass er noch welche liefern wird. Oder nicht? Du hast also wieder Kontakt zu ihm?«

Ich nicke.

»Und er hat nicht versucht, dich gewaltsam zu verwandeln?«

Ich schüttele den Kopf.

»Gib mir noch einmal deine Hand!«, fordert Sylvia.

Erst spiele ich mit dem Gedanken, ihr den Wunsch zu verweigern. Aber dann erinnere ich mich daran, was Sylvia von Erik und Jakob unterscheidet: Sie glaubt an das Schicksal. Und was immer sie auch sieht, sie wird sich seinen Anweisungen beugen. Also strecke ich ihr meine rechte Hand entgegen und lasse sie in mein Wesen blicken. Es dauert sehr lange, bis sie all meine verworrenen Gefühle und Erinnerungen durchgecheckt hat. Als sie mich wieder freigibt, macht ihr Gesicht den Eindruck, als sei es um Jahre gealtert.

»Warum hast du mir all das nicht gesagt?«, fragt sie fassungslos. »War mein Verrat so schlimm, dass du mir nicht mehr trauen kannst?«

»Dir schon. Aber Mahdi nicht«, sage ich. Ich bin nicht ganz sicher, wie viele Einzelheiten sie erkannt hat. »Und er wird alles aus dir herauspressen, was du weißt. Also sag mir, was genau du gesehen hast.«

»Dass du revolutionäre Gedanken gegenüber der Armee hast«, sagt sie. »Dass du irgendeinen Pakt mit deinem Dschinn geschlossen hast. Und dass du immer noch nicht weißt, was das wahre Gesicht der Liebe ist.«

Das hat sie schon mal ganz treffend zusammengefasst. Trotzdem bin ich froh, dass sie keine Einzelheiten aus mir herausbekommen hat. Mittlerweile sind wir am Waldrand über der Hütte angekommen und aus dem Sichtfeld der anderen verschwunden. In Anbetracht der Bedeutung von Sylvias Leben für unsere Feinde will ich lieber nicht weitergehen. Ich halte an und deute auf den Wald.

»Sag mir noch eins: Ist Levian wirklich mein Seelenverwandter?«

»Ja«, sagt Sylvia. »Seine Seele ist der Zwilling von deiner. Deshalb erlebst du in seiner Gegenwart die größten Momente.«

»Aber?«

»Aber der Seelenverwandte ist nicht unbedingt derjenige, mit dem man sein Leben verbringen kann.«

»Wer ist es dann?«

»Es ist derjenige, der deinen Geist liebt. Der deine Erinnerungen mit dir teilt und dieselben Erfahrungen gemacht hat wie du. Nur er kann in seinem Herzen ein Haus für dich bauen, das auch bewohnbar ist.«

Es gibt nur eine Person, die mir bei diesen Worten einfällt. Und ich habe jahrelang gedacht, dass das Haus, das Erik für mich bauen wollte, in einem spießigen Vorort stehen würde.

»Warum hast du mir das nicht schon früher gesagt?«, frage ich vorwurfsvoll.

»Weil du in keiner Weise dafür bereit warst«, antwortet sie.

Sylvia dreht sich um und geht ein Stück voran, den matschigen Weg hinunter. Ich schließe zu ihr auf, weil ich kein Wort von dem verpassen will, was sie sagt.

»Und was war es nun, was Jakob von mir wollte?«

»Das weißt du selbst«, sagt sie.

»Meinen Körper?« Ich zögere. Dann füge ich leise hinzu: »Maries Körper.«

Sie nickt. Es ist die pure Ironie des Schicksals, dass er genau den nie bekommen hat.

***

Die Beerdigung haut mich diesmal regelrecht um. Ich weiß nicht, warum es unbedingt nötig war, Joshua so schnell zu zeichnen. Denn nach den Würstchen und Tinas Peitschenaktion fühlt es sich nun so an, als hätte mir jemand eine schallende Ohrfeige verpasst und mich in die Wirklichkeit zurückkatapultiert. Durch die Ereignisse, die während der letzten beiden Tage über uns hereingebrochen sind, haben wir alle irgendwie abgeschaltet. Erst jetzt, als wir dabei zusehen, wie die Urne mit Nils' Asche in die Erde versenkt wird, haut uns die Trauer um wie eine Flutwelle. Diesmal ist es Tina, die am meisten weint. Wahrscheinlich hat sie nun doch ein schlechtes Gewissen. Aber ich kann es ihr nicht mehr übel nehmen, dass sie am Nachmittag das bisschen Lebensglück zugelassen hat, das sie dank Joshua erfahren hat. Es gibt selten genug Gelegenheit für uns, das zu tun. Und mir ging es mit Levian gestern Abend ganz ähnlich.

Der Friedwald-Baum, unter dem Nils seine letzte Ruhe finden soll, trägt ein Schild mit der Aufschrift »Nils Schnell«. Er steht nur einen Steinwurf von Lennarts Baum entfernt.

Ich denke zurück an den letzten Herbst und die letzte Beerdigung. An Jakobs ersten Kuss auf dem Rückweg zum Auto. Niemals hätte ich damals gedacht, dass ich ein halbes Jahr später an derselben Stelle stehen und Eriks Hand halten würde. Ich weiß ohnehin nicht, warum wir das tun, denn im Moment ist niemand in der Nähe, dem wir etwas vorspielen müssen. Es kann nur einen Grund haben: Ein Funke unserer Freundschaft, und wenn er noch so klein ist, ist wieder da. Zumindest haben wir beide es in den letzten Stunden mehrfach geschafft, einander Trost zu spenden.

Ich glaube zu erkennen, dass einige der anderen Talente uns beobachten. In ihren Augen steht etwas, das ich zuerst nicht zuordnen kann. Aber dann wird mir klar, dass es Hoffnung ist – und ich erschrecke. Denn keiner von ihnen kann verstehen, wie tief Erik verletzt ist. Ja, wenn wir mehr Zeit hätten und keinen Druck von außen, wer weiß, was dann noch aus uns werden könnte. Aber ich möchte einen Menschen sehen, der unter den gegebenen Umständen überhaupt in der Lage wäre, sich zu verlieben. Erik jedenfalls ist es definitiv nicht.

Unauffällig werfe ich einen Blick hinüber zu Jakob. Er ist wieder einmal der Einzige, der es schafft, keine Tränen zu vergießen. In seiner gewohnt stolzen Haltung steht er da, die Augen starr auf den Baum gerichtet. Ich bin mir sicher, dass er gerade Small-Think macht. Aber noch während ich das denke, schaut er ganz kurz zu Erik und mir herüber und unsere Blicke treffen sich. Es ist reiner Zufall. Und es geschieht genau in einem Moment, in dem keiner von uns seine Gefühle unter Kontrolle hat. Mein Magen krampft sich so sehr zusammen, dass ich nur mit Mühe aufrecht stehen. Ich sehe noch Jakobs Unterlippe zucken. Dann schaut er sofort in die andere Richtung und ich mache das Gleiche. Aber als ich noch einmal zu ihm hinüberschiele, sehe ich etwas, das mich tiefer trifft als all die Tränen um mich herum: Unser Hauptmann hebt einen Arm an und wischt sich unauffällig mit dem Ärmel seiner Jacke über die Augen.

In der Verborgenheit lauern mehr Schatten, als man glaubt.

Es vergehen zwei Tage, in denen nichts passiert. Erik und ich quälen uns durch die Schule, weichen Jana und Bodo aus, wo wir nur können, und warten darauf, dass ein Vertreter des Jugendamts sich mit Neuigkeiten von meinen Eltern meldet. Am Samstag geht Frau Sommer mit mir einkaufen. Ich halte sie davon ab, mir einen Berg von Kleidungsstücken anzudrehen, weil ich es für eine sinnlose Ausgabe halte. Am Ende kommen wir mit einer Jeans und ein paar Oberteilen zurück. Dann drückt sie mir hundert Euro in die Hand und besteht darauf, dass ich für die Zeit, in der ich bei ihnen wohne, mein eigenes Taschengeld bekomme. Mit jeder Stunde, die ich in dieser Familie verbringe, werden meine Schuldgefühle ihnen gegenüber größer. Und die Sehnsucht nach meinen eigenen Eltern wird schlimmer.

Sylvia hat Jakob wieder einmal erzählt, dass sie eine Vision von einem geplanten Mordanschlag gehabt hätte. Ich weiß nicht, ob ihn das misstrauisch macht, denn er weiß genau, dass die entsprechende Information im letzten Jahr von Levian kam. Trotzdem hat er mich nicht darauf angesprochen und bewacht seine kleine Nachbarin nun wieder fast jede Nacht. Wenn er schläft, übernehmen die anderen Offiziere den Dienst. Alle außer mir. Ich bin weiterhin nur für Erik zuständig.

In ihrer dienstfreien Zeit verbringen Tina und Joshua jede freie Minute miteinander. Im Fitnesskurs stehen sie nebeneinander, nachmittags rennen sie durch den Wald und knallen mit der Peitsche.

Henry ist die meiste Zeit nicht ansprechbar. Er sitzt weiterhin auf Tinas Beifahrersitz, wenn wir nach Friedensdorf fahren, aber die Zeit im Auto kommt uns unendlich lang vor, weil fast nichts geredet wird. Ich weiß, wie empfindlich sein Talent ist, deshalb mache ich mir langsam Sorgen, dass seine Fähigkeiten ihn wieder verlassen könnten. Immerhin wäre er nicht der Einzige, dem das in dieser schrecklichen Zeit passiert. Irgendjemand sollte vielleicht mit Tina reden. Aber als ich Erik darum bitte, antwortet er nur: »Du müsstest am allerbesten wissen, dass Argumente in dieser Situation nichts bringen.«

Daraufhin lasse ich meine Idee wieder fallen.

Meine Probleme rauben mir jetzt immer mehr den Schlaf. Am Sonntagabend wälze ich mich auf Eriks Couch hin und her, weil ich nicht einschlafen kann. Montagnacht wache ich aus einem Albtraum auf und stelle fest, dass mein Herz derart rast, als hätte es vor, mich von meinem Leid zu erlösen, bevor ein anderer es tut. In der Nacht von Dienstag auf Mittwoch liege ich wieder wach, weil ich Angst davor habe, einzuschlafen.

Ich weiß nicht, wie Erik das macht. Er kämpft definitiv gegen dasselbe Kopfkino an wie ich und trotzdem schläft er wie ein Stein. Ich denke an die Gesichter der anderen Talente während der Beerdigung von Nils. Wir beide könnten sie alle retten. Dazu müsste ich Erik nur glaubhaft versichern, dass ich ihn liebe. Ich weiß nicht, ob ich das kann, denn ich bin mir weiterhin nicht sicher, ob es so ist. Zumindest bin ich mittlerweile aber wieder davon überzeugt, dass er der beste Freund ist, den ich je im Leben hatte. Das müsste eigentlich ausreichen, um ein paar Schmetterlinge in meinen Bauch zu zaubern, wenn ich ihn küsse. Immerhin ist es früher auch so gewesen. Wahrscheinlich reichen meine Gefühle sogar für mehr. Ich muss es einfach noch einmal versuchen, ein letztes Mal. Das bin ich jedem Einzelnen aus unserer Truppe schuldig!

Langsam stehe ich auf und gehe hinüber zu Eriks Bett. Am Fußende krabbele ich vorsichtig hinein, um ihn nicht gleich aufzuwecken. Dann schlüpfe ich unter die Decke und lege mich hinter ihn.

Eriks Körper strahlt eine überraschende Hitze aus. Sein Zimmer ist eher kühl, aber er selbst ist ein wahrer Backofen. Eine Weile horche ich auf sein regelmäßiges Schnarchen und sehe seinen Schultern zu, die sich im Takt seines Atems heben und senken. Dann rutsche ich näher heran und rieche an ihm. Ich kenne seinen Geruch seit Jahren. Er erzählt mir von durchgemachten Nächten auf einer gemeinsamen Klassenfahrt. Von seinen erfolglosen Versuchen, es mit mir beim Basketball aufzunehmen. Und von dem denkwürdigsten Augenblick meines Lebens, als er mich unter der Eiche im Wald geheilt hat. Ich glaube nicht, dass es schlimm wäre, ihm noch näher zu kommen. Wahrscheinlich wäre es sogar schön.

Nachdem ich diesen Entschluss gefasst habe, schiebe ich meine Hand unter Eriks T-Shirt und erforsche seine Haut. Davon wird sein Schnarchen mit einem Mal abgehackt. Er gibt einen grunzenden Laut von sich und wälzt sich auf die andere Seite. Nun liegen wir Nase an Nase da. Meine Hand steckt immer noch unter seinem Shirt und streichelt jetzt seinen Rücken. Irgendwann muss ich mich dazu aufraffen, ihn zu wecken, denn so wird es nicht funktionieren. Also nehme ich allen Mut zusammen und küsse ihn sanft auf den Mund. Erik muss wirklich tief in seiner Traumwelt stecken, denn als ich etwas zudringlicher werde, legt er den Arm um mich und erwidert den Kuss. Ich drücke mich an ihn und wundere mich über das unerwartet heftige Beben, das dabei durch meinen Körper läuft.

In dem Moment schlägt Erik die Augen auf. Er stößt mich nicht gleich weg, wie ich es erwartet hätte. Stattdessen schaut er mich eine Weile ernst an. Dann rutscht er ein Stück beiseite und dreht sich auf den Rücken.

»Hast du es immer noch nicht aufgegeben, dich an mich verkaufen zu wollen?«, fragt er leise. »Ich dachte, wir hätten einen Entschluss gefasst, wie wir mit der Sache umgehen wollen.«

Eine Woge der Enttäuschung überkommt mich.

»Du willst lieber sterben, als mit mir zu schlafen«, stelle ich nüchtern fest. Es ist ja leider nichts Neues für mich, so abgelehnt zu werden. Aber es tut immer wieder weh.

Erik wirft mir einen kurzen Blick zu, den ich nicht deuten kann.

»Nein, so ist es nicht«, sagt er. »Aber es würde nichts ändern, Melek, denn ich weiß, dass du nicht dein ganzes Herz zu vergeben hast. Und ich kann genauso wenig etwas gegen meine Gefühle tun wie du. Meinem Talent können wir einfach nichts vormachen.«

Ich lege meine Hand wieder auf seine Brust.

»Und wenn wir es trotzdem tun?«, flüstere ich. »Ohne Hoffnung. Nur als Abschiedsgeschenk füreinander.«

Eriks Augen nehmen einen seltsamen Glanz an. Er greift nach meiner Hand, legt sie an seine Wange und haucht einen Kuss darauf.

»Nein, Melek, so wollte ich es nie.«

In diesem Moment gebe ich auf. Ich finde mich damit ab, dass es keine Rettung mehr gibt. Für niemanden von uns. Schon übermorgen werde ich ein Wesen sein, das keine Erinnerung mehr an die heutige Nacht hat. Und es ist nicht ausgeschlossen, dass ich Erik danach das Genick breche.

»Willst du mir etwas versprechen?«, frage ich.

Er nickt.

»Was auch immer geschieht: Wirst du dich daran erinnern, wie es früher einmal zwischen uns gewesen ist?«

»Ja. So lange noch Blut in meinen Adern fließt.«

Mehr kann ich nicht erwarten.

»Darf ich trotzdem hierbleiben?«, frage ich. Die Vorstellung, wieder zurück auf das Sofa zu gehen, erfüllt mich mit Grauen.

»Ja.«

Wir halten uns noch lang im Arm, ehe wir einschlafen.

Kurz bevor ich wegdöse, flüstert Erik in mein Ohr: »Weißt du eigentlich, dass du in drei Wochen Geburtstag hast?«

Ich habe tatsächlich mit keinem Funken meines mitgenommenen Verstandes mehr darüber nachgedacht, dass ich Mitte April siebzehn werde. Es wäre schön gewesen, zu erfahren, was für ein Geschenk Erik mir diesmal gemacht hätte. Ich antworte ihm nicht. Stattdessen sinke ich seit Tagen endlich wieder in einen traumlosen Tiefschlaf.

**

Am Mittwochmorgen wache ich auf, bevor der Wecker klingelt. Ich blinzele in die Strahlen der Morgensonne, die durch das Fenster dringen, und sauge die Ruhe in mich auf, die Eriks warmer Körper neben mir ausstrahlt. Dabei wünsche ich mir, dass ich heute Nacht noch einmal in seinen Armen schlafen darf. Es wäre beruhigend, zu wissen, dass er in diesen Stunden bei mir sein wird. Denn ohne seine Nähe wird es schrecklich werden.

Schließlich setze ich mich auf und strecke mich. Dabei fällt mein Blick zufällig unter den Kleiderschrank, der an der gegenüberliegenden Wand steht. Ich erstarre. Irgendetwas sitzt darunter. Ich kann nicht erkennen, was es ist, aber gerade eben hat das schräg stehende Licht ein seltsames Funkeln von dort reflektiert. Ich bin ganz sicher, dass es sich dabei nicht um einen verlorenen Gegenstand handelt, sondern um etwas Lebendiges. Woher ich diese Gewissheit nehme, weiß ich selbst nicht. Sofort steht mein ganzer Körper unter Strom. Ist es möglich, dass die Dschinn einen Mörder geschickt haben? Haben Levian und Leviata doch ihr Wort gebrochen? Aber warum hat er uns dann nicht längst erledigt, während wir schliefen? Vielleicht hat er den Auftrag, abzuwarten, bis ich im Badezimmer verschwunden bin, und dann nur Erik umzubringen!

Ganz langsam lasse ich mich wieder zurück aufs Kopfkissen sinken. Alle meine Waffen stecken in meiner Kleidung und die liegt neben dem Sofa. Aber ich glaube, dass Erik ein Silbermesser in seinem Nachtschrank aufbewahrt. Also greife ich mit der Hand hinüber und öffne langsam die Schublade. Tatsächlich ertasten meine Finger darin das zusammengeklappte Messer. So unauffällig wie möglich verstecke ich es in meiner Faust und ziehe es heraus. Erst dann, verborgen hinter Eriks Körper, klappe ich es geräuschlos aus. Ich weiß, dass ich nur eine Chance habe, denn das Messer ist keine Pistole, die ich mehrmals hintereinander abfeuern kann. Mir bleibt genau ein Wurf und der muss angeschnitten sein, damit er vom Bett aus unter den Schrank trifft. Das ist auch für mich eine ziemliche Herausforderung.

Noch ein paarmal atme ich tief durch, um meinen Herzschlag zu beruhigen. Dann richte ich mich blitzschnell auf, ziele eine Sekunde lang und schleudere das Messer auf den winzigen funkelnden Fleck unter dem Schrank. Es landet mit einem metallischen Aufprall und danach kehrt wieder Ruhe ein. Ich weiß nicht, ob ich das Ding getroffen habe.

Erik ist von dem Geräusch nun ebenfalls aufgewacht.

»Melek, was ...?«

»Schscht«, mache ich und deute ihm an, dass er liegen bleiben soll.

Dann husche ich über ihn hinweg zum Sofa und ziehe eine Pistole aus meiner Jacke. Vorsichtig lege ich mich auf den Boden, ziele auf die Stelle, wo ich den Dschinn vermute, und robbe vorwärts.

»Sag mir sofort, was du da machst!«, flüstert Erik.

»Bleib liegen! Irgendetwas war unter deinem Schrank. Kann sein, dass ich es mit dem Messer getroffen habe.«

Bei diesen Worten steht er auf, geht zu meiner Jacke und holt sich die zweite Pistole. Damit legt er sich neben mich.

»Du solltest liegen bleiben!«, zische ich ihm zu.

»Vergiss es«, sagt er nur.

Wir spähen unter den Schrank, bis unsere Augen die Dunkelheit durchdringen können. Dort in der hintersten Ecke liegt das Messer. Und es steckt mitten in einem verdrehten, faustgroßen Etwas.

»Du hast ihn getroffen!«

Ich schüttele den Kopf.

»Ich habe *etwas* getroffen«, stelle ich klar. »Aber es war kein Dschinn, sonst hätte er sich bereits aufgelöst.«

Erik greift unter den Schrank und fummelt eine Weile herum. Dann zieht er das Messer hervor. Wir starren beide ungläubig auf die Kreatur, die die Klinge aufgespießt hat.

»Was ist das?«, frage ich.

»Ein Skorpion«, sagt Erik verwirrt. »Mit einem silbernen Stachel! Was hat das zu bedeuten?«

Ich schaue ihn nur fragend an. Im Lösen von Rätseln war ich noch nie besonders gut. Er zieht das Tier mit spitzen Fingern von der Klinge und besieht sich fachmännisch sein freigelegtes Innenleben.

»Ein echtes Tier. Keine Wanze oder so was.«

»Es ist ja auch ein Skorpion«, sage ich etwas belämmert.

Erik gibt mir eine Kopfnuss und grinst. Das bringt mich dazu, dass ich wieder Luft hole und Sauerstoff in mein Gehirn dringt. Nun verstehe ich auch, was er meint: Natürlich liegt der Verdacht nahe, dass jemand uns mit diesem Ding überwachen wollte. Die Tatsache, dass es aus Fleisch und Blut war, muss daran aber nicht unbedingt etwas ändern.

»Der silberne Stachel kann allerdings nur einen Zweck haben«, sinniert Erik.

»Um Dschinn zu töten«, vermute ich.

Er nickt.

»Dann war es vielleicht ein Wächter!«

»Kannst du dich an den Moment in Mahdis Zimmer erinnern, als er sagte, ich sei immer gut bewacht gewesen und zwar nicht nur von Tina?«, sprudelt er hervor.

Ich weiß sofort, wovon er spricht, doch darauf wäre ich nie gekommen. Seit damals war dieser kurze Nebensatz mir längst entfallen. Ich verstehe nur eines nicht, aber das kann ich vor Erik nicht aussprechen: Wieso um Himmels willen hat dieser Wächter dann letzte Woche nicht Levian angefallen, als er neben seinem Bett stand und sogar eine Hand auf seine Stirn legte? Jeder vernünftige Bodyguard hätte in diesem Augenblick zugeschlagen.

»Was glaubst du, worauf er trainiert war?«, frage ich.

»Auf Dschinn, vermute ich. Oder so wie die Orakel: auf Gefahr.«

Genau das wird es sein. Dann hat der Skorpion also erkannt, dass Levian Erik nicht schaden wollte. Ich kann kaum glauben, dass so etwas möglich ist.

»Wer in aller Welt könnte ein Tier so genau instruieren?«, frage ich.

»Es könnte Mahdi selbst gewesen sein«, sagt Erik. Dann verengt er die Augen. »Oder jemand ganz in unserer Nähe, der in seinem Auftrag gehandelt hat.«

»Mike!«, entfährt es mir. »Levian hat schon immer gesagt, er sei unglaublich gut in dem, was er tut. Glaubst du, er steckt mit Mahdi unter einer Decke?«

»Ich weiß nicht ... es ist irgendwie verwirrend, findest du nicht?«

Oh doch! Es ist sogar unglaublich verwirrend! So sehr ich es auch drehe und wende, kann ich mir einfach nicht vorstellen, dass Mike tatsächlich mit Mahdi kooperiert. Auf der anderen Seite war alles, was wir über das Gespräch der beiden in Istanbul erfahren haben, verdächtig inhaltslos. Diese ganze Lügendetektor-Geschichte, die Mahdi uns anschließend aufgetischt hat, hat niemanden wirklich weitergebracht. Aber wenn es wirklich so ist, wie wir im Moment annehmen, was für eine Rolle hat Mike dann in dem ganzen Spiel überhaupt? Den Heiler zu schützen? Informationen zu besorgen? Unsere traurige Liebesgeschichte zu verfolgen? Ich werde einfach nicht schlau daraus.

»Mahdi hat ihn auch irgendwie anders genannt«, fällt mir ein. »Wie war das noch mal?«

»Ich glaube, es war Mikal«, erinnert sich Erik. »Mikal, der ewige Vorbeter!«

»Auf Türkisch würde er Mikail heißen. Vielleicht haben wir uns verhört«, gebe ich zu bedenken. Und der »Vorbeter« erklärt sich von allein. Jeder, der schon länger als fünf Minuten mit unserem Tiersprecher in einem Raum verbringen musste, würde ihn so nennen.

Wir grübeln noch eine Weile, kommen aber nicht mehr weiter. Dann wickelt Erik den toten Skorpion in eine Lage Taschentücher ein und steckt ihn in den Papiermüll.

»Glaubst du, es sind noch mehr Wächter da?«, fragt er.

»Lass uns nachsehen!«

Er schaltet den Wecker aus, der in diesem Moment anfängt zu klingeln, und wir sehen unter den anderen Möbeln nach. Als wir nichts finden, schieben wir alles von der Wand: den Schreibtisch, das Bett, die Kommode mit den CDs und am Ende das tonnenschwere Bücherregal. Exakt in dem Moment, als es sich bewegt, sehen wir noch die Schwanzspitze einer fingerdünnen grasgrünen Schlange in der Fuge hinter dem Laminat verschwinden. Bestimmt hat sie silberne Giftzähne.

»Oh Mann!«, stößt Erik hervor. »Mein Zimmer ist voller giftiger Tiere!«

Wer weiß, ob nicht noch mehr davon irgendwo in den Ritzen und Fugen sitzen, die alte Fachwerkhäuser so mit sich bringen. Wahrscheinlich hat Mike, oder wer immer es auch war, sich nicht nur auf zwei Exemplare verlassen. Und mit ziemlicher Sicherheit gibt es bei mir zu Hause noch eine weitere versilberte Schutztruppe. Wenn Levian nur wüsste, wie gefährlich er bei unseren letzten Treffen gelebt hat! Hätte er in diesen Augenblicken auch nur eine einzige Stimmungsschwankung gehabt, dann wäre es aus mit ihm gewesen.

Jemand klopft an die Tür.

»Melek, Erik!«, höre ich Frau Sommers besorgte Stimme. »Was macht ihr da? Braucht ihr Hilfe?«

»Nein, schon okay, Mama. Wir stellen nur das Zimmer um«, ruft Erik.

Keiner von uns wundert sich mehr darüber, dass seine Mutter das einfach so akzeptiert. Sie muss uns für total gestört halten, denn es ist 6.30 Uhr. Und trotzdem ist sie immer wieder auf unserer Seite. Alles, was sie wollte, war, herauszufinden, ob wir wohlauf sind. Es beschämt mich, wie einseitig das Geben und Nehmen in diesem Haus ist.

Als wir alle Möbelstücke wieder zurück an ihren Platz geschoben haben – auch das wird Frau Sommer nicht wundern –, holt Erik den Skorpion wieder aus dem Abfalleimer und verstaut ihn in seiner Schultasche.

»Ich glaube, den sollten wir den anderen zeigen«, sagt er.

Dann machen wir uns fertig für die Schule und ich denke wieder daran, dass mir nur noch eine einzige Nacht als Mensch bleibt. Und die werde ich in einem zu groß geratenen Terrarium verbringen. Ich komme zu dem Schluss, dass mir selbst das egal ist, solange nur Erik bei mir ist.

***

Vor dem Übungstreffen am Nachmittag sitzen wir zusammen mit Jakob, Sylvia und Sarah am Küchentisch der Orakel und zerfleddern den ohnehin schon mitgenommenen Skorpion.

»Ohne Zweifel«, sagt Jakob. »Ein echtes Tier.«

Dann drückt er Sylvia den Kadaver in die Hände.

»Kannst du etwas darüber herausfinden?«

Mittlerweile sieht der Skorpion aus wie eine dreimal gepulte Garnele. Das hindert Sylvia nicht daran, den zersplitterten Panzer mit dem Finger zu streicheln, bevor sie die Augen schließt. Doch als sie sie wieder öffnet, sieht sie eher ratlos aus.

»Nein. Nur wie er gestorben ist.«

»Glaubst du auch, dass Mike dahintersteckt?«, frage ich Jakob.

Seit der Beerdigung habe ich ihm nicht mehr in die Augen gesehen. Doch als ich es jetzt wage, scheint er sich wieder unter Kontrolle zu haben. Darüber bin ich unendlich froh.

»Ja«, sagt er sofort. »Das erklärt auch, woher er all seine Informationen über die Armee hat. Und uns tischt er die Geschichte vom Erzengel auf!«

»Aber eines verstehe ich nicht«, sagt Erik. »Niemand konnte wissen, dass aus mir ein Heiler werden würde. Trotzdem war Mike schon lange vorher in der Truppe. Mahdi kann ihn damals nicht als Spion eingeschleust haben, denn er wusste selbst nicht, was geschehen würde.«

»Ist das so?«, fragt Jakob Sarah. »Oder kannst du dir ein Orakel vorstellen, das so mächtig ist, dass es schon Jahre vorher weiß, dass die Zeit für einen Heiler gekommen ist?«

Sarah schüttelt den Kopf.

»Eigentlich nicht. Aber ich hätte mir auch nie vorstellen können, dass jemand sein Talent bis ins Erwachsenenalter behält, so wie Mahdi«, sagt sie.

Das stimmt. Ich habe nie richtig darüber nachgedacht, warum das eigentlich so ist, sondern es immer nur als verwirrende Tatsache angesehen.

Jakob grübelt eine Weile, dann wendet er sich an Erik:

»Du und Melek, ihr setzt euch heute Abend mal ans Internet und schaut nach, ob ihr irgendwas darüber herausfindet. Wir anderen müssen in die Clubs.«

Für diesen Arbeitsauftrag bin ich so dankbar, wie ein Mensch in meiner Situation es nur sein kann. Denn nichts wäre schlimmer gewesen, als mir die letzte Nacht meines Lebens als Liebestöter um die Ohren zu schlagen. Noch dazu, seit ich weiß, dass sogar Anastasia besser ist als ich. Das weiß auch Jakob, deshalb lässt er mich daheim.

***

Die Entdeckung, die wir am Abend machen, ist so schaurig, dass selbst Erik keine Worte mehr dafür findet. Nachdem wir über eine Stunde lang erfolglos nach dem Alter und den Fähigkeiten der klassischen griechischen Orakel gesucht haben, kommt er auf die einfache Idee, den Namen unseres Generals in die Suchmaschine einzugeben. Ich hätte nicht im Traum daran gedacht, dass wir auf diese Art etwas Sinnvolles finden, denn kein Talent dieser Welt wird sich eine Homepage anlegen, schon gar nicht, wenn es im Verborgenen arbeitet. In Mahdis Fall scheint es aber so zu sein, dass es Menschen gibt, die das für ihn übernommen haben. Ich sitze auf dem Schreibtisch und blicke in Eriks bleiches Gesicht, als er mir aus einer Online-Enzyklopädie vorliest: »Muhammad ibn Hasan al-Mahdi ist der sogenannte verborgene zwölfte Imam. Den Imamiten gilt er als der Erlöser und ist eine typische messianische Gestalt. Er lebt dem Glauben seiner Anhänger zufolge im Verborgenen bis heute weiter. Dereinst soll er zurückkehren und die Welt retten.«

Dann schaut er mich an und fügt hinzu: »Geboren ist er am 29. Juli 869 im Irak.«

Keiner von uns beiden bringt noch ein Wort heraus. Wenn das stimmt, dann hat Mahdi fast 1200 Jahre lang auf Erik gewartet. Ich kann gerade ein bisschen verstehen, dass er Jakob und mich umbringen will.

»Oh Erik«, sage ich. »Bist du sicher, dass wir diesem Mann die Stirn bieten sollten?«

»Sterben werden wir so oder so«, murmelt er. »Egal, wie alt sein Plan von der verlorenen Endzeit ist.«

Im Grunde weiß ich ja, worauf es Erik ankommt. Sein Talent ist weg, begraben unter den Trümmern eines Steinschlags, den ich ausgelöst habe. Nun geht es ihm nur noch darum, seine Identität und seinen letzten Stolz nicht zu verlieren. Doch angesichts dieser erschlagenden Neuigkeiten frage ich mich, ob es in manchen Situationen nicht eher darauf ankommt, sich zum Wohle der Menschheit in seiner Aufgabe aufzulösen. Das jedenfalls wäre es, was Jakob tun würde. Es gibt immer noch die Möglichkeit, sich vor Mahdi auf die Knie zu werfen und um zwei oder drei weitere Monate zu bitten. Nachdem ich nun weiß, wie lange er bereits wartet, glaube ich kaum, dass er diese Bitte ablehnen würde. Einen Augenblick lang überlege ich, ob ich Erik das vorschlagen soll. Aber dann findet er plötzlich seine Sprache wieder und zitiert weiter von der Internetseite.

»Hier steht auch, dass es schon jede Menge Leute gab, die von sich behauptet haben, der Mahdi zu sein. Wir wissen also nicht mal, ob unserer überhaupt der echte ist.«

Das ist eben Erik. Man kann ihm noch so viele Dschinn, fliegende Würstchen und versilberte Skorpione zeigen – er ist und bleibt ein Realist. Und das, obwohl er selbst die übernatürlichste aller Fähigkeiten hatte. Ich beobachte ihn, wie er sich weiter durch das Internet klickt. Schließlich wird er wieder fündig.

»Außerdem fehlt noch jemand ganz Wichtiger bei der Sache und zwar Jesus. Der soll nämlich ebenfalls kommen und mit Mahdi zusammen kämpfen. Hast du irgendwo Jesus gesehen, als wir in Istanbul waren?«

»Oh Erik, sei nicht so sarkastisch!«, bitte ich ihn.

Er öffnet noch ein paar Seiten und überfliegt den Inhalt. Dann wendet er sich wieder mir zu und nimmt meine Hand.

»Ich will dir etwas sagen, Melek«, murmelt er. »Ich weiß nicht, mit wem wir es hier wirklich zu tun haben. Aber es ist mir auch ganz egal. Es gibt nichts, was wir gegen seine Entscheidungen unternehmen können. Und allein das ist ein Grund, ihm zu sagen, dass wir uns von heute an und für immer gegen seinen großen Endkampf verweigern. Ich will kein Spielball eines Kampfes sein, den ich für sinnlos erachte.«

Ich wünschte, ich könnte bei ihm sein, wenn er den Mut aufbringen muss, dem General das zu sagen. Aber so, wie die Sache aussieht, kämpfe ich dann schon auf der anderen Seite.

Um diese Uhrzeit können wir Jakob nicht anrufen, um ihm die Ergebnisse unserer Recherche mitzuteilen. Wahrscheinlich ist er gerade damit beschäftigt, ein Mädchen anzutanzen oder Soldaten in den Liebeskampf zu schicken. Also bleibt uns nichts anderes übrig, als zu Bett zu gehen.

Erik schafft es sogar, einzuschlafen. Ich liege zwei Stunden lang neben ihm, als er schon längst wieder lautstark schnarcht. Eigentlich wollte ich diese Nacht damit verbringen, in die tröstliche Geborgenheit einzutauchen, die ich so liebe, in der Hoffnung, dass mein Geist einen Funken davon über den morgigen Tag hinaus bewahren würde. Aber nun wälze ich mich hin und her und komme zu dem Schluss, dass ich Erik auf keinen Fall allein vor Mahdi treten lassen kann. Weder das Versprechen, das ich Levian gegeben habe, noch die Aussicht darauf, in irgendeiner Form überleben zu können, hat so viel Gewicht wie das. Noch bin ich ein Mensch. Noch kann ich meine Versprechen brechen.

Der Entschluss, den ich fasse, fühlt sich genau richtig an: Ich muss die Verwandlung unbedingt verhindern! Vorsichtig schäle ich mich aus der Decke und schleiche hinüber zum Sofa. Dann ziehe ich mich an und stehle mich davon. Die Treppe der Sommers ist neu. Es knirscht nicht eine Stufe, als ich leise hinabsteige und das Haus verlasse.

Bis zu Jakob sind es nur zehn Minuten. Es brennt kein Licht in seiner Wohnung, aber der Land Rover steht vor der Tür. Meine Finger zittern kein bisschen, als ich ein paarmal hintereinander auf die Klingel drücke. Als eine Weile nichts passiert, vermute ich, dass er drüben bei Sylvia ist und Wache hält. Aber dann höre ich Schritte im Flur und er öffnet mir in Jogginghose und T-Shirt die Tür. Er sieht müde und abgekämpft aus.

»Melek! Was willst du denn hier?«, fragt er irritiert. Ich sehe Furcht in seine Augen steigen, die weder mit den Dschinn noch mit den Generälen zu tun hat.

»Nicht das, was du denkst«, stelle ich klar. »Lass mich rein!«

Wir gehen in sein Wohnzimmer und setzen uns aufs Sofa. Mein Blick fällt kurz auf das Bild von Marie, das wieder auf dem Schreibtisch steht. Dann reiße ich mich zusammen und erzähle Jakob alles. Von Levian, der mich Nacht für Nacht besucht hat, als weder er noch Erik etwas von mir wissen wollten. Von der Welt der Dschinn, die gar nicht so unmenschlich zu sein scheint, wie wir glauben. Und schließlich von Leviatas Angriff auf mich und dem Einsatz, den ich für Eriks Leben gebracht habe.

Die Art, wie Jakob mich dabei ansieht, ist ungewohnt. Anstelle von Wut wie früher in solchen Momenten liegt so etwas wie stille Kapitulation in seinem Blick.

»Morgen ist es so weit, dass er mich verwandeln will«, sage ich. »Er will mich abends am Jungfernbrunnen in Buchenau treffen. Geh dorthin und bring ihn um! Ich werde der Köder sein.«

Jakob sagt keinen Ton. Vor ewigen Zeiten, wie es scheint, haben wir einen Pakt geschlossen. Ich halte mich nun an meinen Teil der Abmachung, obwohl er nicht mehr dazu gekommen ist, seinen zu erfüllen.

»Warum willst du das?«, sagt er schließlich. »Und erzähl mir nicht, Levian würde dir nichts bedeuten. Du hast mir gerade sehr glaubwürdig klargemacht, dass du dich bereits mit einem Leben an seiner Seite angefreundet hattest. Also warum soll ich ihn jetzt plötzlich töten?«

»Weil jemand anderer mir mehr bedeutet«, gebe ich zu.

Nun ist er heraus. Der Satz, der so viel Hoffnung wecken könnte, wenn wir nicht wüssten, dass sie vergebens ist. Für Jakob hat er noch eine ganz andere Bedeutung: Es ist der Satz, der auch die letzte seiner Hoffnungen zerstört, falls er noch welche hatte. Hoffnungen in Bezug auf mich. Ich sehe, dass er bei meinen Worten schluckt.

»Du denkst also, es gibt noch die Möglichkeit, Eriks Talent zurückzuholen?«, fragt er gefasst.

»Nein. Dafür reicht die Zeit nicht mehr«, antworte ich.

Er sieht mich verständnislos an, weil er nicht versteht, was mich dann eigentlich antreibt. Also berichte ich ihm von den erschütternden Informationen, die wir heute im Internet über Mahdi herausgefunden haben, von Eriks Wut auf die Armee und seinem Plan, sich dem Endkampf endgültig zu verweigern. Jakobs Augen werden riesengroß. Die Dinge, die ich gerade ausspreche, sind für ihn unvorstellbar. Niemals käme ihm in den Sinn, sich den Anordnungen seiner Generäle zu widersetzen. Nicht aus Furcht vor dem Tod, sondern aus Pflichtbewusstsein. Denn im Gegensatz zu Erik und mir ist Jakob ein guter Soldat. Als ich fertig bin, schüttelt er den Kopf.

»Melek, warum bist du hier?«, fragt er. »Damit ich Levian umbringe und du in Ruhe an Eriks Seite sterben kannst?«

»Ja.«

Er schlägt die Hände vors Gesicht und stößt ein tiefes Seufzen aus. Wieder spüre ich die Revolution, die bei seinem Anblick durch meinen Körper läuft. Es ist, als würde jedes einzelne meiner Organe aus Protest den Dienst verweigern. Ich beiße mir auf die Lippe, um nicht alles, was ich eben ausgesprochen habe, sofort zurückzunehmen. In dem Moment mache ich mir bewusst, dass das Talent von Jakob noch aktiv ist. Das ändert nichts an dem Aufstand, der in mir tobt. Aber es versetzt mich in die Lage, weiterzureden.

»Finden wir ein paar Leute, die zur selben Zeit am Jungfernbrunnen sein müssen«, sage ich. »Dann wittert Levian fremde Menschen und wird nicht bemerken, dass du ebenfalls da bist. Ich lenke ihn ab und du erschießt ihn aus dem Hinterhalt. Danach müssen die Orakel eben die Erinnerungen der Menschen löschen.«

Jakob nimmt die Hände von seinem Gesicht und sieht mich an.

»Das ist nicht die Art, wie wir arbeiten«, sagt er.

»Aber es ist die Art, die zum Erfolg führt!«, kontere ich. »Wirst du es tun?«

Er schaut mich lange an, bevor er antwortet. Die einstige Besessenheit, Levian zu töten, ist aus seinen Augen verschwunden. Stattdessen steht nun ein Ausdruck darin, der mir klarmacht, wie groß der Schmerz ist, den ich ihm gerade zumute. Ich kämpfe gegen die Tränen an, die in mir emporsteigen. Doch ehe sie aus mir herausbrechen, hat er sich entschieden.

»Ja«, sagt er. »Ich mach das für dich, Engelchen.«

Ich schätze, es ist das letzte Mal, dass er mich so nennt. Dann legt er seine Hand auf meine, um mir zu zeigen, dass er meine Entscheidung akzeptiert, egal, wie sehr sie ihm auch das Herz bricht.

Ein Verrat fürs Leben

Als wir am nächsten Morgen zum Frühstück kommen, merke ich schon an der Stimmung am Tisch, dass etwas passiert ist. Eriks Eltern sitzen vor ihrem leeren Teller, jeder eine volle Kaffeetasse neben sich, und schauen uns an. Zwischen den beiden liegt ein Brief.

»Der ist gestern vom Jugendamt gekommen«, sagt Herr Sommer. »Aber ihr wart dauernd so beschäftigt. Wir haben es nicht über uns gebracht, ihn euch gleich zu zeigen.«

Erik nimmt den Brief und liest ihn. Ich schaue seine Mutter fragend an.

»Du musst wieder nach Hause, Melek«, sagt sie leise.

Ich blicke zu Boden. Warum kommt dieser Brief gerade jetzt, wo ich all meine Kraft für etwas ganz anderes brauche? Ich kann auf keinen Fall heute zu meinen Eltern zurückgehen und mich ihren Anschuldigungen stellen! Eriks kleine Geschwister sitzen zusammen mit uns am Tisch und merken nicht, wie sehr sich allen anderen die Kehle zuschnürt.

»Echt?«, fragt der elfjährige Simon. »Ich hatte mich schon so daran gewöhnt, dass sie da ist. Erik ist nur noch in seinem Zimmer und trampelt nicht mehr über mein Lego im Flur.«

Er nimmt einen Riesenbiss von seinem Nutellabrot und grinst frech in die Runde. Als niemand auf seinen Kommentar reagiert, stupst er seine Schwester Lea mit dem Ellbogen an und sie verschüttet ihren Kakao. Sofort kommt der übliche Streit in Gang.

»Hört auf der Stelle damit auf!«, schreit Frau Sommer sie an. »Keinen Mucks mehr oder ich ziehe eine Woche lang eure Konsole ein!«

Den Zwillingen bleibt jedes Widerwort im Hals stecken. Sie sind es nicht gewohnt, von ihrer gluckenhaften Mutter so angeschrien zu werden. Der

Blick, den sie sich zuwerfen, ist verschwörerisch, doch sie halten die Klappe. Niemand kümmert sich um den Kakaofleck, der sich langsam in die Mitte des weißen Tischtuchs vorarbeitet.

»Na dann«, sagt Erik mit unbewegtem Gesicht und legt den Brief wieder hin. »Sie werden sehen, was sie davon haben!«

Frau Sommer zuckt leicht zusammen. Dann schickt sie die beiden Kleinen hinauf ins Bad.

»Aber ich bin noch nicht fertig!«, versucht Lea sich zu beschweren, doch ein Blick ihrer Mutter macht ihr klar, dass das Frühstück für sie zu Ende ist. Verwirrt und wahrscheinlich in Angst um ihre Konsole stehen die Zwillinge auf und verziehen sich nach oben.

»Erik«, fleht Frau Sommer. »Bitte reagiert jetzt nicht falsch. Ihr könnt euch jeden Tag in der Schule sehen. Und in einem Jahr könnt ihr tun und lassen, was ihr wollt. Bitte setzt nicht eure Zukunft aufs Spiel!«

Ich bewundere Erik für die Härte, die er diesmal beweist.

»Ja, Mama«, sagt er. »Aber ein Jahr ist zu lang.«

Nun schlägt seine Mutter die Hände vors Gesicht und beginnt zu weinen. Sein Vater legt einen Arm um sie und betrachtet uns nachdenklich.

»Ich verstehe euch nicht«, sagt er. »Ihr seid irgendwie … rücksichtslos. Es tut mir leid, euch das sagen zu müssen: Aber wenn ihr heute Abend nicht bei euren eigenen Eltern seid, müssen wir die Polizei verständigen.«

Es gibt nicht mehr viele Dinge, die mich heute Abend schocken könnten. Aber was mich zutiefst trifft, ist der ohnmächtige Anblick von Eriks Eltern. Niemand hat so wenig wie sie verdient, dass wir sie derart vor den Kopf stoßen. Aber das werden wir nun tun müssen, denn darauf lief es die ganze Zeit über hinaus.

»Wir werden sehen«, sagt Erik, bevor er nach meiner Hand fasst und mich nach draußen zieht.

Oben in seinem Zimmer öffnet er eine Schublade und holt eine kleine Metalldose heraus, die er anstelle der Schulsachen in seine Tasche steckt. Dann stopft er noch ein paar Klamotten und das Silbermesser hinein. Ich mache das Gleiche mit meinen wenigen Habseligkeiten.

»Was ist das für eine Dose?«, frage ich ihn.

»Ein paar Erinnerungen«, antwortet er ausweichend. »Sachen, die ich vielleicht noch einmal anschauen will. Wer weiß, wie lange wir auf der Flucht sind.«

Als wir fertig sind, werfen wir einen Blick durchs Zimmer. In Gedanken verabschiede ich mich von unseren Wächtern, die nun nicht mehr gebraucht werden. Von dem Sofa, auf dem ich mich nächtelang herumgewälzt habe. Und von all dem beruhigend natürlichen Lärm, der ständig durch Fenster und Türen zu uns hereindrang. Für Erik muss es noch schlimmer sein, doch er hat sich überraschend gut unter Kontrolle. Gemeinsam poltern wir die Treppe nach unten in den Flur. Eriks Eltern stehen dort und halten sich im Arm.

»Wo geht ihr hin?«, fragt seine Mutter hilflos.

»In die Schule«, sagt Erik. »Wir gehen in die Schule.«

Doch seine Stimme ist viel zu ausdruckslos und unsere Taschen zu vollgestopft, als dass sie ihm Glauben schenken würde.

»Wir sehen uns dann heute Abend«, sagt Herr Sommer. Seine Brillengläser spiegeln, aber ich glaube, dass seine Augen feucht sind.

»Ja, Papa. Bis heute Abend dann.«

Eriks Körper ist wie eingefroren. Mit seiner Hand hält er meine so fest gepackt, dass es wehtut. Dann drängt er nach draußen und ich lasse mich mitziehen. Aber noch bevor wir zur Tür hinaus sind, mache ich mich los und nehme Frau Sommer in den Arm.

»Danke für alles!«, murmele ich. Was ich ihr wirklich sagen will, ist aber etwas anderes: Ich verspreche, dass ich bis zum Ende bei Erik bleiben werde. Er wird nicht allein sein, wenn es passiert. Und dieses Versprechen will ich nicht brechen. Diesmal nicht.

Wir schlagen uns den Vormittag in einem Café um die Ohren, weil wir davon ausgehen, dass wir uns so bald nicht mehr frei bewegen können. Dabei reden wir kein Wort über die Gegenwart. Alles, was wir uns sagen, hat mit früher zu tun, mit ungerechten Lehrern, betrunkenen Mitschülern und den Bundesjugendspielen von vor drei Jahren. Wir reden über Filme, die wir mal gesehen, und Eisbecher, die wir nicht mehr probiert haben. Dabei frage ich mich, warum ich in all dieser Zeit Erik immer nur als mein Anhängsel gesehen habe und nie als meinen besten Freund. Wie konnte ich nur so blind gewesen sein, zu übersehen, was ich eigentlich an ihm hatte?

Auf dem Übungstreffen am Nachmittag erzählen wir Jakob, dass die Situation zu Hause eskaliert ist und wir deshalb nun obdachlos sind. Auch ihm ist klar, dass wir nicht in Biedenkopf bleiben können, so gern ich auch Unterschlupf bei Sylvia gesucht hätte. Hier ist die Gefahr einfach zu groß, dass wir unseren Eltern über den Weg laufen. Während wir noch grübeln, wo Erik und ich uns verstecken könnten, meldet sich Anastasia zu Wort:

»Ihr zu mir kommen!«, sagt sie. »Bei mir in Wohnblock niemand wird euch finden.«

Das ist die perfekte Lösung. Auch wenn Dautphe nicht weit von Buchenau liegt, kommen meine Eltern nur selten dorthin. Und sie werden nicht in den sozial schwachen Vierteln nach mir suchen.

»Gut«, entscheidet Jakob. »Das machen wir.«

Dann verspricht er noch, die Veteranen um Unterstützung für uns zu bitten, denn Anastasia wird uns mit ihrer Sozialhilfe nicht durchfüttern können. Als die anderen nach draußen gehen, um ihre Waffenübungen zu beginnen, fasse ich sie an ihrem muskulösen rechten Arm und halte sie auf.

»Danke«, sage ich. »Ich bin froh, dass wir bei dir wohnen können!«

Anastasia schaut Jakob und Erik hinterher, die als letzte die Schutzhütte verlassen.

»Ich nicht klug«, sagt sie dann. »Aber ich wissen, was Liebe ist. Das schwer für euch.«

Ich bin mir nicht sicher, wen von den beiden sie damit meint, aber es ist egal. Wieder einmal bin ich fasziniert von den Leistungen, die ihr kindliches Gehirn vollbringt. Anastasia versteht mit Sicherheit nichts von den Hintergründen der Dinge, die momentan auf uns einprasseln. Aber sie weiß genau, wann es nötig ist, einander beizustehen. Und die Art, wie sie es tut, sorgt bei mir immer wieder für Sprachlosigkeit.

Ich nehme sie in den Arm und drücke ihren fülligen Körper. Dann gehen wir hinaus zu den anderen.

Über den Waldwiesen steht heute dichter Nebel. Er passt genau zu der Stimmung in meinem Kopf. Alles ist grau und verschwommen. Ich sehe Tina und Joshua dabei zu, wie sie in ihren Armeemänteln umständlich eine Zielscheibe an einem Baum positionieren, betrachte Henry, der seinen Turban bis ins Gesicht gezogen hat, und Mike, der wieder seine unvollständige Ritterrüstung trägt, weil die Grenzbegehungen nun der Vergangenheit angehören. Zu gern würde ich ihn jetzt fragen, was genau er im Moment eigentlich tut und welche Dinge er sich merkt, um sie später Mahdi weiterzutragen.

Doch es kommt nicht mehr so weit. Mike ist gar nicht nötig, um dem General von uns zu erzählen. Denn mitten in unser Treiben hinein tritt dieser plötzlich aus dem Nebel am Waldrand, das dunkle Gesicht unter der Kapuze eines schwarzen Umhangs versteckt. Hinter ihm tauchen die Gestalten seiner Offiziere auf. Es sind mindestens so viele wie wir.

Eine Eisschicht legt sich über mein Herz. Sylvia, die nur ein paar Meter neben mir steht, ist die Einzige von uns, der ein hysterischer Laut entfährt. Sie schlägt eine Hand vor den Mund, um ihn zu ersticken.

Wir rotten uns alle sofort zusammen, scharen uns um Jakob, als wäre es eine Horde Dschinn, die auf uns zukommt, und nicht unsere eigenen Vorgesetzten. Im Abstand von vielleicht fünf Metern bleiben sie uns gegenüber stehen und wir starren uns gegenseitig an. Um Mahdis Mundwinkel spielt ein herablassender Zug. Wie in Zeitlupe greift er mit beiden Händen nach seiner Kapuze und nimmt sie herunter. Er würdigt Jakob keines Blickes.

»Erik«, sagt er. »Wie geht es deinem Talent?«

Nun ist der Moment gekommen, den wir seit Wochen fürchten. Erik macht einen Schritt nach vorn, doch ich reiße ihn zurück und werfe mich an seinen Hals. Seine Hände sind eiskalt, als er damit nach meinen Armen greift und mich losmacht.

»Sei stark«, murmelt er mir ins Ohr.

Da lasse ich los und schaue ihm in die Augen. Ich erinnere mich an das Versprechen, das ich ihm und mir selbst gegeben habe. Alles andere ist jetzt unbedeutend. Es geht nicht mehr um heute Abend oder morgen früh, denn Mahdi hat es tatsächlich als Erster geschafft.

»Ich hätte gerne mit dir gelebt«, flüstere ich. »Aber ich bin auch bereit, mit dir zu sterben.«

Er drückt meine Hand. Dann tritt er vor und blickt Mahdi in die Augen.

»Es ist nicht zurückgekommen«, sagt er.

Der Blick des Generals verrät, dass er das bereits wusste, bevor Erik es ausgesprochen hat.

»Und was glaubst du, können wir tun, um dieses Problem zu lösen?«, fragt er.

Erik holt einmal tief Luft, ehe er antwortet. Als er dann spricht, ist mir zu Mute, als hielte die ganze Welt den Atem an. Nicht einmal aus dem Wald ist ein einziges Geräusch zu hören.

»Dieses Problem können wir nicht lösen«, sagt er. »Denn es gibt ein paar Dinge im Leben, über die du keine Macht hast. Liebe ist eines davon. Du wirst Melek nicht zwingen können, mich zu lieben. Und mich nicht, die Mauer um mein Herz wieder einzureißen. Es wird alles so bleiben, wie es ist. Du musst deinen Kampf ohne mich kämpfen.«

Mahdis Gesicht wird kreidebleich. Er hat mit Sicherheit damit gerechnet, dass heute Blut zwischen uns fließen könnte. Das von Jakob vielleicht oder von mir. Was auch immer nötig sein würde, um uns zu zwingen, Erik das zu geben, was ihn wieder zum Heiler macht. Wahrscheinlich hat er aber geglaubt, Erik stünde dabei in der Rolle des verletzten Schafes vor ihm. Dass er sich ihm bewusst widersetzen würde, hat er niemals angenommen. Ich sehe es in seinen Augen.

»Du dummer kleiner Schuljunge willst dir anmaßen, über die Endzeit zu gebieten?«, faucht er Erik an. »Wir Talente sind auf der Welt, um die Menschheit vor der Seuche der Dschinn zu bewahren. Niemals werde ich zulassen, dass du unseren letzten Kampf vereitelst. Wenn es nötig ist, deinen Stolz zu brechen, dann soll es so sein!«

Ich weiß nicht, wie Erik es schafft, aufrecht stehenzubleiben.

»Das hat mit Stolz nichts zu tun«, sagt er. »Es ist einfach eine Tatsache. Und was immer du auch tust, es wird nichts ändern!«

Noch immer bewahrt Mahdi die Fassung. Aber dann sagt Erik etwas, das ihn tiefer trifft als alles andere:

»Ich glaube wie du, dass unser täglicher Kampf gegen die Dschinn notwendig ist. Aber ich glaube nicht, dass wir ihre ganze Art ausrotten müssen. Nicht einmal du kannst wissen, was danach geschehen würde. Vielleicht bringen wir unser biologisches Gleichgewicht durcheinander, wenn wir das tun. Dann ist es gleichzeitig auch das Ende der Menschheit. Deshalb sage ich es dir noch einmal ganz deutlich: Selbst dann, wenn ich mein Talent zurückhätte, würde ich dir nicht folgen, denn ich halte deinen Endkampf für einen Fehler!«

Mahdi starrt ihn an, als wäre er ein todbringendes Insekt, das man zerquetschen muss. In dem Moment trete ich neben Erik und fasse nach seiner Hand.

»Und ich ebenso«, sage ich. Ich zwinge mich, nicht den Kopf zu senken, ich will genauso stark bleiben wie Erik. Noch bevor Mahdi irgendetwas sagen kann, spüre ich plötzlich, wie jemand meine andere Hand ergreift. Es ist Jakob.

»Ich auch«, sagt er, ohne den Blick von seinem General zu wenden. Ich kann es nicht fassen! Eine Welle von Hochachtung für ihn durchflutet mich. Ich habe völlig danebengelegen. Ich dachte immer, dass Jakob jederzeit hinter der Armee stehen würde. Gerade eben hat er bewiesen, dass es Dinge gibt, die er über sein Pflichtgefühl stellt. Er hat beschlossen, dasselbe für mich zu tun wie ich für Erik.

Ein Raunen geht durch die anderen Talente.

Dann passiert etwas, das ich niemals für möglich gehalten hätte: Einer nach dem anderen tritt vor und reiht sich in unsere Kette ein. Sylvia nimmt die Hand von Jakob, Anastasia nimmt ihre, Finn, Kadim und sogar Mike schließen sich an. Auf der anderen Seite greift Tina nach Eriks Hand, daneben stehen Henry, Joshua, Nadja und Rafail. Wir bilden eine Kette der Freundschaft und des Widerstands. Dabei wissen wir genau, dass wir alles andere als unbesiegbar sind. Für diesen Akt der Revolution wird Mahdi uns alle büßen lassen.

»Dreizehn Verräter«, murmelt er. Dabei presst er die Kieferknochen so fest aufeinander, dass ein Knirschen ertönt. Seine dunklen Augen wandern über unsere Reihe, von einem zum anderen. Am Ende bleiben sie auf Mike haften. Da erscheint ein spöttischer Zug in seinem Gesicht.

»Selbst du, Mikal?«, stößt er hervor. »Wer soll dir das glauben?«

Daraufhin wirft Mike seine zotteligen Haare in den Nacken und reckt Mahdi das Kinn entgegen.

»Wie ich höre, so richte ich. Und mein Gericht ist recht«, sagt er. »Denn ich suche nicht meinen Willen, sondern den Willen dessen, der mich gesandt hat.«

Wir starren ihn ungläubig an. Nur Mahdi bricht in höhnendes Gelächter aus. Es schallt durch den Nebel und den dichten Wald, der es immer noch nicht wagt, zu atmen.

»Wen zitierst du da? Jesus von Nazareth?«, schreit Mahdi. Von einer Sekunde auf die andere ist sein Lachen verklungen. »Sag ihm lieber mal Bescheid, dass er lange überfällig ist!«

»Tut mir leid, aber ich habe keine Macht, jemanden zu bezwingen«, antwortet Mike. Ich traue meinen Augen kaum, als ich sehe, dass er grinst. »Außer Tiere ... und Drachen.«

Was auch immer Mikes Rolle in dieser Geschichte war, eines muss man ihm lassen: Er geht mit einem Lächeln in den Tod. Mahdi hat jetzt genug von unserem Aufstand. Er dreht sich zu seinen Offizieren um und deutet auf Erik, Jakob und mich.

»Diese drei«, befiehlt er. »Die anderen machen nur, was ihr Anführer von ihnen will.«

Die Soldaten kommen auf uns zu, greifen nach unseren Armen und reißen uns voneinander weg. Einer von ihnen stößt mich grob nach vorn zu Mahdi und drückt mich vor dem General auf die Knie. Das Gleiche geschieht mit Erik und Jakob, die rechts und links von mir zu Mahdis Füßen landen. Mein Gehirn spielt verrückt. Der Nebel um uns herum wird immer dichter. Jemand legt eine Pistole an meinen Hinterkopf. Ich erkenne schemenhaft, dass hinter jedem von uns ein Henker steht. Hilflos suche ich mit meinen Händen nach Erik und Jakob, bis ich endlich ihre Finger im feuchten Gras finde.

»Dieses Händchenhalten ist nicht mit anzusehen«, spottet Mahdi. Er hebt Eriks Kinn an und inspiziert seinen Gesichtsausdruck.

»Voller Angst«, stellt er fest. »Aber verstockt bis zum Letzten. Ich habe keine Verwendung mehr für dich!«

Dann steht er auf und wendet seinen Blick den Soldaten in unserem Rücken zu. In dem Moment ertönt ein durchdringender Schrei.

»Nein!«

Es ist Sylvia. Sie hat sich aus der Reihe gelöst und ist zu uns nach vorn gerannt, bevor einer der Offiziere sie packen konnte. Nun sinkt sie ebenfalls vor Mahdi auf die Knie.

»Nein! Tu das nicht! Es bleibt noch eine Möglichkeit!«, fleht sie.

Der General gibt seinen Henkern ein Zeichen, zu warten.

»Und welche soll das sein, kleines herausragendes Orakel?«, fragt er. Ich bin mir nicht sicher, ob er sie verspottet oder tatsächlich ernst nimmt. Zumindest hört er ihr zu.

»Schick sie weg!«, sagt Sylvia. »Schick Melek von Jakob weg. Wenn er nicht mehr in ihrer Nähe ist, schwindet der Einfluss seines Talents auf sie. Dann ist sie frei für Erik und er wird ihr glauben.«

Was macht sie da? Erik hat Mahdi ganz deutlich gesagt, dass er nicht gewillt ist, für ihn zu kämpfen. Nicht einmal dann, wenn er sein Talent zurückhätte. Also ist ihr Vorschlag ganz und gar unsinnig! Dann tut Sylvia etwas, das ich nicht für möglich gehalten hätte. Sie steht auf, geht auf die Zehenspitzen und flüstert in Mahdis Ohr. Es kommt mir wie Stunden vor, die wir im Gras knien und auf den tödlichen Schuss warten, während meine kleine Freundin uns schon wieder verrät. Doch was auch immer sie Mahdi im Gegenzug für unser Leben anbietet, es zeigt Wirkung. Das Gesicht des Generals hellt sich auf.

»Nun gut«, sagt er, nachdem sie fertig ist. »Einen Versuch ist es wert. Umbringen kann ich euch hinterher immer noch.«

Er befiehlt seinen Soldaten, uns hochzuziehen. Sie halten uns die Hände auf dem Rücken fest, während Mahdi vor uns auf- und abschreitet und nachzudenken scheint. Schließlich bleibt er stehen und schaut gezielt mich an.

»Ihr macht eine Weile Urlaub«, sagt er. »Ich schicke euch an einen Platz, wo selbst ich Ruhe finde. Dort werdet ihr euren Bund besiegeln und eure Herzen öffnen.«

Dann geht er weiter und bleibt vor Erik stehen.

»Und wenn ihr zurückkehrt, planen wir unseren Endkampf.«

Wieder wechselt er die Richtung, bis er Jakob in die Augen sehen kann.

»Denkt nicht, ich hätte kein Druckmittel. Denn Geiseln gibt es genug!«

Das mit dem Druck scheint er nicht zu verstehen. Was auch immer Sylvia ihm erzählt hat – damit hat sie zumindest vorerst unser Leben gerettet. Ob ich ihr allerdings dankbar dafür bin, weiß ich noch nicht. Denn sie wird einen Grund gehabt haben, es nicht laut vor uns anderen auszusprechen.

Mahdi weist seine Offiziere an, Erik und mich auf Waffen zu durchsuchen. Natürlich werden sie fündig und nehmen uns alles weg, womit man sich notfalls selbstständig ins Jenseits befördern könnte, selbst die Silbermesser. Auch unsere Handys zieht er ein, womit wir vollkommen von der Außenwelt abgeschnitten sind. Ich beobachte, wie er kurz die Augen schließt und sich auf die Umgebung konzentriert. Anschließend befiehlt er einer Soldatin, in die Schutzhütte zu gehen und unsere Schultaschen zu holen. Er hat Glück, denn darin befindet sich alles, was wir für eine Reise benötigen, inklusive unserer Ausweise. Das Schicksal scheint irgendwie auf seiner Seite zu spielen.

Anschließend winkt der General zwei andere Offiziere zu sich, einen Mann und eine Frau. Sie sind vielleicht Anfang zwanzig, aber ihre undurchdringlichen Mienen lassen sie älter wirken.

»Das sind Attila und Ebru«, stellt Mahdi sie vor. »Sie sind beide Orakel, doch sie haben eine Nahkampfausbildung. Während der ganzen Zeit werden sie keine Sekunde von eurer Seite weichen. Also vergesst am besten gleich wieder, dass sie überhaupt da sind. Betrachtet sie als Schatten. Ihr müsst nicht mit ihnen reden.«

Ich frage mich, wie Mahdi sich das vorstellt. Gerade eben hat er noch davon gesprochen, dass wir an diesem Ort der Ruhe unseren Bund besiegeln sollen. Er meint doch nicht allen Ernstes, dass Attila und Ebru dabei zusehen werden?

Ehe ich verstehe, was geschieht, packen unsere beiden Leibwächter uns am Arm und Mahdis komplette Truppe tritt den Rückzug in den Wald an. Wir bekommen nicht einmal Gelegenheit, uns von den anderen zu verabschieden.

Fahrig drehe ich mich um und werfe einen Blick zurück zur Schutzhütte, wo Jakob und die anderen stehen und uns hilflos hinterhersehen. Ein seltsamer Schmerz durchzuckt mich, während ich von ihnen weggeschleift werde. Ich weiß nicht, ob das Gefühl physischer oder psychischer Natur ist, aber es fühlt sich an, als würde mir jemand das Herz aus dem Leib reißen. Mit jedem Schritt, den wir uns weiter entfernen, verstärkt sich die Enge in meiner Brust. Ich bekomme Schnappatmung. Was ist mit mir los?

»Ein schauderhaftes Gefühl, nicht wahr?«, sagt Mahdi, ohne sich zu mir umzudrehen. »So fühlt es sich an, wenn die Natur aus den Fugen gerät. Dein Talent spürt, was passiert, und will zu deinem Anführer zurück. Alles in dir schreit danach.«

Seine Stimme klingt so, als würde mein Leid ihm Freude bereiten. Ich beiße die Zähne zusammen und versuche, keinen Laut von mir zu geben. Trotzdem entschlüpft mir immer wieder ein jämmerliches Schluchzen.

Während der gesamten unwirklichen Wanderung durch den Wald lassen die Schmerzen nicht nach. Ich bekomme kaum mit, dass sie uns in ein großes schwarzes Auto setzen und über die Autobahn rasen. Erik hält mich im Arm, während die Bilder unserer Heimat an uns vorbeifliegen. Er kann mir nicht helfen, aber ich bin froh, dass er neben mir sitzt.

Erst, als wir am Flughafen in Frankfurt ankommen, spüre ich, dass ich ganz langsam wieder Herr meiner Sinne werde, auch wenn das Gefühl mich sicher noch den Rest des Tages begleiten wird.

Da erst fällt mir ein, dass es noch etwas anderes gibt, wozu ich keine Gelegenheit mehr hatte. Etwas, das ich bitter bereuen werde, weil das Leben nun eine neue Richtung eingeschlagen hat. Und es ist viel schlimmer als der verpatzte Abschied von meiner Truppe: Ich habe Jakob nicht gebeten, Levian heute Abend zu verschonen.

Ruhe

Unsere Schatten begleiten uns wirklich überall hin. Wenn ich zur Toilette muss, kommt Ebru mit und inspiziert die Kabine, bevor ich hineindarf. Attila macht das Gleiche bei Erik. Wir sitzen den ganzen Tag auf dem Flughafen herum, weil nicht einmal Mahdi die Macht besitzt, den Flugplan zu ändern. Wohin unsere Reise geht, ist uns weiterhin unklar. Nach etwa einer Stunde brechen er und seine Offiziere wieder auf. Anscheinend ist nun alles geregelt. Außer den beiden Nahkampf-Orakeln bleibt nur General Abdullah bei uns, um unseren Abflug zu überwachen.

Ich würde Erik gern fragen, was er von der ganzen Sache hält. Aber zum einen weiß ich nicht, ob unsere Begleiter Deutsch sprechen und zum anderen muss ich gerade mit einem ganz anderen Problem fertigwerden. Je näher der Zeiger meiner Uhr auf die Sieben vorrückt, desto verkrampfter werde ich. Was auch immer heute Abend am Jungfernbrunnen geschieht, ich werde nichts davon mitbekommen. Nicht einmal dann, wenn Levian in einem normalen Zustand wäre, könnte ich vorhersagen, wer von den beiden im Kampf gegeneinander gewinnen würde. Da ich keine Ahnung habe, was der Entzug aus meinem Dschinn gemacht hat, ist die Sache noch unvorstellbarer. Es muss nicht unbedingt sein, dass Levian ausgelaugt und halbtot an der Quelle wartet. Vielleicht ist er sogar noch gefährlicher und aufmerksamer als sonst. Sicher ist, dass Jakob kein leichtes Spiel haben wird, wenn er sich entscheidet, diesen Schritt zu tun. Denn nun hat er keinen Köder mehr. Ich könnte es nicht ertragen, wenn ihm etwas geschehen würde! Aber ich will auch nicht mehr, dass Levian stirbt. Meine Entscheidung, Jakob auszusenden, um ihn zu töten, war aus reiner Verzweiflung geboren gewesen. Es ging nur darum, Erik beizustehen, wenn Mahdi kommt. Hätte ich gewusst, dass es so schnell gehen würde und dass wir heute Abend zusammen und lebendig auf dem Weg in den Urlaub sein würden, dann hätte ich Jakob niemals von dem Treffen am Jungfernbrunnen erzählt! Genauso wenig, wie ich ihm gesagt hätte, wer der Mensch ist, mit dem ich bis in den Tod gehen will.

Wieder einmal habe ich es geschafft, alle zu verletzen, die mir am Herzen liegen. Wie Levian damit umgehen wird, falls er diese Nacht überlebt, will ich mir gar nicht ausmalen. Ich wünsche mir nichts sehnlicher, als dass Jakob beschließt, für heute genug tödlichen Bedrohungen gegenübergestanden zu haben, und nicht in den Wald fährt.

Um halb acht sitzen wir immer noch auf einer Reihe Stühle im Wartebereich vor dem Check-In. Nun müsste der Kampf am Jungfernbrunnen vorbei sein – für den Fall, dass er überhaupt stattgefunden hat. Ich frage mich, ob ich es wohl spüren würde, wenn Jakob tot wäre. Im Moment fühle ich gar nichts und das wäre dann ein gutes Zeichen. Außer dem zermürbenden Schmerz, den ich schon den ganzen Nachmittag habe. Es fühlt sich an, als hätte jemand einen Teil von mir abgeschnitten.

Als Abdullah zu der Bäckerei gegenüber geht, um etwas zu trinken zu holen, wendet Erik sich zu mir um und blinzelt. Ich verstehe nicht, was das bedeuten soll.

»Melek, ich hab noch eine kleine Pistole in meinem Schuh«, sagt er leise. »Auf drei erschieße ich meinen Bodyguard und anschließend deinen. Dann rennen wir schnell weg!«

Sofort schalten sich meine inneren Alarmglocken an. Was hat Erik vor? Von was für einer Pistole spricht er? Ebru und Attila sitzen direkt neben uns. Wahrscheinlich haben sie ihn sogar gehört! Um ein Haar hätte ich seinen Arm gepackt, um ihn von dieser Schnapsidee abzubringen. Da sehe ich wieder das Blinzeln.

»Eins, zwei, drei«, sagt Erik. Dann bückt er sich zu seinem Schuh, ruckelt am Schnürsenkel herum und setzt sich wieder normal hin. Ich schiele zu den beiden regungslosen Schatten hinüber und atme auf. Damit ist schon mal sonnenklar, dass sie kein Deutsch sprechen. Erik grinst. Ich bewundere ihn für seine Klugheit, wie so oft.

»Geht's dir besser?«, fragt er mich.

»Es geht«, sage ich ehrlich. »Aber im Moment würde ich gern mit dir tauschen und mein Talent zurückgeben.«

»Ach Melek, wenn du mit mir tauschen könntest, wären wir nicht hier.«

Er wirft einen kurzen Blick auf Abdullah, der immer noch in der Schlange vor dem Bäcker steht.

»Unsere Eltern haben jetzt wahrscheinlich schon die Polizei angerufen«, murmele ich.

Erik legt eine Hand auf meinen Arm.

»Und das ist gut so«, sagt er. »Von dieser Seite aus betrachtet ist es genau zum richtigen Zeitpunkt passiert. Sie werden uns suchen und vermissen. Aber was auch immer geschieht – wir haben es geschafft, dass sich ihr Leid in Grenzen hält.«

»Was denkst du, was Sylvia zu Mahdi gesagt hat?«

»Ich denke alles Mögliche. Aber darüber reden wir besser, wenn Abdullah endgültig verschwunden ist. Der kann nämlich ganz sicher Deutsch, das ist mir schon in Istanbul aufgefallen.«

»Wo sie uns wohl hinschaffen?«, sinniere ich.

»Ach«, sagt Erik und streckt die Beine aus. »Wohin auch immer. Ich schätze, es wird richtig warm sein dort.«

»Wieso?«

Gerade da kommt der General mit einer Flasche Wasser für jeden auf uns zu. Hinter sich her zieht er einen schwarzen Trolley, den er vorher noch nicht dabeihatte. Irgendwer scheint ihm das Gepäckstück unauffällig übergeben zu haben.

»Damit du den ganzen Tag im Bikini vor mir rumläufst!«, murmelt Erik noch, bevor er sich wieder aufrecht hinsetzt und seine Flasche mit unbewegtem Gesicht entgegennimmt.

Dass er mit seiner Vermutung Recht hat, bestätigt sich, als wir gegen neun Uhr endlich zum Check-In gehen. Abdullah hat alle unsere Papiere und die Flugscheine in der Hand. Der Monitor über dem Schalter verrät unser Ziel: Es ist Mombasa in Kenia.

Wir blicken uns an und Erik zieht vielsagend die Augenbrauen hoch. In meinem spärlichen Gepäck befindet sich die Minimalausstattung für ein paar Tage im deutschen Matschwetter. Wie ich damit in Kenia überleben soll, weiß ich nicht. Allerdings gibt Abdullah nun den schwarzen Trolley als unser Gepäck auf. Ich vermute mal, darin befindet sich jede Menge Reizwäsche für mich. Der General bringt uns bis zum Sicherheitscheck, dann tauscht er noch ein paar Worte mit Ebru und Attila und lässt uns allein.

Der Flug dauert über acht Stunden. Weil jede Reihe nur drei Plätze hat, sitzen Ebru und ich neben einem Fremden, ebenso wie Erik und Attila in der Reihe vor uns. Aber wir haben uns die Fensterplätze gesichert und Eriks Kopf steckt fast die ganze Zeit in der Spalte zwischen seinem Sitz und dem Fenster. Wir unterhalten uns im Flüsterton, obwohl unsere Bodyguards uns nicht verstehen können.

Es ist irgendwie wohltuend, über der Wolkendecke dahinzugleiten und zu spüren, dass unsere Probleme unten auf der Erde verborgen sind. Wenn es draußen mittlerweile nicht dunkel wäre, würde ich glauben, ich sei wieder in meine Traumwelt abgetaucht und warte inmitten der Wolken auf Marie. Wenn ich nur wüsste, in welcher Welt sich Jakob in diesem Augenblick befindet.

»Du warst unglaublich mutig heute«, sage ich zu Erik. »Ich bewundere dich.«

»Nicht mehr als du «, flüstert er. »Aber wenn ich ehrlich sein soll, muss ich zugeben, dass Jakob den meisten Mut von uns allen bewiesen hat.«

Es ist einer der wenigen Momente, in denen er ihn beim Namen nennt.

»Denn er hat mehr als nur sein Leben riskiert. Für ihn war es so, als hätte er seine Seele gleich mit auf den Richtpfahl gelegt.«

Erik hat genau wie ich erkannt, dass Jakob heute Nachmittag einen Schritt getan hat, der ihn über seine Grenzen hinausgeführt hat. Ich bin mir nicht sicher, ob es vor ihm schon einmal einen Anführer gegeben hat, der derart offen gegen die Armee rebelliert hat, und wahrscheinlich noch viel weniger eine ganze Truppe.

»Als sie alle dastanden und sich an den Händen fassten, da habe ich einen Augenblick lang geglaubt, es würde Eindruck auf Mahdi machen«, nuschele ich.

»Ich auch«, sagt Erik. »Er war enorm wütend. Aber auch beeindruckt.«

»Vielleicht hat er darum die anderen verschont.«

»Oder um ihnen zu suggerieren, dass er sie gar nicht ernst nimmt«, vermutet Erik. »Beides ist möglich.«

Seit die Lichter mit der Anschnallpflicht ausgegangen sind, sitzen wir schon so da: Ich auf dem vordersten Rand meines Sessels, Erik nach hinten verdreht auf seinem. Beim Reden berühren sich manchmal unsere Nasenspitzen. Es fühlt sich ein wenig so an wie früher, wenn wir im Schulbus unterwegs waren. Nur haben wir damals noch mehr Sicherheitsabstand gehalten.

»Was soll das alles?«, frage ich. »Warum machen sie das nur?«

»Das weißt du doch«, sagt Erik.

»Ja, aber wie sollte es danach weitergehen? Nehmen wir einmal an, es passiert das, was sie wollen, dann kehrst du mitsamt deinem Talent zurück und verweigerst dich Mahdi von neuem. Was hätten sie davon?«

»Ich nehme an, Sylvia wusste eine Lösung, damit ich mich nicht verweigere.«

»Die da wäre?«

»Druck«, murmelt er. »Druck ist das Einzige, was Mahdi versteht. Und das Druckmittel bist hundertprozentig du.«

Ich würde jetzt gern sagen, dass Sylvia so etwas nie vorschlagen würde. Aber wir beide wissen, dass das nicht stimmt. Sie ist einfach zu jung, um zu verstehen, was Erik, Jakob und mich angetrieben hat. Sie weiß nicht einmal, dass das, was sie getan hat, Verrat war. Alles, was sie wollte, war, unser Leben zu retten. Ich kann es ihr nicht übel nehmen, selbst wenn ich ahne, dass sie unsere Hinrichtung dadurch nur aufgeschoben hat.

»Wir dürfen ihn nicht gewinnen lassen«, sage ich entschlossen.

Da steckt Erik seine Hand durch den Sesselspalt und fasst nach meiner. Er hält sie eine Weile gedrückt, bevor er sie wieder zurückzieht und mir antwortet.

»Ich werde mein Bestes geben, um mir die ganze Zeit vorzustellen, du hättest einen Pelzmantel an«, sagt er. Ich muss kichern. Ebru blickt leicht ungläubig in meine Richtung.

Wir unterhalten uns noch eine Weile leise weiter, bis ich so müde bin, dass Eriks Worte in meinem Kopf herumtanzen. Irgendwann schlafe ich einfach ein, ohne meine Sitzposition im Geringsten zu verändern, mit dem Kopf am Vordersitz.

Am frühen Morgen landen wir in Mombasa. Eigentlich hatte ich gedacht, dass wir nun direkt in ein Hotel kutschiert werden würden. Stattdessen führen unsere Schatten uns quer durch den Flughafen bis zu einem abgelegenen Hangar. Hier steigen wir ins nächste Flugzeug, eine einmotorige Cessna mit sechs Sitzplätzen, die uns hinaus aufs Meer fliegt. Mittlerweile ist mir so heiß, dass ich neben der Winterjacke auch meinen Pullover ausziehe und nur noch in Jeans und T-Shirt dasitze. Erik beobachtet mich dabei mit einem vieldeutigen Schmunzeln im Gesicht. Dann schüttelt er den Kopf und macht das Gleiche.

Es dauert keine zwanzig Minuten, bis unter uns ein Archipel kleiner Inseln auftaucht. Der Flieger landet auf der größten davon und wir steigen wieder um. Diesmal in ein Motorboot, dessen Fahrer Attila und Ebru wenig unauffällig je zwei Pistolen und Messer in die Hand drückt. Dann nimmt er Kurs auf eine winzige Insel, die lediglich als Punkt am Horizont zu erkennen ist. Als wir näherkommen, erkenne ich hinter dem ausladenden Steg am Strand eine einfache, aber edle Villa. Sie ist nicht höher als die Palmen, schneeweiß und mit grauem Reet gedeckt. Die runden Zinnen der zahlreichen Balkone geben ihr den Anschein eines Palasts, aber sie ist beruhigend schmucklos.

»Island of Peace«, teilt der Bootsmann uns mit, während er das Gas wegnimmt und auf den Steg zutuckert. Darauf stehen, allesamt in Weiß gekleidet, ein Mann und drei Frauen.

Ich traue meinen Augen kaum! Ein Blick in Eriks Gesicht verrät mir, dass es ihm genauso geht. Manchmal denke ich, wir müssten eigentlich in ein Schock-Koma verfallen, so sehr, wie sich innerhalb weniger Stunden unser Leben dreht. Entsprechend weich sind auch unsere Knie, als wir aus dem Boot steigen.

Die Frauen und der Mann stellen sich uns auf Englisch als Gärtner, Köchin, Haushälterin und Dienstmädchen vor. Wir bringen beide nicht mehr als eine schwache Begrüßung heraus. Dann stellen wir fest, dass Attila eine Stimme besitzt, denn er sagt den Leuten, ebenfalls auf Englisch, dass sie unsere Sachen ins Schlafzimmer tragen sollen.

»Was glaubst du, was das ist?«, fragt Erik mich, als wir die Villa durch eine Tür aus Glas und Ebenholz betreten.

»Ich schätze mal, Mahdis persönliche Ferienresidenz.«

Der Eindruck, den das Gebäude von außen gemacht hat, setzt sich auch innen fort. Die vorherrschenden Farben an Decken und Wänden sind Weiß und Cremefarben. Alle Möbel sind einfach und aus dunklem Holz. Es gibt kaum Dekoration, die wenigen Schmuckgegenstände sind entweder afrikanische Skulpturen oder orientalische Wandteppiche. Das ganze Haus strahlt eine derartige Ruhe aus, wie ich sie selten erlebt habe.

»Wow«, sagt Erik, als der Gärtner unsere Taschen und den schwarzen Trolley neben dem ausladenden Bett im Schlafzimmer abstellt. »Es ist ein Wink mit dem Zaunpfahl. Aber er ist unglaublich gut gemacht.«

Das Bett steht auf einem cremefarbenen Sockel, ist hinten durch indirektes Licht angestrahlt und mit einem Arrangement von weißen Laken bedeckt. Von der mit Ebenholzzweigen abgehängten Decke baumelt ein kunstvoll gerafftes Moskitonetz. Aber das Beste ist der Ausblick: Man sieht von seinem Kopfkissen aus durch die Zinnen des Balkons direkt auf das Meer. Was man uns hier präsentiert, ist ein vollendetes Liebesnest. Und ich denke nicht, dass es der einzige Platz dieser Art hier ist.

»Prima, danke«, sagt Erik und nickt allen anderem im Raum zu, damit sie uns allein lassen. Daraufhin verschwinden die Dienstboten, aber die Bodyguards bleiben da. Ich hatte es ja gewusst. Sie tuscheln kurz miteinander, woraufhin Ebru sich auf eine Pritsche an der Längsseite des Raumes setzt und Attila hinaus auf den Balkon geht.

Ich seufze.

»Was ist in dem Koffer?«, frage ich und deute auf den Trolley.

»Lass uns nachsehen«, sagt Erik.

Als er ihn öffnet, denke ich zunächst, ich hätte mit meiner Vermutung Recht gehabt, denn obenauf liegt Unterwäsche. Dann schaue ich genauer hin und stelle fest, dass es meine eigene ist. Auch mein Bikini und ein paar kurze Kleider sind dabei. Ich erschrecke.

»Sie waren im Haus meiner Eltern!«, stoße ich hervor.

Erik schüttet den Inhalt des Koffers auf das Bett und wühlt darin herum.

»Bei mir waren sie auch«, stellt er fest, als er seine Badehose findet.

»Oh nein!«, sage ich. Wir haben beide denselben Gedanken: Was, wenn bei dieser Aktion etwas schiefgegangen ist? Wenn Mahdis Leute nicht vorsichtig genug waren und auf unsere Familien getroffen sind? Wenn meinen Eltern etwas zugestoßen wäre, nur weil der General der Meinung war, ich bräuchte passende Badesachen für den Urlaub!

Auch andere Dinge wurden aus unseren Elternhäusern entwendet: Fotoalben, Bilder und Tagebücher. Ein Teil davon stammt aus unserem Wohnzimmerschrank, ein anderer aus meiner verschlossenen Schreibtischschublade.

»Was soll das?«, frage ich entgeistert.

Erik pfeffert gerade ein Foto von sich und seiner Familie zurück aufs Bett.

»Es sind Erinnerungen«, sagt er frustriert. »Sentimentale Dinge, über die wir reden sollen. Sachen, die uns zum Weinen bringen, verstehst du? Was für ein ausgefeilter Psychotrick!«

Mahdi will also, dass wir zusammen auf diesem Bett liegen und uns so lange gegenseitig trösten, bis wir endlich gewillt sind, unsere Zwangsehe zu vollziehen. Die eisgekühlte Champagnerflasche auf dem Nachttisch dient wahrscheinlich einem ähnlichen Zweck.

»Ich könnte kotzen!«, sagt Erik und lässt sich kraftlos auf das Bett plumpsen.

Ich packe sämtliche Sachen wieder in den Trolley, verschließe ihn und schiebe ihn unters Bett. Dann setze ich mich neben Erik.

»Gehen wir einfach davon aus, dass es allen gut geht«, sage ich. »Mahdis Leute werden schon wissen, wie man einbricht, ohne dass jemand etwas davon merkt. Es macht keinen Sinn, sich den Kopf zu zerbrechen, denn so lange wir hier sind, werden wir nichts darüber herausfinden.«

Dabei fällt mir auf, dass der General diesmal keine Frist gesetzt hat. Wir wissen nicht, ob wir ein paar Tage oder mehrere Wochen in diesem Palast am

Meer verbringen werden. Das ist auf der einen Seite gut, denn es verhindert, dass ich wieder anfange, einen Countdown herunterzuzählen. Auf der anderen Seite wird der Schock umso größer sein, wenn einer unserer Schatten plötzlich die Order erhält, uns endgültig den Hals umzudrehen.

Wir verbringen den Rest des Tages damit, die Villa kennenzulernen. Der Erbauer des Ganzen muss wirklich ein großer Liebhaber des Meeres gewesen sein, denn die zahlreichen Panoramafenster gewähren den Bewohnern in allen Lebenslagen Seeblick. Selbst die riesige Badewanne und der Pool im Erdgeschoss stoßen nahtlos an diese Fenster an und vermitteln den Eindruck, man würde sich direkt im Indischen Ozean suhlen. Ganz oben gibt es eine überdachte Terrasse, in deren Mitte ein riesiges Sofabett mit einem derb gewebten Baldachin steht. Von dort aus schauen wir uns den Sonnenuntergang an und denken an zu Hause. Keinem von uns ist es wirklich gelungen, sich einzureden, dass dort alles gut sein wird. Danach lassen wir uns im Speisesaal ein beeindruckendes Dinner auftragen, aber weder Erik noch ich haben richtig Appetit. Als wir schlafen gehen, verzieht Ebru sich zum Glück in das Zimmer nebenan. Attila geht wieder hinaus auf den Balkon, aber er beobachtet mich aus dem Augenwinkel beim Umziehen. Es gibt keine Vorhänge, die man zuziehen könnte. Erik, der sich von mir abgewandt hat, starrt ihn feindselig an, aber auch das bringt nichts. Danach hält Attila Wache, während wir ins Bett gehen und in Löffelstellung aneinanderrutschen. Von Zeit zu Zeit wirft er einen Blick zu uns hinein. Er will also tatsächlich sehen, was wir treiben.

»Was ist er noch mal, ein Nahkampf-Orakel?«, brummt Erik. »Dann hab ich wahrscheinlich schlechte Karten, wenn ich versuche, hinauszugehen und ihn von der Brüstung zu werfen.«

»Ich denke schon«, murmele ich. »Lass uns vergessen, dass sie hier sind!«

»So wie wir vergessen, was zu Hause geschieht?«

Darauf weiß ich keine Antwort. Ich weiß nur, dass Mahdis letzter Versuch, seinen Heiler zurückzubekommen, schon heute zum Scheitern verurteilt ist. Erst als ich Erik schnarchen höre, gestehe ich mir zu, die Augen zu schließen und an Jakob und Levian zu denken. Ich fühle immer noch schreckliche

Angst um beide. Doch irgendetwas ist tatsächlich passiert: Die Sehnsucht, in ihrer Nähe sein zu wollen, hat minimal abgenommen. Aber vielleicht bilde ich mir das auch ein.

***

Während der folgenden zwei Wochen gewöhnt Erik sich daran, dass ich im Bikini vor ihm herumlaufe. Tagsüber ist es einfach so warm, dass wir die meiste Zeit am Strand verbringen. Aber auch später, wenn wir ins Haus gehen, gibt mein spärlicher Kleiderschrank nicht viel mehr her als kurze Kleider mit Spaghettiträgern. Nicht eine einzige Hose hat man mir zugestanden. Klar, ich bin ja auch das Flittchen vom Dienst! Wenn wir unter den Palmen am Meer sitzen, halten die Bodyguards immer etwas Abstand zu uns. Aber weiter als 50 Meter sind sie nie von uns weg. Ich schaffe es etwas besser als Erik, ihre Anwesenheit zu ignorieren.

Dann, eines Tages, legt wieder das Motorboot an unserem Steg an und die Köchin geht gemeinsam mit dem Gärtner und Ebru hin, um die Besorgungen abzuholen, die ihr geliefert werden. Als sie alles ausgeladen haben, kommt Ebru direkt auf uns zu und drückt mir einen Brief in die Hand, natürlich ohne ein Wort zu sagen.

»Er ist von Sylvia!«, kreische ich und reiße hastig das Kuvert auf. Erik rappelt sich ebenfalls hoch und rutscht an mich heran.

»Was schreibt sie?«, drängelt er.

Als ich die geschwungene Kinderhandschrift vor mir sehe, wird mir ganz warm ums Herz. Egal, was Sylvia getan hat – ich bin unendlich froh, von ihr zu hören!

»Liebe Melek, lieber Erik«, lese ich vor, »ihr fehlt uns schrecklich! Mahdi hat mir erlaubt, euch diesen einen Brief zu schreiben, doch ich weiß nicht, wohin er ihn euch schickt. Zuallererst will ich euch sagen, dass hier bei uns alles in Ordnung ist. An dem Abend, als ihr zum Flughafen gebracht wurdet, kam Mahdi noch einmal zurück und hatte eine weitere Auseinandersetzung mit Jakob. Aber mittlerweile geht es ihm wieder gut und wir tun das, was wir immer tun, nur leider ohne euch. Eure Eltern haben die Polizei verständigt, weil sie glauben, ihr wärt durchgebrannt. Auch ein paar von uns wurden deshalb verhört, aber ihr habt mit eurer Hochzeitsgeschichte ganze Arbeit geleistet. Mittlerweile glauben alle, dass ihr irgendwo in Las Vegas seid. Ich habe eure Familien beobachtet. Sie vermissen euch ebenso wie wir, aber sie denken, dass ihr eines fernen Tages wiederkommen werdet, und das hält sie am Leben. Bitte fragt euch nicht allzu oft, was nach eurer Rückkehr geschehen wird, sondern kommt einfach zurück! Jeder von uns wünscht sich nichts sehnlicher als das!«

Mir fällt ein Stein vom Herzen, als ich das lese. Wenn es stimmt, was Sylvia schreibt, dann ist tatsächlich niemandem etwas passiert. Unsere Eltern sind wohlauf und Jakob hatte keine Gelegenheit, Levian zu töten. Auch wenn ich lieber nicht wissen will, was Mahdi ihm an diesem Abend angetan hat. Das Wichtigste ist, dass es ihm jetzt wieder gut geht. Auch Erik atmet auf.

»Denkst du, dass es wahr ist, was sie schreibt?«, fragt er unsicher. »Oder hat Mahdi sie dazu gezwungen, damit wir unsere Bedenken aufgeben?«

Ich sehe in seinen Augen, dass er gern glauben will, was in diesem Brief steht. Und ich will es ebenso.

»Es fühlt sich echt an«, sage ich.

Von dieser Stunde an ändert sich der Alltag auf unserer Insel. Mit einem Mal schmeckt uns das Essen besser, wir nehmen unsere Gespräche von früher wieder auf und tauchen uns beim Baden gegenseitig unter Wasser. Manchmal machen wir stundenlange Wanderungen über die Insel, wobei wir versuchen, die Schatten abzuhängen. Wir stören uns nicht einmal mehr an den tausend Kerzen, die jeden Abend für uns entzündet werden, und dem ewig eisgekühlten Champagner, den keiner trinkt. Am Abend liegen wir oft auf der Dachterrasse und warten auf den Moment, wenn die Sonne auf dem Meer aufsetzt. Manchmal glaube ich, dabei ein leichtes Zischen zu vernehmen, wie in meinem Traum. So vergehen die Tage, vielleicht sogar Wochen. Ich verliere mein Zeitgefühl.

An einem lauen Abend sitzen wir wieder auf der Terrasse und blicken aufs Meer hinaus. Mittlerweile haben wir uns wahrscheinlich alles voneinander erzählt, was es überhaupt zu sagen gibt. Bis auf die Dinge, die ich in den vergangenen Monaten verschwiegen habe. In mir steigt der Wunsch auf, meine letzten Geheimnisse mit Erik zu teilen. Auch wenn meine innere Stimme mir sagt, dass ich sie besser für mich behalten sollte.

»Es gibt noch etwas, was ich dir sagen will«, fange ich an. »Etwas, das du nicht mitbekommen hast. Aber ich weiß nicht, wie du darauf reagieren wirst.«

Er schaut mich an und stellt den Orangensaft weg, an dem er gerade genippt hat. Ein paar Sorgenfalten treten auf seine Stirn.

»Schieß los, ich glaube nicht, dass du mich noch schocken kannst«, meint er dann.

Also nehme ich all meinen Mut zusammen und erzähle ihm von Levian. Wie er nachts an meinem Bett aufgetaucht ist und mich zum Jungfernbrunnen gebracht hat, was er mir aus seiner Welt erzählt hat und was wirklich bei jenem Angriff im Wald passiert ist, während Erik ohnmächtig war. Die ganze Zeit über schaue ich dabei weiter auf die untergehende Sonne, weil ich Angst habe, in seinem Gesicht Ablehnung zu erkennen. Erst als ich mit allem fertig bin, wage ich es, ihm ins Gesicht zu blicken. Und ich sehe genau das, was ich befürchtet habe.

»Du hast dir wirklich überlegt, in seine Welt zu gehen«, presst er hervor. Es ist keine Frage, sondern eine Feststellung.

»Erik, bitte!«, versuche ich, ihn zu beschwichtigen. »Auch Levian hat ein Talent und es hat alles in mir freigelegt, was in diese Richtung ging. Ich war ganz allein und er war der Einzige, der in dieser Zeit etwas von mir wissen wollte.«

»Auch wenn du es dir nicht vorstellen kannst, Melek«, sagt Erik, »zuweilen war ich auch allein! Das ist kein Argument!«

Ich verfluche mich dafür, dass ich ihm davon erzählt habe. Meine fehlende Diplomatie sorgt wahrscheinlich überdies dafür, dass die ganze Sache völlig daneben klingt. Aber nun habe ich das Fass schon aufgemacht und muss mich auch mit der Reaktion anfreunden.

»Ich wollte kein Faun werden«, schwöre ich. »Aber was hätte ich denn tun sollen? Wenn ich ihnen ohne dieses Versprechen verraten hätte, dass du der

Heiler bist, hätten sie dich auf der Stelle umgebracht. Es gab keine andere Möglichkeit!«

»Doch«, sagt Erik. »Es gab die Möglichkeit, dass sie mich umbringen. Ich hätte nicht mal was davon mitgekriegt!«

Ich weiß nicht, was ich dazu sagen soll. Aber dann fällt mir etwas ein: »Das hättest du an meiner Stelle auch nicht getan, wenn es andersherum gewesen wäre.«

Dieses Argument scheint er gelten zu lassen. Ein klein wenig von der Entrüstung weicht aus seinem Gesicht, trotzdem hat er immer noch Vorbehalte.

»Warst du mit ihm zusammen?«, fragt er.

»In gewisser Weise ... Ja.«

Was hat es jetzt noch für einen Zweck, sich herauszureden? Ich kann Erik ansehen, dass er von dieser Vorstellung regelrecht angewidert ist. Er presst die Lippen aufeinander und schaut starr geradeaus.

»Aber dann, als Mahdi nicht aufgetaucht ist und der Tag meiner Verwandlung bevorstand, wurde mir klar, dass ich diesen Weg nicht gehen kann«, sage ich. »In dieser Nacht habe ich erkannt, dass es nur einen Menschen gibt, für den es sich zu sterben lohnt, und das bist du. Deshalb bin ich zu Jakob gegangen und habe ihn gebeten, Levian am Donnerstagabend zu töten. Und ich weiß erst durch Sylvias Brief, dass es anscheinend nicht geklappt hat.«

Nun sieht Erik mich plötzlich an.

»Du warst bei Jakob und hast ihn gebeten, Levian zu töten, damit du mit mir zusammen Mahdi gegenübertreten kannst?«, fragt er entgeistert.

»Ja«, murmele ich. Ich fühle mich, als würde ich auf einer Anklagebank sitzen und auf den Urteilsspruch des Richters warten.

»Und was hat er gesagt?«

»Er hat gesagt, dass er es für mich tun würde.«

Eine Weile ist es so still zwischen uns, dass man nur noch das Rauschen des Meeres hören kann.

»Ich ziehe meinen Hut vor ihm«, sagt Erik plötzlich. »Und vor dir auch.«

Dann schweigt er wieder und starrt auf die unwirkliche Kulisse vor unseren Augen. Wahrscheinlich überlegt er gerade, wie er mit der Tatsache klarkommen kann, dass ich tatsächlich eine Schlampe bin. Aber eine, die im Ernstfall mit allem, was sie zu geben hat, hinter ihm steht. Ich kann mir vorstellen, dass es nicht gerade einfach ist, diese beiden Erkenntnisse miteinander zu vereinen.

Obwohl ich noch lange darauf warte, dass er weitere Fragen stellt, sagt er kein Wort mehr, bis wir ins Bett gehen. Auch wenn ich nicht weiß, ob das Thema wirklich erledigt ist, bin ich so erlöst, weil ich mich ausgesprochen habe, dass ich zum ersten Mal vor Erik einschlafe.

***

In dieser Nacht habe ich einen neuen Traum. Ich renne am Strand entlang, um Erik einzuholen, doch er ist schon viel zu weit weg, als dass ich ihn noch erwischen könnte. Er dreht sich zu mir um, lacht über das ganze Gesicht und ruft mir etwas zu, das ich nicht verstehen kann. Ich spüre, wie mein Herz klopft. Wenn er nur endlich stehen bleiben würde! Doch stattdessen joggt er nun rückwärts weiter, immer mit dem Blick auf mich und feuert mich an. Da taucht in seinem Rücken plötzlich Levian auf. Erik sieht ihn nicht und steuert genau auf ihn zu.

»Warte!«, schreie ich. »Halt an, sonst tötet er dich!«

Doch er versteht mich genauso wenig wie ich ihn. Er hört nicht auf zu lachen und rennt weiter rückwärts. Erst kurz bevor er auf Levian prallt, bleibt er stehen und wartet, bis ich herankomme. Ich renne so schnell ich kann. Dabei sehe ich, wie der Dschinn seine Hände nach Erik ausstreckt.

»Nein!«, brülle ich so laut ich kann. »Du hast versprochen, ihm nichts zu tun!«

Bei diesen Worten schaut Levian mich auf einmal an. Sein Blick ist zutiefst verletzt, doch er zieht seine Hände zurück. Dann verschwimmt seine Gestalt vor meinen Augen und er löst sich zu Nichts auf. Als ich Erik erreiche, lacht er immer noch.

»Du bist viel zu langsam!«, sagt er und fängt mich auf.

Ich schlinge meine Arme um seinen Hals und drücke ihn an mich so fest ich kann. Um nichts in der Welt werde ich ihn jetzt noch einmal hergeben. Dann küssen wir uns und sinken in den feuchten Sand zu unseren Füßen.

»Ich liebe dich, Erik«, sage ich. »Lass mich nie mehr los!«

***

Als ich aufwache, steht die Sonne schon eine Handbreit über dem Horizont. Draußen auf dem Balkon erkenne ich die Umrisse von Ebru, die immer noch ihre schwarzen, langärmeligen Klamotten trägt und gerade wieder einmal den Kopf wendet, um die Situation in unserem Zimmer zu erfassen.

Am Bettende sitzt Erik und schaut mich an. Er hat die Beine angezogen, als würde er frösteln, was bei diesen Temperaturen eigentlich nicht sein kann. Die Ringe unter seinen Augen verraten mir, dass er die Nacht durchgemacht hat. Unser Gespräch von gestern Abend scheint ihn so sehr zu beschäftigen, dass er keinen Schlaf findet, und das ist für ihn außergewöhnlich. Es muss ziemlich schlimm sein für ihn. Ich denke gerade darüber nach, was ich tun könnte, um ihn zu beruhigen, da sagt er:

»Hat dir schon mal jemand erzählt, dass du im Traum redest?«

Ich bin verwirrt.

»Ja ... das hab ich schon mal gehört«, murmele ich.

Daraufhin sagt er nichts mehr. Aber ich kann sehen, dass er weiterhin grübelt, als wir uns anziehen und zum Frühstück gehen. Während der ganzen Zeit ist Erik ziemlich wortkarg. Ich kenne ihn gut genug, um zu wissen, dass es nichts bringt, in solchen Momenten nachzubohren. Stattdessen muss ich einfach warten, bis er zu Ende gegrübelt hat und bereit ist, seine Erkenntnis mit mir zu teilen. Doch er kann sich den ganzen Vormittag nicht dazu durchringen.

Mittags sitzen wir am Strand und lassen uns das Essen auf einem Tablett herunterbringen. Am Nachmittag gehe ich ein Stück spazieren, weil er allein vielleicht eher zu einem Schluss kommt. Dabei schalte ich alle meine eigenen Gedanken aus. Was auch immer ich in dieser Nacht gesagt habe, es hat Erik schwer zu denken gegeben.

Als ich zurückkomme, hat er einen Haufen Treibgut und Palmholz zusammengetragen und ein kleines Feuer entfacht. Davor sitzen wir eine Weile und starren in die Flammen. Schließlich überwindet sich Erik.

»Du hast etwas Seltsames gesagt«, murmelt er. »Etwas in der Art, dass du mich liebst. Ist es die Art von Strohfeuer, wie es bei Levian war?«

Ich schüttele den Kopf. Für dieses Gespräch habe ich keine Worte. Es kann viel zu viel kaputtmachen.

»Dann war es vielleicht nur ein dummer Traum«, mutmaßt er.

In dem Moment wache ich auf.

»Nein«, sage ich. »Es war nicht nur ein Traum. Alles andere ist verschwunden, seit wir hier sind. Nur das ist geblieben. Du bist der Einzige, der kein Talent mehr hat und mich trotzdem berührt. Sylvia wusste das schon lange, bevor es mir selbst klar war.«

Wir ahnen beide, dass wir nun an dem Punkt angekommen sind, wo wir niemals hinwollten. Es ist genau der, den Mahdi für uns vorgesehen hat. Ich weiß nicht, wie Erik darüber denkt, aber mir ist gerade völlig egal, was auf der Welt außerhalb dieser Insel passiert. Deshalb mache ich etwas, das ich noch vor zwei Wochen nicht für möglich gehalten hätte: Ich setze mich dicht neben Erik, schaue ein paar Sekunden in seine Augen und küsse ihn auf den Mund.

Es ist nun wirklich nicht das erste Mal, dass wir das tun, aber es ist völlig anders. Innerhalb einer Sekunde sitze ich auf seinem Schoß und schlinge meine Arme um seinen Körper. Seine Hände greifen in meine Haare, drücken dann meine Hüften auf seine und ein sanftes Stöhnen entfährt ihm. Ich presse mich noch stärker gegen ihn. Erik schließt die Augen. Ich hauche einen Kuss auf seine Lippen, meine Hände gleiten an seinem Rücken entlang. Ein süßes Ziehen wandert durch meinen Körper.

In dem Moment stößt er mich von sich weg, rappelt sich hoch und rennt den Strand entlang von mir fort.

»Erik!«, schreie ich. »Bleib stehen!«

Ich bekomme Panik, denn diese Situation erinnert mich viel zu sehr an den Traum von letzter Nacht. So schnell ich kann hetze ich hinter ihm her. Ich bin sicher, dass Ebru und Attila in dem Moment das Gleiche tun, aber ich sehe sie nirgends. Zum Glück bin ich doch etwas sportlicher als in meiner Phantasiewelt. Schon nach hundert Metern hole ich ihn ein und packe ihn am Arm. Erik bleibt stehen wie versteinert. Er sagt kein Wort. Ich lege beide

Arme um ihn und ziehe mich wieder an ihn. Wir sind exakt gleich groß. Unsere Nasenspitzen berühren sich, genau wie unsere Hüften.

»Hör auf!«, flüstert er. Doch er ist gar nicht in der Lage, mich von sich wegzustoßen. Ebenso wenig kann er meine körperliche Annäherung erwidern. Er steht nur mit geschlossenen Augen da und wirkt so, als hätte ihn jemand hypnotisiert.

»Nein«, flüstere ich in sein Ohr. »Bitte Erik, lass los!«

Dann bedecke ich seinen Hals mit Küssen, greife in sein Haar und erschaudere, als sein Atem über meine Wange streicht. Ich will nicht mehr damit aufhören. Ich will mehr. Ich will alles, was er zu geben hat! Weil Erik weiterhin keine Anstalten macht, meine Berührungen zu erwidern, greife ich nach dem Saum meines Kleids und ziehe es mir über den Kopf. Er macht die Augen auf und beobachtet mich, wie ich auch aus meinem Bikini schlüpfe und schließlich nackt vor ihm stehe.

»Melek, sie können dich sehen«, sagt er und deutet hinüber zu den Bodyguards, die ein Stück über uns auf der nächstgelegenen Düne stehen. Doch sein Blick ist gefangen von meinem Körper. Die Erregung, die darin liegt, kann er nicht vor mir verbergen.

»Das ist mir egal«, sage ich. »Vielleicht werden wir sie nie mehr los. Also können wir uns auch gleich daran gewöhnen, dass wir Zuschauer haben.«

Nun, da er mir endlich in die Augen sieht, halte ich seinen Blick fest und trete dicht an ihn heran. Meine Hände wandern unter sein T-Shirt. Ich spüre seine warme Haut, die Härte seiner Muskeln, den Flaum winziger Härchen an seiner Wirbelsäule. Es kribbelt in meinen Fingern und in meinem Herzen. Als ich sein Shirt nach oben schiebe, hebt er bereitwillig die Arme und lässt es sich ausziehen. Erik ist gedrungener und kräftiger gebaut als Jakob. Doch seine Muskeln sind ebenso klar definiert und sein Bauch hat die gleiche Waschbrettform. Ich küsse seine Schulter. Nun endlich legt er die Arme um meinen Rücken. Sein Atem geht schneller.

»Tu mir das nicht an, Melek«, seufzt er. »Wenn du meine Mauer einreißt, bin ich dir schutzlos ausgeliefert. Ich könnte es nicht ertragen, dich noch einmal zu verlieren.«

Ich blicke ihm tief in die Augen.

»Das wirst du nicht«, sage ich. Es klingt überzeugt. Doch erst jetzt spüre ich ganz deutlich, dass es nicht nur so klingt. Es kommt aus meinem tiefsten Herzen. Hier an diesem Strand, weit weg von all denen, die mein Gehirn mit ihren Talenten vernebelt haben, spüre ich endlich, wie sehr ich ihn will. Wie sehr ich ihn schon längst gewollt hätte, wenn das Schicksal mir die Gelegenheit gegeben hätte, mich früher auf seine Liebe einzulassen.

»Ich will nur dich, Erik«, flüstere ich in sein Ohr. »Für jetzt und für immer!«

Die Gänsehaut, die meine Worte an seinem Hals verursachen, breitet sich über seinen gesamten Oberkörper aus. Er sieht mich an und ich kann in seinen Augen erkennen, wie er aufhört zu kämpfen und sich mir hingibt. Unsere Lippen finden sich und wir versinken in einen tiefen Kuss. Er drückt mich an sich und zum ersten Mal spüre ich seine nackte Haut auf meiner. Es fühlt sich so vertraut an, als hätten wir uns schon tausendmal berührt, und gleichzeitig so wunderbar unbekannt! Erik legt die Hände auf meinen Po und drückt mich gegen seinen Unterleib. Es ist, als würden sämtliche Dämme bei ihm brechen. Als würde das Mauerwerk, das er um seine Seele gebaut hat, unter der Kraft eines Erdbebens einstürzen. Nur für einen winzigen Augenblick beendet er den Tanz seiner Zunge mit meiner, um zu sprechen.

»Melek«, sagt er atemlos. »Ich glaub, ich dreh durch!«

Ich lache. Es ist so unglaublich befreiend, das alte Blitzen in seinen Augen zu sehen. Fahrig greife ich an den Gürtel seiner Hose und löse die Schnalle. Er hilft mir und zieht sie aus, streift auch die Badehose ab und schiebt mich dann ein Stück von sich weg, um mich zu betrachten. Seine Brust hebt und senkt sich im schnellen Rhythmus. Ich habe nicht die geringste Angst vor dem, was nun kommt.

Wir sinken auf den immer noch warmen Sand unter uns. Ich ziehe Erik auf mich und wir sehen uns tief in die Augen. Er schlingt die Arme um mich und vergräbt das Gesicht in meiner Halsbeuge. Ich könnte schreien vor Verlangen und Glück. Niemand hat mir je gesagt, wie gut es sich anfühlen würde. Als würden unsere Haut, unsere Herzen und unsere Seelen miteinander verschmelzen. Ich nehme nichts mehr wahr, was um uns herum geschieht. Nur noch das Feuerwerk, das in meinem Herzen explodiert.

Als auch die letzten Funken verglommen sind, sinkt er auf mir zusammen und schlingt die Arme um mich. Atemlos küsse ich seinen wirren Haarschopf und seine Stirn. Erst jetzt fallen mir wieder die beiden Schatten ein, die immer noch auf der Düne stehen und unser Liebesspiel beobachtet haben. Wahrscheinlich ist die Information bereits per SMS nach Deutschland und Istanbul verbreitet worden. Die Talente zu Hause werden eine Freudenparty feiern, weil Erik und ich endlich miteinander geschlafen haben. Alle bis auf einen. Aber der Gedanke daran trifft mich nicht mehr wie ein Faustschlag ins Gesicht. Ich bin jetzt ganz woanders. Und Erik auch. Ich bin verblüfft über die Leidenschaft, mit der wir gerade eben unsere Körper vereinigt haben.

»Wie oft hast du das schon getan?«, frage ich ihn.

Er bleibt mit dem Gesicht in meiner Halsbeuge vergraben, als er antwortet.

»Tausendmal bestimmt«, seufzt er. »Aber nur in meinen Träumen. Und immer mit dir.«

Ich bin glücklich.

Ein Schachzug, den niemand voraussehen konnte

In den folgenden zwei Tagen machen Erik und ich nichts anderes, als unsere Körper zu erforschen. Binnen weniger Stunden gibt es keine Stelle mehr an mir, die er nicht geküsst hat und keine Pore seiner Haut, die ich nicht gestreichelt habe. Manchmal gehen wir nicht einmal mehr zu den Mahlzeiten, weil wir keinen Hunger verspüren. Es gibt keine Zeit und keinen Raum mehr. Auch die Schatten sind aus unserer Wahrnehmung verschwunden. Ich habe vergessen, welcher Wochentag heute ist. Mittlerweile geht sogar das Gefühl für die Uhrzeit verloren, weil wir zwischendrin immer wieder einschlafen. Wenn ich dann aufwache, kitzelt mich Eriks Atem am Ohr und seine Hände liegen auf meiner Brust. Dann wecke ich ihn auf, um ihn wieder spüren zu dürfen, so oft ich nur kann. Irgendwann wird Mahdi entscheiden, dass ich seinen Akku genug aufgeladen habe. Und dann wird es für immer vorbei sein.

Es müssen 48 Stunden vergangen sein, seit unserem ersten Mal am Strand. Da erst bringe ich den Mut auf, um die alles entscheidende Frage zu stellen.

»Ist dein Talent wieder da?«

Draußen hinter den Balkonzinnen unseres Liebesnests geht gerade blutrot die Sonne unter. Für uns beginnt der Tag, weil unser Rhythmus völlig durcheinander ist.

»Ja«, sagt Erik, ohne den Kopf aus den Kissen zu nehmen.

»Bist du sicher?«

Er nickt.

»Ich habe gespürt, wie es mich damals verlassen hat. Und genauso, wie es zurückgekommen ist.«

»Wann war das?«, frage ich.

»Im gleichen Moment, als meine Mauer gefallen ist.«

Ich nehme ihn in den Arm und kuschele mich schweigend an seine Brust. Also ist das Unmögliche doch noch passiert. Ich habe den Heiler geheilt. Und es ist erst geschehen, als keiner von uns beiden es mehr wollte. Wenn es nach mir gehen würde, könnte ich getrost auf Eriks Talent verzichten. Ich habe keinerlei Drang danach, wieder zu sehen, wie er andere Menschen küsst. Genauso wenig will ich ihn als Mahdis Endkampf-Repräsentanten erleben.

»Was wollen wir tun, wenn sie uns zurückholen?«, frage ich.

»Verhindern, dass er dich überhaupt in die Finger kriegt«, kommt seine Antwort prompt. Erik hat sich darüber offenbar schon Gedanken gemacht. »Du musst untertauchen, bevor wir ihn wiedersehen.«

»Und wie soll das gehen?«, frage ich. »Soll ich zur nächsten Insel schwimmen und jemanden bitten, mich umsonst in seinem Flugzeug mitzunehmen?«

»Nein«, sagt Erik. »Bis wir wieder in Deutschland sind, können wir nichts machen. Aber dann musst du abhauen. Und du darfst mir nicht sagen, wohin du gehst.«

In Gedanken sehe ich die Szene vor mir, wie Mahdis Soldat seine Finger auskugelt. Das oder etwas Schlimmeres wird er wieder tun, um ihm zu entlocken, wo ich mich versteckt habe. Ich kann den Gedanken nicht ertragen, mich irgendwo zu verkriechen, während Erik gefoltert wird.

»Nein«, sage ich bestimmt. »Dann bin ich lieber das Druckmittel.«

Erik schüttelt den Kopf. Er rollt sich auf den Rücken und zieht mich auf seinen Schoß. Meine Haare fallen in sein Gesicht. Sanft streicht er sie mir hinters Ohr.

»Melek«, sagt er leise. »Du weißt, wie ich über Mahdis Endkampf denke. Das, was zwischen uns passiert ist, hat daran nichts geändert. Ich muss ihm weiter die Stirn bieten, sonst bin ich mir selbst nichts mehr wert. Und das geht nur, wenn ich weiß, dass du in Sicherheit bist.«

Eine Sache unterscheidet uns beide gewaltig: Ich war bereit gewesen, mit Erik in den Tod zu gehen, ich bin es immer noch, aber auch wenn ich seine

Argumente verstehen kann, so sind sie für mich doch zweitrangig. Lieber will ich an seiner Seite einen ungerechten Kampf kämpfen, als ohne ihn mit reinem Gewissen weiterzuleben.

»Das kann ich nicht«, sage ich. »Lass mich bei dir bleiben!«

Er setzt sich auf und küsst mich. Ich werde niemals Gelegenheit haben, mich an diese Küsse zu gewöhnen, an seine Berührungen und das wundersame Gefühl, seinen Körper so nah an meinem zu spüren. Alles, was wir haben, wird zusammenbrechen, bevor der Alltag uns einholt. Ich merke, wie sein Gesicht vor meinen Augen verschwimmt.

»Nicht«, flüstert er und wischt mir eine Träne von den Wangen. Dann küsst er mich leidenschaftlich.

Diesmal lieben wir uns langsam und innig. So wie wir es tun würden, wenn wir wüssten, dass es das letzte Mal wäre. Aber wir wissen es nicht. Wir wissen gar nichts. Danach liegen wir lange in dem Meer aus zerknüllten Kissen und feuchten Laken und streicheln uns, jeder den Blick auf den Horizont gewandt.

Keiner spricht das Thema mehr an. Aber wir beide wissen, dass wir nicht darum herumkommen werden, uns ihm von neuem zu stellen. Eines Tages wird es so weit sein. Und wie ich Mahdi einschätze, ist dieser Tag nicht mehr fern.

Da wir den Kampf gegen unsere Gefühle ohnehin verloren haben, beschließen wir, nun auch den Inhalt des schwarzen Trolleys hervorzukramen. Den ganzen Abend hindurch blättern wir in den Fotoalben unserer Kindheit und lachen über Bilder, die uns mit Meerschweinchen und Kuscheltieren zeigen. Wir verfluchen unsere Eltern für die Klamotten, die sie uns angezogen haben, und vergießen ein paar Tränen, weil wir sie immer noch vermissen. Danach lese ich Erik einige Einträge aus meinem Tagebuch vor. Die meisten davon haben mit der Schule und Basketball zu tun. Ziemlich oft wird auch Jana erwähnt, über die ich richtige Schimpftiraden niedergeschrieben habe. Es kommt mir so unendlich lang her vor, dass diese Dinge von Bedeutung für mich waren.

»Nichts über mich?«, fragt Erik etwas bedauernd.

Ich ziere mich ein bisschen. Diese Einträge stammen aus einer Zeit, als ich noch blind für ihn und sein großes Herz war.

»Na ja, doch, ich ...«, murmele ich.

»Nun lies es schon vor, Melek. Ich weiß schon, dass es keine Liebesgedichte sind«, sagt er.

Also erfährt er, was ich vor drei Jahren von ihm gedacht habe.

»Erik hat sich heute schon wieder im Bus neben mich gesetzt«, steht da zum Beispiel. »Ich weiß nicht, was er von mir will. Grundsätzlich kann ich ganz gut mit ihm reden, aber manchmal ist er ein richtiger Streber. Er interessiert sich für Dinge, die mir ganz egal sind. Aber zumindest steht er nicht auf Jana und das zeichnet ihn schon mal aus.«

Zu meiner Überraschung findet Erik das witzig. Also lese ich ihm noch ein paar andere Passagen vor, in denen ich ähnlich über ihn gedacht habe. Meine spärlichen Einträge sind kurz genug, dass sie sich bis in das vergangene Jahr hineinziehen. Der letzte, der mit ihm zu tun hat, stammt vom August.

»Was erzähle ich Erik nur über Jakob und seine Truppe? Wenn er nicht so verflucht hartnäckig wäre, könnte ich ihm vielleicht ausreden, dass er morgen auf die Schutzhütte kommt. Aber er bildet sich ja weiterhin ein, ich würde irgendetwas Kriminelles tun und bräuchte dringend seine Hilfe … Ich vertraue einfach mal darauf, dass Jakob eine Lösung weiß. Er weiß eigentlich für alles eine Lösung.«

Dann geht es mit einer Lobrede auf Jakob weiter, die ich Eriks Ohren lieber erspare. Ich klappe das Buch zu.

»Ja, unser weiser Anführer«, sinniert Erik. »War es so? Wusste er wirklich immer für alles eine Lösung?«

Ich denke nach.

»Ja«, sage ich schließlich. »Für alles, was uns andere Talente anging. Nur nicht für sich selbst.«

»Dann weiß er vielleicht auch, was wir jetzt tun könnten«, murmelt Erik.

In mir keimt eine winzige Hoffnung auf, dass er mich nicht zwingen wird, mich gleich nach unserer Rückkehr zu verabschieden. Deshalb sage ich nichts.

»Wo ist dein Tagebuch?«, frage ich stattdessen. »Hast du keins?«

»Doch«, gibt er zu. »Aber es war nicht in meinem Zimmer und darum auch nicht in dem Trolley.«

»Wo ist es dann?«

Er beugt sich zu seinem Nachtschrank und öffnet die Schublade. Dann zieht er die Metalldose mit den Erinnerungen hervor, die er bei unserer überstürzten Abreise eingesteckt hat. Er legt sie auf seinen Schoß und betrachtet sie eine Weile.

»Hier drin«, sagt er dann. »Neben jeder Menge anderer Dinge, die mir viel bedeuten. Willst du's sehen?«

Ich nicke. Als er den Deckel öffnet, bin ich zunächst sprachlos. Die Dose ist randvoll mit Sachen gefüllt, die mir bekannt vorkommen. Manche davon erkenne ich gleich, andere erst auf den zweiten Blick. Alle haben etwas gemeinsam: Sie haben mit mir zu tun.

Da ist ein Stück von einer Drachenschnur, mit der ich bei einem Projektwochenende einmal versucht habe, mir einen Bogen zu basteln. Es ging aber so schief, dass ich die Schnur irgendwann hingeworfen habe und stattdessen in die Theatergruppe gewechselt bin. Dann ein Foto von uns beiden vor dem Kölner Dom. Ein Armreif, von dem ich glaubte, ihn in der Umkleidekabine der Turnhalle verloren zu haben. Selbst die Haarsträhne, die einmal mein Einsatz bei einer Wette gewesen war, hat er aufgehoben. Ich kann mich nicht mehr erinnern, worum es dabei ging.

»Hier, kennst du den?«, fragt Erik und hält mir einen kleinen, zusammengerollten Zettel hin. Ich falte ihn auseinander und weiß sofort, wann er ihn mir geschrieben hat. Es war vielleicht unser allererster Kontakt, noch bevor er angefangen hat, sich in mein Leben einzuschleichen. Damals waren wir in der achten Klasse.

»Willst du mit mir gehen?«, steht darauf. Ich habe »Nein« angekreuzt.

»Oh Erik«, flüstere ich. »Was war es, das dich veranlasst hat, mir so dein Herz zu Füßen zu legen, obwohl ich immer darauf herumgetrampelt bin?«

»Ich weiß es nicht«, sagt er. »Mir war einfach immer klar, dass du für mich bestimmt bist. Und ich für dich. Ich wusste es vom ersten Augenblick an.«

»Und wenn ich dir sage, dass meine Seele mehr mit der eines Dschinn verwandt ist als mit deiner?«, murmele ich.

Er lächelt mich an und zieht sein Tagebuch hervor.

»Dann würde ich sagen, es ist ein weiteres Zeichen dafür, dass wir diese Art nicht auslöschen dürfen.«

***

Um Mitternacht bin ich wieder eingeschlafen. Erik weckt mich, indem er einen Eiswürfel aus dem Champagner-Behälter auf meinem Rücken Schlitten fahren lässt. Ich stoße einen erschrockenen Laut aus und fahre hoch. Er lacht und nimmt mich in den Arm. Er hat sich eine Hose und ein T-Shirt angezogen. Das habe ich seit Tagen nicht mehr gesehen. In der Hand hält er den Champagner, den wir wochenlang nicht angerührt haben und der deshalb mindestens eine Tonne Eiswürfel verbraucht hat.

»Alles Gute zum Geburtstag, Melek!«, sagt er und streckt mir ein Glas entgegen.

»Oh«, entfährt es mir. »Bist du sicher, dass das heute ist?«

Etwas bekümmert schüttelt er den Kopf.

»Ich weiß, dass du am 20. April Geburtstag hast. Aber ich habe keine Ahnung, was heute für ein Tag ist. Tun wir einfach so, als sei es der richtige. Sonst habe ich den Champagner umsonst gekillt.«

Ich nehme das Glas, das er mir hinhält. Dann schenkt er sich noch selbst eines ein und stößt mit mir an.

»Worauf trinken wir?«, fragt er.

Ich habe nur einen Wunsch.

»Auf dass wir beide volljährig werden«, sage ich.

Erik lächelt.

»Auf dass wir Veteranen werden.«

Wir kippen das Getränk hinunter und stellen fest, dass es auch nicht anders schmeckt als Sekt. Aber wir sind ohnehin Banausen und kennen uns nicht aus. Dann greift Erik in seine Hosentasche und zieht ein kleines Päckchen heraus, das aus einem Papiertaschentuch gefaltet ist. Oben ist es mit einer Kordel zugeknotet, die er definitiv von den teuren Kissen auf der Liegewiese am Pool abgeschnitten hat.

»Tut mir leid, dass ich kein richtiges Geschenk für dich habe«, entschuldigt er sich. »Aber das hier habe ich im Meer gefunden und es passt zu deiner Kette.«

Er drückt mir das Päckchen in die Hand und sieht zu, wie ich es aufreiße. Eine winzige Münze mit dem Abbild eines geflügelten Pferdes kommt zum Vorschein. Sie ist arg mitgenommen von der unerbittlichen Kraft des Meeres, trotzdem kann man die Konturen der Prägung noch gut erkennen. Die andere Seite zeigt das Profil eines Frauenkopfes mit Helm und riesiger Nase. Darüber hat Erik ein Loch gebohrt, wie auch immer er es geschafft hat, an entsprechendes Werkzeug zu kommen.

»Danke«, sage ich. »Es ist wunderschön!«

Ich nehme ihn in den Arm und küsse ihn lange und intensiv. Dann will ich sein T-Shirt ausziehen, aber er kommt mir zuvor.

»Warte!«, sagt er und nimmt mir die Kette mit den Engelsflügeln ab. Er öffnet den Verschluss, zieht ihn durch das Loch in der Münze und hängt sie mir wieder um den Hals. Dabei verursachen seine nestelnden Finger eine Gänsehaut an meinem Hals.

»Pegasus kennst du wahrscheinlich«, sagt er und deutet auf das geflügelte Pferd. »Aber das hier ist Athene, die Göttin der Weisheit und des Kampfes. Sie soll dir Glück bringen, bei allem, was noch kommt!«

Ich starre auf die Frau mit der großen Nase und dem überdimensionalen Helm. Wahrscheinlich hat Erik da eine richtig wertvolle antike Münze aus dem Meer gefischt. Jede Menge Schatzsucher würden sich dafür vermutlich die Köpfe einschlagen. Bei uns ist es anders. Materielle Dinge haben keinen Wert mehr. Erik hat einfach ein Loch hineingebohrt. Aber über die Geschichte, die er mir anschließend von der griechischen Göttin erzählt, bin ich dankbar. Bevor er allerdings dazu kommt, auch noch die Pegasus-Sage hervorzukramen, ziehe ich ihm endgültig sein T-Shirt über den Kopf.

***

Je mehr Zeit wir auf der Insel verbringen, desto größer werden meine Ängste. Ich fürchte mich nicht nur vor dem Wiedersehen mit den Generälen und den mir unbekannten Plänen, die Erik gerade schmiedet, sondern auch vor der erneuten Begegnung mit Jakob. Wer garantiert mir eigentlich, dass sein Talent mich nicht sofort wieder einfängt, sobald unser Flieger in der Heimat aufsetzt? Doch als ich Erik darauf anspreche, antwortet er nur, dass schließlich auch Nadja dazu in der Lage sei, die Dinge zu unterscheiden und mit Rafail zusammen zu sein. Warum also sollte ich das nicht können? Ich hoffe einfach mal, dass er damit Recht behält.

Was Levian angeht, so weiß ich überhaupt nicht, wie ich mit ihm umgehen soll. Mir ist sonnenklar, dass er mich schon bald nach meiner Rückkehr aufsuchen wird. Doch welche Gefühle werden ihn dabei antreiben? Ist ihm klar, dass ich kurz vor unserem geplanten Treffen von Mahdi entführt wurde? Weiß er, dass ich ihn vorher noch verraten habe? Die Unberechenbarkeit, die in seiner Seele wohnt, ist auch für mich schwer zu handhaben – und das, obwohl ich selbst am allerbesten weiß, wie sie sich anfühlt. Ich kann mir vorstellen, dass er plötzlich wieder mit seinem Grübchenlächeln im Gesicht an meiner Bettkante sitzen wird. Aber es ist auch möglich, dass er mich von hinten überfällt und mir den Kopf abreißt. Nur eines kann er nicht tun, denn das hat er mir versprochen: mich ohne meine Zustimmung verwandeln. Dieses Wissen genügt mir eigentlich schon, um mich einigermaßen sicher zu fühlen.

Sie kommen zwei Wochen später. Da liegen Erik und ich gerade nackt auf der Dachterrasse. Der Baldachin über dem Bett spendet uns ein wenig Schatten. Neben uns steht eine Glaskanne mit Eiswasser und frischen Limonen. Es ist 11 Uhr morgens. Ich schließe die Augen, um nicht miterleben zu müssen, wie das Boot am Steg anlegt.

»Sie bringen nur Lebensmittel«, sage ich.

»Nein. Sie kommen, um uns zu holen. Abdullah ist auch dabei«, stellt Erik fest. Dann bedeckt er meinen Körper mit dem Leintuch und küsst mich.

»Steh auf und zieh dir was an. Schlimm genug, dass zwei von denen wissen, wie toll du aussiehst.«

Ich wickele das Tuch um mich und gehe schlafwandelnd hinunter in unser Zimmer. Erik folgt mir. Dort schlüpfe ich in die lange Jeans, die ich seit unserer Ankunft nicht mehr getragen habe, ziehe das T-Shirt und die Schuhe an. Als wir beide fertig sind, nimmt Erik meine Hände in seine. Er schaut mich so durchdringend an, dass ich sofort weiß, was er mir sagen wird, auch wenn alles in mir dagegen rebelliert.

»Wir können uns nicht darauf verlassen, dass Jakob eine Lösung weiß«, flüstert er. »Verschwinde auf dem Flughafen durch die Lüftungsschächte der Toilette!«

Dann drückt er mir zwei Dinge in die Hand. Das eine ist eine Nagelschere mit einer verbeulten Spitze. Damit hat er wahrscheinlich die Münze aus dem Meer durchbohrt. Das andere ist die Drachenschnur aus seiner Erinnerungsdose.

»Damit kannst du dir einen Bogen bauen, sobald du einen Wald erreichst. Diesmal wird es klappen«, sagt er hastig. »Und mit der Schere löst du die Verschalung in der Decke der Toilette. Hast du mich verstanden?«

Ich nicke.

»Erik, ich ...«

Er drückt mich an sich und erstickt meine Widerworte in seiner Brust.

»Alles wird gut, Melek«, sagt er. »Wir werden uns wiedersehen!«

In dem Moment geht die Tür auf und Abdullah kommt mit drei Soldaten herein. Schnell lasse ich die Schere und die Schnur in meiner Hosentasche verschwinden.

»Guten Tag«, sagt der General förmlich. »Es ist an der Zeit, dass ihr zurückkehrt. Mahdi wird hocherfreut sein, euch wiederzusehen!«

Wir erwidern beide nichts, packen nur den Rest unserer wenigen Sachen zusammen und gehen hinter ihm her zum Boot. Die Dienstboten, mit denen wir in der ganzen Zeit kaum ein Wort geredet haben, geben uns zum Abschied die Hand. In den Gesichtern von Ebru und Attila glaube ich, so etwas wie Erlösung zu erkennen. Mittlerweile hasse ich sie genug, um mich über den Umstand zu freuen, dass wir ihnen den letzten Nerv geraubt haben.

Unsere Rückreise treten wir auf demselben Weg an wie die Hinreise. Auf dem Flughafen von Mombasa stelle ich fest, dass heute bereits der 9. Mai ist. Also haben wir meinen Geburtstag wahrscheinlich zwei oder drei Tage zu spät gefeiert. Es wird eher die Nacht gewesen sein, in der Erik und ich zum ersten Mal miteinander geschlafen haben. Der Gedanke daran erfüllt mich mit Wehmut.

Im Flieger dürfen wir diesmal nebeneinander bleiben. Abdullah persönlich passt auf uns auf, während Attila und Ebru vor und hinter uns sitzen. Die ganzen achteinhalb Stunden lang halten wir uns bei der Hand. Ich denke darüber nach, wohin ich gehen könnte, und beschließe, es in Gießen zu versuchen. Dort kenne ich zwar keine Menschenseele, aber ich werde schon einen Ort finden, an dem ich bleiben kann. Zumindest ist die Stadt weit genug von zu Hause entfernt, um nicht gleich aufgespürt zu werden, und nahe genug dran, um im Notfall schnell bei Erik zu sein. Die Schere habe ich mittlerweile in meinem Handgepäck verstaut und als Hygieneartikel durch die Sicherheitskontrolle geschleust. Ich weiß trotzdem nicht, ob ich es damit wirklich schaffen werde, die Platten in der Decke zu lösen. Eriks Plan ist wie gewohnt einfach. Aber ich bin mir nicht sicher, ob er diesmal realisierbar ist.

Als wir in Frankfurt an der Gepäckausgabe stehen und auf unseren Trolley warten, sagt er zum ersten Mal, dass wir beide zur Toilette müssten. Abdullah ignoriert ihn, wartet auf den Koffer und marschiert dann einfach weiter durch das Flughafengebäude. Hinter der Passkontrolle versucht Erik es wieder.

»Es reicht mir jetzt!«, sagt er. »Wir müssen verdammt noch mal aufs Klo!«

»Erst mal raus«, antwortet der General. »Im Ausgangsbereich rufen wir die Fahrer an. Dann könnt ihr gehen.«

Wir schleppen uns also weiter über endlose Rolltreppen und Förderbänder, bis wir schließlich vor dem Ausgang des Terminals stehen bleiben. Abdullah zückt sein Handy und weist Ebru und Attila an, uns zu begleiten. Im Grunde hat unser Vorhaben hier mehr Aussicht auf Erfolg als im Innenbereich des Flughafens. Denn wenn ich es tatsächlich schaffe, durch die Lüftungsschächte zu verschwinden, dann bin ich zumindest relativ schnell draußen. Außerdem ist die Toilette im Gegensatz zu den zentralen Sanitärräumen praktisch unbenutzt.

Der Kuss, den ich Erik auf dem Weg dorthin gebe, sieht nur nach außen hin flüchtig aus. In Wahrheit lege ich all meine Verzweiflung und Sehnsucht hinein.

»Bis gleich«, sagt er und verschwindet hinter seiner Tür. Ich mache das Gleiche. Als ich in die Kabine gehe, fällt mir auf, dass etwas anders ist als sonst: Ebru und Attila sind uns nicht hinterhergekommen, sondern haben sich lediglich vor der Tür postiert. Eigentlich hatte ich damit gerechnet, sie zu genau diesem Schritt erst überreden zu müssen. Ich kann mein Glück kaum fassen, auch wenn ich mir gleichzeitig wünsche, dass sie mich schnappen und an Eriks Seite zurück nach Hause schaffen würden. Doch ich habe ihm versprochen, ihn seinen Weg weiter gehen zu lassen. Also zwinge ich mich dazu, die Schere herauszuholen, stelle mich auf die Toilette und hake die gebogene Spitze in eine Ritze der Deckenverschalung über mir ein. Ich muss mich auf die Zehenspitzen stellen, doch ich bin zum Glück groß genug.

Schon beim dritten oder vierten Mal Ruckeln bricht die Spitze der Schere ab. Nun werde ich nervös und greife mit den Fingern in die Spalte der leicht losen Platte. Gewaltsam ziehe ich daran und löse die eingeschlagenen Nägel. Vor lauter Anspannung gleitet mir die Platte aus der Hand und fällt mit einem lauten Knall zu Boden.

Ich halte die Luft an. Spätestens jetzt müsste Ebru eigentlich in den Raum gestürzt kommen. Aber weder sie noch ein anderer Mensch lässt sich blicken. Ich schaue hinauf in das Loch, das ich freigelegt habe. Falls von meiner Fitness, die ich vor dem Urlaub hatte, noch etwas übrig ist, müsste ich es eigentlich schaffen, hinaufzuspringen und mich hochzuziehen. Gerade, als ich beschließe, das zu tun, kommt mir ein alarmierender Gedanke: Ebru ist ein Orakel. Und wenn sie noch so übermüdet und gestresst ist, kann es einfach nicht an ihr vorbeigegangen sein, dass ich gerade einen Fluchtversuch starte. Nicht bei dem Geräusch, das die herabfallende Platte verursacht hat! Und warum steht sie eigentlich plötzlich draußen, anstatt wie sonst vor meiner Kabinentür? In mir steigt die Ahnung hoch, dass meine Flucht erwünscht ist. Aber aus welchem Grund sollte die Armee das wollen?

Während ich noch so dastehe und mit mir hadere, ob ich in das Loch kriechen soll oder nicht, höre ich plötzlich einen Tumult draußen im Eingangsbereich. Gleichzeitig kracht eine Tür in der Herrentoilette nebenan. Ich erschaudere. Entgegen der Abmachung mit Erik steige ich wieder von der Kloschüssel herunter und renne nach draußen. Dort sehe ich weder Ebru noch Attila oder Abdullah. Auch die drei Soldaten kümmern sich nicht um mich. Der letzte von ihnen verschwindet gerade in der Herrentoilette. Mein Puls beginnt zu rasen.

Ich renne ebenfalls hinein und bleibe sofort entgeistert stehen. Vor den Waschbecken stehen Abdullah und seine Krieger. Sie alle starren auf das sorgfältig freigelegte Loch in der Decke. Attila macht sich gerade daran, hineinzusteigen und denjenigen zu verfolgen, der auf diesem Weg verschwunden ist.

Aber erst, als der General seine Sprache wiederfindet, verstehe ich, was hier passiert ist. Und in diesem Moment begreife ich auch, dass jeder Einzelne von uns hereingelegt worden ist.

»Verfluchter Dämon«, sagt Abdullah auf Türkisch. »Das ist der Grund, warum man sich nicht auf sie einlassen soll. Er hat den Falschen entführt!«

Vergebung ist der erste Schritt in einen neuen Kampf

Ich würde die ganze Heimfahrt über schreien, wenn man mich ließe. Stattdessen steckt Ebru mir einen Knebel in den Mund und fesselt meine Hände. So kann ich nichts mehr tun, als dazusitzen und ein paar erstickte Laute von mir zu geben, während das Flughafengebäude hinter uns immer kleiner wird. In meinem Kopf tobt ein Aufstand, der schlimmer nicht sein könnte. Ist es wirklich wahr, dass Erik gerade von Levian entführt wurde? Was für einen Dämon sonst könnte Abdullah gemeint haben? Ich habe eine solche Angst um ihn, dass mein ganzer Körper bebt. Wenn ich mich nicht völlig verhört habe, haben unsere Begleiter genau gewusst, dass Levian in der Toilette lauerte. Deshalb sind Attila und Ebru vor der Tür geblieben. Was sie aber nicht erwartet haben, war, dass er Erik mitnimmt anstelle von mir. Denn genau das war wohl der Plan der Armee gewesen: eine Dschinn-Entführung, die Eriks ganzen Hass auf Levian richten sollte anstatt auf Mahdi. Wahrscheinlich hätte er ihnen sogar geglaubt. Abdullah hätte ihm schon überzeugend erklärt, wie sehr er meinen Verlust bedauern würde und wie schrecklich es für sie alle wäre, dass ich mich nun in Feindeshand befände. Dabei hätte er sich ins Fäustchen gelacht, weil doch jedem klar ist, dass man mich nun nicht mehr braucht. Eriks Talent ist nicht von meinem Überleben abhängig, sondern von seiner Liebe zu mir.

Ich kann kaum fassen, dass die Generäle zu diesem Zweck mit ihren Todfeinden kooperiert haben. Und noch viel weniger, dass Sylvia uns derart verkauft hat. Sie muss viel mehr Details erkannt haben, als ich dachte, als ich ihr nach Joshuas Zeichnung die Hand gereicht habe.

Was sie Mahdi wohl zugeflüstert hat? Ich kann es mir ausmalen: »Lass sie am Leben! Dann soll sie Erik heilen und anschließend übergeben wir sie einem Dschinn, von dem ich zufällig weiß, dass er heute Abend angreifbar ist. Der soll sie verwandeln und aus dem Weg schaffen. Dann bekommst du deinen Heiler zurück und er wird alles tun, um Levian zu vernichten!«

Es gibt nichts, was Sylvia noch zu mir sagen könnte, damit ich ihr je wieder traue. Sie kann noch so jung sein – sie hätte erkennen müssen, dass es besser gewesen wäre, uns alle sterben zu lassen.

Nun hat Levian der Armee allerdings einen dicken Strich durch die Rechnung gemacht, denn er hat den Heiler mitgenommen anstelle seiner verräterischen Seelenverwandten. Das allein sagt mir, dass er genau weiß, dass ich ihn verraten und sein Leben verkauft habe. Und der Einzige, der diese Information hätte weitergeben können, ist Jakob. Ist es möglich, dass sogar er uns am Ende verraten hat?

»Okay, Mahdi, ich sag dir jetzt, was du tun musst: Erzähl dem Dschinn, dass Melek mich schon gestern beauftragt hat, ihn umzubringen. Levians Leben ist ihr ganz egal. Sie interessiert sich nur noch für Erik. Sag ihm das in seinem Zustand und er wird einfach zusammenbrechen. Danach tut er, was du willst, um sie in die Finger zu bekommen. Könnte allerdings sein, dass er Melek später umbringt, wer weiß das schon?«

Ich schüttele mich, um die Gedanken aus meinem Kopf zu kriegen. Das kann einfach nicht sein, oder? Vielleicht hat Mahdi Sylvia und Jakob so lange gefoltert, bis sie ihm alle Geheimnisse verraten haben. Ich weiß nicht, welche der beiden Vorstellungen mich mehr fertigmacht. Es ist nicht einmal auszuschließen, dass sie mittlerweile tot sind. Dann war das Letzte, was Sylvia auf dieser Welt getan hat, einen Brief voller Lügen an mich zu schreiben. Und wir sind blind darauf hereingefallen, weil wir einfach glauben wollten, dass es sich um die Wahrheit handelt! Am Ende waren auch Erik und ich einfach zu schwach, um das durchzuziehen, was wir uns vorgenommen hatten. Was auch immer passiert ist: Ich habe alle verloren, die mir wichtig waren.

Mein Herz rast und mein Gehirn gerät aus den Fugen. Die Geräusche, die durch den Knebel aus meinem Mund dringen, können einfach nicht von mir sein. Ich zittere am ganzen Körper.

»Panikattacke!«, sagt Ebru plötzlich neben mir. Abdullah greift in seine Tasche und zieht eine Spritze heraus. Ich versuche, meine Hände freizubekommen, aber es hat keinen Zweck. Er rammt mir die Nadel in den Oberschenkel und eine Sekunde später sinke ich in eine Besinnungslosigkeit, die den Schmerz in meiner Seele betäubt. Ich will nie wieder aufwachen.

***

Irgendwann komme ich trotzdem wieder zu mir. Wie im Nebel nehme ich wahr, dass ich auf einer Decke am Boden liege. Es ist kalt und dunkel in dem Raum. Ich versuche, wieder in die wohltuende Ohnmacht abzutauchen. Doch mein Geist kämpft sich unerbittlich daraus hervor.

»Sie ist das einzige Druckmittel, das du noch hast«, höre ich Jakobs Stimme wie von weit her an mein Ohr dringen. »Keiner von beiden wird noch mit sich reden lassen, wenn du sie umbringst. Ich denke, du kennst die Dschinn lange genug, um zu wissen, wie sie ticken: Heute so, morgen so. Vielleicht kommt er morgen zurück und schlägt einen Tausch vor.«

»Niemals«, zischt Mahdis Stimme. »Er hatte lange genug Zeit, sich das zu überlegen. Ich denke, Erik ist längst tot. Und damit ist Melek ebenfalls wertlos. Sie hat uns das alles eingebrockt, verdammt!«

»Du weißt nicht, ob er tot ist«, gibt Jakob zu bedenken.

»Sag mir einen Grund, warum die Dschinn einen Heiler am Leben lassen sollten?«, schreit Mahdi. »Mittlerweile werden sie wissen, dass er einer ist. Sonst hätten sie ihn nicht gekidnappt!«

Ich rappele mich hoch. Ich befinde mich in Dönges' Waffenkammer. Neben dem Schuster selbst, Mahdi und Jakob sind noch Sylvia, Mike und Abdullah mit seinen Begleitern da. Alle blicken zu mir. In den Augen meiner ehemaligen Freunde stehen Schuldgefühle. Ich sehe es genau.

»Weil sie es versprochen haben«, sage ich.

»Was soll das heißen?«, blafft Mahdi mich an.

274

»Ich habe ihnen erzählt, wer der Heiler ist. Schon vor Wochen. Aber dafür mussten sie schwören, es niemandem zu verraten und denjenigen am Leben zu lassen, um den es geht. Das haben sie getan.«

»Pah!«, sagt Mahdi. »Was ist das Versprechen eines Dämons schon wert?«

»Alles«, sage ich. »Sie sind nicht dazu im Stande, es zu brechen. Und sie würden beide sterben, wenn es dennoch passieren würde.«

Der General starrt mich an. Ich starre voller Hass zurück.

»Das hast du nicht gewusst, nicht wahr?«, sage ich. »Es gibt vieles, das du nicht weißt über die Welt der Dschinn.«

Jakob, Sylvia und Mike atmen bei meinen Worten gleichzeitig auf und versteifen sich. Was Letzterer hier eigentlich zu suchen hat, ist mir völlig unklar. Er wäre in Bodos Männer-Bibelkreis besser aufgehoben.

Mahdi sieht aus, als würde er mich am liebsten eigenhändig erwürgen. Aber nun geht er das Risiko wohl doch lieber nicht ein. Stattdessen fängt er an, im Raum auf- und abzulaufen und dabei seine Faust vor den Mund zu pressen.

»Nehmen wir einmal an, Erik ist noch am Leben«, überlegt er. »Dann haben sie ihn jetzt irgendwo im Wald versteckt. Also müssen wir eine Spezialeinheit schicken, die ihn aufspürt. Die Dämonen werden es merken und uns angreifen. Das wird ein Blutbad geben.«

»Oder du machst es so, wie ich es gesagt habe«, meldet sich nun Mike zu Wort.

Mahdi dreht sich wütend zu ihm um.

»Abreisen und euch eurem Schicksal überlassen? Wohin soll das bitte schön führen?«, blafft er Mike an.

»Genau dorthin, wo es eben hingeht«, sagt der. »Du hast schon genug Unfrieden gestiftet. Und trotz allem bist du nur ein Mensch. Hör endlich damit auf, Gott zu spielen!«

Mahdis dunkles Gesicht scheint noch eine Spur schwärzer zu werden.

»Zweimal haben wir die Heiler nicht genug unterstützt«, faucht er. »Und beide Male hat es nicht funktioniert. Es gibt nur eine Möglichkeit, um den Kampf zu gewinnen. Und dafür braucht Erik eine Armee in seinem Rücken, die ihn stärkt und beschützt.«

»Nein«, sagt Mike. »Er braucht seine Truppe. Und Melek. Reißt du die Gemeinschaft dieser dreizehn Krieger auseinander, dann bist du derjenige, der den Kampf am Ende vereitelt. Du hast genug Wunden gerissen, Mahdi. Gib uns Zeit, sie zu heilen. Dann holen wir Erik selbst zurück.«

Langsam schreitet Mahdi auf Mike zu und sieht ihm in die Augen. Dann sagt er etwas, das mich glauben lässt, ich sei immer noch ohnmächtig. Denn es passt einfach nicht in die reale Welt.

»Mikal«, zischt er. »Ich weiß nicht, ob *ich* lange genug lebe, um einen weiteren Heiler zu sehen. Wenn dieser Kampf nicht stattfindet, dann ist vielleicht meine einzige Chance dahin.«

»Eben deshalb musst du gehen«, sagt Mike.

»Du hast nicht die geringste Befugnis, mir Befehle zu erteilen. Du bist nur ein Beobachter!«

»Unterstützer«, korrigiert Mike.

Mahdi schweigt.

»Du merkst doch, dass es nicht gut läuft, Muhammad«, sagt Mike nun beschwörend. »Lass es uns auf meine Art versuchen. Wenn es nicht klappt, kannst du immer noch dein Blutbad anrichten.«

Es sieht ganz so aus, als ließe Mahdi sich beeindrucken. Wahrscheinlich merkt er selbst, dass die Situation mittlerweile verfahren ist und es kaum eine andere Lösung gibt. Weder Druck noch Folter bringen ihn jetzt weiter. Er läuft noch ein paarmal zwischen uns auf und ab. Dann sieht er Abdullah an und sie nicken sich unauffällig zu.

»Du«, sagt er und zeigt auf Mike. »Und du!« Damit meint er Sylvia. »Ihr werdet mir jeden einzelnen Satz berichten, der in meiner Abwesenheit hier gesprochen wird. Verschweigt ihr etwas und bekomme ich auch nur eine Ahnung davon, dass ihr lügt ...«

»... dann kommt deine Rache wie die sieben Plagen über uns, ich weiß«, beendet Mike den Satz für ihn. »Wir berichten dir alles, was wichtig ist.«

Mahdi wirft uns noch einen letzten Blick zu, dann bedeutet er seinen Begleitern, die Falltür über uns zu öffnen. Sie steigen alle hinauf. Zuletzt Mahdi selbst. Kurz bevor er aus unserem Blickfeld verschwindet, schaut er noch einmal Mike an und macht den Mund auf. Aber dann schüttelt er den Kopf und verschwindet.

Wir bleiben zurück in der Düsternis des schwach beleuchteten Bunkers. Ich fühle mich nicht erlöst. Erik ist in der Hand der Dschinn und meine Freunde haben mich an Mahdi verraten. Ich will keinem von ihnen in die Augen blicken. Es ist Mike, der sich schließlich dazu durchringt, vor mir in die Hocke zu gehen und mich anzusprechen.

»Lass nicht zu, dass er unsere Gemeinschaft auseinanderreißt«, sagt er.

»Wer bist du?«, frage ich.

»Was glaubst du denn, Melek?«

»Der Erzengel Michael.«

»So nennt man mich. Ein Bote mit einer herausragenden Rolle. Das bin ich hundertprozentig.«

»Hat Gott dich geschickt?«

Nun lächelt er.

»Nicht direkt. Aber es ist immer wieder schön, sich das vorzustellen, findest du nicht? Grundsätzlich bin ich schon zu lang in der Welt unterwegs, um mich noch an alles richtig erinnern zu können. Zu euch hat mich jedenfalls Mahdi geschickt. Er hat vor drei Jahren geweissagt, dass ein Heiler auftauchen würde.«

»Du stehst also auf seiner Seite«, murmele ich.

»Ich stehe auf der Seite jener Macht, für die ihr so viele Namen habt«, sagt Mike. »Aber du hast schon Recht: Genau wie Mahdi will ich, dass der Kampf stattfindet. Nun hat er es leider geschafft, dass Erik ihn verweigert. Ich will euch den Weg dahin ebnen, dass der Heiler seine Aufgabe am Ende doch erfüllt.«

Ich überlege immer noch, ob Mike nicht einfach komplett durchgeknallt ist. Aber die Tatsache, dass sogar Mahdi auf ihn hört, spricht für ihn, wer auch immer er nun wirklich ist.

Plötzlich taucht Jakob in seinem Rücken auf. Er sieht anders aus als sonst, aber ich erkenne nicht sofort, was es ist. Dann wird es mir klar: Seine Nase ist krumm. Irgendwer hat sie ihm gebrochen. Ich könnte heulen, als ich das sehe.

Nun erkenne ich in dem schummrigen Licht auch die Schatten von mehreren großen Blutergüssen in seinem Gesicht. Was noch an Verletzungen unter seiner Kleidung steckt, will ich lieber nicht wissen.

»Und jetzt?«, fragt er Mike.

»Jetzt lecken wir unsere Wunden«, antwortet er. »Und dann ... ich weiß nicht. Du bist der Anführer!«

Keiner von uns bringt genügend Energie auf, uns einen angenehmeren Ort für unsere Aussprache zu suchen. Also bleiben wir einfach in dem Bunker sitzen und Dönges ruft den Pizzaservice an. Ich fröstele trotz meiner Winterjacke, denn auch die zerschlissene Decke, auf der ich gelegen habe, hat mich nicht vor der Feuchtigkeit bewahrt, die aus dem gestampften Lehmboden aufsteigt. Also holt der Schuster noch eine weitere Ladung Decken. Sie riechen allesamt nach Zigarettenqualm und Mief. Aber zumindest halten sie warm.

»Du hast dir das alles ausgedacht«, sage ich zu Sylvia, die vor mir kauert und vor lauter Gewissensbissen auf ihren Nägeln herumbeißt. Ihr Anblick erinnert mich an mich selbst. Doch aus irgendeinem Grund wachsen meine Fingernägel seit einiger Zeit wieder. Ich bin über den Punkt hinaus, wo es noch helfen würde, sie abzubeißen.

Bevor Sylvia etwas antworten kann, spricht Jakob für sie.

»Sie wusste keine andere Möglichkeit«, sagt er. »Alles, was sie wollte, war, unser Leben zu retten. Und sie dachte, unter diesen Umständen wäre es nicht das Schlimmste, was dir passieren könnte.«

»Was?«, schnauze ich ihn an. »An Levian verkauft zu werden oder Erik zu verlieren, nachdem ich ihn endlich gefunden hatte?«

»Beides«, gesteht Jakob. »Denn noch ein paar Tage zuvor hattest du selbst beschlossen, diesen Schritt zu tun.«

Erst als er das sagt, geht mir auf, dass es genau so war. Keiner aus meiner Truppe weiß, was zwischen Erik und mir auf der Insel passiert ist. Niemand ahnt, wie unmöglich es mir seither geworden ist, an diese andere Welt auch nur zu denken. Es steht mir nicht zu, über die Entscheidungen zu richten, die Jakob und Sylvia in einer Notsituation getroffen haben.

»Und du ... du hast dabei mitgespielt«, sage ich trotzdem. »Du hast Mahdi verraten, wie er Levian fertigmachen kann!«

Nun springt Sylvia ein, um ihn zu verteidigen.

»Melek!«, sagt sie. »Sieh ihn dir an! Mahdi kam zurück und ging sofort auf ihn los. Glaub mir, du kannst froh sein, dass du nicht erlebt hast, wie schlimm er ihn verprügelt hat. Aber wir mussten alle dabei zusehen. Jakob hat trotzdem kein Wort gesagt, nicht eines! Daraufhin nahm Mahdi seine Hand und holte sich die Information auf Orakelart. Das hätte er auch gleich tun können, aber ihm war daran gelegen, sich an Jakob auszutoben. Verurteile Jakob nicht, denn du hast keine Ahnung, wie sehr er gelitten hat!«

Nun stürzen mir die Tränen aus den Augen. Mir kommt der Moment in den Sinn, als Kadim am Tag vor meiner Zeichnung in meine Zukunft geblickt und erkannt hat, dass ich der Truppe viele Unglückstage und harte Prüfungen bringen würde. Vielleicht wäre es wirklich besser gewesen, wenn Jakob ihm damals geglaubt und mich weggeschickt hätte.

Ich greife nach seiner Hand.

»Ich bin so schrecklich durcheinander«, sage ich. »Verzeih mir, dass ich schlecht von dir gedacht habe!«

Er legt seine Hand auf meine.

»Schon gut, Melek, das hätte jeder getan.«

»Erik hat gesagt, an diesem Tag hättest du den meisten Mut von uns allen bewiesen.«

Ich schluchze einfach weiter vor mich hin.

»Ich bin für meine Truppe da«, sagt Jakob. »Nicht für Mahdi. Und ich stehe immer noch hinter euch.«

Darüber bin ich unendlich froh.

Sylvia massakriert schon wieder ihre Fingernägel. Ich kann ihr ansehen, dass sie furchtbare Angst hat, ich würde Jakob vergeben, aber ihr nicht.

»Ist schon gut, Große«, sage ich. »Du hast getan, was du konntest. Für Erik und mich wäre es besser gewesen, du hättest uns sterben lassen. Aber aus deiner Sicht war es die einzige Rettung.«

Nun geht die Falltür auf und Dönges steigt mit einer Pizza in Partygröße und ein paar Flaschen Cola zu uns herunter. Er legt alles vor uns auf den Boden und schleppt sich dann umständlich wieder nach oben. Ich rechne es ihm hoch an, dass er uns miteinander allein lässt. Was hier und heute gesprochen wird, geht nur die aktive Truppe etwas an.

Nach all den Seefisch-Spezialitäten, die man mir in den vergangenen Wochen vorgesetzt hat, erweckt die fettige Pizza regelrechten Heißhunger in mir. Ich stopfe mir ein Stück nach dem anderen hinein, bis ich plötzlich daran denke, dass Erik heute Abend wahrscheinlich gar nichts zu essen bekommt, wo auch immer er gerade ist. Da lege ich das angebissene Stück zurück in den Karton.

Sylvia schaut mich traurig an. Sie scheint meine Gedanken erraten zu haben.

»Wenn Levian Erik am Leben gelassen hat, dann wird er ihm auch etwas zu essen geben«, sagt sie.

Das beruhigt mich überhaupt nicht.

»Und was wird er sonst noch tun?«, murmele ich. »Ihm ein paar Knochen brechen vielleicht?«

Ich schlage die Hände vors Gesicht. Nun habe ich es geschafft, dass niemand mehr so recht seine Pizza hinunterkriegt. Jeder von uns weiß, dass Hass, Verlust und Liebe Levian ungerecht und gewalttätig machen. Und Erik hat ihm nichts entgegenzusetzen, nicht einmal Small-Think.

»Vergiss nicht, dass er sein Talent zurückhat«, sagt Sylvia.

»Wie könnte ich das vergessen!«

»Die Dschinn werden Respekt davor haben. Sie wissen nicht, was genau er so draufhat. Ich glaube nicht, dass sie mit ihm experimentieren werden.«

Das sehe ich ganz anders. Wenn Levian es nicht tut, dann wird seine Schwester nachsehen, wie viel Gegenwehr ein menschlicher Heiler aufbringen kann. Sie wird innerhalb weniger Minuten herausfinden, dass Erik gar nichts kann, außer Tunicas zurückzuholen. Und das bringt ihm in seiner derzeitigen Lage überhaupt nichts.

»Wisst ihr etwas über das Zusammentreffen von Levian und Mahdi?«, frage ich die anderen.

Sylvia nickt. »Jakob und ich waren dabei.«

»Erzähl mir davon«, bitte ich sie.

Plötzlich wird sie unsicher. Sie wirft Jakob einen fragenden Blick zu, aber er nickt. Ich bin eigentlich auf alles gefasst, aber dennoch schnürt ihre Erzählung mir die Kehle zu.

»Wir haben uns mit zehn Mann zur Quelle aufgemacht. Unterwegs am Waldrand fand Mahdi zwei betrunkene Penner auf einer Bank. Ich glaube, es waren die beiden Männer, die dich vor dem Wolfsangriff am Steinbruch festgehalten haben. Zumindest humpelten sie beide stark. Er ließ sie knebeln und fesseln und schleppte sie mit.«

»Warum?«, frage ich entgeistert.

»Als Futter. Für Levian«, murmelt Sylvia. Mir läuft ein Schauder den Rücken hinunter.

»Dann hat er einen Zauber über uns alle gelegt, der unsere Anwesenheit vor den Dschinn verbergen sollte. Ich habe noch nie davon gehört, dass jemand so etwas kann, aber es hat funktioniert. Fünf von den Nahkämpfern rannten voraus und stellten Levian an der Quelle. Sie hatten ihn in der Zange und die Volltreffer ihre Pistolen an seinem Kopf, bevor er wusste, was geschah. Er war in einer furchtbaren Verfassung, Melek, wie wahnsinnig! Er hat am ganzen Körper gezittert und seine Augen waren nicht mehr grün, sondern ganz grau.«

Bei der Vorstellung fängt sie selbst an zu schlottern. Jakob legt ihr eine Hand auf die Schulter. Die Kälte des Bunkers steigt in mir hoch. Vielleicht kommt sie aber auch ganz tief aus meinem Inneren.

»Mahdi hat Levian erzählt, wer er ist«, spricht Sylvia weiter. »Er hat ihm verraten, dass du Jakob damit beauftragt hättest, ihn zu töten, und nun mit Erik auf dem Weg in den Urlaub wärst. Dann hat er ihm versprochen, dass er eine Möglichkeit bekommen würde, um sich dafür an dir zu rächen. Er sollte dich auf dem Flughafen abfangen. Danach könne er mit dir machen, was er wolle.«

Nun fängt ihre Stimme gewaltig zu piepsen an.

»Jakob und ich hatten nicht geahnt, dass er ihn so gegen dich aufbringen würde, ehrlich, Melek! Aber es war, als wollte er euch alle gleichzeitig zerstören. Die Vorstellung, dass du nichtsahnend und zufrieden an Levians Seite weiterleben könntest, war ihm einfach nicht genug. Er wollte erreichen, dass er dich umbringt!«

»Und dann?«, frage ich tonlos.

»Dann hat Jakob den Fehler gemacht, sich einzumischen. Er wollte Levian erklären, wie es zu all dem kam. Da hat einer der Soldaten ihm die Nase gebrochen. Und Mahdi hat ihn gepackt, ihn zu Levian geschleift und gesagt, wenn er jemanden aussaugen wolle, könne er sich direkt bedienen.«

Sylvia fängt an zu weinen und ich denke daran, dass ich in diesem Moment mit Erik auf dem Flughafen saß und mir Sorgen über das Wetter an unserem Urlaubsort machte.

»Aber Levian wollte nicht«, schluchzt Sylvia. »Er sagte, es sei unter seiner Würde, einen Feind so vorgeworfen zu bekommen. Daraufhin gab Mahdi ihm die beiden Penner. Es war schrecklich, Melek! Wir haben alle dabei zugesehen, wie Levian sie ausgesaugt hat. Und weil er eine Woche lang gefastet hatte, hat er nicht nur ihre Seelen geleert, sondern auch ihren Geist. Sie wissen heute nichts mehr von dem, was geschehen ist. Aber wir ... wir träumen immer noch davon. Danach ließ Mahdi Levian laufen. Er hat ihn auf den Tag vor eurer Rückkehr wieder zum Jungfernbrunnen bestellt, wo er genauere Instruktionen erhalten sollte. Aber zu diesem zweiten Treffen hat er uns nicht mehr mitgenommen.«

Ich fühle mich, als hätte Sylvia mit einem Baseballschläger auf mich eingeprügelt. Es wäre besser gewesen, ich hätte sie nicht nach diesem Abend gefragt. Denn nun, da ich die Einzelheiten kenne, ist der Gedankensturm in meinem Kopf nur noch schlimmer geworden. Ich möchte zurück auf die Insel und mich unter den weißen Laken unseres Himmelbetts in Eriks Armen verkriechen. Stattdessen werde ich nun wieder kämpfen. Und wenn ich nicht völlig danebenliege, dann werde ich auch erneut um Levians Gunst werben müssen.

»Ich muss also versuchen, ihn so weit zu bringen, dass er mich wieder will«, sage ich.

Die anderen schauen mich betroffen an. Aber niemand sagt etwas, um mich von dem Gedanken abzuhalten.

»Denn so, wie es jetzt aussieht, hat er keinen Grund, für den es sich lohnen würde, Erik zurückzutauschen«, füge ich hinzu.

Das ist das Letzte, was ich jetzt tun will. Mich schon wieder an einen anderen Mann heranschmeißen, um irgendetwas zu erzwingen, das mir wichtig ist. Nun, da ich endlich weiß, was ich will. Wen ich will.

»Die meisten Menschen haben irgendein Thema, das sie verfolgt«, sagt Mike. »Das hier ist deins.«

Mike hat Recht und ich hasse diese Tatsache fast so abgrundtief wie meinen General.

***

Wir verbringen die Nacht bei Sylvia. Lange liege ich neben ihr in ihrem Kinderbett, während Jakob auf einem Stuhl sitzt und Wache hält, wie Erik vor langer Zeit. Sylvia schläft seit einer halben Stunde tief und fest. Dabei zieht sie ständig unbewusst an der Decke. Ich kann nicht einschlafen, denn ich habe das Bedürfnis, Jakob etwas Persönliches zu sagen. Von Zeit zu Zeit treffen sich unsere Blicke, doch keiner von uns kann das in Worte fassen, was er fühlt. Ich kenne niemanden, mit dem ich je so viel geschwiegen habe wie mit ihm. Zum Glück brennt in Sylvias Zimmer nur ein einziges indirektes Licht. So sind die Überreste von Mahdis Behandlung in Jakobs Gesicht nur noch schemenhaft zu erkennen. Ich kann den Gedanken kaum ertragen, dass er verprügelt wurde, weil er versucht hat, mich zu schützen.

»Wirst du mir je verzeihen können?«, frage ich ihn schließlich.

»Was denn, Melek?«

»Dass ich es tatsächlich nicht unterscheiden konnte.«

»Ja«, sagt er leise.

Es dauert eine Weile, bis er die Gegenfrage stellt.

»Und du? Wirst du mir verzeihen können, dass ich jemand anderen in dir gesucht habe?«

Ich nicke. Es zerreißt mir immer noch das Herz, dass ich ihn verloren habe. Denn was das Schicksal auch mit uns getan hat – Jakob hat mich tief berührt und die Erinnerung daran wird mich erst verlassen, wenn ich kein

Mensch mehr bin. Ich glaube, dass es ihm genauso geht. Eine Weile schweigen wir wieder.

»War es wirklich nur das?«, frage ich schließlich.

Er seufzt.

»Ich bin nicht der Richtige, um diese Frage zu beantworten, denn ich stelle sie mir seit Monaten selbst. Ich weiß nur, dass es wehtut.«

Vielleicht hat am Ende doch Sarah Recht. Es ist müßig, sich den Kopf darüber zu zerbrechen, was die Definition von Liebe ist. Ich werde niemals frei sein von der Wirkung, die Jakobs Talent auf mich hat. Aber ich weiß nun, wer der Junge ist, an dessen Seite ich gehöre. Falls ich ihn jemals wiedersehe. Der Gedanke daran, dass Erik jetzt in diesem Augenblick mutterseelenallein irgendwo im Wald gefangen ist, zerreißt mir fast das Herz.

»Was wirst du als Nächstes tun?«, frage ich. »Gehen wir einfach zurück zu den Übungstreffen und dem Grenzgang?«

Jakob nickt.

»Was sonst? Wir machen so lange weiter, bis der nächste Schicksalsschlag kommt. Vielleicht überleben wir das Fest ja mal ohne Verluste. Wir haben einen richtig guten neuen Wettläufer, ein herausragendes Orakel, einen Erzengel und unsere beste Volltrefferin zurück. Auch wenn Mahdi uns noch so verabscheut, ich denke, unsere Truppe ist stärker, als er glaubt.«

In dieser Zusammenfassung klingt es tatsächlich so, als hätten wir den Dschinn auf dem Grenzgang etwas entgegenzusetzen. Aber das, was wirklich unsere Aufgabe ist, nämlich den Generälen ihren Heiler zurückzuholen, muss ich ganz allein schaffen. Wir wissen alle, was der Einsatz dafür ist. Ich rappele mich vorsichtig ein Stückchen hoch, um Sylvia nicht aufzuwecken. Mittlerweile hat sie mir fast die ganze Bettdecke weggenommen und sich darin eingerollt.

»Wenn ich es schaffe, Erik zu befreien, dann ist das mein Ende als Mensch«, flüstere ich. »Ich werde keine Erinnerung mehr an euch haben und keinen von euch verschonen, wenn ihr mich angreift. Von diesem Tag an werden wir Feinde sein, Jakob ...«

Da wendet er den Blick von mir ab und schaut zu Boden.

»Dann muss ich mit meinem Schicksal klarkommen«, murmelt er.

»Was meinst du?«

»Ich werde nie wieder auf einen Dschinn schießen können, ohne den Wunsch zu haben, dass ich nicht treffe.«

Aber schießen wird er. Das ist uns beiden vollkommen klar.

Manchmal ist Hartnäckigkeit
das Einzige, was dir noch bleibt.

Nun wohne ich doch noch bei Anastasia. Es ist seltsam, aus dem verwitterten Fenster ihrer Einzimmerwohnung hinauszuschauen. Normalerweise habe ich immer von der Hauptstraße aus in die andere Richtung gesehen, wenn ich mit meiner Mutter auf dem Weg zum Einkaufscenter war. Dann habe ich mich gefragt, wer wohl in diesen lieblos dahingeklatschten Betonhäusern wohnt. Nun weiß ich es. Die Namen auf den Klingelschildern sind fast alle ausländisch. Ein paar davon klingen türkisch, den Rest kann ich beim besten Willen nicht aussprechen.

Das Zimmer, das Anastasia bewohnt, sieht nicht ganz so schlimm aus, wie das Gebäude von außen vermuten lässt. Zumindest hängt noch der Putz an der Wand. Dafür scheint ihr Möbelsammelsurium komplett vom Sperrmüll zu stammen und in der Küche gibt es kaum Haushaltsgeräte. Es ist nur ein einziger Topf da, was allerdings Sinn macht, denn am Herd funktioniert auch nur eine Platte. Das Auffälligste an der Wohnung ist aber, dass überall jede Menge kitschiger Puzzles hängen. Auch auf dem Tisch liegt eines, an dem Anastasia wohl gerade arbeitet. Damit vertreibt unsere Muskelprotzin sich also die Zeit, denn einen Fernseher hat sie nicht und soweit ich weiß, ist sie Analphabetin. Ich lege meine Schultasche mit den Sommerklamotten und der Ersatzjeans auf das Sofa.

»Danke, Anastasia«, sage ich.

»Du kannst Bett haben«, bietet sie sofort an.

»Nein, ist schon gut. Ich bin an Sofas gewöhnt.«

Sie räumt mir noch einen Platz im Badezimmerregal frei, aber außer meiner Zahnbürste und einer fast leeren Pillenpackung kann ich nichts hineinlegen. Letztere brauche ich jetzt eh nicht mehr, wie es aussieht. Ein Gedanke wie dieser reicht aus, um mich zum Heulen zu bringen.

»Du mitkommen«, sagt Anastasia. »Mir helfen.«

Wie man schwermütige Menschen von ihrer Depression ablenkt, weiß sie also auch.

Sie geht wieder in ihr Zimmer zurück und kramt in einer Schublade herum. Dann zieht sie einen Berg von Papier heraus und drückt ihn mir in die Hand.

»Alles in Briefkasten«, sagt sie. »Ich verstehe nicht.«

Also verbringe ich den kompletten Vormittag damit, mich in Anastasias aufgelaufene Post einzuarbeiten. Es sind jede Menge Briefe vom Sozialamt dabei und auch ein paar Rechnungen, die sie noch nicht bezahlt hat. Ich fülle alle Vorlagen aus und bringe ihr anschließend bei, ihren Nachnamen zu schreiben. Das scheint sie schon mal gemacht zu haben, denn es klappt schneller, als ich gedacht hätte. Am Ende setzt sie ihre neue Unterschrift unter alle Dokumente und bringt sie triumphierend zur Post. Als sie wieder zurückkommt, hat sie ein Buch aus der Bibliothek dabei: Pippi Langstrumpf.

»Du mir vorlesen?«, fragt sie. Dabei strahlen ihre Augen. Ich bekomme den Eindruck, dass Anastasia höchst erfreut ist, eine Mitbewohnerin in ihrem kleinen Zimmer zu haben. Über eine Stunde lang lese ich ihr vor. Zwischendurch öffnet sie eine Dose Ravioli und wärmt den Inhalt in ihrem Topf auf. Das erinnert mich an zu Hause, aber ich kämpfe die Tränen erfolgreich nieder. Dann steigen wir in den Zug nach Biedenkopf und treffen uns mit den anderen im Fitnessstudio.

Die meisten aus meiner Truppe sehen mich nach mehreren Wochen zum ersten Mal wieder. Es tut gut, zu spüren, dass sie allesamt froh sind, mich zurückzuhaben. Auch wenn jeder versucht, Eriks Namen in meiner Gegenwart nicht auszusprechen. Nur Tina tut es, kurz bevor Albert uns auf unsere Plätze schickt.

»Was Erik zu Mahdi gesagt hat, hat jeden von uns sehr beeindruckt«, verrät sie mir. »Diesen Tag wird keiner von uns je vergessen. Und das heißt, er hat jetzt schon sein Ziel erreicht, egal, was noch geschieht. Er hat jeden von uns aufgeweckt. Denk immer daran.«

Mehr als ein Nicken bringe ich nicht zu Stande. Wer weiß, ob Erik das je erfahren wird. Während ich in die Runde blicke, stelle ich fest, dass Tina Recht hat. Jeder Einzelne meiner Waffenbrüder und -schwestern hat eine veränderte Ausstrahlung, doch das sieht man nur, wenn man ganz genau hinschaut: Sie sind immer noch auf Jakob fixiert und erfüllen immer noch ihre Pflicht. Aber in ihren Augen steht ein Glanz, der vorher nicht da war. Es ist ein Funke der Revolution, die Erik angezettelt hat. Sie haben angefangen, Dinge in Frage zu stellen.

Das Training fällt mir schwer. Ich habe über einen Monat lang pausiert und meine Muskulatur ist nicht mehr daran gewöhnt, Langhanteln zu stemmen. Bereits bei der ersten Übung muss ich meine Gewichte reduzieren. Albert schaut mir missbilligend dabei zu, aber er spart sich einen Kommentar. Unter den Veteranen werde ich wohl als labil eingestuft. Denn normalerweise kennt Albert keine Gnade mit Leuten, die einen Trainingsrückstand haben, egal, was der Grund dafür gewesen ist. Es ist ja auch nicht so, dass es keine Fitnessgeräte in unserer Villa gegeben hätte. Erik und ich haben sie nur einfach ignoriert. Und ich bin froh darum. Jede Sekunde, die wir im Bett verbracht haben anstatt im Trainingsraum, gibt mir jetzt mehr Kraft, um weiterzumachen.

Zum ersten Mal sehe ich nun auch Sylvia mit einer Hantel im Genick. Ich hatte ganz vergessen, dass sie ebenfalls Geburtstag hatte und ihre Schonfrist damit abgelaufen ist. Auch bei den leichteren Übungen hat sie insgesamt nur vier oder fünf Kilo drauf, aber selbst das scheint sie unheimlich anzustrengen. Die ganze Stunde über ist ihr Gesicht knallrot. Manchmal hört sie sogar vorzeitig auf, was ihr derbe Maßregelungen von Albert einbringt.

»Du brauchst nicht zu denken, du hättest hier eine Sonderrolle!«, brüllt er sie einmal an. »Es ist für dich auch nicht anstrengender als für die anderen!«

Daraufhin beißt Sylvia die Zähne zusammen und macht weiter. Doch ihr ist schon am Blick anzusehen, dass sie nie einen Körper wie Tina bekommen wird. Muskelaufbau gehört weder zu ihren Stärken noch zu den Dingen, die sie für unentbehrlich hält. Unser Trainer hat möglicherweise in ihr sein künftiges Lieblingsopfer gefunden.

Nachdem wir fertig sind, treffen wir uns alle vor dem Studio. Ich bin wie immer die Letzte, die sich unter der Dusche hervorquält. Der Rest meiner Truppe hat sich etwas abseits der Glasfront zusammengefunden, wo wir von den normalen Gästen nicht direkt gesehen werden. Als ich dazukomme, lässt Nadja sofort Rafails Hand los, wahrscheinlich, weil sie befürchtet, der Anblick könnte mich zum Weinen bringen. Mir fällt auf, dass Tina, Joshua und Henry zusammenstehen. Auch zwischen ihnen hat sich in den letzten Wochen etwas geändert: Sie bilden jetzt ein Dreierteam und Henry sieht nicht mehr ganz so niedergeschlagen aus. Ich stelle mich neben Sylvia und Anastasia und höre zu, wie Jakob uns seinen Plan für die nächsten Wochen unterbreitet.

»Ich teile die Truppe in zwei Gruppen. Die eine befasst sich mit dem Grenzgang, die andere mit Erik. In erster Linie besteht diese zweite Gruppe aus einem Einzelkämpfer, nämlich Melek. Aber Sylvia, Finn und Mike stehen ihr zur Verfügung, wann immer sie Unterstützung braucht. Deshalb ändere ich vorübergehend die Rangfolge: Melek wird Leutnant und Mike Feldwebel. Der Rest schließt sich an. Das bedeutet, Henry ist vorerst kein Offizier mehr. Diese Rangfolge gilt so lange, bis Erik wieder bei uns ist. Danach ...«

Danach ist Henry schon allein deshalb wieder Offizier, weil eine von uns kein Talent mehr sein wird. Jeder von uns ahnt, was Jakob sagen wollte. Die meisten senken den Blick. Ein paar scharren mit den Füßen auf dem Boden herum.

»Danach stellen wir uns neu auf. Melek hat beschlossen, zunächst allein nach Levian zu suchen«, teilt Jakob den anderen mit. »Sie beginnt am Jungfernbrunnen, weil das der Ort ihrer letzten Verabredung ist. Wir können nur hoffen, dass Eriks Entführer sich bald zu erkennen gibt. Tut er es nicht, müssen wir uns etwas ausdenken, das ihn herauslockt.«

»Was sollte das sein?«, gibt Rafail zu bedenken. »Ich will mir nicht schon wieder eine Ohrfeige von dir einfangen, Melek. Aber mir ist nicht klar, was du dem Dschinn noch zu bieten hättest.«

Ich muss schlucken, denn genau das ist mein Problem bei der Sache. Alles, was ich Levian je hätte geben können, habe ich bereits verspielt. Wenn er noch Interesse daran hätte, mich zu verwandeln, hätte er mich auch gleich vom Flughafen aus mitnehmen können.

»Unterschätze Meleks Hartnäckigkeit nicht«, antwortet Jakob. Er scheint mehr an mich zu glauben als ich selbst. Rafail verzichtet zum Glück darauf, ihm zu sagen, dass er vielleicht nicht ganz objektiv ist, was die Einschätzung meiner Reize angeht. Ich versuche, mir Mut zu machen. Immerhin geht es bei der Sache ja um Levian. Und der war vor nicht allzu langer Zeit genauso subjektiv.

»Die Grenzgang-Truppe bereitet sich ab sofort auf die Jubiläumsfeier am Samstag vor. Wir wissen, dass es dort einen Anschlag auf Sylvia geben soll. Aber diesmal lassen wir sie nicht zu Hause. Sie wird mitkommen und den Köder spielen. Tina und Henry: Weicht nicht von ihrer Seite! Wir treffen uns ab morgen auf der Buchenauer Schutzhütte und inspizieren den Ort, wo es geschehen soll, ganz genau.«

»Wir sollten auch den Hohenfels noch einmal durchkämmen. Vielleicht finden wir heraus, was Nils dort gesehen hat«, schlägt Joshua vor. »Ich habe etwas Angst, dass den Menschen beim Grenzgang etwas passieren könnte.«

Das Argument ist nicht von der Hand zu weisen. Ich kann mir kaum vorstellen, dass Nils und sein Mörder zufällig genau am schwierigsten Abstieg der Grenze aufeinandergetroffen sind.

»Das ist ein guter Vorschlag«, sagt Jakob anerkennend. »Übermorgen gehen wir hin.«

»Lass mich erst Erkundigungen einziehen«, sagt Joshua. »Zurzeit sind viele Gesellschaften damit beschäftigt, die Grenze freizuschneiden. Sie sind oft im Wald, um Wege zu räumen und Gestrüpp abzusägen. Ich weiß nicht genau, wann der Hohenfels dran ist.«

»Dann finde es heraus«, sagt Jakob. »Wir sehen uns dann morgen in Buchenau.«

Damit ist die Besprechung erst mal beendet. Jakob lotst Sylvia, Anastasia und mich in sein Auto und fährt uns nach Dautphe. Unterwegs sind wir wieder schweigsam. Nur Anastasia hat gute Laune, weil sie zum ersten Mal nicht auf den Zug warten muss.

»Wann fängst du an?«, fragt Jakob, kurz bevor wir die Bundesstraße verlassen.

»Jetzt«, sage ich. »Fahr mich bitte in den Wald hinter Buchenau.«

»Soll ich dir Sylvia dalassen?«, fragt er.

Es würde Sinn machen, ein Orakel dabeizuhaben. Erstens kann sie die Dschinn erkennen und zweitens bewahrt mich das vor einer möglichen Begegnung mit meinem Vater. Er ist als Förster ständig irgendwo unterwegs. Es wäre eine Katastrophe, ihm jetzt über den Weg zu laufen, wo er doch annimmt, ich sei irgendwo in Amerika. Trotzdem wird Sylvias Anwesenheit Levian abschrecken.

»Nein. Ich versuche es allein«, sage ich.

Vor der Ortschaft biegt er in einen Feldweg ein und fährt ein Stück weit in den Wald hinein. Von hier aus gelange ich von der anderen Seite zur Quelle.

»Alles Gute, Melek«, flüstert Jakob, als ich aussteige. So wird es von nun an wohl immer sein: Wir wissen nie, wann wir uns zum letzten Mal in die Augen schauen.

»Du nach Hause finden?«, fragt Anastasia.

Ich lächle ihr zu. »Ja. Kann aber ein paar Stunden dauern. Mach so lange dein Puzzle fertig!«

Dann schlage ich die Tür zu und wende mich zum Gehen, damit die anderen nicht sehen, dass ich schon wieder schniefe. Wahrscheinlich habe ich Erik in den letzten Wochen einfach zu oft geküsst. Oder die Veteranen haben Recht und ich bin labil. Wahrscheinlich stimmt beides.

Ich schlage mich in den Wald hinein und gehe erst ein Stückchen bergauf. Nach zehn Minuten lande ich auf dem Trimm-dich-Pfad und schon kurz darauf taucht der Jungfernbrunnen vor mir auf. Ich setze mich an denselben Platz, wo ich damals mit Levian saß. Diesmal ist die Bank einigermaßen trocken. Immerhin ist schon Mai und die ersten warmen Sonnenstrahlen dringen durch die immer noch lichten Kronen der Laubbäume. Erik hätte trotzdem Plastiktüten zum Draufsetzen mitgenommen. In dieser Hinsicht gleichen wir uns wirklich nicht. Da bin ich so unbekümmert und gedankenlos wie Levian.

Ich sitze ewig da und höre dem Plätschern des Wassers in dem vermoosten Tretbecken zu. Der Ort ist genauso kurios wie zu Beginn des Frühlings: Eine seltsame Mischung aus Mystik und Biederkeit geht davon aus. Vielleicht liegt es daran, dass die Dschinn und die Menschen ihn gleichermaßen nutzen.

Während der ganzen Zeit, die ich an der Quelle verbringe, kommen dreimal Leute vorbei. Immer höre ich sie schon von weiter weg und gehe wieder ein Stück zum Weg zurück, damit ich unbemerkt ihre Gestalt studieren kann: Beim ersten Mal erkenne ich drei Kinder, die vor ihren Eltern herspringen. Da setze ich mich wieder hin, denn weder die Dschinn noch meine Eltern werden hier mit einer Horde Rotznasen aufkreuzen. Beim zweiten Mal ist es ein einsamer Wanderer. Der kommt mir verdächtig genug vor, um mich hinter dem Unterstand neben dem Brunnen zu verstecken und zu warten, bis er vorbei ist. Danach kommt wieder eine unverdächtige Person, denn es handelt sich um eine junge Joggerin. Sie läuft allerdings nicht vorbei, sondern geht direkt zum Brunnen und zieht eine kleine Plastikflasche aus ihrem Rucksack. Es ist ihr sichtbar peinlich, von mir dabei beobachtet zu werden, wie sie zweimal Wasser schöpft und wieder ausschüttet. Die dritte Ladung behält sie, schraubt die Flasche zu und steckt sie wieder ein.

»Na, auch Heilwasser gefällig?«, fragt sie mich, als sie fertig ist. »Siehst aus, als könntest du es brauchen ...«

Ich schüttele den Kopf.

»Ich mach das nur für meine Oma. Ist eh' total sinnlos!«, fügt sie hinzu.

»Warum kippst du es dann zweimal weg?«, frage ich.

Da grinst sie und läuft wieder auf den Weg zurück.

»Man kann nie wissen!«

Als es dunkel wird, gehe ich selbst zur Quelle und trinke Wasser. Levian hatte Recht, als er sagte, es sei das beste Wasser im ganzen Wald. Fast könnte ich mir einbilden, es würde mir etwas mehr Kraft verleihen. Aber wahrscheinlich bin ich einfach nur durstig. Ich überlege, ob ich mich auf den Rückweg zu Anastasia machen soll. Bis nach Dautphe brauche ich zu Fuß fast zwei Stunden. Aber es ist erst halb neun und in der Vergangenheit hat mein

Dschinn mich fast immer nachts aufgesucht. Also harre ich weiter aus. Mit Spaziergängern ist jetzt nicht mehr zu rechnen. Aber ich muss aufpassen, dass kein Jäger oder mein Vater vorbeikommt. Entsprechend nehme ich mir vor, wachsam zu bleiben. Trotzdem schlafe ich gegen halb elf mit dem Kopf auf der Tischplatte ein.

Als ich wieder aufwache, schlägt die Kirchturmuhr unten im Dorf gerade Mitternacht. Ich hieve mich hoch und drücke die Hände in meinen schmerzenden Rücken. Es dauert eine Weile, bis meine Augen sich wieder an die Dunkelheit ringsumher gewöhnen. Dann sehe ich im Schein des Mondlichts doch jede Menge Tiere: ein Igel schmatzt im Gebüsch hinter mir. Eine Maus huscht in ein Loch vor dem Unterstand. Auf einem Baum gegenüber sitzt ein Käuzchen und wendet seinen Kopf mal nach links, mal nach rechts. Keine dieser Tiergestalten würde Levian annehmen, wenn er beschlossen hätte, sich mir zu stellen. Ich stehe trotzdem auf und will mir das Käuzchen aus der Nähe anschauen. Aber schon, als ich ein paar Meter weit gegangen bin, fliegt es auf und schraubt sich in den Nachthimmel empor. Ich setze mich wieder hin.

So wie die Sache aussieht, macht es wohl Sinn, den langen, einsamen Nachhauseweg anzutreten. Immerhin ist es schon spät und Anastasia hat ihr Puzzle wahrscheinlich längst fertig. Vielleicht macht sie sich sogar Sorgen um mich. Doch gerade, als ich mich erneut hochhieven will, landet das Käuzchen plötzlich mitten auf dem Tisch vor mir. Ich fahre zusammen. Reflexartig will ich meine Pistole ziehen, doch dann besinne ich mich: Niemand hat mich angegriffen. Da sitzt einfach ein Tier vor mir, auch wenn es wahrscheinlich kein echtes ist. Es glotzt mich aus seinen riesigen Augen an und dreht seinen Kopf wieder hin und her, als würde es nach etwas Ausschau halten.

»Hallo«, flüstere ich. »Wer bist du?«

Der Waldkauz hat keine grünen Augen. Also kann es sich weder um Levian noch um seine Schwester handeln. Nun, da ich ihn aber genauer betrachte, sehe ich seinen viel zu langen Federschwanz. Damit sieht er ein bisschen aus wie eine Mischung aus Eule und Sperber. Ein lebensmüdes, missgestaltetes Tier wird es wohl kaum sein. Ich kann also davon ausgehen, dass es sich um einen Dschinn handelt. Wer auch immer dahintersteckt.

»Ich bin Melek«, sage ich. »Und ich muss dringend mit Levian reden. Kennst du ihn?«

Daraufhin nickt der Vogel.

»Kannst du ihn herbringen?«, frage ich.

Nun schüttelt er mühsam seinen großen Kopf.

»Dann vielleicht mich zu ihm führen?«

Wieder ein Nein. Der Dschinn beobachtet mich genau, fast als wolle er mich ergründen.

»Weißt du, wer ich bin?«, frage ich vorsichtig.

Er nickt. Dann dringt das unvermeidliche »Huhu« aus seinem Schnabel. Ich versuche gar nicht erst, ihn zu überreden, sich als Mensch zu zeigen. Wenn er mit mir reden wollte, würde er sich verwandeln. Aber anscheinend reicht es ihm vorerst, mich anzustarren.

»Es gibt ein paar Dinge, die Levian nicht weiß«, sage ich. »Ich würde sie ihm gern erzählen. Aber wenn er mir keine Gelegenheit dazu gibt, wird er sie nie erfahren. Und ich glaube, das wäre nicht gut.«

Falls ich geglaubt habe, mein Palaver könnte die Meinung des Dschinn ändern, habe ich mich getäuscht. Er hat wohl fürs Erste genug von mir gesehen. Etwas umständlich schleift er seinen langen Federbusch über den Tisch und geht auf der Kante in Abflugposition. Dann breitet er seine Flügel aus, ohne mich noch eines Blickes zu würdigen.

»Ich sitze morgen wieder hier!«, schreie ich ihm hinterher, als er sich in die Lüfte schwingt.

Eine Sekunde später bin ich allein. Ich glaube nicht, dass in dieser Nacht noch etwas geschehen wird. Also raffe ich mich endgültig dazu auf, nach Hause zu gehen. Nach Hause, zu Anastasia. Es wird nie mein Zuhause sein. Aber ein besserer Platz, als ich ihn in meiner momentanen Situation erhoffen könnte. Niedergeschlagen schlurfe ich durch den Wald zurück in Richtung Bundesstraße. Dabei denke ich so intensiv an Erik, dass ich glaube, er müsste meine Sehnsucht irgendwie bemerken. Wo immer er jetzt ist. Und wie auch immer es ihm dabei ergeht. Ich habe noch nicht einmal die Lahnbrücke bei Friedensdorf überquert, da heule ich schon wieder.

Anastasia ist noch wach, als ich kurz vor zwei Uhr ihre Wohnungstür aufsperre. Sie sitzt in einer rosa Jogginghose auf ihrem Bett und blättert in dem Pippi-Langstrumpf-Buch herum, das sie verkehrt herum hält. Das Puzzle auf dem Tisch ist um keinen Deut fertiger geworden.

»Oh, Melek«, sagte sie. »Ich Angst gehabt!«

Dann steht sie auf und drückt mich gegen ihren massigen Körper. Ich lasse es mir gefallen.

»Kein Dschinn?«, fragt sie.

»Doch. Aber es war nicht Levian«, murmele ich. »Er hatte die Gestalt eines Vogels und hat mich nur beobachtet.«

Anastasias Augen hellen sich auf.

»Dann Spion von Levian«, sagt sie. »Er morgen kommen und zuhören!«

Gleichzeitig wird ihr wohl bewusst, was geschehen würde, wenn sie Recht behält. Ihr Blick wird etwas fahrig. Das alles ist viel zu kompliziert für sie. Ich frage mich, wie Jakob ihr wohl das Verhältnis zwischen meinem Dschinn und mir erklärt hat. Ob er ihr gesagt hat, dass meine Seele ihm so verbunden ist, dass der Weg in seine Welt für mich nicht unvorstellbar war? Hat er mich dabei wohl als durchgeknalltes Talent oder als fühlenden Menschen beschrieben? Und wie um alles in der Welt kann Anastasia überhaupt Mitleid mit mir empfinden? Das alles muss für sie doch einfach nur verkorkst klingen.

»Ja«, sage ich. »Vielleicht morgen. Lass uns schlafen gehen!«

***

Das Treffen auf der Buchenauer Schutzhütte geht völlig an mir vorbei. Ich habe ständig Panik. Die ganze Zeit über ist mir bewusst, dass meine Eltern sich keine hundert Meter von mir entfernt befinden. Nicht einmal die Anwesenheit unserer beiden Orakel kann mich beruhigen, obwohl Sylvia mir alle paar Minuten versichert, mir sofort Bescheid zu geben, wenn mein Vater oder meine Mutter zu uns heraufkommen würden. Ich verkrampfe mich, allein auf Grund der Vorstellung. Noch viel verwirrender ist das Gefühl, dass ich mir nichts sehnlicher wünsche, als genau diesen Anblick: meinen Vater, der plötzlich im Aufgang zwischen den breiten Fichten erscheint und mich

anschreit, ich solle sofort auf mein Zimmer gehen und mich meinem Hausarrest fügen.

Wir finden schnell die Stelle, wo das Attentat auf Sylvia stattfinden wird.
Der Wald hinter der Hütte und dem Würstchenstand ist bereits von zahlreichen Kinderfüßen niedergetrampelt. Allerdings bringt uns das nicht viel
weiter. Weder wissen wir, wie die Dschinn vorhaben, Sylvia in diesem Tumult
zu beseitigen, noch haben wir eine Ahnung, was passieren wird, wenn sie
nicht auf den Lockvogel hereinfällt. Immerhin haben wir außer Levians erster Warnung keine weiteren Informationen erhalten. Also beschränken wir
uns darauf, den Platz genau zu inspizieren und uns alle Einzelheiten zu merken. Das wird nur nicht viel bringen.

Joshua hat ebenfalls eine schlechte Nachricht für uns: In den folgenden
drei Tagen ist eine Gesellschaft damit beschäftigt, die Grenze rund um den
Hohenfels freizuschneiden. Das bedeutet, dass wir erst am Samstag wieder
Gelegenheit haben, das Gelände nach Hinweisen abzusuchen. Wahrscheinlich wird diese Aktion genauso erfolglos verlaufen wie unsere Bemühungen,
einen zuverlässigen Schutz für Sylvia aufzubauen.

Als wir fertig sind, brechen Joshua und Tina zu ihrem Lauf entlang der
Grenze auf. Schon bald hört man die Peitsche knallen und ich kann nicht
mehr unterscheiden, wer von den beiden sie schwingt. Bisher gibt es kaum
ein Thema, in dem Tina nicht überzeugend ist. Es ist völlig egal, ob man ihr
kiloschwere Hanteln ins Genick wuchtet, sie als Liebestöter losschickt, mit
den Psychotricks der Dschinn konfrontiert oder ihr eine Peitsche in die Hand
drückt: Alles klappt bei ihr wie am Schnürchen. Ich bin ein bisschen neidisch
auf ihre vielfältigen Begabungen. Auch wenn ich glaube, dass diese Wettläu-
fer-Sache ihr noch einmal zum Verhängnis werden wird. Immer wenn sie
mit Joshua unterwegs ist, verkriecht Henry sich in seiner Unnahbarkeit. Aber
dasselbe passiert auch andersherum: In manchen Momenten, wenn sie und
Henry sich über die Vergangenheit unterhalten, klinkt Joshua sich aus und
betrachtet sie mit einem Blick, der ein wenig an Schwermut erinnert. In
gewisser Weise bin ich ganz froh darüber, dass ich nicht die Einzige bin,
deren Gefühle in letzter Zeit Purzelbäume geschlagen haben. Denn ich weiß

genau, was unsere Wettläuferin davon abhält, einem ihrer beiden Schatten näherzukommen: Es ist immer noch Jakob.

Als wir fertig sind, fährt Jakob mich, wie am Tag zuvor, in den Wald. Wieder sagt er: »Alles Gute, Melek!«, und wieder schlage ich die Tür des Land Rovers zu, damit er meine Orientierungslosigkeit nicht sieht.

Dann sitze ich erneut stundenlang am Jungfernbrunnen, sehe Spaziergängern und lärmenden Familien zu, die an mir vorbeimarschieren. Gegen sieben Uhr kommt wieder die Joggerin von gestern und füllt eine weitere Flasche Wasser, nachdem sie zwei Ladungen davon weggeschüttet hat. Als sie die Plastikflasche in ihrem winzigen Rucksack verstaut hat, geht sie nicht gleich wieder zum Weg, sondern nimmt den Umweg an meinem Tisch vorbei in Kauf.

»Du sitzt ja schon wieder hier!«, stellt sie fest.

»Ja«, sage ich ausweichend. »Hab sonst nicht viel zu tun.«

»Meine Oma ist der Meinung, das Wasser würde was bringen«, sagt sie. »Glaube versetzt Berge, oder?«

Ich ringe mir ein halbherziges Schmunzeln ab.

»Bist du sicher, dass du nichts davon abhaben willst?«, fragt sie stirnrunzelnd. »Ist garantiert auch gut gegen Depressionen ... obwohl die Osternacht schon vorbei ist!«

Ich schüttele den Kopf. »Die Osternacht ist egal. Das Ausschütten auch. Willst du wissen, was wirklich hinter der Legende steckt?«

Da hellt sich der Gesichtsausdruck des Mädchens plötzlich auf. Sie setzt sich neben mich und streckt die Beine unter den Tisch.

»Da bin ich aber mal gespannt«, sagt sie mit einer Spur von Spott in der Stimme.

Also erzähle ich ihr die Geschichte von Ketlin und Jasiri. Natürlich erwähne ich mit keinem Wort, dass es sich dabei um Faune oder Dschinn handelt. Stattdessen behaupte ich einfach, es wären Waldgeister gewesen. Als ich fertig bin, zieht sie eine Augenbraue hoch und sieht mich leicht irritiert an.

»Klingt, als würdest du das glauben«, stellt sie fest.

»Ja«, murmele ich. »Ich denke, so war es.«

»Hast du dir das selbst ausgedacht?«

»Nein. Ein Freund von mir.«

»So, so ...«, sagt sie schmunzelnd. »Ein Freund!«

Nun betrachte ich sie etwas genauer. Sie hat eine fast jungenhafte Figur und ihre kurzen dunklen Haare sind aufwendig gestylt. Die Joggingklamotten betonen ihre schmalen Hüften. Wenn Jakob jemanden von uns gegen sie als Liebestöter einsetzen müsste, würde er Tina schicken. Irgendwie kommt mir diese Begegnung seltsam vor.

»Und?«, fragt sie etwas keck. »Glaubst du auch, dass so etwas funktionieren kann? Ein Mensch und ein ... Waldgeist?«

»Wer weiß«, sage ich. »Wenn sie zusammenpassen.«

Sie lässt ihre Fingernägel spielerisch auf der Tischplatte auf- und abtanzen.

»Ich glaube ...«, sagt sie dann, »... Menschen und Waldgeister sind nicht füreinander bestimmt. Oder sieht dein Freund das etwa anders?«

Ich sitze hier keiner zufälligen Begegnung gegenüber, das ist mir spätestens jetzt klar. Ich weiß nicht, was ich darauf antworten soll. Stattdessen strecke ich ihr meine linke Hand entgegen und wechsle das Thema, falls sie entgegen meiner Annahme doch einfach eine Joggerin sein sollte.

»Sieh mal!«, sage ich. »Das habe ich mir neulich tätowieren lassen. Wie findest du's?«

Daraufhin wendet das Mädchen den Kopf ab. Aus dem Augenwinkel schaut sie nach, ob ich meine Attacke bleiben lasse oder nicht.

»Nimm's weg, Melek!«, sagt sie. »So erfährst du gar nichts von mir!«

Ich lasse meine Hand mit dem Bannzeichen wieder sinken.

»Wer bist du?«

Da macht sie ihre Augen ganz groß und bewegt mühsam ihren Kopf hin und her.

»Ein komischer Kauz!«, raunt sie.

Ich weiß, wer sie ist. Seltsamerweise habe ich mehr Nächte damit verbracht, über sie nachzudenken, als sie ahnt.

»Nayo«, murmele ich.

»Bingo.«

Levians beste Freundin hat also beschlossen, sich von einer Diebin in eine Spionin zu verwandeln. Und sie ist hierhergekommen, um herauszufinden, ob es sich lohnt, meine Bitten anzuhören. Ich hoffe, dass ich sie nicht enttäusche.

»Ich muss mit ihm reden!«, sage ich.

»Das geht nicht«, antwortet sie etwas kühl.

»Nayo, ich … es war genau so, wie Mahdi es ihm erzählt hat. Aber doch anders. Bitte! Das kann ich ihm nur persönlich erklären!«

»Ich werde es ihm ausrichten.«

Nun steht sie auf, was ich absolut vermeiden wollte. Doch bevor sie sich zum Gehen wendet, fasst sie mich kurz an der Hand an.

»Eine Botschaft für dein kleines Orakel«, sagt sie. »Mach's gut, Melek!«

Ich springe auf. Um nichts in der Welt will ich sie im Wald verschwinden sehen, ohne wenigstens die Gewissheit zu haben, dass Erik noch lebt.

»Nayo«, rufe ich ihr hinterher, während sie grazil zum Weg hinaufspringt. »Bitte sag mir, wie es Erik geht!«

Sie bleibt stehen und sieht mich nachdenklich an.

»Es geht ihm gut«, sagt sie dann. »Er ist einsam und es ist dunkel. Aber ich habe ihm Licht besorgt und jede Menge Bücher, die er lesen kann. Das scheint ihm erst mal zu reichen.«

Ich möchte so sehr aufatmen, dass meine Lunge kollabiert. Erik ist also nicht nur am Leben, sondern wird auch mit allem versorgt, was er zum Existieren braucht. Zum ersten Mal bin ich richtig froh, dass Levian eine beste Freundin hat. Denn weder er noch irgendein dämonischer Kumpel hätten daran gedacht, Eriks Gefängnis mit Büchern auszustatten. Einen Moment lang bleibt Nayo noch stehen und wittert in alle Richtungen. Dann verwandelt sie sich in das Käuzchen von gestern Nacht und fliegt davon. Die Plastikflasche mit dem Quellwasser hat sie auf dem Tisch stehen lassen. Ich öffne sie und trinke den Inhalt bis auf den letzten Schluck aus. Als ich mich später auf den Heimweg mache, glaube ich beinahe, es könnte doch was dran sein an der Sache mit der Heilquelle.

***

»Oh Mann!«

Sylvia lässt meine Hand los und lehnt sich auf ihrem Stuhl zurück. Sie sieht nicht sonderlich beruhigt aus, nachdem sie Nayos Trojaner am nächsten Nachmittag gelesen hat. Jakob und ich schauen sie erwartungsvoll an.

»Und?«, frage ich schließlich. »Was hatte Levian zu sagen?«

»Nicht sehr viel«, antwortet sie. »Die Nachricht war denkbar kurz. Sie lautete: ›Bleib daheim!‹«

Das ist genau das Gegenteil von dem, was wir eigentlich vorhatten. Nach der Misere vom Teichfest, die Lennart das Leben gekostet hat, wissen wir ohnehin, dass Sylvia an solchen Abenden nirgendwo sicher ist. Darum hat Jakob auch entschieden, sie diesmal mitzunehmen. Zusammen können wir wahrscheinlich selbst während des Festes besser auf sie aufpassen als zu Hause in ihrem Kinderzimmer.

Karl hat sich heute auf der Arbeit krankgemeldet. Eigentlich geht es die Veteranen nichts an, wenn wir über unsere nächsten Einsätze reden. Aber ich kann verstehen, dass er sich nun einmischt, denn es ist das Leben seiner Tochter, das auf dem Spiel steht. Er konnte lange genug nicht daran teilhaben.

»Können wir ihm trauen?«, fragt er mich.

»Wem, Levian? Ich weiß es nicht«, gebe ich zu.

Karl kneift die Augen zusammen und lässt ein tiefes Seufzen hören.

»Aus welchem Grund sollte er sie retten wollen?«, fragt er dann.

»Früher hat er es getan, um Melek nicht zu verletzen«, klärt ihn Sylvia auf. »Er war der Meinung, sie würde zu sehr leiden, wenn sie mich verliert. Und das hätte seinen Absichten geschadet.«

Da stößt Karl ein geringschätziges Brummen aus. Natürlich passt es ihm ganz und gar nicht, dass das der einzige Grund gewesen ist. Ich an seiner Stelle würde genauso empfinden. Warum Sylvia mit dieser Gewissheit so gut leben kann, weiß ich auch nicht.

»Das heißt, es gibt zwei Möglichkeiten«, fasst Jakob zusammen. »Entweder Levian hat sich wieder ganz auf die Seite seiner Artgenossen geschlagen und versucht, uns reinzulegen. Oder er empfindet doch noch was für Melek.« Dabei sieht er mich an. »Hältst du das für möglich?«

Ich habe keine Ahnung. Schon so oft habe ich gedacht, ich würde wissen, was Levian fühlt. Aber in vielen Fällen lag ich auch völlig daneben. Wenn er tatsächlich noch Gefühle für mich hätte, dann würde er sich mir doch zeigen und nicht stattdessen Nayo schicken. Außerdem hat er im Moment wahrscheinlich ein schlechtes Gewissen gegenüber den anderen Dschinn: Wegen des zerstörerischen Schwurs, den er mir geleistet hat, hat er nun unseren Heiler an der Backe, den er weder direkt noch indirekt töten kann. Unter diesen Umständen glaube ich kaum, dass er weiterhin versucht, Sylvia zu schützen. Also schüttele ich den Kopf.

»Ich würde es nicht riskieren«, sage ich.

»Da denke ich genauso«, pflichtet Karl mir bei.

Also beschließen wir, Sylvia am Samstag doch mitzunehmen. Ich habe kein gutes Gefühl bei der Sache. Aber die Vorstellung, dass sie wieder zu Hause sitzen und angegriffen werden könnte, gefällt mir noch weniger.

»Was auch immer geschieht«, ermahnt Jakob sie. »Verlass auf keinen Fall das Fest! Setze keinen Fuß in den Wald! Dann kann dir nichts passieren.«

Nach dem Gespräch fahren wir wieder auf die Schutzhütte in Friedensdorf, wo wir ungestört unsere Waffenübungen machen können. Jakob geht davon aus, dass wir am Samstag einige Dschinn im Wald stellen können, daher üben die Nahkämpfer so lange mit ihren Schwertern, bis sie klatschnass vor Schweiß sind. Ich beobachte Anastasia und wundere mich darüber, wie sehr sie sich im letzten Monat verbessert hat. Sie ist immer noch langsam, aber ihre Hiebe sind gezielt und unglaublich stark. Jakob hat tatsächlich Probleme damit, sie sich vom Hals zu halten.

Eine Weile mache ich mit Sylvia Schießübungen. Sie ist nicht unbegabt, aber ihr fehlt die Erfahrung, um die Zielscheibe auch auf weitere Entfernungen zu treffen. Schon wieder habe ich das Gefühl, dass die Zeit uns davonläuft.

»Hattest du keine Vision vom Samstag?«, frage ich sie.

»Bisher nicht. Aber es sind ja noch ein paar Tage bis dahin.«

»Ich bin mir einfach nicht sicher ...«, murmele ich.

»Was? Ob wir Levian doch trauen sollten?«

Ich nicke. Dabei denke ich an die Nacht des Teichfests. Auch damals hatte ich Levian verraten. Trotzdem hat er mich während des Kampfes auf einen Angreifer aufmerksam gemacht und hinterher versucht, mich zu kidnappen. Vielleicht hätten wir uns seine Warnung mehr zu Herzen nehmen sollen.

»Womöglich kriegst du ja vorher noch irgendwas raus«, hofft Sylvia.

»Ja, oder du«, sage ich.

Dann mache ich mich wieder auf den Weg zum Jungfernbrunnen. Ich sitze die ganze Nacht da und warte vergeblich auf Nayo. Weder die Joggerin noch der Waldkauz tauchen auf. Um zwei Uhr nachts mache ich mich deprimiert auf den Nachhauseweg. Es sieht ganz so aus, als hätte Levian meinen Antrag auf ein persönliches Gespräch abgelehnt.

Ein Mensch zu sein hat gewisse Vorteile

Auch in den nächsten Tagen habe ich nicht mehr Erfolg. Nayo bleibt verschwunden. Ich verbringe meine Zeit damit, im Wald umherzustreifen und Steinbrüche auseinanderzunehmen. Dabei weiß ich genau, dass Levian Erik niemals an einem leicht auffindbaren Ort verstecken würde. Dafür kennt er den Wald mit all seinen geheimen Höhlen und Untergrundbehausungen viel zu gut. Wahrscheinlich ist er nicht einmal in unserer Nähe.

In den wenigen Stunden, die ich mit Anastasia in ihrer Wohnung verbringe, lese ich ihr fast immer vor. Am Freitag sind wir mit Pippi Langstrumpf fertig. Sie geht zur Bibliothek und holt das nächste Kinderbuch: »Die Schatzinsel«. Ich bin ganz froh darüber, dass ich meiner Gastgeberin etwas Gutes tun kann. Außerdem lenkt mich dieses Ritual von den ständigen Gedanken an Erik ab. Er ist zwar am Leben, aber ich bin doch sicher, dass es ihm nicht gut geht. Nayo kann ihm noch so viele Bücher bringen – sie werden ihm niemals seine Freiheit ersetzen.

Am Freitagnachmittag machen wir eine beunruhigende Entdeckung. Aus reiner Routine bittet Jakob Finn, vor der Jubiläumsfeier einmal Joshua mit seinem Talent zu konfrontieren. Ähnlich hat er es im letzten Jahr auch bei Erik und mir gemacht. Doch als Finn den Kontakt zu Joshuas Gehirn sucht, um ihm eine kurze Nachricht zu senden, geschieht gar nichts. Der Wettläufer steht nur da und schaut ihn irritiert an.

»Passiert noch was?«, fragt er schließlich.

Wir können es nicht fassen. Finn selbst am allerwenigsten.

»Moment!«, sagt er und schließt die Augen. Mit angestrengten Gesichtszügen konzentriert er sich voll auf sein Gegenüber und sucht mit aller Gewalt Zugang zu Joshuas Kopf.

»Das gibt's nicht!«, jammert er. »Ich komme einfach nicht an dich ran!«

»Machst du Small-Think?«, frage ich Joshua.

Seine Antwort klärt meine Frage voll und ganz: »Was ist Small-Think?«

Daraufhin kriegt Finn es mit der Angst zu tun und zapft erst mal ein paar andere Talente an. Aber es liegt definitiv nicht an seiner Telepathie, sondern an Joshua, denn bei allen anderen hat er Erfolg.

»Ich verstehe das einfach nicht!«, klagt Finn. »Das ist mir noch nie passiert!«

Jakob legt ihm beruhigend die Hand auf die Schulter.

»Was ist hier los?« fragt er die Orakel. »Könnt ihr euch das erklären?«

Kadim und Sylvia schütteln beide mit dem Kopf. Jeder von ihnen hat es bereits geschafft, Informationen aus Joshua herauszubekommen. Die seltsame Sperre in seinem Gehirn scheint nur die Telepathie zu betreffen. Aber dann schiebt Mike sich nach vorn und liefert die unfassbare Erklärung für das Phänomen.

»Es könnte an deinem Vater liegen«, vermutet er.

»An meinem Vater? Wieso denn an meinem Vater?«, fragt Joshua verdutzt.

»Die afrikanischen Talente kommunizieren nicht über Telepathie«, sagt Mike. »Sie mussten seit jeher weitere Strecken überbrücken als die paar hundert Meter, die wir in Europa benötigen. Darum hat die Evolution ihren Kommunikatoren eine andere Fähigkeit verliehen: Sie benutzen Tiere, um ihre Botschaften weiterzugeben, meistens kleine Vögel oder Insekten. Ich denke, du hast einfach die falschen Erbanlagen für unsere Breitengrade.«

Nun zahlt es sich aus, dass unser Erzengel schon so viel auf der Welt herumgekommen ist.

Joshua zieht pikiert eine Augenbraue nach oben.

»Aber mein Vater ist weder ein Talent noch Afrikaner«, sagt er. »Er kommt aus Amerika.«

»Mag sein. Aber irgendeiner seiner Vorfahren stammt gewiss aus Afrika – und die Veranlagung zum Talent hat jeder Mensch.«

Niemand von uns hat Zweifel an dem, was Mike sagt. Ein Stöhnen geht durch die Runde. Warum um alles in der Welt werden wir eigentlich derart mit Problemen zugebombt? Hat das Schicksal immer noch nicht genug davon, uns zu schikanieren?

»Was ist mit seiner Mutter?«, fragt Jakob schließlich. »Ein paar europäische Gene wird er doch haben. Lässt sich das nicht herauskitzeln?«

»Versuch es!«, sagt Mike zu Sylvia. »Wenn du ihn reinigst, könnte es vielleicht funktionieren.«

Also setzt Joshua sich auf einen Findling am Eingang der Schutzhütte und Sylvia legt ihm die Hände auf den Kopf. Ich habe bisher noch nie erlebt, dass sie jemanden gereinigt hat, denn normalerweise überlässt sie das ihrer Mutter. Mir war nicht einmal bewusst, dass sie selbst diese Fähigkeit überhaupt hat. Aber warum auch nicht? Ihr aktives Talent ist mit Sicherheit viel stärker als das von Sarah, die längst eine Veteranin ist. Als sie fertig ist, stößt Joshua ein tiefes Brummen aus, das mich zum Schmunzeln bringt.

»Oh, war das gut!«, seufzt er. »Das machst du bald noch mal, Kleine, okay?«

Dann stellt er sich erneut neben Finn und fordert ihn auf, es erneut zu probieren.

Finn klopft wieder an und diesmal habe ich den Eindruck, dass er mehr Erfolg hat, auch wenn sein Gesichtsausdruck dabei enorm angespannt ist. Dass ich damit richtigliege, bekommen wir ein paar Sekunden später alle unüberhörbar mit.

»Was?«, schreit Joshua, die Hände auf den Ohren. »Geht das nicht lauter?«

Finn kneift die Augen zusammen und bohrt weiter. Dabei ballt er die Hände zu Fäusten. Es dauert eine Ewigkeit, bis unser Wettläufer versteht, welchen Satz er wiederholen soll.

»Die spinnen, die Römer!«, brüllt er. »Stimmt das?«

Finn nickt. Offensichtlich hat er gerade all seine Kraft verbraucht, um zu Joshuas Gedanken durchzudringen. Erschöpft lehnt er sich gegen einen Baumstamm.

»Das geht auf dem Grenzgang auf keinen Fall!«, sagt er. »Nicht öfter als zwei- oder dreimal am Tag!«

Da erst wird uns bewusst, dass wir ein echtes Problem haben. Während des Festes wird Joshua als Einziger von uns eine Doppelrolle spielen. Wenn wir dann keine Möglichkeit haben, ihm jederzeit Informationen mitzuteilen, können wir nicht reibungslos zusammenarbeiten. Ich weiß nicht, ob Jakob dieses Risiko eingehen wird.

»Oh nein«, flüstert Joshua, als ihm ebenfalls klar wird, was das für ihn bedeutet. Dann schaut er beinahe flehend seinen Anführer an. »Bitte tu mir das nicht an, Jakob!«

Unauffällig taucht nun auch Tina an seiner Seite auf und berührt ihn am Arm, aber er merkt es nicht.

Jakob denkt lange nach. Dann trifft er eine Entscheidung.

»Hätte ich das früher gewusst, hätte ich darauf bestanden, dass du dein Amt niederlegst«, sagt er. »Aber dann könnten wir dich auf dem Grenzgang gar nicht mehr einsetzen. So haben wir wenigstens noch die Möglichkeit, dich zwischendurch zu reinigen. Und wenn es nicht funktioniert, müssen wir dich eben persönlich kontaktieren. Eine andere Lösung gibt es nicht.«

Ein heftiges Aufatmen geht durch Joshuas riesigen Körper. Er tauscht einen Blick mit Tina, die ihm erleichtert zulächelt. In Momenten wie diesem bin ich gar nicht mehr so sicher, ob unsere Truppe wirklich so gut ist, wie Jakob glaubt. Im Grunde schleppt fast jeder von uns irgendeine Unfähigkeit mit sich herum: Die einen verstehen keine Telepathie, die anderen können kein Small-Think, wieder andere verlieren ihr Talent, sind komplett unbrauchbar als Liebestöter oder verstricken sich in ihren eigenen zweideutigen Visionen. Tina ist wirklich die Einzige, von der ich bisher noch keinen Totalausfall mitbekommen habe. Aber wenn ich sie und Joshua gerade so ansehe, glaube ich, dass auch das nicht mehr lange auf sich warten lässt.

***

An diesem Abend habe ich Glück: Ich habe mich kaum an meinem Platz neben dem Tretbecken niedergelassen, da landet bereits der Waldkauz auf dem Tisch vor mir. Wahrscheinlich hat er schon eine Weile oben in den Bäumen gehockt und auf mich gewartet. Nayo verwandelt sich an Ort und Stelle und bleibt einfach auf der Tischplatte sitzen. Heute trägt sie keine Joggingklamotten, sondern ein hippes Outfit im Streetwear-Style. Die Haare sind frisch frisiert und ihre riesigen Augen mit dem langen Wimpernkranz kohlschwarz geschminkt. Sie sieht trotzdem nicht gut aus, finde ich, soweit man das von einer Dschinniya behaupten kann. Wenn ich es nicht besser wüsste, würde ich sagen, sie hat zu wenig geschlafen. Um ihre Mundwinkel spielt ein erschöpfter Zug.

»Was ist los?«, frage ich. »Lange kein Heilwasser mehr getrunken?«

»Du hast ja keine Ahnung«, murmelt sie.

Ich lehne mich zurück und verschränke die Arme vor der Brust.

»Ist es so aufwendig, Erik in seinem Gefängnis zu halten? Ich weiß eine Lösung für euer Problem, Nayo: Lasst ihn frei!«

Innerhalb eines Sekundenbruchteils springt sie vom Tisch herunter und setzt sich auf mich drauf. Dabei drückt sie meine Arme gegen die verwitterte Lehne der Bank. Ihre Mandelaugen funkeln mich zornig an.

»Erik, ja?«, zischt sie. »Es ist immer nur Erik, an den du denkst!«

Ich wehre mich nicht, weil es ohnehin keinen Sinn macht. Ich glaube, je wütender die Dschinn sind, desto stärker sind sie auch. Aber Nayo lässt mir wenigstens Luft zum Atmen, was bisher keiner ihrer Artgenossen geschafft hat.

»An wen denn sonst?«, schluchze ich.

»Wie wäre es zur Ausnahme mal mit Levian? Dein angeblicher Freund, der dir so tolle Geschichten aus unserer Welt erzählt hat? Verschwendest du auch nur einen Gedanken daran, wie es ihm wohl geht?«

»Levian hat ja nicht mal Interesse daran, mit mir zu sprechen!«, heule ich.

Mit einem Stoß an den Oberarm lässt sie sich kraftlos neben mich auf die Bank fallen. Aus dem Augenwinkel sehe ich, dass sie die Hände vors Gesicht schlägt und sich zwingt, ruhiger zu atmen. Ich rutsche ein Stückchen von ihr weg, auch wenn mir das im Zweifelsfall nichts bringen wird. Es dauert eine Weile, bis Nayo sich beruhigt hat.

»Er kann nicht mir dir sprechen, denn er ist selbst ein Gefangener«, sagt sie dann.

»Was?«

Ich bin etwas überrumpelt von ihrem Geständnis. Das erklärt zwar, warum ich nichts von ihm höre, aber es wirft auch jede Menge weiterer Fragen auf. An dem Tag, als er Erik gekidnappt hat, war Levian definitiv noch auf freiem Fuß. Wer sollte ihn seither gefangen genommen haben? Mahdi war es garantiert nicht. Davon wüssten wir.

»Unser oberstes Orakel, Thanos, hatte eine Vision von ihm«, erzählt Nayo. »Er sagte voraus, dass Levian ein schreckliches Unglück über uns bringen würde, wenn niemand ihn stoppt. Also hat er ihn eingesperrt und verhört. Aber Levian konnte ihm nichts von Erik erzählen, weil er durch deinen Schwur gebunden ist! Seither mache ich nichts anderes, als zwischen den beiden hin- und herzufliegen und zu sehen, was ich für sie tun kann. Und glaub mir eins, Melek, Erik ist in einem viel besseren Zustand als Levian!«

Zum ersten Mal, seit ich ihre Spezies kenne, sehe ich eine Dschinniya weinen. Ihre Gesichtszüge sehen dabei genauso aus wie bei einem Menschen. Aber es kommt keine einzige Träne aus ihren Augen. Nun weiß ich auch, warum Levian Nayo als Freundin hat: Sie ist genauso emotional wie er. Ein eher peinlicher Makel unter ihresgleichen, wie ich vermute. Die Natur hat ihn anscheinend nicht einkalkuliert, sonst hätte sie ihr auch ein paar Tränen mitgegeben. Nayo muss völlig ausgepowert sein. Wahrscheinlich muss sie nebenbei ebenfalls ein oder zwei Menschen am Tag aussaugen. Nicht zu vergessen ihr Job als Diebin, der ihr garantiert auch jede Menge Zeit abverlangt. Da ist es nicht verwunderlich, dass sie müde aussieht. Ich hoffe, sie bleibt trotzdem eine gewissenhafte Gefängniswächterin. Denn wenn nicht, wird Erik über kurz oder lang verdursten. Bei dem Gedanken frisst sich die Furcht wie Säure durch meinen Körper. Ich zwinge mich dazu, an etwas anderes zu denken.

»Was ist mit Levian?«, frage ich. »Foltern sie ihn?«

Sie zeigt ein kaum wahrnehmbares Nicken.

»Nicht so, wie du das kennst. Sie verweigern ihm einfach den Input. Das geht jetzt seit fünf Tagen so. Und er war doch erst neulich eine Woche auf Entzug, wegen dir! Du kannst dir nicht vorstellen, wie schlimm es ihm geht!«

Doch. Nach Sylvias Erzählung kann ich es mir vorstellen. In Gedanken sehe ich Levian vor mir, dessen Augen vor Wahnsinn ganz grau sind. Ich habe oft genug davon gehört, wie es drogensüchtigen Menschen ergeht, wenn sie keinen Stoff bekommen. Mit dem Unterschied, dass Levians Entzug nie vorbeigehen wird. Das habe ich nicht gewollt! Wenn ich an meinen Dschinn denke, dann sehe ich ihn immer als den feurigen Hengst vor mir, als den atemberaubend schönen Mann mit der Bronzestimme, als riesigen zähnefletschenden Wolf. Und nun hat mein zerstörerischer Schwur ihn in eine Lage gebracht, die nichts mehr mit alldem zu tun hat.

»Er wird irgendwann einfach zu Staub zerfallen«, flüstert Nayo.

»Aber er hat mir doch selbst gesagt, dass es schon Faune gab, die enthaltsam lebten«, versuche ich, ihr Mut zu machen.

»Levian ist kein Asket!«, antwortet sie. »Du müsstest ihn langsam gut genug kennen, Melek! Länger als ein paar Wochen überlebt er das nicht!«

Ich erschaudere bei dieser Vorstellung. Wieder regt sich etwas in meinem Herzen, das ich nicht wahrhaben will: Meine Seele schreit aus tiefster Verzweiflung: Nein! Ich weiß mittlerweile, wie es sich anfühlt, von meinem Anführer weggerissen zu werden. Ich weiß auch, was mit mir passiert, wenn ich von Erik getrennt werde. Wie sehr würde es wohl schmerzen, wenn mein Seelenzwilling zu Staub zerfällt?

»Das darf auf keinen Fall passieren«, sage ich. Dabei denke ich nicht an die Schmerzen, die ich erleiden könnte.

Nayo sieht mich an und in ihren Augen liegt eine winzige Spur von Hoffnung.

»Was hast du vor?«, fragt sie. »Es gibt keine andere Lösung, als ihnen Erik auszuliefern … Aber das wirst du nicht tun.«

Da fällt mir plötzlich etwas auf.

»Warum tust du es eigentlich nicht?«

»Weil Levian mich schon damals in euer Geheimnis eingeweiht hat. Ich habe ihm noch am selben Abend den gleichen Schwur geleistet wie Leviata.«

Leviata! Ich will gar nicht wissen, wie sie zu der ganzen Sache steht. Es kann nur einen Grund geben, warum ich überhaupt noch am Leben bin, obwohl ich den ganzen Tag wie Freiwild durch den Wald streife: Auch in ihr keimt die Hoffnung, dass ich die Sache irgendwie lösen könnte.

Ich bin mir noch nicht ganz schlüssig darüber, was ich zu tun habe. Bisher ist es nur eine Idee. Und um sie zu Ende zu bringen, brauche ich den einzigen Menschen, der Ausreden erfinden kann, die jeder glaubt.

»Keiner von euch ist dazu in der Lage, Thanos anzulügen, hab ich Recht?«, frage ich.

Nayo nickt. Da fasse ich einen Entschluss. Ich lehne mich wieder zurück und starre eine Weile auf das plätschernde Wasser der Heilquelle vor uns. Dann lege ich der Dschinniya eine Hand auf den Arm.

»Wie gut, dass ich noch ein Mensch bin!«, sage ich triumphierend.

***

Seit zwei Stunden rennt Nayo kreuz und quer durch den Wald. Sie hat die Gestalt einer weißen Stute angenommen, deren meterlanger Schweif wie Feenhaar hinter uns herfliegen muss. Doch ich sehe es nicht. Ich klammere mich wie ein Affe auf ihren Rücken, um nicht herunterzufallen. Trotzdem ist es schon fünfmal passiert. Mein Gleichgewichtssinn rebelliert gegen meine Blindheit. Bevor wir aufgebrochen sind, hat Nayo mir mit ihrem Halstuch die Augen verbunden. Nicht der kleinste Schimmer dringt hindurch. Mittlerweile dürfte es draußen überdies fast dunkel sein. Weder habe ich eine Ahnung, wo wir sind, noch, wie weit wir uns tatsächlich von der Quelle entfernt haben. Manchmal glaube ich, sie würde nach links oder rechts abdriften. Das sind die Momente, in denen ich herunterfalle. Es ist unglaublich anstrengend, sich auf diese Art fortzubewegen.

»Ich kann nicht mehr«, flüstere ich in ihre Mähne. »Mir dreht sich alles. Bitte halt an, ich weiß ohnehin nicht, wo ich bin!«

Doch Nayo rennt einfach weiter, ohne auch nur ein einziges Schnauben von sich zu geben. Nach weiteren fünf Minuten, die mir wie eine Ewigkeit vorkommen, falle ich wieder herunter. Diesmal bin ich so unkoordiniert, dass ich mit dem Gesicht voran im Wald lande und mir den Kopf an einem Baumstamm anschlage. Taumelnd fasse ich nach der Stelle, wo ich die Beule vermute, fühle aber zum Glück kein Blut und greife nach dem Tuch.

»Nicht«, sagt Nayos Stimme plötzlich neben mir. »Lass es an! Wir sind da.«

Dann ergreift sie meinen Arm und hakt sich bei mir ein. Ich komme kaum vorwärts, deshalb schleift sie mich mehr hinter sich her, anstatt mich zu führen. Nach ein paar Metern wechselt der Untergrund von Waldboden zu Geröll. Nun geht es bergauf.

»Warte«, sagt sie. »Du schaffst das nicht.«

Damit hebt sie mich auf ihren Rücken und springt überraschend weit über ein paar Hindernisse hinweg. Ich schlage mir den Kiefer an ihrem Hinterkopf an, als sie landet. Dabei beiße ich mir auf die Zunge.

»Alles klar?«

»Ja«, stöhne ich und schlucke Blut.

Sie springt noch ein paarmal. Dann geht sie wieder bergauf und scheint uns beide zwischen Felsen hindurchzujonglieren. Ich spüre, dass wir eine Höhle betreten, auch wenn ich nicht sagen könnte, warum ich das wahrnehme. Nach einigen Metern in der Dunkelheit lässt sie mich herunter. Ich höre ein Knirschen wie von Fels auf Fels und ein schwacher Lichtschein dringt durch den Stoff vor meinen Augen.

»Geh voran!«, sagt Nayo und schiebt mich durch die Spalte, die sie freigelegt hat.

Ich höre, wie nur ein paar Meter neben mir ein Gegenstand zu Boden fällt. Dann raschelt es in der Ecke, als würde jemand aufstehen.

»Melek! Oh Melek, wie kommst du hierher?«

Ich reiße das Tuch von meinen Augen und sehe Erik nur einen Meter vor mir stehen. Sein Gesicht ist so weiß wie Schnee. Seine Haare sind verwildert und zum ersten Mal im Leben sehe ich ihn mit einem Dreitagebart. Aber er scheint weder verletzt noch hungrig zu sein. Ohne ein einziges Wort werfe ich mich um seinen Hals und drücke mich an ihn. Weder Nayo noch die Höhle um uns herum nehme ich mehr wahr. Alles verschwimmt vor meinen Augen.

»Du bist gesund! Du lebst!«, bringe ich hervor. Dabei bedecke ich seinen Hals und sein Gesicht mit Küssen.

»Melek, warum bist du hier?«

Etwas zu spät bemerke ich die Hysterie in Eriks Stimme. Dann sieht er einen Rest von Blut in meinem Mundwinkel und trifft sofort die falschen Schlüsse. Er lässt mich los und stürzt sich mit erhobenen Fäusten auf Nayo. Doch ehe er zuschlagen kann, hat sie seine Handgelenke gepackt.

»Du widerliche Höllenbrut!«, fährt er sie an. »Was habt ihr mit ihr vor?«

»Nichts, Erik, hör auf!«, versuche ich ihn zu beschwichtigen. »Es ist alles ganz anders!«

Aber erst, als ich von hinten seine Arme packe, wird ihm bewusst, was ich gerade gesagt habe. Verwirrt dreht er sich zu mir um.

»Was?«

»Ich lasse jetzt los«, murmelt Nayo. »Wag bloß nicht, mich zu schlagen! Die Antwort würde dir nicht gut bekommen!«

Ich nicke Erik zu und er lässt langsam die Arme sinken. Dann schaut er stirnrunzelnd zwischen der Dschinniya und mir hin und her.

»Was ist hier los?«, fragt er.

Ich berichte ihm in kurzen Worten von Mahdi und dem schrecklichen Pakt, den er mit Levian geschlossen hat, von der Begegnung zwischen Nayo und mir am Jungfernbrunnen und der Prophezeiung des Fauns, die dazu geführt hat, dass Levian nun ebenfalls eingesperrt ist. Mit gerunzelter Stirn hört er zu und schüttelt permanent den Kopf. Ich hatte eher gehofft, dass er auf der Stelle eine zündende Idee entwickeln würde. Aber anscheinend ist die Situation selbst für Erik zu verfahren, um spontan eine glaubhafte Lüge für die Dschinn zu finden. Als ich fertig bin, lässt er sich auf den Schlafsack niedersinken, der in der Ecke der Höhle liegt. Nun erst nehme ich die Umgebung genauer wahr. Hinter seiner provisorischen Schlafstätte steht eine elektrische Lampe. An ihrem Sockel liegt eine Kiste voller Batterien. Auf der anderen Seite steht ein Eimer Wasser, daneben ein Stück Seife und eine Obstkiste mit Büchern. In einem davon hat Erik gerade gelesen, als wir ihn überrascht haben. Es liegt aufgeschlagen auf dem Boden zu seinen Füßen: »Romeo und Julia«.

Hinter uns führt die Höhle noch weiter in den Berg hinein. Der Durchgang ist schmal, aber es sieht so aus, als würde ein Mensch hindurchpassen.

»Was ist da hinten?«, frage ich.

»Die Toilette«, stöhnt Erik. »Geh nicht hin!«

Ich setze mich zu ihm und lege einen Arm um ihn. Was würde ich darum geben, ihn heute noch aus seinem Gefängnis befreien zu können! Oder einfach hierbleiben zu dürfen. Es wäre mir egal, was mich hinter der nächsten

Felsspalte erwartet. Als ich meine Nase wieder an seinen Hals drücke, rückt Erik beschämt ein Stück von mir weg.

»Melek, ich habe seit fünf Tagen nicht mehr geduscht«, murmelt er.

»Das ist mir so was von egal!«

Anstatt mich zurückzuziehen, rutsche ich ihm hinterher und dränge mich wieder in seinen Arm. Er stinkt kein bisschen, ganz im Gegenteil. Ich bin einfach nur froh, seinen Geruch wieder riechen zu dürfen. Zum Glück lässt er mich gewähren.

»Was habt ihr jetzt vor?«, fragt er nach einer Weile.

»Ich will Thanos um eine Audienz bitten«, eröffne ich meinen Plan. »Dabei will ich ihm sagen, dass Levian dich entführt hat, um mich zu zwingen, ein Faun zu werden.«

»Was hat das mit der Prophezeiung zu tun?«, fragt Erik schwach.

»Darin hieß es nur, Levian würde durch sein Handeln Unglück auf die Faune niederbringen. Ich werde ihm sagen, dass wir ebenfalls eine Prophezeiung hatten.«

»Und die wäre?«

»Dass du in der Zukunft einen großen Fehler begehen würdest, der einen großen Kampf zu Gunsten der Dschinn ... der Faune entscheiden würde.«

Nun schaltet sich Eriks Kopf anscheinend doch wieder ein und er beginnt zu grübeln. Es ist auch höchste Zeit dafür, denn weiter ist es mit meinen Ideen nicht her.

»Das würde bedeuten, sie müssen mich freilassen, damit ich zurückgehen und die Talente ins Unglück führen kann.« Er schaut mich überrascht an. »Guter Plan, Melek!«

»Ja, es gibt nur ein Problem«, meldet sich Nayo zu Wort. Aber mittlerweile hat auch Erik weitergedacht. Er schlägt die Hände vors Gesicht und stöhnt.

»Levian wird seinen Preis einfordern.«

»Ja«, sagt Nayo. »Und Thanos wird das gewähren. Er weiß, dass Levian durch einen Schwur gebunden ist. Also muss er eine Erklärung erhalten, um was für einen Schwur es sich handelt. Ihr könnt ihm sagen, dass Levian geschworen hat, Melek zu verwandeln, bevor sie einen Rückzieher gemacht hat. Dann ergibt alles einen Sinn. Ohne diesen Einsatz wird es nicht funktionieren.«

»Es muss eine andere Lösung geben«, sagt Erik.

»Darum sind wir hier.«

Nayo wendet sich zum Ausgang.

»Ich muss gehen«, sagt sie. »Heute Nacht habe ich ebenfalls eine Audienz. Ich hoffe, dass sie Levian wenigstens einmal Freigang geben. Notfalls bitte ich Thanos auf Knien darum.«

»Wann kommst du wieder?«, frage ich sie.

»Ihr seid bis morgen früh allein.«

Daraufhin schlüpft sie mit einer anmutigen Bewegung durch den Spalt zwischen der Höhlenwand und dem Felsen und schiebt ihn von außen wieder in die ursprüngliche Position zurück. Erik und ich bleiben zurück. Als ich ihn ansehe, merke ich sofort, dass er diskutieren will, doch ich schließe seinen Mund mit einem Kuss.

»Je nachdem, was passiert«, flüstere ich, »ist das hier unsere letzte gemeinsame Nacht. Lass uns später darüber reden.«

Ich greife nach dem Saum des T-Shirts, das er sich am Tag unserer Trennung auf der Insel des Friedens angezogen hat. Für die nächsten Stunden sind wir wieder auf einer Insel, auch wenn sie kalt und dunkel ist. Zumindest sind die einzigen Schatten, die uns heute beobachten, unsere eigenen. Bevor ich ihn ausziehen kann, sträubt Erik sich.

»Melek, ich muss schlimmer riechen als Karl!«

Ich schnuppere noch einmal ausgiebig an ihm, aber ich merke wirklich nichts. Wahrscheinlich bin ich einfach zu verliebt und zu süchtig nach seinen Berührungen.

»Zum Glück nehme ich das genauso wenig wahr wie Sarah«, flüstere ich in sein Ohr. Noch einmal seufzt er und zieht sich freiwillig aus.

***

Das Gute an dem Findling vor dem Höhleneingang ist, dass er Erik die Möglichkeit nimmt, einfach davonzurennen oder mich wegzuschicken. Denn jedes Mal, wenn wir versuchen, uns eine Lüge auszudenken, an deren Ende ich nicht in einen Dschinn verwandelt werde, scheitern wir kläglich. Und fast immer fangen wir an zu streiten. Wenn es nach Erik ginge, würde er lieber für den Rest seines Lebens in der Höhle vermodern, anstatt diesen Schritt in Kauf zu nehmen. Für mich ist längst klar, dass es anders laufen wird. Und Erik kann dagegen gar nichts tun, denn ab morgen wird er wieder allein sein und weder Thanos noch Levian werden ihm zuhören.

Die ganze Nacht über machen wir nur zwei Dinge: miteinander schlafen und miteinander streiten. Es ist ein stetiger, gleichbleibender Wechsel wie Ebbe und Flut. Irgendwann, als draußen vermutlich schon der Morgen graut, döse ich in Eriks Armen weg. Als ich wieder aufwache, kniet er nackt vor dem halbvollen Wassereimer und wäscht sich notdürftig, bevor er wieder seine Sachen anzieht. Ich beobachte ihn. Dabei kommt mir in den Sinn, dass Erik gegenüber den Dschinn nicht weniger rücksichtslos sein wird als gegenüber Mahdi. Sollten wir tatsächlich einen Austausch aushandeln können, dann ist es möglich, dass er die ganze Sache platzen lässt, indem er den Dschinn kurzerhand erzählt, dass Nayo und ich uns unsere Geschichte von den Prophezeiungen nur ausgedacht haben. Oder er macht sonst einen Unsinn. Ab sofort ist er wieder allein und hat jede Menge Zeit, um sich eine entsprechende Strategie zurechtzulegen. Das muss ich verhindern.

»Ich weiß, was wir tun können«, sage ich vorsichtig.

»Was denn, Melek?«

»Das kann ich dir nicht sagen.«

Erik sieht mich misstrauisch an. In den letzten Stunden haben wir viel zu viel diskutiert, als dass er mir jetzt so einfach glauben würde.

»Warum nicht?«, will er wissen.

»Weil diese Lösung nicht ehrenhaft ist und du sie deshalb nicht absegnen wirst.«

»Verrate mir mehr, dann denke ich drüber nach.«

Ich hole tief Luft. Mein Gehirn arbeitet so schnell, wie es noch kann.

»Es hat mit Sylvia zu tun. Mehr kann ich dir nicht sagen. Bitte vertrau mir einfach!«

»Und am Ende dieser Lösung wirst du nicht in eine ferne Welt abtauchen und mich für immer vergessen?«

»Nein.«

»Versprichst du mir das?«

»Ja.«

Er schüttelt resigniert den Kopf. Ich bin mir nicht sicher, ob ich es geschafft habe, ihn zu überzeugen. Vielleicht will er mich auch einfach nur glauben lassen, es wäre so. Wenn mein Plan aufgeht, hält er im entscheidenden Moment einfach den Mund und gibt sich der Annahme hin, der Verweis auf Sylvia hätte mehr Bedeutung als das, was er wirklich ist, nämlich der Inbegriff von Verrat. Ich hätte nie gedacht, dass es möglich ist, das aus Liebe zu tun.

»Sag mir noch eins, Melek«, murmelt Erik. »Wen willst du mit dieser Aktion eigentlich befreien, mich oder Levian?«

Ich schäle mich aus dem Schlafsack und krieche zu ihm hinüber.

»Euch beide«, sage ich. »Aber du bist derjenige, für den ich meine Seele verkaufen würde.«

»Ich hoffe, du hast es nicht schon getan.« Er ahnt bereits, dass ich ihn hintergehe.

Als Nayo kommt, um mich abzuholen, stehen wir beide fertig angezogen mitten in der Höhle und halten uns im Arm. Ein letztes Mal atme ich die Luft ein, die Erik ausatmet, um ihn für immer in mir zu bewahren. Dann kämme ich ihm mit den Fingern durchs Haar und streichle seine kratzigen Wangen.

»Es ist Zeit, Melek«, erinnert Nayo mich. »Ich passe schon auf ihn auf!«

Ich greife nach Eriks Hand, lege sie um die Kette an meinem Hals und reiße sie ab. Die beiden Anhänger bleiben in seiner Faust verborgen. Wir haben beide Tränen in den Augen.

»Wenn es schiefgeht«, flüstert Erik, »versuch, dich zu erinnern!«

Ich nicke.

»Ich weiß, dass du es kannst! Irgendetwas davon muss überleben, hörst du!«

»Ja.«

»Ich liebe dich, Melek, vergiss das nicht!«

»Ich liebe dich auch, Erik.«

Wir küssen uns noch einmal zum Abschied, dann schlafwandle ich hinaus in die helle Welt und Nayo schiebt den Felsbrocken zurück vor die Gefängniszelle.

»Hat deine Audienz etwas gebracht?«, frage ich, als sie mir wieder das Tuch über die Augen legt.

»Ich weiß nicht. Sie denken darüber nach.«

Heute ist Samstag. Wenn die Dschinn Levian Ausgang geben, weiß ich genau, wo er hingehen wird.

Das Geheimnis des Hohenfels

Sowohl meine Mitbewohnerin als auch mein Anführer haben in dieser Nacht bereits um mich getrauert. Als ich um fünf Uhr morgens immer noch nicht zu Hause war, hat Anastasia Jakob angerufen. Beide gingen mittlerweile davon aus, ich hätte Levian getroffen und würde nie mehr zurückkehren. Dass es nicht so ist, erfüllt sie gleichermaßen mit Glück, wie es sie auch enttäuscht, ich kann es ihnen ansehen. Die emotionale Zwickmühle, in der wir alle stecken, macht uns immer mürber.

Doch immerhin gibt es die frohe Botschaft des Tages, dass ich Erik getroffen habe und dass er gesund ist. Lange versuchen Sylvia und Kadim, etwas aus mir herauszuholen, das den Weg zum Gefängnis beschreibt, aber es funktioniert nicht. Durch mein Gleichgewichtsproblem war ich unterwegs viel zu abgelenkt, um mir irgendwelche auffälligen Punkte der Strecke merken zu können. Die wenigen Dinge, die ich noch weiß, sind viel zu allgemein. Ich verfluche die Tatsache, dass es in unserer Gegend so viele Wälder und Steinbrüche gibt. Wir könnten hundert Jahre lang suchen und würden die Höhle nicht finden. Nayo wusste schon, was sie tat.

Zu meiner Überraschung hat Jakob keine Einwände gegen meinen Plan, nicht nur Erik, sondern auch Levian zu befreien. Ich hatte damit gerechnet, dass er mir dabei einige Steine in den Weg legen würde. Für seine eigenen Belange wäre es immerhin besser, wenn Levian in seiner Gefängniszelle zu Grunde gehen würde. Dann hätte Jakob nichts mehr von ihm zu befürchten. Warum er mich trotzdem weitermachen lässt, kann ich nur vermuten. Entweder ist es Stolz, weil auch Levian vor kurzem darauf verzichtet hat, Jakob hilflos ausgeliefert zu bekommen. Oder er will mich einfach nicht dabei stören, meinen Auftrag auszuführen.

»Tu, was du für richtig hältst«, sagt er zu mir. »Aber hüte dich vor der Dschinniya. Wenn sie erst einmal hat, was sie will, wird sie dir ein anderes Gesicht zeigen.«

»Wer weiß«, sage ich. »Vielleicht sind nicht alle so, wie du glaubst.«

»Ich hoffe es, Melek. Ich hoffe es aus ganzem Herzen.«

Dann machen wir uns auf zum Hohenfels. Seit gestern gibt es nun hinter dem zweiten Burghügel eine breite Schneise, die die Gesellschaften ins Unterholz geschnitten haben. Genau auf dieser Linie verläuft die bisher unsichtbare Grenze der Buchenauer Gemarkung. Beim Blick von unten nach oben wirkt das Gefälle viel größer, als wir dachten. Es geht fast im 45-Grad-Winkel bergab.

»Und da wollen die mit 5000 Leuten runter?«, frage ich ungläubig.

»Ja«, sagt Joshua stolz. »So ist es Tradition!«

Ich kann dieses Gerede von der Tradition langsam nicht mehr hören. Ganz davon abgesehen, dass ich es immer noch nicht verstehe.

»Warum macht ihr das eigentlich?«, frage ich ihn.

Daraufhin erhalte ich eine ziemlich langatmige Erklärung über die Ursprünge der Grenzgänge im Hinterland. Auch die anderen hören offensichtlich nur mit einem Ohr zu, was Joshua erzählt – natürlich immer unterbrochen von Tina, die jede Menge ergänzende Kommentare zu bieten hat. Nach zehn Minuten habe ich verstanden, worum es bei dem Spektakel geht, auch wenn ich finde, dass man es wesentlich kürzer hätte fassen können: Irgendwer hat im Mittelalter beschlossen, alle sieben Jahre die Gemeindegrenze abzulaufen und nachzusehen, ob noch alle Grenzsteine im Wald an der richtigen Stelle stehen oder ob die Nachbarorte die eine oder andere Parzelle inzwischen zu ihren Gunsten versetzt haben. Jahrhunderte später hat jemand anderer entschieden, daraus eine Volkswanderung zu machen. Das war's.

»Und wofür braucht man nun die Wettläufer?«, frage ich.

»Ursprünglich waren wir Boten und Aufpasser, haben die Nachbargemeinden mit den Peitschen erschreckt und dafür gesorgt, dass niemand aus der Reihe tanzt«, erklärt Joshua. »Mittlerweile sind wir einfach Repräsentanten.

Aber wir treiben immer noch Leute zurück, die den Weg abkürzen wollen. Und über den Grenzsteinen heben wir zahlende Bürger ein paarmal in die Luft.«

»Hm ...«, brumme ich. Im Vergleich mit meinen Existenzängsten kommt mir das gerade einfach nur kindisch vor.

»Und der Mohr?«, frage ich.

»Ist seit jeher der böse schwarze Mann«, antwortet Tina kichernd. »Damit die Nachbarn auch so richtig Respekt kriegen.«

Jetzt verstehe ich langsam, warum mein Vater einen Leserbrief an die Zeitung geschrieben hat. Interessant finde ich, dass Joshua selbst über diesen Umstand nur grinsen kann. Rassismus scheint also immer eine Frage der Einstellung zu sein. Der Buchenauer Mohr-Wettläufer jedenfalls hat anscheinend noch keinen Gedanken daran verschwendet. Für ihn ist das alles einfach ein großartiges Spiel.

Ich wende meinen Blick wieder nach oben auf den Hohenfels und stelle mir vor, wie viele Krankenwagen im Juni hier unten stehen werden, um all diejenigen abzufangen, die sich unterwegs das Bein brechen. Aber das wird dann nicht mehr mein Problem sein.

Wir kämpfen uns den Berg hinauf, halten uns an Wurzeln und Gesteinsbrocken fest, bis wir endlich oben auf dem Burghügel angekommen sind. Danach sind wir völlig aus der Puste, obwohl wir so viel trainieren. Immerhin müssen die Buchenauer am Grenzgang mit ihren 5000 Gästen ja auch nicht hinauf- sondern hinunterklettern. Wer weiß, ob das besser ist.

Als wir kurz innehalten, um zu verschnaufen, merke ich, dass etwas mit Sylvia nicht stimmt. Ihr Atmen klingt noch schneller und japsender als meines. Sie hält sich den Kopf und kneift die Augen zusammen. Ich gehe zu ihr und lege meine Hand auf ihren Arm.

»Was ist los, Große?«

»Schon wieder«, stöhnt sie. »So viele Gedankensplitter und Visionen gleichzeitig! Es ist nicht auszuhalten!«

Das kennen wir bereits von unserem ersten Besuch auf dem Hohenfels im letzten Jahr. An dem Tag, als Nils gestorben ist, war es ganz ähnlich. Da ist

Sylvia einfach in Ohnmacht gefallen. Jakob schaut fragend zu Kadim hinüber. Doch der schüttelt nur den Kopf.

»Ich spüre gar nichts«, sagt er. »Nur Sylvias Wahnsinn.«

»Irgendetwas stimmt nicht mit diesem Ort«, murmelt Jakob und geht ein paar Schritte in Richtung des Weges, wo wir Nils gefunden haben. »Was hat er hier wohl gesehen, das ihm zum Verhängnis wurde?«

Wir anderen gehen ihm hinterher und blicken uns lauernd nach allen Seiten um. Aber es ist absolut nichts zu erkennen, das den Hohenfels von anderen Waldabschnitten unterscheiden würde. Überall wachsen dieselben Pflanzen und liegt dasselbe Gestein. Sylvia sagt nichts mehr, aber sie taumelt ein bisschen und hält sich weiterhin den Kopf. Als wir die Stelle erreichen, wo Nils auf dem Weg lag, fragt Jakob:

»Ist es hier schlimmer?«

»Nein«, antwortet Sylvia. »Es ist überall auf dem Berg gleich schlimm.«

Das ist das Letzte, was sie sagt, bevor sie zusammenklappt. Zu allem Unglück steht niemand direkt neben ihr, der sie auffangen könnte. Sie fällt der Länge nach auf den Weg und schlägt hart mit dem Kopf auf. Jakob rennt sofort zu ihr und untersucht ihren Kopf auf Verletzungen. Es scheint weniger schlimm zu sein, als es ausgesehen hat.

»Das ist für heute wohl das Ende der Inspektion«, murmelt Rafail.

»Sieht ganz so aus«, sagt Jakob. Dann starrt er Sylvia an und grübelt eine Weile vor sich hin. »Wir müssen morgen wiederkommen«, sagt er an Kadim gewandt. »Dann vernetzt ihr euch beide und seht nach, ob ihr das Rätsel lösen könnt. Ich habe den Eindruck, dass Sylvia es fast geknackt hat. Aber kurz bevor sie so weit ist, schaltet jemand das Licht aus. Mit deiner Hilfe könnte es gehen.«

»Letztes Mal waren wir danach vier Stunden lang unserer Fähigkeiten beraubt«, gibt Kadim zu bedenken.

Jakob sieht auf die Uhr. Ich weiß genau, worüber er grübelt: Es ist jetzt drei Uhr nachmittags. Das bedeutet, dass es sogar heute noch möglich wäre, das Geheimnis des Hohenfels zu lüften. Denn die Party heute Abend geht erst um acht los und wir rechnen nicht vor Mitternacht mit den Dschinn. Bleibt also sogar ein Puffer von weiteren fünf Stunden. Das müsste reichen, um die Orakel wieder in Gang zu kriegen.

»Es könnte wichtig sein für unseren Kampf heute Abend«, sagt Tina. Ihr Wort hat nicht weniger Gewicht, nur weil sie jetzt nur noch Unteroffizier ist.

Mir fällt ebenfalls etwas ein:

»Levian sagte, Nils hätte ihnen sehr geschadet, wenn sie ihn nicht getötet hätten. Das bedeutet, hier gibt es etwas, das für die Dschinn von großer Bedeutung ist. Wenn wir herausfinden, was es ist, können wir sie damit vielleicht erpressen.«

»Aber wenn nicht, haben wir gar nichts erreicht und unsere Orakel sind auf der Jubiläumsfeier unbrauchbar. Wir wissen nicht, ob die vier Stunden reichen. Dafür haben wir zu wenig Erfahrungswerte«, überlegt Jakob.

Das stimmt natürlich. Aber in mir schreit alles danach, es trotzdem zu versuchen. Endlich sehe ich eine Möglichkeit, meinen Kopf doch noch irgendwie aus der Schlinge zu ziehen. Darüber hinaus könnte das Wissen um den Hohenfels uns heute Abend gewaltig helfen. Jakob sieht mich an und ich merke, dass er dasselbe denkt.

»Wir versuchen das, und zwar so schnell wie möglich«, sagt er. »Je weniger Zeit wir verlieren, umso besser.«

Rafail hebt Sylvia hoch und trägt sie ein Stück den Berg hinunter. Dort finden wir ein kleines Rinnsal, mit dessen Wasser ich ihre Stirn beträpfele. Eine Minute später schlägt sie die Augen auf und hält sich den Kopf.

»Bin ich wieder umgekippt?«, fragt sie mich.

Ich nicke. »Aber jetzt bist du wieder da und musst uns helfen!«

In kurzen Worten teilt Jakob ihr seine Entscheidung mit. Sylvia ist anzusehen, wie skeptisch sie ist. Sie weiß genau, dass während des heutigen Kampfes ohnehin ihr Leben auf dem Spiel steht. Und nun wird auch noch von ihr erwartet, dass sie riskiert, an diesem Abend ohne ihre Fähigkeiten zu sein. Ich weiß nicht, ob ich das so ohne weiteres schlucken könnte. Aber Sylvia kann es, denn sie glaubt an das Schicksal.

»Okay«, sagt sie und streckt Kadim ihre Hände entgegen. »Wir müssen nicht zurück. Wir sind nahe genug dran, ich kann es auch hier spüren.«

Vorsichtshalber lässt Kadim sich neben ihr auf die Knie nieder. Er rechnet wohl damit, dass es ihn gleich ebenso umhaut. Was dann passiert, ist trotz all der Dinge, die ich mit den Orakeln schon erlebt habe, schauderhaft faszinierend. Kadim nimmt Sylvias Hände in seine und auf der Stelle geht ein enormer Ruck durch beide Körper. Es ist tatsächlich so, als hätte jemand ihnen einen Stromschlag verpasst. Jeder von ihnen ist eine Steckdose, die den anderen elektrisiert. Ihre Körper zittern und ihre Augen verdrehen sich nach oben. Keiner von beiden atmet mehr. Ich kann sehen, dass ihre Finger eine rötliche Farbe annehmen. Je länger es dauert, desto schlimmer wird es.

»Jakob«, flüstere ich. »Muss das so sein?«

Er nickt, aber auch ihm ist die Anspannung anzumerken. Mike wirft einen Blick auf seine Uhr.

»30 Sekunden«, sagt er.

Noch immer lassen Kadim und Sylvia nicht voneinander ab. Die Hitze in ihren Händen frisst sich an ihren Armen entlang nach oben. Ich kann ihren Weg dank Kadims kurzärmeligem T-Shirt genau verfolgen. Viel schlimmer ist aber, dass sie noch immer keinen einzigen Atemzug machen. Ihre Augen fangen an zu rollen und Sylvias Kopf fällt in den Nacken.

»Eine Minute«, tönt Mikes Stimme durch unsere Mitte. Sie klingt jetzt etwas beunruhigt.

Nadja stößt ein angstvolles Keuchen aus. Ich kann meinen Blick nicht von den Orakeln abwenden. Wenn mich nicht alles täuscht, brennen ihnen gerade sämtliche Sicherungen durch. Eine heftige Angst um Sylvia kriecht in mir empor.

»Tu doch was!«, bitte ich Jakob.

»Was denn?«, zischt er. »Soll ich mich auch noch reinhängen?«

Er hat Recht. Wer weiß, was geschehen würde, wenn wir die beiden jetzt anfassen. Trotzdem wird die Zeit langsam knapp, denn Kadims Gesicht nimmt schon eine gräuliche Farbe an und Sylvias Lippen werden blau. Dabei laufen weiter schauerliche Zuckungen durch ihre Körper. Nadja beginnt zu weinen.

»Zwei Minuten«, drängt Mike. Auch er sieht jetzt Jakob an.

Ich kann mir nicht vorstellen, dass die Vernetzung der Orakel beim ersten Mal ebenso heftig verlaufen ist. Sonst hätte Jakob niemals entschieden, ihnen diese Prozedur gerade heute zuzumuten. Nun bekommt er es wohl doch mit der Angst zu tun, denn er tritt an sie heran und versucht, sie zurückzuholen.

»Lasst los!«, fordert er sie auf. »Sylvia! Kadim! Es ist genug!«

Als sie nicht darauf reagieren, zieht er seine Jacke aus und wickelt sie sich wie eine schützende Isolierung um die Hand.

»Geht ein Stück zurück!«, weist er uns an.

Wir tun, was er sagt. Dann holt er aus und schlägt einmal kräftig auf die ineinander verkeilten Hände der Orakel. Im gleichen Moment, als er sie trifft, wird Jakob drei Meter rückwärts katapultiert und reißt im Fallen Nadja und mich trotz unseres Sicherheitsabstands mit um. Wir rappeln uns mühsam wieder auf und sehen Sylvia und Kadim bewusstlos auf dem Boden liegen. Ihre Verbindung ist getrennt, doch sie atmen immer noch nicht.

»Mike!«, ruft Jakob. »Hilf mir!«

Sie stürzen hinüber zu den beiden leblosen Körpern. Jakob greift sich Sylvia, Mike Kadim. Ich stehe hilflos da und sehe ihnen dabei zu, wie sie eine Herz-Lungen-Wiederbelebung durchführen, exakt im selben Rhythmus: 30-mal drücken, zweimal beatmen. Dabei zählen sie laut mit. Die Minuten vergehen, ohne dass etwas geschieht. Sie fühlen sich an wie Stunden. Nadja hat sich an meinen Arm geklammert. Ich höre ihr Schluchzen wie durch einen Schalldämpfer an mein Ohr dringen.

Dann hustet Sylvia. Es ist das schönste Geräusch, das ich seit langem vernommen habe. Jakob lässt von ihr ab und sie macht einen Atemzug, der so lang und so röchelnd ist, als sei es der erste in ihrem Leben. Sie schlägt die Augen auf, ohne irgendetwas um sich herum wahrzunehmen. Jakob drückt sie an seine Brust wie ein kleines Kind und wiegt sie vor und zurück. Ich starre auf Mike und Kadim. 30-mal drücken, zweimal beatmen. Immer wieder. Es scheint kein Ende zu nehmen. Doch dann, als ich schon fast die Hoffnung verloren habe, holt auch Kadim tief Luft. Jeder von uns lässt ein Seufzen hören, das von ganz tief unten kommt. Was ist das nur für eine unsagbar schlechte Idee gewesen? In unserem Wahn, es mit den Dschinn aufzunehmen, haben wir um ein Haar unsere Orakel umgebracht!

»Jakob«, japst Sylvia. Sie bekommt immer noch kaum Luft. »Die Dschinn ... die Dschinn, sie ...« Ein erneuter Hustenreiz verhindert, dass sie weitersprechen kann.

»Ganz ruhig«, sagt Jakob und wiegt sie weiter. »Später! Atme einfach!«

Ich betrachte ihn, wie er da auf dem Weg sitzt, die Hosenbeine voller Schmutz und die Ellbogen aufgeschürft von seinem Sturz. Wie er Sylvia zurück in ihre Ohnmacht schaukelt, bis ihr Geist endlich aufgibt und sie in seinen Armen zusammensackt. Es ist so unbeschreiblich wohltuend zu erleben, wie er für uns alle sorgt. Jakob ist der Fels in der Brandung, auch wenn er eine Fehlentscheidung getroffen hat. Schließlich wendet er sich zu Mike und Kadim um.

»Wie geht es dir?«, fragt er Kadim, der sich seltsamerweise schneller beruhigt hat als Sylvia.

»War ich tot?«, fragt er mit brüchiger Stimme.

»So gut wie«, antwortet Jakob. »Es tut mir unendlich leid. Ich werde das niemals wieder von euch fordern!«

Kadim nickt schwach mit dem Kopf, aber vielleicht verweigern ihm auch nur seine Nackenmuskeln den Dienst.

Als wir uns ein wenig von dem Schrecken erholt haben, beschließt Jakob, dass wir zurück zur Schutzhütte müssen. Auf keinen Fall können wir Sylvia noch länger in dieser Umgebung lassen. Also rennen Tina und Joshua gemeinsam nach Friedensdorf, um zwei Autos zu holen.

Als sie zurückkommen, ist auch Kadim eingeschlafen, sein Brustkorb hebt und senkt sich in gleichbleibendem Rhythmus. Es sieht nach einem Schlaf der Erholung aus. Wir verfrachten die Orakel auf die Rücksitze und quetschen uns irgendwie dazwischen. Ich lande auf Anastasias Schoß auf Jakobs Beifahrersitz. Die ganze schweigende Fahrt über hält sie mich mit den Armen fest, als wäre sie mein Sicherheitsgurt. Wahrscheinlicher ist allerdings, dass unsere Muskelprotzin nach diesem Erlebnis kuschelbedürftig ist.

∗∗∗

Es geht auf fünf Uhr zu in der Schutzhütte, nachdem wir Kadim und Sylvia mit Tee und Decken aus dem Lagerraum versorgt haben. Sie sind jetzt wieder bei sich, aber ihre Bewegungen sind klamm und sie wirken so, als hätte man sie aus einem hundertjährigen Schlaf aufgeweckt. Jakob fragt nicht nach, was sie gesehen haben, so lange, bis sie von selbst anfangen zu reden.

»Es hatte überhaupt nichts mit der Grenze zu tun«, sagt Sylvia. Ihre Stimme zittert. »Es ist reiner Zufall, dass sie gerade dort verläuft. Dort, wo sie wohnen!«

Ein fassungsloses Murmeln geht durch die Runde. Keiner von uns hatte an diese naheliegendste aller Möglichkeiten gedacht. Wir waren davon ausgegangen, dass die Dschinn auf dem Hohenfels irgendetwas versteckt haben, das mit dem Grenzgang zu tun hat. Dabei sind die beiden Hügel der ehemaligen Raubritterburgen ständig vor unseren Augen gelegen. Wie blind sind wir gewesen, das zu übersehen. Levians Beschreibung von ihrem »Palast« kommt mir in den Sinn. Wo sonst als in den unterirdischen Gemäuern der versunkenen Festungen könnten wohl 100 Dschinn so komfortabel leben? Nun ist auch vollkommen klar, warum Sylvia eliminiert werden sollte: Bereits im letzten Jahr haben unsere Feinde bemerkt, dass sie kurz davor war, den Schutzzauber zu durchdringen, den irgendjemand – wahrscheinlich Thanos – über den Berg gelegt hat. Ich habe zwar noch nie von so etwas gehört, aber wenn Mahdi einen solchen Zauber über seine Gruppe am Jungfernbrunnen legen konnte, dann ist anzunehmen, dass ein sehr mächtiger Dschinn dieselben Fähigkeiten hat.

»Nils stand dort auf dem Weg, als eine größere Gruppe Dschinn die Burg verließ«, erzählt Sylvia weiter. »Sie hatten die Gestalten von kleinen Tieren, als sie durch die Felsspalten schlüpften. Eine friedliche Mischung von Mäusen, Hasen und Eichhörnchen, und Nils hat sofort gesehen, dass es sich um Dschinn gehandelt hat. Fast alle hatten deutliche Fehler in der Gestalt, mache hatten kleine Hörnchen oder verkürzte Beine, ein Hase trug einen viel zu langen Schwanz. Nils hat drei von ihnen erschossen. Der Rest hat sich ihm gestellt, anstatt zu fliehen. Ihnen war die Gefahr zu groß, dass er ihr Geheimnis gelüftet hätte. Einer brach sein Genick ...«

Sylvia fängt an zu weinen, wie immer, wenn sie schmerzende Erinnerungen auffrischen muss. Aber auch mir stehen Tränen in den Augen. Als sie sich wieder etwas beruhigt hat, spricht sie weiter.

»Sie haben die Burgen schon vor 400 Jahren unterirdisch wieder ausgegraben. Von oben sieht man nur die Hügel, wie die Menschen das gewohnt sind. Um hinein- oder herauszukommen, muss man die Gestalt eines Tieres annehmen können, die Eingänge sind winzige Spalten. Vor einigen Jahren wollte die Gemeinde an der älteren Burg Ausgrabungen durchführen. Aber es kam immer wieder zu seltsamen Unfällen und Einstürzen im Mauerwerk. Auch die Arbeiter veränderten sich auf mysteriöse Weise. Am Ende verweigerten sie sogar die Arbeit. Irgendwann hat der Bauherr beschlossen, das Projekt aufzugeben. Wir alle wissen, was dahintersteckt.«

»Was bedeutet das für den Grenzgang?«, fragt Joshua erregt.

Da schlägt Rafail seine Pranke auf den Tisch.

»Hör doch endlich auf mit deinem bescheuerten Grenzgang! Frag dich lieber mal, was das für uns bedeutet.«

Jakob beendet den Streit, bevor er richtig in Gang kommen kann.

»Die Frage ist durchaus berechtigt, Rafail«, sagt er. »In den nächsten Wochen ist unser Schicksal ohnehin mit dem Grenzgang verknüpft. Antworte ihm, Sylvia!«

Unser kleines Orakel zieht seine Decke noch enger um sich.

»Da kann ich dich beruhigen, Joshua«, sagt sie. »Es ist nicht der erste Grenzgang, der über die Dschinn-Festung führt. Also wird auch nicht mehr passieren, als während der letzten 50 Feste, nämlich gar nichts. Sie werden unten in ihrem Palast bleiben und warten, bis die Erschütterungen über ihnen vorbei sind. Saugen können sie auf den Frühstücksplätzen und im Festzelt noch genug.«

Joshua atmet sichtbar auf.

Jakob sitzt uns allen gegenüber auf der Tischkante und streckt seine langen Beine in den Raum. Er grübelt. Als er dann spricht, sieht seine Miene zum ersten Mal seit langer Zeit optimistisch aus.

»Dieses Wissen, das ihr uns heute unter Einsatz eures Lebens besorgt habt, ist wahrscheinlich die wichtigste Erkenntnis, die es in den letzten 400 Jahren hier gab«, sagt er. »Und es bringt uns in so mancher Hinsicht weiter: Erstens haben wir nun ein Druckmittel in der Hand, das uns vielleicht hilft, Erik zurückzubekommen. Und zweitens lohnt sich dadurch das Attentat auf Sylvia für die Dschinn nicht mehr. Jetzt hat sie ihr großes Geheimnis ja ohnehin schon ausgeplaudert. Sie müssen nur schnell genug erfahren, dass wir Bescheid wissen.«

»Das werden wir nur nicht mehr vor heute Abend schaffen«, gibt Rafail zu bedenken.

»Wahrscheinlich nicht«, sagt Jakob.

Keiner von uns glaubt mehr daran, dass die Orakel im Laufe dieser Nacht ihre Fähigkeiten zurückbekommen. Ich wünschte, wir wären früher zum Hohenfels gegangen, aber niemand konnte ahnen, wie brisant die Informationen sind, die der Berg hütet, und wie schnell wir dahinterkommen. Die Zeit ist nun einmal verstrichen und wir müssen die Jubiläumsfeier hinter uns bringen, ohne zu wissen, wem wir dabei gegenüberstehen.

»Wenn die Technik versagt, sollte man zur Handarbeit übergehen«, lässt Mike verlauten.

»Hä?«, brummt Rafail.

Aber Jakob versteht ihn sehr gut.

»Du hast Recht«, sagt er. »Wir werden die Dschinn auch ohne die Orakel erkennen. Denkt euch für jeden aus der Truppe zwei oder drei Codefragen aus, die ihr euch später stellen könnt, um einander zu identifizieren. Sprecht das miteinander ab. Joshua, du lässt uns regelmäßig wissen, welche Partygäste du kennst und welche nicht. Henry und Tina, ihr fahrt jetzt nach Dautphe und besorgt uns allen etwas zu essen. Die Nacht wird lang werden und wir sollten versuchen, bei Kräften zu bleiben.«

Zielen ist eine Sache.
Das Ziel erfassen eine andere.

Auf den verschiedenen Sitzungen, die das Grenzgangkomitee bereits abgehalten hat, hat Joshua in letzter Zeit immer meinen Vater getroffen. Als Förster hat er diverse Aufgaben zu erledigen: Er überwacht das Freischneiden der Grenze und kümmert sich um die Schmuckbäumchen für den Umzug am vorletzten Tag. Es ist davon auszugehen, dass er auch heute Abend auf der Jubiläumsfeier auftauchen wird. So wie ich ihn einschätze, wird er nicht lange bleiben, denn mit Sicherheit ziehen sich meine Eltern meinetwegen im Moment weitgehend aus der Öffentlichkeit zurück. Aus Höflichkeit wird er aber doch das eine oder andere Bier mit dem Komitee trinken. Aus diesem Grund bleibt es mir erspart, mich unter die Liebestöter auf der Party zu mischen.

»Bleib im Wald bei Henry und gib den Nahkämpfern Deckung«, weist Jakob mich an. »Aber bring dich so wenig wie möglich in Gefahr. Dein Leben ist zu wertvoll, denk immer daran!«

Dann drückt er mir einen Zettel mit einer Telefonnummer in die Hand.

»Du bist jetzt meine Stellvertreterin, Melek. Sollte ich fallen, dann ruf diese Nummer an. Du musst mit den anderen keine weiteren Absprachen mehr treffen, denn Tina hat die Nummer auch noch.«

Das ist sinnvoll, denn die Wahrscheinlichkeit ist immer noch groß, dass sie schon bald wieder Leutnant sein wird. Mein sagenhafter Aufstieg in der Rangfolge hat ohnehin kaum Gewicht. Das hat Jakob nur getan, um meinen Stellenwert als Einzelkämpferin hervorzuheben und dem Rest der Truppe klarzumachen, dass ich meine eigenen Entscheidungen treffen darf. Ich stecke den Zettel ein und rücke den Pistolengurt unter der riesigen Jacke zurecht, die Anastasia mir geliehen hat. Im Gegensatz zu den Liebestötern in zivil sind die Nahkämpfer, Henry und ich, heute voll bewaffnet. Um mögliche Kampfgeräusche nicht zur Schutzhütte durchdringen zu lassen, müssen wir uns bis auf den äußersten Rand von Finns telepathischer Reichweite wegbewegen. Wir haben Glück, denn der DJ, der heute auflegt, meint es besonders gut mit der Lautstärke. Die ersten Blätter an den Bäumen sind außerdem ein kleiner Schallschutz. Die Menschen werden nichts von unserem Kampf mitbekommen. Solange wir nicht schreien.

Es ist zehn Uhr, als wir uns im Wald in der Nähe des Festgeländes verteilen und unsere Liebestöter in ihren eigenen Kampf schicken. Genau, wie wir vermutet haben, sind die Fähigkeiten der Orakel bisher nicht zurückgekehrt. Sie werden also keinen einzigen Dschinn erkennen, wenn nicht noch ein Wunder geschieht. Joshua ist bereits seit acht Uhr da, weil sein Doppelleben das erfordert. Ich sehe ihn in seinem Burschenschafts-T-Shirt aus der Ferne durch das Gestrüpp, bevor ich mich mit Henry zusammen 400 Meter weit zurückziehe.

Wie erwartet sitzen wir über eine Stunde lang einfach nur im Wald herum. Henry hat seinen Bogen griffbereit in der Hand, aber ich habe meine Pistole auf die Knie gelegt und starre in die Dunkelheit.

»Wie geht's dir?«, frage ich ihn nach einer Weile. Seit meiner Rückkehr von der Insel habe ich kaum mehr als ein paar Sätze mit ihm gesprochen, obwohl ich ihn ständig beobachte.

»Geht so«, antwortet er. »Nachdem ich nun begriffen habe, dass sie *ihn* genauso wenig will wie mich, ist es besser.«

Er erinnert mich an Erik, als er das sagt. Eigentlich bin ich nicht die richtige Gesprächspartnerin für ihn. Aber wer ist das bei diesem Thema schon? Vielleicht tut es Henry sogar gut, mit jemandem sprechen zu können, der die Perspektive von Tina versteht.

»Es ist nicht leicht für uns Mädchen«, sage ich. »Du weißt doch, das fehlende Soldatengen ...«

»Nadja kann es unterscheiden«, murmelt er. »Und du ... du scheinst auf einmal auch zu wissen, was du fühlst.«

»Ja. Aber es war ein harter Kampf. Wenn Mahdi mich nicht von Jakob isoliert hätte, hätte ich es nicht verstanden. Und es gibt Momente, in denen ich es immer noch nicht verstehe. Ich weiß genau, wie es Tina geht.«

Henry spielt gedankenverloren an der Sehne seines Bogens herum und entlockt ihm dabei Töne wie einem Musikinstrument.

»Ich habe Erik immer dafür bewundert, wie er das weggesteckt hat. Ich an seiner Stelle hätte mein Talent schon viel früher verloren«, sagt er.

»Kommst du mit Joshua klar?«, frage ich.

»Ja ... im Grunde ist er ganz okay. Wenn er keine Peitsche hätte, würde ich ihn wahrscheinlich mögen. Ich bin einfach nur froh, wenn der schreckliche Grenzgang vorbei ist. Danach ist er nur noch ein normaler Wettläufer, kein Held mehr.«

Henry spricht mir aus der Seele, denn auch ich kann die Faszination für Traditionen nicht teilen, die Tina und Joshua vereint. Alles, was ich will, ist das Fest überleben und Erik retten. Sehr viel mehr Ansprüche habe ich gar nicht mehr.

In dem Moment klopft Finn bei Henry und mir gleichzeitig an. Ich öffne ihm meinen Geist und höre mir an, was er zu sagen hat. Der Empfang ist nicht besonders gut, aber das ist bei der Entfernung normal.

»Wir glauben, dass die ersten Dschinn unterwegs sind«, sagt die Stimme in meinem Kopf. »Die Liebestöter machen sich jetzt dran, also seid auf der Hut, falls sie flüchten. Und haltet Ausschau nach verdächtigen Tieren!«

Heute Abend wird auch Sylvia unter den Liebestötern sein. Es ist bereits ihr zweiter Einsatz. Den ersten habe ich nicht mitbekommen, aber Anastasia hat erzählt, dass sie richtig gut gewesen sei. Mich wundert das nicht sonderlich, denn Sylvia sitzt nun seit vier Jahren zwischen den anderen in den Clubs und beobachtet sie. Sie weiß genau, wie man einen Jungen anschauen muss, um Erfolg zu haben. Und wahrscheinlich hat sie sich auch die Techniken gemerkt, die funktioniert haben. Von mir kann sie nicht allzu viel gelernt haben. Ich finde es trotzdem enorm grenzwertig, sie mit ihren 14 Jahren auf diese Horde betrunkener Typen loszulassen. Hoffentlich passt Joshua ein bisschen auf sie auf. Noch mehr hoffe ich, dass sie nicht in die Situation kommt, von der Party weg und in den Wald rennen zu müssen. Zumindest ist ihr Kopf heute auch gegen die falschen Visionen der Dschinn verschlossen.

Henry und ich teilen uns auf und positionieren uns auf beiden Seiten der Nahkämpfer. Da Jakob zu Sylvias Schutz auf dem Fest geblieben ist, lauern jetzt Tina, Anastasia, Mike und Rafail mit ihren Schwertern und Degen auf der Linie zwischen der Party und dem Hohenfels. Sollten unsere Feinde also auf direktem Weg nach Hause wollen, laufen sie ihnen genau in die Arme. Ich habe ziemlich Angst davor, dass plötzlich ein echter Mensch auf uns zugestürmt kommt und wir ihn aus Unwissenheit erschießen.

Eine Viertelstunde lang passiert nichts. Dann hören wir plötzlich Schritte im Laub. Mein Puls steigt sofort an. Bevor wir die Gestalt erkennen können, die da durch das Unterholz genau in unsere Richtung rennt, gibt Finn uns Bescheid.

»Ein männlicher Dschinn kommt auf euch zu!«

Ich lege mit der Pistole auf ihn an. Aus dem Augenwinkel sehe ich, wie Henry seinen Bogen spannt. Während ich mein Ziel erfasse, kommt mir plötzlich der Gedanke, dass Finn überhaupt nicht sicher wissen kann, ob es sich um einen Dschinn handelt. Da lässt Henry schon seinen Pfeil los, der sich genau in die Halsschlagader des Flüchtenden bohrt. Er sackt fast geräuschlos zusammen. Mein Atem geht schneller. Dieses Töten ist eine Sache, mit der ich niemals klarkommen werde. Es ist vertretbar, solange man nicht Eriks Revolutionsgedanken im Kopf hat. Und solange man denkt, das Gegenüber wäre eine grausame, kaltherzige Hülle.

Henry will gerade zu der Stelle gehen, wo der Dschinn zusammengebrochen ist, um nachzusehen, ob er sich aufgelöst hat, als Finns nächste Durchsage kommt.

»Leute, diesmal sind es zwei. Ein Mann und eine Frau. Sie müssen wissen, dass ihr da lauert!«

Wieder hören wir die Schritte im Laub. Und wieder erkenne ich zwei dunkle Silhouetten zwischen den Bäumen. Aber diesmal trennen sie sich, bevor sie auf Schussweite heran sind, und rennen im Bogen um uns herum. Henry schießt auf die Frau, doch er verfehlt sie um Haaresbreite. Ich sehe, dass Tina parallel zu ihr in dieselbe Richtung rennt, in rasender Geschwindigkeit. Der Mann versucht nun auf meiner Seite, vorbeizukommen. Wieder lege ich an und ziele. Ich weiß, dass er in Schussweite ist. Da wendet er für einen Sekundenbruchteil sein Gesicht in meine Richtung und schaut mich mit seinem stechenden Blick an. Vor meinem inneren Auge sehe ich ihn seine wunderschöne Gefährtin im Arm halten und höre sie zusammen lachen. Vielleicht liebt jemand ihn so, wie ich Erik liebe. Oder er ist tief verletzt, wie Levian und Jakob. Mein Finger liegt auf dem Abzug.

»Melek!«, brüllt Henry.

Da drücke ich ab. Ich treffe hundertprozentig genau in die Mitte des frischen Buchenblatts am Baum hinter dem Dschinn. Noch einmal lege ich an und erschieße den Maikäfer auf der Eiche ein Stück weiter. Als ich mich zu Henry umdrehe, ist er nicht mehr da. Ich sehe gerade noch den Rest von ihm im Unterholz verschwinden, wo Tina und die Dschinniya untergetaucht sind.

»Jetzt wird es ernst!«, sagt Finn in meinem Kopf. »Es kommen sechs von ihnen, das ist der komplette Rest!«

Ich sehe die Gruppe bereits auf uns zukommen. Aber in dem Moment, als sie außer Sichtweite der Menschen sind, verwandeln sie sich allesamt. Ich habe keine Ahnung, welche Tiergestalt sie angenommen haben, denn sie sind von den Büschen am Boden verschluckt. Es sind keine Fluchtgeräusche zu hören. Da fällt mir ein, dass ich jetzt Leutnant bin. Ich schlucke.

»Formation bilden!«, kommandiere ich. Sofort stellen Rafail, Mike und Anastasia sich in Gefechtsstellung auf. Ich nehme nicht Jakobs Platz in ihrer Mitte ein, sondern positioniere mich wie gewohnt am Rand.

»Vorwärts!«, sage ich. »Geben wir ihnen keine Zeit, zu überlegen.«

»Wo Tina und Henry?«, nuschelt Anastasia neben mir. Ihre Stimme klingt schwächer als sonst, aber nicht hysterisch.

»Sie werden schon wiederkommen!«, antworte ich.

Dann bewegen wir uns langsam in Richtung der Stelle, wo ich die Dschinn vermute. Wenn ich mit meiner Annahme richtigliege, befinden sie sich genau hinter einem Brombeerstrauch, der sie vor uns abschirmt. Ich bin mir nicht sicher, ob wir sie wirklich zu viert angreifen sollten. Da höre ich Geräusche in unserem Rücken. Als ich mich umwende, erkenne ich Tina und Henry.

»Warten!«, befehle ich den anderen.

Tina überblickt die Situation sofort und schließt innerhalb weniger Sekunden zu uns auf.

»Erledigt!«, sagt sie. Sofort schweifen meine Gedanken zurück zu der Dschinniya von gerade eben. Ich bin froh, dass sich das Blut unserer Feinde zusammen mit ihrem Körper auflöst. Sonst wäre Tinas Dolch jetzt gewiss dunkelrot. Nun nimmt auch Henry seinen Platz auf der rechten Seite der Formation ein. Wir sind vollständig und können angreifen. Alle haben den Blick auf mich gewandt. Ich zögere. Was würde ich darum geben, wieder Unteroffizier zu sein! Dann schlucke ich meine Bedenken hinunter und zeige auf den Brombeerstrauch, knappe zehn Meter vor uns.

»Angriff!«

Die Attacke einer Talentarmee unterscheidet sich von einer normalen Armee im Wesentlichen dadurch, dass sie geräuschlos vonstattengeht, zum Schutz der Menschen. Trotzdem muss ich mich beherrschen, nicht vor lauter Angst loszuschreien. Tausendmal haben wir diesen Moment geübt, aber noch nie zuvor war ich ein Teil dieser bis zum Anschlag mit Adrenalin gefüllten Reihe, die sich nun nach vorn in die Dunkelheit stürzt.

Die Dschinn reagieren völlig anders, als ich erwartet habe: Einer ergreift in der Gestalt eines Fuchses sofort die Flucht. Ich ziele wieder und diesmal habe ich zu viel Angst um mein eigenes Leben, um ihn davonkommen zu lassen. Meine Kugel trifft ihn in den unnatürlich schwarz gestreiften Hinterkopf. Zwei Dschinn huschen als Mäuse davon. Henrys Pfeil erwischt die eine, die andere schafft es in ein Loch zu Anastasias Füßen. Doch vorher beißt sie die Muskelprotzin durch ihren Schuh hindurch so heftig in den Zeh, dass Anastasia umknickt und hinfällt.

In dem Moment stürzt sich ein weiterer Dschinn auf sie. Er hat die Gestalt eines schwarzen Wolfs angenommen und schnappt sofort nach ihrer Kehle. Ich lege auf das Knäuel aus Fell und Gliedmaßen an, das sich keine drei Meter neben mir auf dem Boden wälzt. Es ist so dunkel und sie bewegen sich so schnell, dass ich Angst habe, die Falsche zu treffen. Mike und Rafail wollen den Dschinn gemeinsam von hinten angreifen, doch von irgendwoher aus dem Nichts kommt ein riesiger Ast geflogen und trifft Rafail direkt am Kopf. Er geht zu Boden. Auch Mike schafft es nicht bis zu Anastasia. Bevor er sie erreicht hat, wird er selbst von einem riesigen Feind angegriffen, der in Menschengestalt aus dem Gebüsch geschossen kommt. Schneller, als ich es Mike zugetraut hätte, dreht er sich um und schlägt mit dem Schwert nach dem Angreifer. Der weicht aus. Mit mehreren gut ausgeführten Schlägen treibt Mike ihn vor sich her. Nur leider steht er dabei genau in meiner Schusslinie. Ich sehe keine Spur von dem letzten Dschinn, der wahrscheinlich den Ast geworfen hat.

Ich überlasse es Henry, Mike zu helfen, und arbeite mich näher an Anastasia heran, die sich immer noch mit ihrem Widersacher auf dem Boden wälzt. Das Schwert hat sie längst verloren und ihre Arme sind damit beschäftigt, die fletschenden Zähne des Wolfs von ihrem Hals fernzuhalten. Ich kann kaum glauben, dass sie es schafft! Als der Dschinn mich aus dem Augenwinkel herannahen sieht, wirft er sich zur Seite und deckt sich durch Anastasias Körper. In dem Moment stürzt Tina sich mit ihrem Degen auf ihn, doch er strampelt ihr mit seinen Hinterläufen die Füße weg und sie schlägt der Länge nach hin.

Da erkenne ich mit einem Mal eine Bewegung in meinem Rücken. Blitzschnell drehe ich mich um. Der Lauf meiner Pistole landet direkt auf der Stirn eines Wesens, das ich niemals erschießen kann. Denn es ist ein Teil meiner eigenen Seele. Ein hilfloser Laut dringt aus meiner Kehle.

»Levian!«

Ich höre nichts anderes mehr als meinen eigenen Atem. Er ist viel zu schnell. Wahrscheinlich hyperventiliere ich.

»Melek.«

Er steht ganz ruhig da. Seine Augen sind grün, wie sie es immer waren. Seine Kleidung ist lässig, aber nicht ganz so kreativ wie sonst. Also haben sie ihn doch zu den Menschen geschickt, damit er sich sattsaugen kann.

»Wir beide müssen auf der Stelle abhauen!«, sagt er.

Hektisch drehe ich mich zu den anderen um. In dem Moment schlägt Mike seinem Dschinn mit einem einzigen Hieb seines Schwertes den Kopf von den Schultern. Anastasia hält immer noch den Hals ihres Peinigers fest, während er ihr mit seinen messerscharfen Krallen einen blutenden Striemen auf die Wange schlägt. Tina rappelt sich hoch und bekommt wieder ihren Degen zu fassen.

»Jetzt oder nie!«, sagt Levian.

Ich sehe sein Grübchen. Seine Augen funkeln. Er sieht aus, als hätte er mir verziehen. Aber wenn ich jetzt mit ihm gehe, habe ich keine Garantie dafür, dass er Erik wirklich freilässt. Dazu kommt, dass wir durch die Entdeckung ihrer Behausung vielleicht ein Druckmittel haben, das mein Opfer unnötig macht.

»Das geht zu schnell«, stammele ich. »Ich muss mit dir reden!«

»Worüber?«

Das irritiert mich. Nicht die Frage ist seltsam, sondern die Betonung. Aus dem Augenwinkel sehe ich, wie Tina ihren Degen in den Rücken von Anastasias Wolf bohrt. Als er nicht gleich zusammensackt, zieht sie ihn wieder heraus. Er ist von oben bis unten voller Blut. Damit sticht sie ein zweites Mal zu. Ich spüre einen Würgereiz in mir aufsteigen und der Wald verschwimmt vor meinen Augen. Völlig durcheinander wende ich mich wieder Levian zu. Dabei fällt mein Blick auf seinen nackten Hals und ich erstarre. Mein Gehirn fängt an, auf Hochtouren zu arbeiten. Dann wird mir klar, was diese Begegnung zu bedeuten hat.

Ich hake nicht nach, was seine letzte Frage sollte. Stattdessen drücke ich einfach ab. Meine Silberkugel schlägt in Levians Stirn ein, tritt hinten durch seine Schädelplatte wieder aus und bleibt in einem Baum stecken. Der Glanz seiner smaragdgrünen Augen erlischt. Dann sackt er langsam in sich zusammen. Ich stehe über ihm, immer noch die Pistole in der Hand und hyperventiliere wie eine Geisteskranke. Plötzlich drückt Mike mir von hinten seine Hand auf Nase und Mund.

»Ganz lange und bewusst ausatmen«, sagt er.

Ich weiß nicht, warum er so ruhig ist.

»Melek! Du hast Levian erschossen!«

Das ist Henrys Stimme, aber ich erkenne nicht, aus welcher Richtung sie kommt. Ich sehe nur, wie der Körper des Dschinn zu meinen Füßen sich auflöst. Als er verschwunden ist, zwinge ich mich dazu, Mikes Anweisung zu befolgen. Nach etwa einer Minute wird es besser. Ich streife seine Hand ab und schaue in Henrys entsetzte Augen. Auch die anderen stehen nun um uns herum, sogar Anastasia, die es tatsächlich geschafft hat, einen Dschinn mit bloßen Händen abzuwehren. Nur Rafail ist immer noch bewusstlos.

»Das war Levian?«, giftet Tina mich an. »Warum hast du das getan? Wie sollen wir jetzt nur Erik zurückbekommen?«

»Sei still«, murmele ich. »Es war nicht Levian.«

»Nicht?« Tinas Augen werden groß vor Überraschung. »Ein Doppelgänger?«

Ich nicke.

»Woran hast du ihn erkannt?«

Ich lehne mich an den Baumstamm, in dessen Rinde die Kugel verschwunden ist. Meine Beine sind weich wie Pudding. Mein Blick fällt auf Tinas Degen, von dem auch der letzte Tropfen Blut verschwunden ist.

»Er trug die Kette nicht. Die Kette mit all den Silberkugeln, die ihn nicht getroffen haben. Und er hat eine seltsame Frage gestellt.«

»Welche?«

»Worüber ich mit ihm reden wollte«, murmele ich. »Er sagte es so, als wüsste er es tatsächlich nicht. Ich glaube, die Dschinn haben den Doppelgänger ausgeschickt, um herauszubekommen, was Levian getan hat und welchen Schwur er geleistet hat.«

»Das bedeutet, der echte Levian ist immer noch gefangen«, fasst Tina treffend zusammen.

Ich nicke. Da kommt sie zu mir und legt mir den Arm um die Schultern. Ich schaue sie misstrauisch an. An die Annäherungsversuche, die sie neuerdings macht, bin ich noch nicht ganz gewöhnt.

»Du wirst ihn retten«, flüstert sie in mein Ohr. »Du wirst sie beide retten!«

Einen Augenblick lang unterstelle ich ihr, dass sie sich das wünscht, um ihre lästige Konkurrentin endlich los zu sein. Doch dann erkenne ich, dass es etwas anderes ist, das Tina antreibt. Sie fängt an, mich zu verstehen, denn sie ist jetzt in der gleichen Lage wie ich vor einem Jahr. Und die Gedanken, die Erik ihr vermittelt hat, zeigen immer noch Wirkung. Nicht einmal unsere gewissenhafte Wettläuferin scheint sich mehr gegen die Einsicht zu wehren, dass es möglich ist, Gefühle für einen Dschinn zu entwickeln. Auch wenn sie gerade zwei davon abgestochen hat.

Jakob, die Orakel, Nadja und Finn stoßen kurz darauf zu uns. Mir fällt ein Stein vom Herzen, als ich Sylvia unversehrt in ihrer Mitte sehe. Wortlos schließe ich sie in die Arme.

»Ich hatte verdammte Angst!«, flüstert sie mir ins Ohr.

Jakob berichtet uns vom Einsatz der Liebestöter auf der Feier. Wir hatten enormes Glück, dass die Dschinn keine Ahnung vom »Stromausfall« unserer Orakel hatten. Ganz im Gegenteil: Es sieht so aus, als hätte genau dieser Umstand uns gerettet. Anders als auf dem Teichfest haben sie gar nicht erst versucht, eine weniger attraktive Gestalt anzunehmen. Aus diesem Grund haben die anderen sie mit Joshuas Hilfe schnell erkannt. Durch seine permanente Anwesenheit bei allen Buchenauer Grenzgangfeiern konnte der Wettläufer diejenigen gut aussehenden Menschen ausschließen, von denen er wusste, dass sie zu einer Gesellschaft gehören. Was dann noch übrig blieb und verdächtig war, wurde beobachtet und angegriffen. Zwar können wir nicht mit Sicherheit sagen, ob nicht doch ein paar Menschen ausgesaugt wurden, aber wenn es so war, wird sich die Zahl der Betroffenen in Grenzen halten.

»Ich bin überzeugt davon, dass Sylvia mit einer falschen Vision weggelockt werden sollte«, sagt Jakob. »Da sie aber nicht erreichbar war, haben sie nachgesehen. Irgendwann kam wie aus dem Nichts ein Mann auf sie zu und hat schnell seine Hände an ihre Wangen gelegt. Ich konnte ihn vertreiben, aber ich denke, er hat erfahren, was er wissen wollte.«

»Dann weiß er jetzt vielleicht auch, dass wir ihr Versteck auf dem Hohenfels kennen«, sage ich.

»Falls wir ihn nicht kurz darauf umgebracht haben«, gibt Tina zu bedenken.

»Nein«, sagt Finn. »Einige von ihnen flohen über den Hauptweg in die andere Richtung. Ich bin ziemlich sicher, dass dieser Dschinn es geschafft hat, seine Nachricht nach Hause zu bringen.«

Wenn das stimmt, haben wir unseren Widersachern heute eine enorme Breitseite verpasst. Sieben von ihnen sind tot, während wir keinen einzigen Verlust erlitten haben. Sie wissen, dass wir über ihre unterirdische Festung im Bilde sind und ihnen von nun an jede Menge Ärger machen können. Und sie haben nicht in Erfahrung gebracht, was der Hintergrund von Levians Schwur ist. Ich erzähle Jakob von dem Doppelgänger, den ich erschossen habe. Da runzelt er die Stirn.

»Und du bist hundertprozentig sicher, dass es nicht Levian war?«

»Hundertprozentig.«

»Was ist, wenn sie ihm die Kette nur abgenommen haben?«

»Warum sollten sie das tun?«, frage ich zurück. »Es sind Dschinn, keine Menschen.«

Ein kleines, bitteres Schmunzeln huscht über sein Gesicht.

»Na schön, Melek. Wird schon so sein. Du kennst sie am besten.«

Wenn ich in unsere Runde blicke, sehe ich seit langem endlich wieder die selbstbewusst grinsenden Gesichter von früher. Falls ich nicht völlig falsch damit liege, hat das Schicksalsrad sich auf einmal wieder zu unseren Gunsten gedreht. Und das, obwohl wir alle so schrecklich unperfekt sind. Irgendwie haben wir es trotzdem geschafft, es zu zwölft mit 100 Dschinn aufzunehmen.

»Vergiss nicht, dass sie immer noch Erik haben«, sagt Jakob, als hätte er meine Gedanken erraten.

Wie könnte ich das jemals vergessen!

Ich schaue Mike an, der wieder gewohnt zurückhaltend und verstrubbelt in der zweiten Reihe steht. Wenn man ihn so sieht, würde man niemals glauben, dass er gerade einem Hünen von einem Dschinn den Kopf abgeschlagen hat.

»Was meinst du, Michael«, sage ich. »Sind wir auf dem richtigen Weg?«

Da grinst er über das ganze Gesicht.

»Du merkst es doch selbst«, antwortet er. Nach einer kurzen Pause fügt er leicht selbstherrlich hinzu: »Der Herr hat seinen Engel gesandt, zu zeigen seinen Knechten, was bald geschehen muss.«

Ich werde nie erfahren, was genau eigentlich Mikes Ziel ist. Aber ich bin so unglaublich froh, dass er Mahdi vertrieben hat.

***

In dieser Nacht passiert nichts mehr. Die Talente fahren nach Hause, um sich von den zahlreichen Schocks des Tages zu erholen. Die Dschinn haben jede Menge Probleme zu bewältigen. Nur die Buchenauer Menschen trinken fröhlich weiter bis zum frühen Morgengrauen, unwissend und in froher Erwartung ihres Grenzgangs. Ich beneide Joshua kein bisschen um sein Doppelleben, als ich um ein Uhr auf Anastasias Sofa niedersinke. Auch wenn er als Wettläufer nicht mehr als ein oder zwei Bier trinken muss, erwartet wahrscheinlich jeder von ihm, dass er bis zum Ende der Party anwesend ist. Zum Glück sieht man bei ihm die Augenränder nicht ganz so deutlich wie bei uns.

Wie so oft nach einem aufreibenden Tag, habe ich auch heute wieder einen Traum. Diesmal bin ich definitiv kein Faun, denn ich sehe das Bannzeichen auf meiner Hand ganz genau. Es ist besudelt mit Blut, ebenso wie meine andere Hand und meine Unterarme. Ich befinde mich am Jungfernbrunnen und versuche, die roten Schlieren von meiner Haut zu waschen, doch selbst das Heilwasser ist machtlos gegen die Spuren des Todes, die an meinen Händen kleben.

»Wie fühlt es sich an, mich zu töten?«, fragt plötzlich jemand hinter mir.

Ich drehe mich um und sehe Levian aus dem Wald kommen. Seine Augen sind grau und seine Haut viel bleicher als sonst. Er ist ganz in Schwarz gekleidet, was ihn dünner wirken lässt, als er ist. Vielleicht hat er aber auch wirklich abgenommen. Selbst sein Gang hat sich verändert. Es ist nicht mehr das kraftvolle Schweben von früher, sondern nur noch ein Vorankommen ohne Energie. Es tut unglaublich weh, ihn so zu sehen.

»Oh Levian«, sage ich. »Ich habe dich nicht getötet! Es war nur ein Doppelgänger.«

»Davon rede ich nicht«, sagt er. Dann bleibt er stehen und betrachtet das Blut, das überall an mir klebt. »Wie fühlt es sich an, mich langsam zu töten? So wie es seit Wochen geschieht?«

Sofort schießen mir Tränen in die Augen. Ich weiß genau, dass er mit jeder Stunde, die ich tatenlos vergehen lasse, schwächer wird. Und doch habe ich bisher nichts getan, um ihn zu befreien. Alles, worum ich mich gekümmert habe, hatte mit Erik und meiner eigenen Rettung zu tun. Ich mache ein paar Schritte auf ihn zu. Seine Augen sind vollkommen ausdruckslos. Ich nehme seine kalten Finger in meine blutbefleckten Hände.

»Ich verspreche dir, dass ich dich rette«, sage ich aus vollem Herzen.

»Wir wissen alle, was deine Versprechen wert sind«, antwortet er leblos.

Ich muss es einfach tun. Der Schmerz, den ich Levian zumute, ist schlimmer als alles andere. Nayo hatte Recht: Niemand leidet so schrecklich wie er. Vorsichtig lege ich meine Arme um seine Schultern. Sie sind wirklich schmaler geworden seit unserer letzten Begegnung.

»Wirst du Erik freilassen?«, frage ich ihn.

»Wenn ich das mache, wird es dein und mein Untergang sein.«

»Dann soll es so sein«, sage ich und presse meine Lippen auf seine.

Doch bevor er saugen kann, wache ich auf.

Ein Pakt mit dem Teufelsweib

Unser Plan steht fest: Sobald die Fähigkeiten der Orakel wieder da sind, wollen wir Thanos über einen tierischen Wirt eine Botschaft von Sylvia schicken. Darin berichtet sie ihm von ihrer Vision und bittet darum, Erik zurückzubekommen. Sie wird nicht verraten, dass er ein Heiler ist, sondern lediglich auf die verschworene Gemeinschaft unserer Krieger pochen. Im Gegenzug dazu versprechen wir, die Dschinn kampflos aus dem Hohenfels abziehen zu lassen. Bleiben werden sie dort nun ohnehin nicht mehr. Falls die Dschinn darauf eingehen, würde das für uns bedeuten, dass wir für die Dauer der nächsten Jahre arbeitslos wären. Auch wenn sich dann jede Menge anderer Talente mit den dämonischen Flüchtlingen herumschlagen müssen.

Vorläufig allerdings können wir gar nichts tun, denn weder am nächsten noch am übernächsten Tag erholen sich Sylvia und Kadim von ihrer Vernetzung. Am Abend des dritten Tages macht Nayo unseren Plan zunichte.

»Ihr könnt ihm nichts von Erik sagen«, berichtet sie, als ich sie an der Jungfernquelle treffe. »Thanos hatte selbst eine Vision. Und er hat einen Heiler gesehen.«

»Oh nein!« Ich schlage eine Hand vor den Mund.

»Es sind die Nachwirkungen eures Orakel-Angriffs auf uns«, erklärt sie, fast ein wenig höhnisch. »Oder habt ihr etwa gedacht, dass sie unser größtes Geheimnis lüften, ohne dabei etwas von sich selbst preiszugeben?«

Wenn wir gewusst hätten, dass das passiert, hätten wir vielleicht Vorsorge treffen können. Unter Umständen wäre es sogar möglich gewesen, Thanos stattdessen unsere falsche Vision zukommen zu lassen. Dann wären alle unsere Probleme gelöst gewesen. Stattdessen ist genau das zu ihm durchgedrungen, was er nie erfahren sollte! Dieser Umstand lässt alle meine Hoffnungen platzen. Wenn die Dschinn erst einmal wissen, dass Levian Erik gefangen hält, werden sie ihn uns niemals übergeben, sondern auf der Stelle umbringen. Wir können ihnen also nichts von ihm verraten, es wäre sein sicheres Todesurteil.

»Nayo«, sage ich und lege eine Hand auf ihren Arm. »Ich bitte dich: Lass Erik frei und ich mache alles, was du willst!«

Sie schlägt meinen Arm weg.

»Das ist die völlig falsche Herangehensweise, Melek!«, sagt sie erregt. »Du bist diejenige, deren Wort man nicht trauen kann. Und wir sind diejenigen, die von euch bedrängt werden. Gerade eben haben wir uns von sieben unserer Familienmitglieder verabschiedet und ich sitze hier und unterhalte mich mit einem Talent, das Forderungen stellt! Für wie dumm hältst du mich, dir einfach meine Geisel zu überlassen, ohne eine Gegenleistung dafür bekommen zu haben? Es bleibt alles so, wie es ist: Rette Levian und du bekommst Erik!«

Ich schluchze. Wenn ich nur wüsste, wie ich es bewerkstelligen kann, in die Dschinn-Festung einzubrechen und meinen Seelenverwandten zu befreien! Aber es sieht ganz so aus, als gäbe es keinen Weg dort hinein. Außer, man ist selbst ein Dschinn. Nachdenklich schaue ich Nayo an.

»Du könntest mich verwandeln«, sage ich. »Dann breche ich bei euch ein und befreie ihn.«

Die Dschinniya stößt ein spöttisches Lachen aus.

»Wenn du erst mal ein Faun bist, bist du genauso wenig in der Lage, dich Thanos' Befehlen zu verweigern wie ich. Und er hat uns alle angewiesen, Levian in seinem Gefängnis zu halten, damit er kein Unglück über uns bringen kann. Außerdem weißt du nach der Verwandlung gar nicht mehr, was du eigentlich vorhattest.«

Damit hat sie Recht. Es war ein ziemlich kurzsichtiger Vorschlag von mir.

»Wie geht es ihm?«, frage ich leise.

Erst antwortet sie nicht, sondern starrt nur geradeaus in den Wald hinein. Schließlich wendet sie den Blick zu Boden und seufzt.

»Mittlerweile müsstest du von ihm träumen«, murmelt sie. »Das ist immer so, wenn eine Zwillingsseele zerfällt. Sie entflieht dann in eine Welt, die der andere im Traum erreichen kann.«

»Du meinst, es ist real?«, frage ich verwirrt.

»So real wie die Welt, in der du ihn triffst«, antwortet sie. »Es ist eine Zwischenwelt. Eine Seelenwelt. Ein Teil von Levian ist schon dort.«

»Könnte er mich in dieser Welt verwandeln?«, frage ich.

Ich sehe wieder das herablassende Lächeln in ihrem Gesicht.

»Ihr Menschen seid so grauenhaft grobstofflich. Ihr versteht nichts von den tieferen Sphären des Lebens. Nein, Melek, er kann deinen Körper dort nicht verwandeln. Es ist nur ein Ort, an den seine Seele flieht, weil sein Zustand ihr keinen Komfort mehr bieten kann.«

Ich denke an den Moment, als ich gestern aus meinem Traum aufgewacht bin. Irgendetwas in mir sagt mir, dass ich in letzter Sekunde gekniffen habe.

»Bist du sicher, dass es überhaupt nichts bringt?«, frage ich. »Wenn unsere Seelen sich treffen, egal, in welcher Welt, dann können sie einander dort vielleicht auch heilen.«

»Das mag sein. Aber es wird sein Leid allenfalls in die Länge ziehen.«

Ich beschließe, es trotzdem zu versuchen. Manchmal macht es im Leben einfach Sinn, Zeit zu schinden. Das habe ich in diesem Jahr oft genug erfahren. Vielleicht kann ich dadurch erreichen, dass Levian wenigstens so lange durchhält, bis ich eine Lösung gefunden habe. Ich sage Nayo, dass ich mir Mühe geben werde. Sie nickt beiläufig mit dem Kopf, aber die Hoffnungslosigkeit ist ihr anzusehen. Sie steht auf.

»Wie geht es Erik?«, frage ich sie, bevor sie gehen kann.

»Den Umständen entsprechend«, antwortet sie. »Glücklich ist er nicht.«

»Kannst du mich bald wieder zu ihm bringen?«

»Nein«, sagt Nayo. Ihre Stimme klingt schneidend. »Ich will eine Gegenleistung von dir! Dann denke ich darüber nach.«

Sie lässt mir keine Gelegenheit mehr zu betteln. Ohne mich noch eines Blickes zu würdigen, verwandelt sie sich in den Waldkauz und fliegt davon.

***

Zwei volle Wochen lang sind uns die Hände gebunden. Ohne die Orakel haben wir keine Möglichkeit, mit den Dschinn zu kommunizieren. Zwischendurch erzählt Nayo mir, dass Thanos versucht hat, uns zu erreichen. Doch die Wirte, denen er seine Nachrichten mitgab, kamen erfolglos zurück. Auch die tägliche Reinigung, die Sarah bei Sylvia und Kadim vornimmt, bringt uns nicht weiter. Also herrscht ein seltsamer Waffenstillstand: Die Dschinn greifen nicht an, weil sie sich vor dem unbekannten Heiler fürchten, den sie in unserer Mitte vermuten. Und wir wissen nicht, wie wir in den Hohenfels hineinkommen und Erik retten sollen.

Die nächste Vorfeier in Buchenau lassen wir ebenso ausfallen wie zwei Partys in Marburg. Da die Orakel weiter schweigen, wissen wir ohnehin nicht, ob die Dschinn dort sein werden.

Mit jedem Tag, der vergeht, werde ich fahriger. Die ganze Zeit über denke ich an Erik und Levian, doch keinem von uns fällt etwas ein, um ihnen zu helfen. Nayo lässt sich immer seltener blicken. Wenn ich sie doch einmal sehe, ist sie kühl und verschlossen. Über Erik erzählt sie fast nichts. Dennoch nimmt sie den Rucksack mit Kleidung und Hygieneartikeln für ihn, den ich ihr gebe, wortlos mit. Auch mein Tagebuch habe ich hineingesteckt und hoffe, dass sie es nicht aus Enttäuschung und Wut unterwegs wegwirft.

Levian treffe ich fast jede Nacht in der Seelenwelt. Der Traum geht immer gleich los: mit meinen blutigen Händen, der sinnlosen Wäsche im Heilwasser und Levians Frage, wie es sich anfühlen würde, ihn zu töten. Diese Einleitung ist irgendwie ein Ritual von uns beiden geworden. Aber dann unterhalten wir uns über etwas anderes. Die Gespräche sind anders als in meinem ersten Traum, eher philosophischer als praktischer Natur, was dem Levian von früher niemals in den Sinn gekommen wäre. Es ist verdächtig wenig Inhalt dabei. Und verdächtig wenig Wahnsinn. Es ist so, als würde man mit einem Menschen reden, der auf dem Sterbebett liegt und seine Vergangenheit aufrollt. Manchmal halte ich das nicht mehr aus. Dann versuche ich, in ihn zu dringen, gehe ins Detail und stelle bohrende Fragen nach seinem Zustand. Doch kurz darauf verliere ich ihn immer und der Traum verlischt vor meinen Augen. Einmal frage ich ihn, wo sich sein Gefängnis befindet. Da sieht er mich aus seinen schrecklichen grauen Augen an und antwortet verwirrt: »Es gibt kein Gefängnis, Melek, sieh dich doch um!«

Eine Sekunde später ist er verschwunden.

Als ich diese Spielregel der Seelenwelt verstehe, ändere ich meine Taktik. Ich versuche nicht mehr, etwas herauszufinden, sondern lasse mich einfach auf das ein, was Levians Seele im Moment anscheinend nötig hat: Streicheleinheiten. Stundenlang höre ich ihm zu, wie er über die Zusammenhänge der Natur philosophiert. Und jedes Mal biete ich ihm an, mich auszusaugen. Doch er ist viel zu entrückt, um es zu versuchen. Eines Nachts stehe ich wieder vor ihm und streichele ihm über sein Gesicht. Seine Haut ist so dünn und trocken wie Pergament geworden. Wenn ich sie anfasse, habe ich das Gefühl, sie könnte wirklich in meinen Händen zu Asche zerfallen. Ich presse meine Lippen auf seine, doch es geschieht wieder nichts.

»Levian. Erinnere dich daran, wie es früher war! Ich habe etwas für dich, das dir das Leben zurückgeben kann. Du musst es dir nur holen!«

Sein Blick sagt mir, dass er mich nicht versteht. Also versuche ich es einfach andersherum. Vielleicht kann ich ihm in dieser Welt meine Gefühle einhauchen, so wie Erik es in der realen Welt tut. Vorsichtig öffne ich Levians Mund mit meinen Lippen und schnüre in meinem Inneren ein Paket aus Zuversicht und Liebe zusammen. Ich stelle mir einfach vor, wie es in meinem Herzen entsteht und sich von dort aus emporarbeitet, bis ich es mit meiner Zunge direkt auf seine lege. In dem Moment packt mich der Sog. Ich gebe mein Willkommenspaket frei und öffne ihm den Weg in mein Innerstes. Levian saugt gierig. Doch diese Welt ist anders. Es fühlt sich nicht wie Zerstörung an. Lange stehen wir so da und lassen meine Emotionen über die neu gebaute Brücke von einer Seele in die andere fließen. Mehr als das geschieht nicht. Als er wieder von mir ablässt, fühlt seine Haut sich anders an. Sie ist frischer und seine Augen sind wacher, wenn auch weiterhin grau.

»Was machst du, Melek?«, fragt Levian.

»Ich versuche, dich zu heilen«, antworte ich. »Geht's dir besser?«

Er nickt.

»Dann komme ich morgen wieder und wir tun das Gleiche!«

Von diesem Tag an behandelt Nayo mich nicht mehr wie ein unmündiges Kind. Gleich am nächsten Abend erzählt sie mir, dass Levians Zustand sich dort unten in seinem Verlies gebessert hat. Keiner der Dschinn hat eine Erklärung dafür. Man vermutet, dass am Ende doch ein kleiner Asket in ihm steckt. Aber Nayo und ich wissen ganz genau, dass es nicht so ist. Irgendwann wird der Punkt kommen, an dem ich seinen Verfall nicht mehr aufhalten kann. Doch nun habe ich zumindest eine Möglichkeit gefunden, die Prozedur in die Länge zu ziehen.

»Darf ich jetzt Erik wiedersehen?«, bitte ich die Dschinniya.

Wir sitzen am Rand des Tretbeckens, das mittlerweile von Moos und Algen befreit wurde, und sehen den ersten Lindenblüten zu, die wie kleine Fallschirme durch die Luft wirbeln. Es ist warm und vom Himmel strahlt die Sonne, als gäbe es keine Höhlen und Gefängnisse, in die ihre Strahlen nicht vordringen. Nayo fängt eine der Blüten auf und pustet sie wieder nach oben Richtung Baumkronen.

»Nein«, sagt sie.

»Warum nicht?«

»Wir sind nicht auf Besuch eingestellt.«

In mir steigt eine solche Verzweiflung hoch, dass ich mit beiden Fäusten auf sie einschlage. Erst reagiert sie gar nicht, dann packt sie meine Handgelenke und hält sie fest.

»Ist er tot?«, schluchze ich.

»Nein. Ich will einfach nicht, dass du ihn siehst.«

Das bedeutet, auch Eriks Zustand hat sich so sehr verschlechtert, dass sie Angst hat, ich könnte bei seinem Anblick Ärger machen. Ich habe keine Ahnung, was mit einem Menschen geschieht, der fast vier Wochen lang in einer Höhle eingesperrt ist und nicht einmal merkt, ob draußen Tag oder Nacht herrscht.

»Bitte, Nayo! Lass ihn wenigstens an die Sonne! Wir Menschen gehen kaputt, wenn man uns in der Dunkelheit festhält!«

Sie runzelt die Stirn, sie scheint keine Lust zu haben, mit mir zu diskutieren. Das Verhältnis zwischen uns ähnelt dem, wie es früher mit Levian und mir gewesen ist. Zwischendurch fühlt es sich an, als wären wir Freunde. Oder zumindest Geschäftspartner, die gemeinsam am selben Strang ziehen. Aber dann gibt es Momente wie diesen, in denen sie mich ganz deutlich daran erinnert, dass sie mir jederzeit das Genick brechen könnte.

»Okay«, sagt sie schließlich und lässt meine Hände los. »Ich bringe ihn jeden Tag eine Stunde nach draußen. Solange du Levians Seele versorgst. Hast du keinen Erfolg mehr, ist es auch mit der Sonderbehandlung für deinen Freund vorbei.«

In diesem Moment hasse ich sie aus ganzem Herzen. Mir bleibt nichts anderes übrig, als klein beizugeben. Doch meine Hoffnung, Erik jemals wiederzusehen, wird mit jedem Tag kleiner.

***

In Anastasias Zimmer hängt ein Abreißkalender, der in den letzten Wochen zu meinem schlimmsten Feind geworden ist. Als ich das Blatt vom 9. Juni abreiße, fühle ich einen doppelten Stich in meinem Herzen: Vor genau einem Monat habe ich Erik verloren und genauso lange lebt Levian nun enthaltsam. Niemals hätte ich gedacht, dass sie beide so lange in ihrem persönlichen Gefängnis ausharren könnten. Und es ist immer noch kein Ende in Sicht. Dafür bahnt sich eine neue Katastrophe an. In vier Tagen ist Grenzgang und wir haben weiterhin keine funktionierenden Orakel.

Gerade, als ich das denke, klingelt das uralte Handy, das Jakob mir gegeben hat, weil Mahdi mein eigenes mitgenommen hat. Ich gehe ran und erfahre sofort die erlösende Neuigkeit: Sylvia und Kadim funktionieren wieder!

»Es geschah bei beiden gleichzeitig, nachdem Sarah sie gereinigt hat«, erzählt Jakob fasziniert. »Von einer Sekunde auf die andere waren ihre Talente wieder da, so als wäre nichts gewesen!«

»Das ist fantastisch!«, jubele ich. »Dann können wir endlich mit den Dschinn kommunizieren!«

»Ja«, sagt Jakob. »Wir treffen uns heute Nachmittag in Friedensdorf!«

Ich laufe wie ferngesteuert in der Wohnung hin und her, nachdem wir aufgelegt haben. Anastasia beobachtet mich leicht verwirrt vom Tisch aus und legt das Kinderbuch beiseite, in dem sie gerade die Bilder betrachtet hat.

»Orakel wieder gesund?«, fragt sie.

Ich lasse mich neben sie auf einen Stuhl fallen.

»Ja. Das heißt, es geht nun endlich voran!«

Anastasia drückt meine Hände und stößt ein kindisches Lachen aus. Ich glaube nicht, dass sie versteht, was genau nun passieren wird. Im Grunde weiß ich es ja auch nicht. Aber alles ist besser, als herumzusitzen und sich den Kopf zu zerbrechen. Ich vertraue einfach darauf, dass die Wortgewandten unter den Talenten eine Botschaft formulieren können, die mir am Ende Erik zurückbringt. Was auch immer der Preis dafür sein sollte.

Nur wenige Stunden später haben wir uns in der stickigen Hütte versammelt, weil hier die geringste Gefahr besteht, belauscht zu werden. Nach all dem, was wir mittlerweile mit den Dschinn erlebt haben, vertrauen wir nicht mehr darauf, dass die Orakel sie jederzeit wahrnehmen. Schon gar nicht an einem Tag wie diesem, wo sie ihre Fähigkeiten eben erst zurückbekommen haben.

Schnell wird klar, dass das Unmögliche eben nicht möglich ist: Wir können Erik nicht zurückfordern, ohne zu sagen, dass Levian und Nayo ihn in ihrer Gewalt haben. Thanos wird sofort wissen, dass es sich bei dem Gefangenen um den ominösen Heiler handelt. Das bedeutet, wir müssen stattdessen Levian kriegen. Nur den werden die Dschinn genauso wenig herausgeben, weil er ja laut Prophezeiung Unglück über sie bringen soll. Je länger wir über sinnvolle Formulierungen diskutieren, desto aufgewühlter werde ich.

»Das ist alles Mist!«, schreie ich schließlich. »Das Einzige, was uns bleibt, ist die Strategie von Mahdi: Machen wir Druck! Entweder sie rücken Levian heraus oder wir sprengen ihren Berg!«

»Du willst ihren Berg sprengen?«, fragt Tina entgeistert. »Was meinst du, wie die Menschen darauf reagieren werden?«

»Das ist mir völlig egal!«, brülle ich. Meine Stimme überschlägt sich. »Die Veteranen sollen irgendwas erfinden, von mir aus irgendeinen Terrorakt!«

»Auf dem Hohenfels ...«, brummt Rafail vielsagend.

»Dann eine Grenzgang-Sabotage, was weiß ich!«

»Grenzgang-Sabotage?«, fährt Joshua hoch. »Das ist jetzt nicht dein Ernst, oder?«

»Doch, das ist mein voller Ernst!«, schreie ich ihn an. »Erik und Levian sterben, geht das nicht in deinen Kopf hinein?«

»Levian ist ein Dschinn«, sagt Joshua etwas pikiert.

»Ja, und du bist ein ... ein ...!«

»Schluss jetzt!«, brüllt Jakob. »Du bist genau das Gleiche wie Joshua, Melek!«

Erst, als er das sagt, komme ich wieder zu mir. Vor Scham werde ich ganz rot im Gesicht.

»Ein Talent!«, sagt Jakob. »Und Talente kämpfen immer miteinander. Nie gegeneinander.«

Ich bin immer noch so mitgenommen von meinem Ausbruch, dass ich schnell einlenke. Joshua runzelt die Stirn. Ich strecke ihm meine Hand entgegen.

»Tut mir leid«, sage ich. »Ich bin aufgewühlt, verzeih mir!«

Schon ändert sich sein Gesichtsausdruck. Das übliche charmante Wettläufer-Grinsen kehrt zurück. Ein bisschen zu heftig schlägt er mit seiner Pranke ein.

»Schon okay, du ... du ... Volltrefferin!«

Um nicht noch mehr Unfrieden zu provozieren, setze ich mich ein Stück abseits von den anderen auf eine Tischkante und nehme mir vor, erst mal nur zuzuhören und nichts mehr zu sagen. Das ist gar nicht so leicht, denn zuerst lässt niemand auch nur ein gutes Haar an meinem Vorschlag. Die meisten verstehen noch nicht mal, dass ich es bitterernst gemeint habe. Aber als sie eine weitere Viertelstunde sinnlose Ideen gewälzt haben, bringt Nadja meinen Vorschlag wieder ins Spiel.

»Ich finde, wir könnten ihnen das ruhig androhen«, sagt sie. »Selbst, wenn wir es nicht tun.«

Niemand hat einen besseren Vorschlag. Also geht Mike hinaus in den Wald und kommt kurz darauf mit einem Eichhörnchen wieder. Sofort fängt mein Herz an zu pochen, denn das Tierchen erinnert mich an all die nächtlichen Besuche, die Levian in dieser Gestalt an meinem Fenster gemacht hat. Es muss hundert Jahre her sein.

Mike setzt sich mit dem Eichhörnchen auf einen Stuhl und winkt Sylvia zu sich.

»Es weiß, dass es eine Botschaft überbringen soll«, erklärt er. »Du musst sie ihm jetzt übertragen. Hast du das schon mal gemacht?«

Sylvia schüttelt den Kopf. Also setzt Mike zu einer Erklärung an, die alles in allem furchtbar kompliziert klingt und mit jeder Menge psychologischer Tricks zu tun hat.

»Nein, schon okay«, unterbricht Sylvia ihn. »Ich denke, ich kann das!«

Dann legt sie eine Hand auf das Eichhörnchen, lässt kurz ihre Augenlider flattern und nimmt die Hand wieder weg.

»Das war's schon?«, wundert sich Mike.

»Ja. Sieh doch nach!«

Mike schüttelt den Kopf.

»Diese Trojaner bestehen nicht aus Worten. Sie sind viel komplizierter. So wie zehnfach komprimierte zip-Dateien. Ich kann sie nicht mal lesen. Und es ist höchst ungewöhnlich, dass du sie so einfach senden kannst.«

Sylvia zuckt nur mit den Schultern. Da verschränkt Mike plötzlich die Arme vor der Brust und schaut sich die Orakel nachdenklich an.

»Was ist mit dir, Kadim?«, fragt er. »Kannst du das auch?«

Der schüttelt den Kopf.

»Ich wüsste nicht, wie. Lesen ja, senden nein. Nicht ohne Übung.«

Wieder schaut Mike Sylvia lange an. Dabei lässt er das Eichhörnchen nicht von seinem Schoß herunter. Das Tierchen bleibt ganz ruhig und rollt sich entspannt zusammen.

»Du bist wirklich herausragend«, murmelt er dann. »Ich frage mich ...«

»Was?«, haken Jakob und ich gleichzeitig nach.

»Ich frage mich, ob du einen Schutzzauber wie Mahdi hinbekommen könntest.«

Sylvia wird bleich.

»Nein«, stammelt sie. »Nein, ich glaube nicht.«

»Ich schon«, sagt Mike und steht auf. Dann hält er ihr das Eichhörnchen wieder vor die Nase. »Nimm den Trojaner weg, wir probieren was anderes!«

Keiner von uns weiß so recht, was Mike vorhat. Aber mittlerweile ist unser Vertrauen in ihn wieder groß genug, dass niemand versucht, ihn zu bremsen. Also legt Sylvia dem Tierchen noch einmal ihre Hand auf und entfernt die Nachricht für Thanos wieder. Danach entlässt Mike es nach draußen in den Wald. Ich bin gespannt, was er uns nun unterbreiten wird. Zuerst wendet er sich an Nadja:

»Du bist ziemlich gut als Stylistin«, sagt er. »Meinst du, du kriegst Melek so hin, dass man sie für eine minderprächtige Dschinniya halten könnte?«

Nadja schaut verwirrt in meine Richtung.

»Mit einem entsprechenden Budget für Kunsthaare und Theaterschminke, ja«, sagt sie.

Mike grinst.

»Dann brauchen wir jetzt nur noch jemanden von der Gegenseite, mit dem Sylvia trainieren kann.«

**

Es ist seltsam, Nayo zwischen all den Talenten zu erleben. Ihr selbst geht es garantiert genauso, als sie am nächsten Nachmittag zur Schutzhütte kommt. Alle außer mir starren sie an, als wäre sie eine Kuriosität aus einem Wachsfigurenkabinett. Wir stehen alle auf dem Vorplatz der Schutzhütte, wo Mahdi uns damals mit seinen Offizieren entgegengetreten ist.

»Hi«, sagt Mike und streckt ihr die Hand entgegen. »Ich bin der Erzengel Michael.«

»Was immer das sein soll«, entgegnet die Dschinniya unbeeindruckt.

Mike grinst und lässt seine Zottelhaare fliegen.

»Und hier ist Sylvia!«

Etwas widerstrebend lässt sich unser kleines Orakel von ihm aus der Reihe nach vorn schieben. Bei ihrem Anblick fangen Nayos Augen an zu funkeln.

»So«, sagt sie. »Du bist das!«

Damit ist schon mal klar, über wen die Dschinn so reden, wenn sie nachts bei Kerzenschein in ihrem Palast zusammentreffen. Sylvia bringt keine Erwiderung heraus.

»Alles, was du tun sollst, ist, Bescheid zu sagen, sobald der Schutzzauber funktioniert«, erklärt Mike. »Sylvia wird versuchen, einen von uns damit zu verbergen, und du gibst ihr ein Zeichen, wenn es funktioniert. Alles klar?«

»Nein«, sagt Nayo und funkelt ihn mit ihren blitzenden Augen an. »Bevor ich bei der Sache mitspiele, will ich einen Schwur von eurem Anführer! Wer ist das?«

Mittlerweile sollte sie eigentlich wissen, wie sinnlos das Unterfangen ist, von einem Menschen ein brauchbares Versprechen zu erhalten. Ich weiß nicht recht, warum sie es trotzdem einfordert.

»Ich«, sagt Jakob. »Was willst du?«

»Versprich mir, dass ihr Levian befreit und am Leben lasst. Und anschließend bekommt er Melek!«

Sie hat ja keine Ahnung, was sie da gerade von Jakob fordert. Damit hat sie alle seine großen Lebensthemen zusammengefasst, in einen Topf geworfen und verlangt nun, dass er eigenhändig mit einem Vorschlaghammer darauf herumschlägt.

»Den erste Teil kann ich dir versprechen, den zweiten nicht«, antwortet Jakob.

»Dann kannst du es vergessen!«, zischt Nayo und dreht sich auf dem Absatz um. Ich sehe ungläubig dabei zu, wie sie uns den Rücken kehrt und zurück in den Wald geht.

»Das kannst du nicht machen!«, schreie ich ihr hinterher. »Ohne dich kriegen wir Levian nie da raus!«

Sie läuft stur weiter geradeaus, ohne meinen Einwand im Geringsten zu beachten.

»Verdammtes Teufelsweib!«, murmelt Mike.

Ich gehe zu Jakob und ziehe ihn zur Seite.

»Du weißt seit Wochen, dass es darauf hinausläuft«, flüstere ich ihm ins Ohr. »Versprich es ihr einfach und sie wird uns helfen!«

»Melek«, sagt Jakob, den Blick ins Tal hinunter gewandt. »Es ist etwas anderes, mit dieser Möglichkeit zu rechnen oder sie zu besiegeln.«

»Tu es!«, fordere ich.

»Das kann ich nicht!«

»Doch!«

Ich gehe auf die Zehenspitzen und ziehe seinen Kopf zu mir herunter, wie ich es früher so oft getan habe, und lege meine Stirn an seine.

»Du kannst es, Jakob«, sage ich. »Tu es für die Armee, für die Menschheit!«

Er schüttelt den Kopf.

»Dann tu es für mich!«

Er schweigt. Ich streichle seinen Nacken. Dann schaut er mir endlich in die Augen.

»Wie oft willst du mir noch das Herz brechen?«, flüstert er.

»Es ist das letzte Mal.«

Da beugt er sich zu mir herunter und küsst mich auf den Mund. Ich halte den Moment in meinem Herzen fest. Es ist einer dieser Augenblicke, in denen wir uns nicht näher sein könnten. Was die anderen jetzt denken, ist mir egal. Das Letzte, was ich loslasse, ist Jakobs Hand. Dann renne ich Nayo hinterher und hole sie zurück. Jakob leistet ihr das gewünschte Versprechen mit versteinerter Miene.

»Wenn du es brichst, werde ich sie töten«, stellt sie klar.

Wir glauben ihr aufs Wort.

Dann setzt sie sich mit Sylvia, Kadim und Mike in die Ecke und gibt Kommentare ab, sobald ihr etwas Ungewöhnliches an Rafail vorkommt, der als Testperson herhalten muss.

Am Abend ist unser kleines Orakel so weit. Sylvia kann einen Schutzzauber über eine Person legen, um sie vor den Dschinn zu verbergen. Niemand von uns hätte das je für möglich gehalten. Keiner will darüber nachdenken, wie Mahdi reagieren wird, wenn er je erfährt, dass gerade irgendwo im hessischen Hinterland ein Talent heranwächst, das ihm eines Tages das Wasser reichen können wird. Vielleicht mehr als das.

Als sie fertig sind, bringe ich ihnen eine Flasche Wasser und setze mich neben Sylvia. Sie sieht ziemlich ausgelaugt aus. Ich stupse sie mit der Schulter an.

»Klasse gemacht, Große.«

»Danke. Ich hätte nie gedacht, dass ich das schaffe!«

»Ich schon«, sage ich lächelnd.

Sie will etwas erwidern, da landet plötzlich ein zitronengelber Schmetterling auf ihrer Schulter und krabbelt hinauf zu ihrem Halsansatz. Er sieht zart und friedlich aus. Erst Nayos alarmierter Blick macht mir klar, dass es sich bei dem Insekt um einen Boten handeln muss.

»Sylvia ...«, flüstere ich.

»Ich weiß ...«, murmelt sie als Antwort. »Still!«

Der Schmetterling legt seine winzigen Fühler auf ihre Haut. Sie schließt die Augen und lässt sich bereitwillig seine Nachricht übertragen. Ich halte den Atem an. Es dauert nur ein paar Sekunden, dann nimmt der Schmetterling seine Fühler wieder weg und flattert davon in Richtung Wald. Ich suche Sylvias Blick.

»Eine Nachricht von Thanos?«, frage ich.

Sie nickt.

»Er bittet Jakob und seine Offiziere zu einem persönlichen Gespräch unter weißer Flagge. Noch vor dem Grenzgang erwartet er unsere Antwort!«

Mir ist sofort klar, welche Antwort Jakob ihm schicken wird: gar keine. Alles, was wir den Dschinn mitzuteilen hätten, würde die Situation zwischen unseren beiden Lagern nur schlimmer machen. Also spielen wir wieder einmal auf Zeit.

Jedem sein Grenzgang

Das einzige Problem, das wir jetzt noch haben, ist der Eingang in den Hohenfels. Doch auch in diesem Fall weiß Nayo Rat.

»Es gibt eine Stelle, an der wir sperrige Gegenstände hineinschaffen«, sagt sie.

»Der Lieferanteneingang«, bemerkt Mike.

»Auch wir haben Möbel, stell dir vor!«, sagt die Dschinniya bissig.

»Und davor liegt ... lass mich raten ... ein riesiger Felsbrocken.«

»Bingo.«

»Es dürfte kein Problem für dich sein, den da wegzurollen!«

»Doch, aber zu zweit müsste es klappen.« Dabei schüttelt sie den Kopf und stöhnt deutlich vernehmbar. Die Gedanken, die ihr gerade durch den Kopf schwirren, sind eindeutig nicht von der angenehmen Art.

»Wer soll dir dabei helfen?«, frage ich.

»Na wer wohl, Melek?«, brummt sie. »Es gibt nicht viele Faune, die in dem verdammten Versprechen mit drinhängen!«

Also Leviata. Mir graut vor der Begegnung mit ihr. Ich bin mir hundertprozentig sicher, dass sie mich mittlerweile mehr hasst als jedes andere lebendige Wesen. Denn ich bin der Grund, warum ihr Bruder seit Wochen Stück für Stück stirbt. Dass sie trotzdem nichts gegen mich unternehmen kann und mir nun auch noch beim Einbruch in ihren Palast helfen soll, wird für sie unerträglich sein. Ich habe tatsächlich das Gefühl, als müsste ich mich bei ihr dafür entschuldigen. Aber wie auch immer Leviata auf diese Forderung reagieren wird, sie wird uns helfen. Damit hätten wir es tatsächlich geschafft, eine Möglichkeit zu finden, wie ich in die unterirdische Festung der Dschinn gelangen und Levian befreien kann. Die Frage ist nur, ob ich mich wirklich erfolgreich als Dschinniya ausgeben kann. Sylvias Schutzzauber überdeckt zwar meine menschliche Ausstrahlung, aber ich bin immer noch das, was mich auch zu einem miserablen Liebestöter macht: ungrazil, steif und wenig bezaubernd. Nadja soll das Problem mit Nachhilfeunterricht lösen.

Also vergeht ein weiterer Tag, an dem ich auf High Heels mit Büchern auf meinem Kopf durch die Schutzhütte stolpere. Der Rest der Truppe schaut anfangs zu. Doch als ich nach zwei Stunden immer noch umknicke und meine Bücher verliere, machen sie lieber Waffenübungen.

»Beweg doch mal deine Hüften!«, sagt Nadja genervt. »Und hör auf, mit dem Kopf zu wippen!«

Ich bin am Verzweifeln.

»Ich versuch's doch, Nadja!«, heule ich.

Nun tritt sie hinter mich, fasst mich an den Hüften an und schiebt sie im Gehen hin und her. Der komplette Bücherberg purzelt ihr in den Nacken. Als Nächstes versucht sie, vor mir herzulaufen und fordert mich auf, ihre Bewegungen nachzuahmen. Doch ich sehe schon an den Gesichtern von Nayo, Jakob und Mike, dass es nicht funktioniert.

»Selbst ich könnte das besser«, brummt Mike.

Am Abend geben wir auf. Natürlich wissen die anderen, dass es nicht an meinem fehlenden Engagement liegt. Ich würde wirklich alles tun, um Erik und Levian zu retten. Aber das, was dafür nötig ist, bringt mein Körper einfach nicht zu Stande. Ich hasse mich selbst dafür.

»Gibt es eine Möglichkeit, wie wir es verbergen könnten?«, fragt Mike Nayo. »Eine vorgetäuschte Verletzung zum Beispiel?«

Die Dschinniya schüttelt den Kopf.

»Nein, so etwas haben wir nicht. Verletzungen werden geheilt und damit hat sich's. So wie Melek läuft bei uns niemand rum.«

Diese Aussage macht mich endgültig fertig. Nun sind wir so weit gekommen und wieder einmal bin ich diejenige, die den Plan wegen ihrer Unfähigkeit zunichtemacht.

»Wir müssen es trotzdem versuchen«, sagt Nayo. »Dann eben an einem Vormittag, an dem fast alle im Palast schlafen. Zum Glück gibt es bald eine solche Gelegenheit.«

»Nach dem Grenzgang«, sagt Jakob.

»Genau.«

Ich hatte gehofft, Levian noch vor dem Fest zu befreien. Das hätte bedeutet, dass die Dschinn während der fünf schlimmsten Tage des Jahres mit anderen Dingen beschäftigt gewesen wären und die Menschen vielleicht in Ruhe gelassen hätten. Aber so wie es nun aussieht, ist der Ruhetag nach dem großen Fressen die einzige Chance für uns. Joshua wird von dieser Nachricht gar nicht begeistert sein. Und noch viel weniger wird ihm gefallen, dass dadurch unser Grenzgang-Engagement am Sonntag und Montag stark abnehmen wird. Wenn wir dafür sorgen wollen, dass unsere Feinde am Dienstag tief und fest schlafen, dürfen wir ihnen den Zugang zu ihren Drogen an den beiden Tagen zuvor nicht verwehren. Das bedeutet: Sie müssen saugen.

»Wir werden diese beiden Tage auf jeden Fall begleiten, damit die Dschinn keinen Verdacht schöpfen«, erklärt Jakob in der letzten Besprechung vor dem Fest. »Wir senden auch Liebestöter aus und mischen uns unter die Leute. Aber dabei bleiben wir zurückhaltend. So leid es mir um die Menschen tut. Meleks Rettungsaktion ist wichtiger!«

Es war klar, dass Joshua das nicht so ohne weiteres schlucken würde. Er springt auf und schaut Jakob und mich anklagend an.

»Ihr überlasst die Menschen den Dschinn, nur weil Melek es nicht fertigbringt, mit dem Hintern zu wackeln?«, fragt er entsetzt.

Diesmal ist er derjenige, der sich eine rüde Zurechtweisung von Jakob einfängt.

»Es geht hier um die Befreiung des ersten Heilers, den die Talente seit Jahrhunderten hatten«, stellt er klar. »Eure Besucher werden alle sieben Jahre sowieso ausgesaugt. Wir halten dafür regelmäßig unsere Köpfe hin, auch wenn wir nur wenige retten können. Diesmal wird es eben anders sein: Satte Dschinn sind schlafende Dschinn. Je weniger von ihnen Melek zu Gesicht bekommen, desto besser.«

Immerhin geht es dabei nicht nur um meine fehlende Anmut. Auch vom Äußeren her werde ich niemals mit den Dschinniyas vom Hohenfels mithalten können, egal, wie gut Nadja mich zurechtschminkt. Es ist wirklich die beste Lösung, wenn wir dafür sorgen, dass mich kaum jemand sieht. Joshua scheint das in der Theorie zwar zu verstehen, trotzdem wehrt sich alles in ihm gegen diesen Schritt.

»Ich kann es nicht fassen!«, murmelt er vor sich hin und schüttelt den Kopf.

Tina legt ihm eine Hand auf den Arm.

»Das musst du aber«, sagt sie. »Manche Opfer sind einfach unumgänglich.«

Als er das aus ihrem Mund hört, seufzt Joshua und gibt sich geschlagen. Trotzdem sieht er todunglücklich aus.

***

Der sorgenvolle Ausdruck im Gesicht des Wettläufers ist immer noch nicht verschwunden, als am nächsten Nachmittag die Böllerschüsse zum Auftakt des Buchenauer Grenzgangs ertönen und sich das halbe Dorf in Bewegung setzt. Im Gegensatz zu den folgenden beiden Tagen ist der Donnerstag kein Wandertag, sondern nur eine Auftaktveranstaltung. Joshua und sein Kollege Peter stecken in einem schwarzen Anzug mit weißem Hemd und schwarzer Krawatte. Sie tragen zusammen einen Kranz zum Friedhof und legen ihn vor einem riesigen Holzkreuz nieder. Die Menschenschlange, die hinter ihnen herläuft, besteht zum Großteil aus Ortsansässigen. Für mich ist es schwer, in diesem Kreis nicht erkannt zu werden. Auch wenn ich in Buchenau nie so richtig dazugehört habe, weiß mittlerweile wohl jeder, dass die Tochter des Försters mit ihrem minderjährigen Freund nach Amerika durchgebrannt ist. Allein deshalb wurden in letzter Zeit wahrscheinlich einige Bilder von mir herumgezeigt. Also habe ich die Haare unter einer Baseballkappe versteckt und trage eine riesige Sonnenbrille. Nadja hat mir die Lippen knallrot angemalt, was einen verblüffenden Effekt hat. Für Außenstehende sehe ich damit wirklich fremd aus. Nur meinen Eltern darf ich auf keinen Fall über den Weg laufen. Sylvia verspricht mir, rechtzeitig Bescheid zu sagen, wenn sich einer von beiden in unserer Nähe aufhält. Schon oben am Friedhof ist es so weit.

»Kein einziger Dschinn weit und breit«, flüstert Sylvia. »Aber dein Vater ist da. Da vorn beim Komitee!«

Wir stehen versteckt im hinteren Drittel der Zuschauer, wo kaum eine Chance besteht, dass mein Vater mich sehen könnte. Trotzdem kann ich es mir nicht verkneifen, recke meinen Kopf und suche ihn. Ich entdecke ihn schnell mit seiner auffallenden Kleidung: traditionell in Lodengrün gekleidet steht er da, einen einfachen Försterhut auf dem Kopf. Wegen seiner enormen Größe überragt er die Komiteemitglieder um ein ganzes Stück. Eine Welle von Traurigkeit überkommt mich bei seinem Anblick. Obwohl er so weit weg ist, erkenne ich doch auf seiner Stirn mehr Falten als früher. Seine Schultern hängen nach vorn. Meine Eltern müssen sich furchtbare Sorgen um mich machen. Und ich könnte sie alle von ihnen nehmen. Dazu müsste ich nur die zwanzig Meter zwischen uns überbrücken und mich zeigen.

Was natürlich unmöglich ist.

Der Grenzgang fängt genauso an, wie ich es vermutet habe: mit jeder Menge Ansprachen, brennenden Fackeln, Jagdhornbläsern und dem Frauenchor, der ein ziemlich schräges Lied von sich gibt. Die ganze Zeit über steht Joshua wie eine Statue neben dem Kreuz und repräsentiert den traditionellen Beschützer. Keiner der zahlreichen Fahnen- und Schärpenträger um ihn herum hat eine Ahnung, was hinter der Stirn ihres Wettläufers vorgeht. Bis gestern hat er noch geglaubt, seine versilberte Peitsche könnte die Grenzgänger vor den Dschinn bewahren. Heute weiß er, dass er viele von ihnen in ihr Unglück wandern lassen muss.

Dann haben die Buchenauer die schöne Idee, einen Verschlag voller Brieftauben zu öffnen und sie in die Lüfte steigen zu lassen. Selbst ich bin von dem Anblick hingerissen. Die Tauben formieren sich zu einer pulsierenden Wolke, ziehen ein paar Kreise über unseren Köpfen und verschwinden dann in Richtung der untergehenden Sonne.

»Ich wünschte, ich könnte mit ihnen wegfliegen«, flüstert Sylvia mir zu. »Mir graut so sehr vor den nächsten Tagen!«

Damit spricht sie mir aus der Seele. Auch wenn wir jetzt nur drei anstelle von fünf Tagen überwachen müssen, setzen wir trotzdem unser Leben aufs Spiel. Und was danach kommt, wird nicht besser werden. Nicht für mich.

Als alles vorbei ist, marschieren die Buchenauer zum Geträller des Spielmannszugs zurück nach Hause, wo sie sich ausgehfein für den Abend machen. Sie sind jetzt viel weniger andächtig als zuvor. Ihre Schritte sind beschwingt, es wird geplappert und laut gelacht. Die ersten Bierflaschen zischen. Bis zu diesem Zeitpunkt hatten wir noch keine einzige Möglichkeit, in irgendeiner Weise Kontakt mit Joshua aufzunehmen. Aber nun, da er nach Hause geht, um sich umzuziehen, schleichen Jakob, Tina, Sylvia und ich hinterher. Als wir klingeln, öffnet uns sein Vater, ein breitschultriger Zwei-Meter-Mann mit tiefschwarzer Haut.

»Was wollt ihr denn?«, fragt er leicht genervt. »Wir haben hier alle Hände voll zu tun!«

»Wir müssen Joshua noch viel Glück wünschen«, sagt Sylvia mit ihrem kindlichen Charme. »Ich bin mir ganz sicher, dass er uns sehen will!«

Herr Larson muss einen halben Meter weit nach unten schauen, um Sylvia überhaupt zu entdecken. Aber als er dann ihrem Hundeblick begegnet, schmilzt er sofort dahin und lässt uns hinein.

»Wer seid ihr eigentlich?«, fragt er noch, während wir uns durch die Tür drängen.

»Rollenspieler«, sagt Jakob. »Wir haben Joshua zufällig im Wald getroffen.«

»Aha«, sagt sein Vater. »Davon hab ich gehört!«

Allzu erfreut scheint er über die neuen Freunde seines Sohnes nicht zu sein. Das könnte daran liegen, dass Joshua die meisten seiner Vorlesungen an der Uni verpasst, seit er uns kennt. Er führt uns trotzdem ins Wohnzimmer, wo unser aller Wettläufer in voller Traditionsuniform auf einem Stuhl sitzt. Er trägt eine weiße Hose und ein weißes Hemd, darüber einen blauen Gürtel und eine ärmellose blaue Weste mit roten Stoffbommeln. Seine Kopfbedeckung besteht aus einer hutartigen Mütze, die mit drei großen, nach hinten ragenden Straußenfedern geschmückt ist. Ich muss zugeben, damit sieht er ein bisschen beeindruckend aus. Die hochgekrempelten Ärmel seines Hemds bringen seine muskulösen dunklen Arme besonders gut zur Geltung. In Joshuas Rücken steht seine Mutter und fummelt nervös an dem Knoten des roten Halstuchs herum, das sie ihm gerade umlegen will.

»Dieser Scheißknoten macht einfach nicht, was ich will!«, flucht sie eben, als wir durch die Tür treten. Dann bemerkt sie, dass sie Zuhörer hat, und wird ein bisschen rot. Joshuas Mutter ist mir sofort sympathisch. Sie ist eine kräftige blonde Frau mit hübschem Lächeln und einem energischen Zug im Gesicht. Neben ihren beiden riesigen Männern wirkt sie fast schon zierlich, obwohl sie bestimmt nicht klein ist.

»Ist doch wahr!«, murmelt sie und nestelt weiter an dem Halstuch, bei dem immer irgendein Zipfel nach vorne oder hinten absteht. Joshua schneidet eine Grimasse. Spontan geht Tina zu ihnen.

»Darf ich's mal versuchen?«, fragt sie seine Mutter.

Frau Larson gibt ihre Aufgabe anscheinend gern ab.

»Ich bitte dich!«, stöhnt sie. »Wer immer du auch bist!«

Tina greift einmal von hinten um Joshuas Hals. Dann fummeln ihre Finger flink den Knoten zusammen. Das Ganze dauert drei Sekunden.

»So, jetzt steht auch nichts mehr ab.«

»Danke, Tina«, sagt Joshua und wirft ihr einen verschwörerischen Blick zu.

»Jahrelange Übung«, murmelt sie. Sie legt ihm noch einmal die Hände auf die Schultern und geht dann vom Stuhl weg zu uns anderen herüber.

»Wartewartewarte mal!«, sagt Joshuas Mutter und setzt ein verzücktes Lächeln auf. Sie scheint die Stimmung zwischen ihrem Sohn und der ominösen Halstuch-Verknoterin auf Anhieb bemerkt zu haben, trippelt Tina auf genau dieselbe Art hinterher, wie es meine Mutter immer bei Erik gemacht hat, und streckt ihr die Hand entgegen.

»Ich bin Nikola«, sagt sie.

Tina kriegt es sichtbar mit der Angst zu tun. Sie hat in ihrem Leben schon jeder Menge Dschinn gegenübergestanden. Auch ein paar blutrünstige Wölfe und unberechenbare Generäle waren dabei. Aber eine Situation wie diese musste sie noch nie meistern, denn Eriks Eltern haben sie immer ignoriert.

»Tina«, murmelt sie und schüttelt schwach die Hand von Frau Larson.

»Und wieso kannst du so tolle Knoten machen?«

Ich würde jetzt gern einwerfen, dass Tina auch ziemlich gut lautlos durch den Wald schleichen und ihren Degen in wilde Tiere bohren kann. Knoten jeder Art sind so ziemlich ihre leichteste Übung.

»Mein Vater war mal Wettläufer in Biedenkopf«, nuschelt sie stattdessen.

»Ehrlich?«, stößt Frau Larson hervor. »Das ist ja hochinteressant! Das musst du mir gleich mal erzählen.«

Schon hat sie ihren Arm um Tina gelegt und schiebt sie aus dem Wohnzimmer. Unsere Wettläuferin dreht sich um und schickt uns über die Schulter einen hilflosen Blick. Ohne es zu wollen, muss ich grinsen.

»Alles fertig?«, fragt nun Herr Larson seinen Sohn.

Der nickt geistesabwesend und schaut Tina und seiner Mutter hinterher.

»Dann überbringt jetzt endlich eure Glückwünsche, damit wir noch zehn Minuten Ruhe haben, bevor es losgeht«, sagt er an uns gewandt und verlässt ebenfalls den Raum.

»Was macht meine Mutter denn jetzt mit ihr?«, fragt Joshua begriffsstutzig, als wir allein sind.

»Sie in die Familie aufnehmen. Was denn sonst?«, sagt Jakob. »Los Sylvia, fang an!«

Joshua kann gleich auf seinem Stuhl sitzen bleiben und die nächste Frau an sich herumfummeln lassen, sofern man Sylvia bereits als solche durchgehen lassen kann. Sie legt ihm die Hände auf und reinigt ihn lang und intensiv.

»So«, sagt sie anschließend. »Die nächsten drei oder vier Stunden hast du jetzt Empfang.«

Joshua gibt ein behagliches Schnurren von sich und sinkt auf seinem Stuhl zusammen. Ich glaube, niemand genießt die Reinigungen so sehr wie er. Danach unterhält Jakob sich noch im Flüsterton mit ihm und steckt ihm die winzige Pistole von Dönges zu, die er in seiner Hosentasche verschwinden lässt. Wir hoffen alle, dass er sie nicht brauchen wird. Sie inspizieren auch noch einmal die zwanzig versilberten Peitschenspitzen, die hoffentlich über den kompletten Grenzgang hinweg reichen werden. Über diese angebliche Spinnerei des Buchenauer Wettläufers hat die Zeitung erst vor einer Woche wieder einmal eine skurrile Schlagzeile getitelt: »Der schwarze Held mit der Silberschnur.« Darin gibt Joshua zum Besten, wie abergläubisch er sei und sich auf diese Art die Waldgeister vom Hals halten wolle. Im Dorf wird stattdessen von seinem beginnenden Größenwahn gemunkelt. Aber das stört niemanden. Wettläufer dürfen das.

Als wir alles fertig besprochen haben, gehen wir zusammen in die Küche, Joshua voraus. Dort sitzt Tina auf der Eckbank, die Finger um eine Tasse mit dampfendem Kaffee gekrallt, und sieht aus, als könnte sie gar nicht schnell genug gerettet werden. Ich gönne ihr diese kleine verwirrende Episode von ganzem Herzen.

»Alles klar?«, fragt Joshua sie unsinnigerweise.

»Hm«, macht Tina.

Frau Larson lächelt selig.

»Na dann«, sagt Tina und hievt sich hoch. »Vielen Dank für den Kaffee.«

Sie hat keinen Schluck davon getrunken.

»Aber bitte«, säuselt Frau Larson. »Jederzeit wieder. Komm doch nach dem Grenzgang mal vorbei!«

Tina nickt und drängelt sich schnell nach draußen. Jakob, Sylvia und ich wünschen Joshua noch einmal einen schönen Grenzgang und folgen ihr dann. Den ganzen Weg hinunter zum Festplatz sagt Tina kein Wort, während wir drei grinsen. Erst kurz bevor wir uns mit dem Rest der Truppe neben dem noch stillgelegten Autoscooter treffen, sieht sie uns mit zusammengekniffenen Augen an.

»Es gibt nichts, aber auch gar nichts zu lachen für uns!«

Das wissen wir selbst. Darum ist es ja auch so befreiend, es trotzdem zu tun.

***

Eine halbe Stunde später ziehen die Grenzgänger ins Festzelt ein, obwohl sie noch keinen Meter weit gewandert sind. Joshua und Peter laufen in ihren Kostümen vorneweg. In ihrer Mitte schreitet aufrecht und mit einem weißen Handschuh grüßend der Mohr, dessen Gesicht ungefähr dreimal so schwarz ist wie das von Joshua. Er trägt einen Säbel und eine mit Goldbrokat bestickte Uniform. Dahinter laufen das Komitee, der Spielmannszug, verschiedene Gesellschaften und schließlich eine bunte Mischung aus Besuchern und Dschinn. Sylvia und Kadim haben alle Hände voll zu tun, sie zu identifizieren. Ich kann mir viele Gesichter nicht merken, aber ich zähle mit. Es sind 18 und damit weniger, als ich vermutet habe. Jakob erklärt, der Hauptteil der Besucher würde erst morgen anreisen. Erst damit geht auch für unsere Feinde das Hauptspektakel los.

Mir reichen 18 Dschinn für heute völlig. Immerhin wollen wir, dass sie erst an den letzten beiden Tagen des Grenzgangs so richtig zum Zug kommen. Entsprechend hartnäckig müssen wir sie nun drei Tage lang von den Menschen fernhalten.

Als ich nach meinem Vater Ausschau halte, stelle ich fest, dass er nicht da ist. Das erleichtert mich ungemein, auch wenn er jetzt mit meiner Mutter zusammen allein zu Hause sitzt, während das Fest im Gange ist, von dem er ein halbes Jahr hindurch ständig geredet hat. Jakob setzt mich trotzdem vorsichtshalber draußen auf dem Jahrmarkt ein, wo tendenziell eher Familien mit Kindern unterwegs sind, die mich nicht kennen. Ich verstecke mich hinter einem Schmuckbäumchen und warte darauf, dass Finn mich kontaktiert, falls er doch einen Dschinn entdeckt, der es auf die Leute hier draußen abgesehen hat. Die anderen rennen den ganzen Abend lang als Liebestöter durch das stickige Zelt. Es fällt wahrscheinlich nicht einmal besonders auf, denn sie sind nur zehn von hunderten von Menschen, die herumschäkern, auf den Tischen stehen und die Tanzfläche unsicher machen. Dazu dröhnt Blasmusik und garantiert fließt jede Menge Bier. Ich bin unheimlich froh über meinen langweiligen Job an der frischen Luft.

Einmal gehe ich doch zum Zelt hinüber und spähe durch den Eingang. Die Gesellschaften im vorderen Teil haben ihre Tische geräumt und sich im Kreis drum herumgruppiert. Joshua und Peter stehen auf den Tischen und knallen im Takt zur Musik mit ihren Peitschen. Es sieht zugegebenermaßen ziemlich spektakulär aus, auch wenn ich die totale Hysterie, in die einige Menschen verfallen, nicht verstehen kann. So etwas habe ich bisher nur im Fernsehen bei Konzerten von irgendwelchen Boygroups gesehen. Von den beiden Wettläufern ist Joshua ganz klar im Vorteil. Mir tut sein Kollege ein bisschen leid, über den bisher reichlich wenig in der Zeitung stand. Auch dort oben auf dem Tisch zieht er den Kürzeren. Doch kurz bevor ihn die Kraft zu verlassen scheint, gibt er Joshua ein unauffälliges Zeichen mit der Hand und sie holen beide gemeinsam zu einem letzten kräftigen Schlag aus. Das Publikum spendet donnernden Applaus.

Anschließend gehe ich wieder zurück hinter mein Bäumchen und zähle die Minuten bis zum Ende des ersten Tages. Heute soll die Musik bereits um 23 Uhr aufhören zu spielen, denn am nächsten Morgen soll es schon um halb sieben Uhr losgehen. Als es 22.30 Uhr ist, hoffe ich schon, dass ich völlig ungeschoren davonkomme. Aber dann klopft doch noch Finn in meinem Nacken an.

»Melek!«, sagt seine Stimme. »Draußen vor den Toilettenhäuschen baggert eine Dschinniya beide Wettläufer an. Joshua versteht schon wieder kein Wort! Ich habe Tina hingeschickt, aber du musst ihr helfen!«

»Oje!«, denke ich, während ich bereits loslaufe. »Glaubst du, Joshua weiß, dass es sich um eine Dschinniya handelt?«

»Keine Ahnung«, sagt Finn. »Woher soll ich wissen, was er denkt, wenn sein Kopf schon wieder völlig dicht ist? Ich weiß nur, dass er kein Small-Think kann!«

Und damit auch keinen Dschinn-Zauber abwehren. Daran hatte ich überhaupt nicht gedacht! Selbst Nadja war das letztes Jahr zum Verhängnis geworden, obwohl sie zu dem Zeitpunkt garantiert schon in Rafail verliebt gewesen war. Ich kriege es mit der Angst.

Die mobilen Toiletten befinden sich hinter dem Zelt, genau neben dem Fluss. Als ich um die Ecke biege, sehe ich sofort, was Finn meint. Dort stehen Joshua und Peter an einen Zaun gelehnt und lassen sich von einer aufgetakelten Blondine an den Stoffbommeln ihrer Weste herumfummeln. Sie stecken beide die Köpfe zusammen und sind total in die Augen der Dschinniya vertieft. Rundherum sind überall Menschen unterwegs. Ich kann also auf keinen Fall schießen. Das Einzige, was mir bleibt, sind meine primitiven Künste als Liebestöter.

Gerade als ich stehen bleibe und ein letztes Mal durchatme, kommt Tina plötzlich aus dem Hinterausgang des Zelts geschossen. Sie rennt sofort auf Joshua zu, der sie gar nicht beachtet. Bis meine eigenen Füße in Gang kommen, ist es schon passiert: Tina stürzt sich auf Joshua, zieht ihn zur Seite und wirft sich ihm an den Hals. In dem Moment, als er den Kontakt mit der Dschinniya verliert, kommt er wieder zu sich. Er reißt vor Überraschung die Augen auf und küsst Tina, die in seinen Armen liegt, stürmisch auf den Mund. Die Dschinniya wendet sich nun Peter zu. Ich renne so schnell ich kann. Tina merkt, dass ich es nicht rechtzeitig schaffe, und versucht, sich aus Joshuas Armen zu befreien. Doch er hält sie fest.

Im gleichen Moment drückt die Dschiniya ihre Lippen auf die von Peter. Meine Erfahrung hat mich gelehrt, dass ich nun gar nicht mehr versuchen muss, sie noch von ihm wegzureißen. Stattdessen steuere ich direkt auf das Opfer zu und trete ihm so unauffällig wie möglich in die Kniekehlen. Peter sackt zusammen, aber die Dschinniya hält ihn fest und saugt weiter. In dem Moment hat Tina sich von Joshua losgerissen. Als sie sieht, dass ich Probleme habe, gibt sie ihm einen heftigen Stoß in unsere Richtung. Der riesige Wettläufer strauchelt, fällt auf die Dschinniya und beide begraben Peter unter sich. Nach außen hin hat das Ganze wahrscheinlich tatsächlich wie eine missglückte Eifersuchtsszene ausgesehen. Im ersten Moment glaube ich, dass wir das Problem gelöst haben. Aber dann höre ich Peter schreien.

»Verdammt noch mal!«, flucht Joshua und rappelt sich hoch. Seine weiße Hose ist voller Grasflecken. Er schaut Tina zornig an, weil er nicht begreift, was soeben geschehen ist. Wahrscheinlich denkt er, er wäre durch Sylvias Reinigung immer noch auf Empfang und könnte nichts verpassen. Die Dschinniya erhebt sich ebenfalls.

»Pah!«, sagt sie und streicht sich eine Haarsträhne aus dem Gesicht. »Ihr seid ja alle wahnsinnig!«

Damit geht sie hinunter zur Lahn und tut für die Umstehenden so, als wolle sie sich die schmutzigen Hände im Fluss abwaschen. Das ist der Moment, in dem auch Joshua versteht, was gerade passiert ist.

Keiner von uns kann den Blick von Peter wenden, der immer noch schreiend im Gras liegt und sich das Bein hält. Was da gerade auf ihn gefallen ist, waren garantiert 100 Kilo Wettläufer und eine Dämonin, deren Knochen wahrscheinlich aus Eisenerz bestehen. Sein Unterschenkel ist unnatürlich verdreht und seine Hose rot von Blut verfärbt. Joshua geht auf die Knie und reißt den Stoff auseinander. Ein Splitter von Peters Schienbein ragt durch die Haut.

»Mist«, sagt Tina.

»Sanitäter!«, brüllt Joshua.

Sofort scharen sich jede Menge Leute um uns. Ein paar von ihnen rufen ebenfalls nach den Rettungskräften, andere müssen wir davon abhalten, selbst Hand anzulegen. Ein schmerbäuchiger, total betrunkener Mann behauptet, er wüsste genau, wie man so ein Bein wieder »einrenkt«.

Die Sanitäter zwängen sich mit einem Arztkoffer zu uns durch und verfrachten den Wettläufer schnell mit einer Trage in den Krankenwagen, wo er weiter behandelt wird. Mittlerweile drängt fast das ganze Dorf aus dem Zelt und will wissen, was geschehen ist.

Einen Augenblick lang schauen Tina, Joshua und ich uns fragend an. Dann erreichen uns Jakob und der Bürgeroberst des Grenzgangs fast gleichzeitig. Letzterer ist so aufgeregt, dass ich Angst habe, er könnte einen Nervenzusammenbruch bekommen. Joshua schildert ihm in kurzen Worten, was sich zugetragen hat.

»Mein Gott, Junge, was hast du getan?«, stammelt der Grenzgangchef. Er hat definitiv Tränen in den Augen. »Es ist doch erst Donnerstag!«

Ein Raunen geht durch die umstehenden Buchenauer, die gerade anfangen zu verstehen, dass ihr Fest in einer Katastrophe endet, bevor es überhaupt angefangen hat.

»Du hast den Peter total kaputtgemacht!«, jammert der Bürgeroberst fassungslos. Dann tigert er auf und ab und rauft sich die Haare. »Die Wettläufer vom letzten Mal können nicht einspringen. Einer ist krank und der andere weggezogen. Und die davor ...«

»... sind zu alt!«, stellt ein anderer Schärpenträger fest, ebenfalls mit Wasser in den Augen.

»Wir haben keinen zweiten Wettläufer mehr!«, gesteht sich der Bürgeroberst mit brüchiger Stimme ein. Alle starren Joshua an.

»Wie zum Geier willst du tausend Menschen allein über den Grenzstein heben?«

Der Blickaustausch zwischen Joshua und Jakob ist zu kurz, um zu entscheiden, ob ein Grenzgang ein Talent zur Befehlsverweigerung fähig macht. Auf jeden Fall weiß ich, dass Jakob niemals zugestimmt hätte. Aber Joshua spricht es einfach aus.

»Ich muss es nicht allein tun. Es gibt noch jemanden, der alles kann, was ein Wettläufer können muss.«

Dann packt er Tinas Arm und schiebt sie vor den Bürgeroberst. Dessen Augen werden so groß, dass sie fast aus den Höhlen treten. Er klappt den Mund auf und wieder zu. Keiner der Umstehenden sagt etwas. Dann macht er eine Feststellung, über die seltsamerweise niemand lachen kann.

»Das ist ein Mädchen.«

»Ja«, sagt Joshua. »Es ist ohnehin an der Zeit, den Grenzgang ins 21. Jahrhundert zu bringen.«

Er zieht seine Peitsche aus dem Gürtel und drückt sie Tina in die Hand.

»Zeig's ihnen!«

Tina sieht so aus, als könnte sie keinen geraden Schritt mehr tun. Ihr Blick sucht Jakobs. Doch selbst der ist machtlos und zuckt nur missmutig mit den Schultern. Joshua hat sich über ihn hinweggesetzt, bevor er überhaupt eine Gelegenheit hatte, einen deutlichen Befehl auszusprechen.

Die Buchenauer bilden eine Gasse und lassen Tina hindurchtreten. Ich weiß genau, was jetzt in ihr vorgeht: In diesem Moment steht sie einen Millimeter vor der Erfüllung ihres Lebenstraums. Genau das ist der Moment, in dem viele Menschen versagen. Als ich mir neulich gedacht habe, dass ihr diese ganze Grenzgang-Sache eines Tages noch zum Verhängnis werden würde, hätte ich es nie für möglich gehalten, dass es auf diese Art geschieht. Sie stellt sich auf die Mitte der Wiese und atmet durch. Mittlerweile stehen garantiert 200 Leute um uns herum, aber keiner sagt ein Wort. Im Hintergrund hören wir den Krankenwagen Richtung Bundesstraße wegfahren. Das Blaulicht spiegelt sich auf Tinas kalkweißem Gesicht wider.

»Tina!«, ruft Joshua. »Hau rein! Wir haben es hundertmal gemacht!«

Sie hebt ihren Arm an und dreht die Peitsche über ihrem Kopf. Selbst ich sehe sofort, dass es unkoordiniert aussieht. Immer, wenn ich sie zusammen mit Joshua beobachtet habe, hatte sie die Hände fest um den Lederstiel geschlossen und schwang die Schnur kräftig und schnell. Das, was sie jetzt tut, sieht so schwach und falsch aus, wie wenn man mich zwingt, mit Büchern auf meinem Kopf wie ein Model zu laufen.

Dann führt sie die Peitsche in die liegende Acht. Nun müsste es knallen. Aber alles, was wir zu hören kriegen, ist der leise Windhauch der silbernen Schnur. Auch der nächste Schlag erzeugt kein Geräusch. Beim dritten gibt sie auf.

»Was soll das?«, fragt der Bürgeroberst ernüchtert, an Joshua gewandt. »Ich habe doch gesagt, sie ist ein Mädchen!«

»Warte«, sagt Joshua und tritt zu Tina in den Kreis der Schaulustigen. Er packt sie bei den Schultern, zwingt sie, ihm in die Augen zu sehen, und redet leise mit ihr. Am Ende hebt er ihr Kinn an, klopft ihr einmal heftig auf den Oberarm und geht zurück zum Bürgeroberst.

»Noch ein Versuch!«, sagt er. »Peter schaffte hundert Schläge, das weißt du, ja?«

Der Bürgeroberst nickt.

»Sie schafft 120!«

Ein paar von den Umstehenden stoßen einen ungläubigen Laut aus. Nun wenden sich wieder alle Blicke Tina zu. In dem Moment merke ich erst, wie sehr ich mit ihr mitfiebere. Letztes Jahr hätte ich mir noch gewünscht, dass sie versagt. Aber diese Zeit liegt hinter uns. Sie soll es ihnen allen zeigen!

Tinas Ausdruck ist jetzt anders. Sie lässt das Kinn oben. Und als sie zum zweiten Mal den Arm hebt, haben ihre Bewegungen wieder die gewohnte Harmonie. Ich danke Albert für die vielen Gewichte, die er ihrem Bizeps zugemutet hat. Denn nun dreht sie die Schnur ein paarmal schnell durch die Luft und zieht sie dann kräftig in die Achter-Figur. Peng! schallt es über den Festplatz. Und noch mal: Peng! Peng! Peng!

Tina hat sich wieder gefangen, und wie! Breitbeinig steht sie da, den linken Arm in die Hüfte gestemmt und peitscht sich die Seele aus dem Leib. Die Buchenauer stehen um sie herum und schauen zu. Erst skeptisch, dann mehr und mehr überzeugt. Irgendwann fängt eine Mädchenschaft an, im Takt mitzuklatschen. Dann grölen einige weibliche Stimmen Anfeuerungsrufe.

Als es über die hundert Schläge hinausgeht, ist sogar ein Mann dabei. Ich habe bis 180 gezählt, als Tina aufhört, sorgfältig die Peitsche zusammenrollt und sie Joshua zurückgibt. Der Bürgeroberst ist wie versteinert.

»Und?«, fragt Joshua. »Haben wir wieder zwei Wettläufer?«

»Ich weiß nicht …«, murmelt der Grenzgangchef. »Können wir sie irgendwie als Jungen tarnen? Ich meine … kurze Haare hat sie ja schon mal!«

»Das ist Quatsch!«, sagt Joshua. »Sie ist ein Mädchen und das ist auch gut so. Wir können gern noch ein paar Dicke über den Grenzstein heben, wenn du es sehen willst! Sie wird auch das schaffen!«

»Nein«, sagt der Bürgeroberst erschrocken. »Mir reicht's für heute! In Gottes Namen, bring sie morgen früh mit. Was haben wir für eine andere Wahl?«

Damit ist das Fest für heute zu Ende. Die Buchenauer gehen nach Hause und Jakob hält Joshua am Lahnufer die Standpauke seines Lebens. Tinas Augen funkeln so sehr, wie ich es noch nie bei ihr erlebt habe. Sie bekommt kaum mit, was um sie herum vorgeht. Sollten die Dschinn ihr am Montagabend das Genick brechen, so würde sie anschließend im Himmel erzählen, dass sie Wettläuferin beim Grenzgang war. Ich verstehe immer noch nicht, warum ihr das so wichtig ist, aber ich muss auch nicht alles verstehen.

Sylvia und Kadim bestätigen uns das, was alle vermutet haben: Die Dschinn waren heute wenig erfolgreich. Nun haben wir durch unser Missgeschick zwar eine Liebestöterin weniger, aber wir müssen nur noch zwei Tage durchhalten, bevor wir uns zurücklehnen und zuschauen können.

Als wir über den Parkplatz zu unseren Autos laufen, husche ich unauffällig zu Joshua und stelle ihm die Frage, die mir so sehr auf den Nägeln brennt:

»Was hast du ihr gesagt? Warum konnte sie es plötzlich wieder?«

Joshua grinst.

»Ich habe ihr gesagt, sie solle sich vorstellen, dass ihr Vater zusieht.«

Das hätte aber auch gewaltig nach hinten losgehen können! Ich habe Joshua offensichtlich unterschätzt. Wenn er wusste, dass diese Vorstellung Tina helfen würde, dann scheint er sie ziemlich gut zu kennen. Ich mag Henry wirklich gern. Aber seit heute weiß ich nicht meh, wem von den beiden ich mit Tina Glück wünschen soll.

Traue niemals einem Retter in der Not!

Die Buchenauer Kirchturmuhr schlägt halb sieben. Über dem Wald steht noch Nebel, aber im Osten steht die Sonne schon ein ganzes Stück über dem Horizont. Es verspricht, ein strahlender Tag zu werden. Wir stehen im Pulk zusammen mit weiteren 5000 Menschen auf dem Kirchplatz des Dorfes und warten auf den Einzug der Repräsentanten. Nun sind wir tatsächlich nur noch zehn Kämpfer und wir haben keinen einzigen Wettläufer mehr, weil die Grenzgänger uns beide weggenommen haben. Genau wie alle anderen tragen wir heute Wanderklamotten. Für diesen Einsatz habe ich von den Veteranen eine kleine Finanzspritze bekommen und mir neben einem Rucksack auch eine kurze Wanderhose, eine ärmellose Weste und ein Funktionsshirt gekauft. Die Lederschuhe, die meine Füße wie eine zweite Haut umhüllen, stammen aus der Werkstatt des Meisters aller Schuhmacher, Walter Dönges. In der Westentasche bewahre ich mein Silbermesser auf. Für die Pistole war kein Platz. Die habe ich zusammen mit zwei Flaschen Wasser in den Rucksack gestopft.

Das Warten inmitten der Menschenmenge bekommt mir nicht gut, denn meine Gedanken beginnen zu schweifen. Heute Nacht bin ich stundenlang durch die Seelenwelt gewandert und habe Levian nicht gefunden. Schon bei unseren letzten Treffen hatte ich den Eindruck, dass er schweigsamer war und sich in manchen Momenten nicht mehr an mich erinnern konnte. In der Nacht zuvor musste ich sogar all meine Überzeugungskraft aufwenden, um ihm wenigstens einen kleinen Teil meiner Gefühle aufzudrängen. Es fühlte sich an, als würde er endgültig aufgeben. Nayo habe ich seit dem Tag an der Schutzhütte nicht mehr gesehen. Ich weiß also nicht mit Sicherheit, ob ich mit meiner Vermutung richtigliege. Dass ich ihn gestern gar nicht gesehen habe, macht mir große Sorgen. Vielleicht ist er tot. Und das würde wahrscheinlich bedeuten, dass Nayo im Gegenzug Erik tötet. Ich schüttele mich, um die bedrückenden Gedanken loszuwerden. Nur noch vier Tage und ich könnte sie alle retten!

Aus der Richtung des Neubaugebiets am Dorfende ertönen nun die Klänge des Spielmannszugs. Also haben die Wettläufer, der Bürgeroberst und seine Schärpenträger den Mohr von zu Hause abgeholt und wahrscheinlich ihren ersten Schnaps getrunken.

Wir haben darauf verzichtet, heute Morgen um fünf Uhr wieder bei Joshuas Eltern aufzukreuzen, um ihn zu reinigen. Immerhin hat er jetzt Tina an seiner Seite, die mit Finn kommunizieren kann. Wenn ich bereits ein Dschinn wäre, hätte ich mich trotzdem als Mäuschen im Hause Larson eingeschlichen und dabei zugesehen, wie neben Joshua auch Tina ausgestattet wird. Sie hat Peters Zweitkostüm bekommen, das ihr wahrscheinlich sogar leidlich passt. In Gedanken stelle ich mir vor, wie Frau Larson aufgeregt vor ihr auf dem Boden gekniet und die Hosenbeine hochgesteckt hat.

Während die Repräsentanten im Gleichschritt zur Dorfmitte marschieren, nutzt Sylvia die Gelegenheit, um auf eine Mauer am Rande des Platzes zu klettern und die Dschinn zu zählen, die sie in der Menge ausmachen kann.

»Es sind nur acht«, erzählt sie uns anschließend im Flüsterton. »Es ist noch zu früh für die Menschen, das wissen sie.«

»Ich denke mal, unterwegs werden noch einige zu uns stoßen«, sagt Mike. »Auf dem ersten Teil der Grenze gibt es einige gute Abschnitte, um sich als Wanderführer unentbehrlich zu machen.«

Ich hatte schon wieder ganz vergessen, dass Mike vor einer Ewigkeit der Grenzbeauftragte für den Freitags-Abschnitt war. Er kennt wahrscheinlich jeden einzelnen Stein auf dem 13 Kilometer langen Weg, den wir gleich zurücklegen müssen. Zumindest kreuzen wir dabei nicht die Dschinn-Behausung. Der Hohenfels ist erst morgen dran.

Unten auf der Bundesstraße hat sich mittlerweile eine kilometerlange Autoschlange gebildet, weil die Polizei wegen Tina, Joshua und ihren Mitstreitern die Hauptstraße gesperrt hat. Als der Zug endlich um die Ecke biegt, recken sich sämtliche Köpfe nach links. Wir Talente machen das Gleiche, denn natürlich wollen auch wir unsere Wettläufer sehen. Und da sind sie: Beide schreiten todernst vorneweg, den Blick stolz geradeaus gerichtet, die Straußenfedern von der Morgenbrise verweht. In ihrer Mitte geht kopfknickend und grüßend der Mohr. Als sie näherkommen und neben einer Rednerbühne Aufstellung nehmen, geht in der Reihe vor uns bereits das Getuschel los.

»War das gestern nicht ein anderer Wettläufer?«

»Wer ist denn der zweite?«

»Kann es sein, dass das ein Weibsstück ist?«

Die ersten Fotoapparate und Handykameras blitzen. Der Bürgeroberst hält eine Ansprache. Das Komitee singt ein Lied. Ich erkenne meinen Vater in seiner Lodenuniform neben den Schärpenträgern und werde sofort wieder traurig. Dann gehen Joshua und Tina auf die Straße und treiben mit ihren Silberschnüren die Leute zurück. Die Schnüre müssen jetzt für beide reichen und die kleine Pistole hat Tina bekommen, weil sie besser schießen kann als Joshua. Sie stellen sich mit dem Gesicht zueinander auf, jeder die linke Hand an der Hüfte und lassen die Peitschen kreisen.

»Nie und nimmer kann das was werden«, vermutet ein breitschultriger Wanderer vor mir. »Die kriegt garantiert keinen Ton heraus!«

Er hat sich geirrt. Eine Sekunde später ertönt der erste Doppelknall und dann der nächste. Unsere Wettläufer sind voll in ihrem Element. Nun grinsen sie sich auch noch an und steigern das Tempo. Die Leute klatschen mit. Ich bin in dem Moment richtig stolz auf Tina und Joshua, und ich glaube zu sehen, dass es Jakob ähnlich ergeht, auch wenn er es nie zugeben würde. Wir haben nicht oft die Gelegenheit, in der Öffentlichkeit als die Guten dazustehen. Im Normalfall begegnen die Menschen uns auf Grund unserer Alibis eher mit Vorurteilen. Das, was Joshua und Tina gerade erleben, ist für ein Talent so ungewöhnlich wie ein ganzer Sommer ohne Dschinn. Ich gönne es ihnen von Herzen. Auch wenn ich es nicht fertigbringe, währenddessen zu Henry hinüberzusehen, der garantiert weniger Freude an dem Schauspiel hat.

»So richtig schlecht ist sie nicht«, sagt der Typ vor mir. »Obwohl ich ihre Technik nicht mag. Und überhaupt kommt der Knall wahrscheinlich eher von dem anderen.«

»Ich finde das überhaupt ziemlich krass dieses Jahr in Buchenau«, wirft sein Nachbar ein. »Ich meine ... das ist ein Traditionsfest! Und jetzt schau dir mal die Wettläufer an: ein Neger und ein Mädchen!«

Würde Mike mir in dem Moment nicht besänftigend die Hand auf den Rücken legen, hätte ich wahrscheinlich mein Messer ausgeklappt. Oder zumindest meinen Kniekehlentritt geübt. Wie können diese Idioten vor uns nur so schlecht über unsere Helden reden?

»Die kriegt garantiert Rückenschmerzen, nachdem sie die ersten 50 Leute gehoben hat«, sagt nun wieder der Erste.

»Und außerdem packt sie die Peitsche völlig falsch an.«

»Es reicht jetzt!«, donnert plötzlich ein anderer Mann aus derselben Reihe. Er hat schütteres graues Haar und den Ansatz eines Bierbauchs. Seine Augen sind weit aufgerissen und starr auf Tina gerichtet. »Haltet endlich den Mund und schaut hin: Sie kann es! Sie ist unglaublich gut! Und ich weiß auch warum ... Sie hat es im Blut.«

Die letzten Worte flüstert er beinahe, aber ich kann sie trotzdem verstehen.

»Wenn du das sagst, Volker ...«, brummt einer der anderen.

Da erst fällt mir die Aufschrift auf den T-Shirts auf, die die gesamte Gruppe trägt. »Grenzgangverein Biedenkopf« steht darauf. Der Mann ist Tinas Vater.

Ich schaue alarmiert zu Jakob hinüber, der das Gespräch ebenfalls gehört und verstanden hat. Er schüttelt unmerklich den Kopf und sagt etwas zu Finn. Wahrscheinlich schärft er ihm nun ein, dass Tina diese Information vorerst nicht bekommen sollte. Auf der anderen Seite haben wir ja gestern gesehen, was der Gedanke an ihren Vater bei Tina auslöst. Im Grunde müsste sie wissen, dass er hier aufkreuzen könnte. Trotzdem ist es wahrscheinlich besser, die Begegnung der beiden erst mal aufzuschieben. Sie wird in jedem Fall verwirrend für sie sein, und das können wir nicht brauchen.

Bis zum letzten Peitschenschlag bleiben Tina und Joshua im Takt. Dann knallt es noch einmal besonders laut zum Abschluss. Ich habe nicht gesehen, dass es irgendein Zeichen zwischen den beiden gab. Sie verständigen sich einfach mit Blicken.

»Sie sind ein Team«, bemerkt auch Tinas Vater.

Die Umstehenden verkneifen sich nun jeden Kommentar. Dann marschiert das Komitee los in den Wald und alle 5000 Leute laufen hinterher. Wir lassen uns einfach mitnehmen. Jakob hat uns schon im Vorfeld in Zweierteams eingeteilt, die sich zusammen in der kilometerlangen Menschenschlange verteilen sollen. Ich habe Mike als Partner. Wir decken einen Abschnitt in der Mitte ab. Am Anfang ist es einfach, es geht ein Stück durchs Dorf und auf einem ebenen Waldweg geradeaus. Die Wettläufer joggen traditionsgemäß ständig zwischen dem Anfang und dem Ende des Zuges hin und her. Das ist gut für uns, denn hin und wieder bleiben sie bei einem von uns stehen und tauschen Informationen aus, die Finn noch nicht aufgeschnappt hat. So sind wir eigentlich ständig über das Treiben der acht Dschinn informiert, die bislang aber noch keine Anstalten machen, jemanden zu küssen. Falls Tina ihren Vater schon bemerkt hat, lässt sie es sich nicht anmerken. Als sie das nächste Mal mit Joshua auf einer Wiese stehen bleibt und ihre Peitsche knallen lässt, sieht sie dabei genauso selbstbewusst aus wie zuvor. Nach zwei oder drei Kilometern stockt der Zug auf einmal und wir bleiben stehen.

»Was ist denn jetzt los?«, frage ich Mike.

»Jetzt trinken sie mit den Botschaftern vom Nachbardorf einen Schnaps, weil der Grenzstein noch an der richtigen Stelle steht«, informiert mich Mike.

»Aha«, sage ich. »Der wievielte ist das heute?«

»Schnaps? Erst der zweite.« Mike grinst. Es ist gerade mal halb acht.

»Wie viele Nachbarn gibt es?«

»Heute vier.«

Beim besten Willen kann ich mir nicht vorstellen, wie der Bürgeroberst und sein Komitee in diesem Zustand die anstehenden Berge bewältigen wollen. Ich nehme aber einfach mal an, dass auch sie in gewisser Weise für diese

Anstrengung trainiert haben. Zum Glück erwartet niemand, dass die Wettläufer mittrinken.

Als der Zug sich wieder in Bewegung setzt, sagt Mike: »Jetzt kommen die Dschinn gleich in Gang. Es geht die Hauwaldstirn hinauf. Da ist so mancher Mensch dankbar für eine starke helfende Hand.«

Was er damit genau meint, sehe ich erst, als wir um die Ecke biegen: Vor uns liegt ein enorm steiler Anstieg. Am Anfang kommen wir noch ganz gut voran, doch ab der Mitte des Berges machen die ersten Mitwanderer schlapp. Ich keuche auch schon ziemlich.

»Heftig!«, sage ich zu Mike.

»Heftig? Die Hauwaldstirn kommt erst noch!«, antwortet er.

Wir schleppen uns weiter voran, bis wir auf einen Weg gelangen, der waagerecht zum Aufstieg verläuft. Hier steht ein Krankenwagen und die Sanitäter sind bereits damit beschäftigt, erhitzte Köpfe zu kühlen und Wasserbecher zu verteilen. Vor uns geht es nun so steil bergauf, dass selbst der Hohenfels dagegen wie Flachland erscheint. Ich beobachte eine unglaublich dicke Frau, die auf allen Vieren hinaufkriecht. Ein Junge übernimmt den Gehstock seines Großvaters, damit seine Eltern den alten Mann gemeinsam hochziehen können.

»Die sind verrückt!«, stoße ich hervor.

»Ja«, sagt Mike. »Darum haben sie ja auch so viel Spaß!«

Wir nehmen es nun ebenfalls mit dem Berg auf. Schon bald ist nichts anderes mehr zu hören als das vereinte Stöhnen und Schnaufen um uns herum. Nach ein paar Metern passieren wir die dicke Frau, die sich an einen Baum klammert und hyperventiliert. Ein besonders gut aussehender Dschinn streckt ihr die Hand entgegen. Wir haben ihn schon seit dem Abmarsch im Blick. Jetzt wittert er seine erste Chance.

»Hilfe gefällig?«, fragt er.

Das knallrote Gesicht der Frau ist nicht mehr fähig, ein Lächeln hervorzubringen. Aber ihre Augen blitzen abenteuerlustig.

»Danke« keucht sie und lässt sich mitreißen. Niemand bemerkt die Leichtigkeit, mit der der schöne fremde Retter die zentnerschwere Frau hinter sich herschleift.

»Hey, helfen gilt nicht!«, ruft Mike ihnen nach. Er erntet einen hämischen Blick von dem Dschinn. Doch wir sind selbst nicht schnell genug, um ihnen hinterherzukommen. Ich halte nach den Wettläufern Ausschau, aber sie sind nirgendwo zu sehen. Also versuchen wir nun, etwas schneller voranzukommen. Ich suche nach Halt auf den Fußspitzen, so steil ist der Berg. Schon bald geben wir auf und machen es wie die dicke Frau und krabbeln auf allen Vieren bergauf. Vor uns rutschen ein paar Jugendliche ab und reißen dabei die Familie mit dem Opa um. Der Vater schimpft lautstark los, weil er sieht, was der Grund für den Unfall war: Einer der Gestürzten trägt ein Fünf-Liter-Fass Bier auf dem Rücken. Wir lassen sie alle links liegen und versuchen, den Dschinn mit der Dicken einzuholen.

Oben auf der Bergkuppe sehen wir sie. Sie sitzen auf einer Gesteinsformation am Rand des Trampelpfads und trinken Wasser aus demselben Becher. Die Frau ist immer noch außer Puste, aber sie kann schon wieder den Kopf in den Nacken werfen und dabei kichern.

»Da musst du wohl ran!«, sagt Mike. »Tu einfach so, als wärst du seine Freundin!«

Ich stöhne. Normalerweise wäre es nun Mikes Job, sich ebenfalls an die Dicke heranzuschmeißen. Aber ich sehe ein, dass es in diesem Fall andersherum besser funktionieren wird. Mit dem Opfer, das der Dschinn sich ausgesucht hat, kann ich es wahrscheinlich sogar aufnehmen. Also gehe ich hin und lege einfach den Arm um den Feind.

»Na Schatz, spielst du dich wieder als Superman auf?«, sage ich.

Der Dschinn kneift die Lippen aufeinander und funkelt mich böse an.

»Man wird doch wohl helfen dürfen?«

Bei meinem Anblick weicht auch das letzte bisschen Röte aus dem Gesicht der Dicken. Ich setze noch ein eifersüchtiges Grummeln obendrauf, das sie endgültig vertreibt.

»Okay, ich muss dann mal weiter«, nuschelt sie, packt schnell ihre Wasserflasche und den Becher weg und stolpert zurück auf den Weg.

»Du Biest!«, sagt der Dschinn. Dann packt er mich am Arm und versucht, mich mit seinem Liebeszauber einzulullen. Ich lächle und wehre ihn ab. Mit der freien Hand greife ich in meine Jackentasche und klappe das Messer auf. Als er das Geräusch vernimmt, lässt er sofort los, blickt sich kurz nach allen Seiten um und springt dann von dem Felsbrocken herunter, auf dem er saß.

»Bis nachher, Schatz!«, rufe ich ihm hinterher.

Mike wartet auf dem Weg auf mich.

»Das war gut«, sagt er, als ich ihn erreiche. »Sollten wir öfters so machen! Zumindest diejenigen von uns, die Small-Think beherrschen.«

»Es wird nur nicht dauerhaft funktionieren«, gebe ich zu bedenken. »Beim nächsten Mal wird er einfach so tun, als wäre ich seine stalkende Ex.«

Zumindest haben wir schon mal die erste Grenzgängerin gerettet. Auch wenn sie sich nun aus eigenen Kräften über den nächsten Berg schleppen muss. Beim gemeinsamen Herabschliddern auf der anderen Seite der Hauwaldstirn sorgt ohnehin das Schicksal dafür, dass die Frau keinem weiteren Dschinn mehr ausgesetzt sein wird: Auf dem glatten Untergrund, den die knapp 4000 Füße vor uns verursacht haben, rutscht sie weg und stolpert unkoordiniert ein paar Meter weiter, bevor sie umkippt und sich den Knöchel verstaucht. Zwei Männer ziehen sie mit Schweißperlen auf der Stirn hoch und bugsieren sie nach unten zu den Krankenwagen, wo bereits munter gekühlt und getapt wird.

Nun sehe ich auch unsere Wettläufer wieder. Sie rennen gerade nach vorn an die Spitze des Zuges, wo wahrscheinlich das nächste Trinkgelage mit einem Nachbarort stattfinden soll. Ich höre ihre Peitschen knallen und dann bleibt der endlose Lindwurm aus Menschen schon wieder stehen. Einige Leute hinter uns müssen auf dem fast senkrechten Abstieg ausharren. Und wenn ich richtigliege, müsste das Ende des Zuges immer noch mit dem Aufstieg beschäftigt sein.

»Warum tun die sich das alle an?«, frage ich Mike wieder.

Diesmal antwortet er mit einer Gegenfrage:

»Warum tust du es?«

»Ich bin ein Talent«, antworte ich verständnislos. »Ich habe keine andere Wahl.«

Mike schüttelt den Kopf.

»Nein, das ist nicht der Grund, Melek! Du bist von etwas getrieben, genau wie sie. Und wenn du ihnen sagen würdest, worum es dabei geht – nämlich um die Befreiung eines gefühlssüchtigen Dämons, der dir die Seele aus dem Leib saugen will –, hätten sie genauso wenig Verständnis für dich. Es ist immer alles eine Frage der Betrachtungsweise.«

Ich sage nichts mehr dazu, weil ich ohnehin nicht gegen Mike ankomme. Es rhetorisch mit einem Typen aufzunehmen, der angeblich über 6000 Jahre alt ist, steht nicht auf der Liste der Dinge, die ich vor meiner Verwandlung gerne noch tun würde.

»Warum willst du, dass es zu einem Endkampf kommt?«, flüstere ich stattdessen.

»Ich habe nie von einem Endkampf gesprochen«, antwortet Mike leise. »Nur von einem Kampf.«

Das verstehe ich nicht.

»Aber du wolltest doch, dass Erik mit Mahdi ...«

»Ja«, unterbricht mich Mike. »Aber es wird kein Endkampf sein. Das ist es nie.«

»Wie bitte?«

»Mit den Dschinn ist es wie mit den Schaltjahren, Melek«, sagt Mike. »Wenn wir nicht alle paar Jahrhunderte an der Uhr herumspielen, läuft das natürliche Gleichgewicht aus dem Ruder. Dann passiert etwas, dessen Auslöser ich nicht kenne. Aber daraufhin erscheint ein Heiler, die Talente vereinen sich und wir dezimieren die Dschinn-Population so weit, dass es für einige Jahrhunderte reicht.«

»Was ist mit diesem ... diesem Lamm?«, hake ich nach. »Du hast selbst gesagt, dass jemand kommen würde, um uns in unserem letzten Kampf anzuführen!«

»Ja. In *unserem* letzten Kampf.«

»Und Mahdi denkt, das sei Jesus«, vermute ich.

»Genau. Er hat es sogar prophezeit.«

»Wo bleibt er?«

Mike stöhnt und reckt den Kopf nach vorn. Aber die Grenzgänger verharren immer noch auf demselben Fleck.

»Es ist nicht Jesus«, murmelt er. »Du weißt doch, was mit ihm passiert ist. Wie soll er hierher zu uns kommen?«

Das ist kein Argument für jemanden, der der Erzengel Michael sein will!

»Außerdem habe ich dir schon einmal gesagt, dass Jesus kein Anführer war, sondern ein Heiler. Aber das Lamm wird ein Anführer sein.«

»Also, wer ist es denn nun?«, frage ich ungeduldig.

Mike runzelt die Brauen und schaut mich direkt an. Zum ersten Mal bemerke ich den kleinen gelben Fleck in seinem rechten Auge. Vielleicht ist das der Grund, warum er immer so außerirdisch wirkt.

»Ich habe keine Ahnung, Melek«, sagt er. »Ich weiß nur, dass die Zeit gekommen ist, die Dschinn zu dezimieren. Frag Mahdi und er wird dir etwas völlig anderes erzählen. Und wenn du eine dritte und vierte Meinung hören willst, dann hör dir die weiteren Überzeitlichen an.«

»Es gibt noch mehr wie euch?«, stoße ich hervor.

»Schscht!«, mahnt Mike.

Ich habe die Menschen um uns herum völlig vergessen.

»Es gibt noch eine alte Frau in Australien und einen Jungen in Südamerika. Niemand weiß, warum wir nicht sterben. Jeder von uns hat an einem bestimmten Punkt seiner Entwicklung einfach aufgehört zu altern. Mahdi denkt, es ginge darum, den Endkampf voranzutreiben. Ich denke, wir sind nichts weiter als die Hüter des Wissens. Alles eine Frage der Einstellung, siehst du?«

»Also kann niemand mit Sicherheit sagen, was passieren wird, wenn Erik zurückkehrt«, fasse ich zusammen.

»Niemand«, flüstert Mike. »Das hängt ganz von Erik ab. Und vom Schicksal wahrscheinlich auch. Vielleicht radiert Mahdi die Dschinn ja tatsächlich aus der Weltgeschichte aus. Dann muss auch niemand von uns mehr gegen sie in den Kampf ziehen und die Menschheit hat keine Talente mehr nötig.«

»Falls sie sich dann nicht selbst zu Grunde richtet«, werfe ich Eriks Argument ein.

»Ja«, sagt Mike.

Wir schweigen. Mittlerweile scheint der Bürgeroberst fertig getrunken zu haben, denn langsam kommen die Wanderer wieder in Gang.

»Weiß Jakob das alles?«, frage ich Mike, bevor wir weitergehen.

Er nickt.

»Jakob ist auf alles vorbereitet. Und wenn ich ›alles‹ sage, dann meine ich auch alles.«

Ich bin mir nicht sicher, ob das wieder eine seiner Phrasen ist oder ob mehr dahintersteckt. Doch schon nach wenigen Metern werden wir von dem Dschinn abgelenkt, der ein neues Opfer gefunden hat: eine Frau, die nicht genügend Wasser mitgenommen hat. Ich weiß genau, was er vorhat, als er sie ein Stück in den Wald hineinzieht. Mike weiß es auch und rennt mit einer vollen Mineralwasserflasche hinter den beiden her. Ich hoffe sehr, dass die Frau nicht auf das Quellwasser besteht, das der Dschinn ihr gerade zeigen will.

***

Nach weiteren zwei Stunden wandern und Trinkgelagen mit den Nachbarn erreichen wir endlich den Frühstücksplatz, der nach der Buchenauer Gemarkung »Ebenheit« benannt ist. Unterwegs hat sich unsere Schar vergrößert, wie die Orakel uns am Treffpunkt hinter den zahlreichen Bierständen mitteilen.

»Es sind mehr als 50 Dschinn unterwegs«, stöhnt Sylvia.

Also praktisch die Hälfte der Hohenfels-Bevölkerung. Was sollen wir nur zu zehnt gegen diese Übermacht ausrichten? Allein sie in dem Tumult ringsum zu erkennen, ist schon schwer genug, denn mittlerweile wird an allen Ecken und Enden herumgeflirtet. Ohne die Hilfe von Sylvia und Kadim erkennt man kaum, was menschlich ist und was nicht. Und so groß wie der Frühstücksplatz ist, können die Orakel und Finn einfach nicht überall sein, um ihre Informationen zu verbreiten. Ich würde am liebsten aufgeben. Noch dazu bin ich körperlich völlig ausgepowert.

»Wir müssen strukturiert vorgehen«, sagt Jakob. »Schaut genau hin, wo es sich lohnt, sich einzumischen. Leute mit offiziellen T-Shirts stellen schon mal keine Gefahr dar. Die mit den Anzügen und Schärpen auch nicht. Familien und Gruppen, die erkennbar lange miteinander befreundet sind, lassen wir ebenfalls links liegen. Haltet Ausschau nach Einzelpersonen oder Freunden, die zu zweit unterwegs sind. Das werden die Dschinn auch tun. Mischt euch ein, wo immer es euch sinnvoll erscheint. Aber tötet niemanden, solange ihr keine Bestätigung von den Orakeln habt.«

Jakob schafft es wirklich immer wieder, uns die Verwirrung und Hoffnungslosigkeit zu nehmen, die uns in solchen Situationen befällt. Ich kann mir keinen anderen Anführer vorstellen, der mir eine solche innere Sicherheit vermitteln könnte. Wenn es nach mir geht, können wir gern noch ein paar Jahre auf Mikes Lamm warten oder auch bis in die Ewigkeit.

»Melek und Henry, ihr geht in den Wald«, weist Jakob uns an. »Ein Stück unter dem Frühstücksplatz gibt es eine Quelle, die die Dschinn ansteuern könnten. Das übernimmst du, Melek. Und am Berg hinter dem Grenzstein werden sich all diejenigen herumtreiben, die nicht auf die Containertoiletten wollen. Dort positionierst du dich, Henry ... aber sei ein wenig diskret.«

Wir kichern alle, bevor wir auf unsere Posten gehen. Um an die Quelle zu gelangen, muss ich ebenfalls am Grenzstein entlang. Dort haben sich mittlerweile die meisten Offiziellen zusammengefunden und löschen ihren Durst mit Bier. Es sind kaum andere Getränke in Umlauf. Tina und Joshua haben sich zu beiden Seiten des Steins aufgestellt. Der Mohr steht direkt dahinter. Dann setzt sich ein Besucher nach dem anderen auf den Stein, legt die Arme um die Wettläufer und lässt sich dreimal hintereinander hochheben. Ein kleiner Junge mit einer Trompete bläst dazu einen Tusch und der Mohr sagt den einen Satz, den er während der folgenden drei Tage noch etwa weitere tausend Mal aussprechen wird: »Der Stein, die Grenze, in Ewigkeit!«. Dazu reckt er seinen Säbel nach oben. Danach verpasst er dem Opfer eine schwarze Stelle, indem er seine gefärbte Wange über dessen Gesicht zieht. Dafür bezahlen die Menschen dann auch noch!

Im Vorbeigehen zwinkere ich Tina und Joshua zu, doch sie sind viel zu beschäftigt, um meinen Gruß zu erwidern. Ich sehe auch schon wieder die Biedenkopfer Abordnung mit verschränkten Armen vor dem Stein stehen. Sie beobachten Tina ganz genau. Ihr Vater ist nicht dabei.

»Mann, Mädel, das ist erst der Zehnte«, brummt einer, als die Wettläufer gerade einen besonders wuchtigen Mann in die Luft katapultieren. »Dir bricht heute noch der Rücken durch!«

Ich glaube eher, dass Joshua derjenige sein wird, dem heute Abend der Rücken schmerzt. Er ist so viel größer als Tina, dass er die ganze Zeit über leicht gebückt stehen muss. Mir tut schon vom Zuschauen alles weh. Also verziehe ich mich schnell in Richtung Quelle. Gerade als ich mich umdrehe, renne ich fast in meinen Vater hinein. Er steht mit dem Rücken zu mir und unterhält sich mit einem Komiteemitglied. Abrupt bleibe ich stehen. Hilflosigkeit macht sich in meinem Kopf breit. Ich bin nur einen halben Meter von ihm entfernt. Wenn er sich jetzt umdreht, ist mein Spiel zu Ende. Genau in dem Moment sieht der Mann, mit dem er spricht, mich an und legt die Stirn in Falten. Panisch mache ich auf dem Absatz kehrt und steuere auf eine Gruppe am Bierstand zu. Obwohl ich es nicht sehe, weiß ich, dass mein Vater jetzt den Kopf in meine Richtung wendet. Ich habe immer noch die Haare unter der Baseballkappe versteckt und trage fremde Kleidung. Trotzdem müsste mein eigener Vater meine spärliche Maskerade eigentlich durchschauen. Also versuche ich das Einzige, was wirklich neu an mir ist: laufen wie eine Dschinniya. Natürlich klappt es überhaupt nicht. Aber ich muss ja auch keine Männer beeindrucken, sondern nur meinen Vater verwirren. Als ich die Gruppe erreiche, werfe ich meinen Arm um den nächstbesten Typen und nehme ihm sein Bier aus der Hand.

»Holla!«, sagt er und grinst mich an. »Wer bist du denn?«

»Ich bin auf der Flucht«, sage ich. »Rettest du mich?«

»Kommt darauf an, wie gefährlich derjenige ist, vor dem du fliehst.«

»Nicht der Rede wert«, sage ich. »Nur mein Vater!«

»Na dann: Prost!«

Ich kippe das ganze Bier auf einmal herunter und ziehe den Jungen in die Menschentraube vor dem Ausschank, wo er ein neues kaufen soll. Als ich fünf Minuten später wieder wage, in die Richtung zu blicken, in der mein Vater stand, ist er verschwunden. Klammheimlich mache ich mich davon, ohne auf Wiedersehen zu sagen.

An der Quelle trinke ich erst einmal ausgiebig Wasser und fülle meine fast leeren Flaschen wieder auf. Dann verstecke ich mich hinter einem kleinen Gesteinsmassiv. Dabei dreht sich mir der Kopf. Ich trinke so selten Alkohol, dass schon dieses eine Bier völlig ausreicht, um einen leichten Schwips zu verursachen. Wie der Bürgeroberst und seine Leute das wegstecken, ist mir schleierhaft. Hoffentlich muss ich in der nächsten Viertelstunde keinen Schuss abgeben, denn ich bin mir nicht sicher, ob ich in diesem Zustand treffen würde.

Ich habe Glück, denn es dauert länger. Eine gute halbe Stunde später meldet sich Finn bei mir. Seine Ansage ist knapp und hektisch. Die anderen müssen sehr beschäftigt sein.

»Melek, da kommt eine Dschinniya mit einem völlig betrunkenen Typen in deine Richtung!«

Nur wenige Augenblicke später höre ich sie. Das Opfer scheint kaum mehr in der Lage zu sein, geradeaus zu laufen. Die Geräusche, die das Paar auf dem Waldboden verursacht, sind mindestens doppelt so schlimm wie bei mir. Das stört die Dschinniya wahrscheinlich, denn kurz vor der Quelle hört das Geraschel plötzlich auf. Ich spähe durch eine Ritze zwischen den Steinen und sehe, dass sie den Mann einfach hochgehoben hat und nun zur Quelle trägt.

»Du bissja stark!«, lallt er.

Sie setzt ihn ab und wittert in alle Richtungen. Wahrscheinlich nimmt sie meine Anwesenheit wahr, aber der andere Mensch und die zahlreichen Grenzgänger im Hintergrund überdecken meine Ausstrahlung wohl. Ich habe meine Pistole schon im Anschlag und ziele auf das schimmernde rote Haar der Frau.

»Sssetsch dich doch su mir!«, nuschelt der Mann und streckt seine Arme nach ihr aus. Dann gibt er einen überdimensionalen Rülpser von sich. Ich bin angewidert von diesem hirnlosen Menschen, der der Dschinniya gerade seine Seele auf einem Tablett präsentiert. Sie muss nicht einmal zaubern, ich sehe es ganz genau! Dieser Typ ist zu hundert Prozent selbst schuld an dem, was ihm gleich passieren wird. Und ich soll deshalb nun die Dschinniya erschießen. Schon wieder habe ich eine Ladehemmung, die nichts mit der Technik meiner Pistole zu tun hat. Für den Fall, dass ich in absehbarer Zeit ebenfalls Menschen aussaugen werde, nehme ich mir vor, wenigstens appetitliche Exemplare auszuwählen. Immer noch angespannt und nach allen Seiten blickend setzt die Rothaarige sich neben den Mann und zieht eine Augenbraue hoch.

»Du stinkst«, seufzt sie.

Das sind die letzten Worte, die sie von sich gibt. Ich würde gern die Augen schließen, als ich abdrücke. Aber ich muss ja zielen, um nicht den Betrunkenen zu treffen. Genau in dem Moment, als er die fleischigen Lippen schürzt und seinen Kuss entgegennehmen will, fällt seine Angebetete mit einer Kugel im Herzen vornüber. Ihr Körper verdeckt das Blut, das aus ihrer Brust in den Waldboden rinnt. Der Mann ist völlig verwirrt.

»Issir schlecht?«, brabbelt er.

In dem Moment löst der schöne Körper zu seinen Füßen sich auf. Das flammend rote Haar verlischt und die blütenweißen Hände verschwimmen vor unseren Augen. Zurück bleibt nichts als das leicht eingedrückte Moos des Waldbodens. Ich habe das Gefühl, gleich losweinen zu müssen.

Der Betrunkene blinzelt ein paarmal und schüttelt sich. Dann schlägt er sich mit der flachen Hand gegen die Schläfe und gibt grunzende Geräusche von sich. Ich habe damit gerechnet, dass er nun schreiend zurück auf die Ebenheit rennt und ein paar andere Menschen holt, die ihm erst einreden müssen, dass er Halluzinationen hatte. Aber er weiß wohl selbst, welche Streiche sein Geist ihm in seiner momentanen Verfassung spielt.

»Fata Morgana!«, entscheidet er schließlich und rappelt sich hoch. Dann torkelt er so laut auf den Frühstücksplatz zurück, wie er gekommen ist, um seine Verwirrung mit einem weiteren Bier hinunterzuspülen.

Was du erträumst, wird Wahrheit sein

Bis zum Abmarsch von der Ebenheit zurück nach Buchenau habe ich zwei weitere Dschinn erschossen. Eines der Opfer ist danach hysterisch zur Menschenmenge zurückgerannt. Doch noch bevor es sie erreichen konnte, hat Finn Kadim zu dem Mädchen geschickt, um seine Erinnerung zu löschen. Nun marschieren alle in trauter Idylle zurück in ihr Dorf und niemand weiß, dass insgesamt vier lebendige Wesen in den letzten zwei Stunden ihr Leben gelassen haben. Henry hat ebenfalls einen Dschinn erwischt. In diesem Fall hat Sylvia anschließend das Gehirn des Opfers manipuliert. Die Liebestöter waren wieder genauso erfolgreich wie gestern Abend. Unterstützt wurden sie dabei unwissentlich von diversen Ehemännern und -frauen aus der Menschenwelt, die keine Ahnung hatten, dass sie ihren abenteuerlustigen Gatten gerade vor einem Dschinn gerettet haben. Insgesamt wurden nur wenige Menschen ausgesaugt, was ich bei der Masse an Besuchern nie geglaubt hätte. Alle Talente sind deshalb guter Dinge, als sie weiterlaufen. Nur ich bin schweigsam.

»Du musstest es tun!«, sagt Mike nach ein paar Kilometern. Er hat garantiert schon bei unserem letzten Einsatz beobachtet, dass ich Probleme damit habe, unsere Feinde zu erschießen.

»Ich weiß«, antworte ich. »Ich hab es ja auch getan.«

»Es liegt in deiner Natur.«

»Ist ja gut, Mike!«, fahre ich ihn an. »Ich habe dich schon verstanden! Berichtest du Mahdi das auch? Dass meine Treffsicherheit nachgelassen hat?«

»Ja«, gibt Mike zu. »Glaub nicht, dass er sich darüber wundert.«

»Stimmt, ich hatte fast vergessen, dass er mich hasst«, brumme ich ironisch.

Mikes Mundwinkel zucken leicht nach oben.

»Das ist wahr«, sagt er dann. »Aber ich bin mir gar nicht so sicher, wen aus unserer Truppe er am meisten hasst. Jakob, Erik und ich stehen sicher auch ganz oben auf seiner Liste.«

»Und trotzdem arbeitest du ihm zu. Das verstehe ich nicht.«

»Wenn ich damit aufhöre, steht er morgen wieder da und verlangt nach seinem Blutbad.«

»Und so bleibt er weg?«

»Ja«, sinniert Mike. »Mahdi gehört zu den Menschen, die jederzeit über alles Kontrolle haben wollen. Solange ich ihm das Gefühl gebe, dass das der Fall ist, sind wir vor ihm sicher.«

Ich nehme einfach an, dass Mike weiß, wovon er spricht. Immerhin kennt er unseren General schon seit mehreren Jahrhunderten. Das ist wahrscheinlich auch der Grund, warum er es geschafft hat, ihn vorübergehend zu vertreiben. Er weiß einfach, wie er ihn anpacken muss. Ich frage mich, wie oft sie wohl in der Vergangenheit schon aneinandergeraten sind.

»Warum nennt er dich den ewigen Vorbeter?«, will ich wissen.

»Ha!« Mike lacht. »Laut Überlieferung pilgern meine Erzengel-Kollegen und ich regelmäßig zum Haus Allahs und beten. Gabriel ist dabei der Muezzin, ich der Imam – der Vorbeter.«

Ich runzele die Stirn. Die Verwirrung, die Mike durch seine Aussagen in meinem Kopf stiftet, scheint nie nachzulassen.

»Ähm ... stimmt das?«, frage ich vorsichtig.

»Klar«, sagt er grinsend. »Ihr seht es doch genauso.«

Ich werde niemals herausfinden, welche seiner Geschichten der Wahrheit entspringen und welche man allenfalls in übertragenem Sinne gelten lassen kann. Wahrscheinlich weiß er es selbst nicht mehr so genau.

»Du und Mahdi ... seid ihr unsterblich?«, versuche ich mich.

»Nein. Wir sterben nur keines natürlichen Todes. Alles andere hängt von unseren Fähigkeiten ab.«

»Aber Mahdi ist der verborgene Imam, ja?«

Nun lässt Mike ein prustendes Lachen hören.

»Mahdi ist ein überzeitliches Talent. Er ist sehr mächtig und er hat Gefallen an Theatralik.«

»Also seid ihr nicht wirklich ... ich meine ...«

Im selben Moment senkt sich der altbekannte Vorhang des Wahnsinns über Mikes Gesicht. Ich frage mich, ob am Ende selbst das nur Show ist.

»Ungläubige!«, nennt er mich. Dann schreitet er weiter aus und ich habe Mühe, mit ihm Schritt zu halten.

Gemeinsam mit dem restlichen Zug der Grenzgänger, der mittlerweile beachtlich stockt und schwankt, ziehen wir weiter durch den Wald, treffen noch ein paar Nachbarn und schauen dem Komitee beim Trinken zu. Zwischendrin hält Tina kurz bei uns an. Ihr Gesicht ist ein bisschen rot und sie ist außer Atem, was beides nicht am Joggen liegen kann. Ihre Augen funkeln wie ein ganzes Sternenmeer.

»Ich glaube, den Leuten reicht es schon«, sagt sie. »Sie sind über den Punkt hinweg, wo sie noch angreifbar wären. Die meisten Dschinn sind deshalb ebenfalls verschwunden. Nur ein paar versuchen es weiter. Aber ich denke, es wird erst heute Abend wieder spannend.«

»Zum Glück!« Ich atme auf.

Bevor sie weiterrennen kann, ringe ich mich dazu durch, sie am Ärmel ihrer weißen Bluse zu greifen. Sie dreht sich mit fragendem Blick zu mir um.

»Tina ...«, murmele ich.

Sie zieht die Augenbrauen hoch. Es kostet mich immer noch Kraft, so mit ihr zu reden.

»Wir sind alle stolz auf dich!«

Da bleibt sie stehen und schenkt mir ein phänomenales Lächeln. Nie hätte ich gedacht, dass ihre Gesichtsmuskeln dazu in der Lage sind.

»Danke, Melek!«

Wir sehen ihr nach, als sie weiterrennt, um sich zusammen mit Joshua einen neuen Platz zum Peitschenknallen zu suchen. Die roten Bommel ihres Kostüms tanzen lustig auf und ab. Ich verstehe die Welt immer noch nicht.

***

Am Nachmittag ziehen wir alle mit großem Tamtam in Buchenau ein. Es wirkt so, als hätten wir im Wald gerade eine sportliche Meisterleistung vollbracht oder einen ähnlichen Kraftakt gestemmt. Dabei hat die Hälfte der Mitwanderer einfach nur getrunken. Selbst im Komitee gibt es mittlerweile die ersten Ausfälle: Der Gleichschritt funktioniert nicht mehr so richtig und in den hinteren Reihen wird munter geschunkelt, anstatt die vorgeschriebenen Dreierreihen einzuhalten. Entsprechend belustigt sind die Leute, die am Straßenrand und hinter ihren Gartenzäunen stehen und uns zuwinken. Ein paarmal erwische ich mich dabei, wie ich zurückwinke. Mike wirft mir vielsagende Blicke zu.

Ich bin heilfroh, als sich der Zug in der Dorfmitte auflöst und die meisten Ortsansässigen erst mal nach Hause gehen. Auch die Besucher verziehen sich in ihre Ferienwohnungen oder in den Biergarten, um noch ein wenig auszuruhen, bevor es Abend wird. Für uns gibt es zwar keine weichen Betten, um die schmerzenden Füße hochzulegen, aber dafür bestellt Jakob uns alle zu einer ruhigen Stelle am Lahnufer, wo das Gras und das meterhohe Springkraut uns vor neugierigen Blicken schützen. Wir hätten uns allerdings genauso gut mitten auf die Straße setzen können, denn schon nach einer Viertelstunde ist das Dorf wie ausgestorben. Bis zum Abend gibt es in Buchenau definitiv keine Spaziergänger mehr. Ich strecke mich auf dem Gras am Ufer aus und lege meinen Kopf auf meinen Rucksack. Die Schuhe habe ich ausgezogen und lasse meine Füße in das plätschernde Flusswasser hängen. Die anderen machen es mir nach. Schon bald liegen zehn Talente auf dem Rücken in der Sonne. Man könnte glauben, wir wären eine harmlose Pfadfindergruppe. Niemand von uns bekommt mehr den Mund auf. Erst kurz bevor ich wegdöse, höre ich Henry neben mir in meine Richtung flüstern:

»Was glaubst du, wo Tina jetzt ist?«

»Bei Joshua vermutlich«, murmele ich.

Er seufzt.

»Ich hoffe, er hat ein Sofa ...«

Mir fällt keine Antwort ein. Sollte es einen Tag in Tinas Leben geben, an dem ich ihr zutraue, sich mit dem Buchenauer Wettläufer einzulassen, dann ist es dieser. Noch eine Weile schaue ich den wenigen Schäfchenwolken am Himmel nach, dann schlafe ich erschöpft ein.

Aus der strahlend hellen, wunderbar warmen, realen Welt tauche ich direkt in die düstere Seelenwelt von Levian und mir ein. Ich habe nie erlebt, dass hier die Sonne geschienen hätte. Aber in den letzten Nächten ist es schlimmer geworden. Mittlerweile ist die komplette Landschaft hinter einem undurchdringbaren Vorhang aus schwarzem Dunst verborgen. Wieder einmal versuche ich vergeblich, mir das Blut von den Händen zu waschen. Auch dieser Anblick wird von Mal zu Mal erschreckender. Heute sind meine Arme bis über die Ellbogen hinaus rot verfärbt. Weil Levian nicht auftaucht, um mich abzulenken, schrubbe ich wie eine Geisteskranke mit meinem Ärmel an meiner Haut herum, aber es nützt nichts. Irgendwann gebe ich auf und blicke mich um. Der Wald hinter der Quelle ist so dunkel, dass man die Umrisse der einzelnen Bäume nicht mehr erkennen kann. Oben auf dem Weg ist es etwas heller. Ich könnte versuchen, dort entlangzugehen. Aber ich glaube nicht, dass ich Levian im Licht finden werde. Also schlage ich mich in den Wald hinein.

Weil ich nicht die Hand vor meinen Augen sehe, bleibe ich immer wieder an dornigen Büschen und niedrigen Zweigen hängen. Es ist kein einziger Laut zu hören, weder von einem Tier noch von einem Windhauch in den Zweigen über mir. Die Stille ist gespenstisch und ich höre mein eigenes Herz klopfen. Ich zwicke mich in den Arm, um zu spüren, ob ich überhaupt noch da bin. Trotzdem überkommt mich Unruhe. Es ist zu still in der Seelenwelt. Das ist kein gutes Zeichen. Einfach um überhaupt irgendetwas zu tun, fange ich an, nach Levian zu rufen.

»Ich bin hier!«, schreie ich. »Levian, wo steckst du?«

Es kommt keine Antwort. Ich arbeite mich weiter durch das Dickicht, bis ich schließlich gegen etwas pralle. Im ersten Moment denke ich, es sei ein Baum. Doch dafür war der Aufprall zu weich. Ich strecke meine Hände aus und bekomme einen Körper zu fassen.

»Levian? Bist du das?«, hauche ich.

»Nein, Miststück«, wispert eine Stimme an meinem Ohr, die zu einer Frau gehört. Der Ausdrucksweise nach ist es Leviata, aber weder der leise Tonfall noch die Friedlichkeit passen dazu. Ich erschrecke.

»Ich suche ihn ebenfalls«, sagt sie. »Glaub nicht, du seist die Einzige, die sich hier herumtreibt.«

»Was ist mit ihm, ist er tot?«, frage ich zitternd.

In der totalen Finsternis um uns herum kann ich Leviatas Gesicht nicht sehen. Ich wundere mich darüber, dass mich dieser Umstand mehr entspannt als beunruhigt.

»Nein«, sagt sie. »Noch nicht.«

»Wird er durchhalten? Es sind nur noch vier Tage!«

»Vier Tage können so lang sein wie vier Jahre«, kontert Leviata. »Er ist seit fünf Wochen eingesperrt. Seine Kraft ist dahin.«

Während sie spricht, entfernt sich ihre Stimme von mir. Ich versuche, mit den Händen nach ihr zu greifen, aber ich bekomme sie nicht zu fassen. Irgendetwas sagt mir, dass Leviata nicht so blind ist wie ich. Sie kann mich wahrscheinlich genau sehen.

»Was soll ich tun?«, flehe ich sie an.

Ich glaube, dass sie nun um mich herumgeht, aber das Laub unter ihren Füßen verursacht kein einziges Geräusch.

»Es gibt nichts mehr für dich zu tun, Melek«, höre ich sie plötzlich von rechts. »Es ist bald vorbei. Er entflieht in die Schattenwelt. Und du ...« Nun kommt ihre Stimme von links. »Du darfst ihm bald folgen. Du und Erik. Und Jakob. Jeder auf seine Weise. Ich sorge schon dafür, dass ihr euch alle wiederseht.«

»Leviata ...!«

»Halt den Mund!«

Ich fahre zusammen. Sie steht jetzt genau vor mir. Ich spüre ihren Atem an meiner Wange. Mein Herz rast.

»Noch vier Tage, dann ist auch dein Grenzgang vorbei«, flüstert sie in mein Ohr. »Das ist es, was passiert, wenn man Barrieren überschreitet, die die Natur gebaut hat: Man landet im Niemandsland!«

Nackte Panik steigt in mir auf. Ich will einfach nur noch raus aus diesem Wald und der ewigen Dunkelheit. Ohne zu wissen, ob ich überhaupt die richtige Richtung einschlage, drehe ich mich um und renne zurück, dorthin, wo ich die Quelle vermute. Leviatas Lachen hinter mir klingt vollkommen falsch.

Heftig keuchend fahre ich hoch. Die anderen liegen immer noch am Lahnufer und strecken ihre Beine ins Wasser. Fast alle schlafen. Henry neben mir ist noch wach. Er setzt sich ebenfalls auf und legt mir eine Hand auf den Arm.

»Albtraum?«, fragt er mich leise.

Ich nicke.

»Nicht so schlimm, Melek. Das haben wir alle.«

In dem Moment sehe ich, dass auch Jakob aufgewacht ist und die Hände vors Gesicht schlägt. Als er in meine Richtung sieht, treffen sich unsere Blicke. Vermutlich hatte er einen ähnlich erschreckenden Traum wie ich. Es muss so gewesen sein, denn er runzelt die Stirn, wie nach einem anstrengenden Gespräch. Wenn ich mir in Erinnerung rufe, dass heute erst Freitag ist, verspüre ich schon wieder den Drang, aufgeben zu wollen. Wie um alles in der Welt sollen wir den Rest dieses Festes durchstehen, wenn wir heute schon mit den Nerven am Ende sind?

Jakob schickt Finn und Henry los, um etwas zu essen zu organisieren. Dann harren wir weiter aus bis zum Abend, halb wach, halb schlafend. Der Traum von Leviata geht mir nicht mehr aus dem Kopf. Ich verstehe die Gesetzmäßigkeit meiner Träume immer noch nicht ganz. Habe ich wirklich mit Levians Schwester kommuniziert oder waren es nur meine Hirngespinste? Und vor allem: Entspricht es nun der Wahrheit, was sie gesagt hat, oder nicht? Falls es stimmt, dann wird Levian am Dienstag nicht mehr am Leben sein. Dann ist unser ganzer Einsatz umsonst, denn ich werde niemanden mehr in den unterirdischen Verliesen des Hohenfels vorfinden. Ich beschließe, mit Jakob darüber zu sprechen, so lange wir noch Ruhe haben. Als ich ihm von meinem Traum erzähle, erscheint sofort die Sorgenfalte zwischen seinen Augenbrauen.

»Das ist seltsam«, sagt er dann. »Ich hatte ebenfalls einen beunruhigenden Traum.«

»Das habe ich dir vorhin angesehen«, bemerke ich. »Wovon handelte er?«

»Von Marie. Von dem Moment damals im Wald, als Levian sie küsste und ich nicht schnell genug war.«

»Was hat das zu bedeuten?«

»Keine Ahnung.«

Wir fragen Sylvia und Kadim danach, aber auch sie können uns nicht weiterhelfen. Sylvia denkt, dass unsere Träume einen Zusammenhang haben. Aber welcher es ist, erschließt sich ihr nicht. Also entscheiden wir, vorerst so weiterzumachen, wie wir es geplant haben. Für den Fall, dass Nayo mehr über Levians Zustand weiß, wird sie schon irgendeine Möglichkeit finden, um uns zu unterrichten.

⁎

Es dauert keine drei Stunden und es ist so weit: Genau wie gestern Abend stehe ich am Eingang des Zeltes und beobachte Tina und Joshua, die auf den Tischen stehen und den Takt eines Bierzelt-Hits mitknallen. Dabei könnte ich mir einreden, dass sie noch vertrauter miteinander wirken als heute Vormittag auf der Grenze. Wenn da mal in der Zwischenzeit nichts passiert ist! Gerade als ich darüber nachdenke, kommt Sylvia aus dem Zelt und zieht mich unauffällig zur Seite. Sie sieht müde aus. Dabei liegt die gesamte Nacht noch vor ihr. Um nichts in der Welt möchte ich mit ihr tauschen! Wir verkrümeln uns zusammen hinter mein Schmuckbäumchen.

»Ich habe eine Nachricht von Nayo für dich«, eröffnet sie mir. »Kam gerade durch einen Nachtfalter an.«

Ihr Gesichtsausdruck sieht nicht gut aus. Ich wappne mich für das Schlimmste.

»Levian ist noch am Leben. Aber das, was Leviata in deinem Traum gesagt hat, stimmt: Wir verlieren ihn.«

Mir schießen die Tränen in die Augen. Dabei weiß ich nicht einmal, was der wahre Grund dafür ist – meine Trauer um Levian oder meine Angst um Erik.

»Was sollen wir tun?«, frage ich und heule los.

»Nayo denkt, es wäre das Beste, unseren Einsatz abzubrechen und die Dschinn sofort saugen zu lassen. Dann können wir morgen in den Palast einbrechen.«

»Wie viele von denen sind gerade unterwegs?«, will ich wissen.

»Nur um die zwanzig.«

»Das heißt, wir können nicht davon ausgehen, dass morgen Vormittag Ruhe herrschen wird.«

»Nein. Außerdem geht die Wanderstrecke über den Hohenfels. Damit würden wir riskieren, dass die ganze Geschichte von 5000 Leuten beobachtet wird. Jakob hat es bereits verboten.«

Das war mit Sicherheit die richtige Entscheidung von ihm. Trotzdem bedeutet sie, dass Levian dann sterben wird.

»Was ist mit heute Nacht?«

»Wir sind vollkommen ausgepowert, Melek«, sagt Sylvia. »Und nachts sind die Dschinn meistens wach. Vor allem dann, wenn Grenzgang ist. Es wird ein dauerhaftes Kommen und Gehen herrschen.«

Ich lasse mich auf die Blechstufen des Karussells hinter mir nieder und schlage die Hände vors Gesicht.

»Wir versuchen etwas anderes«, sagt Sylvia schnell. »Nachher, wenn alles vorbei ist, kommen Jakob und ich mit zu Anastasia. Ich vernetze euch beide im Traum. Vielleicht könnt ihr dadurch etwas erreichen. Irgendeinen Zusammenhang zwischen euren beiden Welten muss es geben.«

»Und du meinst, das bringt was?«

»Es ist die einzige Chance, die wir haben.«

Ich kann ihrer Miene ansehen, dass sie selbst nicht ganz überzeugt ist. Trotzdem klammere ich mich an ihren Vorschlag. Was bleibt mir auch anderes übrig?

Entsprechend ehrgeizig stürzen sich die Liebestöter also auch an diesem Abend wieder in den Kampf. Ich bekomme von all dem nichts mit. Verwirrt und voller Angst vor den nächsten Tagen sitze ich neben dem Karussell, bis die Schausteller die Stirn runzeln und über mich zu reden beginnen. Dann wechsle ich meinen Standpunkt und platziere mich neben dem Autoscooter, wo ich weniger auffalle.

Irgendwann kommen die Wettläufer aus dem Zelt und fangen an, weitere Personen auf einem Grenzstein hochzuheben, der extra für diesen Zweck aufgestellt wurde. Jeder, der es hinter sich gebracht hat, steckt einem von ihnen einen Geldschein in die Tasche. Ich sehe eine ganze Weile dabei zu. Tina wird nach einiger Zeit plötzlich unruhig. Joshua ist nichts anzumerken. Wahrscheinlich ist er wieder taub, während Tina eine Nachricht von Finn empfangen hat. Etwas vorzeitig lässt sie den Politiker herunter, dem sie eben die Beine in die Luft gewirbelt hat. Dann sagt sie etwas zu Joshua, der im ersten Moment nur die Augen aufreißt und abwinkt. Erst, als sie penetranter wird und ihn eindringlich ansieht, versteht er: Es ist an der Zeit, die Seite zu wechseln – vom Buchenauer Wettläufer zum Talent-Wettläufer.

Ohne die Umstehenden vorzubereiten, verlassen sie beide den Grenzstein und drängen sich mit ihren Peitschen durch die Menge. Erst, als sie die Silberschnüre langsam über den Köpfen drehen, verstehen die Leute, was los ist, und machen ihnen schnell Platz. Diese vermeintliche Show-Einlage war nicht geplant, trotzdem fangen die Zuschauer an zu klatschen und zu grölen. Anders als sonst bleibt Tina nicht einfach Joshua zugewandt stehen. Stattdessen wechselt sie immer wieder ihren Standpunkt und Joshua folgt ihr gegenüber nach. Es sieht aus wie ein seltsames traditionelles Tänzchen. Bei jedem Schritt, den Tina nach hinten oder zur Seite macht, verschiebt sich auch die Menschenmenge, die dem Radius ihrer Peitsche ausweicht. Erst verstehe ich nicht, was das soll. Aber dann stehen die Leute endlich so, wie Tina sie haben wollte: Ganz vorn, in der ersten Reihe, schäkert eine Dschinniya mit ihrem Opfer. Sie hat bereits die Arme um dessen Hals gelegt und funkelnd ihn gierig an. Wahrscheinlich hat sie sich mitten in dem Pulk aus Zuschauern sicher geglaubt. Nun aber hat Tina sie entblößt.

Ohne auf den gemeinsamen Einsatz zu achten, knallen die Wettläufer los. Tinas erster Schlag trifft die Dschinniya quer über den Rücken. Ich sehe, wie sie vor Schmerz zusammenzuckt und ihr Opfer loslässt. Trotzdem achtet sie die Regeln und macht keinen unnötigen Aufstand. Ein paar der Umstehenden ziehen sie erschrocken nach hinten. Eine Frau spricht sie an – wahrscheinlich will sie wissen, ob sie getroffen wurde. Aber die Dschinniya schüttelt verbissen den Kopf und verzichtet sogar darauf, nach ihrem Rücken zu fassen. Ich muss zugeben, dass ihre Tapferkeit mich beeindruckt. Noch unglaublicher finde ich die Reaktion eines Komiteemitglieds: Er schiebt sie und ihr Opfer ein Stück beiseite und tippt sich an die Stirn.

»Habt ihr keine Augen im Kopf?«, höre ich ihn sagen. »Wenn die Peitschen knallen, wird nicht herumgeturtelt, sondern zugeschaut. Um ein Haar wärst du getroffen worden!«

Das Gesicht der Dschinniya sieht immer noch beherrscht aus. Aber ich weiß genau, wie sehr sie sich zusammenreißen muss, um den Mann nicht gleich einen Kopf kürzer zu machen.

In dem Moment beenden Tina und Joshua ihre Vorführung und Applaus brandet auf. Die Einzigen, die nicht mitklatschen, sind ein paar auswärtige Grenzgänger, denen Tinas Tänzchen nicht gefiel, – und die Dschinniya.

»Ihr könnt mich alle mal mit eurem Grenzgang!«, zischt sie dem Komiteemitglied zu. Dann lässt sie ihn und ihr Opfer stehen und stampft quer über den Festplatz davon. Wahrscheinlich wird sie sich irgendwo hinter dem Zaun verwandeln und auf dem schnellsten Weg zu ihrem Schamanen Orowar fliegen. Die Silberschnur hat sicherlich unter ihrer Kleidung einen blutroten Striemen auf ihrem Rücken hinterlassen.

Wieder einmal hat Tina ganze Arbeit geleistet. Ich bewundere sie dafür nicht weniger als die Dschinniya für ihre Beherrschung. Wahrscheinlich hat noch nie zuvor ein Talent inmitten einer derart großen Öffentlichkeit erfolgreich einen Dschinn verscheucht, ohne dass es jemandem aufgefallen ist. Hätte ich in ihrer Haut gesteckt, wäre mir nichts Besseres eingefallen, als blindwütig in die Masse zu schlagen und dabei wahrscheinlich nicht nur der Dschinniya, sondern auch einigen Menschen eine Zorro-Narbe im Gesicht zu verpassen. Am nächsten Tag hätten wir dann wieder eine eindrucksvolle Schlagzeile in der Zeitung gehabt: »Wettläufer machen Grenzgang zum Gemetzel!«. Wie gut, dass ich nur ein Volltreffer bin, der sich hinter einem Bäumchen verstecken darf! Am liebsten würde ich für den Rest des Grenzgangs dort bleiben. Mir graut vor allem, was jetzt noch kommen wird. Auch vor heute Nacht. Wenn die Vernetzung zwischen Jakob und mir nichts bringt, wird Levian sterben. Wieder einmal bleibt mir nichts anderes übrig, als auf die Intuition unseres kleinen Orakels zu vertrauen.

***

»Macht einfach die Augen zu und schlaft ein«, sagt Sylvia. »Ich vernetze euch, sobald ihr anfangt zu träumen.«

Ich komme mir vor wie ein Versuchskaninchen in einem Schlaflabor. Außerdem bin ich es nicht gewohnt, mit Jakob in einem Bett zu liegen. Wenn ich darüber nachdenke, haben wir es vielleicht zwei- oder dreimal getan. Aber nie sind wir nebeneinander eingeschlafen, denn Jakob hat stets an meinem Fenster Wache gehalten. Der einzige Mensch, mit dem ich je im gleichen Bett geschlafen habe, ist Erik. Ich versuche, nicht allzu intensiv darüber nachzudenken, was er wohl von dem Anblick halten würde, den wir gerade bieten.

»Ich helfen kann?«, fragt Anastasia, die heute Nacht mit dem Sofa vorliebnehmen muss.

»Nein. Schlaf einfach«, antwortet Sylvia. »Du bist doch auch hundemüde!«

»Wie du, Große«, sage ich und fasse Sylvia an der Wange an. Sie schüttelt den Kopf, obwohl sie alle Kraft zusammennehmen muss, um nicht einzuschlafen, bevor sie Jakob und mich aneinandergekoppelt hat.

»Wenn's irgendwie geht, legt die Hände auf die Decke. Die brauche ich nachher«, sagt sie und gähnt.

Bis gerade eben bin ich genauso müde gewesen wie sie. Aber jetzt, da ich schlafen soll, funktioniert es nicht. Steif, wie Jakob neben mir liegt, geht es ihm wohl genauso. Wahrscheinlich denkt er gerade an dieselben Dinge wie ich. Ich wünschte, ich könnte ihm den unendlichen Abschied von mir leichter machen. Aber das Schicksal rächt sich immer noch an uns für das, was wir uns erlaubt haben.

Ich drehe meinen Kopf nach links und schaue ihn an.

»Morgen früh um halb sieben geht es wieder los«, murmele ich.

Er nickt.

»Dann mach mal schön die Augen zu ... Melek.«

398

Ich bin nicht mehr sein Engelchen. Es ist gut, dass er mich daran erinnert. Auch wenn die Beklemmung niemals weichen wird, die mich in solchen Momenten überfällt.

Weil ich nicht weiß, was ich sonst tun kann, lasse ich einfach meine schweren Lider niedersinken und warte, dass der Schlaf mich von den wirren Gedanken erlöst, die durch mein Gehirn flattern. Schneller, als ich vermutet hätte, merke ich, dass ich in eine andere Welt hinübergleite. Das Letzte, was ich noch wahrnehme ist, wie Sylvia hinter das Bett tritt und Jakob die Hände auflegt, um ihn zu reinigen. Wahrscheinlich muss ich nun stundenlang auf ihn warten, weil er nicht einschlafen kann. Bevor ich den Gedanken zu Ende denken kann, bin ich auch schon weggetreten.

Der Jungfernbrunnen ist heute fast nicht mehr zu erkennen. Es ist, als ob die Dunkelheit aus dem Wald sich durch unsere gesamte Seelenwelt frisst. Selbst oben auf dem Weg dringt nur noch ein sachter Schimmer von Licht durch die Baumwipfel. Ich versuche, meine blutbesudelten Arme abzuwaschen, obwohl ich genau weiß, dass es nichts bringt. Trotzdem mache ich es immer wieder, weil ich Angst habe, ich könnte irgendetwas durcheinanderbringen, wenn ich dieses Ritual aufgebe. Danach trinke ich durstig einen Schluck aus der Quelle. Das Wasser ist längst nicht mehr so gut wie früher. Es hat einen moderigen Beigeschmack, der meinen Magen zum Rebellieren bringt. Angewidert richte ich mich auf und sehe mich um. Aber weder Levian noch Leviata oder Jakob erscheinen. Ich will auf keinen Fall allein in den Wald gehen. Darum setze ich mich an den Rand des Tretbeckens und warte. In der Seelenwelt habe ich nicht die Spur von Zeitgefühl. Aber es kommt mir tatsächlich vor, als wären Stunden vergangen, bis Jakob plötzlich neben mir steht. Er schaut sich verwirrt nach allen Seiten um, bis sein Blick schließlich an meinen Armen hängenbleibt.

»Was ist das an deinen Händen?«, fragt er und versucht, mit den Augen die Dunkelheit zu durchdringen.

»Blut«, antworte ich. »Das von den Dschinn, die ich getötet habe. Und wahrscheinlich das von Levian.«

»Oh Melek!«, sagt Jakob leise. Wahrscheinlich versteht er erst in diesem Augenblick, wie sehr mir das Leben als Talent zu schaffen macht.

»Es ist verdammt dunkel in euren Seelen«, stellt er fest.

»Ja. Aber so schlimm war es nicht immer.«

Ich denke an die Wolkendecke und den Sonnenuntergang, wo ich Marie getroffen habe. Vielleicht ist Levian mittlerweile an demselben Ort.

»Was sollen wir jetzt tun?«, frage ich.

»Warten«, sagt Jakob und setzt sich neben mich. »Wenn Sylvia Recht hat, müsste nun irgendetwas passieren. Ich denke nicht, dass wir danach suchen müssen.«

Wieder wandert sein Blick zu meinen Armen.

»Hast du mal versucht, es abzuwaschen?«

Ich seufze.

»Tausendmal bestimmt.«

In dem Moment dringt ein winziger Lichtschein durch die Finsternis des Waldes. Es sieht aus, als würde jemand von weit her mit einer Laterne auf uns zukommen. Wir starren beide wie gebannt in die Richtung. Je näher das Licht auf uns zukommt, desto besser erkenne ich das typische Flackern einer baumelnden Laterne. Trotzdem ist dahinter nicht die Spur einer Person zu erkennen.

»Können wir in dieser Welt getötet werden?«, flüstert Jakob mir zu.

Zum Glück kann er das selbstverliebte Lächeln nicht sehen, das mir bei seiner Frage übers Gesicht huscht.

»Nein, Jakob«, erkläre ich, als hätte ich solche Fragen noch nie zuvor selbst gestellt, »niemand kann unsere Körper hier töten, denn sie sind überhaupt nicht da! Es ist nur ein Ort, an dem Levians Seele auf meine trifft. Oder die von Leviata, die anscheinend auch eine Verwandtschaft mit uns hat ...«

Wir stehen auf und beobachten weiter den Schein der Laterne, der immer näherkommt. Doch erst, als das Licht ein paar Meter vor uns aus dem Wald herausschaukelt, können wir die schwarzen Silhouetten zweier Gestalten dahinter erkennen. Sie bleiben stehen und schauen uns an. Jakob kneift die Augen zusammen.

»Wer seid ihr?«, fragt er.

»Ich bin es, Jakob«, sagt eine Frauenstimme.

»Marie!«

Ich merke, wie er neben mir zusammenfährt. Diese Begegnung muss anders für ihn sein als die Träume, die er bisher hatte. Wahrscheinlich fühlt sie sich einfach realer an, denn es ist kein normaler Traum. Und schon gar nicht sein eigener.

Langsam geht er auf sie zu. Ich tue dasselbe. Dabei versuche ich, hinter das Licht zu blicken, um die zweite Gestalt zu sehen. Eine Ahnung macht sich in mir breit. Denn nur so ergibt das Ganze einen Sinn. Marie bestätigt meine Vermutung.

»Ich bringe euch Levian zurück«, sagt sie. »Er war auf dem Weg in eine Welt, wo er noch nicht hingehört. Seht zu, dass er diesmal dableibt.«

Dann hält sie die Lampe zwischen sich und Levian, damit wir ihre Gesichter sehen können. Das von Marie ist strahlend schön wie immer. Das von Levian so schrecklich grau wie in all den Tagen zuvor. Er sieht so aus, als wäre er sich nicht ganz im Klaren darüber, wo er ist und wer wir sind. Würde man ihn jetzt ins Gesicht schlagen, würde er wahrscheinlich überhaupt nicht reagieren. Ich spüre, wie ein Schaudern durch Jakobs Körper geht. Der gemeinsame Anblick seiner großen Liebe und seines schlimmsten Feindes scheint vorübergehend seinen Verstand lahmzulegen.

»Marie!«, zischt er. »Dieser Dschinn, dem du gerade das Leben rettest, ist dafür verantwortlich, dass du selbst tot bist. Warum hast du ihn nicht einfach hinübergehen lassen?«

Maries Lächeln ist wie ein Streicheln.

»Wem würde das etwas nützen, Jakob? Dir ganz sicher nicht. Noch ein paar Tage und du würdest ihm folgen.«

Jakobs Antwort ist so leise wie ein Windhauch. Aber sie schmerzt mich, als wäre sie ein Sturm, der messerscharfe Sandkörner in mein Gesicht peitscht.

»Dann wäre ich bei dir.«

Fast unmerklich schüttelt Marie den Kopf.

»Ich bin nicht real, Jakob«, sagt sie. »Das hier ist ein Traum.«

Sie winkt mich zu sich. Ich konzentriere mich darauf, Jakob nicht anzusehen, als ich zu ihr und Levian hinübergehe. Was auch immer ich jetzt in seinem Gesicht lesen könnte, es würde mich nur quälen. Marie legt Levians schlaffe Hand in meine.

»Bring ihn nach oben auf den Weg, Melek«, sagt sie. »Sucht euch einen neuen Platz. Wenn es dunkel wird, geht weiter. Lass ihn nicht mehr in der Finsternis zurück.«

Ich nicke. Jeder Laut aus meinem Mund wäre einfach zu viel verlangt.

Marie schreitet hinüber zur Quelle und stellt ihre Laterne auf den Rand des Beckens.

»Geht!«, sagt sie zu mir und streckt die Hände nach Jakob aus.

Ich sehe Levian an, dessen Augen mich von oben bis unten mustern. Aber jetzt ist nicht der Moment für Erklärungen, also ziehe ich ihn hinter mir her zu dem Waldweg. Ich blicke mich nicht mehr um. Als wir den Weg erreichen, laufe ich einfach weiter, in Richtung des schwachen Lichtscheins. Nach einer Weile ist es hell genug, damit ich sehen kann, wen ich da an der Hand halte. Ich drücke die ausgemergelte Gestalt auf eine Bank am Wegrand und sinke vor ihr in die Knie.

»Ich bin Melek«, erkläre ich. »Ich bin ein Talent und meine Hände sind voller Blut, weil ich viele Faune getötet habe. Aber wir sind trotzdem Seelenverwandte und dein Ziel war es, mich zu deinesgleichen zu machen. Ich bin hier, weil ich dich am Leben halten will, damit du es eines Tages tun kannst.«

Levians graue Augen mustern mich verwirrt.

»Habe ich dich geliebt?«, fragt er.

Da schießen mir Tränen in die Augen. Ich nicke.

»Und du?«, fragt er. »Hast du mich geliebt?«

Das kann ich ihm auf keinen Fall erklären. Ich weiß es ja selbst nicht. Also nicke ich wieder nur. Dann ziehe ich mich hoch auf seinen Schoß und küsse ihn. Ich wundere mich darüber, wie einfach es heute ist, die Brücke zwischen uns aufzubauen. Wahrscheinlich hat er mit seiner Erinnerung an mich auch sämtliche Vorbehalte verloren. Als ich merke, dass die Dunkelheit uns langsam einholt, lasse ich von ihm ab und betrachte ihn. Genau wie immer bringen meine Gefühle ihn zum Strahlen. Wenn ich nur genug Zeit zum Schlafen hätte, könnte ich es vielleicht schaffen, Levian doch noch zum Asketen zu machen. Das Einzige, was dafür nötig ist, ist anscheinend eine ausgeglichene Seelenwelt. Es ist wie in einem schaurigen Computerspiel – je öfter du dein Programm pflegst, desto besser gedeiht es. Aber wehe, du lässt es in der Dunkelheit allein!

»Lass uns ein Stück weitergehen«, sage ich und ziehe Levian hoch.

Hand in Hand laufen wir den Weg weiter, bis wir schließlich den Waldrand erreichen. Hier geht gerade die Sonne auf. Wir befinden uns auf der Mitte eines Berges und blicken hinunter in ein unbekanntes Tal. Es gibt weder eine Quelle noch eine Bank, auf die wir uns setzen könnten. Aber vermutlich hat Levian im Moment weder das eine noch das andere nötig.

»Ein guter Platz«, sage ich. »Hier solltest du bleiben.«

Dann küsse ich ihn noch einmal und schicke ihm die goldene Mischung aus Herzklopfen, Melancholie, Furcht und Kühnheit, die er früher so gern mochte. Als ich fertig bin, sind seine Schultern wieder so breit wie früher und seine Haut hat einen leicht gebräunten Farbton angenommen.

»Melek ...«, murmelt er. »In meiner Seele sind Spuren von dir. Du hast mich verraten. Und nicht nur einmal.«

»Das stimmt«, sage ich. »Ich versuche gerade, das wiedergutzumachen.«

***

Beim Weckerklingeln am nächsten Morgen fahre ich hoch, als hätte jemand seine Pistole auf mich abgefeuert. Aufgewühlt greife ich nach Sylvias Handy und schalte den durchdringenden Ton aus. Sie selbst hat sich neben Anastasia auf dem Sofa eingerollt und ihr die Decke geklaut. Beide blinzeln mir verschlafen entgegen.

»Und?«, fragt Sylvia. »Ist etwas passiert?«

Da erst kehrt meine Erinnerung an letzte Nacht zurück.

»Oh ja«, sage ich erleichtert. »Ich denke, wir haben Levian erst mal gerettet. Marie hat ihn zurückgebracht.«

»Marie?«, stößt Sylvia hervor. Dann runzelt sie die Stirn und grübelt eine Weile. »Aber ja!«, murmelt sie dann. »Jakobs Anwesenheit hat sie in eure Seelenwelt gebracht. Und unterwegs muss sie Levian getroffen haben. Was für ein Glück!«

Sie schlägt die Hände zusammen und strahlt wie ein kleines Kind an Weihnachten.

Jakob schläft immer noch. Er hat nicht einmal den Wecker gehört. Wir drei betrachten ihn: Sein Gesicht ist weiß, seine Lippen blutleer und sein Atem geht oberflächlich. Er sieht aus, als läge er im Koma. Mir entfährt ein Schreckenslaut.

»Hey«, sagt Sylvia in sein Ohr und rüttelt ihn sanft. »Wach auf, Jakob!«

Aber es passiert nichts. Ich fange ebenfalls an, ihn zu schütteln. Als das nicht hilft, boxe ich ihn heftig in die Seite. Doch selbst das bringt ihn nicht zu uns zurück.

»Jakob, verdammt, wach auf!«, schreie ich hysterisch.

Weil ich mir nicht mehr anders zu helfen weiß, verpasse ich ihm eine schallende Ohrfeige. Davon regt er sich ein wenig. Seine Lider bleiben geschlossen, aber er gibt ein leises Stöhnen von sich.

»Nein«, murmelt er.

Ich atme auf. Zumindest sein Bewusstsein funktioniert noch, auch wenn er seinen Geist zwanghaft in einer anderen Welt festhalten will. Wir rütteln und kneifen ihn so lange weiter, bis er die Augen aufschlägt. Als er Anastasia, Sylvia und mich über ihn gebeugt erkennt, setzt er sich auf und sieht uns misstrauisch an.

»Was war los?«, fragt er.

Sylvia tut als Antwort das, was ich nicht darf: Sie wirft sich ihm um den Hals und fängt an zu weinen.

»Jakob«, schluchzt sie. »Ich dachte schon, du kommst nicht mehr zurück!«

»Das hatte ich auch nicht vor ...«, gibt er zu. Dann fasst er sich an die schmerzende Wange.

»Tut mir leid, ich hab dich geschlagen«, sage ich. Dabei fällt mir ein, dass ich es auch mit einem Kuss hätte probieren können. Aber wahrscheinlich war die brutale Variante für uns beide besser.

Jakob schenkt mir ein gnädiges Lächeln.

»Schon gut. Langsam bin ich an Ohrfeigen gewöhnt.«

Gerade als er das sagt, zuckt Sylvia zurück. Sie taumelt rückwärts gegen das Sofa und plumpst wie ein Sack darauf nieder. Ihre Augen verdrehen sich und ein Zucken läuft durch ihren Körper. Als sie uns dann wieder ansieht, blickt sie starr durch uns hindurch. Ich habe schon einmal erlebt, wie sie eine Vision hatte. Und diese hier wirkt genauso echt wie die erste. Ich bekomme eine Gänsehaut.

»Der General kehrt zurück«, dröhnt ihre unnatürlich dunkle Stimme. »Er kommt, um die Gemeinschaft der 13 Krieger zu zerstören. Eine von uns muss sich entscheiden zwischen Leben und Tod. Doch wie immer ihre Entscheidung ausfallen wird: Danach werden wir nur noch zwölf sein.«

Der Schock, der mir bei diesen Worten durch die Glieder fährt, ist unbeschreiblich. Jakob und Anastasia sehen mich beide betroffen an. Wenn selbst Anastasia auf Anhieb begreift, von wem Sylvias Vision handelt, dann kann ich wohl kaum hoffen, dass vielleicht doch jemand anderer gemeint ist.

»Das lässt wenig Spielraum, um sich herauszuwinden«, versuche ich zu scherzen, aber mir bleibt das aufgesetzte Lachen im Hals stecken.

Als Sylvia wieder zu sich kommt, schaut sie mich genauso betroffen an wie die anderen beiden. Dann steht sie auf und nimmt meine Hand. Ihre Augen schimmern feucht.

»Melek. Er will dich endgültig vernichten!«

»Ich weiß.«

Ich wundere mich selbst über meine innere Ruhe. Das Einzige, was ich in diesem Moment fühle, ist Verstocktheit. Wenn Mahdi immer noch der Meinung ist, er könnte seinen Heiler zurückbekommen, indem er mich umbringt, dann soll er es tun. Ich bin ohnehin machtlos gegen seine Entscheidungen. Aber ich weiß ganz genau, dass Erik sich niemals von ihm kaufen lassen wird. Dieser Gedanke gibt mir genug Kraft, um weiter zu atmen. Ich balle die Hände zu Fäusten.

»Lassen wir ihn kommen.«

Eine Ausnahmegenehmigung für Nayo

Natürlich hat Tinas Einsatz von gestern es doch bis in die Lokalzeitung geschafft. »Wettläuferin tanzt den Peitschen-Tango«, lautet die Schlagzeile ganz oben in den News. Aber es steht nichts Negatives darin. Damit sind die Heldengeschichten, die das Blatt bereits um Joshua gestrickt hat, um eine weitere Hauptperson bereichert. Er und Tina jedenfalls sehen ziemlich erheitert aus, als sie gemeinsam mit dem Komitee und dem Mohr den zweiten Wandertag einläuten. Ich glaube trotzdem zu erkennen, dass die Menschen heute mehr Abstand zu den Wettläufern halten, als sie auf der Straße ihre erste Vorführung des Tages geben. Eine Mutter schiebt gar ihren Sohn hinter sich und stellt sich todesmutig als Schutzschild vor ihm auf, für den Fall, dass der Peitschen-Tango wieder losgeht.

Gleich als wir uns auf dem Kirchplatz mit den anderen getroffen haben, kam Mike mit der Nachricht: Mahdi hätte beschlossen, uns lange genug allein gelassen zu haben. Nun, da die Befreiung von Levian und Erik ansteht, glaubt er, wir hätten Unterstützung nötig. Weder die Fürbitten noch die Verwünschungen unseres Erzengels konnten ihn von dieser Entscheidung abhalten. Allerdings weiß Mike nichts von einem Anschlag auf mich. Nur, dass wir für den Einsatz am Dienstag Rückendeckung nötig hätten. Warum sollte Mahdi ihm auch mehr verraten? Laut Mike hat er für sich und seine Truppe einen Flug für Montag gebucht. Also bleiben uns noch zwei Tage Grenzgang. Dieses Wort bekommt langsam eine ganz neue Bedeutung für mich.

Genau wie gestern ziehen wir wieder los in den Wald. Unsere Aufteilung ist ebenfalls die gleiche. Damit für jeden Dschinn etwas dabei ist, hat Jakob darauf geachtet, unsere Zweiergruppen gemischtgeschlechtlich aufzuteilen. Nur er selbst läuft zusammen mit Finn, um immer über alle Neuigkeiten im

Bilde zu sein. Der erste Teil der Strecke geht an der Hauptstraße entlang. Vor und hinter uns fährt je ein blinkendes Polizeiauto, um unsere Straßenseite gegen den Verkehr abzusperren. Ich frage mich, was die Leute in den Autos wohl von uns denken. Da laufen morgens um sieben 5000 Menschen auf der Straße, angeführt von zwei verkleideten Peitschenschwingern und einem komplett mit Schuhcreme lackierten Mohr. Wahrscheinlich wirken wir auf Außenstehende wie ein Massenausbruch aus einer Nervenheilanstalt.

Kurz vor dem nächsten Dorf warten die ersten Nachbarn mit mehreren Tabletts voll Schnaps. Dann biegt der Zug ab in den Wald. Nun geht es stetig bergauf, wenn auch nicht so steil wie gestern. Ich weiß, was der Gipfel dieser Steigung ist. Deshalb geht mein Puls schon jetzt nach oben.

»Was meinst du, wird oben auf dem Hohenfels irgendwas passieren?«, frage ich Mike.

Er schüttelt den Kopf.

»Ich denke, es ist so, wie Sylvia sagt: Die Dschinn haben sich hier immer ruhig verhalten. Also werden sie es auch diesmal tun.«

»Mit dem Unterschied, dass die Talente ihren Wohnort bisher nicht kannten«, gebe ich zu bedenken. »Jetzt ist es ohnehin heraus. Da gibt es nichts mehr zu schützen.«

»Doch«, sagt Mike. »Die Menschen. Denk daran, dass sie Regeln haben. Sie werden keine Massenpanik riskieren.«

Wahrscheinlich hat er damit Recht. Trotzdem bin ich nicht vollends beruhigt. Je näher wir dem Hohenfels kommen, desto aufgeregter werde ich. Heute sind nur ganz wenige Dschinn vom Kirchplatz aus gestartet. Die meisten warten einfach, bis wir sie zu Hause abholen. Ich denke an Levian, der jetzt, in diesem Moment, irgendwo tief unter uns in seinem Verlies sitzt. Wahrscheinlich kann er all die schmackhaften Gefühle riechen, die gerade über ihn hinwegmarschieren. Für ihn muss das wie Folter sein.

»Du bist auffallend ruhig«, bemerkt Mike. Zum Glück kann er meinen Puls nicht hören.

»Nur äußerlich«, antworte ich. »In Wahrheit mache ich mir Sorgen um Levian. Und ich vermisse Erik so schrecklich!«

»Ich habe eher an Mahdi gedacht!«

»Mahdi ... der kommt erst am Montag.«

»Dein Verdrängungsmechanismus in allen Ehren«, brummt Mike. »Aber du weißt doch, dass dann irgendwas passieren wird.«

»Es wird ohnehin irgendwas passieren. Was habe ich noch zu verlieren, Mike? Entweder bin ich am Dienstagabend tot oder ein Dschinn. Darum geht es längst nicht mehr.«

»Worum geht es dann?«

»Aufrecht stehen zu bleiben und Mahdi die Stirn zu bieten.«

Mike schmunzelt.

»Ich vermisse Erik auch«, sagt er dann. »Hoffentlich haben die Dschinn ihn in der Zwischenzeit nicht gebrochen.«

In dem Moment schiebt sich eine Wanderin aus der Reihe hinter uns neben mich und mischt sich in unser Gespräch ein.

»Nein. Das haben wir nicht. Und wir sind immer noch Faune, keine Dschinn.«

»Nayo!«, entfährt es mir etwas zu laut.

Wie üblich für ihre Art ist Nayo in farblich passende Markenklamotten gekleidet. Damit sieht sie aus wie ein Model aus einem Outdoor-Prospekt. Sie legt einen Finger auf den Mund und deutet mit dem Kopf nach hinten.

»Meine Ohren sind besser als die von denen. Trotzdem sind sie noch nicht betrunken genug, um sich wirres Zeug von Dschinn und todbringenden Generälen anzuhören!«

»Wie geht es Erik?«, platze ich heraus, ohne auf ihren Einwand zu achten.

Da huscht wieder der übliche ärgerliche Ausdruck über ihr Gesicht.

»Levian geht es besser. Ich weiß nicht, wie du das gemacht hast. Aber seit heute Morgen ist er sogar wieder ansprechbar. Entsprechend durfte Erik den Sonnenaufgang sehen. Ich habe ihm dieses Gerät besorgt, mit dem er die Haare um sein Kinn wegmachen kann. Das trägt positiv zu seinem Äußeren bei, muss ich sagen.«

Ich atme auf. Den Rest des Anstiegs zum Hohenfels lässt Nayo sich tatsächlich dazu herab, mir mehr Informationen zu geben.

»Er wollte ein Buch, um Türkisch zu lernen. Ob es funktioniert hat, kann ich nicht sagen, aber wenn ich ihn sehe, steckt er immer die Nase hinein und brabbelt unverständliches Zeug vor sich hin. Den Rest seiner Zeit verbringt er damit, wie eine Spinne an der Höhlenwand herumzuklettern. Wenn ich ihn rauslasse, steht er nur da, legt eine Hand um die Anhänger seiner Kette und lässt sich die Sonne ins Gesicht scheinen. Mehr gibt es eigentlich nicht zu berichten. Er lehnt es ab, mit mir zu sprechen.«

Erst, als der Weg vor meinen Augen verschwimmt, merke ich, dass ich weine. Das Bild von Erik, wie er neben seiner Höhle steht und seine Seele zu mir fliegen lässt, ohne dass ich etwas davon bemerkt habe, geht mir nicht aus dem Kopf. Die einzige Seele, zu der ich eine Verbindung aufbauen kann, ist die von Levian.

»Hör auf zu heulen«, sagt Nayo. »Er kommt schon klar!«

Ich bin mir nicht sicher, ob sie sich darüber bewusst ist, was Erik dort in seinem Gefängnis eigentlich tut. Er bereitet sich darauf vor, es erneut mit Mahdi aufzunehmen – und wahrscheinlich auch mit den Dschinn. Wozu sonst soll die Kletterei an der Höhlenwand taugen, als dazu, seine Muskeln aufzubauen? Und Türkisch lernt er garantiert nicht wegen mir, sondern weil er verstehen will, was der General mit seinen Untergebenen spricht. Ich bewundere Erik für seinen Lebenswillen. Jeder andere würde wahrscheinlich denken, wir hätten ihn längst vergessen.

Als wir oben auf dem Hohenfels ankommen, werden alle still. Wie Mike bereits vermutet hat, liegen die beiden Burgen genauso friedlich und unspektakulär am Rand des Weges wie immer. Die meisten Grenzgänger bekommen nicht einmal mit, dass sie gerade eine historische Stätte passieren, und schwatzen einfach munter weiter. Ich allerdings bringe keinen Ton heraus. Dieser Ort birgt zu viele schmerzhafte Erinnerungen und Tatsachen. Die ganze Zeit über frage ich mich, wo Levians Verlies liegt, denke an den Anblick von Nils' totem Körper, an den Moment, als Leviata mir den Arm brach, und an das schaurige Bild, das die Orakel abgaben, als sie sich beinahe gegenseitig ausgeschaltet hätten. Soviel ich weiß, ist Sylvia gerade mit Henry unterwegs. Ich hoffe sehr, dass er schnell genug reagiert, falls sie wieder umkippt.

Zum Glück wird niemand sich groß darüber wundern, denn Ohnmachtsanfälle sind nach den Steigungen auf der Grenze üblich.

»Habt ihr ein Problem damit, wenn ich den süßen Dunkelhaarigen da vorn von seiner emotionalen Labilität befreie?«, fragt Nayo plötzlich.

Mike und ich müssen daraufhin ein ziemlich entsetztes Gesicht aufgesetzt haben, denn sie fügt hinzu: »Mensch, Leute, er hat ohnehin zu viel davon! Tausendmal das Herz gebrochen von all den niederträchtigen, selbstsüchtigen Menschenfrauen. Wir wollen doch nicht, dass er sich eines Tages was antut, oder? Außerdem sollte ich am Dienstag in bester Verfassung sein!«

Dann zwinkert sie uns zu und drängt sich nach vorne, ohne eine Antwort abzuwarten. Mike und ich schauen uns unsicher an.

»Was sollen wir jetzt tun?«, frage ich.

»Das Miststück saugen lassen«, brummt Mike. »Und bei der nächsten Gelegenheit Finn oder den Wettläufern mitteilen, dass die anderen auch nichts unternehmen dürfen. Schließlich brauchen wir das Weib noch.«

Wir schlängeln uns hintereinander über einen Trampelpfad an der zweiten Burg vorbei, die unter einem noch mächtigeren Erdhügel begraben ist als die erste. Manche Leute steigen sogar hinauf und spielen sich als Gipfelstürmer auf, indem sie mit Handtüchern und Fahnen wedeln. Ich nehme an, dass die Dschinn sich später für diese Schändung ihres Palastes rächen werden.

Dann habe ich alle Hände voll zu tun, um den freigemähten Abhang hinunterzurutschen, vor dem mir seit Wochen graut. Dafür, dass ich meinen zu groß geratenen Körper nur mäßig kontrollieren kann, klappt es überraschend gut. Die Leute, die rechts und links von mir auf dem Hosenboden landen oder sich die Knöchel verstauchen, beachte ich einfach nicht. Sie gehören nicht zu meinem Aufgabenbereich und sind selbst schuld, wenn sie sich so etwas antun.

Unten angekommen sehen wir kurz bei den Sanitätern nach, ob Sylvia umgekippt ist. Sie liegt nicht im Krankenwagen, also scheint alles gut gegangen zu sein. Nayo haben wir aus den Augen verloren, aber dafür taucht plötzlich Joshua neben uns auf.

»Sag Jakob und Finn, dass wir eine Ausnahmegenehmigung brauchen«, flüstert Mike ihm zu. »Nayo ist unterwegs und hat es auf einen Menschen abgesehen. Wir sollten ihr nicht unbedingt eine Kugel in den Kopf schießen. Sonst bleibt der Felsbrocken am Dienstag da, wo er ist.«

Joshua verdreht die Augen. Dann joggt er am Wegesrand ein Stück nach vorn, um unsere Botschaft weiterzugeben.

Eine Weile passiert nichts mehr. Ich habe das Gefühl, dass die Schnapsgläser mit jedem Nachbardorf größer werden. In Friedensdorf bricht der neu gegossene Grenzstein auseinander, als sich eine pummelige Frau darauf niederlässt. Das ist der Skandal des Tages. Der Bürgeroberst trinkt daraufhin mit dem Ortsvorsteher erst mal einen weiteren Schnaps zur Beruhigung. Dann überqueren wir die Lahn über eine Holzbrücke, die speziell zu diesem Zweck gebaut wurde. Weil die Menschenmassen dahinter in Bedrängnis geraten, waten einige grölend barfuß durch das kniehohe Wasser. Kurz bevor wir wieder die Bundesstraße erreichen, sammelt sich die ganze Horde auf einem Feld und wartet, bis auch der letzte Grenzgänger aufgeschlossen hat. Der Bürgeroberst schreit ein paar unverständliche Worte von der erhöhten Straße hinunter auf die Wiese. Fotografen drängen einander beiseite, um das Spektakel für die Zeitung festzuhalten.

Ich sehe Nayo mit dem emotional labilen Schönling am Rand der Gruppe stehen. Sie unterhalten sich angeregt und die Dschinniya klimpert mit den Augenlidern. Ihren Zauber wird sie vor all diesen Menschen nicht anwenden können. Aber es sieht so aus, als hätte sie ihn auch nicht nötig. Als sie mich entdeckt, wirft sie mir einen süßlichen Blick zu. Ich starre angewidert zurück.

Dann stellen sich Tina und Joshua in die Mitte der Straße, die zu beiden Seiten von der Polizei gesperrt wird, und lassen ihre Peitschen knallen. 10000 Hände klatschen den Takt mit. Wahrscheinlich haben sich mittlerweile sogar die Biedenkopfer-Zweifler an den Anblick der beiden gewöhnt. Was gäbe ich jetzt darum, das Gesicht von Tinas Vater zu sehen. Es wäre interessant zu wissen, ob es mit Stolz erfüllt ist oder wieder die alten Vorurteile birgt.

Als die Wettläufer ihre Pflicht erfüllt haben, erstürmen sämtliche Wanderer die Steigung zur Bundesstraße und verschwinden gegenüber auf einem Waldweg. Von da aus geht es noch ein Stückchen bergauf, bis wir auf dem Dornochsenberg landen – dem zweiten Frühstücksplatz. Bis Mike und ich dort am Waldrand ankommen, ist das Volk bereits damit beschäftigt, die Bierstände zu umzingeln. Der Spielmannszug trällert dazu ein anrüchiges Lied und die ersten Betrunkenen singen hemmungslos mit. Auf einem höher gelegenen Abschnitt im Wald treffen wir die anderen Talente.

»Gleiches Spiel wie gestern«, sagt Jakob.

Ich blicke hinunter auf die lachende und feiernde Menschenmenge. Schon wieder sehe ich überall küssende Paare, attraktive Singles und das Blitzen in den Augen derer, die noch nicht fündig geworden sind. Die anderen betrachten die Menge genauso hilflos wie ich.

»Wird schon klappen«, verspricht Jakob, als er unsere Blicke bemerkt. »Gestern hat es ja auch funktioniert. Es ist der letzte Frühstücksplatz, also legt euch ins Zeug. Aber lasst Nayo am Leben!«

Heute bekomme ich den Platz im Wald hinter dem Spielmannszug zugeteilt. Bevor ich mich durch die Menschen dränge, spähe ich nach meinem Vater. Erst, als er sich von einem Schärpenträger zu einem abgelegenen Bierstand ziehen lässt, schlüpfe ich unauffällig vorbei. Hinter einer Eiche am Rand des Platzes finde ich Nayo mit ihrem Opfer. Der Junge sitzt an einen Baumstamm gelehnt auf dem Boden, die Dschinniya rittlings auf seinem Schoß. Sie hängt an seinen Lippen und saugt wie eine Besessene. Ich zwinge mich dazu, den Blick von den beiden abzuwenden. Doch gerade, als ich an ihnen vorbeigehen will, schreit das Talent in mir verzweifelt auf. Also mache ich noch einmal kehrt und gehe zurück zu der Eiche.

»Es reicht jetzt, Nayo!«

Die Dschinniya unterbricht ihren Kuss und schaut fragend zwischen dem Jungen und mir hin und her. Dabei sieht sie aus wie ein Schulmädchen, das keinem etwas zu Leide tun kann.

»Ich weiß nicht«, murmelt sie und zwinkert ihrem Opfer zu. »Findest du, dass es schon reicht?«

Der Schönling schüttelt belämmert den Kopf.

»Ich auch nicht«, kichert Nayo und drückt wieder ihre Lippen auf seinen Mund. Sie beachten mich nicht mehr. Ich habe keine Ahnung, wie viele Gefühle bereits zwischen ihnen geflossen sind. Vielleicht sind die Dschinn gar nicht so rücksichtsvoll mit uns Menschen, wie sie immer behaupten. Wahrscheinlich bleibt von dem armen Jungen am Ende nur eine leblose Hülle übrig, wie Karl es gewesen ist.

»Melek!«, höre ich Finns Stimme in meinem Kopf. »Geh auf deinen Posten und beachte Nayo nicht mehr!«

»Aber sie saugt ihn aus bis zum Letzten!«, antworte ich ihm.

»Wer ist dir wichtiger: Levian oder dieser Typ?«, fragt Finn.

Da gebe ich mich geschlagen, wende meinen Blick ab und schlurfe davon. Heute finde ich keine Felsen, hinter denen ich mich verbergen kann, deshalb lege ich mich in den Graben eines kleinen Rinnsals und mache mir die Füße nass. Von etwas weiter oben am Berg winkt Henry mir mit seinem Bogen hinter dem Wurzelteller eines umgefallenen Baums zu. So harren wir eine halbe Stunde lang aus.

Schon kurz nachdem ich verschwunden bin, hat Nayo die Lust an ihrem Geliebten verloren. Es hat nicht lange gedauert, bis sie mit dem nächsten Menschen hinter derselben Eiche saß. Wahrscheinlich macht es ihr Spaß, mich zu provozieren. Warum sonst sucht sie sich ständig diesen Platz? Erst, als ein anderer Dschinn mit einer kichernden blonden Frau sich an den beiden vorbeimogeln will, wird mir klar, was Nayo noch im Sinn hat. Sie lässt kurz von ihrem Opfer ab und sagt etwas zu ihrem Artgenossen. Daraufhin wendet er den Blick in unsere Richtung und zieht sich mit der Frau wieder in die Menschenmenge zurück. Es sieht ganz so aus, als hätten die Dschinn heute eine selbst ernannte Aufpasserin. Wahrscheinlich tobt in Nayos Bauch gerade ein ähnlicher Sturm wie in meinem eigenen. Auf der einen Seite weiß sie genau, dass es für das Gelingen unserer Rettungsaktion besser wäre, wenn die Dschinn erst morgen zum Saugen kämen. Auf der anderen Seite kann sie nicht mit ansehen, wie Henry und ich ihre Familienmitglieder abschlachten. Da kommt mir ein Gedanke, der uns allesamt aus der Zwickmühle befreit, in der wir uns befinden.

Mit meinen von Wasser durchtränkten Schuhen arbeite ich mich wieder empor auf den Frühstücksplatz und stoße Nayo in die Seite.

»Lass den Typ gehen. Ich muss mit dir reden!«, sage ich.

Etwas unentschlossen blickt sie von ihrem aktuellen Liebhaber auf mich. Dann entscheidet sie wohl, dass er bereits leer genug ist. Sie steht auf und zieht den überraschten Jungen mit hoch.

»Okay, Marcel«, sagt sie.

»Marco«, brummt das Opfer beleidigt. Über diese Gefühlsregung bin ich froh. Er ist immerhin noch kein Zombie.

»Von mir aus: Marco«, sagt Nayo. »Ich habe mit meiner Freundin hier etwas zu klären. Geh schon mal vor zum Bierstand und besorg uns zwei ... Schupp ... nein ... Schoppen.«

Nayo ist der erste Dschinn, den ich intensiver bei einem Einsatz erlebe. Schon vorhin, als ihr das Wort für Rasierapparat nicht einfiel, habe ich mich kurz gewundert. Diesmal scheitert sie an der regionalen Bezeichnung für Biergläser. Wenn ich kein Talent wäre, könnte ich wahrscheinlich darüber lachen. So aber nehme ich mir einfach vor, mir diesen Umstand zu merken. Man weiß nie, wozu man Erkenntnisse wie diese noch einmal brauchen kann. Zumindest ist es eine vage Möglichkeit, die Dschinn auch ohne Orakel zu identifizieren. Marco zieht reichlich verärgert von dannen und Nayo wendet sich mir zu. Dabei stemmt sie die Hände in die Hüften.

»Was willst du?«

»Ich will ein Abkommen mit dir treffen, das uns beiden zugutekommt.«

Eine ihrer Augenbrauen tanzt nach oben.

»Da bin ich aber mal gespannt!«

»Du lässt die anderen Dschinn ... Faune ... hier durch und ich schalte sie vorübergehend aus. Aber ich werde sie nur in die Schulter oder ins Bein schießen. Dann müssen sie nach Hause, um sich heilen zu lassen.«

Ein paar Sekunden lang schaut sie mich ausdruckslos an. Wahrscheinlich wägt sie dabei ab, wie hoch das Risiko ist, dass ich wieder nur leere Versprechen mache und danach blindwütig auf ihre Freunde ballere.

»Ich will genauso wenig, dass sie sterben, wie du«, sage ich deshalb.

»Weil sie erst morgen saugen sollen«, brummt sie.

»Und weil ich sie nicht töten will«, gebe ich zu.

»So?« Wieder zieht sie eine Augenbraue hoch. »Ein Talent mit moralischen Bedenken?«

Ich nicke. Als sie nichts weiter sagt, werde ich ausführlicher:

»In der Seelenwelt sind meine Hände voller Blut. Es wird jeden Tag schlimmer.«

Mit dieser Aussage kann sie anscheinend etwas anfangen. Sie streckt mir die Hand hin und ich schlage ein, wohl wissend, dass Henry uns wahrscheinlich dabei beobachtet. Ihn werde ich ebenfalls mit einweihen müssen. Also verzieht Nayo sich in das Getümmel, um ihr nächstes Opfer an einem anderen Ort auszusaugen. Ich bin gerade mal auf halbem Weg zurück, als Finn bei mir anklopft.

»Henry meint, du hättest irgendeine Abmachung mit der Dschinniya getroffen«, sagt er.

»Das stimmt«, antworte ich. »Sie macht den Weg zu unserer Schusslinie frei und wir versprechen dafür, die Dschinn nicht tödlich zu treffen.«

»Und das entscheidest du einfach so, ohne Rücksprache mit Jakob?«, fragt Finn etwas ungehalten.

»Ich bin Leutnant und Einzelkämpfer!«, gebe ich ärgerlich zurück. »Jakob wird nicht weit von dir weg sein. Weihe ihn ein und er wird mir Recht geben.«

Daraufhin mache ich Small-Think und mobbe Finn aus meinem Kopf hinaus. Auch in den folgenden Minuten meldet er sich nicht bei mir zurück. Dafür gibt Henry mir schließlich von seinem Wurzelstumpf aus ein Zeichen mit seinem Bogen. Er hat wohl die Anweisung erhalten, zu tun, was ich gesagt habe. Jakob steht also wirklich hinter mir.

Eine Weile passiert gar nichts. Dann kommt plötzlich ein männlicher Dschinn mit einem Mädchen mit wunderschönen langen braunen Haaren auf uns zu. Er setzt sich selbstbewusst auf einen Baumstamm vor mir und dreht mir dabei den Rücken zu. Das Mädchen fasst nach seiner Hand, sagt etwas über die Leute auf dem Frühstücksplatz und sie lachen schallend. Ich ziele auf den Hosenboden des Dschinn. Dort wird meine Kugel am wenigsten auffallen. Die beiden sind höchstens zehn Meter von mir entfernt. Der Spielmannszug fängt passenderweise gerade wieder an zu spielen, sonst könnte das Mädchen meinen Schuss trotz des Schalldämpfers hören. Ich drücke ab.

»Verdammt!«, entfährt es dem Dschinn. Er presst seine linke Hand auf seinen Allerwertesten und steht auf. Dabei wendet er dem irritierten Mädchen seine Vorderseite zu.

»Was ist denn los?«, fragt sie verwundert.

»Mich hat etwas gebissen!«, zischt der Dschinn durch die Zähne. Nun weiß er, dass wir hier sind, und fürchtet eindeutig um sein Leben. Er hat ja keine Ahnung, dass es keinen zweiten Schuss geben wird.

»Lass mal sehen!«, sagt das Mädchen und steht ebenfalls auf. Doch der Dschinn schlägt ihre Hand weg.

»Nein. Lass mich in Ruhe und geh zurück zu deinen Freundinnen!«, herrscht er sie an. »Du bist mir ohnehin zu hässlich!«

Die Grobheit, mit der unsere Widersacher ihre Menschen abblitzen lassen, wenn sie ihnen nicht mehr von Nutzen sind, ist fast schon strafbar. Schamesröte tritt in das Gesicht des Mädchens und ihre Augen füllen sich mit Tränen. Dann holt sie aus und schlägt dem Dschinn mit aller Gewalt ins Gesicht. Es dürfte sich für ihn anfühlen wie der seichte Klatscher eines Babys. Sie dreht sich auf dem Absatz um und geht zurück zum Fest. Der Dschinn harrt so lange aus, bis sie in der Menschenmenge verschwunden ist. Dabei zittern alle seine Glieder. Ich kann nichts gegen mein Mitleid mit ihm unternehmen. Als er sich endlich verwandeln kann, nimmt er die Gestalt einer Maus an und verschwindet in einem Loch.

Während der unendlichen drei Stunden, die wir auf dem Frühstücksplatz verbringen müssen, ereignet sich die gleiche Szene noch drei weitere Male. Zweimal geht alles gut. Aber beim dritten Mal sitzen die Dschinniya und ihr zum Glück sehr betrunkenes Opfer zu weit weg von mir. Also muss Henry sie erledigen. Seinen Bogen hat er gleich nach der neuen Anweisung beiseitegelegt. Ein Pfeil im Hinterteil ist definitiv schwerer zu erklären als eine Kugel. Ich sitze in meinem Graben und spähe hinter einem Wurzelgeflecht hervor, um sehen zu können, was mir gegenüber im Wald geschieht. In dem Moment, als Henry seine Pistole hervorzieht, reflektiert die praktisch ungebrauchte, glänzende Waffe das Licht der schräg stehenden Sonne. Ich sehe das Blitzen. Die Dschinniya sieht es auch. Schneller, als ein Mensch denken kann, bückt sie sich, greift nach einem faustgroßen Sandstein auf dem Boden und schleudert ihn in die Richtung ihres Angreifers. Sie trifft Henry an der Schläfe. Ohnmächtig fällt er zur Seite und rollt aus dem Schutz seiner Deckung hervor.

Der betrunkene Mann wendet sich umständlich um und sagt etwas, das ich nicht verstehen kann. Doch die Dschinniya beachtet ihn gar nicht. Sie macht ein paar Schritte in Henrys Richtung und sieht sich lauernd nach allen Seiten um. Als sie niemanden entdeckt, arbeitet sie sich zu dem Wurzelstamm empor. Wahrscheinlich will sie Henry nun den Rest geben. So schnell ich kann, springe ich auf und renne in ihre Richtung. Die Pistole halte ich links, damit kein Grenzgänger sie sieht, falls zufällig noch jemand auf die Idee kommen sollte, sich von der Masse zu entfernen.

»Was machst 'n du?«, höre ich den Mann brabbeln.

In dem Moment dreht sich die Dschinniya um, sieht mich kommen und geht hinter einem Baum in Deckung.

»Was ist mit den Regeln?«, höre ich sie kreischen.

»Was 'n für Regeln?«, lallt das Opfer.

Ich bleibe stehen.

»Macht euch beide vom Acker!«, fordere ich sie auf.

Stattdessen lugt die Dschinniya nun hinter ihrem Baum hervor. Ihre Stirn ist gerunzelt.

»Der da oben hatte die falsche Waffe«, stellt sie fest.

»Was 'n für Waffen?«

»Ihr sollt verschwinden!«, presse ich hervor.

Als nichts geschieht, hebe ich die Hand mit der Pistole an. Der Betrunkene macht große Augen, aber wenigstens schreit er nicht.

»Wenn du schon mit der Pistole vor Menschen herumfuchtelst, hättest du mich gerade eben auch erschießen können!«, schreit die Dschinniya. Sie steht immer noch hinter dem Baumstumpf, aber dabei wird sie wagemutiger und verlässt beim Sprechen fast die Deckung. Anstatt sie noch einmal zur

Flucht aufzufordern, schieße ich ihr ins Bein. Sie gibt einen leisen Schrei von sich und fasst sich an den Oberschenkel, wo ein dünner Faden Blut austritt.

»Du Schlampe!«, stößt sie hervor.

»Noch einer oder ziehst du endlich ab?«

Nun reicht es der Dschinniya anscheinend. Sie schickt mir einen letzten hasserfüllten Blick, bevor sie sich theatralisch fallen lässt und aus unserem Blickfeld verschwindet.

Ich sehe nach, ob sie auch tatsächlich weg ist. Doch außer einem Mauseloch im Boden entdecke ich nichts mehr. Als ich meine Pistole wegstecke und zu dem Betrunkenen zurückgehe, traue ich meinen Augen kaum: Er sitzt immer noch auf seinem Baumstamm und klatscht unkoordiniert in seine Hände. Dann steckt er sich lässig eine Zigarette an.

»Geil!«, brabbelt er mit der Kippe im Mundwinkel. »Das war total echt. Voll die Reality! Wo ist die Kamera?«

Mechanisch deute ich in den Wald hinein.

»Da drüben.«

Er rappelt sich umständlich hoch und winkt schwankend und rauchend eine Weile in Richtung des Unterholzes. Dann dreht er sich wieder zu mir herum und fragt mich, wie der Film denn hieße.

»Wir sind von *Jackass*«, murmele ich. Etwas Besseres fällt mir nicht ein.

»Saugeil!«

»Jetzt geh mal schön zurück. Meine Kollegen und ich müssen uns besprechen.«

Er fragt nicht einmal nach, warum Henry weiterhin liegen bleibt und wohin die schöne Frau verschwunden ist, die er heute noch so gern geküsst hätte. Stattdessen torkelt er einfach zurück zum Frühstücksplatz. Ich nehme mir vor, so bald wie möglich die Orakel auf ihn anzusetzen. Wer weiß, wie lange die Story vom Kinofilm in seinem Kopf Wirkung zeigt.

Dann kümmere ich mich um Henry. In meinem Rucksack ist noch eine volle Flasche Wasser. Damit säubere ich seine Kopfwunde und presse ihm das kleine Handtuch darauf, das ich von Anastasia bekommen habe. So kriege ich die Blutung leidlich in den Griff. Es dauert nicht lange, bis Finn standardmäßig bei mir anklopft und nach Neuigkeiten fragt. Ich erzähle ihm, was geschehen ist. Daraufhin schickt er Jakob zu mir, der wie immer Verbandszeug parat hat. Ich bin unendlich erleichtert, als ich seine große, selbstbewusste Gestalt auf mich zukommen sehe. Er geht vor uns in die Knie, legt Henry einen Druckverband an und kontrolliert seine Lebenszeichen.

»Alles in Ordnung«, sagt er schließlich. »Könnte eine Gehirnerschütterung sein. Aber er atmet ganz normal. Winnie soll ihn abholen, wenn wir anderen weiterziehen!«

»Wann wird es so weit sein?«, frage ich. Allmählich reicht es mir hier am Frühstücksplatz.

»Kann sich nur noch um Minuten handeln«, beruhigt Jakob mich. »Der Bürgeroberst sammelt schon sein Komitee ein.«

»Wie ist es gelaufen?«, will ich wissen.

»Mittelprächtig. Aber ich denke, wenn wir heute Abend noch einmal Gas geben, haben wir unseren Schnitt geschafft.«

Ich betrachte nachdenklich sein Gesicht, während er weiterhin nach Henrys Puls fühlt. Wenn ich mich nicht irre, ist Jakob nicht ganz überzeugt von der Aktion, die ich mir auf eigene Faust ausgedacht habe. Immerhin ist dabei Henry verletzt worden. Aber er spart sich einen entsprechenden Kommentar.

»War es okay für dich, was ich getan habe?«, frage ich.

Endlich sieht er mich an.

»Du musst tun, was du tun musst«, antwortet er ausweichend.

»Das verstehe ich nicht. Wie meinst du das?«

»Schon gut, Melek. Henry wird sich wieder erholen. Und nur das ist wichtig.«

Langsam bekomme ich den Eindruck, dass es mehr Prophezeiungen gibt, als ich angenommen habe. Und wenn das der Fall ist, weiß Jakob besser Bescheid als ich. Ich hoffe nur, dass am Ende nicht ich diejenige sein werde, die für einen höheren Zweck verraten wird. Nicht von ihm. Das ist das Einzige, was ich mir noch wünsche.

Der Schatten und die aufgehende Sonne.
Oder eines von beidem.

Niemand hätte gedacht, dass Tina im Laufe dieses Grenzgangs etwas tun könnte, das sämtlichen Ehrenvorstellungen des traditionellen Wettläufers widerspricht. Aber als an diesem Abend der Zug der Repräsentanten in Richtung Festplatz aufbricht, geht Joshua allein vorneweg. Hinter ihm schreitet mit Grabesmiene der Bürgeroberst. Ihm ist anzusehen, wie gern er lauthals über unzuverlässige weibliche Wettläufer lästern würde. Nur weil rundherum die Pressemeute lauert, reißt er sich leidlich zusammen.

Als ich Tina das letzte Mal gesehen habe, saß sie in Zivil neben dem Operationstisch des Friedensdorfer Tierarztes und hielt Henrys Hand, während Winnie ihm die Platzwunde an seiner Schläfe nähte.

»Das gibt eine fiese Narbe«, jammerte Henry.

Tina lächelte nur und drückte weiterhin seine Hand.

»Kampfnarben sind sexy!«

Als sie das sagte, huschte ein glückseliger Ausdruck über Henrys Gesicht. Wahrscheinlich hätte ich ihm heute keinen größeren Gefallen tun können, als ihn dem Steinwurf der Dschinniya auszusetzen. Auf jeden Fall blieb Tina so lange da, bis Henry fertig verarztet war. Danach fuhr sie ihn nach Hause und überließ ihn Alberts halbherziger Obhut, nicht ohne klarzustellen, dass Henry nun alles andere nötig habe als unberechtigte Vorwürfe.

Die ganze Aktion hat zu lange gedauert, um es noch verkleidet in den Festplatz-Zug zu schaffen. Und auch wenn Tina schon bald wieder in voller Montur auf dem Tisch stehen wird, so scheint Joshua das genauso wenig zu reichen wie dem Bürgeroberst. Als alle Grenzgänger im Zelt sind, zieht Joshua sich zurück und sucht mich an meinem Platz beim Autoscooter auf.

»Was kann ich tun, um gegen Henry anzukommen?«, platzt er heraus, kaum, dass er neben mir sitzt. Ich bin auf diesen Überfall nicht vorbereitet. Darum ist meine Reaktion auch ein wenig unsensibel.

»Ich weiß nicht, wovon du sprichst, Joshua. Ich weiß nur, dass der Junge, den ich liebe, seit Wochen in der Hand der Dschinn ist. Und es ist mir völlig egal, was du tust, um Tinas Gunst zu gewinnen. Das ist dein mickeriges Problem, nicht meines!«

Joshua stützt die Ellbogen auf die Knie und versteckt seinen Kopf zwischen seinen Armen. Er sieht aus wie ein Häufchen Elend, wenn er so dasitzt. Nun bekomme ich doch Mitleid mit ihm.

»Frag mich lieber, was du tun kannst, um gegen Jakob anzukommen«, sage ich etwas milder. »Aber die Antwort wird dir nicht gefallen.«

»Genau das ist der Grund, warum ich mit dir reden will und nicht mit Nadja!«, stößt er hervor. Sein Kopf taucht wieder zwischen seinen Armen auf, aber sein Gesichtsausdruck ist um keinen Deut weniger verzweifelt. Ich hätte gern die Probleme der Wettläufer! Andererseits – wenn ich an letztes Jahr zurückdenke, habe ich genauso unter Jakobs Ablehnung gelitten wie Joshua jetzt unter Tinas. Dabei macht Tina im Grunde nichts anderes, als sich um einen alten Freund zu kümmern. Er sollte sich besser nicht so anstellen.

»Tina und ich, wir sind …«

»… Seelenverwandte«, beende ich den Satz. »Ich weiß.«

»Wenn sie das nur erkennen würde!«, seufzt Joshua.

»Es ist ihr längst klar«, brumme ich.

Nun schaut er mich völlig verständnislos an.

»Hat sie mit dir über mich geredet?«

Ich stoße einen verächtlichen Laut aus.

»Nie im Leben würde Tina über so etwas mit mir reden!«

»Woher weißt du es dann?«

»Weil ich es euch ansehe«, sage ich. Dabei versuche ich, etwas sanfter zu klingen, aber es gelingt mir nicht ganz. »Das Problem ist nur, dass ein Teil von ihr sich nach Jakob sehnt. Und Henry ist seit Jahren der Mensch, der ihr am nächsten steht.«

Wenn er Liebeskummer hat, sieht unser bulliger Wettläufer etwa so verletzbar aus wie ein kleines Reh. Zum Glück sieht ihn gerade niemand von den Pressevertretern. Die Schlagzeile des morgigen Tages flattert durch meinen Kopf und ich muss grinsen, ohne es zu wollen: »Wettläufer an der Grenze des Erträglichen!«

»Das heißt, ich habe keine Chance«, jammert Joshua.

Ich weiß auch nicht recht, was ich ihm raten soll.

»Hör zu«, murmele ich schließlich. »Wenn es so schlimm für dich ist, dann sag es ihr einfach. Sag ihr, was sie dir bedeutet. Vielleicht erhört sie dich ja!«

»Ich bin kein besonders guter Poet«, seufzt Joshua niedergeschlagen.

Ich seufze ebenfalls.

»Ich auch nicht, tut mir leid.«

Eine Weile sitzen wir so da und schweigen. Dabei beäugen wir missgünstig die zahlreichen Pärchen, die sich auf dem Rummelplatz herumtreiben. Wenn Joshua wollte, könnte er auf der Stelle mit einer der zahlreichen schmachtenden Helden-Verehrerinnen aus dem Dorf anbandeln. Aber er ist ja völlig fixiert auf Tina. Da kommt mir eine Idee.

»Sag ihr doch, wenn sie nicht in deiner Nähe ist, dann legt sich ein Schatten über deine Welt. Aber wenn sie wiederkommt, dann geht die Sonne auf für dich.«

Joshua sieht mich völlig entgeistert an.

»Das soll ich ihr sagen?«

»Warum nicht?«

»Ist das nicht ein bisschen … schmalzig?«

»Liebe ist nun mal schmalzig«, murre ich. »Aber wenn du nicht willst, dann lass es doch einfach!«

»Nein ich … ich will ja … Kannst du's noch mal sagen, bitte?«

Ich wiederhole die Liebeserklärung und Joshua spult sie zweimal hintereinander herunter wie ein Schuljunge, der sich mit einem Gedicht herumschlägt. Ich fange an, mich zu fragen, ob es wirklich eine gute Idee von mir war, ihm diesen Floh ins Ohr zu setzen. Wahrscheinlich bin ich in Gedanken einfach zu oft bei Erik. Und er hätte genau so etwas gesagt. Nein, ihm wäre etwas Besseres eingefallen.

Am Ende zieht Joshua wieder von dannen, um seine Pflichten als ewiger Händeschüttler und Dauergrinser zu erfüllen. Sein Gang ist jetzt wieder aufrecht, aber die Beschwingtheit der letzten Tage fehlt ihm.

Tina kommt eine halbe Stunde später angehetzt. Der Knoten ihres Halstuchs ist akkurat geknotet und Frau Larson hat es geschafft, ihr eine frisch gewaschene und gebügelte Hose zur Verfügung zu stellen. Kaum dass sie da ist, geht das Geknalle im Festzelt wieder los und ab diesem Moment steigt auch die Stimmung.

Etwas verwunderlich ist die Tatsache, dass an einem Grenzgang-Samstagabend kaum Dschinn durch das Zelt streifen. Wir vermuten schon, sie wären auf dem Dornochsenberg wider Erwarten so satt geworden, dass sie keinen zweiten Ausflug mehr nötig hätten. Doch dann landet wieder ein Nachtfalter auf Sylvias Schulter und bringt ihr eine weitere Botschaft von Thanos, die uns klarmacht, dass unsere Gegner einfach verwirrt sind.

»Er will sich noch heute Nacht mit uns treffen«, übersetzt sie für uns. »Sie haben gemerkt, dass wir sie auf dem Frühstücksplatz nicht töten wollten. Nun wollen sie wissen, warum. Außerdem erinnert Thanos Jakob daran, dass er schon vor dem Grenzgang um ein Treffen gebeten hat. Er schlägt einen vorübergehenden Waffenstillstand vor, bis alles Weitere unter weißer Flagge geklärt ist. Wenn wir uns bis morgen früh nicht melden, endet sein Angebot.«

Die Dschinn haben also erkannt, dass Henry und ich absichtlich keine tödlichen Treffer abgegeben haben. Was auch immer sie jetzt als Ursache dafür ansehen – sie liegen mit Sicherheit daneben.

»Sollen wir vielleicht doch mit denen reden?«, fragt Rafail.

»Wieso? Um ihre Fragen nach unserem Heiler zu beantworten?«, sagt Jakob. »Wer weiß, was sie wirklich vorhaben. Vielleicht ist das nur ein Vorwand, um uns mit ihren Psychotricks die Wahrheit zu entlocken. Wir treffen sie auf keinen Fall! Allerdings ...« Er überlegt. »Ich denke, wir könnten uns den letzten Abend erleichtern, indem wir ihnen eine entsprechende Botschaft zukommen lassen.«

Wir schauen ihn alle fragend an. Er trägt Mike auf, ein Tier zu besorgen, das unsere Antwort überbringen kann. Der wählt eine kleine Fledermaus, der Sylvia versteckt hinter dem Zelt am Lahnufer den Trojaner verpasst. Die Botschaft ist denkbar einfach: »Wir treffen uns um drei Uhr nachts auf dem Hohenfels. Unsere Voraussetzung für das Gespräch ist, dass heute Abend kein Faun mehr einen Menschen aussaugt.« Keine weiteren Erklärungen.

Natürlich hat Jakob nicht vor, den Termin wahrzunehmen. Aber wenn er verstrichen ist, werden auch die Buchenauer allmählich im Bett sein. Dann ist für die Dschinn die Chance dahin, noch jemanden zu finden, der sich von einem Fremden küssen lässt. Auf diese Art hätten wir unseren Schnitt mehr als nur erfüllt. Morgen während des Festzuges durchs Dorf sind die Menschen sicherlich zu beschäftigt. Und abends sowie am Montag wollten wir den Dschinn ohnehin freie Bahn gewähren. Wenn Thanos also auf unsere Bedingung eingeht, ist unser Grenzgang erfolgreich gewesen.

Die Fledermaus flattert davon und schon eine halbe Stunde später sind auch die wenigen anwesenden Dschinn aus dem Zelt verschwunden. Wir atmen alle auf. Zum ersten Mal seit Tagen setzen sich Jakob und die anderen auf eine Bank im Bierzelt und bestellen sich eine Runde Cola. Allein dadurch fallen sie auf und einige Jungen aus der Burschenschaft zeigen mit dem Finger in ihre Richtung. Ich selbst beobachte meine Truppe nur von draußen. Mein Vater ist zwar längst nach Hause gegangen, aber im Festzelt ist die Gefahr einfach zu groß, dass jemand mich erkennt. Vor allem dann, wenn ich mit den seltsamen Colatrinkern zusammensitze. Irgendwann fordert Joshua Tina zum Tanzen auf. Ich schaue eine Weile dabei zu, wie sie über die sorgfältig zusammengezimmerten Bretter der Tanzfläche stolpern. Bis ich mich sowohl für das fehlende Rhythmusgefühl der beiden schäme als auch für meine Spionage. Also gehe ich wieder zurück zum Autoscooter und frage mich, warum die Wettläufer zwar den Takt der Musik mitknallen, nicht aber ihre Beine dazu bewegen können – selbst Tina, die laut Zeitung eine begnadete Tangotänzerin ist.

Ich sitze immer noch an dem Fahrgeschäft, als die Schausteller bereits die Gefährte in einer Ecke parken und die Rollwände herunterlassen. Um ein Uhr schwankt der Bürgeroberst mit dem Großteil des Komitees nach Hause, um sich endlich wieder auszuschlafen. Nur ein paar ganz Harte und die Talente bleiben noch. Kurz darauf kommt Tina aus dem Zelt. Sie hat die Hände in die Hüften gestemmt und geht ein paarmal in der Dunkelheit auf und ab, als würde sie fieberhaft über etwas nachdenken. Das sieht nicht gut aus. Ich hätte mich von Joshua nicht in die Sache reinziehen lassen sollen. Am Ende bin nun ich schuld, wenn die Wettläufer sich zanken.

Plötzlich bleibt Tina stehen und schaut sich auf dem menschenleeren Festplatz um. Außer mir sind nur noch ein paar Betrunkene und knutschende Pärchen da. Als ich merke, dass sie gezielt nach mir Ausschau hält, würde ich mich am liebsten verstecken. Doch schon hat sie mich gefunden und kommt auf mich zu.

Ich rechne mit einer ihrer berühmten »Kümmere-dich-um-deinen-eigenen-Scheiß«-Attacken und schalte vorsichtshalber schon mal mein Small-Think ein, um ihre Schimpftiraden an mir abprallen zu lassen. Doch als sie sich neben mich setzt, wirkt sie gar nicht aufgebracht. Zumindest nicht gegenüber mir.

»Puh«, sagt sie und stöhnt. »Ganz schön anstrengend so ein Doppelleben.« Ich nicke unsicher.

Dann startet Tina den gleichen Überfall wie Joshua vor ein paar Stunden. Das mit der Seelenverwandtschaft scheint also schon mal zu stimmen.

»Wie hast du gemerkt, dass es Erik ist, den du willst?«, fragt sie.

Ich atme erst mal auf. Dann erzähle ich ihr ausführlich von dem langen Kampf, den ich geführt habe, und von der Erkenntnis, die ich auf der Insel des Friedens hatte, als Jakob und Levian weit weg gewesen sind. Die Erinnerung daran schmerzt mich. Diese Wochen liegen so lang hinter mir, dass ich mich kaum mehr an das Gefühl erinnern kann, Eriks Haut auf meiner zu spüren.

»Es gibt ein paar Parallelen zwischen dir und mir«, sagt Tina, als ich geendet habe. »Mit dem Unterschied, dass ich wenigstens nicht drei Psychotalenten gegenüberstehe, sondern nur einem. Und zwei normalen. Aber das ist schlimm genug.«

»Ich weiß«, nuschele ich.

»Du weißt es? Na ja, ich vermute, alle wissen es ...«, brummt Tina. »Und jetzt startet er auch noch diese Angriffe, die ich kaum verstehe.«

Nun würde ich doch gerne wissen, wie Joshuas Liebeserklärung verlaufen ist.

»Was hat er denn gesagt ... oder getan?«

Tina wirft mir einen unentschiedenen Blick zu. So etwas Intimes hat sie mir noch nie erzählt. Wahrscheinlich ist es unsere ähnlich verzwickte Liebesgeschichte, die sie dazu bewegt, es doch zu tun.

»Zuerst hat er zwei Gläser Bier getrunken, die ihm überhaupt nicht bekommen sind«, berichtet sie. Das klingt schon mal schlecht. »Danach hat es mit dem Tanzen zwar besser geklappt. Aber plötzlich, zwischen zwei Liedern, blieb er stehen und sagte etwas Seltsames.«

»Was denn?«, krächze ich. Ich bringe keinen klaren Ton mehr heraus.

»Er sagte, ich sei ein Schatten.«

»Ein Schatten?«

»Ja.«

»Und ... war da noch mehr?«, hake ich vorsichtig nach.

Tina schüttelt den Kopf.

»Nein. Ich denke, da war irgendein weiterer Gedanke. Aber den brachte er nicht mehr zusammen. Die zwei Bier waren wohl zu viel. Aber was auch immer er sagen wollte ... Ich meine, mal ehrlich, Melek: Wer will schon ein Schatten sein?«

Ich könnte mich dafür ohrfeigen, dass ich Joshua diesen Mist beibringen wollte. Das hat seine Situation nicht gerade besser gemacht.

»Und was hast du dann gesagt?«

»Dass ich schon wesentlich bessere Komplimente erhalten hätte.«

Ich weiß erst mal nicht, was ich darauf erwidern soll. Auf keinen Fall möchte ich zugeben, dass ich hinter diesem missglückten Überfall stecke. Trotzdem habe ich das Bedürfnis, Joshua etwas zu entlasten.

»Ich denke, er wollte eigentlich etwas ganz anderes sagen«, murmele ich. »Etwas Besseres.«

Tina seufzt.

»Ja, das denke ich auch. Und weißt du was, Melek, ich bin froh, dass es nicht geklappt hat. Auf die Art konnte ich es wenigstens überspielen. Was hätte ich denn sagen sollen, wenn er eine echte Liebeserklärung herausbekommen hätte?«

Ich zucke mit den Schultern. Dabei nehme ich mir vor, mich nie mehr in die Gefühlsdinge anderer Leute einzumischen. Wobei »nie mehr« in meinem Fall wahrscheinlich keine besonders lange Zeitspanne ist. Also mache ich es gleich im nächsten Augenblick schon wieder.

»Vielleicht solltest du ihm bei Gelegenheit einfach sagen, dass du noch nicht so weit bist.«

»Das habe ich bei Henry gemacht«, sagt Tina.

»Und ich bei Erik«, füge ich hinzu.

Da lächeln wir uns an. Es ist schade, dass meine Zeit nicht reichen wird, um wirklich Freundschaft mit ihr zu schließen. Seit heute kann ich mir das plötzlich vorstellen.

Tina drückt noch einmal meinen Arm und steht auf.

»Ich geh jetzt wieder zurück. Sonst sieht er mich noch hier sitzen und kommt auf die Idee, mit dir reden zu wollen ...«

Daraufhin ziehe ich nur eine Grimasse und brumme etwas vor mich hin.

***

Um halb drei Uhr fahren wir alle nach Hause, weil wir vermeiden wollen, dass es doch noch zu einer Begegnung zwischen den Dschinn und uns kommt. Anastasia und ich sind so aufgewühlt von den letzten Tagen, dass wir erst ihr uraltes Puzzle fertig machen und ihren Kühlschrank plündern, bevor wir um vier Uhr ins Bett fallen. Morgen können wir ausschlafen bis halb elf. Erst gegen Mittag müssen wir wieder in Buchenau sein, um uns unter die Besucher beim Festumzug zu mischen. Aber selbst dann, wenn wir eine Aktivität unter den Dschinn bemerken, werden wir nicht eingreifen müssen. Seit ich Nayo dabei zugesehen habe, wie sie Menschen aussaugt, weiß ich, dass es mir schwerfallen wird, die kommenden zwei Tage untätig herumzustehen. Aber der Preis dafür sind Levian und Erik. Daran muss ich einfach denken, wenn es so weit ist.

Als ich mir die Bettdecke über den Kopf ziehe, weiß ich genau, dass es heute Nacht mit Levian einfacher werden wird. Und so ist es dann auch.

Er steht genau an dem Platz, wo ich ihn zurückgelassen habe, und wartet bereits auf mich. Ungeduldig tritt er von einem Bein auf das andere, als ich aus dem Wald komme. Die Sonne scheint immer noch am Horizont.

»Du bist spät!«, wirft er mir vor.

»Und du konntest noch nie gut warten.«

Ich nehme ihn in den Arm. Unsere Lippen berühren sich. Dann baue ich die Brücke. Levian saugt lange und gierig. Es steckt viel mehr Energie dahinter als in den letzten Tagen. Und das ist gut so. Denn wenn ich am Dienstag seinen Körper aus dem Verlies befreien will, muss seine Seele in der Lage sein, ihm Kraft zu geben.

Danach wandern wir eine Weile über die Wiese der Sonne entgegen. Ich erzähle ihm vom Grenzgang, doch er weiß nicht, wovon ich rede. Erst da fällt mir wieder ein, dass sein Geist überhaupt kein Bestandteil dieser Welt ist. Das ist der Unterschied zwischen ihm und mir: Für mich ist es ein Traum, in den ich mittlerweile mit vollem Bewusstsein abtauche. Für ihn ist es eine Zwischenwelt, in die nur ein Teil von ihm entflieht. Deshalb fühlt es sich auch so einfach an mit ihm. Aber auch so fremd. Ich vermisse den Rest von ihm: das Grübchenlächeln, die Stimmungsschwankungen, sogar seine Hände, die wie Schraubstöcke zupacken, wenn er wütend wird. Ob er überhaupt eine Ahnung davon haben wird, dass ich ihm in unserer Seelenwelt begegnet bin, wenn ich ihn leibhaftig wiedersehe?

»Kannst du hierbleiben?«, fragt er mich, als ich mich sehr viel später verabschieden will.

»Nein. Ich muss zurück. Aber ich komme noch zweimal zu dir.«

»Und dann nicht mehr?«

»Doch. Aber das wird in der realen Welt sein.«

Levian runzelt die Stirn.

»Ist diese Welt nicht real?«

Ich schüttele den Kopf.

»Diese Welt dient nur dazu, dass deine Seele lebendig bleibt. Wenn du mich in der realen Welt wiedersiehst, wird es nicht so einfach für uns sein. Es könnte sogar sein, dass du mich hasst.«

»Weil du mich verraten hast?«

Ich nicke. Da sagt er etwas, das mir eine ganze Wagenladung voller Hoffnung gibt:

»Ich denke, Hass kommt aus der Seele. In dem Fall werde ich dich wahrscheinlich auch in der realen Welt nicht hassen. Ich werde dich immer lieben. Denn du warst die Einzige, die mich hier gefunden hat.«

Ich streichle ihm über sein neu erblühtes Gesicht, das wieder fast so schön wie früher ist. Der Kuss, den ich ihm diesmal gebe, baut keine Brücke. Er kommt einfach nur aus meinem Herzen.

Tränen am Grabe

In den vergangenen Wochen habe ich gar nicht wahrgenommen, was in Buchenau alles passiert ist: Sämtliche Anwohner haben ihre Zäune neu gestrichen, ihren Rasen gemäht und farbenprächtige Blumen gepflanzt. Überall stehen Fahnen und Schmuckbäumchen. Erst heute, als ich aufatmen und zuschauen darf, nehme ich den Prunk um mich herum wirklich wahr. Die Sonne strahlt vom Himmel, als gäbe es nichts Wichtigeres auf der Welt als den Buchenauer Grenzgang. Und für die vielen tausend Menschen am Straßenrand ist es auch so. Die komplette Strecke, die der Festzug durch das Dorf nimmt, ist mit Zuschauern gesäumt. Beim besten Willen kann ich mir nicht erklären, warum ich kaum Erinnerungen an das Schauspiel von vor sieben Jahren habe.

Ohne Henry und die Wettläufer zwängen wir uns durch die Schaulustigen, um einen unauffälligen Platz für uns zu finden. Als Jakob in Richtung der Dorfmitte abbiegen will, fasst Sylvia ihn am Arm.

»Nicht«, sagt sie. »Da steht Meleks Mutter!«

Ich zucke leicht zusammen. Trotz aller Bedrohungen, die über mir hängen, ist es mir immer noch unvorstellbar, meinen Eltern in die Arme zu laufen. Ich habe nach wie vor nicht die Spur einer Erklärung, die ich in diesem Fall von mir geben könnte.

Also gehen wir in die Gegenrichtung und platzieren uns in der zweiten Reihe hinter den Besuchern an der Hauptstraße. Jakob und ich können über die Köpfe vor uns hinwegschauen. Sylvia muss zusehen, dass sie ein paar Blicke durch die Leute hindurch auf den Festzug erhascht.

Dann ziehen sie an uns vorbei: bunte, geschmückte Wagen der Burschen- und Mädchenschaften, Reiter mit Pferden, Blaskapellen und Spielmannszüge und jede Menge verkleideter Menschen, die Blumen und Bonbons in die Menge werfen. Ganz vorne gehen Tina und Joshua mit stolz geschwellter Brust. An jeder Kreuzung ertönt ihr Peitschenknall und der Mohr stürzt sich in die Menge, um sämtliche Frauen so schwarz wie möglich zu machen. Wer die Flucht ergreift, wird so lange verfolgt, bis er aufgibt. In der Mitte des Zuges kommen auch andere Grenzganggemeinden mit ihren Wettläufern und Mohren. Wieder schallt der Peitschenknall durch den Ort und wer jetzt noch sauber im Gesicht ist, wird es nicht mehr lange bleiben. Mich erwischt der Biedenkopfer Mohr. Er drängelt sich bis in unsere Reihe vor und zieht uns Mädchen seinen kratzigen Vollbart über die Wange. Nadja trifft es am schlimmsten, wahrscheinlich, weil sie die Attraktivste von uns ist. Als der Mohr von ihr ablässt, sieht sie aus, als käme sie aus einem Kohlebergwerk. Die Jungs schauen uns an und grinsen. Nadja versucht erfolglos, die Farbe loszuwerden, aber ich halte sie davon ab:

»Tina sagt, das bringt Glück. Lass es doch einfach dran!«

Nach dem Umzug geht es wieder ins Festzelt. Alle außer mir setzen sich an den Tisch von gestern und warten, was passiert. Im Laufe des Nachmittags tauchen jede Menge Dschinn auf. Gleichzeitig erhält Sylvia eine Botschaft von Nayo. Sie lautet: »Thanos ist sehr verärgert, weil ihr nicht gekommen seid. Die Faune sind angewiesen, sich heute rücksichtslos zu holen, was sie wollen. Verhaltet euch still!«

Das ist gut zu wissen, aber wir hatten ohnehin nichts anderes vor. Ich bin froh, dass ich nicht im Zelt bin und zusehen muss, wie die Dschinn sich auf die Menschen stürzen. Hin und wieder versuchen die anderen, sich zu Showzwecken als Liebestöter einzumischen. Aber sie ziehen meist schnell wieder ab.

»Wie gut, dass wir uns nicht durchsetzen müssen«, erzählt Sylvia mir gegen Abend. Ich habe wieder meinen Standort gewechselt und hänge jetzt an der Schießbude herum. »Die Dschinn sind hochaggressiv! Sie halten sich nur noch mit Mühe an ihre Regeln. Nachdem sie drei Tage lang Gefühle inhaliert haben, aber kaum zum Saugen gekommen sind, gehen sie jetzt richtig ab.«

»Wie kommen die Wettläufer damit klar?«, frage ich.

»Gar nicht«, seufzt Sylvia. »Vor allem Joshua ist völlig fertig. Jakob hat ihm alle Silberschnüre abgenommen und durch normale ersetzt, damit er nicht auf die Idee kommt, damit um sich zu schlagen.«

Ich will mir gar nicht vorstellen, was jetzt in dem Zelt abgeht. Wenn die Buchenauer wüssten, dass sie gerade von einer dämonischen Invasion heimgesucht werden, würden sie nicht mehr so locker-flockig weiterfeiern. Aber leider wirkt das Ganze nach außen hin einfach wie eine gelungene Party. Als Sylvia zurückgehen will, gehe ich mit ihr, um wieder durch den Zelteingang zu spähen. Doch als wir gerade dort ankommen, ziehe ich sie auf die Seite.

»Warte mal!«, flüstere ich.

Rechts hinter dem Eingang stehen Tina und ihr Vater. Es sieht so aus, als wären sie gerade erst aufeinandergetroffen. Für einen kurzen Moment konnte ich Tinas Gesicht erkennen. Es war wie versteinert.

»Was machst du denn?«, fragt Sylvia.

»Sei leise!«

Ich ziehe sie an die Stelle, wo die Zeltplane ein wenig offen steht. Von hier aus habe ich immer die Festzelt-Party verfolgt.

»Du lauschst!«, wirft Sylvia mir vor.

Ich nicke.

»Das ist äußerst unfein, Melek!«, sagt sie ärgerlich.

Doch als ich ihren Kopf nach unten drücke und über sie hinweg durch den Spalt blinzele, hält sie den Mund und hört ebenfalls zu, was Tina und ihr Vater sich zu sagen haben.

»Ich habe dich den ganzen Grenzgang hindurch beobachtet«, sagt Herr Schneider. »Du warst wirklich gut.«

»Danke«, gibt Tina kühl von sich. Sie hat wohl nicht vor, es ihm einfach zu machen.

»Der andere, dein Kollege, der war auch gut. Aber am besten wart ihr zusammen. Ihr seid ein Team. Einer passt auf den anderen auf. So sollte es sein.«

Tina nickt. Doch sie schweigt trotzig. Dafür redet ihr Vater einfach weiter.

»Dem Bürgeroberst habe ich gesagt, dass ihr die besten Wettläufer wart, die Buchenau je hatte. Auch wenn mir dein Tänzchen am Freitag nicht gefallen hat. In Biedenkopf hätte es das nicht gegeben.«

»Ebenso wenig wie eine weibliche Wettläuferin«, antwortet Tina.

»Da hast du Recht.«

Sie nicken sich unentschlossen zu. Keiner findet die richtigen Worte, um das zu sagen, was ihnen eigentlich auf dem Herzen liegt.

»Na schön«, murmelt Tina.

Es sieht aus, als wollten sie nun auseinandergehen.

»Mach was!«, raune ich Sylvia zu.

»Was denn? Ich bin ein Orakel und kein Familientherapeut!«

Ich schubse sie zum Eingang des Zeltes.

»Dir fällt schon was ein!«

Also taumelt Sylvia auf Tina und ihren Vater zu. Keiner der beiden sieht sie kommen. Sie sind viel zu beschäftigt damit, sich einzugestehen, dass sie die vielleicht letzte Chance verpasst haben, um einander näherzukommen. Gerade, als Tina sich abwendet, packt Sylvia ihre Hand. Dann greift sie auch nach der Hand des leicht verwunderten alten Wettläufers und legt beide ineinander.

»An Grenzgang sollte man jeden Streit begraben!«, sagt sie lächelnd und verschwindet wieder nach draußen. Hastig krabbelt sie zurück an ihren Platz unter meinen Beinen und späht durch den Schlitz in der Zeltplane. Tina und ihr Vater stehen da wie Statuen, die Hände immer noch steif ineinander verkrallt. Erst sagt keiner etwas. Dann räuspert sich Herr Schneider.

»Das Mädchen hat Recht!« Seine Stimme und seine Unterlippe zittern.

Tinas Augen werden feucht, obwohl sie weiterhin kein Wort herausbringt.

»Es war nicht richtig von deiner Mutter und mir, dich so unter Druck zu setzen. Dieses ... dieses Problem ... hast du das immer noch?«

Sie nickt.

»Vielleicht kann man daran arbeiten?«

Nun schüttelt Tina den Kopf.

»Nein, Papa. Dieses Problem werde ich nie mehr los. Ich werde nicht aufhören, dir peinlich zu sein. Ohne die Last, die ich mit mir herumschleppe, gibt es mich nicht mehr!«

»Dann bring sie einfach mit!«

Auf einmal stürzen Tränen aus den Augen des brummigen alten Wettläufers und er greift nun auch mit seiner anderen Hand nach Tinas. Sie halten sich an den Unterarmen fest wie zwei antike Helden vor Beginn einer Schlacht.

»Bring alles mit, was du willst. Aber bitte komm uns wieder besuchen!«

Tina fängt an zu schluchzen. Sylvia und ich fallen mit ein. Wir können einfach nicht anders. Da reißt Tinas Vater seine Tochter an sich und drückt sie gegen seinen Bierbauch.

»Du bist mir nicht peinlich«, raunt er ihr zu. »Ich bin stolz auf dich! Du hast dieser ganzen Meute gezeigt, was in dir steckt.«

Ich bin so gefesselt von dem Anblick, den die beiden ungleichen Menschen vor meinen Augen bieten, dass ich nicht aufhören kann, sie wie ein Voyeur anzugaffen. Meine eigenen Eltern fallen mir ein und der Kummer über ihren Verlust holt mich ein wie eine Woge der Traurigkeit. Ich wische mir übers Gesicht und verschmiere die Spuren des Mohrs mit meinen Tränen. Sylvia zwickt mich von unten ins Bein.

»Es reicht jetzt«, flüstert sie. »Komm, wir lassen sie allein.«

Wir laufen eine Runde um das Zelt, wobei ich versuche, mich zu beruhigen. Es klappt erst, als wir wieder kurz vor dem Eingang ankommen.

»Was hast du ihnen verabreicht?«, will ich wissen, um mich auf andere Gedanken zu bringen.

Sylvia sieht mich erstaunt an.

»Nichts, wieso?«

»Du hast ihnen keinen orakelmäßigen Gefühlsbeschleuniger übertragen?«

»Hä? So etwas gibt's doch gar nicht«, sagt sie verwirrt.

Ich muss lachen.

»Tschuldigung«, sage ich und winke ab. »Ich kann nur nicht glauben, dass sie es einfach so geschafft haben.«

»Haben sie ja auch nicht«, erwidert Sylvia. »Es war der Grenzgang.«

***

Die Dschinn saugen weiter bis spät in die Nacht. Ich bin froh, dass ich die meisten ihrer Attacken nicht miterleben muss. Wie die anderen das wegstecken, weiß ich nicht. Da setzt man tagelang sein Leben aufs Spiel, um am Ende dabei zuzusehen, wie unsere Feinde voll auf ihre Kosten kommen. Ich frage mich, ob es vielleicht möglich wäre, schon morgen früh in den Palast einzubrechen. Aber da um diese Zeit der Abschluss-Frühschoppen der Buchenauer stattfindet, ist anzunehmen, dass die Dschinn sich noch einmal aus ihren Betten quälen werden. Außerdem wäre unser General wahrscheinlich nicht begeistert, wenn wir einfach ohne ihn anfangen.

Die Nacht und der folgende Morgen verlaufen ereignislos. In der Seelenwelt verpasse ich Levian seinen vorletzten intensiven Gefühlscocktail, um ihn für unsere anstehende wahre Begegnung zu wappnen. Am Montagmorgen nehmen die Buchenauer die Bezeichnung Frühschoppen beim Wort und trinken um zehn Uhr ihr erstes Bier. Mittlerweile sind die meisten Gäste abgereist oder wieder auf der Arbeit. Nur die Einheimischen haben noch die ganze Woche Urlaub, um sich von dem Spektakel zu erholen. Für sie steigt heute noch einmal die ganz große, emotionale Abschiedsfeier. Und deshalb sind auch die Nachbarn vom Hohenfels gekommen. Sie grölen den ganzen Vormittag lang mit, wenn irgendwelche Burschen- und Mädchenschaften sich auf der Bühne präsentieren, und werfen mit Biermarken um sich, obwohl sie selbst nur Wasser trinken. Manchmal kommt es vor, dass ein Dschinn sich ein neues Opfer suchen muss. Das liegt zumeist nicht an uns, sondern an den Menschen, die ihre Partner verteidigen.

Joshua und Tina wuseln die meiste Zeit geschäftig hin und her, doch ihre Gesichter sind verdächtig ausdruckslos. Ich weiß nicht, ob es an der verpatzten Liebeserklärung von gestern Abend liegt oder an dem Umstand, dass unsere Gegner so sagenhaft erfolgreich sind.

Irgendwann am Nachmittag wird dann der Mohr auf die Bühne gebeten. Ich hätte ihn fast nicht erkannt, denn genau wie die Wettläufer trägt er wieder zivile Kleidung. Nur sein zotteliger Vollbart war offensichtlich echt. Und der soll jetzt traditionsgemäß abgeschnitten werden, erklärt uns Joshua.

Zur Feier des Tages habe ich mich ausnahmsweise auch mal in das Zelt gewagt, da weder mein Vater noch meine Mutter anwesend sind. Dabei ziehe ich mir meine Baseballkappe tief ins Gesicht und vermeide jeden Blickkontakt. In Situationen wie diesen ist es immer ein Vorteil, dass für gewöhnlich alle Leute über mich hinwegsehen. Auch wenn das, rein größentechnisch betrachtet, eigentlich gar nicht möglich ist.

Der Mohr hält eine kleine Ansprache und alle Buchenauer versammeln sich schreiend und tobend vor der Bühne. Dann setzt er sich auf einen Stuhl und lässt sich von einem anderen Mann den Bart abrasieren. Ein Dritter fängt die gefallene Haarpracht auf und klebt sie auf ein gemaltes Mohr-Porträt.

»Was soll das denn?«, wispere ich Joshua neben mir zu.

»Keine Ahnung«, sagt er überraschenderweise. »Das ist einfach so üblich. Meistens versteigern sie das Bild nachher. Beim letzten Grenzgang hat jemand 4000 Euro dafür geboten. Aber unser Mohr hat schon vorab bezahlt und will es selbst behalten.«

Im Leben würde ich keine 4000 Euro für ein amateurmäßig gemaltes Bild mit echten Haaren von einem fremden Mann bezahlen. Aber wie es aussieht, gehöre ich zu den wenigen Menschen in diesem Zelt, die so denken. Alle anderen schauen andächtig und gebannt zu, wie der Bart vom Gesicht des Mohrs auf sein Gemälde wandert. Danach lachen alle über den vollkommen fremdartigen Anblick des ehemaligen Kinderschrecks mit dem schwarzen Gesicht.

Als ich wieder zu Joshua hinüberblicke, hat er sein T-Shirt ausgezogen. Weil ich so gar nicht darauf vorbereitet gewesen bin, mustere ich ihn etwas intensiver, als nötig gewesen wäre. Unser Wettläufer kann sich durchaus sehen lassen. Er ist wirklich gut trainiert und seine glatte, hellbraune Haut bringt seine Muskeln besonders gut zur Geltung. Ich kann durchaus verstehen, was Tina an ihm findet, und die Umstehenden können es auch. Alle wenden ihren Blick zu Joshua und beginnen zu grölen.

»Ist dir heiß?«, frage ich irritiert.

Er lacht.

»Nein, aber jetzt kommt der Hasentanz.«

»Der was?«

»Du wirst schon sehen. Alles ganz normal«, schmunzelt er und springt nach vorn, wo er gemeinsam mit ein paar anderen Halbnackten auf die Bühne geht. Was dann passiert, ist in etwa so normal wie ein lila Elefant auf der Autobahn. Auch der Bürgeroberst und die Schärpenträger präsentieren sich der Menge nun oberkörperfrei und tanzen im Kreis, während sie sich selbst Hasenohren am Hinterkopf machen. Es sieht vollkommen absurd aus! Natürlich ist Joshua der einzige wirklich Ansehnliche unter den Tänzern. Entsprechend kreischen alle Mädchen in seine Richtung. Aber auch diejenigen, die vor allen Augen ihre weißen Bierbäuche zur Schau stellen, erhalten jede Menge Zuruf. Irgendwann fangen sie an, Purzelbäume und misslungene Saltos zu schlagen. Die meisten kippen dabei um. Das Zelt tobt.

In meinem ganzen Leben habe ich noch nie etwas so Lächerliches gesehen. Ein Grinsen breitet sich auf meinem Gesicht aus. Zum ersten Mal seit Tagen spüre ich ein befreiendes Glucksen in mir aufsteigen, das wirklich aus meinem Inneren kommt. Genau in dem Moment höre ich die Stimme, auf die ich gewartet habe.

»Was ist das für ein Affentheater?«

Ich fahre herum und sehe Mahdi und seine Truppe direkt hinter mir stehen. Schemenhaft erkenne ich Ebru und Attila. Auch Abdullah und ein paar weitere bekannte Gesichter sind dabei. Zum Glück haben sie heute auf die schwarzen Kapuzenumhänge verzichtet und tragen dezente Kleidung. Trotzdem sehen sie mit ihrem dunklen Teint und den langen Ärmeln und Hosen inmitten all der sommerlich gekleideten Menschen aus wie die islamische Volksfront. Obwohl ich auf ihr Kommen vorbereitet war, läuft mir ein Schauder den Rücken hinab. Auch die anderen Talente haben ihre Anwesenheit bemerkt. Wir starren uns alle an. Mike fängt sich als Erster.

»Das ist Grenzgang«, informiert er den General. »Auch nicht ungewöhnlicher als ein paar von euren Bräuchen ...«

»Ich bin nicht gewillt!«, zischt Mahdi, »absolut nicht gewillt, mit dir über traditionelle Rituale zu diskutieren, Mikal!« Dabei wirft er einen angewiderten Blick auf die Bühne. Ich folge seinen Augen und sehe all die halbnackten Leiber fröhlich auf und ab hüpfen, höre die Menschen grölen und stelle mir vor, was wohl passiert, wenn sie sich gleich umdrehen und uns sehen. Jakob geht es wohl genauso.

»Vielleicht sollten wir rausgehen«, schlägt er vor.

»Das ganze Zelt ist voller Dämonen«, gibt Mahdi von sich, anstatt den gut gemeinten Ratschlag zu befolgen. »Abschaum, wohin das Auge blickt!«

Ich bin mir nicht sicher, ob er die Menschen in seine Beleidigung mit einschließt. Aber in dem Moment kann ich einfach nicht anders, als sie alle miteinander zu verteidigen. Nun habe ich fünf Tage lang mit den Buchenauern ihre Grenze beweihräuchert, habe mit den Wettläufern mitgefiebert, Todesangst in den Augen der Dschinn gesehen, den Bürgeroberst für seine Trinkfestigkeit bewundert und erst vor kurzem erkannt, dass Traditionen, so skurril sie auch sind, Menschen zusammenführen können, die jahrelang kein Wort miteinander geredet haben. Nach all dem kann Mahdi hier nicht einfach von Abschaum sprechen.

»Nein«, sage ich lautstark. »Es ist gut, so wie es ist. Es muss nicht jeder so sein wie du!«

Der General wirft mir einen seiner besonders feindseligen Blicke zu.

»Ich bin reichlich froh, dass ich deine Reden nicht mehr lange ertragen muss«, murmelt er.

»Dann musst du es mit Erik aufnehmen. Das wird noch viel schlimmer«, prophezeie ich.

Da packt er mich am Arm und schleift mich nach draußen. Im Vorbeigehen weist er Abdullah an, den Rest unserer Truppe ebenfalls aus dem Zelt zu schaffen. Ich lasse mich willenlos mitziehen. Dabei kann ich spüren, dass die anderen mir hinterhersehen, ängstlich und in vollem Bewusstsein, dass sie mir nicht helfen können. Ich schlucke ein paarmal und schärfe mir ein, dass Mahdi mir zumindest zu diesem Zeitpunkt überhaupt nichts anhaben kann. Noch braucht er mich. Draußen schlägt er den Weg in Richtung der Lahn ein.

Doch am Ufer angekommen stellt er fest, dass wir nicht unbeobachtet sind. Ein paar angeheiterte Jugendliche tunken sich gerade gegenseitig in dem seichten Wasser unter.

»Was für ein liederliches Fest«, brummt Mahdi und schleift mich weiter bis zu einem kleinen Schrebergarten am Rand des Dorfes. Er öffnet das Gartentürchen und stößt mich hinein. Die sauber geschnittenen Hecken schirmen uns rundum ab.

»So«, sagt Mahdi und zeigt mit dem Finger auf mich. »Und nun reden wir über deine Pflichten für den morgigen Tag!«

Ich bringe es immer noch nicht fertig, mit ihm zu kooperieren, obwohl ich annehme, dass wir genau das gleiche Ziel haben.

»Warum bist du hier?«, frage ich stattdessen. »Wir haben es bis hierhin allein geschafft und wir brauchen auch morgen kein Blutbad.«

Ein gemeines Lächeln stiehlt sich auf das Gesicht des Generals.

»Ah«, sagt er. »Du hast Hoffnung. Hoffnung, dass der Dschinn dich davonkommen lässt, weil er dir so unendlich dankbar ist für deine seelische Unterstützung in Zeiten der Not. Du und die Dschinn – was für eine sentimentale, unnatürliche Konstellation.«

Erst, als er das sagt, wird mir bewusst, dass es tatsächlich so ist. Ich bin immer noch bereit, den Einsatz zu leisten, den Jakob und ich Nayo für Eriks Befreiung versprochen haben. Aber es stimmt: Da ist der schwache Wunsch, Levian möge erkennen, dass wir nicht füreinander gemacht sind. Dass ich zu Erik gehöre. Und genau dort will Mahdi mich auf keinen Fall haben. Deshalb ist er hier.

»Du gehst in die Behausung der Dschinn, holst Levian heraus und bringst ihn zu uns. Dann tauschen wir ihn bei seiner Freundin gegen Erik ein«, sagt Mahdi. Dabei fängt er schon wieder an, auf und ab zu schreiten. »Und wenn dieser Tausch vollzogen ist, wird es einen weiteren geben.«

»Schöner Plan«, sage ich. »Dann wollen wir mal hoffen, dass alles nach deiner Zufriedenheit läuft.«

Mahdi holt mit der Hand aus, um mich zu schlagen, doch im letzten Moment besinnt er sich.

»Wir wollen doch nicht mein schönes Dschinniya-Gesicht verunstalten.« Ich funkele ihn angriffslustig an.

Er lässt die Hand sinken.

»Du wirst dich verwandeln lassen, egal, was dein Dschinn dir anbietet!«, faucht er. »Tust du es nicht, stirbt Jakob!«

Es sind immer wieder dieselben Mittel, mit denen er mich in die Knie zwingt. Aber es wird von Mal zu Mal einfacher, damit fertigzuwerden. Seit ich weiß, dass Mahdi zurückkehren wird, ist mir klar, dass es kein Entkommen für mich gibt. Trotzdem tut es weh, zu wissen, dass es auch anders hätte laufen können: Wäre er in Istanbul geblieben, hätten wir es vielleicht geschafft, uns alle gegenseitig zu vergeben und jeder in seiner Welt zu bleiben. Zumindest die Möglichkeit dafür hätte bestanden. Nun ist sie unwiderruflich dahin.

»Ich werde tun, was du verlangst«, sage ich.

Es gibt nichts Weiteres zu besprechen. Als wir zurückgehen, steuert Mahdi den Parkplatz an. Dort stehen die anderen, sorgfältig umringt von der übergeordneten Truppe aus Istanbul. Jakob mustert mich sorgenvoll. Deshalb straffe ich die Schultern und marschiere aufrecht hinter Mahdi her. Sie sollen alle merken, dass ich nicht gebrochen bin. Noch nicht.

»Wir ziehen uns zurück«, verkündet der General. »Morgen früh um acht Uhr treffen wir uns wo?«

»Auf der Kreuzung der Waldwege zwischen Buchenau und Allendorf«, sagt Jakob.

»Gut.«

Er verliert kein Wort mehr über die Menschen im Zelt. Dann steigen sie alle in ihren Fuhrpark aus glänzenden schwarzen Leihwagen und brausen davon. Unauffälligkeit ist etwas anderes. Ich bin froh, dass die Buchenauer ihren Hasentanz haben. Wer weiß, ob sie sonst so unbekümmert weitergefeiert hätten.

***

Wir verbringen den Rest des Tages damit, wie alle anderen den Grenzgang offiziell zu beerdigen. Schweigend sehen wir dabei zu, wie die Wettläufer den schweren Stein vom Außengeläude ins Zelt schleppen, die Bodenbretter zersägen, ein Loch ausheben und den Stein hineinlegen. Rund um das Grab steht eine Traube weinender und schniefender Menschen. Ich heule auch, obwohl es nicht direkt mit dem Grenzstein zu tun hat. Für die Komiteemitglieder ist es wahrscheinlich die einzige Gelegenheit in sieben Jahren, sich derart gehenzulassen. Und ich lasse mich einfach von ihrer Tränenflut anstecken, um mir die Anspannung aus dem Leib zu schluchzen. Als ich so dastehe, kommt auf einmal der Bürgeroberst auf mich zu, packt mich und drückt mich fest gegen seine Brust. Ein paar seiner Tränen kullern in meinen Ausschnitt.

»Schrecklich, nicht wahr«, seufzt er inhaltsschwer. »Aber wir haben alle gute Arbeit geleistet!«

»Ja«, murmele ich. »Das haben wir ... Das habt ihr!«

Die Wettläufer schütten das Grab zu und der Festwirt gibt eine Runde Freibier aus. Aus der völligen Verzweiflung von soeben gehen die Buchenauer dazu über, sich fröhlich zuzuprosten und im Wasser der Lahn »reinzuwaschen«. Joshua, der wegen seiner Taubheit wieder einmal nichts von unseren Sorgen mitbekommen hat, macht sich einen Spaß daraus, ein Mädchen nach dem andern unterzutauchen, bis ein ausgelassenes Planschen im Gange ist. Die Dschinn, die ebenfalls in ihren Kleidern im Wasser stehen, haben ihre pure Freude daran, ein Opfer nach dem anderen zu retten. Zum Glück merkt Joshua nicht, dass er seine Freunde und Freundinnen fast direkt in ihre Arme wirft. Ich erkenne sie mittlerweile fast ohne Hilfe. Es kann noch so spritzen und schäumen um sie herum – ein Dschinn sieht in jeder Lebenslage gut aus und seine Frisur sitzt immer wie frisch gestylt. Die, denen die Haare im Gesicht kleben und die Bäuche über die Hosen rutschen, sind allesamt Menschen.

Am späten Abend sind wir davon überzeugt, dass unsere Gegner so satt und zufrieden sind, wie schon lange nicht mehr. Ihre Opfer haben noch genug Emotionen, um in den diversen Dorfkneipen weiterzufeiern. Nur wir fahren nach Hause. Als Jakob mich und Anastasia in Dautphe aussteigen lässt, greife ich nach seiner Hand.

»Wie versprochen«, sage ich. »Mahdi verlangt es. Wirf dich nicht noch einmal zwischen ihn und mich!«

Er deutet ein schwaches Nicken an und schaut geradeaus aus dem Fenster. Sein Fuß steht auf der Kupplung.

»Gute Nacht, Jakob.«

Er antwortet mir nicht. Ich schließe die Tür und schaue dem Land Rover nach, der vor dem Wohnblock wendet und zurück auf die Hauptstraße fährt. Ich bin froh, dass er keine anderen Fahrgäste mehr geladen hat. Vielleicht findet so auch Jakob noch die Gelegenheit, sich in aller Heimlichkeit von dem inneren Druck zu befreien, den er jetzt mit Sicherheit verspürt. Ich würde ihn dabei gern im Arm halten und seinen Kopf streicheln. Aber das Schicksal hat es so eingerichtet, dass unser Anführer allein weinen muss. Ich werde nur einschlafen können, wenn ich dieses Bild aus meinem Kopf verdränge.

Der Durst eines Dschinn

Niemand hat daran gedacht, Nayo über Mahdis Ankunft in Kenntnis zu setzen. Als mir das einfällt, sind wir bereits alle zusammen auf dem Weg hinauf zum Hohenfels. Selbst Henry quält sich in unserer Mitte bergan, obwohl er immer noch Kopfschmerzen hat und seine frisch vernähte Wunde heftig angeschwollen ist. Ich bin um sechs Uhr aufgestanden, um mich von Nadja zurechtschminken zu lassen. Nun trage ich ein seidiges Haarteil, einen Push-up-BH und ein echtes Dschinniya-Kleid aus Nayos persönlichem Vorrat. Es ist schlicht und lindgrün. Die überlangen Tellerärmel verleihen mir tatsächlich so etwas wie Anmut, obwohl ich mich immer noch gewohnt steif bewege. Wenigstens bleiben mir die hohen Schuhe erspart, weil die Dschinn unter ihresgleichen immer barfuß gehen. Obwohl ich größer bin als Nayo, verdeckt der Saum des Kleids zum Glück meine Füße. Denn gegen meine schmutzanfällige menschliche Haut können wir genauso wenig etwas tun wie gegen meine nicht ganz ebenmäßigen Gesichtszüge. Die spitzen Ohren, die Nadja mir angeklebt hat, werden zum Großteil von der kunstvoll drapierten Frisur und dem eleganten Stirnreif überspielt. Beim Ankleiden habe ich festgestellt, dass mittlerweile auch der letzte Ansatz eines Bauches bei mir verschwunden ist. Seit ich bei Anastasia lebe und nur noch selten ein warmes Essen bekomme, habe ich abgenommen. Das ist gut für meinen heutigen Einsatz. Ich hoffe trotzdem, dass mir möglichst wenige Dschinn begegnen, die ich überzeugen muss.

Wortlos und stirnrunzelnd hat Mahdi beobachtet, wie Sylvia den Schutzzauber über uns legte. Niemand weiß, was er darüber denkt oder wie ungewöhnlich er ihre Fähigkeiten findet. Der General selbst ist wie immer der Meinung, je weniger wir wüssten, desto besser wäre das für die Armee.

Nun schleichen wir mit fast zwanzig Mann hinauf auf den Berg. Ich gehe vorneweg, flankiert von den Nahkampf-Orakeln und weiteren mürrischen Soldaten. Mahdi und die anderen folgen hinter uns. Auf halber Höhe stehen Nayo und Leviata mitten auf dem Weg.

»Stopp!«, sagt Nayo und hält uns eine Hand entgegen. »Was soll das? Wer sind diese Leute?«

»Unsere Vorgesetzten«, sage ich. »Sie sind nur dabei, um den Einsatz zu überwachen. Sie werden nicht einschreiten.«

Ich merke, wie die Schaltstelle in meinem Nacken vibriert. Dann ertönt Leviatas Stimme in meinem Kopf.

»Ist das wahr?«, fragt sie mich.

»Nein«, antworte ich. »Sie wollen Erik um jeden Preis zurück. Verluste unter uns und euch sind ihnen völlig egal.«

»Sollen wir sie ausschalten?«, fragt Leviata.

»Das schafft ihr nicht zu zweit. Dafür sind sie zu mächtig. Spielt mit, aber traut ihnen nicht über den Weg!«

Ein paar Sekunden lang schweigen beide Dschinniyas. Wahrscheinlich gibt Leviata nun meine Worte an Nayo weiter. Die runzelt die Stirn und deutet dann auf mich, Jakob, Sylvia und Mike.

»Ihr könnt mitkommen. Von den Fremden die gleiche Anzahl. Keine Waffen! Alle anderen verschwinden.«

Das Angebot ist äußerst großzügig. Ich hoffe, dass Mahdi darauf eingeht, ohne den großen General hervorzukramen. Zu meiner Verwunderung tut er es. Er wählt Abdullah, Ebru und zwei mir unbekannte Soldaten aus, uns zu folgen. Einen davon fixiert er etwas zu lang mit seinem dunklen Blick. Ich nehme an, es ist ebenfalls Telepathie im Spiel. Wahrscheinlich erteilt er dem Rest der Truppe nun den Auftrag, heimlich hinter dem Berg in Stellung zu gehen.

Alle legen ihre Silberwaffen ab. Dann nehmen Nayo und Leviata mich in ihre Mitte. So gehen wir voran, ohne Mahdi und die anderen in unserem Rücken zu beachten. Ich wundere mich über die Leichtigkeit, mit der die Dschinniyas das tun, denn sie müssen genauso angespannt sein wie ich.

Wir passieren die erste Burg und gehen weiter zur zweiten. Dort biegen Nayo und Leviata in den Wald ab. Auf der hinteren Seite des Hügels geht es ein Stück bergab. Dann landen wir vor einer gewaltigen Gesteinsformation, die den Anschein erweckt, als handle es sich um einen zufällig aufgeschütteten Trümmerhaufen aus uralter Zeit. Im Leben würde niemand auf die Idee kommen, einen der meterhohen Felsen zu bewegen.

Nayo zieht etwas aus ihrer Tasche, das wie ein Kohlestift aussieht.

»Das Wichtigste fehlt noch«, sagt sie zu mir.

»Das Zeichen.«

Sie nickt, dreht mich mit dem Rücken zu den anderen und malt mir konzentriert das Bannzeichen gegen die Talente auf die Stirn. Zum Glück kann ich es selbst nicht sehen.

»Dreh dich nicht mehr um«, sagt sie, als sie fertig ist. »Es wäre Verschwendung, wenn deine Vorgesetzten dich jetzt noch zerfleischen.«

Das tut mir leid. Ich hätte Jakob gern noch einmal in die Augen geblickt, für den Fall, dass ich nicht mehr aus dem Hohenfels herauskomme. Nun ist die Gelegenheit dahin.

»Benutze dein echtes Bannzeichen, um Levians Zellentür zu öffnen. Seine Kraft durchdringt kleinere Zauber von uns«, rät Nayo mir. »Ansonsten lass deine Faust geschlossen. Versteck dich, falls jemand in deiner Nähe ist. Du findest das Gefängnis im untersten Stockwerk der hinteren Burg.«

Ich hatte gehofft, ich müsste nicht erst den gesamten Weg durch den vorderen Palast zurücklegen. Mir bleibt aber auch gar nichts erspart. Ich nicke zaghaft.

Nayo und Leviata stemmen sich gegen einen moosigen Felsblock und schieben ihn ein Stück zur Seite, so dass ich hindurchschlüpfen kann.

»Na dann«, sage ich und trete hinein in die Dunkelheit.

Mein Nacken vibriert.

»Ich führe dich«, sagt Leviata. »Wenn etwas Unvorhergesehenes passiert, sag mir sofort Bescheid.«

Der Stein wird wieder an seinen Platz zurückgeschoben und völlige Finsternis umhüllt mich.

»Ich kann gar nichts sehen«, sage ich zu Leviata.

»Warte einen Augenblick. Deine Augen gewöhnen sich daran.«

Ich harre ein paar Minuten aus, dann erkenne ich tatsächlich das uralte, gemauerte Gewölbe eines unterirdischen Gangs. Vorsichtig mache ich mich auf den Weg. Es liegt kein einziges Steinchen auf dem Boden. Meine Füße berühren nur sauber festgestampften Lehmboden, der sich warm und sicher anfühlt. Die Luft hier unten ist feucht. Etwas zu feucht für meine menschlichen Atemwege, aber selbst daran gewöhne ich mich schnell.

»Du landest gleich in einer Art Vorhof«, sagt Leviata. »Das ist der einzige Platz, wo Wachen stehen könnten. Sei besonders aufmerksam. Wenn jemand dich anspricht, sag, du seist auf dem Weg zu Orowar.«

»Okay.«

Der Gang lichtet sich. Ich drücke mich an die Wand und spähe in den Raum, der sich vor meinen Augen auftut. Fast hätte ich ein überrASCHtes Schnauben von mir gegeben. Ich befinde mich mitten in der Halle einer alten Ritterburg. Die stützenden Säulen, die nach oben zur Decke streben, sind garantiert neu aufgebaut worden. Sie sind prunkvoll mit verschnörkelten Ornamenten besetzt und von zahlreichen Kerzen beleuchtet. Ein Teil davon ist mit Wurzelgeflechten und Farnen bewachsen. Es ist nur ein Durchgangsraum ohne Möbel. Am hinteren Ende der Halle erkenne ich eine Gestalt. Es ist ein männlicher Dschinn, der an eine der Säulen gelehnt dasteht und Wache hält. Er hat keine Waffen und keine Rüstung. Trotzdem kann er mich in Sekundenschnelle töten, wenn er mich durchschaut.

»Da ist jemand«, teile ich Leviata mit. »Hinten in der Halle. Aber er sieht müde aus.«

»Warte, bis er wegdöst, dann schleich dich vorbei!«

Ich beobachte den Dschinn, dessen Kopf immer wieder in Richtung der Säule ruckt. Als ihm dabei kurz die Augen zufallen, nehme ich meinen ganzen Mut zusammen und schleiche an der kurzen Seite der Halle vorbei bis zum nächsten Gang. Ich rechne mit einem Zuruf oder einem Befehl, stehen zu bleiben. Aber nichts geschieht.

»Ich bin durch!«, denke ich, als ich es geschafft habe. Der Bereich, in dem ich mich jetzt befinde, ist wesentlich spärlicher beleuchtet. Nur alle paar Meter steckt eine Fackel in einer Halterung an der Wand.

»Das sind die ersten Schlafzimmer«, sagt Leviata. »Geh weiter geradeaus.«

Sie führt mich eine gefühlte Stunde lang quer durch die beiden Burgen. Manchmal, wenn ich Stimmen höre oder eine weitere Wache sehe, denkt sie sich einen Umweg aus. Nach einer Weile wird der Empfang zwischen uns schlechter.

»Das liegt an dir«, sagt Leviata darauf. »Dein Geist ist so lange Konferenzen nicht gewöhnt. Versuche, aufmerksam zu bleiben!«

Ich strenge mich an, die Verbindung zwischen uns aufrechtzuerhalten. Aber je länger es dauert, desto schwieriger wird es. Auch äußerlich werde ich nun fahriger. Einmal verstecke ich mich im letzten Moment hinter einer der zahlreichen Schmucksäulen, bevor eine Dschinniya nur wenige Meter entfernt von mir vorbeischwebt. Ihr langes schwarzes Haar reicht fast bis zum Boden. Nur von der Seite sehe ich ihr Bannzeichen. Doch das reicht schon aus, um mein Herz zum Klopfen zu bringen. In Sekundenschnelle stellt mein Körper sich auf Kampf ein. Meine eigene Natur spielt mir einen Streich! Warum hat im Vorfeld eigentlich niemand an mich und meine überschäumend-aggressive Seele gedacht?

Ich bin heilfroh, als ich endlich über eine Wendeltreppe in das untere Stockwerk abtauchen kann. Es geht so weit hinab, dass mir bald schwindelig wird. Ich bleibe kurz stehen, um wieder zu mir zu kommen. Leviata hat schon lange nichts mehr gesagt, wird mir plötzlich bewusst.

»Leviata? Bist du noch da?«

Es kommt keine Antwort mehr. Ab sofort bin ich auf mich allein gestellt. Vorsichtig schleiche ich die letzten Stufen hinunter und drücke mich in den Schatten einer Fackel an der Wand. Dann lausche ich angestrengt. Ich kann weder ein Geräusch noch eine Person erkennen. Es sieht ganz so aus, als hätten die Dschinn nicht viele Gefangene. Warum auch? In ihrer Welt funktionieren die einzelnen Mitglieder der Gemeinschaft meistens prächtig. Außer, sie verlieben sich in Talente und schließen unheilvolle Pakte mit ihnen. Wenn ich Levian finden will, bleibt mir nichts anderes übrig, als die Zellen abzusuchen, deren Umrisse sich vor meinen gequälten Augen langsam abzeichnen. Ansonsten ist das Gefängnis ernüchternd langweilig. Hier unten hat niemand sich die Mühe gemacht, ein Ornament anzubringen oder eine dekorative Pflanze zu züchten. Das gesamte Gewölbe besteht nur aus einer Reihe Verliese und nacktem Stein. Ich nehme die Fackel aus der Halterung und schreite den Gang entlang. Falls es doch eine Wache gibt, wird sie mich nun sehen. Dann ist meine Mission kurz vor dem Ziel gescheitert. Aber nichts geschieht. Die ersten Zellen sind leer. Doch als ich weitergehe, höre ich, wie sich im hinteren Abschnitt jemand regt.

»Levian?«, flüstere ich.

Eine Sekunde lang ist es totenstill.

»Melek!«, ertönt dann seine Stimme. Sie klingt nach Bronze, aber mit einem Ansatz von Rost. Ich beschleunige meine Schritte.

»Wo bist du?«

Eine Kette klirrt, als sie über den Felsboden gezogen wird. Kurz darauf greifen zwei Hände um die Eisenstangen im Verlies vor mir. Ich mache noch zwei Schritte und stehe vor ihm.

»Eine umwerfende Maskerade«, raunt Levian. »Was gäbe ich darum, dir endlich deinen verräterischen Geist auszusaugen.«

Ich halte die Fackel so zwischen uns, dass wir uns beide sehen können. Mein Herz macht einen Sprung! Doch im gleichen Augenblick fahre ich voller Abscheu zurück. Ich hatte erwartet, Levian in seiner gewohnten menschlichen Gestalt anzutreffen, wenn auch schwach und erschöpft von der wochenlangen Gefangenschaft. Stattdessen steht vor mir der Faun, den ich erst ein einziges Mal gesehen habe. Er trägt einen bestickten Gehrock und eine Hose aus feinem Leder. Sein Bannzeichen lässt eine lodernde Masse aus Hass und Furcht in mir emporsteigen. Ich kneife die Augen zusammen und schlage gegen die Gitterstäbe.

»Was tust du?«, fragt er verärgert. Sein Gesichtsausdruck ist halb wütend, halb erfreut, mich zu sehen.

»Geh mir aus den Augen!«, schreie ich und wende mich ab. Ein Fauchen dringt aus meiner Kehle, wie von einem Tier. Da erst versteht er, was mein Problem ist.

»Gut! Ist gut, Melek!«, sagt er und verwandelt sich in den Menschen.

Als ich wieder wage, ihn anzublicken, ist alles anders. Nie hätte ich gedacht, dass ich Levian noch einmal wahrhaftig gegenüberstehen würde. Das ist der Mann, der mir so viel Gänsehaut verpasst hat wie kein anderes Wesen auf der Welt, dessen Lächeln mich so oft verzückt hat und dessen Körper ich immer noch begehre, sobald sein Talent mich einfängt. So wie jetzt. In der Dunkelheit kann ich die Farbe seiner Augen kaum erkennen. Aber der Rest von ihm wirkt genauso anziehend wie immer. Der ausgemergelte Zustand, den ich in meinen Träumen gesehen habe, scheint tatsächlich nur seine Seele betroffen zu haben.

»Ich bin gekommen, um dich zu befreien«, sage ich atemlos.

Levian begreift noch immer nicht, was hier geschieht.

»Melek ...«, flüstert er. »Was ist hier los? Warum kann ich deine Ausstrahlung nicht spüren?«

»Sylvia hat einen Schutzzauber über mich gelegt. Nadja hat mich geschminkt und Nayo hat mir das Zeichen auf die Stirn gemalt. Dann haben sie und Leviata den Felsen zur Seite gerollt und Leviata hat mich hergeführt, bis die Verbindung abgebrochen ist. Draußen stehen unsere Generäle und wollen uns alle umbringen, falls sie Erik nicht zurückbekommen ...«

Ein winziges Lächeln schleicht sich auf Levians Gesicht. Der Schein der Fackel offenbart es. Er sieht bezaubernd aus.

»Stopp mal«, sagt er und greift durch das Gitter nach meinen Händen. »Ganz langsam, Melek. Und von Anfang an.«

Die ganze Zeit über hatte ich mich unter Kontrolle, während ich durch den unterirdischen Palast geschlichen bin. Erst jetzt, da ich ihn gefunden habe, merke ich, wie meine Anspannung einer leisen Hysterie weicht. Ich atme ein paarmal durch und tauche in den Strudel ein, der von Levians grauen Augen ausgeht. So verständlich wie möglich erzähle ich ihm, was passiert ist seit dem Tag, als er Erik gekidnappt hat und selbst inhaftiert wurde. Dabei betrachtet er mich fasziniert.

»Hat Nayo dir nichts davon gesagt?«, frage ich.

»Nein. Wahrscheinlich wollte sie mich nicht sinnlos beunruhigen. Was hätte es auch gebracht, wenn ich es gewusst hätte?«

»Dann wärst du mir in der Dunkelheit vielleicht nicht abhandengekommen«, murmele ich.

Ich sehe Unverständnis in seinen Augen. Er hat tatsächlich keine Ahnung, dass es so etwas wie einen Treffpunkt unserer beiden Seelen gab.

»Am Jungfernbrunnen traf ich dich im Traum«, erkläre ich ihm. »Meine Hände waren voller Blut und dein Gesicht so grau wie Asche. Aber ich habe herausgefunden, wie ich dich in dieser Welt stärken kann. Und Nayo hat gesagt, es hätte geholfen.«

Levians Gesicht hat nun einen völlig neuen Ausdruck angenommen. Es sieht so aus, als würde er gerade etwas begreifen, was ihm selbst bis zuletzt völlig schleierhaft war.

»Du warst das ...«, murmelt er. Dann lässt er meine Hände los und fasst an meine sorgfältig gepuderte Wange. »Einmal dachte ich, ich würde sterben«, erzählt er. »Es fühlte sich so an, als wäre ich tausendmal verdurstet. Ich hatte keine Kraft mehr zu kämpfen. Da gab ich einfach auf. Ich erinnere mich nicht daran, was dann passiert ist. Aber ich landete in einer anderen Welt. Dort geschah etwas, das mich wieder zurückgebracht hat. Jemand gab mir zu trinken. Und das warst du?«

Ich nicke. Er lächelt mich durch die Metallstäbe hindurch an. Dann greift er in meinen Nacken und zieht mich ein Stück heran. Doch bevor unsere Lippen sich treffen, wendet er den Kopf ab. Wie groß muss sein Drang sein, mich auszusaugen? Wahrscheinlich wird er es auf der Stelle tun, sobald ich ihn herauslasse.

»Ich kann die Zelle öffnen«, murmele ich. »Dann löse ich mein Versprechen ein.«

Levian macht sich von mir los und blickt mich nachdenklich an.

»Ich habe lange über deinen Verrat gegrübelt«, sagt er schließlich. »Es hat sehr wehgetan, zu erkennen, dass du mein Leben für jemand anderen aufs Spiel gesetzt hast. Aber ich bin selbst nicht ganz unschuldig. Ich habe dir zu viel Druck gemacht. Trotzdem warst du die Einzige, die mich in dieser fernen Welt gefunden und geheilt hat. Ich glaube, wir beide sind quitt, Melek. Wir sollten noch einmal über dein Versprechen reden.«

Das ist genau die Reaktion, die ich mir von ihm erhofft hatte. Doch in meinen kühnsten Träumen hätte ich nicht gedacht, dass es tatsächlich so weit kommen würde. Niemand hatte das geahnt außer Mahdi. Und schon wieder hält mich die Angst um Jakob davon ab, meinen Frieden mit Levian zu machen.

»Bist du überhaupt dazu im Stande, mich nicht auszusaugen?«, frage ich ihn. »Nach fünf Wochen ohne Input?«

Er nickt.

»Ich habe den Entzug hinter mir. Seit ich aus der Seelenwelt heimgekehrt bin, ist es einfacher. Auch wenn ich mich jetzt liebend gern über dich hermachen würde!«

Das Grübchengrinsen. Die funkelnden weißen Zähne.

Ich presse meine linke Handfläche auf das Schloss seiner Zellentür und sie springt auf. Levian hebt das Bein an und klimpert mit seiner Fußkette. Da lächle ich ebenso und gehe vor ihm auf die Knie. Mit meinem Bannzeichen löse ich die Schelle um seinen unverletzten, sauberen Knöchel. Die Welt der Dschinn bringt mich immer wieder zum Staunen.

»Jetzt nichts wie raus hier!«, sagt Levian. »Ich bringe dich zurück ans Licht. Als Mensch!«

So haben wir nur eine Möglichkeit, aus dem Burgberg zu entfliehen, und das ist der Weg, auf dem ich gekommen bin. Würde er mich verwandeln, so könnten wir als Tiere einen anderen Ausgang wählen. Doch dann würden wir gleichzeitig alle im Stich lassen, die jetzt am Hintereingang auf uns warten. Keiner von uns spricht diese Option überhaupt an. Er deutet mir an, auf seinen Rücken zu steigen. Erst, als ich oben sitze, nimmt er wieder seine natürliche Gestalt an. Jetzt ist es erträglich für mich, denn ich muss sein Bannzeichen ebenso wenig sehen wie er meines.

Seit ich aufgebrochen bin, um Levian zu suchen, müssen etwa zwei Stunden vergangen sein. Wir nehmen an, dass die meisten Dschinn nach den beiden durchzechten Nächten immer noch schlafen. Trotzdem ist es sicherer für uns, wenn ich nicht versuche, mich mit meinen lauten, ungelenkigen Menschenbewegungen noch einmal durch den Palast zu mogeln. Levian huscht durch die Gänge und Gewölbe wie ein Geist. Wenn er eine andere Person wahrnimmt, wechselt er die Richtung oder verbirgt uns beide in einer Felsspalte. Die Wache im Eingangsbereich umgeht er, indem er auf eine Säule klettert und wie eine Fledermaus an der Deckenwand entlangkrabbelt. Ich schlinge krampfhaft meine Arme und Beine um ihn und halte den Atem an. Dann landet er geräuschlos am Eingang des Tunnels und schlüpft hinein. Vorsichtig schleichen wir den Gang entlang. Erst kurz vor dem Ausgang lässt er mich herunter und nimmt seine Menschengestalt an.

»Ich habe nichts von Leviata gehört«, flüstert er.

»Ich auch nicht«, wispere ich. »Was hat das zu bedeuten?«

Levian versucht, einen Blick durch den Felsen nach draußen zu erhaschen, doch es gelingt ihm nicht.

»Entweder ist es Zufall, dass sie uns so lange nicht kontaktiert hat ... oder deine Generäle haben sie ausgeschaltet.«

Ein Schreckenslaut entfährt mir. Selbst ohne Waffen sind Mahdi und seine Nahkämpfer gefährlich genug. Sie könnten es geschafft haben, die beiden Dschinniyas zu besiegen. Ich bin mir nicht sicher, welche Psychotricks Mahdi auf Lager hat, aber die Möglichkeit, dass er damit die fehlenden Pistolen und Schwerter wettmachen kann, besteht. Wer sagt uns, dass sie Leviata nicht getötet und Nayo so lange gefoltert haben, bis sie ihnen das Versteck von Erik verraten hat? Was werden wir zu sehen bekommen, wenn wir es schaffen, den Eingang der Höhle zu öffnen? Vielleicht ist überhaupt niemand mehr da, wenn wir hinauskommen. Dann haben sich die Körper von Leviata und Nayo bereits aufgelöst und Mahdi schleift gerade Erik zurück zum Flughafen. Noch schlimmer: Er könnte nebenbei meine komplette Truppe ausgelöscht haben. Es gibt nur einen Punkt, der mich Hoffnung schöpfen lässt:

»Mahdi wird mich nicht hier zurücklassen, ohne sicher zu wissen, dass ich entweder tot oder verwandelt bin!«

»Dann müssen wir es riskieren«, entscheidet Levian und klopft an die Felswand.

Zwischen Abgrund und Neubeginn

Unsere böse Ahnung verstärkt sich, als der Stein sich nicht direkt bewegt. Erst, als Levian sich mit aller Kraft dagegenstemmt, rutscht er ein Stück beiseite und gibt den Blick auf vier Männer frei, die von der anderen Seite mit anschieben. Wir schaffen es gerade mal so eben, einen schmalen Spalt freizulegen, durch den wir hindurchschlüpfen können. Kaum, dass wir draußen sind, greift Levian nach der ersten Person, die er in die Finger bekommt, zieht sie vor seine Brust und legt eine Hand an ihren Hals. Es ist General Abdullah. Ich selbst husche geistesgegenwärtig hinter ihn. Das grelle Sonnenlicht blendet meine Augen. Ein Schrei tönt durch den Wald, der mir durch Mark und Bein geht.

»Melek! Nein!«

Es ist Erik. Ich sehe ihn durch meine Deckung hindurch ein Stück weiter oben auf der Anhöhe stehen. Attila hält ihn gepackt, aber seine Nahkampfkünste reichen kaum aus, um ihn zu bändigen. Was ich von ihm erkennen kann, sieht zumindest gesund aus. Er trägt die Kleidung, die ich ihm durch Nayo geschickt habe. Sein Bart ist ab und seine Schultern so breit wie früher. Nur die durchdringende Blässe unterscheidet ihn deutlich von uns anderen.

»Erik!«, schreie ich. »Erik, ich bin immer noch ein Mensch!«

Ich bin mir nicht sicher, was sie ihm erzählt haben. Aber meine Verkleidung muss so täuschend echt wirken, dass sie ihm garantiert den Verstand raubt. Eine Sekunde lang sehe ich Erleichterung in seinen Augen. Aber dann fängt er sofort wieder zu brüllen an.

»Komm sofort rüber zu uns!«

Erst da nehme ich die anderen überhaupt wahr.

Die kompletten Truppen von Jakob und Mahdi stehen im Kreis um uns herum. Leviata liegt bewusstlos ein Stück von uns entfernt auf dem Boden, die

Hände mit silbernen Eisenketten auf dem Rücken gefesselt. Ich erkenne keine Verletzung an ihrem Körper. Mahdi muss sie wirklich auf die Psychotour ausgeschaltet haben. Nayo kniet neben ihr. Sie hat keine Tränen in den Augen, doch der Ausdruck in ihrem Gesicht wirkt so verletzt, als käme sie direkt aus einem Folterkeller. Bewegungslos verharrt sie am Boden. In ihrem Rücken steht Jakob, das Schwert an ihrem Genick. Er wirkt vollkommen ausgemergelt. In seinen Augen steht noch etwas anderes, das ich nicht gleich verstehe. Es ist Wut. Und wenn ich mich nicht irre, ist sie voll und ganz gegen mich gerichtet.

Hektisch betrachte ich die anderen Mitglieder meiner Truppe. Jeder Einzelne von ihnen starrt mich hasserfüllt an. Manche fletschen regelrecht die Zähne, sogar Sylvia. Ich habe keine Ahnung, was Mahdi in der Zwischenzeit mit ihnen gemacht hat. Sie sehen aus, als hätte er sie einer Gehirnwäsche unterzogen.

»Melek, wisch das Zeichen ab!«, sagt Levian.

Ich könnte mich ohrfeigen, weil ich daran nicht gedacht habe. Schnell reibe ich mir heftig über die Stirn und verwische die Linien der dreifachen Sechs. Sofort werden die Gesichter meiner Kameraden friedfertiger. Ich atme auf.

Da tritt Mahdi mit dem Telepathie-Soldaten aus der Reihe hervor. Sie gehen auf Levian und Abdullah zu, bis er sie scharf zurückweist.

»Keinen Schritt weiter oder ihr hört ein Genick brechen!«

»Und dann?«, fragt der General selbstzufrieden. »Wessen Körper willst du dann als Schutzschild benützen? Den von Melek vielleicht? Wollen wir es ausprobieren?«

Ob Abdullah wohl sicher ist, dass Mahdi nur blufft? Falls nicht, muss er wirklich jede Menge Vertrauen in seinen spirituellen Führer und das Leben nach dem Tod haben.

»Was willst du?«, zischt Levian ihm entgegen.

Mahdi legt die Fingerspitzen aneinander und schürzt die Lippen.

»Oh, ich denke, grundsätzlich hat jeder das, was er will«, sinniert er. »Mit ein paar Ausnahmen: Du bekommst deine beiden gesprächigen Freundinnen zurück. Dafür kriegen wir deine zwei Geiseln.«

»Ich habe keine zwei Geiseln«, sagt Levian scharf.

»Auf jeden Fall hätten wir gern unsere liebe Melek zurück«, behauptet Mahdi. Wie er heuchelt! Es ist wegen Erik, nehme ich an. Der ist immer noch damit beschäftigt, Attila von sich abzuschütteln. Ich wage mich ein Stück weit aus Levians Deckung hervor, um seine Aufmerksamkeit zu gewinnen.

»Erik, ich bin nicht seine Geisel und Mahdi will mich auch nicht zurück!«, schreie ich.

Im gleichen Moment gibt Mahdi dem Kommunikator an seiner Seite ein Zeichen. Ich nehme an, dass auch er nun eine Botschaft an Erik sendet. Dass ich damit richtigliege, erkenne ich, weil Erik kurz innehält und das Gerangel mit seinem Aufpasser bleiben lässt. Dann stößt er einen hilflosen Laut aus und schaut mich flehend an.

Ich bin mir nicht sicher, was er von Levian und mir weiß. Mein Herz krampft sich schmerzhaft zusammen. In diesem Augenblick wünsche ich mir nichts anderes, als mein Gesicht in seiner Halsbeuge verkriechen zu dürfen. Ich will endlich wieder bei ihm sein! Gleich darauf klopft der Telepath bei mir an.

»Mahdi erinnert dich daran, dass du eine Aufgabe hast. Und daran, was passiert, wenn du es nicht tust!«, höre ich ihn sagen.

Ich bin hin- und hergerissen. Weil ich nicht weiß, was der General Erik erzählt hat, habe ich auch keine Ahnung, wie ich dagegen ankommen soll.

»Bitte Melek, komm einfach rüber zu uns«, schreit er von der Anhöhe aus. »Erinnere dich daran, wie es zwischen uns gewesen ist!«

»Glaub mir, Erik, ich mache nichts anderes als das!«, schreie ich.

»Es ist gut!«, ruft Levian zu ihm hinüber. »Ich werde sie nicht verwandeln. Wir machen jetzt den Austausch und dann geht jeder seiner Wege.«

Mahdi zieht sein Messer und streicht ein paarmal mit dem Finger über die Klinge. Dann dreht er sie unauffällig in Jakobs Richtung und sieht mich an. Sylvias Prophezeiung kommt mir in den Sinn. Dass ich mich entscheiden müsste zwischen Leben und Tod. Es ging dabei gar nicht um mein eigenes Leben, sondern um das von Jakob. Wenn ich mich jetzt für Erik entscheide, wird Levian mich gehen lassen, aber Mahdi wird Jakob töten, wie er angekündigt hat. Entscheide ich mich jedoch, meinen Auftrag zu Ende zu führen und mein Versprechen einzulösen, dann ende ich doch als Dschinn und werde den Jungen, den ich liebe, niemals wieder im Arm halten. Dafür wird Jakob am Leben bleiben. In jedem Fall wird die Truppe anschließend nur noch zwölf Krieger haben. Mir bleibt nichts anderes übrig, als mich in mein Schicksal zu fügen.

»Nein«, stammle ich.

Alle sehen mich an, inklusive Levian.

»Was meinst du?«, fragt er mich über seine Schulter hinweg.

»Wir machen keinen Austausch«, sage ich. »Nicht mit mir. Ich habe ein Versprechen einzulösen.«

Ein Raunen geht durch die Menschen. Mit dieser Wendung hat keiner gerechnet. Levian schaut mich stirnrunzelnd aus dem Augenwinkel an. Meine Truppe wirkt komplett fassungslos. Nur Mahdi setzt ein zufriedenes Grinsen auf.

»So, so, die Volltrefferin möchte eine Dschinniya werden.«

Nun ist Erik oben am Berg kaum mehr zu halten. Er tritt mit aller Gewalt nach Attila und versetzt ihm einen üblen Ellbogenschlag in die Rippen. Trotzdem wird er ihn nicht los.

»Melek, nicht!«, schreit er. »Du bist verwirrt! Es liegt alles nur an dem …«

In dem Moment trifft Attila ihn direkt an der Schläfe und er sackt zusammen. Obwohl ich gern gewusst hätte, was Mahdi ihm über mich weisgemacht hat, bin ich beinahe froh darüber, dass er nun nicht mehr mitbekommen wird, was weiter geschieht. Wenigstens das bleibt ihm erspart: mit ansehen zu müssen, wie Levian mich vor den Augen der anderen in eine Dschinniya verwandelt. Das ist der einzige Weg, der mir bleibt, um Jakob zu retten. Und dieser Weg wäre nicht der schlechteste – würde ich dadurch nicht endgültig alle verlieren, die ich liebe. Alle bis auf einen. Ich sehe Levian an.

»Verwandle mich!«, sage ich.

Er dreht sich mitsamt Abdullah ein Stück zu mir um und betrachtet mich unschlüssig. Eine Haarsträhne fällt ihm ins Gesicht. Ich möchte so gern, dass seine Augen wieder grün sind.

»Ich weiß nicht, Melek … irgendetwas stimmt hier nicht.«

In dem Moment sehe ich etwas Seltsames: Sylvia öffnet ihre linke Hand, die bis gerade eben zur Faust geschlossen war. Ein kleiner Käfer krabbelt heraus, arbeitet sich zu ihrem Handrücken empor und fliegt davon. Unsere Blicke treffen sich. Ich kann nicht ergründen, was sie denkt. Aber sie sieht entschlossen aus. Das macht mir Angst.

Doch da mischt sich schon wieder Mahdi ein.

»Nun gut«, sagt er. »Sieht aus, als könntet ihr euch nicht einigen. Wenn das so ist, würde ich eure Entscheidungsfreude gern etwas ankurbeln. Da du nur noch eine Geisel einzutauschen hast, solltest du auch nicht mehr als eine Dschinniya dafür bekommen. Nimm die Blonde, die dir so ähnlich sieht. Ich nehme an, es ist deine Schwester. Die andere hat uns heute schon so viel Ärger gemacht, dass wir getrost auf sie verzichten können. Jakob?«

Ich möchte schreien, aber es kommt kein Ton heraus. Was macht Mahdi da? Ich habe doch alles getan, um seine Forderung zu erfüllen! Warum gibt er uns nicht wenigstens ein paar Sekunden Zeit, um uns allesamt in das Schicksal zu fügen, das er sich für uns ausgedacht hat?

Jakobs Schwert liegt an Nayos Hals. Er zögert. Ich sehe das rebellische Funkeln in seinen stechenden Augen. Nayo ist kein fremder Dämon, der ihn aus dem Hinterhalt angreift. Auch wenn sie ihn erpresst und verärgert hat, ist sie ein lebendiges Wesen, mit dessen Hilfe wir in den Hohenfels einbrechen und Erik zurückbekommen konnten. Sie war eine Verbündete. Und sie kniet wehrlos vor ihm auf dem Boden. Einen Augenblick lang glaube ich, dass Jakob sich verweigern wird. Mahdi räuspert sich. Sie tauschen einen eiskalten Blick. Es liegt mehr darin als ein bloßer Befehl. Wahrscheinlich hat der General auch ihm ein Versprechen abgenommen und der Einsatz dafür war *mein* Leben. Jakob hebt beide Arme mit der Waffe in die Luft.

Levian schreit auf, lässt Abdullah los und rennt auf Jakob zu. Im letzten Moment bevor das Schwert niedersaust, fängt Levian seine Hände ab und gibt ihm einen Stoß nach hinten. Im Nu entbrennt ein Kampf zwischen den beiden.

Ich merke erst in diesem Augenblick, wie ausgeklügelt das Spiel ist, das Mahdi spielt. Er hat wirklich an uns alle gedacht. Jeder, der ihm je die Stirn geboten hat, soll Zug um Zug vernichtet werden. Und am liebsten ist es ihm, wenn wir es gegenseitig tun.

»Hört auf«, schluchze ich. »Hört doch auf!« Es klingt wie ein Flüstern gegen den Wind.

Jakob taumelt gegen einen Baum und Levian springt hinterher. Im letzten Moment kann er sein Schwert hochreißen und sich damit decken. Die Geschwindigkeit, mit der Levian im Sprung die Richtung wechselt, ist unermesslich. Er landet direkt auf Jakobs Seite, tritt ihm in die Hüfte und rollt sich schnell von ihm weg. Jakob schlägt mit dem Schwert nach ihm und trifft ihn oberflächlich am Bein. Eine fingerdicke Wunde klafft auf und Blut quillt hervor. Als er sich hochrappelt und Levians Verfolgung aufnimmt, hinken sie beide. Die anderen machen ihnen Platz.

Ich habe schreckliche Angst. Merken sie denn nicht, dass dies hier nicht der Kampf ist, den sie sich vor langer Zeit erhofft haben? In diesem Moment sind sie nichts weiter als Spielfiguren auf Mahdis Schachbrett.

»Bitte!«, jammere ich. »Bitte hört endlich damit auf!«

Ich sinke auf die Knie und schluchze. Nun treibt Jakob Levian mit seinem Schwert vor sich her, doch der weicht immer im letzten Moment rückwärts aus. Als sie unter einer ausladenden Fichte vorbeikommen, greift er nach oben und lässt einen ihrer Zweige zurückschnellen, der in Jakobs Augen klatscht. In dem Moment schlägt Levian ihm das Schwert aus der Hand. Es fliegt in hohem Bogen davon und landet krachend auf dem Geröllhaufen, der vom Burgberg aus nach unten führt.

Eine Sekunde lang ist alles still. Nur die kleine Gesteinslawine ist zu hören, die das Schwert verursacht hat. Jakob und Levian starren sich an. Beide atmen heftig vor Erregung. Dann zieht Jakob das Messer mit unseren Initialen hervor, das ich ihm zu Weihnachten geschenkt habe, und richtet es auf seinen Gegner. Mit der anderen Hand winkt er ihn heran.

Verängstigtes Wimmern ertönt aus allen Richtungen. Wir spüren alle den gleichen Schmerz, den unsere tobenden Talente verursachen, weil wir unseren Anführer verlieren.

»Komm schon!«, sagt Jakob. »Bringen wir es endgültig hinter uns.«

Levian kneift die Augen zusammen und setzt zum Sprung an. Trotz seiner Verletzung und seiner langen Gefangenschaft ist er schnell wie ein Raubtier. Mit einem einzigen Satz landet er auf Jakob und beide gehen zu Boden. Sie rollen in unsere Richtung und jeder versucht dabei, das Messer gegen den anderen zu richten. Kein Mensch kann das auf Dauer durchhalten. Außer Anastasia vielleicht. Doch selbst die hat es noch nie mit Levian zu tun gehabt. Er liegt jetzt oben und schaut Jakob direkt in die Augen. Langsam dreht er die Klinge um, bis sie auf dessen Brust zeigt.

»Nein!«, schreie ich. »Levian, ich flehe dich an!«

In meinem Inneren tobt ein Aufruhr, der mich beinahe wahnsinnig macht. Ich will zu ihnen rennen und irgendetwas tun, das Levian zurückhält.

Mahdi reißt mich am Arm zurück.

»Schau gut hin!«, raunt er mir zu. »Leider wirst du schon morgen nicht mehr wissen, wie es sich angefühlt hat!«

Ich prügle auf den General ein, doch er packt meine Hände und schlägt mir ins Gesicht. Ich spüre es kaum. Dann stößt er mich verächtlich von sich weg. Ich strauchele und lande auf dem Boden, nur wenige Meter von Jakob und Levian entfernt. Mit der Spitze des Messers hat Levian Jakobs T-Shirt zerfetzt und in seine Haut geschnitten. Ein dünner Blutstrom läuft über seine Brust.

Da wendet Jakob sich von seinem Gegner ab und schaut mir in die Augen. Es ist ein Abschiedsblick. Ich schreie. Genau in dem Moment, als Levian zustechen will, fliegt das Messer aus seiner Hand.

***

Ich verstehe nicht, was passiert ist. Aber Levian wendet sich sofort zum Eingang des Palastes um. Dann lässt er Jakob einfach los und steht auf. Verwirrt wenden auch wir anderen uns um. Der Schmerz in unserem Inneren ist von einer Sekunde auf die andere verschwunden. Dort, neben der Felsentür des Burghügels, steht eine ganz in Weiß gekleidete Gestalt. Hinter ihr tauchen schemenhaft drei graue Wölfe auf.

»Thanos«, stellt Levian fest. »Ich grüße dich.«

Ich bin noch nicht dazu in der Lage, mich auf den nächsten Schrecken einzustellen. Stattdessen krieche ich zu Jakob hinüber und fasse nach seiner Hand.

»Melek«, flüstert er. »Kann das Schicksal sich denn nie entscheiden?«

Ich antworte ihm nicht, sondern inspiziere die Wunde auf seiner Brust. Sie ist nicht besonders tief. Ich atme auf.

»Ich erinnere mich düster, dass du eigentlich in einem Verlies gefangen sitzen solltest«, sagt Thanos zu Levian. Seine Stimme klingt so tief und schallend wie das Echo in einer Gebirgsschlucht.

»Ja«, antwortet Levian. »Doch ich wurde befreit.«

»Von einem unentschiedenen Talent, das sich als Faun ausgab und es bis in die Tiefen unseres Palastes geschafft hat«, stellt Thanos beinahe anerkennend fest und sein schwerer Blick landet auf mir.

Ich habe noch nie ein Wesen mit einem so unbewegten Mienenspiel gesehen. Thanos ist in seiner Menschengestalt ein alter Mann, und wahrscheinlich ist er das auch wirklich. Er trägt einen langen weißen Bart und ebensolche Haare. Doch sein Gesicht ist komplett faltenfrei. Das muss an seiner fehlenden Gesichtsmimik liegen, während er spricht. Es ist überhaupt nicht einschätzbar, was er denkt.

»Dann haben wir noch einen erschütterlichen Heiler, der mindestens genauso abhängig von ihr ist.« Sein Blick wandert nach oben auf den Berg, wo Erik immer noch bewusstlos neben Attila liegt. »Einen Anführer, der den Wert seines Lebens nicht zu schätzen weiß, und ebenfalls ihre Hand hält ...« Nun schaut er Jakob an. »... und einen General, der von einer Idee besessen ist, die ihn dazu treibt, seine eigenen Leute zu vernichten!«

Als Mahdi und Thanos sich in die Augen sehen, merke ich sofort, dass etwas zwischen ihnen passiert. Ich könnte nicht genau sagen, was es ist, denn ich habe keinen Zugang zu der Welt der Orakel. Es sieht aus wie ein stummer Kampf, der in einer anderen Galaxis stattfindet. Sylvia und Kadim spüren es, genau wie Ebru und Attila. Sie alle schließen die Lider, unter denen ihre Pupillen zu tanzen anfangen. Nur Thanos und Mahdi starren sich weiter mit offenen Augen an. Das Ganze dauert nur ein paar Sekunden, dann wenden sie beide gleichzeitig den Blick voneinander ab. Die anderen Orakel fangen an zu schwanken.

»Wie es aussieht, können wir das Problem so nicht lösen«, sagt Thanos. »Ich für meinen Teil kann ein Gleichgewicht der Macht für heute akzeptieren. Was ist mit dir, General?«

»Nein«, gibt Mahdi von sich. »Ich kann es nicht! Denn es gibt immer noch etwas, das ich will!«

»Deinen Heiler«, sagt Thanos. »Den kannst du haben. Ich behalte dafür sein Gegenstück.«

Das also war es, was Sylvia dem kleinen Käfer in ihrer Hand weisgemacht hat: dass Erik ohne mich nicht funktionieren würde. Wie unglaublich schlau sie ihren erneuten Verrat zusammengesponnen hat! Das Problem ist nur, je nachdem, was sie Erik über mich erzählt haben, wird sie Recht behalten oder auch nicht. Sollte er nachher aufwachen und der Meinung sein, ich hätte mich gegen ihn und für Levian entschieden, so könnte sein Talent tatsächlich wieder schwinden. Haben sie ihm stattdessen weisgemacht, es läge an etwas anderem und ich würde ihn immer noch lieben, so wird es bleiben. Diese Tatsache hat Sylvia Thanos garantiert nicht verraten. Oder aber Thanos weiß es besser.

Ich merke, wie mein Gesichtsfeld vor meinen Augen verschwimmt.

»Du wirst sie verwandeln«, sagt er an Levian gewandt. »Ich gewähre dir volle Begnadigung. Nimm sie mit und geh, diese beiden werden dir helfen.«

Er deutet auf Nayo und die immer noch weggetretene Leviata.

Es war damit zu rechnen, dass Madhi noch ein kleines Theater aufführen würde. Immerhin muss er Thanos in dem Glauben lassen, dass er höchst unzufrieden mit diesem Deal sei. Deshalb zetert er noch eine ganze Weile herum, während er sich insgeheim ins Fäustchen lacht. Nach außen hin ist ihm das nicht anzusehen, aber ich weiß genau, dass es so ist. Sylvia hat ihm voll zugearbeitet.

Levian greift nach meinem Arm. Ein letztes Mal blicke ich Jakob in die Augen.

»Versuch dich zu erinnern«, flüstert er. Genau das Gleiche hat Erik in seiner Höhle auch zu mir gesagt.

»Du auch«, gebe ich zurück. Dann lasse ich mich von Levian hochziehen.

Einer der drei Wölfe springt hinüber zu Leviata. Sämtliche Talente in ihrer Nähe weichen sofort zurück, als er ein durchdringendes Knurren von sich gibt. Dann sendet Thanos einen unsichtbaren Erweckungszauber auf die Dschinniya. Sie schlägt die Augen auf und schaut verwirrt von einem zum anderen, ohne einen Ton von sich zu geben. Die Soldaten nehmen ihr die Silberketten ab. Dabei lassen sie nicht eine Sekunde den Wolf aus den Augen, der immer noch mit gesträubten Nackenhaaren dasteht und das Geschehen überwacht.

Leviata fasst Nayo am Ellbogen an und will ihr hochhelfen, doch es gelingt ihr nicht. Nayo sieht aus, als wäre sie psychisch nicht in der Lage dazu, einen Fuß vor den anderen zu setzen, obwohl ihr Körper völlig unversehrt ist. Auch dafür hat Thanos einen Zauber parat. Mit einer einzigen Handbewegung befreit er sie von ihrem Leid. Seufzend strafft sie die Schultern und atmet tief durch. Der Blick, den sie Mahdi nun zuwirft, sieht abgrundtief rachsüchtig aus. Nur widerstrebend lässt sie sich von Leviata zu Levian und mir hinüberschieben.

»Ich bin damit nicht einverstanden!«, beklagt sich Mahdi.

»Ich auch nicht«, erwidert Thanos. »Lieber würde ich deinen Heiler vernichten!«

»Wir sehen uns wieder!«, zischt Mahdi.

Thanos würdigt ihn keines Blickes mehr. Stattdessen wendet er sich an uns.

»Geht!«

***

Die drei Dschinn schleifen mich mehr voran, als dass sie mich stützen. Irgendwann hebt Levian mich hoch und trägt mich auf seinen Armen weiter. Ich bin froh, dass ich meine Beine nicht zur Arbeit zwingen muss, denn sie gehorchen mir nicht mehr. Die Sonne steht nun hoch am Himmel, doch in meinem Herzen herrscht Abendrot. Vom Hohenfels aus ging es eine Weile bergab. Nun führt unser Weg wieder stetig aufwärts. Vor unendlicher Zeit bin ich schon einmal durch diese Gegend gekommen. Ich glaube, damals saß ich auf einem Pferd.

Levian wählt den Ort unserer ersten menschlichen Begegnung zur Kulisse meiner Verwandlung. Als wir den verwunschenen Steinbruch erreichen, setzt er mich auf den Findling von damals und schaut mich nachdenklich an.

»Nun ist es so weit, Melek«, sagt er. »Du wolltest es. Ich will es. Und der Rest der Welt zwingt uns dazu. Also tun wir, was wir nicht mehr vermeiden können.«

Er streckt seine Hand nach mir aus und ich lege meine hinein.

»Wirst du mir die Wahrheit über all das sagen?«, frage ich.

»Soweit ich es vertreten kann, ja.«

Diese Antwort ist mir nicht genug. Aber ich weiß, dass ich keine bessere bekommen werde. Mittlerweile steht zu viel auf dem Spiel.

»Dann tu es endlich, Levian. Ich hoffe, dass ich dich nicht enttäusche ... das ist mein voller Ernst!«

Er tritt an mich heran und zieht mich hoch. Zuerst nimmt er meine Hände in seine und schaut mir in die Augen. Sein Talent fängt mich ein. Das macht die Sache leichter. Ich gebe mich dem Gefühl hin. Unbewusst merke ich, wie Nayo und Leviata hinter mich treten. Ihre Hände umfassen meine Hüften. Ich denke daran, wie ich zusammen mit Tina die Tunicas an Erik gedrückt habe. Genau dasselbe geschieht nun mit mir.

Levian lässt meine Hände los und legt die Arme um meinen Hals. Wenn ich das nächste Mal in seine Augen blicke, werden sie nicht mehr so grau sein wie jetzt. Dann werden sie wieder funkeln wie frisch geschliffene Smaragde. Aber ich werde nicht mehr wissen, dass sie jemals eine andere Farbe hatten.

»Ich liebe dich, Melek«, sagt er. »Was einmal zwischen uns geschehen ist, hat ab sofort keine Bedeutung mehr. Wir sind füreinander geschaffen. Bitte lass dich ein auf meine Welt!«

Dann küsst er mich.

Der Sog, der mich diesmal packt, ist mit keinem anderen Kuss meines Lebens zu vergleichen. Selbst die Misshandlung durch Leviata war ein laues Lüftchen gegen den Tornado, der nun durch meine Seele fegt. Levian hat fünf

Wochen lang abstinent gelebt und ich bin der erste Mensch, den er seither bekommt. Seine Gier nach meinen Gefühlen, meinen Erinnerungen und meinem Körper ist unbeschreiblich. Ich schließe die Augen und lasse mich fortreißen. Von diesem Moment an liegt die Zukunft nicht mehr in meiner Hand. Alles schwindet. Die Angst um Jakob, die Enttäuschung, Erik nicht Lebewohl gesagt zu haben, die Ungewissheit, was mit meinen Freunden, meinen Eltern und mir selbst geschehen wird. Alles löst sich in Nichts auf. Trotzdem mache ich das, was ich zwei Menschen versprochen habe, die die Welt für mich bedeuten: Ich versuche mich zu erinnern. An den Moment, als Jakob mir seinen Abschiedsblick zuwarf. An das Verschmelzen meines Körpers mit dem von Erik auf der Insel des Friedens. Ich versuche, diese Momente festzuhalten. Sie sind alles, was mir noch bleibt. Ich verstehe nicht mehr, warum mir das wichtig ist. Aber ich mache es trotzdem. Meine Zunge umkreist die von Levian. Ich spüre die Hände von Nayo und Leviata auf meinem Körper. Die letzten Gefühle verlassen meine Seele. Dann bin ich leer. Ich denke weiter an den Abschiedsblick und an die Nacht am Strand. Es fühlt sich an, als würde jemand mein Gehirn mit einem Bagger leer schaufeln. Da waren noch andere Dinge, die mein Leben bedeutsam gemacht haben, aber ich kann mich nicht erinnern, worum es dabei ging. Stattdessen fixiere ich die beiden Augenblicke, die ich festhalten wollte.

Der wunderschöne Mann, den ich gerade küsse, schwankt ein bisschen. Ich weiß nicht, warum das so ist. Aber es fühlt sich richtig an. Ich denke an den Blick eines Jungen, dessen Namen ich nicht mehr weiß. Er lag am Boden und war verzweifelt, aber ich kann kaum nachvollziehen, weshalb. Ein anderer Junge hat mich zutiefst berührt. Ich sehe vor mir, wie ich seine nackte Haut streichele, doch auch an seinen Namen erinnere ich mich nicht. Alles, was ich in mir trage, löst sich ab und entflieht. Meine Lippen spielen ein Spiel, dessen Bedeutung mir nicht bewusst ist. Hinter mir liegt ein unbekannter See. Ich habe vergessen, wie ich heiße. Die Augen, in die ich versinke, sind grün. Aus irgendeinem Grund bewegt mich das. Ich wollte an etwas denken. Es hatte mit zwei Menschen zu tun. Dann bin ich leer.

Ein durchdringender Schmerz fährt durch meine Arme und Beine. Ich kann den schönen Mann vor mir nicht mehr festhalten, weil ich anfange zu zittern. Jemand packt meine Arme und drückt sie an seinen Körper. Ein Mädchen mit gleichmäßigen Gesichtszügen und kurzem, dunklem Haar stellt sich hinter ihn und stützt ihn. Beinahe verlieren unsere Lippen sich, weil ein Krampf durch meinen Körper läuft. Meine Muskeln versteifen sich. Meine Knochen vibrieren. Ich würde gerne schreien, doch der Mund, der meine Lippen umschließt, hält mich gefangen. Ein Stöhnen geht durch den schönen Mann. Beinahe stürzt er. Die Frau in seinem Rücken fängt ihn auf.

Meine Brust schmerzt. Mein Herz platzt. Meine Haut brennt. Ich weiß nicht, was mit mir geschieht. Es ist, als ginge eine Explosion durch mich hindurch, die mich vom kleinen Zeh bis zum Kopf auseinanderreißt und wieder neu zusammensetzt. Dann fallen wir um. Und das Licht geht aus.

***

Als ich wieder zu mir komme, weiß ich nicht, wo ich bin. Ich liege mit dem Gesicht im Gras. Vor meinen Augen erblicke ich das Bild eines Steinbruchs mit einem natürlichen Gewässer, auf dem die Seerosen blühen. Der Anblick fühlt sich vertraut und schön an. Ich richte mich auf. Mir gegenüber sitzen zwei Frauen, fast noch Mädchen, die mich neugierig mustern. Neben ihnen liegt ein wunderschöner Mann ohnmächtig im Gras. Aus einer Wunde an seinem Bein rinnt etwas Blut. Sie alle tragen lange Haare und figurbetonte Gewänder. Auf ihrer Stirn prangt ein Zeichen, dessen Bedeutung ich nicht kenne. Es sieht mächtig und würdevoll aus.

»Hallo Melek«, sagt die Kleinere der beiden Frauen. »Schön, dass du bei uns bist!«

»Melek?«, frage ich.

»Das ist dein Name«, sagt das Mädchen. »Er bedeutet so viel wie Engel.«

Ich denke darüber nach, aber mir fällt nichts ein, was ich damit verbinden würde.

»Wer seid ihr?«, frage ich stattdessen.

»Mein Name ist Nayo«, stellt das Mädchen sich vor. »Und das hier ist Leviata. Wir haben Levian geholfen, dich zu verwandeln.« Sie zeigt auf den Mann, der neben mir im Gras liegt.

»Ich wurde verwandelt?«

»Ja. Vorher warst du ein Mensch. Aber weil eure Seelen miteinander verwandt sind, habt ihr beschlossen, in derselben Welt zu leben.«

»Was für eine Welt ist das?«, frage ich verwundert.

»Die der Faune.«

Ich bin also ein Faun. Was genau das ist, erschließt sich mir nicht so recht. Aber wenn ich das betrachte, was ich von meinem Körper sehen kann, bin ich recht zufrieden. Meine Hände sind klein, zart, glatt und fehlerlos. Ich bewege die Finger. Es fühlt sich gut an, geschmeidig und kräftig.

»Schau dir dein Spiegelbild an«, sagt Nayo und deutet hinüber zum Wasser.

Ich stehe auf. Mein Körper macht keine einzige unnötige Bewegung. Alles, was ich tun will, führt er automatisch und sachte für mich aus. Am Rand des Sees lasse ich mich nieder und schaue hinein. Das Mädchen, das ich erblicke, habe ich noch nie zuvor gesehen. Ich habe ein glattes, wohlgeformtes Gesicht. Auf meiner Stirn prangt dasselbe kraftvolle Zeichen wie bei den anderen. Meine Nase ist klein und kerzengerade. Meine Augen und Haare sind braun. Beides strahlt miteinander um die Wette. Ich bin schön.

»Habe ich immer so ausgesehen?«, frage ich meine beiden Begleiterinnen.

Leviata lacht.

»Nie und nimmer, Schätzchen!«, sagt sie.

»Aber er ...« Nun krieche ich hinüber zu dem unglaublich schönen jungen Mann und schaue ihn mir genauer an. »Er wollte mich trotzdem?«

»Ja«, sagt Nayo. »Levian hat in dein Innerstes geblickt.«

»Und er ist ein bisschen sonderbar«, fügt Leviata hinzu.

Sie lachen beide, aber ich habe nur Augen für den ohnmächtigen Faun, der mein Seelenverwandter sein soll. Ich betrachte die harmonischen Konturen seines Gesichts, das gleichzeitig erschöpft und glücklich aussieht. Auf seiner Wange zeichnet sich eine kleine Einkerbung ab. Bestimmt bildet sich dort ein Grübchen, wenn er lächelt. Ich wüsste gern, welche Farbe seine Augen haben. Wenn ich mich nur daran erinnern könnte, was uns zusammengeführt hat!

»Levian«, flüstere ich. »Schöner Name.«

Ich streichele ihm über die Wangen. Sie fühlen sich an wie Samt. Dann schaue ich wieder die zwei Frauen an.

»Was habt ihr gesagt, was ich vorher war?«

Die Kleinere, die Nayo heißt, ist etwas gesprächiger als Leviata. Ich glaube, sie ist mir gegenüber aufgeschlossener.

»Ein Mensch«, sagt sie. »Ein besonderer noch dazu. Man nannte dich ein Talent.«

»Was ist ein Talent?«

Nun schauen sie sich an und setzen beide eine leicht säuerliche Miene auf.

»Talente werden dazu geboren, gegen uns in den Krieg zu ziehen. Sie töten uns mit Silberwaffen. Und wir töten sie, indem wir sie auseinanderreißen oder ihnen das Genick brechen.«

Ich bin entsetzt.

»Also waren wir Todfeinde!«, sage ich und schaue wieder Levian an.

Nayo legt mir eine Hand auf den Arm.

»Nein«, sagt sie. »Ihr beide wart es nie. Deshalb bist du jetzt auch ein Faun.«

Das muss ich erst einmal sacken lassen.

Leviata mustert mich von oben bis unten mit ihren grasgrünen Augen.

»Aber wir beide«, sagt sie. »Wir hatten so unsere Probleme miteinander!«

Das scheint nicht weit hergeholt zu sein. Aber im Moment interessiert es mich nicht genug, um weitere Nachfragen zu stellen. Ich horche in mich hinein. Alles in mir ist beruhigend still und friedlich. Was auch immer mit mir geschehen ist, es kann nicht ganz falsch gewesen sein.

»Ich erinnere mich an nichts mehr«, stelle ich fest.

»Nicht schlimm«, sagt Nayo gut gelaunt. »Levian und wir, wir werden dir schon wieder alles erzählen.«

Dann steht sie auf und gibt Leviata einen Wink.

»Nimm ihn huckepack«, sagt sie. »Mittlerweile dürfte der Weg nach Hause wieder frei sein.«

Leviata tritt neben Levian und hebt ihn sanft auf ihre Schultern. Seine Arme baumeln an ihrem Rücken nach unten. Ich bin mir nicht sicher, ob es normal ist, dass man so stark ist. Aber auch das ist nicht wichtig genug, um sich schon jetzt eingehend damit zu beschäftigen.

Zusammen laufen wir Richtung Norden. Als wir den Berg meiner ersten Erinnerung verlassen, landen wir direkt am Fuße des nächsten. Von da an geht es steil bergauf, bis wir schließlich auf einer massiven Kuppe landen, die von zwei auffälligen Hügeln gesäumt wird.

»Das ist unser Zuhause«, erklärt Nayo. »Der Hohenfels.«

Ich blinzele in die viel zu hellen Strahlen der Sonne. Meine Haut juckt.

»Ich hoffe, wir müssen nicht draußen schlafen«, sage ich.

Da lässt Nayo ein glockenklares Lachen hören.

»Oh nein, Melek!«, sagt sie. »Du und Levian, ihr habt ein wunderschönes weiches Bett tief unten in der Dunkelheit.«

Ich atme auf.

»Prima. Lass uns reingehen!«

»Dazu müsste Madame sich jetzt verwandeln«, brummt Leviata.

Ich schaue sie verständnislos an.

»Noch mal verwandeln?«

»In ein Tier, du Baby!«, frotzelt sie. »Denk einfach an ein süßes kleines Mäuschen und befiehl deinem Körper, seine Gestalt anzunehmen. Ich schätze, selbst du wirst es leidlich hinkriegen.«

»Ich kann mich in eine Maus verwandeln?«

Ich bin so verblüfft, dass ich gar nicht auf ihre kleinen Sticheleien eingehe.

»Pass auf!«, sagt Nayo.

Dann lächelt sie noch einmal, schließt ihre Augen und schrumpft in sich zusammen, bis nichts mehr von ihr übrig ist als ein wolliges kleines Fellbüschel mit einem viel zu langen Schwanz.

Ich klatsche begeistert Beifall.

»Jetzt versuch du es mal«, sagt Leviata, die immer noch meinen schönen Geliebten auf ihrem Rücken trägt.

»Welches Tier soll ich denn werden?«, frage ich.

Leviata gibt ein ungeduldiges Brummen von sich.

»Mir egal. Irgendwas, was du als besonders naheliegend empfindest.«

Ich weiß nicht, warum, aber als Erstes kommt mir eine Taube in den Sinn. Also denke ich ganz intensiv an die Gestalt einer gurrenden, schneeweißen Taube und befehle meinem Körper, seine Gestalt zu wechseln. Einen Augenblick später sitze ich da und bin tatsächlich nicht mehr in der Lage dazu, etwas anderes als ein kehliges Gurren von mir zu geben. Leviata und Nayo betrachten mich von allen Seiten. Dann stößt Nayo ein anerkennendes Fiepsen aus.

»Deine Gestalt ist vollkommen rein«, sagt Leviata fast schon ein wenig eifersüchtig. »Aber bilde dir bloß nichts drauf ein. Mach mal was anderes!«

Weil mir nichts Besseres einfällt, denke ich an eine Maus, wie Nayo es getan hat. Und schon verwandelt sich mein Körper wieder. Es ist wirklich beachtlich, was er alles leisten kann. Ich komme mir unglaublich gut vor.

»Hab ich mir fast gedacht«, lässt Leviata spöttisch verlauten. »Es wäre seltsam gewesen, wenn tatsächlich etwas Perfektes aus dir geworden wäre.«

Ich bin mir unsicher, was sie meint. Aber nun verwandelt sich auch Nayo zurück in ihre natürliche Gestalt und sieht mich mitleidig an.

»Tja«, sagt sie. »Wer ist schon perfekt? Lass dich so bloß nie von den Menschen erwischen!«

Ich stoße ein unverständliches Fiepsen aus, weil ich nicht weiß, wie ich sonst mit ihnen kommunizieren könnte.

»Du hast Flügel, Melek!«, sagt Leviata, als wäre ich begriffsstutzig. »Du hast das Pegasus-Syndrom, das kommt schon mal vor!«

Ich wende umständlich meinen Mäusekopf in Richtung meines Rückens und stelle fest, dass tatsächlich zwei ausladende weiße Flügel auf meinem Rücken prangen. Das sieht wirklich nicht gut aus. Ich wedele ein wenig damit.

»Nicht so schlimm«, beruhigt Nayo mich. »Jeder von uns hat einen kleinen Makel, wenn er Tiergestalten annimmt. Das Pegasus-Syndrom ist auch nicht schlimmer als ein Minotaurus-Komplex oder eine Sphinx-Manie.«

Was auch immer das ist.

Ich bleibe in meiner unperfekten Gestalt und warte, bis Leviata Levian wachgerüttelt hat, damit er sich verwandeln kann. Doch kaum ist er ebenfalls eine Maus, ist er auch schon wieder weggetreten.

Ich finde das schade, denn ich hätte gern ein paar Worte aus seinem Mund gehört. Als wir alle vier klein genug sind, quetschen wir uns durch einen winzigen Felsspalt. Leviata zieht Levian am Schwanz hinter sich her. Wir tauchen in die wohlige Dunkelheit eines unterirdischen Palasts ein. Dort verwandeln wir uns zurück in unsere natürliche Gestalt. Kaum, dass ich ein Teil dieser Welt bin, entspanne ich mich. Hier unten hört meine Haut sofort auf zu brennen und meine Augen sind dankbar für die verminderte Lichteinstrahlung. Nayo und Leviata führen mich bis zu einem Flur, tief drin in ihrer Behausung. Dort drückt Nayo auf die Klinke einer Tür und stößt sie auf.

Ich staune über die Gemütlichkeit, die der kleine Raum ausstrahlt. Auch wenn es hier nicht viel mehr gibt als ein rustikales Bett und einen mit Büchern vollgepackten Tisch, fühle ich mich sofort wie zu Hause. Sie legen Levians schlaffen Körper auf die blütenweißen, duftenden Laken.

»Es könnte einen oder zwei Tage dauern, bis er wieder aufwacht«, sagt Nayo. »Er hat eine Überdosis von deinen Gefühlen. Aber ich schaue zwischendrin mal bei euch vorbei. Alles Gute.«

»Warte!«, fordere ich etwas übereilt. »Was ist, wenn wir Hunger kriegen oder so?«

Nayo lacht.

»Wir haben nicht oft Hunger. Und wenn, dann essen wir mit den anderen im Vorraum. Es gibt Nektar, Honig und Kräuter-Frikadellen. Manchmal auch ein paar Beeren. Dazu trinken wir Quellwasser. Mach dir keine Sorgen, Melek. In ein paar Tagen weißt du über alles Bescheid.«

Sie und Leviata schließen die Tür hinter sich und lassen uns allein.

Ich ziehe das Laken unter Levians Körper hervor und decke ihn damit zu. Dann lege ich mich neben ihn, betrachte ihn und versuche, mich an ihn zu erinnern. Doch es klappt nicht. Nayos Bemerkung, dass ich ein Talent gewesen wäre, kommt mir in den Sinn, noch dazu ein eher unattraktives. Habe ich vielleicht sogar jemanden getötet? Ich finde es äußerst seltsam, dass Levian mich als seine Gefährtin haben wollte. Was auch immer dahintersteckt – meine Geschichte birgt irgendwelche Geheimnisse. Ich wüsste gern, welche es sind. Aber vorerst gebe ich mich damit zufrieden, zu meinem schönen

Gefährten unter das Laken zu kriechen und so lange an ihm zu riechen, bis er hoffentlich bald aufwacht.

Was kümmert es mich, was da draußen in der heißen, strahlenden Welt geschieht? Hauptsache, ich bin irgendwo angekommen. Und irgendwie wird es schon weitergehen. Morgen oder irgendwann. Dieser Gedanke fühlt sich unendlich beruhigend an.

Ende von Teil 4–6

© privat

Mira Valentin arbeitet hauptberuflich als Journalistin für Jugend- Frauen-
und Pferdezeitschriften. Hoch zu Ross, mit Laufschuhen oder Fahrrad streift
sie regelmäßig durch die ausgedehnten Wälder des Hessischen Hinterlands.
Hier, zwischen mystischen Quellen und imposanten Steinbrüchen, kam ihr
die Idee für »Das Geheimnis der Talente«. Seither sieht sie ständig Dschinn
in den Baumkronen sitzen und kann kein Dorffest mehr feiern ohne sich zu
fragen, welches arme Opfer heute wohl ausgesaugt wird.

Folge deiner Bestimmung ...

Ava Reed
Die Spiegel-Saga, Band 2:
Spiegelstaub
Softcover
ISBN 978-3-551-30050-8

Lange schon dauert der Kampf gegen die Wesen der Fantasie. Und noch immer muss Caitlin lernen, ihre Fähigkeiten zu beherrschen. Obwohl jegliche Verbindung zur Spiegelwelt zerstört wurde, ist sie noch nicht in Sicherheit. Denn Finn, der Spiegel ihrer Seele und Caitlins wahre Liebe, hat ihr verschwiegen, dass der Magier Seth möglicherweise aus Scáthán entkommen konnte. Ihrer Bestimmung folgend, macht sie sich gemeinsam mit ihm und ihren Freunden auf den Weg in die Heimat ihrer Mutter. An den Ort, an dem das Leben begonnen hat. Doch alles was lebt, kann auch sterben ...

www.impress-books.de

Wahre Gegensätze finden immer zueinander

Carina Mueller
**Hope & Despair, Band 1:
Hoffnungsschatten**
Softcover
ISBN 978-3-551-30060-7

Zum Dank für die heimliche Rettung eines schiffbrüchigen Ufos bekam die amerikanische Regierung einst zwölf übermenschliche Babys geschenkt. Sechs Mädchen und sechs Jungen – jeweils für die guten und schlechten Gefühle der Menschheit stehend. Dies ist genau siebzehn Jahre her. Während Hope und die anderen fünf Mädchen sich als Probas dem Guten im Menschen verpflichten, verhelfen die männlichen Improbas Kriminellen zu Geld und Macht. Bis zu dem Tag, an dem die Improbas ihre Gegenspielerinnen aufspüren und nur Hope entkommen kann. Mit ihrem Gegenpart Despair dicht auf den Fersen …

www.impress-books.de

Ein wunderbar romantisch-rockiger Sommerroman

Martina Riemer
Road to Hallelujah
(Herzenswege 1)
304 Seiten
Softcover
ISBN 978-3-551-30056-0

Nach dem Tod ihrer Großmutter beschließt Sarah sich ihren großen Traum zu erfüllen: eine Reise nach New York mit nichts als ihrer Gitarre im Gepäck. Doch dann wird sie von ihrem besorgten Bruder dazu überredet, mit dem Aufreißer und Weltenbummler Johnny die Reise anzutreten. So hatte sich Sarah die Erfüllung ihres Traums nicht vorgestellt. Und Johnny sich seinen Amerika-Trip ganz sicher auch nicht. Zu allem Überfluss wird auch noch Sarahs geliebte Gitarre während des Flugs zerstört. Nur gut, dass Sarah nicht die Einzige mit einem Instrument im Gepäck ist …

www.impress-books.de